Laishi bu sheng diwang jia

来世不生帝王家

中国历代宫廷权斗史

逾越/编著

江西美术出版社
全国百佳出版单位

图书在版编目（CIP）数据

来世不生帝王家 / 逾越编著 . -- 南昌 : 江西美术出版社 , 2019.6

ISBN 978-7-5480-6907-2

Ⅰ . ①来… Ⅱ . ①逾… Ⅲ . ①历史故事—作品集—中国—当代 Ⅳ . ① I247.81

中国版本图书馆 CIP 数据核字（2019）第 045489 号

出 品 人：周建森
企　　划：北京江美长风文化传播有限公司
策　　划：北京兴盛乐书刊发行有限责任公司
责任编辑：楚天顺　康紫苏
版式设计：尹清悦
责任印制：谭　勋

来世不生帝王家

编　　著：逾　越

出　　版：江西美术出版社
社　　址：南昌市子安路 66 号江美大厦
网　　址：http：//www.jxfinearts.com
电子信箱：jxms@jxfinearts.com
电　　话：010-82093791　　0791-86566124
邮　　编：330025
经　　销：全国新华书店
印　　刷：北京柯蓝博泰印务有限公司
版　　次：2019 年 6 月第 1 版
印　　次：2019 年 6 月第 1 次印刷
开　　本：710mm × 960mm　1/16
印　　张：25
ISBN 978-7-5480-6907-2
定　　价：49.80 元

本书法律顾问：江西豫章律师事务所　晏辉律师

前 言

在中国几千年纷繁芜杂的历史中，曾发生过无数次非正常的皇位更迭。通过这些更迭的历史，人性最邪恶的一面纤毫毕现，统治者的凶残狠毒、狡诈多变、淫乱无耻、人性沦丧也在这种最高层次的权力争斗中表现得淋漓尽致；国家的兴亡之道、社会的演变轨迹，更可以在政变中探寻。

可以毫不夸张地说，上下五千年的中国古代历史，既是一部灿烂辉煌的文明史，也是一部刀光剑影的血泪史。一次次的父子相残、手足相煎，一代代的乱臣贼子铤而走险，都让人对这部古代历史感到惊心动魄。其中，为了那顶至高无上的皇冠，皇室成员之间一幕幕的血溅宫闱、骨肉相残，一颗颗至亲手足的人头落地，更为这部鸿篇巨制投下了一层厚重的阴影，平添了几分冷酷和血腥，让我们后人读来不免毛骨悚然。皇权更迭在人类历史上演出了一幕又一幕悲剧、喜剧、闹剧，绘制了一幅又一幅血淋淋的历史画卷，更给后人留下了深刻的经验教训及无穷的启迪和思考。

看着一个又一个为了皇权争斗得你死我活的故事，总会让人想起鲁迅的《狂人日记》——“我翻开历史一查，这历史没有年代，歪歪斜斜的每页上都写着‘仁义道德’几个字。我横竖睡不着，仔细看了半夜，才从字缝里看出字来，满本都写着两个字是‘吃人’！”这些并非狂人狂语，这恰恰是鲁迅先生对历史最精辟的概括——吃人。“这历史没有年代”，说的是每个年代都是如此，翻开整个中国封建王朝的历史，吃人的故事屡屡上演，令人触目惊心。

我们不禁要问：皇冠到底意味着什么？

或许没人能真正回答清楚这个问题。时至今日，我们很难真实而详尽地知道，在那阴森森的皇宫中，到底隐藏着多少血腥的杀戮与疯狂的阴谋。因为我们知道，中国有文字的历史长达数千年之久，越是遥远的时代，留下来的谜团就会越多。皇皇五大洲，绵绵数千年，人类历史上经历了多少次兴亡更替，改朝换代？有多少顶王冠落地，有多少个新王朝崛起？围绕着权力这个魔杖，有多少人曾殚精竭虑，有多少人曾拼死厮杀，有多少人曾喋血宫门，有多少人曾黄袍加身？在中国古代历史的大舞台上，曾出现过多少个粉墨登场的历史人物，曾发生过多少次令人眼花缭乱的权力争夺？

几千年来，在为夺取帝位、扩大疆域的战争中，无数将士战死沙场，人民惨遭屠戮，可谓一帝功成万骨枯。帝王为使江山永随己姓，又使多少有夺位可能或有“谋反”嫌疑的人成为刀下之鬼。而人民，只有在国家这个大监狱里做驯顺的囚徒。帝王为了满足一己之私欲，疯狂地享用他的大家当，“敲剥天下之骨髓，离散天下之子女，以奉我一人之淫乐”，使人民永无止境地遭受掠夺与压榨，长期生活在水深火热之中。然而，这一切，都被“奉旨修史”的史官和跪伏在帝王功业碑下的作家、剧作家们“为尊者讳”了。无论是惨绝人寰的血腥屠杀，还是灭绝人性的父子火并、兄弟相残，都会随着皇冠加顶而被当作可以理解的做法，或曰政治家的“小过”，再不就是轻描淡写或干脆略去不提，甚至被披上“正义”“民心所向”等美丽的外衣。只有那些被人赶下台的亡国帝王，其罪恶才被曝光，以证其罪有应得，其国该亡。泱泱五千年，真可谓五光十色，万象纷呈。

杀伐，阴谋，监禁……皇家花草的一荣一枯，茫茫大地的风雨晴暖，高高立在堂前殿内的龙椅，见证了多少人的生和死。皇权也许是世间最让人向往的东西。拥有了皇权，意味着可以集杀伐决断于一身，可以统治天下，可以左右所有人的生死。但是真正的历史上，没有人能真正控制所有的一切，每个人包括皇帝自己的性命有时往往都掌握在别人手中。翻开历史，在冷冰冰的文字里面，看不见的鲜血在交融，汇织成奔腾不息的血红潮流，在电光闪烁和雷声轰鸣中，从遥远的过去奔来，不知流向何方……在多数情况下，皇权的更迭只是赤裸裸的权力争夺和毫无人性的血腥屠杀，在中国历史上留下了一篇又一篇惨烈的故事。

本书中的故事，围绕的主题无外乎一点，那就是权力，各色人物行动的基本线索是阴谋。宫廷内外，一个圈套连着一个圈套，一处陷阱通向另一处陷阱，满途荆棘，人人自危。包括皇帝在内，无论男女老少，人与人之间的关系不是同谋就是死敌，六亲不认。

唐太宗李世民，中国历史上最有影响力的皇帝，建立了世界历史上最强大的封建王朝，但是依然逃不过权力的争斗，“玄武门之变”中，杀兄弑弟逼父，登上皇帝宝座。“陈桥兵变”，赵匡胤黄袍加身为宋太祖，从孤儿寡妇手里攫取权力。汉武帝刘彻的雄才大略、文治武功使汉朝成为当时世界上最强大的国家，其历史功绩早有定论。但是，终身制下的帝王往往晚节不保，烈士暮年的汉武帝也不例外，“巫蛊之祸”就是他亲手造成的又一幕大汉朝骨肉相残的惨剧，直接导致了包括其子孙在内的数万人被屠杀，实在惨绝人寰。“八王之乱”是帝王宗室内部争夺战乱历时最久、流血最多、代价最昂贵（基本上亡国灭种）的一场浩劫。杨广弑父残兄，成了隋炀帝，之后继续肆无忌惮地“吃”起了天下，甚至连自己的兄弟杨勇、杨俊、杨秀、杨谅都成了“下酒菜”，临死时他们只能说：“吃人的是我哥哥！我是吃人的人的兄弟！我自己被人吃了，可仍然是吃人的人的兄弟！”所有的这些惨烈的故事，让人们在吃惊于统治者的残暴的同时，也对那些或许无辜被害的帝王的亲戚们充满了同情。

历史有时是那样惊人的相似。皇室内部一次次的同室操戈，帝王贵胄一颗颗人头落地，一代代家天下的专制皇权摆不脱魔咒，走不出怪圈，只能不断地复制着一幕幕血溅宫闱的惨剧。人们疯狂地追逐权力，而至高无上的专制皇权又使人们更加疯狂，正所谓“无情最是帝王家”，难怪隋炀帝的孙子越王杨侗被缢杀时，悲痛地说：“从今以去，愿不生帝王尊贵之家！”更难怪明朝末代皇帝朱由检在国破家亡时会说：“愿生生世世勿生在帝王家！”

回到本书，虽然是写历史的变迁，皇朝的更替，可总是离不开权谋权术，离不开猜忌、弹劾、笼络、倾轧、斗争、篡夺，乃至血流漂杵、诛灭九族。有人或许会说，现在有太多这样描写权谋的书籍，无非就是教人如何在权谋之中占得先机。但实际上，这并非此书的本意。我们编纂这本书的目的，并非是为了写权谋而写权谋，而是希望借此揭露至高无上的皇权是怎样扭曲人性，是如何逼着人们勾心斗角，怎样一步步走向阴谋、走向善恶颠倒，如何制造冤狱、酿造血泪悲剧，如何让人间变成角斗场和屠宰场的。

最终，我们希望能通过这些充满着暴力与血腥的权谋之争，透视正义、正直美的力量是怎样毁灭的，揭示出封建专制的可恶和可怕，让人们通过否定权谋进而否定专制制度和帝制本身。

目 录

第一章 父子相残

第二章 母子争锋

第三章 兄弟阋墙

第四章　为子夺嫡

第五章　同室操戈

第六章　外戚擅权

第七章　君臣较力

第八章　权臣篡位

第九章　宦官乱政

第一章　父子相残

第一节 “巫蛊之祸”乱朝纲——让汉武帝悔恨不已的滔天大案

汉武帝刘彻的雄才大略举世公认，他的富于进取和勃勃野心，使中国得以开疆拓土，大汉帝国登上了强盛的巅峰，汉武帝也成为与秦始皇并称的一代雄主。然而，这样一位帝王却也有着令人生畏的性格特点：多疑，冷酷，当他自认为权力受到了威胁的时候，他更能六亲不认并且杀人如麻。

汉武帝刘彻

征和二年（公元前91年）发生的“巫蛊之祸”是一起震骇汉廷朝野内外的特大冤案，这起旨在彻底肃清太子势力的冤狱持续达数年之久，从京师、三辅到地方郡、国，株连所及，上至皇后、太子、公主，下及兵丁、百姓，数万生灵惨遭涂炭，就连当时尚在襁褓中的太子遗孙刘病已及长安郡邸狱中所有“录囚”（也就是囚犯）也险遭屠戮。经过“巫蛊之祸”的扫荡，戾太子刘据的势力几乎被消灭殆尽，幸存的孑余人员也只能苟延残喘。长期以来，巫蛊案发生的原因众说纷纭，一般的说法认为是汉武帝晚年多病、多疑，行政苛烦，为法严厉，《汉书·武五子传·戾太子刘据》就说：“上春秋高，意多所恶”，又多病，“以为左右皆为蛊道祝诅。”恰在此时，为汉武帝所宠信的酷吏江充诬告太子刘据为首的势力设置巫蛊，诅咒汉武帝，从而制造冤案，也由此导致太子反击。实际上，这场惊心动魄的斗争远非如此简单，里面还牵扯着一场重大的阴谋。

卫太子刘据是卫皇后所生，他性情温和，有相当的政治才能。早在元狩元年（公元前122年），汉武帝就昭告天下，立刘据为太子，在全国臣民中有着广泛的影响。刘据对儒家知识精通得很，性格也是仁恕温谨。而刘彻虽然推崇儒学，却只将其作为统治工具，跳出了儒学说教的框架之外，真正奉行的是“外儒内法”，崇尚权威和强法。可是刘据没能真正体会父亲的苦心，反而是沉迷于儒家的说教之中。父子俩深层次的矛盾似乎是不可调和的，尽管刘据严格按照儒家理论孝顺父亲刘彻。随着太子越来越接近继位的时间，汉武帝越来越嫌弃太子缺乏帝王才能，认为儿子“不类己”。汉武帝采用董仲舒“罢黜百家，独尊儒术”的建议以儒治国的目的是加强专制统治，而宽厚的太子是真心实意地要建设儒家心中的理想世界。我们可以认为，汉武帝父子的冲突更多的是政治理念的冲突。

事实上，正是由于与太子政治理念的分歧不断扩大，汉武帝晚年明显疏远了卫皇后和卫氏集团，转而移情于其他宠妃如王夫人、李姬、李夫人，最后是钩弋夫人。钩弋夫人原姓赵，河间（今河北献县）人。太始元年（公元前96年），汉武帝巡狩到此，听说此地有一女子，生来双手握拳，无人能掰开，召来察看。汉武帝亲自去掰，一抚即开，因此得幸，被称为“拳夫人”，进为婕妤，居钩弋宫，又称“钩弋夫人”。次年（公元前95年），钩弋夫人生下刘弗陵。这时，汉武帝已经62岁。据说刘弗陵是钩弋夫人怀孕14个月才生出来的，汉武帝十分高兴，对臣下说：“当年尧帝就是其母怀孕14个月才出生的啊！”下诏将钩弋宫门改称“尧母门”，还不时向群臣夸示：“这个儿子像我！这个儿子像我！”

汉武帝这一态度，以及他与太子在施政方略上的明显差异和矛盾，加之其对钩弋夫人宠幸备至，立即让那些善于投机钻营的臣僚们嗅到了某种气息，实际上起到了鼓励臣下反太子、反皇后的作用。一些臣下竟想构陷太子，而一些宦官也放肆地在皇帝与太子、皇后之间编造谎言。

当时，汉武帝已经年迈，深藏于甘泉宫不出，除了钩弋夫人、刘弗陵外，已经很少和太子、卫皇后见面。太子有事也只能通过黄门转奏，而卫皇后一年当中与汉武帝见面的次数更是屈指可数，只能在未央宫中清寂度日。正是由于汉武帝与皇后、太子之间的沟通越来越少，关系越来越冷淡，让那些时刻伺机而动的奸佞之人更增添了扳倒太子的信心。正在此时，一个奸佞终于应时而生了，他就是江充。

江充原本是赵国邯郸的市井无赖，年轻时他将自己妹妹嫁给赵国太子刘丹而成为赵王的座上客。江充后又与赵太子产生矛盾，入长安举报告发太子丹的种种不法之事，对刘姓诸王限制极严的汉武帝根据江充的举报毫不手软，赵国太子因此获罪死于狱中。江充却开始飞黄腾达，充任为谒者出使匈奴。在匈奴中活动了近一年后，回到汉朝的江充开始得到重用，汉武帝委任他担任钦差——“直指绣衣使者”，负责京师治安，“督三辅盗贼，禁察逾制”。事实上，江充成了汉武帝的特工头目。

一次，太子刘据派家臣去甘泉宫向生病的汉武帝问安，家臣为尽快到达，赶马车在驰道上疾奔，被江充发现。江充当即把太子家臣连同车马一起押到官府。太子得知后急忙派人赶去求情，恳求江充不要将事情泄漏出去，说：“我并非爱惜这些车马，实在是怕父皇知道后会责怪我对家臣缺少管教。”江充却毫不动情，径直禀报汉武帝。汉武帝大为赞赏：“为臣子就应该如此！”江充告倒了太子，并得到了汉武帝的支持，一时震动京师，这无疑给了其他不满太子的人无形的激励，苏文就是其中的一个。

苏文是宫中的宦官，官为黄门，也即内侍。宦官靠皇帝的好恶提拔贬斥，对今后谁继承皇位更是关心，争立拥戴之功。苏文与现任太子刘据的关系不好，刘据曾因一件小事责打苏文，还差点将他赶出皇宫。苏文怀恨在心，时刻寻找时机报复太子。

征和元年（公元前92年），汉武帝已是65岁高龄，步入了老迈之年，其多疑猜忌的性格更加严重。这一年冬天一个暖洋洋的日子，汉武帝在上林苑建章宫内闭目养神。恍惚中，一个男子手持长剑快步窜入华龙门内，汉武帝大呼救驾，喝令左右搜捕刺客。宫中护卫马上在建章宫内细细搜索一遍，没有发现任何可疑迹象，守门的侍卫也说没有见到带剑男子入内。汉武帝惊魂难安，将守门侍卫斩首示众，又派驻守在京郊的部队搜查上林苑，也是一无所获。汉武帝依然不甘罢休，下令关闭城门，挨家挨户搜查，前后共搜查了11天，闹得长安城内鸡犬不宁。最终虽没有发现刺客，却有另外的重大收获。《汉书·汉武帝纪》记载说：“冬十一月，发三辅骑士大搜上林，闭长安门索，十一日乃解。巫蛊起。”短短几句透出一片阴森森的气息。

这次搜查，从宫中一些妃嫔宫女居室、长安百姓家中搜出不少巫蛊所用器具。经过审讯，查出这些宫女妃嫔因为失宠怀恨在心，勾结巫婆用巫蛊术作法，诅咒皇上或其他宫女。汉武帝当即大怒，认为带剑刺客是有人行蛊作法谋害自己，下令将牵涉到巫蛊的妃嫔、宫女、巫婆处死，用巫蛊术的百姓也投入牢狱，严刑拷掠以示惩戒。

正在长安城内风声鹤唳、草木皆兵的时候，有人举报丞相公孙贺的儿子公孙敬声与阳石公主私通，又派人用巫术诅咒汉武帝并在甘泉宫驰道埋偶人，诅咒之言十分恶毒。结果，公孙贺父子都判死罪，诛灭九族。汉武帝与卫皇后所生的女儿诸邑公主、阳石公主和大将军卫青的儿子长平侯卫伉，也被以私通外廷的罪名处以死刑。处死两位公主时，卫皇后哭求汉武帝免杀亲生女儿，汉武帝无动于衷。涉案人员越牵扯越多，很多与公孙贺父子过从甚密的大臣以及后宫的妃嫔宫女等牵涉在内，也被处死。

公孙贺一案的影响远远超过了巫蛊案本身，此案摇身一变成了牵连后宫和外戚势力的大案子。当年四月，长安城刮起大风，掀翻房屋，吹折树木。一时间人心惶惶。大家都知道，在公孙贺、卫伉和两位公主的背后，都有皇后卫子夫和她儿子——太子刘据的影子。

在汉武帝末年，皇后卫子夫已经失宠。卫子夫的失宠不能简单地用年老色衰来寻找原因，更是因为卫家势力的发展引起了汉武帝的反感。江充很清楚汉武帝的家事心理，再加上他与太子刘据及卫氏都有过节，怕汉武帝死后刘据成了新皇帝砍自己的脑袋，于是决定向刘据下手，彻底铲除卫家及太子的力量。巫蛊事起后，江充将之作为权力斗争的工具。之前的动静和无辜百姓的鲜血在一定意义上都只能算是铺垫，最后都要把巫蛊的矛头对准刘据。

经过一场大案，这年夏天，汉武帝的身体又添了病症，更觉得心神不宁，精神倦怠。一天，汉武帝午睡时在睡梦中忽然看到很多木偶个个手持棍棒刀剑，奔入宫中，将自己团团包围，举起棍棒就打，打得汉武帝浑身疼痛难忍，想逃又逃不开。木偶越聚越多，汉武帝大叫一声，醒了过来，浑身虚汗，心跳急促，方知是一场噩梦，头脑更是昏沉。正心有余悸时，宠臣江充进来问安，汉武帝向他述说梦境，江充进言道："公孙贺虽被诛除，但巫蛊并未清除尽净，想来依然有人谋害圣上。"汉武帝认为江充所言极是，就让江充专职搜查处理巫蛊一案。

江充得旨，急忙召集人马，在首都长安各地部署，准备弄个天翻地覆。江充改变了前次派士兵搜查的办法，选择了几个据说从西域来的很有道行的胡人巫师，宣称这些胡巫能看见鬼魅和地下埋藏的木偶。江充带领这些胡巫在长安城内四处巡查，故意把酒洒在地上，事先在地下埋入木偶，让胡巫故弄玄虚地作法念咒，说某人在这里祭酒拜神，用巫蛊诅咒皇上。从祠堂到寺庙，从店铺到民宅，后来又到官吏居所，一旦挖出木偶或者发现酒污痕迹，不管是平民百姓还是朝廷官吏，一律抓入牢狱拷问。很多人根本不知道怎么回事就被抓入牢狱。江充指使部下使用各种酷刑，许多人不堪忍受，只得含冤屈服，随意诬攀他人，结果越攀越多。江充正希望如此以显示功劳，对所有牵连到的人员全判以“大逆无道”的罪名处斩，一时间长安城内人人自危。各地官吏也上行下效，以查获犯案人员数量作为平步青云的政绩，争先恐后罗织冤狱。几个月下来，城内和三辅地区被牵连进去处斩的有数万人。全国其他地方也开始搜查巫蛊，同样用酷刑峻法处死了不少涉案者，整个长安乃至全国一片乌烟瘴气，真如人间地狱。

汉武帝此时一直精神恍惚。终日昏昏欲睡，对江充的行动不闻不问，见江充稍一稽查就将如此之多的案犯绳之以法，更坚信巫蛊已经密布长安。随着事态的发展，江充见自己与太子之间的仇隙极深，汉武帝一死，自己必为太子所诛。现在奉旨清查巫蛊，正是打击太子的绝佳机会。就这样，江充开始了他的下一步行动。

江充将胡巫檀何向汉武帝推荐，吹嘘此人能望云看气，哪里地下埋有巫蛊，一看其上空云气便知。汉武帝让檀何作法察看，檀何装神弄鬼一番，说：“后宫中有邪气，如不尽快驱除，龙体难安啊！”昔日雄才大略的汉武帝此时已经头脑昏昏，对檀何所言笃信不疑，随即下诏让江充率胡巫、士兵前去后宫搜查，同时责令按道侯韩说、御史章赣、黄门苏文等协助搜查。昔日高深莫测、戒备森严的宫闱禁地顷刻陷入了空前灾难之中。

江充先从失宠的夫人、妃嫔寝宫开始查起，范围逐步扩大。每到一处都掘地三尺，每一个角落都让人挖开寻找木偶，连皇帝的御座也不能幸免。当年七月九日，江充兵分两路，自己持诏令闯入太子住的博望苑，同时派黄门苏文去卫皇后住的未央宫搜查。太子自信没有罪状，毫不在乎。江充搜查得特别仔细，命士兵刨开地面认真翻检，将宫中挖得一片狼藉；苏文在未央宫也是如此，连卫皇后的凤床也被搬开。果然，在博望苑和卫皇后宫中共挖得木偶六枚，每个木偶都是汉武帝模样，并用铁针刺心。在太子的博望苑里还发现了许多布帛，上面写满了恶毒诅咒皇上的咒语。其实，这是江充一伙早就做好手脚栽赃太子和卫皇后的。

江充擎着木偶向随从宣布：“太子宫里掘出的木偶最多，还有写着咒语的帛书。本官一定如实奏报皇上，严惩凶手。”太子惊惧非常，就问自己的师傅少傅石德怎么办。石德作为太子师傅，与刘据的利益休戚相关。于是，石德建议刘据说：“前丞相公孙贺父子、两位公主及卫氏皆被以巫蛊的名义处死。现在巫师与使者在东宫掘地得到验证，根本说不清楚到底是有人故意放在东宫栽赃给我们，还是本来就埋在那里。太子殿下无以自明。殿下不如假传圣旨，收捕江充等人，惩处他们的奸诈之罪。”石德做了一个杀头的手势，继续说：“反正皇上现在重病，在甘泉宫休养。皇后和宫中属吏都是拥护太子殿下的。殿下完全可以起兵自卫。”刘据听到师傅造反的建议后，瞠目结舌，不知所措。石德的进一步劝说帮他下定了决心：“现在皇上是否在世，我们根本不知道。奸臣如此猖狂，太子就忘记了秦朝扶苏的往事了吗？”秦朝的扶苏就是在父亲秦始皇死后，被赵高、李斯等人矫旨杀死的。刘据在情势紧迫之下，同意了石德的建议。

次日，太子让卫士假扮成汉武帝的使者，带了武士，前去江充行所假传圣旨，准备捉拿江充等人。江充毫无防备，见汉武帝有诏令来，也没有仔细辨别。只有按道侯韩说起了疑心，怀疑使者的身份，硬是不肯受诏，并试图逃走，当即被武士砍死。御史章赣和黄门苏文见势不妙，夺路而逃。江充和胡巫则被活捉，带到太子跟前。太子指着江充大骂：“你这个赵国奴才，当初把赵王父子害了不算，如今又要来离间我们父子吗？”说完命人将江充拉出去斩首，把檀何等胡巫捆在树上活活烧死。

处死仇人，太子马上派舍人无且连夜赶到未央宫，通过宫中的长御倚华向母后告变，说杀了父皇钦命的大臣。卫皇后坚定地支持儿子，并让儿子调用皇宫内厩中的所有车马运输兵士，又打开御林军的武库散发兵器，把守卫长乐宫的卫兵全部调拨归儿子统辖。同时，向附近百姓发出布告说：如今皇上困在甘泉宫，不知道是否尚在。奸臣江充已经伏诛，请百姓支持太子平定叛军。

当时，接替公孙贺的丞相刘屈氂留在长安城中。

刘屈氂成为丞相也是出于专制的需要。汉武帝刘彻自公孙贺后对外人感到失望，于是扶持皇室成员出任丞相。刘屈氂就是刘彻的哥哥中山靖王刘胜的儿子，是自己的亲侄子；同时，刘胜是庶出，又有几十个儿子，刘屈氂在宗法上对刘彻这一支没有任何威胁。

现在刘屈氂是唯一可能与刘据争夺长安城的人。而且，刘屈氂偏爱刘据的弟弟、昌邑王刘髆，又和刘髆的舅舅、将军李广利结成了儿女亲家，和李广利一起暗地谋划扶立刘髆取代刘据的太子位置，只是他没有参与江充策划的巫蛊之祸。刘屈氂对江充的表演心知肚明，仅仅是出于推翻刘据的共同目标，刘屈氂没有出来阻止江充主导的闹剧。江充突然被杀，刘屈氂一下子被推上了前台。刘据抢先发兵攻入丞相府，刘屈氂拔腿就逃，连丞相印绶都来不及拿。

刘屈氂逃出府邸后的表现令人费解。按说现在太子刘据起兵造反，刘屈氂正可以乘机以“平叛”为名剪除政敌。但刘丞相没有这么做，反而是找了一个安全的地方隐藏起来。刘屈氂不敢轻举妄动，因为他捉摸不透汉武帝的真实意思。清官难断家务事。对于皇帝的家务事，官员是更难断，也不敢断，弄不好就会招来杀身之祸。刘屈氂是反对刘据，但是他还不敢公开与太子对阵，而希望通过施加影响来促成汉武帝废立太子。明知刘据公开造反，刘屈氂最好的处理方法也只能是找个地方先躲起来。

刘屈氂

黄门苏文和御史章赣逃回甘泉宫，向汉武帝告发太子谋反，已经杀了江充。汉武帝对自己的儿子还是了解的，听到消息后的第一反应是不相信。汉武帝说：“太子不会造反的。一定是江充等人把太子逼急了，太子才铤而走险的。来人，回长安宣召太子来甘泉宫问话。”汉武帝不愧为杰出的君主，阅尽了人情世故，做事毕竟稳重。在关键时刻，刘彻的决定无疑有助于整个事态朝着积极的方向发展。

汉武帝于是派贴身内侍进城召太子来见。侍臣担心被太子诛杀，就跑到外面兜了一圈，回来报告汉武帝说：“太子谋反属实，不肯前来，且要将我斩首以儆效尤，臣好不容易才得以逃回。”汉武帝登时大怒，催促内侍发诏给丞相刘屈氂，命他即刻发兵征讨太子，拘捕太子及皇后。如太子不服拘系，就地斩杀。

此时，丞相刘屈氂已经从刚开始的慌乱中稳定下来，派丞相府的长史前来禀报情况。汉武帝问：“丞相有何举动？”长史答：“丞相因事牵皇室内部，正努力封锁消息，未敢轻举妄动。”汉武帝怒道：“现在人言籍籍，无人不晓，情况危急，哪里还有什么秘密可言？丞相怕杀了皇子大逆不道，难道他不知道周公也曾把管叔、蔡叔诛杀了吗？”当即赐刘屈氂玺书，交长史带回，同时转告丞相：“尽全力捕杀谋反者，朕自有赏赐。一定要用牛车结阵，不要短兵相接，多用弓矢毙敌。同时要紧闭城门，不要让造反的人逃脱。”为了更好地指挥平叛，汉武帝从甘泉宫搬到建章宫居住。

丞相刘屈氂刚开始时闻变出逃，丢了印绶，此时接到汉武帝玺书，让他征召三辅临近各县的将士和各地两千石以下的官员讨伐太子。太子在宫中见丞相刘屈氂调兵遣将，军队调动集结的报告不时传来，自己仅凭宫中护卫抵抗，兵力悬殊。形势紧急，要么束手待毙，要么铤而走险。太子最终选择了后者，他决定与父亲和那些奸佞小人决一死战。

太子刘据发兵后，宣传汉武帝已经在甘泉宫病重，太子恐怕宫廷有变，防止奸臣作乱而主动起兵。作为国家储君，按照刘据的宣传，他的行为是完全正当的。一说报国锄奸，谁不支持啊？刘据也一度组织起了可观的武装力量。刘据派遣使者赦免长安城中的囚犯和刑徒，用武库的兵器武装起来，分别由太子少傅石德、太子宾客张光等人率领控制长安。那边皇帝老子刘彻从甘泉宫来到了城西的建章宫，向三辅各县发下诏书征兵入长安平叛，又下诏书晓谕朝廷重臣，任命丞相刘屈氂兼任讨伐太子的主将。

太子的军队和丞相的军队进行了五天五夜的恶战，繁华的长安城每一条街巷都成了杀戮战场，喊杀声惊天动地，成片的百姓倒下，尸体层层叠叠，鲜血汇成了小溪，汩汩流淌，真正到了血流漂杵的地步。五天五夜的血战后，丞相的军队逐渐控制了长安的局势。

太子见大势已去，只得趁夜带领两个儿子和几个亲兵从城南的覆盎门逃跑。逃出长安后，历尽千辛万苦，太子来到湖县（今河南灵宝县西），藏于泉鸠里的一户农家避难，在那里住了半个多月。主人家里很穷，以编织草鞋为生，却依然尽力照顾好太子父子数人。太子想起有一位故交在湖县，他思索良久，决定派内侍去寻求帮助。没想到走漏风声，八月初八日深夜，地方官派兵包围了农夫的小院。太子见无路可逃，悲愤交加，只得悬梁自尽。两个皇孙则被乱刀砍死，农夫一家也全被杀死。

慢慢地，坊间有关“巫蛊之祸”的传闻越来越多。人们越来越不相信太子用巫蛊诅咒皇上早死的说法。舆论开始朝着有利于刘据的方向发展。《汉书》说是：“久之，巫蛊事多不信。”刘彻经过冷静的思考，也明白儿子刘据起兵的确是惶恐自卫，并没有谋害自己的意图。

恰在此时，看守汉高祖刘邦陵墓的守卒田千秋上书汉武帝，说自己梦见一个白发老者，坚持要他田某人上书皇帝，陈述戾太子的冤死。刘彻此时气头已过，恢复了冷静，开始对儿子刘据之死充满了疑窦。在看到田千秋的奏章之后，汉武帝更深受触动，坚信这个梦中老者定然是自己的祖宗刘邦显灵。于是，刘彻立刻擢升田千秋为大鸿胪，开始调查卫子夫和戾太子刘据谋反的证据。一查之下，刘彻终于发觉此事背后的惊人内幕，李广利和刘屈氂才是推动这次事件的真正主谋，太子并无巫蛊之事，他举兵仅仅是因为自保而已。

巫蛊动乱的处置完全被颠倒了过来。先是江充被满门抄斩，接着是宦官苏文在横桥被当众烧死，在动乱里加兵刃于太子的人都被族诛。刘彻可怜儿子无辜遇害，在湖县修建了思子宫，在宫殿中修建了归来望思之台。天下人听说后，没有不感到伤感悲哀的。早知今日，为何当初不三思而后行呢？

征和三年（公元前90年），有个叫郭穰的人密告刘屈氂的夫人诅咒皇上，贰师将军李广利也参加了祷词活动，这是真正的巫蛊罪行，两家的目的无非是要让昌邑王刘髆早日为帝。刘彻一查，证据确凿。刘屈氂被腰斩于长安东市，其妻则在华阳街被枭首示众。当时贰师将军李广利正率军与北方匈奴作战，汉武帝也没放过他，将他留在后方的妻子儿女全部逮捕入狱。前方的李广利害怕了，干脆率军投降了匈奴，他的妻子儿女随即被斩首。

至此，“巫蛊之祸”中的各个人物都有了自己的结果。

第二节　暴戾父子相交恶——后赵石氏皇族的骨肉相残

继两汉的大一统结束之后，历经了西晋王朝的短暂统一，中国历史又一次进入了刀光剑影的乱世之中。居住在北方诸州郡的少数民族贵族趁乱而起，推翻了西晋政权，先后建立起十几个少数民族政权，历史上称为十六国时期。十六个政权你来我往、骤兴旋灭，战争成为这个时代的主旋律。这一时期南北王朝的统治者将唯权力论发挥到了极致，后赵石虎家族就是这样赤裸裸地为了权力而相互仇杀的典型。

十六国中的后赵是羯族人石勒建立的政权。石勒出身于一个小头领家庭，在西晋政权对少数民族残酷统治的政策下，石勒年轻时曾给人做过佃农、逃过荒，还曾被东瀛公司马腾买来做奴隶。石勒受尽苦难，胸中的积怨在民族仇杀中得到宣泄，潜意识中有着强烈的破坏和报复心理。拥戴石勒起事的一批人多数都是做过强盗的山野亡命之徒，凶狠残暴成性。在成长为最强暴力的拥有者之后，以这些人为核心的后赵政权自然也充满了凶戾，尤其是后赵第三代君主石虎。父子间相互残杀，几乎达到了灭绝人性的极限。

石虎字季龙，是石勒的侄子，从小由石勒的父亲所抚养，因此收到了石勒母亲王氏的宠爱。石虎17岁时，他和石勒的母亲一起被送到石勒军中生活。

石虎喜欢骑马射箭，游手好闲，多次用弹弓打人。有一次，石虎打瞎了一个士兵的眼睛，早已不满石虎残暴行径的将士由此闹起事来。石勒见此立即请示母亲要把石虎杀掉，王氏对他说："一头好牛在小时候经常把车撞破，石虎正是一头好牛，他将来会有大用，能帮你打天下的。"于是，石勒狠狠地教训了石虎一顿，石虎这才有所收敛。

石虎身高七尺五寸（约合现在的一米八），善于弓马，勇猛善战，每次打仗都所向披靡，被石勒提拔为征虏将军。石虎性情残暴，抓到俘虏不分男女一律杀掉。石勒虽多次责骂，但渐渐地发现石虎是块带兵打仗的好苗子。于是，石虎开始受到石勒的器重。石勒亲自到当时有名望的将军郭荣家说媒，让郭荣的妹妹与石虎结为伉俪。但是，石虎不喜欢郭氏，反而对宠姬郑樱桃宠爱有加，两人便密谋把郭氏害死。

但是，石虎同时也是一个喜新厌旧的人。很快，石虎把郑樱桃玩腻了，又陆续娶了名门望族郑氏和杜氏的女子为妻，郑氏生了儿子石邃、石遵，杜氏生了儿子石宣、石韬。

太和三年（公元330年），石勒自称大赵皇帝，史称后赵，他封自己的儿子石宏为大单于，统领胡部，封石虎为中山王、尚书令。大单于是胡人的最高称谓，仅次于汉人的皇帝，是一人之下万人之上的位置。石虎一直以为大单于非己莫属，因此对石勒恨得咬牙切齿。石虎对儿子石邃说："自从石勒占据襄国（今河北邢台）以来，我南擒刘岳，北追索头，东平齐、鲁，西定秦雍，攻克了十三个州，立下了汗马功劳。大单于之位应当给我，却给了石宏。每想起这些，就气得我吃不下饭睡不着觉。等石勒死后，我要让他断子绝孙！"说到做到，三年之后石勒死去，大权在握的石虎先将右光禄大夫程遐、中书令徐光逮捕下狱，然后逼迫太子石弘继位。石弘害怕石虎，便痛哭流涕，以软弱无能为借口，一再要求把帝位让给石虎，石虎训斥他说："我也知道你不能胜任，过些日子自然有人换你，再不要吵嚷了！"强迫石弘即位，改元延熙。

中国古代的权臣在自己想当皇帝时，一般都假惺惺地要傀儡皇帝禅位，但石虎可不管这一套。后赵延熙三年（公元334年）十月，石弘捧着印绶颤抖着走到石虎身边，请求禅位给石虎。不料石虎板起面孔对石弘说："谁来当帝王，大家心里都很明白，何必由你来说！"石弘流着眼泪回宫后，对母亲说："父亲的亲生骨肉不会再留在世上了。"这时，有一个尚书揣摩着石虎想自己当皇帝，便上奏石虎请求石宏禅位，石虎没好气地说："石弘应当废掉，还讲什么禅位！"于是自称赵天王，改元建武，立儿子石邃为太子，把石弘废为海阳王。不久，石虎就把石弘、石弘之母程氏、秦王石宏、南阳王石恢等石勒的子孙全部杀掉，总算发泄了心头之恨。

毫不奇怪，在这样暴戾凶狠的父亲熏陶下，再加上亲眼看见诸般暴行，自然培养出一代浑身戾气的子弟，石虎的儿子在残暴程度上较其父有过之而无不及。

太子石邃是个酒鬼、色狼兼暴徒。石邃不喜欢过问政事，每天只知喝酒玩女人，胡作非为。有时外出打猎几天不归，回来宫门已经关闭，石邃就爬墙进去；有时半夜闯进私宅奸淫人家妻妾；有时竟然兽性大发，酒席筵上将宫中美女的头砍下来，洗去血痕，放在漆盘里遍席传阅，观赏评论。石邃还有一个奇怪的嗜好，就是喜欢尼姑。石邃曾挑选美貌尼姑拉入宫中，玩够了杀死，将尸体肢解以后与牛羊肉混在一起煮着吃，或者盛在盘里遍赐左右佞臣，让他们分辨哪是人肉，哪是牛羊肉。

石虎最宠爱的儿子是河间公石宣、乐安公石韬，都是石邃的弟弟，石邃因为失宠而恼怒怨恨石宣、石韬，一直想把这两个弟弟除掉。为了巩固自己的太子地位，石邃想讨石虎的欢心，暴躁的石虎对此反应漠然。石邃以太子身份总理一应政务，将大小事一律上奏石虎，石虎怒喝："这些小事，也要进呈？"石邃于是不进奏小事，石虎又呵斥："朝中小事，如何不进奏？"石虎动不动就杖责石邃，一个月起码有两三次。

受尽了石虎虐待的石邃自然对这个残暴的父亲恨之入骨。石邃恨恨地对侍从无穷、长生及中庶子李颜说："皇上实在太难侍候，我要杀了他，你们敢跟我造反吗？"太子这是要弑父自立，随从、侍臣除了立刻跪拜，谁敢言语？众人吓得浑身打战。石邃见无人响应，也不敢贸然行事，于是称病不上朝。

此时，石虎也发觉了某些迹象，他听说石邃病了，心里十分怀疑，便派了一个最信任的女尚书，以慰问为借口前去观察真伪。石邃心中正没好气，他微笑着把女尚书叫到面前说话，乘其不备，一剑砍下头来。石虎正在宫中饮酒作乐等候回音，结果，等回来的不是花枝招展的女尚书，而是一颗血淋淋的人头。石虎勃然大怒，马上派人把石邃监禁起来。

不久，石虎气消了，打算赦免石邃，父子重归于好。石虎下了一道赦令，并召石邃到太武东堂进见。但石邃心中仍充满怨毒之气，见到石虎一言不发，照了一下面扭头就走。石虎按捺住性子，还想缓和局面，派人追上去问石邃："还没有朝见皇后，怎么就匆忙走了？"石邃毫不理会，扬长而去。石虎顿时大怒，暴戾的性格不可遏抑地发作，马上下旨将石邃废为庶人，当天晚上又派人诛杀了石邃及其妻妾子女26人。然后，石虎又杀掉宫中石邃党羽二百多人，并废石邃的母亲郑樱桃为东海王妃，另立儿子石宣为天王皇太子，石宣母亲杜氏为天王皇后。

建武十三年（公元347年）九月，石虎让太子石宣到名山大川为他祈福。不久，石虎又命令儿子石韬到秦、雍一带祈福。石韬出行的规模丝毫不亚于石宣，这令石宣极为恼怒。

石宣也同样是个暴虐成性的人。有一次，侍中崔豹嘲笑石宣的属官孙珍眼窝深可以存尿，想不到犯了石宣的大讳，他马上派人杀了崔豹父子。原来，石宣有胡人相貌的遗传特征：鼻子高，眼窝深，连鬓大胡子。所以，石宣最忌讳有关此类的言谈。

石宣与父亲石虎一样，很喜欢打猎。石虎率领猎队出发时，前呼后拥，非常气派。后来石虎年岁大了，身体发胖不便骑马，就造了一千辆猎车。车身长三丈，高一丈八尺。还造了四十辆兽车，车身多层，像楼一样。石虎划了一个极大的猎场，派朝廷司法官看管，如果有人进入打猎，就处以死刑。石宣围的猎场更大，每边长百里，远近禽兽都被赶进场里。打猎时，晚上点起火把，照耀得如同白日。石宣经常带着他的宠姬显德美人乘辇观看射猎，高兴时要等到场内野兽一个不剩才肯离开。石宣打猎时，命令文武官员立着或跪着围守在猎区周围，不能让野兽跑掉。如果野兽从哪里逃出猎场，哪里的官员就得受罚：有爵位的罚下马步行一天，无爵位的则鞭打一百。每次出猎都搞得人心惶惶。有时为了一场围猎，士卒饿死、冻死的不下万人。

石虎很欣赏石宣的围猎办法，命令石韬向石宣学习。于是，石韬也大张旗鼓，率众张网打猎。不料这样一来，更引起了石宣的不满。

石宣与石韬虽是同母兄弟，但因为石虎偏爱石韬，石宣早就怀恨在心。石韬围猎又大出风头，更引起了石宣的疑忌。石宣手下有个宦官，平时对石韬不满，经常向石宣散布石韬有野心之类的坏话。恰巧，石韬要在府中建一座大殿，准备用九丈长的殿梁。但这超过了亲王宫殿礼制，在那个时代是大逆不道的罪行。石宣知道后大怒，派人杀了工匠，并把梁截去一段。石韬很生气，他又换了新梁，而且增长到十丈。石宣听说后怒不可遏，对他的心腹杨柸、牟成说："石韬太不像话了，胆敢这样对抗我，你们如果能杀掉石韬，我即位后马上把石韬的国土分封给你们。你们杀了石韬，不要露出马脚，主上听说他死了，必然去临丧，那时我们乘机行事，何愁不马上得到天下？"杨柸等看到有利可图，就答应了。

当天晚上，石韬喝醉了酒，在佛精舍中过夜。杨柸、牟皮、牟成、赵生等几个石宣的心腹用猕猴梯（一种极精巧、轻便的爬墙软梯）爬进院去，杀死了石韬，并把他的眼睛戳烂、肚子戳破，弄得血肉模糊、惨不忍睹。石虎听说自己最心爱的儿子惨死，惊得昏倒在地，半天才缓过气来。石虎想亲自临丧，被别人劝住了，于是派石宣去临丧。石宣到了丧所，不但不哭，反而还掀开被子，慢慢欣赏血肉狼藉的尸体，然后满意地哈哈大笑着离去。

石虎早知道石宣、石韬兄弟不和，怀疑是石宣下的毒手。石虎设计召石宣进宫，想弄个水落石出。石虎假称杜皇后哀伤过度，已命在旦夕。石宣没有想到自己已受到怀疑，便大模大样地去朝见母后，并住在那里。与此同时，一个叫史科的人前来向石虎告密，泄露了他听到的石宣派人杀掉石韬的密谋，石虎听了报告后勃然大怒，马上派人捉拿凶犯，只拿到杨杯、牟皮、赵生。半路上又逃掉了杨杯、牟皮二人，只剩下赵生。赵生胆子比较小，一五一十交代了事情的始末。

石虎证实了爱子是被太子石宣杀死的，恨得咬牙切齿，立刻派人从皇后宫中把石宣捉来，关进席库，剥了衣服，反绑起来，用铁环穿透他的下巴，像牲口一样锁在库中铁柱上。石虎又命人抬来一个大木槽，把残汤剩饭全倒进槽里，让石宣饿了渴了就像牲口一样去舔。石虎命手下不分白天黑夜地用鞭子抽打石宣，抽得他像狼一样地哀嚎。

几天之后，后赵都城邺城北面积起了一个高高的柴堆，柴堆上立着一个大柱子，柱顶安装了辘轳。这是石虎亲自设计的处死太子石宣的刑具。刑具准备好之后，石虎带领数千人登上邺城内高台，观看行刑。石虎指挥人把石宣用梯子拉上柴堆，派石韬的两个亲信拔光他的头发，割断他的舌头，砍去他的手脚，挖去他的眼睛，剖开肚腹，弄得像石韬死时一样血肉狼藉。最后，石虎命人用绳拴住石宣的下巴，用辘轳吊到柱子顶端，四面放火，烧掉了这个血肉模糊的东西。石虎看到石宣被残酷地烧死后，还不解心头之恨，又命令把尸体烧成的灰分撒在各十字路口，让万人践踏。随后，石虎又派人把石宣的妻子、随从、亲信、宦官三百多人，全部车裂肢解后丢到漳河里，又命人把东宫拆毁，改成养猪养牛的场所。

石虎和其诸子的关系仿佛是一群饿狼之间的相互撕咬，我们根本看不到传统道德中鼓吹的"君君、臣臣、父父、子子"，只是对权力贪婪的追求，而决定最后成败的，又是最强暴力的拥有者，无论是石虎杀尽石勒诸子，还是石虎与自己儿子的争斗，抑或是后来冉闵将石虎的儿子斩尽杀绝，决定最后成败的毫无正义性可言，仅仅是实力在决定谁是最后的胜利者。权力的原规则——最强的暴力拥有者有最大的话语权体现得再清晰不过了。

第三节 父兄俱成刀下鬼——心狠手辣的隋炀帝杨广

北周大定元年（公元581年），权臣杨坚废周敬帝自立，改国号隋，这就是隋文帝。隋文帝即位后，几年间北逐强胡、南灭残陈，统一全国，结束了中国近400年的大分裂局面，建立起了一个强大、统一的帝国。

隋文帝杨坚

隋文帝和独孤皇后感情甚好。独孤后是鲜卑大贵族的后裔，有一定政治能力。隋文帝想通过她收揽鲜卑贵族，因此也畏惧她三分，让她参与政事，宫中称为“二圣”。独孤后对隋文帝管束很严，因此隋文帝不敢接近别的妃嫔。

隋文帝共有五个儿子，都是独孤皇后所生。长子杨勇被立为太子，次子杨广被封为晋王，其余三个儿子也被分封为王。隋文帝曾经骄傲地对群臣说：“前代帝王都有很多宠妃，嫡庶纷争，遂有废立，甚至亡国。我旁无姬侍，五子同母，可说是真兄弟，哪能有嫡庶纷争的忧虑！”其实，杨坚未免太过于自信和乐观了。杨坚完全没有料到，正是自己的亲生儿子使自己亡国丧身，并演出了一幕幕骨肉相残的丑剧。

隋文帝从孤儿寡母手中夺得天下，自己也感到太容易了些。杨坚怕人心不服，长存警戒之心。杨坚总结历史经验，得出两条保国的方法，其中最重要的一条就是要节俭。从辅政时期开始，隋文帝便提倡节俭生活，积久成为风尚。当时一般读书人便服多用布帛，饰袋只用铜铁骨角装饰，不用金玉。隋文帝本人生活也很简朴，姬妾都没有华丽的服饰。有一次杨坚患痢疾，配药须用胡粉一两，宫中竟找不到胡粉。独孤皇后曾想赏赐给某大臣的妻子一件织成的衣领，宫中也找不到。秦王杨俊（隋文帝第三个儿子）因生活奢侈，多造宫室，被隋文帝发觉，遂勒令禁闭。大臣杨素劝谏，说罚得过重。隋文帝说：“法不可违，皇子和百姓只有一个法律，照你说来，为什么不另造一个皇子律？”于是，杨坚没有接受杨素的意见。

隋文帝曾教训太子杨勇说：“历观前代帝王，没有喜好奢华而能长久的。你当太子，应该崇尚节俭。”然而，杨勇却辜负了他的希望。

隋文帝称帝那年即立杨勇为太子。杨勇性格宽厚、直率，处理问题也有一定的能力，起初隋文帝还是很信任他的。但后来杨勇逐渐奢侈起来，声色犬马，无所不为。有一年冬至，百官到东宫朝贺，杨勇违反礼制，大讲排场，张乐受贺。隋文帝知道后，对朝臣说：“内外百官，都到东宫去朝贺，这成什么话？”从此，杨坚对太子的恩宠有所衰减。

杨勇不仅奢侈，还很好色。杨勇有很多内宠，其中云妃是他最喜欢的。太子妃元氏不为杨勇所喜爱，每天郁郁寡欢，不久就病逝了。元氏是独孤后选中的，很受她的喜爱。独孤后听说元氏突然死了，便怀疑是云妃害死的，于是对太子也开始产生不满。

隋文帝次子晋王杨广于开皇九年（公元589年）率军灭陈，养成了很大的势力。杨广很有野心，一心想取太子的地位而代之。杨广非常善于伪装，他做出种种姿态，竭力讨隋文帝和独孤后的欢心。

隋文帝反对奢侈，杨广外表就装得十分节俭，室内摆设用具和衣着都很不讲究，车马侍从也非常俭朴。独孤后限制隋文帝亲近妃子和宫女，杨广就装出一副不好女色的样子，除了和晋王妃萧氏生的孩子外，和其他妃子生的孩子都偷偷害死。有一次，隋文帝和独孤后到他府里去，他事先得到消息，把宫中的美女都藏起来，只留一些又老又丑的宫女出来侍候，还故意把乐器弄得残缺不全。隋文帝来后，看见乐器的弦都断了，上面又有很多灰尘，好像许久不用了，以为杨广不好声色，非常高兴。

隋文帝和独孤后每次派身边的人到杨广那里去，不论地位高低，杨广和萧氏都亲自迎接，热情款待，送以厚礼。所以，这些人都称其仁孝。杨广还经常送重礼给隋文帝的宠妃沈氏，后来杨广能当上太子，她起了很大作用。

杨广时刻不忘伪装自己。杨广率军灭陈后，将府库封存，资财无所取，天下称贤。杨广倾心结交朝臣，对读书人也很有礼貌，甚至对普通士兵也注意拉拢。有一次行猎遇雨，身边的人要给杨广披上雨衣，他说：“士卒们都被雨淋着，为什么单单让我披雨衣？”让人把雨衣拿走。这些表演蒙蔽了很多人，使杨广的声望越来越高，远远超过其他诸王，隋文帝和独孤后也越来越喜欢他。

有一次，隋文帝秘密让人给几个儿子看相。看相人说：“晋王眉上双骨隆起，贵不可言。”隋文帝又问大臣韦鼎：“我的几个儿子，谁能够继承我？”韦鼎说：“皇帝和皇后最喜爱谁，谁就应该继承皇位，这不是我所敢于预料的。”隋文帝笑着说：“你不肯明说吧！”

杨广看出父母不喜欢太子却喜欢自己，就抓住时机加紧活动。一次，杨广入朝后要返回扬州总管任上，进宫向独孤后辞行，说：“臣虽然愚鲁，但很注意维护兄弟间的情谊。也不知因为什么得罪了太子，他总想暗算我。”说着，哭泣不止。独孤后相信了杨广，也泪流满面，愤愤地说：“太子越来越不像话了。我为他娶元家姑娘，他竟不以夫妇之礼对待她，专宠云妃。以前毒死太子妃，我还没治他们的罪，现在又要来暗算你！我在世时尚且如此，我死后还不把你整死！”杨广又拜伏在地，呜咽不止，独孤后也悲不自胜。从此，独孤后拿定主意要废掉杨勇，立杨广为太子。

杨素

杨广和安州总管宇文述非常要好。一次，杨广向宇文述问计。宇文述说：“皇太子失爱已久，令德不闻于天下。大王以仁孝著称，才能盖世，南平残陈、北伐突厥，屡建大功，皇上和皇后都很钟爱您。四海之望，实归大王。但废立太子是国家大事，处人父子骨肉之间，实在不容易谋划。越国公杨素深得皇上信任，能劝说皇上废立太子的，只有杨素一人。而杨素所信任的人，只有他的弟弟杨约。我很了解杨约这个人，请允许我到京师找他商量，共图大事。”杨广听罢大喜，给了宇文述很多珠宝，让他相机行事。

杨约当时任大理寺卿，杨素要干什么事，都要先找他拿主意。宇文述到长安，有意接近杨约，赌博时故意输给他，把杨广给自己的珠宝都输光了。杨约得到很多珠宝，拿出一些送给宇文述。宇文述乘机说：“这些珠宝都是晋王赏赐的，让我和您共为欢乐。”杨约大惊，说：“为什么这样做？”宇文述便把杨广谋夺太子位的事告诉了他，并劝他说："您的兄长杨素执掌大权已经有一些年头了，为他所屈辱的朝臣不知有多少，连太子也被他得罪了。虽然皇帝对他很好，但想害他的人也很多。皇上一旦去世，谁还能庇护他？"

杨约听了这番话，不免有些紧张，问道："依兄之见，当如何处置？"

宇文述道："如今太子失爱于皇后，皇上也素有废黜之心，这是您所知道的。若在此时请立晋王为太子，也就在贤兄的一句话。要是能在这个时候建立大功，晋王必然刻骨铭心，感激不尽。这是去累卵之危，成泰山之安啊！"

一席话，说得杨约不住点头，连连称谢道："多谢仁兄赐教，使我愚兄弟一家去危存安，我这就去同家兄商量。"

杨约告别宇文述后，匆匆赶往杨素府第，如此这般地说了一番，并道："晋王势在必立，若是我家拥戴于未定之时，他必然感恩戴德。一旦他临朝执政，对兄长还能不言听计从吗？"

杨素沉思良久，方才说道："这件事我何尝没有想过，不过你只知其一，不知其二。"

杨约不解，说道："兄长的意思是……"

杨素道："太子自然是应该废掉，皇上也有这个意思；可是，你看晋王有仁君之德吗？只怕他当上皇帝，比当今太子也好不到哪里。"

杨约道："只要能长保咱家的富贵，管他好坏呢！"

杨素道："他未必是个以德报德的人，我担心的也正是这一点。"

杨素一生，历仕两朝，自然比杨约想得深、看得远、认得准。只可惜杨素贪欲胜过了智慧，没有能够做出正确的决断。后来，杨广上台，第一个遭到灭族之祸的便是杨素一家。

听杨素这么一说，杨约不禁有些失望："看来兄长是不想管了？"

杨素摇了摇头说："既然他已经找到我们头上，不管岂不更糟？"

杨约这才高兴地说："皇后之言，主上无不听从。兄长既然肯于出面，何不先从皇后入手！"

过了几天，杨素到宫中侍宴。席间，杨素屡次提到晋王仁孝谦恭，以此来试探皇后。独孤后哭着对他说："你说得很对，我这个儿子非常孝顺，每当和人说起自己远离父母，都痛哭流涕，不像太子终日和云妃欢宴，专门亲近小人、猜疑兄弟。我之所以越发疼爱晋王，是怕太子要暗算他。”说着，孤独后给了杨素一些金子，让他劝说隋文帝废掉杨勇，改立杨广为太子。

杨勇知道他们的密谋后，非常恐惧，不知如何是好，时常有反常表现。隋文帝让杨素去查看杨勇动静。杨素来到东宫，故意拖延时间，让杨勇等了许久。见面后，杨勇不免埋怨杨素一通。杨素回来对隋文帝说：“太子怨望，恐有他变，应该加以防备。”隋文帝听了，对杨勇更加疏远。

独孤后时常派人窥视东宫，搜集丑闻，然后添油加醋地向隋文帝报告。杨广又令亲信段达收买东宫近臣姬威，让他诬告太子图谋不轨。

在独孤后的屡次劝说之下，隋文帝终于拿定主意。开皇二十年（公元600年）十月，隋文帝在武德殿召集诸王和文武百官，当众宣布废掉杨勇，改立杨广为太子。

杨勇被废后囚禁在东宫，隋文帝令太子杨广看管他。杨勇自以为废非其罪，屡次要求面见隋文帝申诉冤情，都被杨广阻止。杨勇于是爬到树上大喊大叫，想让隋文帝听到后召见他。杨素对隋文帝说，杨勇被癫鬼附体，已经神志昏乱，不可救药了。隋文帝竟信以为真，杨勇从此再也没见过隋文帝。

仁寿二年（公元602年）八月，独孤后病死。当着隋文帝及宫女们的面，杨广哭得死去活来，好像非常伤心。但杨广回到自己的私室，饮食言笑和平常一样。

独孤后和隋文帝的感情很好，对他看管得也很严，限制他亲近妃子和宫女。一次，隋文帝见到一个宫女长得很美，就住在她那里。独孤后知道后很生气，乘隋文帝上朝时，把那个宫女杀了。隋文帝闻讯大怒，骑马从后苑跑出，信马由缰，深入山谷二十多里。经高颎、杨素等大臣扣马苦谏，半夜才返回皇宫。杨坚曾叹息着说：“我贵为天子，而不得自由！”

这回，独孤后死了，没有人看管杨坚了，他便纵情声色起来。无奈岁月不饶人，六十多岁的隋文帝，终因纵欲过度病倒了。

仁寿四年（公元604年）四月，隋文帝卧病仁寿宫。七月，病情加重。这时，杨坚才有些后悔，对身边的侍者说：“若是皇后还健在，我不至于此。”

隋文帝自知不起，乃召太子杨广入居大宝殿，随时侍奉。杨广拜见父皇，故作愁容，详问病状，隋文帝略略相告。尚书左仆射杨素、兵部尚书柳述、黄门侍郎元岩等也都入阁侍疾。隋文帝与众臣握手辞决，自言凶多吉少，众臣皆出言相慰。

杨广见父亲病重，料想死期不远，心里十分欢喜。杨广即位心切，就给杨素写信，问他皇帝一旦驾崩，应该注意哪些事情。杨素将注意事项一一写清，封好后吩咐宫女送给太子。

偏偏事有凑巧，那宫女误将杨素的回信送到隋文帝那里。隋文帝看后大怒，心想自己还没死，太子就准备继位登基了，心肠也太狠毒了。一时肝气上冲，喘息异常。当时在旁侍疾的宠妾陈夫人和蔡夫人慌忙上前救护。一阵忙乱过去，隋文帝才渐渐平复原状，悲叹数声，朦胧睡去。半夜醒来时，见两个宠妾仍在旁侍候，隋文帝有些不忍，遂令二人更衣休息。

天色微明，隋文帝正在闭目养神。忽见一人抢入门来，定睛看时，原来是陈夫人。隋文帝见她神色有异，顿生疑窦，忙问原因。陈夫人欲言又止，经一再诘问，不禁泣下，呜呜咽咽地说出“太子无理”四个字。

原来这陈夫人本是南朝陈宣帝之女，生得国色天香，且性情聪慧。陈亡，被隋文帝纳入后宫。独孤后性情奇妒，后宫罕得进御，唯陈夫人有宠。等到独孤后病逝，陈夫人进位为贵人，专房擅宠，主断内事，六宫无人能比。杨广慕陈夫人美貌，早已垂涎三尺。陈夫人今晨出去更衣，被杨广撞见，便欲行非礼。陈夫人极力挣扎，才得免于受辱。

隋文帝听罢，跃然而起，用手捶床道：“畜生怎么能托付大事？独孤误我！”说着，即呼内侍入室，令其速召柳述、元岩。二人奉诏而来，隋文帝一边喘一边说：“快召我儿！”二人将呼太子，隋文帝道：“不是杨广，是杨勇！”

柳述、元岩出阁，找来纸笔，草拟诏书，切磋多时，方才草就。他们正要派人去召杨勇，不料外面跑进许多卫士，不由分说，将二人捆绑起来。不一会儿，只见宇文述手执诏书赶到。诏书中说柳述、元岩二人侍疾谋变，图害东宫，应将二人拘系下狱。两人如同做梦一般，便被关进大理狱中，看押起来。

原来，隋文帝令柳述、元岩草拟诏书一事早已为杨素侦知，他赶忙告诉杨广。杨广闻言大惊，急忙伪造圣旨，逮捕了柳述和元岩，又派心腹刘恕、郭衍率卫士包围仁寿宫，禁止出入。再派心腹张衡入殿问疾，同时密嘱一番。

张衡进入内殿，将陈夫人、蔡夫人和众宫女尽行赶出。众人走不多远，就听里面传来隋文帝喊痛之声，一阵高似一阵。过了一会儿，声息皆无。张衡出来报告太子，说是皇上驾崩。杨广率众人入内检视，果然见隋文帝一命呜呼，气息全无，只是双眼圆睁，甚是恐怖。屏风上溅有斑斑血迹，不知为何。杨广派心腹守住殿门，不准宫嫔、内侍等进入。

就在这一天，杨广即皇帝位，是为隋炀帝。不久，杨广伪造隋文帝遗诏，将杨勇和他的十个儿子全部处死。后来，又杀了自己剩下的两个弟弟（另一个弟弟在隋文帝时已死）。杨广即位那一年，陈朝的亡国之君陈后主恰好死去。杨广给他订了一个恶谥叫“炀”，谥法：好内远礼曰炀，逆天虐民曰炀。杨广做梦也没有想到，十四年以后，他被臣下处死，也戴上了他自己制定的“炀帝”的丑名。

第四节　争权夺利几时休——明成祖朱棣的御子之道

明成祖朱棣有四个儿子，长子朱高炽，次子朱高煦，三子朱高燧，四子朱高爔。除第四子的生母已无从考查外，其余三子都是中山王徐达的长女、朱棣的正宫娘娘徐皇后所生。几个儿子中，朱棣最赏识的是次子朱高煦，最宠爱的是三子朱高燧，而最不喜欢的恰恰是长子朱高炽。同朱高炽相比，朱高煦几乎处处见长：朱高炽体态臃肿、笨拙迟缓，朱高煦却身材高大、轻捷矫健；朱高炽不善骑乘，朱高煦却长于此道；朱高炽为人内向，木讷凝重，朱高煦却为人狡诈，巧舌如簧。在日常事务中，朱高煦也比朱高炽更接近其父朱棣，并且常常不离左右。尤其是在“靖难之役”中，朱高煦作为朱棣的得力助手，以其勇猛善战而为朱棣的成功夺位帮了大忙：白沟河一战，朱棣被南军瞿能追杀，千钧一发之际朱高煦率精锐骑兵直冲过来，斩杀了瞿能父子，使燕军反败为胜；东昌之役，战败的朱棣只身逃走，正赶上朱高煦率军前来打退了南军；浦子口一战，朱棣被盛庸打得惨败，几乎萌生了议和北撤的念头。绝望之中，又是朱高煦率骑兵来援，与朱棣合兵一处，拼死作战，才打退了盛庸的部队。由于朱高煦曾多次于危难之中为朱棣解围，并且在整个“靖难之役”中战功卓著，因此朱棣格外看中朱高煦，认为他和自己一样英武有为。在一次朱高煦解围得胜后，朱棣拍着朱高煦的肩膀鼓励他好好干，并颇为含蓄地提到藩王继承人——朱高煦之兄朱高炽的身体不好，暗示朱高煦有希望被立为继承人。甚至在反败为胜后，朱棣还亲口许诺朱高煦：将来如果得了帝位，将立他为皇太子。朱高煦对自己的雄武也颇为自负，一心想效法唐太宗李世民，自以为将来继承皇位已不在话下。

明成祖朱棣

朱棣的第三个儿子、朱高炽的三弟朱高燧也是个精灵人，虽然比不上朱高煦那样战功卓著，但比起大哥朱高炽却能干得多。朱高燧的胆量不如朱高煦，但谋夺帝位的心思与干劲却一点不比二哥差。加上朱棣最宠爱朱高燧，他便伙同二哥朱高煦，想方设法陷害大哥朱高炽，企图把朱高炽挤出皇太子的候选人范围之外，以便自己取得皇储的地位。

朱棣的长子朱高炽虽然不像两个兄弟那样受到父亲的赏识和宠爱，但作为皇太子的候选人之一，他也有一些极为有利的条件。一是朱高炽是明太祖朱元璋亲自册封的燕世子（即燕王藩位继承人），二是他曾于“靖难之战”中率北平的守军抵御了李景隆五十万南军的进攻。这两件事都是朱棣选择皇太子时不容忽略的。朱高炽不如二弟那样雄武凶悍，却也有他的长处，为人颇有些大智若愚，做事有板有眼，温仁宽厚，为此得到许多人尤其是明太祖朱元璋的称许。洪武后期，朱元璋为了考察他的孙子们，常把他们召入京师，让他们在那里读书并就近做点事，借以查看他们的人品、才干。一次，朱元璋召来了秦王、晋王、周王的三个儿子，和朱高炽一起去检阅京营军。那三个人都忙着去检阅，要以办事迅速见赏于皇爷朱元璋。只有朱高炽仍和平时一样不紧不慢，比前三个人检阅都晚。皇爷朱元璋问起他迟到的原因，朱高炽回答：“天太冷，我让他们吃过早饭再检阅，所以迟了。”他之所以检阅迟到，也许是因为他做事一向迟缓所致，上述的话不过是临时的饰词。但这话却使朱元璋很满意，他认为朱高炽肯爱护军士，能为别人着想，是一种可贵的品德。还有一次，朱元璋把一些奏本交给朱高炽，要他代为分拣一下，将重要的先送上来。朱高炽选了一些与军民切身利益密切相关的奏本送上来，这就先投合了皇爷朱元璋的心意。奏本中有些错字没改，朱元璋为他指出来，并问他：“你大概没有看见吧？”朱高炽或许做事马虎真没看见，或许有意这样顾大局而不拘小节，但他的回答却很妙：“我不敢马虎，不过我觉得这样的小错处实在不值得给皇爷您添麻烦。”这句回答赢得了朱元璋的欢心，他更增强了对朱高炽的好印象，觉得朱高炽真是个善于辨别轻重缓急的人。加之朱高炽又是燕王朱棣的长子，因此，洪武二十八年（公元1395年），朱元璋亲自册封朱高炽为燕世子。

朱棣夺得皇位后，在立太子的问题上陷入了十分为难的境地。按照封建王朝的惯例，新皇帝登基之后急需解决的政治问题之一就是册立皇太子，选定皇位继承人，这是关系到最高领导权是否能平稳过渡到接班人手中、封建统治是否能安定的重大问题。正常情况下，新皇帝登基几个月内即册立皇太子，除非没有子嗣。可是朱棣当了皇帝之后，从建文四年（公元1402年）的后几个月到永乐二年（公元1404年）前几个月，前后近两年的时间内未立太子。永乐元年（公元1403年）正月，群臣第一次上表请立太子，永乐帝朱棣不同意，讲了一番大道理，还说眼下正是皇长子"进学之时"，要等他"智识益充、道德益进"时再讨论立太子之事。言外之意，皇长子朱高炽的见识和道德水平都未达到做太子的标准。永乐元年（公元1403年）三月，文武群臣再次上表请立皇太子，朱棣仍然不同意，重复了前一次的训话，认为皇长子"智识未广，德业未进"，不可能在短期内肩负起皇太子的重任。永乐元年（公元1403年）四月，朱棣的兄弟周王上表请立皇太子，朱棣照旧不同意，借口皇长子德学"有成而后正名，未为晚也"，堂而皇之地拒绝了周王的请求。半年之后，永乐元年（公元1403年）九月，镇守贵州的镇远侯顾成在上书言事中，附带一句请尽早册立皇太子，朱棣可能有些不耐烦了，对顾成只是赏赐褒奖一番，对立太子一事竟只字不提，未置可否。与此同时，仍将皇长子朱高炽留在北平，而未将其召至当时的首都南京。

种种迹象表明，朱棣当时不太想立长子朱高炽为太子，却很想立次子朱高煦为太子。除了朱高煦战功卓著颇受朱棣的赏识之外，还有更为深刻的原因，那就是朱棣本人是凭借武力夺取皇位的，已经用实际行动打破了只有嫡长子才能继位的传统，在很大程度上为册立朱高煦做太子提供了实际依据。同时，立朱高煦为太子，对武力夺位的朱棣政权也能起到支持和巩固的作用。但这样做势必违反封建社会的传统礼法，因而遇到了强大的阻力，最终未能实现。

文武群臣中，围绕着立朱高炽还是立朱高煦为太子的问题，大体上分成两派：淇国公丘福、驸马都尉王宁等人为首的部分武将主张拥立朱高煦为太子，他们认为朱高煦的战功高，理当立为太子。这些人几乎都是同朱高煦一起出生入死、征战多年的患难战友，当然希望朱高煦能继承皇位，以巩固和提高他们在朝中的地位；金忠、解缙、黄淮、尹昌隆等大部分文臣则坚决主张拥立皇长子朱高炽为皇太子，尽管当时这些人与朱高炽并没有更深的私人交情，但他们普遍认为朱高炽的个人条件更适合于做一个具有儒家理想色彩的皇位继承人。

朱棣向大臣们征求意见，立谁为太子最合适。这一举动显然已暴露出朱棣本人的倾向性意见了，那就是他想借此来暗示臣下，要立朱高煦为皇太子。因为事情很清楚，如果朱棣想立长子朱高炽为太子，根本就不必征求大臣的意见。朱棣的心思首先在大臣金忠、解缙那里得到了证实。兵部尚书金忠是朱棣的心腹重臣，对朱棣“知无不言”，在淇国公丘福等人极力推举朱高煦为太子时，他就坚持主张立朱高炽为太子，并在朱棣面前列举古代家族嫡系和旁枝的事例，说明不能立次子的原因。朱棣不满地同金忠争论起来，却又驳不倒他，只好转而征求另一位重臣解缙的意见。解缙早有成见，直言不讳：“皇长子仁孝，天下归心。”这话显然不对朱棣的心思，朱棣拉长了脸，一声不吭。解缙急了，一边向朱棣大鞠躬，一边说：“好圣孙。”解缙抬出了朱棣最喜欢的皇长孙朱瞻基来为朱高炽争取太子的地位，等于挑明了一个最起码的事实：要传位给皇长孙朱瞻基，就必须先传位给他的父亲、皇长子朱高炽，而不能传位给次子朱高煦。这个道理朱棣自然明白，因此解缙的话很可能使朱棣深受触动，他不禁向身边鞠躬未起的解缙点了点头，表示同意。解缙的这一招比金忠更有效，册立皇太子一事就这样基本上定了下来。朱棣又征求黄淮、尹昌隆等人的意见，二人事先已得到了金忠的情况通报，自然与金忠、解缙的看法一致。朱棣这才下决心立长子朱高炽为皇太子。

在此之前，有一次诸臣应朱棣之命为“虎彪图”题诗，图中画的是一只猛虎带着几只小虎，“作父子相亲状”。解缙才思敏捷，提笔在纸上写成绝句一首：“虎为百兽尊，谁敢触其怒？唯有父子情，一步一回顾。”永乐帝朱棣看了解缙的诗，颇为理解其中的含意，立即下令召还远在北平的长子朱高炽，准备立为太子。有人还为朱高煦申请，朱棣便说他认为朱高炽坚守北平的功绩高于朱高煦前线作战的功绩，表示遵守封建礼法的嫡长继承制，并强调了朱高炽的继承地位是太祖确立的。这番话是朱棣在册立太子问题上的关键性表态，别人也就不再说什么了。永乐二年（公元1404年）四月，朱棣正式册立朱高炽为皇太子。

与此同时，朱棣封朱高煦为汉王，封地为云南；封朱高燧为赵王，封地为河南彰德。朱高煦虽然是太子地位的有力竞争者，但他为人狂傲，凶暴强悍，对兄长全无仁爱之心，行为不法，又受到朱棣的偏爱，因此在群臣之中不甚得人心。有一次，朱高煦跟随朱棣外出打猎，他射中的猎物最多，并常常一箭射落同枝二鸟，赢得了朱棣的赞赏。可是解缙不以为然，他从旁对朱棣说：“所谓贤王，是那种孝友仁慈、为藩国之长的人。拉强弓射中飞鸟，不过是一个力士的技能。请

明仁宗朱高炽

陛下不要在这方面夸奖汉王。”解缙的话代表了当时大部分朝中重臣的意见，这些人饱受封建传统教育，又有着较为丰富的政治经验，他们在思想上、政治上都很难接受像朱高煦这样的狂傲武夫来做他们未来的最高领导人。朱高煦原以为太子非自己莫属，况且已有父亲的许诺，没想到父亲竟立其兄高炽为太子，自己的打算落了空。朱高煦不肯就此罢休，下决心要同朱高炽争个高低。朱高煦十分崇拜唐朝以武力夺取兄长的太子地位、后来成为一代名君的唐太宗李世民，希望自己也能像李世民一样夺取朱高炽的太子地位，将来称帝。在实际事务中，朱高煦为此步步做好准备，并且毫不掩饰自己的目的。朱高煦的封国在云南，远离京师，自然不能有效地进行夺位活动，因此他迟迟不肯赴云南封地，大发牢骚：“我何罪，斥我万里。”朱棣听了很不高兴，亲王的封号和封地都是权力和地位的象征，并非因为犯了罪才封得远。但将朱高煦的封地定为云南，又确有使其远离京师、避免与太子争位的含意。朱高煦赖在南京不走，太子朱高炽为兄弟求情，朱棣勉强同意朱高煦暂留京师。朱高煦虽然输掉了一大回合，但他知道只要不离开京师，与其弟联手打击太子，保持住父亲朱棣的赏识与支持，就有希望最终击败太子朱高炽，夺位成功。因此朱高煦留京后，经常自比唐太宗，以抒发自己争夺皇位的“豪情”。朱高煦还利用一些机会壮大自己的实力，使自己在实际上更像李世民。朱高煦请求增加护卫兵力，得到天策卫为护卫，十分狂妄地说：“唐太宗当年就是天策上将，如今我得到了天策卫，这难道是偶然的巧合吗？”按朱高煦的估计，他本人必是未来的唐太宗李世民，而其兄太子朱高炽则必是被赶下台的太子李建成。闲暇之际，朱高煦写下了“申生徒守死，王祥枉受冻”一类的诗句，用历史上命运不佳、下场不妙的皇太子来影射其兄太子朱高炽，嘲笑他的恭顺无能。

在永乐帝朱棣当政的二十二年中，皇长孙朱瞻基的政治地位不断上升，一直是大明帝国不容置疑的候补皇帝，他的父亲皇太子朱高炽却不断受到打击和限制，直至永乐帝朱棣去世。朱瞻基的二叔朱高煦则由于争夺皇位的活动给中央皇权造成了威胁，受到了朱棣将其流放乐安的处置。朱棣、朱高炽、朱高煦、朱瞻基祖孙四人之间错综复杂的矛盾关系，几乎贯穿永乐一朝的始终。

自从朱高炽被立为皇太子后，其弟朱高煦对此一直耿耿于怀，并总想寻找机会搞垮太子，以便自己夺取皇位继承权。永乐帝朱棣自然了解这一切，当年他曾对朱高煦许下“靖难”成功即立他为太子的诺言，如今却未能兑现，自己也感到有些过意不去。作为一种补偿和安慰，朱棣对朱高煦是颇为宠爱和纵容的，除了批准他的各种请求外，还使他享受的礼节和待遇大大高于普通亲王，甚至接近或超过皇太子。太子朱高炽和汉王朱高煦的势力都在不断增长，尤其是朱高炽的势力增长很快，甚至与老皇帝朱棣的权力范围发生了碰撞。因此，朱棣便利用自己的威势和权术来驾驭朱高炽和朱高煦兄弟二人。

永乐七年（公元1409年）以后，朱棣由于准备迁都北京和亲征漠北将要长期离开南京，他让皇太子朱高炽于南京监国，并选了朝廷要员吏部尚书蹇义、兵部尚书金忠、左春坊大学士兼翰林侍读黄淮、左谕德兼翰林侍读杨士奇辅导朱高炽监国。朱棣命人制订了较为详细的监国方案，其中规定，除了文武官员的任命、邻国使臣的朝贡和边境军队的调发必须请示朱棣之外，其余的日常事务都由朱高炽处理，不必请示。可见朱棣是将人事权、外交权和调兵权控制在自己手里，而将其余的权力下放给太子朱高炽。但即使如此，太子朱高炽的手中也有了很大的权力，再加上有人事、军事等重要部门的实权人物的辅佐，因而他很快就成为大明帝国中仅次于朱棣的第二号人物。朱棣不在南京，太子朱高炽就暂时成为主持帝国政务的最高首脑。朱高炽是个有思想、有见识又很想有一番作为的人，在受命监国之后，他便力求运用权力在政治上有所作为。但朱高炽毕竟只是监国，他行使权力的范围再大，也只是在朱棣的权力范围之内，而不可能超出这一范围。加上这些权力是朱棣分发给朱高炽的，朱棣拥有收回这些权力的权力。因此，当朱高炽行使权力不可避免地与朱棣发生冲突时，猜忌专断的朱棣便会做出强有力的回击。

朱高炽监国不久后的永乐七年（公元1409年）四月，苟且贪婪的刑部尚书刘观因过被太子朱高炽所斥责。朱棣在外地听说后，立即致信朱高炽训斥道：“朕命你监国，凡事必须宽大，不要急躁。文武群臣都是朕任命的，虽然有小过失，但不要当场使他们丢面子，也不要偏听偏信，以自己的好恶为标准来对待别人。”这番话表面看来似乎是告诫朱高炽宽以待人不要急躁，但真正含义却非常明显：文武群臣都是我朱棣任命的，你作为太子根本无权管束。

朱棣对朱高炽监国不太放心，力图将太子的一举一动都置于自己的监视之下。北巡不久，朱棣即指示辅导太子监国的蹇义等四人，让他们传令六科，将太子裁决庶务的情况逐月详加记录，毫不隐瞒地全部报告给他，并举例说赏一个人为何而赏，罚一个人为何而罚，为何罚后又饶恕一个人，都要加以记录和上报。因此，太子朱高炽名义上是受命监国，实际在很大程度上一直处于朱棣势力的监督和控制之下，处境十分为难。

同时，朱高炽虽被立为皇太子，但老皇帝朱棣对他的恶感与偏见并未因此而改变，反而有所加剧。加上朱高炽本来就不善迎合其父，因此他的政治活动几乎时时处处引起朱棣的不满。这一切都为朱高煦打击和排挤太子提供了有利的条件。每当朱棣对朱高炽表示出不满时，朱高煦就在一旁别有用心地添油加醋，煽风点火，并勾结朱棣的左右侍臣散布流言，以激怒朱棣惩治朱高炽及其东宫官属。太子周围的许多官员先后被下狱或处死，成为权力斗争的牺牲品。北京刑部左侍郎冯京因竭诚辅佐皇太子受到朱高煦的嫉恨，终于遭到朱高煦的诬陷而被朱棣囚死狱中。解缙至京奏事，正赶上朱棣离京北征，只好拜见皇太子后离去。朱高煦早就恨透了这个力保朱高炽为太子的大臣，于是向朱棣挑唆：“解缙是趁你不在才进京私会太子的，连个招呼都不打就直接回去了，根本没有做臣子的礼貌。”朱棣听后不禁暴怒，借故将解缙下了狱，后来终于被杀。

在打击太子的活动中，朱高煦是急先锋，他的小弟朱高燧也不甘落后，常常伙同其兄一道上阵，向太子进攻。他们的行动在很大程度上得到了朱棣的支持和纵容，因此形成了一股反太子的政治势力。朱高煦很是得意，他认为如果朱棣发怒到一定程度，就可以废掉太子，让他继承皇位。可惜好景不长，永乐七年（公元1409年）八月，受命北征的淇国公丘福全军覆没，本人被执杀。丘福是永乐朝位列第一的开国武臣，是朱高煦争夺皇位强有力的支持者，他的死使朱高煦的势力受到了很大的削弱。同朱高煦联袂上阵倾陷太子的赵王朱高燧也因干了许多违法之事而受到朱棣的严厉惩治，太子朱高炽则在朱棣面前全力解救他，保住了他的亲王职位，因此朱高燧倾陷太子的行为大为收敛。朱高燧的败阵同样使朱高煦的势力受到削弱，但朱高煦的性格颇像其父，很有一股百折不挠的干劲。他并未因丘福和朱高燧之事而收敛自己夺位的野心，对太子朱高炽及其官属的攻击反而更为起劲。

在这种情况下，太子朱高炽的处境更加为难。朱棣曾委婉地提醒朱高炽，他把江西人王高提升为户部侍郎是违反了太祖定下的江西人和浙江人不许在户部做官的祖制的，但没有因此严厉斥责朱高炽。有人据此认为朱棣对朱高炽是信任的，但其实并不尽然。朱棣对朱高炽这次明显的失误并未抓住不放大做文章，相反对朱高炽并未失误的政治活动反而毫无原则地大加干涉，甚至近乎病态。朱棣北征回京后，对他离京期间太子朱高炽的监国做法大加更改，太子原来的许多处理被否定，毫无必要地造成了政治上的反复和不便。大理寺右丞耿通实在看不下去，几次向朱棣劝道："太子的做法没什么大错，可以不必更改。"话说得在理，朱棣不好反驳，但内心却极为不满，很想找个机会狠狠惩治一下耿通。有人乘机上告耿通受人请托故意放走罪人，朱棣不问真假，暴怒异常，命令都察院会同文武大臣于午门审讯耿通，并咬牙切齿地说："必杀（耿）通无赦！"蹇义等众臣不敢不从，只好判耿通有罪当斩。朱棣似乎未解心头之恨，仍然厉声喝道："耿通破坏祖法，离间我们父子，不能轻饶了他，一定要让他受极刑！"朱棣加给耿通的罪名并不属实，他自己倒是一副被人揭了短而恼羞成怒、蓄意报复的嘴脸。

更大的风波还在后面。永乐十二年（公元1414年）八月，朱棣结束北征回到北京，借口太子派人迎接圣驾晚了一步，并且奏书中的措辞欠妥，便在朱高煦的谗言煽动下传令逮捕了辅导太子监国的东宫官属尚书蹇义、学士黄淮、谕德杨士奇、洗马杨溥、正字金忠等人。迎接圣驾的早晚和奏书措辞如何本来就不是什么要紧之事，但朱棣偏偏要为此大动干戈，可见他是存心想借此来教训一下太子朱高炽。受到关押的人中，蹇义和杨士奇被先后释放复官，杨溥、黄淮等人则在狱中一关就是十年。为了保护太子朱高炽，杨士奇被迫主动承担了责任，他对朱棣说："皇太子非常孝敬忠诚，这次迎驾迟缓，都是我等之罪。"朱棣的怒气方才有些缓和。像这样为一点小事就大规模地关押太子的官属，在整个明代的历史上也是少见的。朱棣与朱高炽的父子关系因为政治上的权力斗争而变得很不正常，朱高炽虽然身为皇太子，却总是生活在老皇帝朱棣的阴影之下，他与朱棣的父子关系几乎完全服从于封建的君臣关系，是一种被扭曲、被异化了的关系。经过永乐十二年的事件之后，太子朱高炽的势力受到了一定的削弱。

但是另一方面，从永乐九年（公元1411年）之后，随着朱高炽的长子朱瞻基被立为皇太孙、并在政治舞台上频频露面，使得太子朱高炽受到削弱的势力从另一方面得到了补偿和加强。皇太孙朱瞻基坚决站在父亲一边，回击朱高煦的挑战。朝廷时常举行拜谒太祖孝陵的活动，按照地位的排列顺序，太子朱高炽走在前面，两位亲王朱高煦和朱高燧跟在后面，他们的后面则是皇太孙朱瞻基。太子朱高炽过于肥胖，腿脚也不利索，左右两个太监搀扶他走，上下台阶时仍不免要跌倒。朱高煦跟在朱高炽身后，看到这位皇太子竟如此狼狈，不觉把心里默念着的话说了出来："前人跌跤，后人知警！"谁知紧跟在他身后的朱瞻基马上接口高声说道："后面还更有人知警呢！"朱高煦回头看到朱瞻基，不禁大惊失色，他或许觉得走在前面的长兄倒还不难对付，而身后这位侄儿皇太孙倒让他有些发怵。朱瞻基为人机警，精于骑射，只怕将来不好对付。

明宣宗朱瞻基

朱瞻基虽然经常跟随祖父朱棣离京出巡，与朱高煦直接接触的机会不多，但对这位二叔的为人和野心却看得一清二楚。因此只要朱高煦出现，朱瞻基那双机警的眼睛就时刻注意着他，并随时准备出击，以挫败朱高煦，保护父亲。这次朱高炽、朱高煦和朱瞻基等人的谒陵活动，倒像是一幅"螳螂捕蝉、黄雀在后"的精彩画面。

永乐十三年（1415），朱棣将朱高煦的云南封地改为青州，并催促他赶赴藩国，但朱高煦仍然赖在南京不走，从军事上和经济上来扩充和壮大自己的力量，为夺取皇位做准备。朱高煦乘朱棣出巡，以超常的量器收取禄米，教唆他的护卫官军强抢官民商人的财物，无人敢管。尔后，朱高煦又私选各卫健卒，府中又私募军士3000人，不在兵部落籍。此外，朱高煦还侵占各公主府牧地及民田为草场，纵容卫士于京城内外劫掠，"肢解无罪人投之江"。兵马指挥使徐野驴管束这些人，惹怒了朱高煦，他抡起铁瓜打碎了徐野驴的脑袋。或许是朱高煦继承皇位的心情过于迫切，他竟然提前坐上了只有皇帝才能乘用的专车。

朱棣对朱高煦的不法行为及其野心已有所觉察，但他不想把事情闹大，对朱高煦仍然采取了容忍的态度。朱棣回到南京后，向杨士奇征求意见，杨士奇列举了朱高煦的行为，指出朱高煦的野心已是“司马昭之心，路人皆知”，建议朱棣尽早妥善处理。朱棣也感到事态严重，必须设法解决。不久又听说朱高煦“私造兵器、阴养死士、招纳亡命及漆皮为船、教习水战等事”，朱棣勃然大怒，将朱高煦唤来痛斥一顿，并命人收了他的冠服，将他囚禁在西华门内，准备废为庶人。太子朱高炽涕泪力救，才使朱高煦得免。朱棣对朱高炽厉声说：“吾为尔计大事，不得不割，汝欲养虎自遗患耶！”并告诫朱高炽：“汝若不从吾意，久当悔之。”但朱高炽仍然坚持自己的意见，朱棣只好削去朱高煦的两支亲王护卫，遣送他到距离北京不远的山东乐安，对朱高炽说：“一旦朱高煦有变，可朝发而夕擒也。”至此，永乐大帝已经为其继承者粉碎朱高煦的叛乱做了必要的安排，朱高煦则完全丧失了朱棣的宠爱和支持，怨气冲天地来到乐安。

在处理朱高煦的整个过程中，皇太孙朱瞻基始终站在一旁，看着暴怒的祖父、流泪的父亲和不甘失败的二叔。据说朱高煦走后朱棣曾对朱瞻基说：“吾为君父在上，你二叔尚且胆敢如此猖狂，将来说不定会对你们父子干些什么。你要记住我的话，将来如果有人危害国家，你就要像周公杀管蔡那样，为国除害，这是圣人的做法。”这段话说得如此明显，可能是后人为称颂朱棣和朱瞻基而加进《实录》中的，不一定完全真实，但朱棣对朱瞻基谈过朱高煦有夺位的野心则确有其事。朱瞻基始终没有忘记皇祖朱棣的嘱托，更没有放松对朱高煦的警惕。

朱高煦被遣送乐安，朱高燧已败下阵来，暂时无人与朱高炽争夺太子的地位了。太子朱高炽的政治势力无形中又突显出来。但朱高炽的政治处境并没有因朱高煦的失败而有根本的改善，他仍然处于朱棣的高压政治之下。永乐十六年（公元1418年）年中，有个姓陈的千户由于擅取民财而被太子发配交趾立功赎罪，几天后太子又念其有军功而宽恕了他。有人乘机挑唆：“皇上定罪的犯人，太子居然设法放掉了。”这话强烈地刺痛了朱棣，他暴怒之下立即逮捕陈千户杀掉，并归罪于太子的官属赞善梁潜和司谏周冕不加谏止，逮捕了两人。朱棣亲自审问他们，尽管两人说明了事实，但朱棣仍然愤怒不已，最终将二人下狱杀掉。梁潜的妻子杨氏痛惜丈夫死于非命，悲愤过度，绝食而死。太子朱高炽眼看着忠于自己的部下竟以莫须有的罪名被囚杀，自己又无法申救，内心里充满了痛苦与忧愤。

这次事件发生后，朱棣再次对太子朱高炽产生怀疑。当年六月，他派遣礼部侍郎胡某巡视江、浙诸郡，借机调查和了解太子在南京的表现。胡某临走时，朱棣对他说："听人讲太子干了许多失德之事，你到南京去可以多待一些日子，看他到底怎样，给我秘密奏来！"朱棣老眼昏花，迫切想从密探那里了解到太子的情况，因此，他特意叮嘱胡某："奏书的字写大点，这样即使奏书晚间送到，我也能看清了。"

胡某到了南京，每天都随大家一起上朝，待了许多天，引起了杨士奇等人的怀疑。杨士奇催促胡某有公务在身，应该赶快走，胡则借口置办冬衣未完，又待了一段时间才离开南京。这也是个十分圆滑的高级官僚，胡某非常清楚，如果他秉承朱棣的旨意稍稍谈及太子的失误，日后太子当了皇帝决不会放过他；而朱棣又时常发病，不可能"万寿无疆"。于是，胡某便只将朱高炽孝敬谨慎的七件善事密报给朱棣，朱棣看后，对太子的疑虑才有所打消。

永乐中期以后，一些朝臣、宦官们奉承朱棣的旨意，流言中伤太子朱高炽，已经形成了一种风气。朱棣竟听信流言，不断打击和教训太子及其官属，实际上助长了这种风气，使它得以一直持续到永乐末年。

永乐二十年（公元1422年）九月，朱棣再次听信流言，认为太子办事有误而归罪辅导监国的杨士奇，将其下狱。过了几天，礼部尚书吕震的女婿、户部主事张鹤早朝时礼仪偶有失误，太子由于吕震的缘故未加治罪。又有快嘴之人上告了朱棣，朱棣为此小事居然发怒，将不属于太子官属的吕震和吏部尚书蹇义一同逮捕下狱。不久消了气，朱棣又将这些人释放复职。

这次风波没有闹大，同时，永乐大帝朱棣的政治生命和对太子的高压政策也都接近了尾声。永乐二十二年（公元1424年）七月，朱棣在北征回师途中感到十分疲惫，便向杨荣等人表示，回到北京之后要将军国重务都托付给太子朱高炽，自己要安享晚年。不久，朱棣病死于榆木川。朱棣临终前的这番话，显然有不再越俎代庖干涉太子政务的含义，但是如果他的身体和精力不出问题，谁能保证他说的话不是空话呢？

事实上，朱棣对太子朱高炽的态度，以及对朱瞻基和朱高煦的态度，都同当时的政治形势、社会条件以及朱棣本人的性格和心态有着深刻的联系。

朱棣北征或出巡，太子朱高炽监国南京，负责处理国家的日常政务，手中握有很大一部分实权，周围又有一批权臣辅佐，因此很快便形成了一股不断上升的政治势力。这样一来，权力的重心就发生了转移，甚至在几个时期内同时存在着南京和北京两个权力中心。这种情况的出现无形之中对老皇帝朱棣造成了一种威胁，自然会使猜忌专断、权欲极强的朱棣产生一种失落感和危机感。于是，朱棣一方面对太子朱高炽采取限制和防范的措施，不断打击和削弱其势力，另一方面则有意纵容和厚待朱高煦，并在一定时期内让朱瞻基留守北京，让朱高燧负责北京的军务，实际上分散和减少了太子朱高炽的权力，以此来平衡各种政治势力，保持和维护朱棣自己的集权统治，同时也不断减少自己的失落感和危机感，保持了心理上的平衡。

尽管太子朱高炽的势力不断受到打击和削弱，但只要他监国的权力不被剥夺，他的政治势力便会不断地发展和壮大。永乐十五年（公元1417年），朱高煦夺位活动过分露骨，为朱棣所处置，但朱棣对太子朱高炽打击削弱、限制防范的政策并未因此而改变。因此，朱棣在永乐十六年（公元1417年）和永乐二十年（公元1417年）又连续两次对太子的官属大兴问罪之师。与此同时，或许是为了防备太子在其东宫官属的帮助下发动政变夺权，朱棣几次寻找借口挑起事端，重点是打击和关押辅导太子监国的权臣，以此来告诫这些人不可有非分之想，不能在朱棣生前拥立太子为皇帝。因此，众多东宫官属成了这种权力斗争的牺牲品。

朱棣的统治和朱高炽的监国政治究其实质仍然是封建的君主政治，皇帝拥有绝对的很少受限制的权力，监国的权力仍是君主皇权的一部分，极为有限。况且，这种权力与帝王的政治权限根本没有明确的法律规定和界限，具有很大的伸缩性。监国权力的这种伸缩性完全取决于握有绝对权力的老皇帝朱棣，他可以随意使用权力来打击和限制太子，关押和杀掉太子的官属。

许多人认为朱棣对太子朱高炽的打击和限制是有意废掉太子，史书上也说，朱高炽多次面临被废掉的危险。但从永乐一朝的情况来看，上述结论并不完全属实。朱棣在对朱高炽强烈不满、严厉打击他的时候，可能确实动过改立太子的念头，但他始终没有这样做。况且，如果朱棣真的想这样做，就必须另外选择一个人来代替太子朱高炽。而从实际情况来看，朱棣的确曾纵容和厚待过汉王朱高煦，但绝不是培养朱高煦作为皇太子的候选人来代替朱高炽。由此可知，朱棣并不想从根本上废掉太子朱高炽，他一再打击太子及其官属的目的，不过是想限制和削弱其势力，使之不能不断地巩固和壮大，从而对自己造成威胁，这是朱棣对太子的长期斗争方略。因此，太子虽然连遭打击和限制，但其地位却仍较为稳固，两个看似矛盾的现象，在此则统一起来。同时，朱棣并未将对太子的斗争扩大化，而是控制在一定的范围之内，关押和杀戮的范围也只限于太子周围的一些人，这样既维护了自己的地位，对永乐政局也未产生过大的影响。实际上，只要朱棣的地位不受实质性威胁，朱高炽的太子地位就是稳定的。朱棣自己很清楚，废掉太子对他本人未必有好处。尽管朱棣脾气暴躁、专断猜忌、冷酷无情，但就他对太子的斗争方式及其结果来讲，朱棣仍不失为一个精明的封建帝王。

太子朱高炽亦非等闲之辈，其才干比照两位弟弟实在是略高一筹。面对父皇朱棣的寻衅打击和朱高煦兄弟的谗言倾陷，朱高炽采取了以退为进的策略，显示出了成熟、干练的政治素质。自从督责刘观而遭到朱棣的训斥之后，朱高炽再也没有去触动朱棣的宠臣；官属受到逮捕和关押，朱高炽明知其冤，却从未出一言相救；在别人的诬陷和朱棣的打击下，朱高炽表现出了少有的忍耐，将痛苦和不满深深地埋在心底，平素言行极为谨慎，很少谈及他同朱棣的关系。有人问朱高炽："你知道有人说你的坏话吗？"朱高炽不露声色地回答："不知道，我只知道应尽做儿子的职责。"永乐十九年（公元1421年），礼部尚书吕震曾向朱高炽揭发了一个他身边的宦官，这个人总是借着向朱棣送文件的机会密告朱高炽的过失。吕震建议朱高炽疏远此人，朱高炽或许觉察到此人很可能是朱棣有意安插在他身边的密探，但他仍假装不以为然地说："我怎么能不犯错误呢？既然父皇不相信他，我又何必与他计较呢！"回答得巧妙得体、滴水不漏，即使传到朱棣耳中，也不会被人抓住把柄。在处理国家的日常政务时，太子朱高炽基本上只做些赈济灾荒、蠲免赋税和中下级官员的任免升调之事，很少涉及重大政务，从而极力避免与朱棣的权力发生冲突；日常生活中，他更是极少表露出对权力和政治的追求和兴趣。朱高炽体态臃肿，又身着特制的宽松肥大的衣服，整日与文人学者杨士奇、王汝正、徐善述等人谈论诗文，给人的印象是一个清心寡欲、热心学问的肥胖书呆子。

所有这一切，都有助于减轻朱棣对朱高炽的恶感与偏见，加上金忠、杨士奇等人对太子的保护，朱棣更无意更换太子。事实上，朱棣晚年处置了汉、赵二王之后，再无人可与朱高炽争夺太子地位，而且太子的周围已经聚集了一批较有影响的官员，形成了较为稳固的政治势力，政治形势越来越不允许朱棣做其他选择，否则将对政局不利。

朱高炽凭着自己的心计和毅力，度过了险象环生的永乐一朝，这使人们不禁想起他的外祖父徐达，这位开国功臣是洪武一朝迭兴大狱之后为数极少的幸存者之一。朱高炽在永乐一朝的表现，多少反映出他从外祖父徐达身上继承的某些遗传秉性，他不愧是徐达的外孙子。

值得一提的是朱高炽对二弟朱高煦的态度。朱高炽当然十分了解朱高煦的行为，但他从未向父皇朱棣汇报过，相反却不顾朱高煦的打击陷害而一再为朱高煦求情，甚至在朱高煦夺位活动最为猖獗、朱棣要严惩朱高煦之时，朱高炽还不惜触怒朱棣来为二弟朱高煦担保。事态的发展似乎与朱高炽的愿望相反：朱高炽越是为朱高煦求情，朱棣就越觉得朱高炽太善良、太仁弱了，从而也就越要彻底惩办一心夺位的朱高煦，以解除他对未来皇帝的严重威胁。朱高煦被遣送到了乐安，太子朱高炽曾致信劝慰，他是否真心不希望看到这一结果呢？史书未记。但人们应该注意下列事实，那就是汉王朱高煦的失败对太子朱高炽是最为有利的，而朱高炽曾经从反面促成了朱高煦的失败。

永乐朝22年的历程一眨眼就过去了，在这场争夺权力与皇位的较量中，老皇帝朱棣和皇太子朱高炽几乎打了个平手，但朱高炽略占上风，因为他不仅保住和巩固了自己的太子地位，劲敌朱高煦遭到了驱逐和流放，而且他的爱子朱瞻基已成长为一名文武双全、颇有威望的候补皇帝了。

第五节　九王夺嫡暗结党——康熙与诸子的矛盾

康熙

康熙是中国历史上在位时间最长的皇帝，也是生育儿女最多的皇帝。在康熙的35个儿子中间，排上序的有24个，其他11个都很小就夭折了。在排序的24个儿子里面，长大成年的有20人。

古人向来认为多子多福，但在帝王之家，儿子太多反而不是件好事。如果儿子个个都精明能干的话，就更加麻烦了——偏偏这两样康熙都挨上了。皇位的继承，从来就是个大麻烦，历朝历代中，为争夺皇位而导致父子兄弟反目甚至骨肉相残的惨剧也是屡见不鲜。为了避免清初前几次皇家权力交接时的混乱和防止骨肉相残的悲剧发生，康熙一改满族贵族公推储君的制度，而是早早就立了皇次子，也就是嫡长子胤礽为太子，以期稳定朝政。

皇位继承制度涉及君主专制国家最高权力交接的重大问题，其基本精神是要在君主多妻制的情况下，按其母亲的贵贱尊卑将皇子们区分出嫡子和庶子，然后依照先嫡后庶、先长后幼的顺序，把皇位继承人最后限定到一个人的身上，以保证最高权力能够和平交接。

纵观整个中国古代历史，嫡长制继承制的顺利实施，确实有利于减少政治继承中的冲突和动荡，对维护国家的稳定和发展的可持续性发挥了不可替代的作用。从秦汉以后，嫡长子继承制便成为最高权力继承过渡的最理想方式，一直为后来的各朝代所推崇。

但是，嫡长制继承制虽然能保证最高权力稳定交接，但往往以牺牲储君的品德考察和贤能甄别为代价。嫡长制继承制首要条件是“立嫡立长”，而不是“立贤”，这就导致了中国历史上众多小皇帝、昏庸皇帝甚至白痴皇帝的屡屡出现。古人并非不知嫡长制继承制的这个重大缺陷，但以“选贤”为标准的话，实际操作的难度往往更大，因为贤与不贤的标准本身就是很主观的东西，实际上更是无章可循，最后往往演变为各势力的争斗，结果重回动荡。两害相权取其轻。古人想来想去，最后还是觉得以“嫡、长”这些先天的生理条件作为标准，才能在皇位继承中找到明确而具有可操作性的答案。因为按照“嫡、长”的生理标准，皇位继承人最后只能被限定为某个特定的人选，这样就杜绝了其他皇子的非分之想，也避免了兄弟相争、骨肉相残的悲剧发生。

胤礽

胤礽被立为太子后，为了让这个孩子能够早日成才，康熙决定亲自教育、训导胤礽。但是，世界上的很多事情往往是物极必反、过犹不及。康熙对胤礽过度宠爱，事事都顺着他，结果导致胤礽后来极为骄纵，甚至养成了暴戾的性情。胤礽仗着自己是皇太子，从刚懂事起就奢侈无度，贪财好利，甚至利用陪同康熙南巡的时候向地方官员大肆勒索。不仅如此，胤礽的口碑也一直不太好，他13岁的时候，人家就曾说他“刚愎喜杀人”。胤礽成年后，更是脾气暴躁，经常凌虐自己的奴仆，甚至连宗室成员和朝中大臣也不放在眼里。这个太子如此的暴戾不仁，连朝鲜使节都说如果他当政的话，“必亡清国”。

清圣祖康熙二十九年，康熙在亲征噶尔丹的归途中生病，形容憔悴，因为想念胤礽，便特意让他来行宫见面。胤礽当时16岁，他来后见了自己生病的皇父谈笑如常，没有一点忧戚之色。康熙见胤礽竟然毫无忠君爱父之念，非常生气，没两天便找了个借口把胤礽给打发了回去。

康熙对胤礽不满，胤礽私下里还对康熙怨气冲天呢。尽管胤礽从一出生开始，便是“一人之下，万人之上”的太子爷，但他还不满意，常跟人说：“古今天下，岂有四十年之太子乎？”其怨恨之心，可见一斑。胤礽这种大不敬的话，简直就是希望自己的老爸能早点去见阎王，让他能够早日登基！

时间长了，矛盾迟早有一天要爆发出来。清圣祖康熙四十七年（公元1708年），十八阿哥胤祄在陪同康熙前往塞外行围打猎的途中突然病逝。胤祄的死，让康熙痛苦万分，但更让他伤心的是，随行的其他皇子们对这个十八弟的病情根本就漠不关心，甚至根本就是无动于衷。特别是作为兄长和皇太子的胤礽，在自己的小弟弟生病的时候，几乎就不闻不问，就连胤祄病死了，也看不出他有丝毫的哀伤。

康熙本觉得自己的这些儿子们都十分的优秀，他也在儿子们的身上倾注了无尽的父爱，但这些儿子们竟然会如此的无情，实在是出乎康熙的意料。这一次，一向以“仁孝治天下”的康熙帝失望了，特别是对当时已经是35岁，且已有子女的皇太子胤礽，更是失望之至。

这时，途中又发生了一件“帐殿夜警”的事，更是让事态火上浇油。原来，太子胤礽挨骂之后，心里还是有点忐忑不安，有点不祥的预兆。由于心情紧张，胤礽便派出自己的亲信去侦察康熙的日常起居，其本人也曾在夜间偷偷到康熙帐前，扒开帏幄的缝隙，鬼头鬼脑地窥视里面的动静。不巧这事被其他皇子看见，这事便被捅了康熙面前。

康熙听了，大为震怒，随后便召集了所有的随从大臣和武将，并令将太子胤礽和其他皇子全部拘来。康熙当着大臣们的面，痛骂这些无情无义的儿子们，特别是对皇太子胤礽，康熙更是新账老账一起清算，痛骂道：“你实在是太不像话了！太过分了！你平日里就不听教诲，目无法度，我包容了你二十多年，你不但不改悔，反而愈演愈烈！你平时奢侈无度，比我的花费还要厉害，倒也算了。派你去南巡，你竟敢向当地的官员索贿纳贿，胆子也大过天了！连外邦进贡的物品，你都敢贪入私囊！”

康熙想到最近发生的事情，越说越气：“你幼弟病危，我日夜照料，焦虑万分，你身为兄长，竟然可以无动于衷，你这样毫无孝悌的人，怎么能当太子？你还在深夜里向我的帐殿窥视，难道你是想看我死了没有吗？你的亲信日夜监视我的一举一动，到底用意何在？”

康熙喘了喘气，又痛骂道：“这几日来，你每天都在我帐幄周围窥测，弄得我整夜不能安宁，时时刻刻都得戒备，真不知道是今天会被你毒死，还是明天被你所害！”

说到这里，康熙痛哭流涕，对这些儿子伤心不已，一度还昏倒在地。最后，康熙宣布：“胤礽废去太子名号，他这样的人不能继承祖宗的家业！”

回到京师后，康熙将胤礽囚禁在上驷院旁边的毡幄之中，交由大阿哥胤禔、四阿哥胤禛和九阿哥胤禟负责看守。

康熙心里难过，但话说回来，胤礽这个太子也不好当。固然，胤礽人性上的种种弱点，与其先天因素有很大关系，但其所处的环境也对其有压迫作用。毕竟，康熙的儿子太多又都太能干，由于其中的利害关系，很多皇子们联合起来反对胤礽，使得胤礽在当时处于一个孤立无助的地位。正因为如此，皇子彼此之间，特别是太子和其他阿哥之间更是亲情淡薄，即使是同母所生（如四阿哥胤禛和亲弟弟十四阿哥胤禵），也未必融洽。其中最关键的原因是，皇子们对大位都是觊觎已久，太子胤礽受到的压力也是可想而知的，估计他平日的心情也是相当的紧张。

康熙对这个从小就没妈的胤礽还是放心不下，等他气消了后，又觉得好像哪里不对。到底哪里不对劲呢？康熙抓耳挠腮，后来经过仔细回忆，便觉得胤礽一定是中了邪，疯了。

清人笔记《十叶野闻》里还真就记载了这样一个野史故事，不过，里面说导致胤礽疯癫的原因是雍正下了迷药。

太子胤礽被废的悲剧，康熙其实要负有一定责任的。这还不仅仅是教育失败的问题，更深层次的问题在于对太子（皇子们）的培养和极权体制的冲突上。众所周知，满人入关前是没有什么嫡长子继承制的，他们实行的是王公（如八旗旗主）推选制，以功劳大的、有贤能的人为王。但是，这是在当时打天下时，为了发挥那些军事首领积极性所采取的一种措施，随着满族人最终一统中原，局势稳定后，这种公选制度迟早要被以皇帝为中心的专制制度取代——皇权是神圣而不可侵犯的，皇位怎么可能由王公们来决定？

事实上，在努尔哈赤的时候，皇权已经在逐渐集中，当时八旗中旗主就大多是由其儿子来担任。到皇太极的时候，八旗旗主的权力更是受到打击，一步步地被收回。等到康熙时期，八旗旗主在政治生活中已经起不到什么重要作用，更不要说什么皇位继承人公选推出了。康熙后来推翻了满族传统的“以臣选君”的公选制，而改用了汉人的嫡长子继承制，但有一点他却保持了满人的传统，那就是对皇子们的培养和任用。殊不知，汉族的嫡长子继承制是个配套工程，并不仅仅是立个太子那么简单的。

满族人在打江山的初创时期，往往是父子齐上阵，大家一起去建功立业，由此也形成了皇子们都有机会在实践中锻炼才能。康熙很好地继承了这个优点，他对自己的这些儿子都进行了很好的教育，把他们都培养成了有才能的人（有德无德姑且不论），这一点是不错的，但问题是，培养出这些人之后应该如何使用呢?

康熙所认为的理想状态，当然是众多优秀的皇子围绕在更优秀的太子身边，今后自己死了，太子立为皇帝，而其他皇子能够成为贤王辅佐太子，家族事业能够兴亡发达。因此，康熙尽可能地给这些皇子们机会去锻炼自己，他每次南巡或者围猎的时候，总是要把一些皇子们带上。另外，康熙在离开京师的时候，往往也会留下几个皇子在北京代他处理政事，有时候还特派一些皇子去处理一些事情。

康熙想让皇子们在实践中得到锻炼的想法固然不错，但皇子干政的结果却对太子形成了伤害。那些参与处理政事的皇子在政治活动了中尝到了权力的滋味，往往会像服用了毒品一样上瘾，他们怎么可能只愿意做个屈居人下的贤王？毕竟，当时满族人入主中原时间不长，即使康熙有嫡长子的观念，但他的那些儿子们对此不以为然，怎么会对胤礽心服口服？毕竟，康熙在位的时候，大家都是兄弟，只有长幼之分，凭什么就胤礽能做太子呢?

更可怕的是，万一胤礽做了皇帝，那时大家就不再是兄弟，而是那种“君要臣死，臣不得不死”的那种上下级关系，那简直就是天壤之别！那些兄弟们想到胤礽的暴戾自私，能不寒而栗吗？由此，那些从政的皇子们必然会培植自己的势力，最后发展到和太子抗衡的地步。

太子不但和其他兄弟们有矛盾，和皇帝也存在矛盾。康熙是皇帝，这就意味着他必须大权在握，其权威不能受到任何的挑战和质疑，这也是专制制度的必然要求。但是，太子作为储君，康熙又希望他在登基前能够在政治中得到锻炼，以便将来能够成为一个优秀的国君。但现实问题是，太子一旦从政，由于其将来会成为皇帝的预期，各大臣们很难对抗其权威，由此也会形成第二权力中心。

让皇子们参政威胁到了太子的地位，让太子参政又威胁到了自己的地位，康熙发现自己良好的愿望最终形成了一个悖论，而形成这个悖论的竟然是自己前面几十年对皇子们有意的培养所导致的。康熙的这种失败，是无法用言语去表达的。世界上很多事情都是这样，出发点是好的，但最终结出的却是让人无法预料的恶果。太子胤礽被废，最高兴的恐怕就是大阿哥胤禔了。胤禔虽然是康熙的长子，但由于他的母亲地位不高，所以始终与太子无缘。胤禔小时候表现也不错，在这些兄弟里面也算是聪明干练的，康熙对这个长子也很重视，经常把他带在身边出巡或者围猎。清圣祖康熙二十九年（公元1690年），年仅18岁的胤禔奉命协助伯父抚远大将军福全征讨噶尔丹，这本是他建功立业的好机会，可惜他当时年轻气盛，没有好好把握。

事情是这样的，清军和噶尔丹的军队后来激战于乌兰布通，双方军队都损失惨重，但噶尔丹的损失更大，如果清军一鼓作气的话，本可以一举全歼噶尔丹残军，但由于清军将领间意见不合，结果中了噶尔丹的假意求和的缓兵之计，致使噶尔丹得以逃脱，留下后患。康熙对这次没能全歼噶尔丹军队非常生气，这时，他又接到胤禔的“私自陈奏”，更是让他火上浇油。这次噶尔丹得以逃窜本来就是因为清军将领不和，胤禔在其中不但没有起到好的作用，反仗着自己是阿哥，违反规定越级上奏，并在暗地里说自己伯父的坏话，对长辈没有丝毫的敬意。康熙一怒之下，便将胤禔提前召回京师。

其实，从“私自陈奏”这件事情就可以看出，胤禔这个人做人既不厚道，也不尊敬长辈，就连脑子似乎也不太开窍。胤禔应该很清楚，自己的父亲生平最恨的，就是那种不仁不孝的人！

清圣祖康熙三十七年（公元1698年），27岁的胤禔被封为多罗直郡王。在当时的这些阿哥里，除了太子胤礽外，胤禔是地位最尊贵的，但他并不满足，他始终在为自己是皇长子而没能立为太子而耿耿于怀。但是，当时太子胤礽有康熙撑腰，他也只能把怨气藏在心里，耐着性子密切注视着康熙对胤礽的态度变化，等待时机的出现。

终于，盼望已久的机会来了。清圣祖康熙四十七年（公元1708年），十八阿哥的事情发生后，太子胤礽被废，胤禔因护驾有功，康熙还让他好生看管已废的太子胤礽，胤禔心头窃喜，以为胤礽被废后，按照“立长”的原则和顺序，应该轮到自己做太子了。

但是，胤禔太急躁了，机会来得快，去得也快。正当胤禔沾沾自喜、蠢蠢欲动的时候，康熙一下就把他看穿了，他警告胤禔说：“我废太子，并让你保护我的安全，但并没有要立你做皇太子的意思，你的秉性一贯躁急愚顽，岂可立为皇太子！”胤禔被这劈头冷水一浇，一下就傻了眼，变得不知所措了。

回京师后，康熙命胤禔同四阿哥胤禛和九阿哥胤禟一起看管废太子胤礽。胤禔奉命将废太子的告天文书拿给胤礽看，胤礽说：我的太子地位是父皇给了，他要废就废，何必告天，又何必给我看呢？胤禔回去后便将胤礽的话添油加醋的汇报了，康熙听后很气愤，说做皇帝乃受之于天命，怎么能不告天，胤礽既然愚顽不灵，以后他的话就不必上奏了。

胤禔随后又把这话传达给胤礽，胤礽说：“父皇说我其他不是，样样都有。但是弑逆的事，我实无此心，这须代我奏明。”胤禔听后，大声斥道：“父皇有命，你的话以后不必转奏了！”这时，九阿哥胤禟站起来说：“二阿哥这话关系重大，似乎应该代奏才是。”胤禔横了老九一样，心想：你算哪根葱啊，父皇都说了以后胤礽的话不必转奏，你瞎起什么哄？

不料这时四阿哥胤禛也说，九阿哥说得对，即使到时父皇责怪下来，这事我们也应该代他奏明。胤禔心头火起，就是不答应。但四阿哥胤禛也不是好惹的，他说：你不奏，我们去奏。说完，胤禛扭头便走。胤禔心想，这两兄弟要是代奏了，反显得自己不是，只好答应去给胤礽转奏。

胤禩

胤禔后来也不知那根神经搭错了，居然上奏说“相面人张明德曾给八阿哥胤禩看过相，说他日后必定大贵”，还揣测康熙想处死胤礽但又不忍心动手，还自作聪明的向康熙提出由自己来代为下手。康熙听后，大惊失色，极为愤怒和惊骇，他真没想到，自己的这个大儿子心肠竟然如此歹毒！对待自己的兄弟没有丝毫的骨肉情谊，比胤礽更是有过之而无不及！康熙当场就被气得脸色发白，喝令将胤禔说的那个张明德立刻缉拿交刑部严审，随后又召集皇子们，痛斥胤禔“凶顽愚昧，不知义理”，“不谙君臣大义，不念父子之情”，实在是“天理国法皆所不容的乱臣贼子！”

至于胤禔向康熙推荐八阿哥胤禩，真不知是抬举他还是故意害他。由于胤禩的生母卑贱，所以胤禩小时候被康熙交由胤禔的生母惠妃抚养，这两兄弟年龄虽然相差10岁，但因为是同母抚养，平常接触的机会比较多，应该比其他兄弟的关系要紧密些。有人认为，由于康熙给胤禔下了“不能做皇太子”的定论，胤禔在自己无望的情况下，便想攀附八阿哥谋取进身之道。但也有人认为，由于当时八阿哥的实力和呼声都很高，而胤禔当时未必完全没有机会，因此他在潜意识里认为胤禩是个强劲的政治对手，因此不能排除当时胤禔推荐胤禩是故意激怒康熙，以达到借刀杀人的目的。

果不其然，康熙接着又当着诸皇子的面，大骂八阿哥胤禩“柔奸性成，妄蓄大志”，“其党羽早相邀结，谋害胤礽”，随后下令将胤禩锁拿。不久，这事情还祸及了其他皇子，三阿哥胤祉、四阿哥胤禛、五阿哥胤祺和十三阿哥胤祥都相继被圈禁。

看来，康熙对这些儿子有些害怕了，自己也有点慌神儿了，手足无措了。康熙感到了从来没有过的孤独，从来没有过的恐惧和透心的冰凉。

没多久，三阿哥胤祉向康熙揭发了胤禔迷信喇嘛教的“魇胜”巫术，并在废太子之前派人在胤礽的住处放“镇物”，企图咒死太子胤礽的事情。康熙听后，彻底崩溃了，看来他太小看自己这些儿子的能耐了。为了弄清事实真相，康熙派人前去调查，还真就发现了十几件“镇物”。人证物证皆在，这下康熙对大阿哥胤禔彻底绝望，于当年十一月下令削夺胤禔的郡王爵，并将他永久幽禁。由此，从清圣祖康熙四十七年（公元1708年）十一月到清世宗雍正十二年（公元1734年）十一月病死，37岁的大阿哥胤禔在高墙内度过了26年的幽禁生涯，最后悄然死去，终年63岁。

大阿哥胤禔的快速出局，恐怕是他自己都没有想到的。但等胤禔想到的时候，已经晚了。胤禔的后半生就这样一直在禁所里度过，他的所有希望就此被打了个粉碎，当年锋芒毕露的大阿哥，从此后便成了高墙里的政治幽灵，盛世年华中的行尸走肉，永远的和外界隔绝并退出了他所期待的那个政治舞台。

胤礽被废的时候，四阿哥胤禛和八阿哥胤禩都没有随同出巡，而是留在京师办理事务。康熙一行人回到京师后，胤禩便被任命为署理内务府总管事。内务府总管事这个职位，一般是皇室成员出了大事，比如皇帝、皇太后去世，往往由皇子或者亲王来担任这一职务。这次胤禩被任命为内务府总管事，奉命查处原内务府总管凌普。凌普本是废太子胤礽的奶公，康熙派他做内务府总管，主要是为了让他更好地照顾胤礽，但凌普依仗太子胤礽的势力，贪得无厌，横行不法，这次康熙第一个就拿他开刀。

很可惜的是，胤禩没有好好把握这个机会。胤禩在查办的时候，大概没有意识到这件事情的严重性，而是按照以前的宽仁态度，想从宽处理，草草结案。胤禩的举动让康熙很不高兴，他认为胤禩是在收买人心，甚至指责他说："凌普贪婪巨富，众皆知之，所查未尽，如此欺罔，朕必斩尔等之首。"

从这件事来说，虽然康熙一向以仁孝治天下，但似乎并不喜欢自己的儿子过于仁厚。康熙大概认为一个过于仁慈的君主往往难以治理国家，也难以让那些大臣们服帖。虽然那些大臣们觉得胤禩的仁义很好，但胤禩的性格和做事风格决定了他不可能会得到康熙的青睐，康熙对他的定位可能只是个"贤王"，而不能做皇上。

从更深层次的意义上来说，康熙对胤禩到处博取虚名，甚至和自己争夺人心的举动，很是不满。康熙废太子本来就是怀疑其图谋不轨，尾大不掉。现在倒好，刚刚去掉一个暴戾的太子，又来一个"仁义"的阿哥和自己隐然对抗，这还了得？

胤禩受到康熙的责备后，随后又受打击。由于胤禔向康熙推荐了胤禩，说"相面人张明德曾相胤禩后必大贵"。这下不但胤禔彻底玩完，还把胤禩也给害惨了。康熙当下就暴跳如雷，不但将胤禔永久圈禁，很快又下令捉拿相士张明德，严查胤禩在里面有何阴谋。

相士张明德当时在京师有点小名气，有很多王公大臣都请他看过相算过命。后来查明，先是王公普奇请张明德看相，由于普奇曾经被太子胤礽打过，大概在看相过程中透露了这事，张明德也说太子"甚恶"，自告奋勇地说要去谋刺太子。不知怎么的，胤禩也听说了这个人，又把张明德接到自己府上。张明德这个人虽然说是相士，但也未免不是想谋取政治利益或者经济利益，他大概听说太子恶名昭著、无可救药，而八阿哥名声甚好，想以此为进身之道，也不是没有可能。

张明德在胤禩府上大肆吹捧了胤禩乃明君之相后，又将他的刺杀计划老调重弹的一番，还吹嘘自己有一帮子奇人异士，杀胤礽不在话下。胤禩听后当然是心花怒放，他后来还跑到胤禟和胤禵的府上告诉他们这个事情，问他们是否支持。

胤禟和胤禵两兄弟觉得这事太冒险，便劝胤禩把张明德赶走，别惹麻烦。后来他们几个人都没有上奏这事。

这个案子查清楚后，康熙立刻下令将张明德凌迟处死，随后又下令将胤禩的贝勒爵位革去。当康熙宣布锁拿胤禩的时候，胤禟一看形势不对，便怂恿旁边的胤禵说："你我此时不言，更待何时？"胤禵当时毕竟年轻，便斗胆上前说："八阿哥决无此心，臣等愿保之！"康熙一听更是火冒三丈，指着胤禵和胤禟的鼻子骂道："你们两个要指望他作了皇太子，日后登极，封你们两个亲王吗？你们以为自己很有义气，我看不过是梁山泊的土匪义气罢了！"胤禵不服，以死发誓保胤禩没有谋反之心。康熙气得不行，喝道："你想死容易得很，我现在就要你死！"说完真的当场拔出佩刀，要砍胤禵。皇子们见父皇真的生气了，一下慌作一团，幸好五阿哥胤祺反应快，他赶紧上前一把抱住康熙的腿，跪求父皇息怒。众皇子见康熙被抱住，也赶紧叩首恳求康熙收回佩刀，康熙余怒未消，把佩刀扔在地上，命诸皇子将胤禵责打二十大板，然后将胤禵和胤禟两人逐出。

康熙的这20个长大成人的儿子，大部分都出类拔萃，文武双全，在康熙的严格教导下，一个个都是海里蛟龙、人中精英，如果不是出生在帝王之家，也许他们会有更好的发展机会。但是，权力的诱惑实在太大了，既然太子被废，其他儿子都是平等的，谁都有权利来继承皇位。但问题是，皇位只有一个，它是不可分割的，又怎能平均分配呢？

不久，康熙怒气渐平，又分别召见了还在圈禁中的胤禩和胤礽，说"自此以后，不复再提往事"。虽然不清楚康熙和这两个儿子具体说了些什么，但总的看来，康熙应该是对这两人都有所谅解。胤禩在这个事件里本无大错，毕竟他没有亲自出头去争太子之位，不过因为康熙在气头上怪他办事过于仁义，想收揽人心，加上后来胤禔的搬弄，才导致革爵圈禁。至于太子胤礽，在大阿哥胤禔密咒太子的事情被揭发后，康熙对胤礽的火气也消了不少，便将他从上驷院旁边的毡幄之中移到咸安宫圈禁，改善了胤礽的待遇。

但是，十八阿哥之死和废太子的两个事件还是让康熙意识到，他一直试图营造的"父慈子孝、兄恭弟敬"的家庭和睦气氛，完全是自己刻意营造的一个迷梦。康熙虽然不愿意面对这个现实，但他很清楚地知道，现实可能比自己想象的还要残忍。于是，康熙决心复立胤礽为太子，以平息儿子们的储位之争。

就在当年（清圣祖康熙四十七年）的十一月十四日，康熙把部分满汉文武大臣召集到畅春园里，他说："最近我感到身体不适，情绪不佳，精神委顿。主要是废黜太子后，没有人来帮我分担点政务，才使得我如此劳累。现在我让你们在从我的这些阿哥里面举荐一个人来做皇太子，你们选中谁，我就让谁做"。话音刚落，康熙在最后又特别加了一句："大阿哥除外，大学士马齐不得参与。"说完，康熙便转身回了寝宫。

康熙把大阿哥胤禔排除在外，这很好理解，当时的胤禔已被永久圈禁，形同废人。而康熙之所以要禁止马齐参与，主要是听说他和八阿哥胤禩关系甚好，隐然是"八王党"的领袖，废太子后一直在为胤禩夺取储位而积极活动，所以不想让他参加。

虽说满族人有推举新君的政治习俗，但这早在皇太极的时候就已经成为历史了。众人心想，康熙当年在胤礽两岁不到就急急把他立为太子，如今太子被废，却又想起老祖宗"以臣选君"的老办法，不知道葫芦里卖的什么药？

正当群臣疑惑的时候，胤禩的支持者们却兴奋了起来，他们立刻派人去给马齐通风报信，商议对策。而马齐则假装自己不知道康熙禁止他讨论这事，第二天一大早便兴冲冲地跑到内阁，来参加大臣们对推荐太子的表决。胤禩的其他支持者们更是不像话，见人就在自己手心默写一个"八"字给人看，暗中鼓动大家推举八阿哥胤禩，形同串联拉票。最后大学士张玉书问："谁最合适？"马齐抢先说："大家都推举皇八子"，其他人也都附和说皇八子好。

于是，内阁便把立八阿哥胤禩为太子的公推结果报了上去。康熙一见，大感意外，目瞪口呆。但因自己有言在先，康熙也只得按捺自己的怒火，给众大臣回谕说："立皇太子的事情关系甚大，你们要各自尽心详议，八阿哥未曾经历政务，近又罹罪，而且其母家出身微贱，你们再好好想想。"

大臣们听后面面相觑：原来皇帝说话也不作数的！既然康熙都这么说了，那大臣们还能怎么样，于是公推皇太子一事，最后也就不了了之。由此看来，赢得众人之心不顶用，关键还是得皇帝点头才行！

令人叫绝的是，老百姓都知道"天子无戏言"，可在这事上，一代英主康熙最后出尔反尔，颇为可叹。康熙当时虽然有点脸红，但他心一横：我是皇帝我做主，我说话就不算数了，奈何？只是八阿哥胤禩颇为可怜，他这次等于是被他的支持者们送到火坑上去烤了。也许康熙当时心里还想，胤禩这个小小的贝勒，势力还真不小，要是让他当了太子，那还了得？这些人都听他的，我这皇帝往哪摆？

随后，康熙又召见诸王大臣说：自己几次梦见孝庄太后及孝诚仁皇后（胤礽之母），“颜色殊不乐”，让他感到不安；废太子胤礽经过多日调治，疯疾已除，本性痊复。康熙的意思已经很明白了，那大家也没什么说的，于是当年十一月中旬，胤礽得释；十一月底，胤禩也被复封为贝勒。废太子后的第二年，清圣祖康熙四十八年（公元1709年）三月，康熙宣布复立胤礽为皇太子，立太子福晋石氏为太子妃。

事情弄了半天，原来康熙是要借民主“臣选”太子的名义，来掩盖“钦定”复立胤礽的真实目的。可惜的是，民主这玩意不能随便搞，一搞就出乱子，这事康熙以后再也不干了。康熙在释放胤礽的时候，语重心长地对他说：“凡是规劝你的人，都是你的恩人；奉承你的人，其实是在害你。以前指出你问题、曾与你作对的人，你都不得与别人结仇。”随后，康熙又说：“你的这些兄弟里面，四阿哥能体会朕意，爱朕之心殷勤恳切，可谓诚孝。五阿哥心性甚善，为人淳厚。七阿哥心好，举止蔼然可亲。就是八阿哥的为人，诸臣也奏称其贤，裕亲王（福全）生前也曾说八阿哥心性好，不务矜夸。你要是能亲近他们，使他们左右辅导你，还有什么事情办不好呢？”

康熙还是原来的那个理想主义，众兄弟作贤王，对太子来个“众星捧月”，家业永继。可惜的是，月亮不是那个合格的月亮，星星早不是那个黯淡的星星，康熙的一厢情愿，当然不会有什么好结果。

在复立太子的第二天，为增进兄弟间的团结，康熙又宣布封三阿哥胤祉、四阿哥胤禛和五阿哥胤祺为亲王，封七阿哥胤祐和十阿哥胤䄉为郡王，九阿哥胤禟、十二阿哥胤祹和十四阿哥胤禵被封为贝子。

康熙的警告规劝和谆谆教诲，在最开始的时候对胤礽还有所触动，但没有多久，他的本性又暴露了。胤礽在悔罪的同时，又对康熙说：“因为我的不善，别人就利用来陷害我”。看来，胤礽还是没有意识到问题的实质所在。要知道，康熙废黜他，一来是因为他暴戾不仁，二来是因为他结党营私，危害到了康熙的皇权，可这个太子爷记吃不记打，他既不反省自己，也没有改恶从善的念头，还一个劲地怪罪别人呢。

阿哥们此时的情况已经有了非常微妙的变化。康熙在复立太子的时候册封其他阿哥，本意是想促进皇子们的团结，但可惜的是，这并没有产生康熙所期待的效果。册封后，其他阿哥的势力有所加强，而太子胤礽的地位相对降低（原来胤礽是太子，其他阿哥最高不过是郡王，而现在阿哥里面光亲王就有三个）。胤礽见自己的势力有所削弱，为了自保他必然要发展自己的势力，而这样做的结果，一是让其他皇子更加忌恨并加紧倒太子的活动；二是让康熙也感到不安，万一胤礽尾大不掉甚至突发政变，康熙不也得玩完？

也许胤礽心里埋怨说：父皇说这个弟弟好，那个弟弟贤，可那有什么用呢？兄弟间表面上和和气气，风平浪静，背地里却是明枪暗箭，一个个像仇人一样，恨不得你吃了我，我吃了你！这太子和其他兄弟们的仇不但没有化解，反倒是越结越深了。

胤礽自己也是个没有自知之明的人。复位没多久，胤礽便又开始得意起来，他的周围也很快重新聚集起一批党羽和亲贵大臣，其中包括步军统领托合齐、兵部尚书耿额、刑部尚书齐世武、都统鄂鄯等人。胤礽一点都没有接受从前的教训，反而有过之而无不及，又和从前一样骄横淫逸、作威作福，还屡次派家奴到地方上去敲诈勒索，稍有不从，便利用手中的权势进行打击报复。

胤礽的胡作非为让官员们叫苦不迭，手足难措。他们不敢得罪太子，因为他是未来的皇帝；但要屈从太子，康熙问起来，同样会飞来横祸，“两处总是一死！”

胤礽实在是太不可救药了，他也不想想，他的复立真的是因为康熙原谅他了吗？不是。正如康熙后来说的：“朕前患病，诸大臣保奏八阿哥，朕甚无奈，将不可册立之胤礽放出。”康熙把胤礽放出来，是迫于当时诸皇子争夺储位又无法遏止的形势下才考虑复立他的，其实也是无奈之举。康熙心里清楚，只要一天不立太子，争斗就一天不会停息。换句话来说，复立胤礽，不过是让胤礽以嫡长子的身份去填补储位的真空，以堵住众大臣的嘴，也希望以此来平息其他皇子对储位的争斗。

但事与愿违的是，其他阿哥对胤礽的复立报以十二分的恶意。特别是“八王党”，更是恨之入骨，反加紧了“倒礽”运动。据说，当时为了丑化太子胤礽，

“八王党”的骨干甚至合谋用钱收买了一些说书人，派他们到天桥底下人多的地方多集联播，对胤礽进行肆意诬蔑，制造对其不利的舆论。

甚至远在南方，很多官员也知道胤礽的地位不稳。因推举八阿哥胤禩而被罢官的原户部尚书王鸿绪回到江南后，常和人说：“我京中常有密信来，东宫目前虽然复位，圣心犹在未定”。一些官员也纷纷预测，“东宫虽复，将来恐也难定”。明眼人心里都清楚，唯有胤礽在梦中。

对于太子的倒行逆施，康熙一忍再忍。正如康熙后来说的：“每个人都有其所钟爱之子，也有其所不喜爱之子。许多年来，我默默地忍受着痛苦，这是十分艰难之事，只有我才能这样忍受，而胤礽的行为却使我加倍地痛心。他让我谴责谁，我就谴责谁；他让我惩罚谁，我就惩罚谁；他让我流放谁，我就流放谁。除了他要我处死的人，我没有照办。我依从他，可他却不改自己的恶性；我不禁心灰意冷。”

很奇怪的是，康熙明知道胤礽暴虐无道，却一再纵容之。康熙的理由是，让太子“凡事如其所欲，以感悦其心，望他因此而徐徐迁善”。意思就是说，如果太子凡事顺心如意了，自然就会改恶从善的，这是何等荒谬的理论。

风暴一旦形成，终究有一天要来临。清圣祖康熙五十年（公元1711年）十月，有人举报“太子党”托合齐等人聚众会饮，贪婪不法。康熙知道这些人的后台是太子胤礽。在对胤礽彻底绝望的情况下，清圣祖康熙五十一年（公元1712年），太子胤礽再次被废，重新圈禁在咸安宫内。

太子胤礽再度被废之后，曾力推胤禩为接班人的马齐再度被起用。听到这个消息后，“八王党”的人纷纷额手称庆，胤禩也兴奋了起来。在胤禩的眼里，这等于是宣布当年复立胤礽为太子是错误之举，而自己因被众大臣保举反被连累，也应该到了平反之日了。

乌云散去，希望重生，被喜悦冲昏了头脑的胤禩悄悄地跑到康熙那里，十分诡秘地说：“（要是大臣们再推举我的话，）我如今该怎样做？”接着又故作烦恼：“我情愿卧病不起。”胤禩的意思是说，要不我就装病，免得再有保荐我的事情。康熙一看儿子那欲说还休的样子，气不打一处来，当场就斥责道：“尔不过一贝勒，何得奏此越分之语？以此试朕乎？伊以贝勒之身存此越分之想，探视朕躬，妄行陈奏，岂非大奸大邪乎？！”

康熙的话，给了胤禩一闷棍。他见自讨没趣，只好灰溜溜地走了。

康熙心里明白，胤禩现在很得意，因为太子被废，而胤禩在三年前又曾被群臣公举为太子，一旦康熙驾崩，胤禩便会被朝中大臣们拥戴上台。

估计胤禩当时也是窝了一肚子的气。当年十一月，康熙前往热河打猎，胤禩因当时是其生母良妃卫氏二周年的忌辰，所以没有跟随而是单独前去祭奠已故的母亲了。胤禩祭奠完后住在城北的汤泉，没有去康熙的行在请安，却派太监给康熙送了两只垂死的老鹰，并说他即将回京。

这事颇为可疑。很难想象当时胤禩为什么要这样做。胤禩不去给康熙请安并随同回京已经不太正常，又何必给老父亲送两只奄奄将毙的老鹰呢？难道胤禩是因被斥责而意气用事，破罐子破摔，有意讽刺康熙？或者这是其他竞争者的阴谋诡计，这老鹰开始不是奄奄将毙而中间被人动了手术？抑或根本就是康熙借此机会大做文章，以彻底断绝他的太子梦？总而言之，这件事情太让人费解了。

不管怎么说，康熙肯定是见到这两只可怜的老鹰了。康熙当时就被激怒了，他认为胤禩有意把自己比作是垂死的老鹰（老鹰虽强，也有老死的时候），气得心脏病都发作了。随后，康熙把诸皇子召来，当众大骂胤禩，随后又说出更绝情的话："胤禩与乱臣贼子结成党羽，邀结人心。朕深知其不孝不义行为，自此朕与胤禩父子之义绝矣！"

胤禩的为人到底如何？康熙何以对他存在如此大的芥蒂和疑心？这问题颇值得研究。应该说，胤禩生性聪慧，天赋极高，这点无可否认的，就连后来雍正也说他"论其才具、操守，诸大臣无出其右者"，甚至承认自己的才力也只是"能与相当"。胤禩常被人称赞"朴实、正气"，广有善缘，其待人处事之风，确实比其他阿哥强很多。毕竟，康熙朝的多数满汉大臣和皇族宗亲都愿意与之交结，这应该不是靠单纯的笼络和曲意结党所能换来的。

但在康熙的眼里，胤禩太柔懦，太会邀结人心了，甚至根本就是假仁假义。譬如清圣祖胤禩康熙五十年（公元1711年）胤禩的生母良妃卫氏去世，胤禩极其悲痛，祭奠也极其丰厚，而且胤禩"百日后仍用人扶掖而行"，并一直在家供奉其母妃容像。但康熙曾经指责胤禩是在"沽取孝名"，因为有人举报他背后却偷偷地酗酒。而且，据说"扶掖而行"也是做样子，其实是九阿哥胤禟出的鬼主意。

康熙以仁孝治天下，其实是外儒内法，他并不喜欢一味仁义的皇子，而是喜欢刚毅果断的阿哥。胤禩连老婆都怕，做事太柔仁，有恩无威，显然不是合适人选。就像康熙指责那些公推胤禩的大臣们时说的，你们想把胤禩弄上去，好受你们摆弄吗？所以，大臣们越是向着胤禩，康熙便越是狠狠打击胤禩。

当然，也不能排除康熙为了皇位永固而有意为之。康熙恐怕是担心万一自己真的遭遇不测，胤禩顺利上台的话，恐怕难以成为一个合格的君主，弄不好会像明朝的那些皇帝一样，为群臣所制！从太子两度被立和胤禵得罪康熙反被加功晋爵的情况下看，康熙心里还是偏爱那些有胆识、敢作敢为的阿哥。

问题还不仅仅于此。事实上，康熙对胤禩的态度和指责，曲多直少，有时候根本就是不讲道理。由此可见，康熙除了不喜欢胤禩的秉性外，最关键的是他不愿意看见胤禩的个人威望和私党势力威胁到自己的皇权。要知道，康熙独断专行了一辈子，他无法接受、更无法容忍有人超越他自己的威望，譬如前一次众大臣公推接班人，在康熙看来，这无疑是一次示威，甚至是一次逼宫。

所以说，在专制社会里，得人心不如得君心；越是得人心，就越是不得君心，就会越被忌恨，也就越倒霉。毕竟，只要康熙还有一口气在，天下就是他的，太子不行，胤禩更不行！子曰：惟名与器，不可以假人。诚哉斯言！

在“太子党”土崩瓦解，“八王党”分崩离析之时，“皇四子”集团在戴铎“挖掘和培养本门人才，壮大本门实力”的建议和精神指导下，已经是初具规模，悄然浮现。

长久以来，四阿哥胤禛一直循规蹈矩，对于皇子们之间的争夺，似乎更多的是一种淡泊和从容的“出世”态度。这种态度，与其说是故意伪装，倒不如说是一种兴趣的选择，毕竟，在太子被废之前，胤禛也的确没有想要去争夺储位的念头——以他当时的条件和兴趣，只是替补中的替补，储位的问题，似乎还远远轮不到他。

即使在一废太子后，胤禛也没有想过要卷入到这场储位战争中去，大阿哥胤禔的悲惨结局估计对他产生了很大的触动，让他认识到轻举妄动的可怕后果。所以，在胤礽被复立后，胤禛还是安分守己，甚至拜佛参禅，看淡一切，以尽可能地回避那些宫廷斗争，免得自己被卷进去，惹祸上身。

但清圣祖康熙五十一年十月太子再度被废，一下子把胤禛的原有想法给打破了：既然太子胤礽已经再没有可能接班了，那么，其他的皇子都不是皇后所生，也就是说，大家都是平等的，都有权力去继承康熙的皇位，而自己又是相对年长的皇子，能力也不差，那为什么不能是我来接班呢？

一旦这种平等朴素的念头在胤禛的脑海里萌芽，那就会形成燎原之势，再难回头了。但是，虽然前面已经有人在这场斗争中落马，但具备继承王位资格和实力的兄弟不仅仅是胤禛一个人，他还有这么多的兄弟，谁也不知道最终会鹿死谁手。而且，康熙在二废太子后，看起来已经不打算再公开建储了，这就更是加大了争储的难度，并决定了这将是一场长期的斗争。

与此同时，胤禛的心腹戴铎在清圣祖康熙五十二年（公元1713年），也就是二废太子的后一年，及时上书给胤禛，劝自己的主子加入争夺储位的行列中，他指出：现在储位虚悬，皇上圣意未定，你不去争取，别人就会去争取，万一机会给了别人，到时候自己的命运就掌握在别人的手上，到时候想后悔也来不及了。何况胤禛在胤禔、胤礽被圈禁、胤禩被打击、胤祉等人实力还不是很强的情况下，胤禛作为年长的皇子，并不是没有机会，关键是要靠自己去把握。

胤禛

随后，戴铎又提出了三条具体的建议，一是如何处理父皇和兄弟们的关系；二是如何处理和朝廷官员的关系；三是如何培养自己的人马、壮大本门实力的问题。

戴铎提出，胤禛当时面临的情况是处于一种“英明之父、众多手足”的局势。这种局势不好处理，难就难在面对一个英明的父皇时，你要是不展示你优秀的一面，往往不被考虑，就像五阿哥胤祺、七阿哥胤佑等人一样；但是你要是过分展示你优秀的一面甚至超过父皇的话，又会被父皇所猜忌，八阿哥胤禩就是一个很好的例子。

面对这种情况，戴铎提出，“孝、诚、和、忍”是父子兄弟关系的四个法宝，在处理父子兄弟关系的时候，要注意方式方法：对父皇既要诚孝，但又要适当展露才华；对兄弟要友爱包容，和睦相处，不结党，不结怨（结党必然结怨）；凡事要平和忍让，小不忍则乱大谋，不要因小失大，坏了大事。

在如何处理和朝廷官员的关系问题上，戴铎提出要胤禛向八阿哥胤禩学习，广结善缘，以赢得更多人的支持。由于胤禛在此之前对争储之事比较淡泊，在这方面可能没有很好的基础，所以戴铎向他提出要积极的入世，趁着八阿哥胤禩受打压的好机会，把朝廷中的一些重要人物都争取到自己的阵营中来。在这个过程中胤禛争取到了两个关键性的人物：年羹尧和隆科多。

年羹尧

年羹尧，胤禛的大舅子，其妹为胤禛的侧福晋，年羹尧是汉军旗人，在清圣祖康熙四十八年已就任四川巡抚，在清圣祖五十七年晋升为四川总督，康熙六十年升为川陕总督，势大权重。隆科多，当时的步军统领、理藩院尚书，步军统领负责京城的安全，掌管京师的卫戍部队，其职位的重要性和敏感性对于胤禛的意义是显而易见的。

另外还有一个人物不能遗漏，那就是十三阿哥胤祥。虽然从清圣祖康熙五十一年到清圣祖康熙六十一年，胤祥似乎已经在当时的储位斗争中几近消失，但在所有的阿哥里面，胤祥可以说是胤禛最铁的死党，这个人虽然在康熙生前没有给胤禛夺取储位带来帮助，但在胤禛即位的时候和即位后产生了重要作用，说起胤禛的小集团，不能不提及他。

由此可以看到，胤禛虽然韬光养晦，但其集团的人在康熙末年却已经掌握了一些重要的职位，在外有总督、巡抚、提督，布于四方；在内有内阁官员、御史等。如此势力，虽说不是太大，但也令人不敢轻视。对比其他的阿哥，如三阿哥胤祉势力太小；八阿哥大都是朝中文官，而十四阿哥只有部分兵权，并没有得到朝中的普遍支持。如此考量下来，胤禛集团在综合实力上显然处于上风。

不仅如此，康熙晚年对胤禛的好感和重视也是与日俱增，这从康熙和胤禛的来往频繁度和委派的事务也可以看得出来。胤禛办事麻利，果敢坚决，这点很得康熙之心。

清圣祖康熙六十一年（公元1722年）十月，也就是康熙驾崩的前一个月，通仓、京仓亏空之事泄露，康熙命胤禛带领大队人马前去清查，其中包括隆科多、延信等人。同年十一月初九，也就是康熙驾崩的前四天，冬至将到，胤禛被委派去南郊天坛行祭天大礼。按常例，祭天这样的大礼都是由皇帝亲自来主持的，康熙也从没有委以他人。康熙委派胤禛前去祭天，也许已经能看出点端倪了。要是康熙真的有意传位给胤禛的话，那这次胤禛的祭天，也就成了上苍对这位未来之君的审查了。也许冥冥之中，的确是有天数的。

正如戴铎所说，“处英明之父子也，不露其长，恐其见弃；过露其长，恐其见疑”。应该说，胤禛很好地把握了处理政事的尺度，勤勉敬业，凡是康熙交办的，都竭尽所能去办好，而且每次总能让康熙感到满意。

当时胤禛大约四十来岁，正是年富力强的时候。在当时的皇子里面，八阿哥胤禩虽然也有能力，但已经靠边站了；而十四阿哥长期在外用兵，对政务并不了解；剩下的竞争者里，同样受到康熙重视的就只有三阿哥胤祉了。可惜的是，胤祉虽然年长而且有才学，但他不是个搞政治的人，也没有深谋远虑，不足以和胤禛抗衡。这个时候，胤禛的地位已经十分稳固。

在政务方面功绩卓著意外，胤禛的四子弘历的适时出现也让其在康熙心目中的地位更高，也为胤禛加了不少印象分。

康熙进入晚年后，皇子们为争夺储位而明争暗斗，以至于骨肉离间甚至彼此见而如同仇人相见，康熙看在眼里痛在心里，悲愤难平却有无计可施。正当康熙郁郁寡欢、心灰意冷的时候，胤禛巧施妙计把11岁的弘历引见给了自己的老父亲，而弘历的聪颖可爱、至真至纯，也让已是暮年的康熙感到了家庭的天伦之乐，给他的晚年生活带来了无限的欢乐，成为康熙晚年孤寂生活中的不可多得的一抹亮色。

清圣祖康熙六十年（公元1721年），在胤禛的陪同下，康熙和一些大臣们来到承德避暑山庄狮子园欣赏美景。父子俩正闲聊着，突然不远处传来了朗朗的读书声。康熙听后为之吸引，就顺着声音走了过去，还没到那，胤禛便大声喊道：“弘历，还不快来给皇爷爷请安！”

这时，一个面容清俊的小孩走了出来，他手里拿着一本书，见到康熙后赶紧叩头。康熙很高兴，便问他刚才读的什么书，弘历说是《论语》，老师昨天刚刚教的。胤禛便乘势说：“那你就背一段给大家听听吧。”

弘历听后，便放下手里的书，走到众人的面前，不慌不忙，从容背诵。令人惊奇的是，这个只有11岁的小朋友把《论语》里的内容背得又快又熟，居然一字不落。康熙和随行的大臣们听后忍不住大声喝彩，夸赞这小孩真是聪明。由此，康熙也就记住了这个聪明的小孙子。

第二年的春天，康熙回到京师后，又应邀来到胤禛的圆明园牡丹台赏花看戏，康熙想起了去年背书的那个孙子，便让胤禛把弘历叫来随侍。整整一天，不管是游园和看戏的时候，康熙都让这个小孙子跟在身边，不离左右。胤禛见康熙对弘历如此欢喜，便顺水推舟的说："既然父皇如此疼爱弘历，就让他服侍父皇读书可否？"康熙听后，马上同意，于是便把弘历接到自己住的畅春园。从此后，只要康熙有空，就会过来看看弘历读书如何，碰到弘历不懂的，就给他亲自讲解；弘历看书累了，也会跑到隔壁殿里去找爷爷，要是有官员来见康熙，弘历就乖乖待在一旁，听大人讲话。甚至连康熙吃饭的时候，都把弘历带上，还亲自给弘历夹菜喂饭，"曲承含饴，依膝之欢"，可见康熙对这个孙子的宠爱之深。

清圣祖康熙六十一年（公元1722年）严冬，在一片流言四起，肃杀恐怖的气氛中，胤禛登上了皇位，成为康乾盛世中承上启下的关键人物。

现在，我们很难说胤禛当时没有利用康熙因皇储虚悬的苦恼，及其老年人爱孙的普遍心理，把弘历作为自己争夺储位的最后王牌给打出去，以利用康熙对弘历的好感，而加强自己在康熙心目中的分量。如果说，胤禛真有这个想法的话，不得不说这手段的确是高明而且不留痕迹。以至于野史和戏说中会说，胤禛能得到帝位，最重要的就是因为有个好儿子。

从康熙晚年诸皇子夺嫡的全过程来看，储位之争中多种力量多种因素纠结。诸皇子八仙过海、各显神通，上演了中国封建王朝历史上最复杂也最精彩的一幕大戏。正如一位清史专家绝妙地评论说："康熙晚年诸皇子争储棋局可能将具有永久的魅力，它荟萃了中国古代政治权术的精华。"

在这场斗争中，原本最不被看好的胤禛成了最后的赢家，在韬光养晦中后发先至，不声不响君临天下。在二月河创作的《雍正皇帝》一书中，胤禛在潜邸的智囊邬思道曾经套用老子的话对胤禛说："争是不争，不争是争。夫唯不争，故天下莫能与之争。"事实证明，胤禛已经将老子的这句话运用到了极致，所以他才能最终挫败诸位兄弟，荣登大宝。

第二章　母子争锋

第一节　虎毒食子灭人伦——为夺权鸩杀亲子的北魏胡太后

说到北魏的衰亡，我们必须从一项奇特而严格的宫廷制度说起。

公元前一世纪，对宫廷斗争已经心灰意冷的汉武帝立刘弗陵为太子。为了预防刘弗陵的生母钩弋夫人将来以皇太后的身份干预朝政，他残酷地赐死了钩弋夫人。

北魏帝国是由北方的鲜卑民族拓跋部落建立的。鲜卑民族入主中原后逐渐汉化，学习了汉族的政治制度，对汉武帝预防太后和外戚专权的残酷做法非常欣赏，并且明定为宫廷制度。因此，北魏的皇宫妃子们终身生活在矛盾之中。她们既希望生育儿子，因为那是她们将来地位的基础；同时又担心生出的孩子日后被选立为太子，那样年轻母亲就要被迫服毒，也就永远享受不到荣华富贵了。由此，宫内的嫔妃们都暗中祈愿自己生诸王、公主，不愿生太子。偏偏有一位胡妃胆识不凡，她常常对旁人讲："天子怎么能没有继承人呢，我不怕自己死掉，为皇上的后嗣着想，最好能生太子。"当胡妃怀孕后，周围人都劝她想办法使孩子流产，免得生下太子被杀掉。由于世宗和皇后于氏仅有的儿子已夭折，胡氏所生如果是男孩的话，肯定能当太子。对此，胡妃不仅不惧怕，反而在夜深人静时对佛发誓："希望自己能生下皇子，即使由此身死，在所不辞！"果然，胡氏生下皇子，晋封为充华嫔。

由于世宗的儿子们大多生下来不久就被高皇后想方设法弄死，世宗皇帝自己又觉年岁渐长，对胡氏所生的唯一的皇子元诩就慎加保护，亲自选择良善之人给儿子当乳母和保姆，别选宫殿专门养育，严禁皇后和胡氏本人去探视。

建昌四年，世宗病死，时年33岁。大臣崔光、于忠、王显等急忙拥立时年6岁的元诩为帝，是为肃宗孝明帝。尊胡贵嫔为皇太妃，又废高太后为尼，迫迁至用作冷宫的瑶光寺。没过多久，又尊皇太妃为皇太后，并奏请太后临朝称制。

胡太后初临殿堂，还不敢太放肆，行事称令不称诏，让群臣上书称其为殿下。不久，胡太后就改令称诏，群臣上书言陛下，自称为朕。胡太后掌权后第一个举措就是封自己的父亲胡国珍为安定公，加侍中官衔。为了试探群臣反应，胡太后又称独生子太小不能亲自祭祖，想代行祭祀典礼，就问大臣崔光是否可行。崔光马上援引汉朝和熹邓太后的旧例加以赞同，胡太后大悦，在大祭典礼上亲自主持一切。

这时候，虽然胡太后过崇佛法，小皇帝又好游猎玩乐，母子还是很听得进臣下进谏。尤其像张普惠这样的谏臣常常上表议论时改得失，太后和小皇帝常常把他召至宣光殿亲自听取他的意见，对于王公亲戚犯法，也很少宽贷。

胡太后亲近的宦官刘腾，虽然大字不识一个，但善于揣测人意，奸谋多端，太后更念他当时对自己有保护之功，把他升至侍中的大官。刘腾广收贿赂，助人升官。此时，胡太后已把北魏王朝的大权全部揽于自己一人之手，做事开始无所顾忌。天文官称天象有变，需一贵人之死以应之。胡太后马上想起自己的对手高太后，派人趁夜黑杀掉她，以埋葬尼姑的礼仪葬掉了这一代正宫皇后。

比起其他的太后、女皇宠养臣下、阉竖、和尚或无赖之徒充当男宠，胡太后技高一筹。北魏的清河王元怿风仪俊美，胡太后逼而淫之。堂堂一个王爷被自己的嫂子逼淫，确也是千古奇闻，可见这胡太后确实不是平常人。

元怿王爷并非只是个德行轻薄的小白脸，他素有才能，好文学，礼敬士人，在当时很有威望。胡太后妹夫元义是当时掌管禁军的领军将军，他和太监刘腾都因卖官弄权受过元怿训斥，因而对他怀恨在心。两人密谋后，指派平日伺候小皇帝进膳的太监胡定告发说元怿派他毒杀皇帝，许诺自己称帝后给胡定荣华富贵。小皇帝当时才11岁，对此话信以为真。当夜，元义和小皇帝等人把胡太后关在永巷门内，几个人把元怿骗入宫内秘密杀害。

接着，一行人又诈称胡太后诏旨，说太后得病，还政于皇帝。于是胡太后被幽禁于北宫宣光殿，大门日夜紧锁。大太监刘腾自己亲自掌管钥匙，小皇帝想见亲妈都没有机会。

此时，胡太后衣食俱废，挨饿受冻，只能叹道："养虎噬人，正是讲我这样的人！"于是，北魏大政外由元义把持，禁宫内由刘腾统领，两个人威震天下。朝野有人升官或当官，两人只看送礼多少而定，连元义的父亲京兆王也倚仗儿子权势卖富弄权，他们盘剥六镇边防军人，私自和南朝走私货物，欺男霸女，远近苦之。

后来，大太监刘腾病死。元义已执政三四年，自觉天下完全由他自己一人掌握，对胡太后的防备之心也渐渐松弛。

胡太后趁着与小皇帝相见的机会，怨恨地说自己要去嵩山当尼姑，说着还拿过剪刀要自己落发，声色俱厉。群臣与皇帝苦苦请求。娘儿俩相处几天，互诉衷肠，都觉元义可恶。小皇帝渐已长大成人，他假装把母子之间的往来情状一一告知元义，让元义觉得自己仍旧深受皇帝宠信。

公元525年2月，胡太后、皇帝母子忽然解除元义禁军统帅之职。为安慰稳住元义，又封他为骠骑大将军、开府仪同三司、尚书令、侍中、领左右等一系列虚衔。元义心中稍安，总觉自己不会有废黜的危险。

胡太后毕竟是妇人，元义是她亲妹夫，迟迟不忍行诛。

胡太后重新掌权后，被元义贬出的宗室元顺被召还，任官侍中。有一天，元顺在殿上侍坐于太后身边，忽然指着太后身后的亲妹妹，说："陛下您奈何以您一个妹妹的缘故，不正元义之罪，使天下人民不得申冤诉愤呢！"太后默言，不知如何回答才好。群臣趁机纷纷请求发落，皇帝也要胡太后表明态度。犹豫再三，胡太后下诏赐元义与其弟元瓜家中自尽。

胡太后几年幽禁后，此时又可以畅行其志。虽然徐娘半老，胡太后仍然非常喜欢浓妆艳抹，不停外出到贵臣亲戚家游幸。大臣元顺犯颜直谏："按照古礼，妇人丈夫死后应自称未亡人，头上不能装饰珠玉，衣服上不能绣有花纹彩色。陛下母临天下，年将四十，整天修饰打扮过度，怎能给后世以模范作用呢！"胡太后羞得面红耳赤，起驾还宫。她把元顺召进宫内责骂："我千里把你招至朝廷，就是让你大庭广众之下羞辱我吗？"

元顺直言："陛下不怕天下人笑论您，难道就以为臣我一句话而感到羞耻吗！"

胡太后虽小有收敛，本性中的不羁因子仍没有任何收敛。胡太后宠幸大臣郑俨，拜其为谏议大夫，昼夜宫中伺候，可称得上是侍衣大夫。郑俨有公休假回家，太后常常让几个太监和他一起去。郑大夫见到自己正妻，只能匆匆聊上几句家里闲话，马上就被催促回宫。此外，郑俨还和一个叫徐纥的中书舍人狼狈为奸，把持内外，时称"徐郑"。

在这种朝廷荒淫、奸臣当道的局面下，北魏国家形势一片鼎沸。西北边镇造反后，南方二荆、西郢等地的蛮族也纷纷占据出头，接着安州三地的戍兵又纷纷造反，齐州、东清河郡、东郡、广川、陈郡等地兵民四处响应，整个国家处于分崩离析的状态。

在镇压叛乱过程中，秀容郡地方军阀尔朱荣日益强大，被封为安北将军，都督恒、朔讨虏诸军事。尔朱荣带兵路过肆州，刺史尉庆宾不开城门迎接，他竟然派兵袭取肆州，自置刺史。北魏朝廷对此也不敢管，眼睁睁看着一方地头蛇横行。到后来，连因梁灭齐而逃到魏国的齐国宗室萧宝寅也趁乱称帝，占据关右，改元隆绪。

公元528年，肃宗的潘嫔生下一女，胡太后对外诈称皇子降生，大赦，改元。

自胡太后再次临朝以来，奸臣擅权，政事紊乱，刚纪松弛，恩威不立，国内盗贼蜂起，封疆日蹙。肃宗孝明帝年纪渐长，胡太后自知妇行有亏，怕左右人泄漏给儿子知道，凡是皇帝所爱信的人，想方设法把他们外放、除掉，不让皇帝知晓外间事务和朝事。散骑常侍谷士恢和皇帝很投缘，两人常常相谈良久，太后便任命他为外州刺史。谷士恢不想外任，太后就找人诬称其有罪杀掉。又有一个密多道人，能通晓胡语，皇帝常置之于左右，顾问笑谈。太后暗中派人杀之于城南，然后诈称为盗所杀，还悬赏捉拿杀手。

以上种种，小皇帝皆心知肚明，母子之间嫌隙日深。

秀容郡尔朱荣此时羽翼已丰，对北魏国政产生出觊觎之心。尔朱荣上书朝廷，要求允许自己率精兵入援相州。胡太后很警惕，礼貌回绝，说北海王元颢已经率众二万奔赴相州，不需尔朱荣出兵。尔朱荣见此策不行，就召集民兵，北悍马邑，东塞井陉，自己圈出好长一段地方以谋异图。大臣徐纥又劝说胡太后为尔朱荣属下赐颁誓书铁券，以离间他们之间的关系，尔朱荣知道后心中更恨太后。

肃宗孝明帝非常嫌恶郑俨、徐纥两个人，但由于上面有母亲胡太后压着，他又势力孤单，不能除掉此二人。情急之中，小皇帝想出一个下策：秘密下诏给尔朱荣，让他举兵内向都城，想以兵威迫胁太后归政。

尔朱荣受诏大喜，马上派高欢为先锋，直杀洛阳而来。军队到了上党，不知出于何种原因，孝明帝又以私诏制止尔朱荣军队前行。

郑俨、徐纥两人害怕祸事临头，不停向太后吹枕边风。胡太后淫妇心毒，一咬牙，毒死了年仅19岁的孝明帝。虎毒不食子，从前文明冯太后毒死献文帝，毕竟还不是自己亲生儿子。宫廷政治血腥，使人性极端扭曲。

随后，胡太后先立潘嫔所生皇女为帝，很快改变之意，又迎立临洮王世子元钊即位。元钊当时才3岁，胡太后想要长久把持国政，故而贪其幼小而立之。

尔朱荣闻讯大怒，他对左右说："肃宗晏驾，虽然已经19岁，国内都说他还是幼君。现在扶立一个还不能讲清楚话的小孩以临天下，想要国家太平，怎么可能呢！"于是，尔朱荣一面派军杀向洛阳，一面自己迎立长乐王元子攸为帝。

胡太后听说尔朱荣起兵的消息非常恐惧，召王公大臣商议。众人都心中暗恨太后毒杀亲子，没人肯献计策。只有老情夫徐纥说："尔朱荣小小胡人，竟敢兵锋直指朝廷。我们以逸待劳，肯定杀败他。"

胡太后信以为然，派面首李神轨统大兵抵御。李神轨军行至河桥，听说北中失陷，吓得回马就逃。徐纥矫诏连夜从御厩中取最好的快马十匹，东奔兖州。郑俨也吓得连夜奔逃回老家。胡太后剩下孤家寡人一个，只好连夜下令孝明帝的嫔妃全都剃发出家，自己也亲自落发，以示愿意为尼赎罪。

尔朱荣到了都城后召集百官，让他们拜见自己新立的皇帝元子攸（北魏敬宗）。又派劲兵直扑宫内，抓住太后和小皇帝。胡太后已失往日威风，费尽口舌，向尔朱荣陈说始末缘由，想解释自己的所作所为。

面对这位曾经母临天下、不可一世的胡太后，尔朱荣一声冷笑，拂衣而起。随即，尔朱荣让人把胡太后和三岁的小皇帝扔进黄河淹死。滔滔浊流中浮沉之际，不知胡太后临死之前是否会觉得自己恶贯满盈。

第二节 血雨腥风皇权路——对皇子两杀两废的武则天

强者在取得政权和巩固地位的过程中，是早晚都要清除异己的，这是统治铁律，只不过有人做得谨慎，有人做得扩大化而已。武则天是中国历史上的统治强人之一，她在坐稳了后位之后，就放手向皇帝宝座发起了一轮接一轮的冲击。而彼时在她夺权道路上的第一个阻碍就是她的亲生儿子，皇太子李弘。

武则天

李弘

太子李弘是个面色苍白的少年，身体孱弱颇似多病的父皇，性格却倔强、刚毅、自信甚至自负，似足他的母亲。作为大唐帝国的储君，李弘8岁便离开父母，单独住进东宫，由专门的老臣名儒教导辅佐。高宗李治对他寄望甚殷，急于培养他尽快接班，曾特赐《政典》交太子阅读，又多次令他监国听政，以积累治国经验，提高他的威望。刚开始太子年幼，又有许敬宗出任太子少师，对于武后还没有多大妨碍。然而日子一天天过去，太子李弘渐渐长大，越来越有主见，他和母亲的分歧也渐渐显露出来。

说来武后当日不择手段地争取后位，也有为李弘谋夺太子之位，不至于像庶子那般受人欺凌之意。这样母鸡护雏般的为李弘营造出一个没有风雨侵袭没有任何阴暗面的温室，却让李弘走上了和母亲完全相反的道路。在象牙塔中长大的少年的李弘，深受儒家经典的熏陶，有很强的正义感和正统观。从各方面看，李弘的一举一动都符合儒家伦理中的仁君形象，受到时人的一致称赞。高宗李治对这位接班人极为满意，称李弘仁孝睿智，宾礼大臣，未尝有过。武后对这个儿子，原本也极为宠溺。武则天编写的书籍都要赐一本给太子阅读，教导他怎么做个孝子仁君。然而，完全以儒家伦理培养出来的李弘，对于母亲垂帘听政这样公然挑战儒家三纲五常伦理秩序的举动，当然是大有意见了。李弘早习政治，极有主见，自幼年起就确定的储君身份，也让他赢得了大批支持者。面对声誉日隆、羽翼渐丰的太子，武后向权力中枢渗透的过程，漫长而又痛苦。

随着武后亲信中地位最高的宰相许敬宗年老退休，武后在朝中失去了她最为重视的臂膀，在儿子和丈夫亲信们的夹击下很快就陷入了权力困境。这一年又逢大旱、日食等异象天灾，武后遂向高宗上书，表示自愿让出后位，以赎天谴。这封辞职信无异于将了太子一军：别以为是母以子贵，其实也是子以母贵。假如不是母亲用尽一切招数正位中宫，你做了嫡子，哪来的太子当？相逼过甚，皇后自请退位，你就成了上有庶兄的废后之子，拿什么名分去当监国太子？

高宗坚决不许武后退位。母子之间的亲情，逐渐被皇权与后权之争蚕食鲸吞。

武后请辞被拒一个月后，太子右中护同东西台三品赵仁本罢相。据说是被退休在家的许敬宗“发挥余热”搞下来的，但是否也可以理解成是武后辞职迫使太子做出的不得已暂退？

唐高宗李治

赵仁本虽然被罢相，太子的势力仍然不可动摇。高宗也帮着儿子，甚至于起用太子亲信带兵打仗，武后对此也无能为力。

高宗既然决定在妻子和儿子之间走钢丝，对于武后执政也就采取一面抬举一面打压的策略，这边厢驳回武后避位的请求，那边厢又频频下诏太子监国。当时太子李弘已经大婚，又有一班忠心耿耿的大臣辅佐，从各方面看，都完全可以成为一位贤明而受人爱戴的君主，如果高宗甘心放手的话。然而权力的滋味是如此甘美，没有人甘愿轻易放弃。若干年前还曾经打算废后的高宗，此时却改了主意，选择仍然维持现状，继续让武后充当自己的代言人，指望通过皇后和太子之间的互相制衡来保持自己对朝政的影响力。武后避位的请求被驳回，上元元年皇帝为自己和其更上尊号天皇、天后，进一步确认了武后在朝中的地位。至此，夫妻、父子互相牵制、共同执政的三角形政局已然形成。

太子李弘和武后之间的分歧由来已久。咸亨二年，二圣摆驾东都，太子李弘第五次奉诏留京监国。当时天下大旱已久，关中饥馑，太子李弘在出巡时见有兵卒的食粮里有树皮和草籽，便吩咐人把自己仓库里的米分发给穷人。这日游历宫禁，不料却见到长期幽禁在掖庭的两位异母姐姐，也就是早年被赐死的萧淑妃的二女义阳公主和宣城公主。因为母亲的缘故，她们一直无声无息地拘禁在后宫里，虽然早已成人，却仍未婚配。李弘惊讶而又不安，立即奏请让两位姐姐出嫁，同时希望能将父皇同洲沙苑的空地出借给穷人耕种。二事合为一书，快马报至东都。

李弘不是第一次做这种事情，当初废太子李忠以谋反罪被杀的时候，他也曾奏请为哥哥收尸下葬，武后也曾微笑着附和高宗称赞李弘的仁厚，但这次她可笑不出来了。毕竟废太子李忠是高宗下令杀的，而两位公主长期未嫁却是直指她这个后宫女主人的失职。当时的武后，地位并不稳固，前一年才在重压下递交了后位辞呈，正是需要花心思讨好高宗的时候，李弘此举让她着实尴尬。而李弘监国竟然让宰相掌政，自己四处巡游亲民扮菩萨状，也让武后觉得儿子摆明收买人心，故意让人看清母亲的刻薄来衬托他的仁慈。李弘的请求占尽道理，无可拒绝，高宗诏令一并准奏。愤怒而无从发泄的武后，当即将两位公主随便指给殿前当值的翊卫权毅和王勖，草草完婚。事后，武后也觉不妥，于是主动为两位公主请封，表现出嫡母的大度风范。然而，李弘这一举动给她带来的难堪却久久难以忘怀，史载，李弘“由是失爱于天后”。

两位公主的婚事仅仅是太子李弘和母亲意见不一的一个侧面。武后再不悦，也不可能在太子李弘占尽道理的情况下疾言厉色地斥责太子。相反，李弘的请求立即得到允准，公主出嫁，驸马升官，办得雷厉风行，迅疾高效。从时间来推算，太子遽然请嫁异母姐姐的时候，也正是武后的外甥贺兰敏之逼奸准太子妃杨氏而被武后放过的时候。因为义阳、宣城两位公主出嫁的同时，高宗武后也将李弘召至东都洛阳，为他和新选的太子妃裴氏完婚。

两位公主逃离了深宫，武后与李弘的母子亲情却终于决裂了。

权力就像一张弓，开弓没有回头箭。武后既不愿放弃手中的权力，不愿过“从子”的日子，她与李弘就只能一直拼斗下去，直到你死我活。

彼时的武后，目标清晰，行动果决。武则天的野心和权势的增长，高宗不可能完全没有察觉。然而，高宗悲哀地发现，以自己的精力和身体状况，已经无法阻止武后的崛起。在群臣的劝说之下，高宗终于起了提前传位给太子李弘的心思。争夺大唐帝国最高权力的战争，随即进入了白热化阶段。

上元二年四月，宫中传来震惊天下的噩耗：太子李弘随帝后游幸洛阳时暴卒于合璧宫绮云殿，年仅24岁。

李弘的身体本来不好，他小时候学习刻苦，但不知道保护身体，结果用功过度，伤了身体。高宗对李弘冀望甚殷，小小年纪就让他参决朝政，无形中加重了他的负累，又得了肺病。咸亨二年，太子李弘受命监国，但身体孱弱，多将政务委于两位宰相，此事曾一度引起武后的不满。咸亨三年，李弘的病情虽有所好转，再次受命监国，但高宗怕他辛劳，特地下旨“不许重劳”。上元二年，帝后游幸洛阳时，李弘也随侍在侧，当时他似乎已经染病在身，因此有不少学者认为李弘是因病而亡。但也有不少人持相反意见，因为，李弘去世的时机实在太巧了，正好是高宗当众允诺太子一旦病愈就逊位于他之后。

高宗自咸亨四年患疟疾一度病危，上元元年又有恶化。与此同时，武后的权势却在迅速增长，广封诸武，外戚登场，接着又上书“建言十二事”收买人心，高宗不可能没有顾忌。在自己身体虚弱无能为力的情况下，想到逊位太子，也属正常。太子固然身体不好，不过像高宗病病歪歪这么多年都还挺着，年轻的太子却一病不起返魂无术，也不得不让人心生疑虑。素来为尊者讳的唐实录虽然不载，民间却早有传言，矛头直指太子的生母——天后武氏。如果太子确系患病而亡，实录照理都会言明，却特地用“暴卒”这样的字眼，颇让人玩味。

和司马光认为的高宗晚年一直在太子和皇后之间首鼠两端不同，高宗提议天后摄政实为李弘去世之后。也就是说，在太子李弘和皇后的争斗中，高宗的立场越到后来越明确，对于儿子的支持和倚重明显在皇后之上。咸亨之后，太子李弘频频受命监国，多位宰相兼职任东宫僚属，太子的心腹多次受诏出征，可谓政权、军权一把抓。高宗每年花大量时间外出游幸休养，武后必定陪随在侧，决策大权顺理成章地就落到了太子手里。一来二去，太子的声势与日俱增，再加上高宗的有意支持，已对武后执政构成了极大障碍。高宗在这个时候突然宣布将内禅于李弘，对武后来说无疑是晴天霹雳。李弘一旦登基做了皇帝，号召力和掌控力绝非东宫太子能比，再加上政界军界实权人物的支持，权力顷刻就会易位。而武则天也将失去一切参政议政的理由：作为皇后，她还可以说是为体弱多病的夫君分忧解劳；一旦升位成了太后，她的主要任务就变成了照顾太上皇颐养天年，没道理对已经大婚的成年皇帝指手画脚。以往，武后尚可以仗着母亲的身份管教儿子，但皇帝若是不买太后的账，一句“王者以天下为公”就可以遮掩过去，就算把太后给幽禁起来那也可以算作大义灭亲。实权不及，名分又不及，眼看着苦心经营的一切就要变成镜花水月，武后怎么能甘心放手！至亲的突然死亡再次助武则天打通了障碍，她虽然没能即刻大权独揽，但她赢得了宝贵的时间。

上元二年六月，雍王李贤被立为太子，大赦天下。新太子容止端雅，才华绝伦，且文武双全，身体健康，特别喜好打马球，比李弘更具年轻人的朝气和活力。李贤天性活泼、不拘礼法，又不似他哥哥那样胆小谨慎。这种性格，在男孩子来讲是求之不得的。可是李贤升到太子这个敏感位置，性格还是不变，结果就种下了他日后悲剧的种子。

立储初期，苗头还不错。李贤本人表现很好，众大臣也很捧场，都说他处事审明、礼敬大臣。高宗、武后很满意。次年，高宗还对李贤优诏褒扬，说李贤自监国以来，留心政务，工作做得到位，听政之余还能诵习经典，思考问题。李贤在这一时期还有一个引人瞩目的成就，就是召集太子左庶子张大安、洗马刘讷言、洛州司户格希元及一班学士，注了《后汉书》。著作完成后，呈给天皇天后御览，二老很高兴，对学者们“赐物品三万缎”以示嘉奖。可惜事情并没有善始善终。后来发生了两个情况，导致李贤与母后的关系骤然紧张。

一是李贤兢兢业业的时间没保持多久，就开始放纵自己，经常在长安四郊飞鹰走马，整日游猎，又在东宫和倡优、奴仆们吹吹打打，生活作风上就更不检点了。

当时李贤的年纪不过二十二三岁，有叛逆性格是难免的。好学和好玩这两面，是汇聚在一个矛盾体中，并不为怪。但是李贤身为太子，不走正道，对政局和他自己的影响就太大了。李贤这一胡来，周围的大臣就比较难办。太子属官多为正人，内心都不大赞成武后专权，对李贤的太子地位十分在乎。可是太子这个样子，让他们既失望，又恐惧。他们看在眼里，却不敢劝谏，因为一旦写出谏议报告来，太子的名声就完了。只有司仪郎韦承庆不管那些，上书给太子力谏。可李贤这时候玩得正疯，根本不听。

就这样，李贤的另一面被揭出来了。然而，事情如果到此为止，问题还不大。

此时，高宗和武则天都巡幸在东都，武则天大致知道了情况，就命北门学士写了《孝子传》和《少阳正范》，赐给太子阅读，还写信对李贤提出严厉批评。可是，李贤也不是个省油的灯，借着注《后汉书》的机会指桑骂槐，历数后汉太后临朝、外戚专权如何导致国势倾颓，暗讽武后辅政及重用诸武。一门心思想教育儿子的武后，一不留神被儿子给教育了，这口气怎么咽得下！当下指使东宫官员告发太子失德，醉心声色犬马。

李贤当然明白这是母亲在搞小动作，反过来也借着东宫署官宰相之口，历陈中宫权势过甚，威胁皇权，与国不利。双方各施手段，各逞心机，母子矛盾很快从幕后转到台前，针尖对麦芒地斗了个天翻地覆。

平心而论，李贤的政治积累和人气均不如故太子李弘。或许是自感底气不足，李贤才会表现得愈发叛逆和激进。李贤渴望尽快建立起自身的形象，摆脱母后的阴影，因此不断地挑战着母亲的权威。武后的肝火渐渐升起，愈发加紧了对儿子的调教，有关太子失德的奏章雪片似的往宫里递。然而压力越强，李贤的反抗力度也就越大。

皇后和太子关系的冷淡和紧张，已经成为长安城街头巷尾的八卦话题。各式各样的传言悄然出笼，说李贤其实并非武后的亲生儿子，而是武后的姐姐韩国夫人所出。韩国夫人和她子女的神秘死亡，也与武后有密切关系。所以，李贤其实并不是皇帝的嫡子，反而是武后情敌的孽种而已。

没有人能查出谣言从何处而来，但也没有人能否定谣言的杀伤力，它使本来就已脆弱不堪的母子关系雪上加霜。就在这流言四布的敏感时刻，武后的新晋亲信明崇俨遇害，使太子问题这个火药桶在瞬间被引爆！

明崇俨做黄安丞时，他的顶头上司有个女儿得了重病，诸医束手无策，却被他用异域奇物治愈。高宗此时正苦于风眩头痛，听说此事后立即将其召入宫中，一经试验大喜过望，认为明崇俨名不虚传，立即授以冀王府文学之职。此后，明崇俨的医术和符咒幻术之技屡有效验，日益得到高宗与武后的器重，官职直至正谏大夫且得到入阁面见天皇天后的特许。明崇俨经常借神道的名义向高宗陈述自己对时政的见解，往往都能被高宗加以采纳，迅速成为帝后面前的宠儿。

不知是出于什么动机，明崇俨借着相面，对诸皇子做了一番品评，他说："太子福薄，不堪继体；惟英王（李显）貌类太宗，相王（李旦）貌当大贵，两子中择立一人，方可无虞。"

这样肆无忌惮攻击当朝太子的话语竟然出自一个江湖术士之口，让人不由得怀疑明崇俨的政治背景——他是不是武后特意安排到高宗身边的？以武后对高宗的严密监管，不可能容忍一个异端分子接近影响高宗，而明崇俨与武后来往密切也是众所周知。何况，如果没有人背后撑腰，一个江湖术士又怎么会胆敢批评当朝太子？李贤常年见不到父皇一面，父皇身边却围着这样一群整日对自己说三道四的小人，太子心中的郁闷和不甘可想而知。

仪凤三年，太子的两位得力臂助宰相戴至德、张文瓘先后辞世，高宗苦心经营的以反武人士组成的宰相班子已现出缺口。照这样的情形发展下去，除非出现奇迹，太子李贤的命运已注定凄艳悲情如西天落霞。

调露元年（公元680年）五月，就在李贤出于韩国夫人之腹且无缘帝位的流言甚嚣尘上之际，说出李贤无福继位的明崇俨被盗贼杀死在洛阳城。能通鬼神的高官死于非命，顿时轰动了大唐王朝。很多人认为明崇俨泄漏天机得罪了太子，被太子派人杀了。武后遂派宰相薛元超、裴炎、高智周等人组成了一个专案组进入太子宫调查此事。谁知这一查竟查出了意外发现：从马坊中搜出了数百副铠甲，远远超过太子府的定制。与此同时，李贤的男宠赵道生也供认明崇俨之死是自己奉太子命所为。

明崇俨究竟是不是被太子唆使赵道生所杀？史无明载。这也许是事实，也许是薛元超等人为自保，按武后意图用了酷刑，是逼供逼出来的"自诬服"。这个疑点，肯定是永远也搞不清了。但这个罪名对太子来说并不太严重，不过就是唆使杀人罪。

严重的是——几百副甲胄缘何而来?

如果藏盔甲是事实，那武则天就不是小题大做。按照唐律，严禁个人与单位私藏武器，甲胄也在禁止之列。《擅兴律》规定，百姓私藏盔甲一领，判徒刑一年半；若私藏三领，就处死。这次在东宫一下搜出几百领盔甲，李贤是无论如何也洗不清的。

历朝历代都有人对政敌栽赃谋逆罪，但大不了是唆使司法人员在被查抄者家中偷偷塞入龙袍、印玺、文告这类小玩意儿。而现在的这几百领盔甲，用一队兵卒搬也得搬一阵子，现场栽赃如何能掩人耳目？当然，藏盔甲不等于就是谋逆，但说你谋逆，你是无法辩解的。以此废你为庶人，也属天经地义。

面对“人证物证”，还有督办此案的宰相们，高宗目瞪口呆。出于对儿子的喜爱，何况铠甲也未曾派上用场，他仍然打算原谅李贤一次。然而，武后坚决反对高宗的意见，说：“为人子怀逆谋，天地所不容；大义灭亲，何可赦也！”几名宰相也都赞成武后——即使如戏剧中所演的那样，铠甲是武后事先派人藏在马坊中的，可也是通过几位宰相的手起出来的。假使太子不废，这几位迟早死定了。结果只有一个：高宗的意见被否定了。

调露二年八月二十二，太子李贤被废为庶人，幽禁别院；高宗与武后的第三子英王李显入主太子宫，改元永隆，大赦天下。

弘道元年（公元683年）十二月初四夜，高宗李治病逝于洛阳贞观殿，留下了一道遗诏。遗诏中的两句话非常关键：“皇太子可于枢前即皇帝位，其服纪轻重，宜依汉制”及“军国大事有不决者，兼取天后进止”。也就是说，皇帝是李显，只有当新皇帝遇到难以决断的军国大事时才考虑听取武后的意见。

武则天当然看明白了这遗诏的奥妙，知道自己的权力已基本被剥夺。以武则天的性格和二十多年来的习惯，如何能甘心就此放弃，去当一个甩手太后?

客观地讲，在高宗驾崩之前，武则天并无更大野心，她对夫妻店的模式十分满意。虽无最高统治者之名，但有最高统治者之实，又何乐而不为？所以，武则天还是真心希望高宗能好起来。因为高宗一走，局面会怎样？谁也不好估计。武则天对权力的更进一步的野心，应该是在高宗驾崩之后。失去权力的危险和获得更大权力的机会，同时降临在武则天面前，她决不会犹豫！

按照高宗遗诏的部署，太子李显应在十二月初六在灵柩前继位，7天后正式册立为新君。按照古代惯例，在这几天的过渡期内，虽然还没正式册立，但只要嗣君是成年人，就可以发号施令。国家事务，一天也不能停转。

可是谁也料不到，唯一的顾命宰相裴炎，在这时候忽然插上了一杠子。裴炎在嗣君即位的第二天忽然提出，嗣君既然还没正式受册，也没开始听政，那么就不宜发号施令。这几天的国家大事，应该由宰相奏议，然后由武则天以“天后令”的形式，下达到门下省执行。

裴炎所请，被武则天欣然接受，可是权力并没在7天之后还给即位的新皇帝。大小政事仍取决于武则天的意见，“天后令”仍然是最高号令。到弘道元年（公元683年）十二月三十，嗣君的服丧期满了，但是武则天就像不知道一样，照旧临朝。

武则天本想平稳一个阶段，过了这个过渡期，再从长计议。但就在这时，朝政陡然起了一场大风波！而这场风波又是由他的亲生儿子、当朝皇帝李显引发的。

李显从前做皇子、太子时奈何不了母亲，现在他好歹也是个皇帝了，当然不愿继续那样的生活。李显要培植自己的党羽，从母亲的手里夺回权力。

唐中宗李显

李显首先想到的，当然是自己妻子韦氏的家族，而韦氏也急于让自己的家族鸡犬升天。于是，李显一下子就将韦氏的父亲韦玄贞由普州参军提升为豫州刺史。还没一个月工夫，他又打算将老丈人直接升为宰相，并让自己奶妈的儿子也同时当五品官。宰相裴炎当然不能同意天下掉下一个新宰相来分权，何况这官也未免升得太快太不成样子，于是坚持不同意这项人事安排。李显立刻勃然大怒，不择言，竟说：“我就算把天下让给韦玄贞又有何不可！”裴炎听中宗这么一说，又惊又惧，连忙向武太后如实汇报。

李显和韦氏如此轻率地表现出急于掌权当“真皇帝”的心态，将他们自己推向了深渊。武太后随即与裴炎等人商定了废帝的密谋。

高宗去世后的第二年二月六日，武太后召集百官聚于乾元殿，在羽林军的簇拥下，裴炎宣读了废中宗为庐陵王的诏书，命人将中宗带下殿去。李显猝不及防，问："我何罪？"武太后徐徐答道："你要把天下送给韦玄贞，还敢说没有罪？"

一句气头话，葬送了李显的前途。李显仅仅做了一个月皇帝，就被废了。倒霉的韦玄贞则被一撸到底，流放钦州。

在大唐宫廷史上，这是继玄武门之变之后的第二次成功政变。不同的是，玄武门是以弱胜强，流了血的；而这次是以强胜弱，兵不血刃。

太后这次的成功，首先是笼络住了宰相集团：具体参与其事的裴炎、刘祎之、程务挺、张虔勖等大臣都具有浓厚的李唐色彩，所以没人敢说这是武氏政变。其次是抓牢了近卫武装：左右羽林军都是成立时间不长的禁军，太后没忘了把这两支武装牢牢控制在手里，急需时就能做到刀剑出鞘，而中宗仅有一个皇帝名号是不顶用的。三是抓住了对方的致命短处——政权归属问题岂能戏言？说你不够格，你也不好反驳。此外，高宗遗诏中"兼取天后进止"这含糊的一条，也给了武则天一定的法理依据。武则天的突然出手，成功几乎是没有悬念的。

但是，政变的目标因受遗诏精神的制约，也只能是换一个皇帝，而不是由武则天直接坐天下，否则她将立刻失去最有力的支持，而陷入"大唐逆贼"的泥淖。

出于合法性的考虑，政变第二天，武后立自己最小的儿子豫王李旦为皇帝，王妃刘氏为后。有了中宗的前车之鉴，李旦、刘氏的傀儡帝后当得更狼狈。他们甚至连皇帝的宫殿都无权入住，只能居于"别殿"，更别提过问什么政事了。所有的事务，都由武后端坐在紫宸殿的黪紫帐后处理。

当年二月八日，为了避免曾经监国的儿子趁乱东山再起，武后派金吾将军丘神勣去巴州察看李贤流放的情形。丘神勣此去当然不仅仅是察看而已，因此他抵达巴州不久，李贤就于三月初五被迫自杀，时年31岁。为了遮掩，武后指责回朝复命的丘神勣误传旨意，将其贬为叠州刺史。当然，没过多久，丘刺史就又官复原职了。高宗的另几个儿子当然也被划在可能搅局的范围内，他们都被调离了从前的封地，离开了故地上营造的人脉势力。

载初元年，武则天掌稳了政权，攒足了人气，正式称帝前的准备工作已圆满完成。九月，武则天的亲信傅游艺领着九百多名不知所以然的"关中百姓"联名上表，请武太后改国号为“周”，让皇帝李旦改名武旦。

武太后推辞了请求，却将傅游艺提拔为给事中。这是个再明显不过的信号，于是众人闻风而动，一时间，文武百官、帝室宗戚、远近百姓、四夷酋长还有各色僧侣道士都随即上表，请太后改国号，“赐”皇帝改武。两三天内上表者就多达六万余人。这热火朝天的景象使得不问世事的傀儡皇帝李旦再也坐不住了，他也不得不给老娘上了一道表章请求改姓。一切水到渠成。

九月九日，武太后登上则天门宣布大赦天下。国号由唐改为周，改元天授。十二日，群臣为武太后上尊号为“圣神皇帝”。武则天终于成了中国历史上唯一的女皇帝，也是登基时年龄最长的皇帝。

第三节 “神龙革命”复李唐——懦弱皇帝李显参演的“逼宫”正剧

大周末年，随着女皇武则天的身体日渐衰弱，他的侄子武承嗣易储的念头也越来越急切。天授二年（公元691年），武承嗣党徒凤阁舍人张嘉福派王庆之等数百人联名上表，请武则天改立武承嗣为皇太子。表章递上，立即引来了宰相们一轮又一轮的猛烈抨击，也没能得到武则天的同意。诸武当然怒火中烧，便勾结来俊臣编织冤狱，将右相岑长倩、同平章事格辅元及其他相关数十人都杀害了。

武承嗣

这一场冤狱，其实也从另一个侧面反映武则天心中的左右摇摆。人的天性使武则天更偏向亲生的儿女，何况李旦一直以来都表现得温驯听话。但帝王的天性却使武则天清醒地意识到儿女毕竟都是李唐王朝的后人，不可能将她劳心费力开创的武周王朝继续下去。假如李唐王朝重振，自己的身后名声很可能狼藉；假如武周王朝继续，这种情形则不太可能出现。

犹豫不决的武则天随后召见了王庆之，一见面就问他：“皇嗣李旦是我的亲生儿子，为什么要废掉他？”王庆之回答：“‘神不歆非类，民不祀非族。’如今已是武家天下，怎么能让姓李的继承皇位！”武则天犹豫良久不能抉择，遂命王庆之退下。王庆之好容易才当面见到了武周女皇，又奉了诸武之命，一心想当个“保国功臣”，哪肯就这样走掉，趴在地上又哭又喊誓死不休。武则天便将一张盖上御印的纸递给他，说：“往后你要见我也不难，凭这个就能通过侍卫了。”

得到这张纸的王庆之及诸武如获至宝，越发认为武则天如今的心思还有可乘之机。此后，王庆之便频频求见，喋喋不休地向武则天请求废李旦立武承嗣，终于惹恼了武则天。当王庆之再一次大摇大摆走到武则天面前的时候，她下令身边的凤阁侍郎李昭德将王庆之拖出去痛打。

李昭德将王庆之拉出光政门，对聚在那里的朝臣大声宣布："此贼欲废我皇嗣，立武承嗣！"不用说，顿时引起群情激愤，王庆之的这顿板子也就挨得格外实在，最后被活活打死。

趁着武则天被王庆之惹恼、更偏向李旦的机会，李昭德向武则天进谏："天皇（即高宗）是陛下的丈夫，皇嗣是陛下的亲生儿子。您既然得了天下，当然应该传给自己的子孙后代，怎么可以放弃亲生儿子立侄儿！自古以来，都没有听说过侄儿当了天子而为姑姑立庙的事情，当然更谈不上姑父。如果您将天下给了武承嗣，天皇在天之灵只怕再也得不到血食了。"

李昭德的话终于从根本上打动了武则天，也使武承嗣正位东宫的计划遭到重大挫败。要知道，古之皇室的太庙，是以父系为主线的，爷爷——父亲——儿子——孙子这样轮下去。母亲只是作为外嫁进来的配偶，占一个配享的地位。一句话，女人是男人的附庸。

在大唐的太庙里，武则天死后可以以高宗皇后的身份配享。这没有问题。可是如果把大周皇位传给诸武中的一个，麻烦就来了。

在太庙里，只能以父亲一系来表示传承，比方说武承嗣接了班，做了新皇帝，他就应该追赠自己的父亲为皇帝，把老爹加入这一链条。而武则天只是姑姑，不是任何武氏男性皇帝（包括追赠的）的配享，那么，尴尬的事情就出来了：武则天在大周的太庙里，将来就会无一席之地！

而且，如果立侄儿为储君，那就标志着诸武全面压倒李姓。为了掌握政权，他们必然大肆屠杀李唐宗室，包括武则天自己的两个儿子。武则天在这世上的唯一血亲，将会点滴无存。就算为了大周，武则天愿意做出这最后的牺牲，断绝子嗣，不要祭祀，做个无人理睬的孤魂野鬼，大周朝就真的可以维持下去吗？没有强有力的军方支持，没有德高望重的重臣辅佐，诸武之中，谁能控制住局面？

没有人。

诸武之中，没有一个可堪重任。

下场是可以预想得到的。继李唐宗室被屠杀之后，又将出现一次针对诸武的席卷朝野的血腥杀戮，葬送掉她最后的骄傲——大周。不管最后的胜利者是谁，终不会是她武则天的子嗣，批判起她来不会有半点顾忌，她将被视为一个卑鄙的篡位者受尽骂名，得不到丝毫宽恕的机会。

那么，把皇位传给自己亲生的儿子呢？也大有问题。那就是，在延续了几千年的父权社会氛围里，无论是李显还是李旦，他们任何一个做了至高无上皇帝，凭什么还要延续武家的香火？到那时候，一纸敕令，就可以把大周转回大唐的轨道，一点儿障碍没有。如此，为“武周革命”所付出的心血，就会付之东流！武则天仍然进入不了大唐太庙的皇帝世系里去。

在君临天下十几年之后，在消灭了所有的反对势力且自认已江山稳固之后，再把这一切双手奉献给儿子，对于心高气傲的武皇来说，简直是莫大的讽刺。

就算理性告诉武则天这已经是最好的结局，情感上仍然极度难以接受。无可奈何的武皇虽已基本放弃立诸武为储君的心思，但依然不想去正面解决这一问题，而是本能地选择了逃避。武则天开始厌居深宫，流连于山川锦绣与张氏兄弟的美色之中，借以忘却心中的烦忧。

女皇虽然坚持不肯立武承嗣为太子，但对这个侄儿仍然宠爱备至。与此同时，武则天也开始犯所有皇帝共同的毛病：对自己的法定继承人满腹疑心。武则天也不再给太子李旦出头露面的机会。长寿二年的正月，明堂大典上承担亚献、终献之职的，居然不是太子李旦和皇孙李成器，而是武承嗣与武三思。尚方监裴匪躬、左卫大将军阿史那元庆、白涧府果毅薛大信、监门卫大将军范云仙私自前去拜见李旦，武则天也认为事情可疑，将几人都一股脑儿杀了，吓得朝臣再也没有谁敢私下去见那位皇嗣。

这使诸武又感到易储有望了，对李旦的攻击变得疯狂起来。

武则天的侍婢团儿想勾引李旦，却被害怕上当的李旦敬谢不敏。碰了一鼻子灰的团儿恼羞成怒，在武三思的指使下诬陷李旦嫡妃刘氏、德妃窦氏私行厌胜术诅咒女皇。刘氏、窦氏某天去嘉豫殿朝见女皇，就再也没有回来，而且连尸骨都再没被找回来。李旦眨眼间失去了一双妻妾，却只能忍气吞声，在母亲面前装做什么事都没发生的样子。除掉了情敌的团儿见李旦还是不理睬自己，干脆打算继续对李旦下刀。幸亏侍女中有知情者举报，女皇诛杀了团儿，李旦才逃过一劫。

但是事情还没有完。女皇知道错杀了儿媳，对儿子更有戒心。为防刘氏、窦氏的儿子们，武则天又将李旦的几个儿子统统降封为郡王。

这一系列的事情使某些人又蠢蠢欲动起来。很快就有人告发说太子意欲谋反。案子被交到了酷吏来俊臣的手里，一通大刑之后，东宫侍者都忍受不住屈打成招了。正当李旦一家将要死于非命的时候，东宫中一个寻常的仆人安金藏却慷慨陈词："愿剖心证明皇嗣不反！"说完就狠狠地剖开自己的胸口，顿时五脏迸出、鲜血四溅。

由于事涉自己的儿子，武则天暗中派人在审讯地附近打听消息。听说此事后为之色变，立即命人为安金藏医治。一夜之后，苏醒过来的安金藏看见女皇，立即又为李旦鸣冤。武则天也不禁为安金藏的忠心所打动，自责道："吾有子不能自明，不如汝之忠也。"

就在这个关键时刻，宰相狄仁杰几番进言，终于使武皇拿定了主意。

狄仁杰

狄仁杰自高宗时开始，就以敢言闻名天下，得到高宗和武皇后的信任。武则天称帝后，他在任豫州刺史时曾因为民请命得罪了当时的宰相张光辅，被贬为洛州司马。后来女皇发现自己判断有误，又将他调入朝中。对于狄仁杰，女皇非常重用，虽然几度贬谪，最后又都重新起用，皆为宰相之职，成为中国历史上君臣间的一段佳话。

一次，武则天向狄仁杰说："朕梦见一只大鹦鹉折断了双翅，无法飞翔，当作何解？"狄仁杰回答道："鹦鹉，代表陛下的武姓，双翅则是陛下的两个儿子。陛下重新起用自己的两个亲生儿子，翅膀即痊愈能飞了。"这个答案正合女皇的心意。

天地间的所有事物，大概都可以被狄公拐弯抹角地引申到上天垂意保全李氏的中心议题上去。这倒也并非难事，想当年李渊梦到自己浑身是蛆摔倒在床下，这么恶心的梦也可以被善解人意的相士翻译成大吉大利，预示李渊当升位天子。学富五车的狄公要信口胡诌几句，那简直比吃白菜还容易。

旁边的老宰相王及善一听正中心怀，顿时笑得见牙不见眼，鸡啄米似的连连点头："对呀对呀，一定是这个意思，天意啊天意！"

武皇眨巴眨巴眼睛，实在不服气，可又找不到什么话来反驳。对于这个有点心虚有点迷信的老太太来说，这类周公解梦的把戏还是有些效用的。

武则天又向大臣提问：“朕常常梦见下双陆棋不胜，做何解释？”在场的狄仁杰和王方庆同时回答说：“双陆不胜是无子的意思，这是天意在警告陛下！太子是天下的根本，根本动摇，天下就危险了。”

武则天终于在长安元年（公元701年）九月派遣徐彦伯迎庐陵王李显回长安。李显到长安后，武则天将他藏匿在帐中，再召见狄仁杰，故意商量立太子的事情。狄仁杰陈请切至，涕泪俱下，请求迎立李显。武则天这才将李显召唤出来，说：“还给你太子！”狄仁杰下拜顿首，转悲为喜，又说：“太子虽然回来了，可大家还不知道，人言纷纷，怎么取信他人呢？”武则天就安排李显公开出现，大礼迎还，朝野大悦。之前有许多人多次奏请武则天迎还太子，都没有成功。只有狄仁杰通过母子天性劝说，使得武则天终于下定了决心。

久视元年十月，即狄仁杰去世后一个月，武皇宣布以正月为十一月，一月为正月，大赦天下。自永昌元年（公元689年）开始使用了11年的周历终被废除，恢复了李唐王朝使用的夏历。

历法在古中国占据着极其重要的地位，唐代周边少数民族政权向李唐表示臣服的一大标志便是改用唐朝的历法，称之为“改正朔”。武皇在登基之前宣布改用周历，是她即将发动武周革命的预演；而现在弃周历复唐历，则宣告着她对李唐王朝的回归。

从根本上来说，女皇虽然热衷权力，残忍嗜杀，却并不愿意毁掉高宗开拓的帝国疆域。面对诸武领兵无功、李显挂帅即能保土安民的情形，她要做的是天朝大国的皇后、女皇，并将这个大国交给继承者，而不是给后来人一个四分五裂的国家，更不愿做一个被叛乱者劫掠的亡国之君。既然武氏没有人能够接这个担子，她终于只能默认自己费尽心机开创的武周王朝一传而绝了。

做出了决定的女皇接下来最担心的，就是自己死后李氏皇族跟武家秋后算账。然而对于身后事，武则天也无能为力，最后只能想出一些多少有些鸵鸟的办法。圣历二年（公元699年）四月十八日，女皇命太子李显、相王李旦、太平公主及诸武共作誓文，于明堂内向天地宣读并刻成铁卷藏入史馆。

除此之外，联姻也成了武则天的一种选择。在这样的情形下，李显的庶女永泰郡主嫁给了武承嗣的儿子武延基，嫡出女儿安乐郡主则嫁给了武三思的儿子武崇训。

在女皇的有意安排下，武李两家少年男女走得很近，时常耳鬓厮磨、呼朋引伴。

老去的武皇，生活圈子变得日益狭窄，情感上越来越依附于男宠张氏兄弟。这大概是老年人的通病，养老院住得三年，有时护士都会亲过子女，何况耳鬓厮磨的情人。武皇正在死去，身体官能逐渐迟钝僵化，精力也在逐日衰退中，但仍然希望自己能直接而有效地掌控这个世界，于是常侍身边的二张成了她监控外界的耳目。二张能得到武皇的信任，一方面出于情感原因，另一方面也是因为他们的前程性命也全部依附于她。男宠的身份使他们难以得到拥护李唐的大臣们的真心尊重，唯有在武皇的翼蔽之下，他们才可能保住既得权益。他们的无依无靠无立场正是让武皇放心的主要原因。这不由得让我们想起体弱多病的高宗对妻子的依赖和信重，也是觉得大臣没有妻子贴心而可靠吧！唯一的不同是当年武后确有政治家的手腕和眼光，而现在的二张却是两个完全没有政治头脑的毛头小伙子，为人处事概括起来就是谁对我好我就对他好，谁看不起我就对付他，任由情绪支配，毫无半点理智可言。偏偏看不起他们的都是有本事有地位的人物，拍他们马屁的却是些想借他们升官发财的谄媚小人，于是很快就把所有不能惹的人都得罪了个遍，自己还在马屁声中快乐逍遥，浑然不觉身边那些不友善的眼光。于是，在武李两家原本貌合神离暗潮汹涌的微妙情形下，横地里杀出这么一路不通人情世故偏又深得武皇信任的主儿，局面顿时变得说不出的诡异和凶险。武皇费尽心机平衡各方势力，有时甚至不惜压抑自己刚烈跋扈的个性以求时局的平稳，没想到二张这个她用来控制朝政的工具却频生事端，成为她无法掌控的一着变数，最终毁掉了她精心设计的棋局。

眼看两个妹妹都与各自的丈夫情投意合，李显与韦氏的嫡出儿子李重润也和妹夫来往密切，时常一起游猎宴饮。相处日久，偶尔不免也会磕磕碰碰，在少年人来说这实在是寻常事。然而千不该万不该，有一次李重润与武延基发生口角，争吵中忘了忌讳，竟将彼此曾经私下议论女皇宠信张易之兄弟的事情给当众吵了出来，待到发觉忘情赶紧闭口，已是迟了。消息迅速传开，张易之立即加油添醋地报到了女皇面前。武则天便将李重润和武延基夫妻都送到太子李显处，让他加以处治。

李显饱尝了14年废皇帝的苦难岁月，好不容易才熬到今天，无论如何也不敢惹恼母亲，更不敢开罪“策立有功”的张氏兄弟，唯恐这对兄弟翻手成云覆手成雨，又将自己一家打回原形。无可奈何的李显思来想去，只得逼着三个孩子统统自杀。李重润和武延基死于长安元年（公元701年）九月初三，17岁的永泰郡主带着她腹中的胎儿也于次日死去。

张易之一句话，就逼死了太子的嫡出长子、武氏家族的嫡出长孙，所有的人都恐慌万状。这件事使武李二族团结在了一起，将二张视为他们共同的敌人。

两股本来应该互相制约的力量，不再互相制约，而是有了某种改变现状的共谋，这时候的女皇，处境确实就非常危险了。如此看来，二张既失人心，又得不到诸武的支持，力量相当脆弱。既然除掉他们很容易，又能唤起广泛响应，那又何乐而不为呢？

武皇的病情一直没有起色。新年伊始，武则天出人意料地下令废弃使用4年之久的年号“长安”，改元“神龙”。“神龙见首不见尾”，以之为年号不免有几分不祥之意，大概是武皇一时心情恶劣的产物。尽管如此，武则天仍然试图与大臣们改善关系，开年便宣布接受宰相崔玄暐及司刑少卿桓彦范的意见，大赦天下，自文明元年以来的罪犯（公元684年，武则天废中宗囚睿宗，改元文明）只要不是徐敬业扬州之乱或李唐宗室起兵的主谋魁首，皆在宽宥之列。这是武则天独掌天下后规模最大的一次平反活动。崔玄暐与桓彦范都是力主将二张治罪的大臣，武皇此举有一定的和解意味，也是希望能在她生前了结恩怨，实现政局的平稳过渡吧。但武则天万万没有想到，针对她的罗网已经布置停当，正在悄悄收拢。

武则天千算万算，没有算到她最放心的一支力量——宰相集团中的几个人会在她眼皮底下完成了这个阴谋。宰相张柬之心怀李唐王朝，希望通过复辟李唐王朝来扭转武周的乱象，救世济民，也使自己垂名青史。张柬之已经80岁，必须抓紧时间行动了。张柬之很快就在长安出面组织策划铲除二张、复辟唐朝的计划。张柬之决定采取政变的手段，加紧联系了若干正直的大臣和部分羽林军将领，谋划如何动手。在所有的计划方案中，李唐遗脉、太子李显的配合是离不开的。李显出面可以成为政变的号召，同时李显也是日后最理想的皇帝人选。

于是，张柬之去找了李显。李显经过片刻的犹豫，同意参与政变。李显为什么同意参与政变呢？因为在诛杀张易之兄弟问题上，李显和大臣们的利益是一致的；而大臣们拥立他复辟唐朝的远景也唤醒了埋藏在他心中的荣誉感和责任感。那李显为什么要犹豫呢？因为他性格懦弱。不过最重要的，李显还是同意了。于是，一个以李显为名义首领，张柬之为主谋的政变集团迅速形成了。

张柬之

神龙元年正月初，女皇病情进一步加重，寝宫内传出的消息令人不安。正月十一日，作为迎佛骨的特使崔玄暐还都，朝中一片忙乱。张柬之认为，政变的时机到了——女皇病重，她采取抵抗的能力就会大大减弱，这是一；女皇病重，二张就可能从中做手脚，万一矫诏罢免了几个宰相，正统派就要失去当前的优势，因此不能再等，这是二；政变集团的核心人物，现在已经全部汇齐，便于统筹，这是三。若还不动手，更待何时？

正月二十二日，军事行动开始，史称“神龙政变”。

按计划，队伍分成了两部分。一路是张柬之、崔玄暐、李多祚等人率领的北衙禁军，这是兵变的主力部队，负责攻占皇宫；一路是相王李旦、袁恕己等率领的南衙诸卫，负责控制京畿。

南路进行得很顺利，袁恕己派兵火速包围了政事堂，这是唐代宰相集体议事的地方，平时也有宰相值班。这天值班的宰相正是亲附二张的韦承庆和房融，两人措手不及，束手就缚。宫城与皇城之间的联系遂被切断，南衙军队立即控制了全城，密切监视着城中的一举一动。

但北路却出了点状况。张柬之安排李多祚、李湛、王同皎前往东宫迎接太子，自己亲率主力人马向玄武门进发。没想到事到临头，太子突然后怕，竟然拒绝出门，一任大批兵马簇拥在东宫门前。

形势已如利箭在弦，不得不发，哪能容李显如此任性！诸将只得进宫劝谏，王同皎是太子李显的女婿，比较好开口，当即慨然而言：“先帝以神器托付殿下，不料横遭幽废，人神同愤，至今已有二十三年！好容易等到今天，北门、南衙禁军都愿同心协力，诛杀奸佞，重复李氏社稷，殿下怎么能在这个时候退缩不前呢？请殿下亲至玄武门一行，以归众望！”

然而，母亲的铁血手段早已深刻地烙印在太子李显的心里，真是一想起就胆寒，虽然明知不仗义也顾不得了。不管诸将怎么好说歹说，李显就是推三阻四地不肯出去：“小人是该诛杀，可是上体欠安，会不会受到惊吓？还是从长计议吧？”

眼看时间一点一滴地流逝，李湛实在没耐性跟李显多磨下去，沉声道：“我们不顾家族安危，豁出命来维护殿下，殿下这是要我们去死吗？”

李湛看了看太子李显那仍然犹豫不决的脸，向王同皎使了个眼色，道：“好吧，既然这样，那么也劳烦殿下出门跟将士们说一声，我们可开不了这个口！”

李显不知是计，大大地松了口气，起身刚走到门口，王同皎一下子把他扶上马，狠抽一鞭子。骏马长嘶一声，奋蹄急行，远远传来李显的一声惊喝。众将相视一笑，扬鞭跟上，簇拥着太子显直奔玄武门。

他们来得正是时候，只因张柬之千算万算，却算漏了网罗当日玄武门的守将田归道！玄武门为通往禁宫的必经之路，得之者生，失之者死。当夜殿中监田归道率领千骑在此执勤，见势不对当即关闭宫门，兵变者人数虽多，也无法攻进去，双方僵持不下，手心里都攥着一把汗。还好田归道也不是二张一党，没有派人去通知武皇，否则结局如何真是难以逆料。

正在这个时候，李多祚等人簇拥着太子而来。太子一现身，本就没有主意的田归道不敢抵抗，当即打开宫门，将士们齐声欢呼，斩关而入。大局至此已定。

当时武则天正在迎仙宫的集仙殿养病，张易之、张昌宗两人听到外面喧嚣，拿着兵器出来观看。在廊下，汹涌而来的羽林军将张易之兄弟当场杀死。张柬之等人事先还分派羽林军去他们的家中斩杀张易之的哥哥汴州刺史张昌期、司礼少卿张同休。张家兄弟的脑袋很快就出现在天津桥南。长安的士庶百姓见了，没有不欢叫相贺的。有的人还脔割张家兄弟的肉，在一夕之间就只剩下骷髅架子了。

却说殿内的武则天听到外面人声杂沓，心知有变，撑起病体出来察看。武则天看到了张易之兄弟的尸体，看到张柬之等人持剑而来，大致知道发生了什么情况。武则天毕竟是政治老手，她缓缓地回到病床，聚敛精力厉声问道：“何人作乱啊？”张柬之推拥着李显，并示意武士们涌到武则天病床前，说道：“张易之、张昌宗谋反，臣等奉太子令入诛二逆，怕计划漏泄，所以事先没有禀报皇上……”

武则天强硬地打断张柬之的话，怒目瞪着李显，喝问：“这是你的主意？你怎么敢这么做？现在张家两兄弟已经伏诛了，你还不快回到东宫去!”

张柬之同样强硬地回答：“太子不能再返东宫了。以前高宗皇帝将太子殿下托付给陛下，现在太子年纪已长，天意人心都归顺太子。臣等不忘太宗、高宗皇帝的厚恩，所以奉太子诛贼，请陛下立即传位太子，上顺天心，下孚民望。”

武则天这才明白张柬之此行不单是为了诛杀张易之兄弟这么简单，而是冲着自己的皇位来着。这是逼宫。武则天没有精力再跟儿子和大臣们理论了，只能默默地低下头。

当时，相王李旦也率领南衙禁兵在宫外加强警备，配合宫内的政变行动。李旦和李显一样是个懦弱的皇子，他也为自己今天的行动吓了一跳，一旁参与行动的儿子李隆基惊讶地看着父亲。李旦意识到在儿子面前要维持一个果敢、英武的父亲形象，忙挺直了腰板。就在他胆战心惊的时候，宫外传来了阵阵欢呼声。李旦的一颗心落了下来。

政变成功了！

神龙政变的血腥气只停留在当天的张氏兄弟之死上。张柬之和李显并没有大开杀戒。

病中的武则天得到了妥善安置。武则天被迫将国政交给李显，并在不久之后禅位给了李显，成了“大圣皇帝”。一年后，武则天即将逝世。朝廷适时公布了武则天的“遗制”。武则天在遗制中说要“祔庙”“归陵”，也就是主动要求归附到李唐的宗庙，去丈夫高宗的陵墓合葬。武则天还主动要求去掉帝号，自己不愿意做皇帝了，改称“则天大圣皇后”。武则天最终还是作为唐朝的皇后进入了乾陵。人之将死，其言也善。之前朝廷公布的所谓武则天“遗制”极可能不是武则天的意愿，但之后公布的赦免武则天情敌王、萧二家及政敌褚遂良、韩瑗等人子孙亲属的罪行，令他们复业的内容极可能是她真实的意思。

没几天，武则天在上阳宫仙居殿去世，享年83岁。唐朝上谥号为“则天大圣皇后”，祔葬于唐高祖乾陵。唐睿宗李旦在李显之后即位，给“则天大圣皇后”改了一个字，叫“天后”，不久又追尊为“大圣天后”，改号为“则天皇太后”。

第四节　乾纲独断操权柄——慈禧太后与儿子之间的斗争

慈禧

在多数时候，慈禧太后被描绘成一个没有母子亲情的女人，当然这也成立，因为皇宫中根本就不允许父母子女间产生什么真感情，那是“违制”的。在绝大多数时候，慈禧还是个不苟言笑，喜怒不形于色，也不肯轻易相信别人的感情的人。据野史记载，大约就是光绪六年至八年慈禧太后那场大病的时候，年仅10岁的光绪帝曾经学着书上说的样子要为养母割股疗疾，被太监拦住，慈安太后听说后表现得非常感动，慈禧听了之后却没有在人前有任何特别明显的动情迹象。而据慈禧太后的贴身宫女回忆说，慈禧太后对于汉高祖刘邦在战败时“推子女下车”的事迹大加赞赏，认为这才是干大事的举止。由此来看，慈禧似乎还在有意地将自己往无情的权力机器方向塑造。

不过，同治帝毕竟不同于光绪帝，作为亲生的儿子，慈禧太后对他的母子情意虽然表现得不多，但还是不吝于流露的。侍从女官就曾经记载过同治帝死后，慈禧太后对他幼年的玩具不忍释手的场面。大学士翁同龢在日记中也写到过，同治帝重病期间，慈禧太后面对群臣时“继以涕泪，群臣皆莫能仰视”，及等到同治帝弥留之时，慈禧太后更是“哭不能词”。

然而，无论是怎样的母子之情，都不能弥补同治帝活着时与生身母亲之间的隔阂冷漠。造成母子疏离的原因很简单，他们并不仅仅是一对母子，他们是皇太后与皇帝。而且是大权在握的皇太后、急于掌权的皇帝。

按照顺治帝、康熙帝的先例，无论是太后理政还是辅政大臣摄政王理政，小皇帝到14岁时就应该大婚亲政了。然而，在同治八年（公元1869年）时，同治帝已满13周岁进入14岁了，他的婚事、他的政事，却仍然没有一点动静。

同治帝没能早日成婚的原因，当然是因为他的生母慈禧太后不同意。慈禧太后不愿早点让儿子成婚的原因，当然是因为她不愿意交出手中的权力。不过从另一方面来讲，同治帝自己的表现也非常令人遗憾，使得慈禧太后有岔子可寻。

同治帝

据同治帝师傅翁同龢的日记记载，同治帝厌学，甚至公开对帝师抱怨，说自己每天要早起向两宫太后问安，又要陪着精力旺盛的太后们临朝听政，又要到弘徽殿去读书……少年皇帝对母亲们的安排怨声载道，宣称自己“当差劳苦”。作为一个十来岁的孩童，载淳的抱怨还是值得同情的，因为他承担的压力确实太大，慈安太后对他倒还时有溺爱放纵，慈禧太后却是个信奉“不打不成材”的，对他要求极其严格，没有给儿子安排丝毫玩乐的时间。载淳6岁入学，学业极其艰深，文武军政俱全，一年间只有三十余日全假、四十余日半假，除夕之日也只能提早放学而已。从入学之日起，载淳做得好是应该的，也就得不到褒奖，稍有犯错，慈禧太后的训斥却从不曾含糊。时间长了，同治帝想不厌学恐怕也难。不过即使如此，同治帝的学业还是有可观之处的，偶尔也会给帝师们带来意外惊喜——但可惜的是，慈禧并不曾将儿子与同龄人相比，她是将他当成一个皇帝来要求。同治帝的厌学也就越来越厉害，最终发展到逃学、与陪读的宗室子弟溜到宫外浪荡。

慈禧有意无意地贬低同治帝的学习成绩，除了她确实可能有些“拔苗助长”的倾向之外，更引人猜测的原因恐怕就是她希望借贬低儿子的学业，向朝臣暗示小皇帝还未有独理朝政的能力，以此延长自己掌权的时间。然而，恐怕慈禧自己也不曾想到，儿子最后竟会发展到去宫外浪荡的地步。

除了厌学之外，同治帝的家庭生活也很不如意。原因很简单：他没有依从生母的意愿，而是依从了嫡母的意愿，选择了阿鲁特氏为皇后，而且还在婚后经常亲近这位妻子。这当然已经足够让慈禧太后不满了，更糟的是阿鲁特氏还与慈禧太后关系非常恶劣。

在多数的描写中，阿鲁特皇后在慈禧太后面前完全就是个受气的小媳妇，同治帝亲近珣妃没问题，亲近瑜妃也没问题，可是只要亲近皇后一回，慈禧太后就要跟皇后为难一回，非要逼着儿子把皇后的机会统统让给自己中意的慧妃不可。慈禧太后有句名言，大意是："谁让我一时不痛快，我就让谁一辈子不痛快"。阿鲁特氏不幸在选后那一刻就惹了这位不好惹的婆婆了。

阿鲁特氏

在大婚以后，阿鲁特氏作为同治帝的妻子，眼见慈禧太后没有完全将权力还给丈夫，对这位婆婆的态度很生硬。不仅如此，阿鲁特氏还看不起慈禧太后，认为她身份低贱而且"德行有亏"。

慈禧太后爱看"粉戏"，也就是言情戏，大约是想借此排遣自己寡居的寂寞。慈禧看戏时当然不会如普通小民般自己买张票猫在角落里看完算数，而是要让大批的内宫女眷们相陪。阿鲁特氏皇后作为正牌儿媳妇当然也在陪客名单中。然而，年轻的阿鲁特氏既然出自书香世家，又饱读经典，如今又是皇后，当然在人前表现得极其不满"淫秽的戏目"。慈禧太后传戏时，阿鲁特氏经常借故不去，实在推不掉前去的话，也是正襟危坐，目视戏台以外的地方。这使得慈禧觉得儿媳妇是在讽刺自己不守妇德，于是恼羞成怒。

慈禧热衷于享乐，而且也很会享受，对于妆饰打扮赏花养狗更是极上心，直到六七十岁还爱穿鲜艳奢华的服饰，而且只穿新巧的，据说她老年的睡衣上都绣着大朵的红牡丹。以封建社会对寡妇的要求来讲，她是完全站不住脚的。

慈禧太后一辈子最大的遗憾就是做了皇帝的小妾，亲生儿子还得管别的女人叫母亲，她因此对自己的身份极其敏感，只要有可能就要拼命列出排场显示显示。然而在阿鲁特氏面前，她无论如何显摆也没办法占上风。阿鲁特氏身世高贵，是正宗的皇帝原配嫡妻，论起来这一点就连慈安太后都远远不如。阿鲁特氏自己也很清楚这一点，即使慈禧太后拿婆婆的身份来压她，她的优越感仍然时常流露。想到这个不遂心意的儿媳妇样样都比自己强，还能享受夫妻恩爱，慈禧太后就更受不了啦，简直觉得这个儿媳妇就是眼中的一根刺，越发不能容忍儿子亲近她，让她生下儿女。于是，慈禧对同治帝亲近皇后便横加阻挠。

同治帝毕竟是个皇帝，又正在少年，哪里受得了老娘管了自己的朝政不算，还把手插进自己的床帐里头来？同治干脆来了个"罢召"，连皇后带所有嫔妃的寝宫都不进去，自己独个儿睡进了乾清宫。

慈禧太后如此有闲暇来管皇帝的夫妻之事、如此与儿子媳妇过意不去，与同治大婚后亲政也很有关系。

同治十二年正月二十六日，18岁的同治帝终于结婚成家之后，于太和殿举行了盛大的亲政典礼，从此亲政了。

虽然迫于局势，慈禧太后不得不撤去了自己曾经隐身11年的那道帘子，但她心里是盼望儿子仍然事事前来向自己请示的。然而，少年皇帝却并不买这个账，他迫不及待地要展现自己的能力。母子俩因此在权力与家务两方面都发生了冲突。同治帝便想将老娘挪出皇宫，搬到圆明园去。九月，同治发下了重修圆明园的诏书。慈禧似乎也不愿再和儿子媳妇不停地当面闹矛盾，何况她从来就在享受方面不含糊，如今更是乐得让儿子出头，免得自己担罪名。再者说了，难道同治帝把她送进圆明园之后，就当真能乾纲独断？于是，慈禧对修园也表现出了极大的兴趣。

同治帝的这个计划，当然难以被人们接受。大学士文祥立即上奏，认为后果将极其严重。但同治帝却不想听，他不但想把碍事的老娘弄走，还想要借修园勘察之机常去宫外游荡。于是，同治将大臣们的劝阻奏章、边陲战报、地方事务统统丢开不管，只顾修园，钱不够就逼大臣们捐款，恭亲王也不得不第一个上交二万两白银。急于筹钱又毫无经验的同治帝甚至还因此上了一个商人李光昭的大当。此人以捐献木料的名义得到了同治帝的欢心后，便打着皇帝的幌子到处行骗，直骗到法国领事馆的头上，造成了一起国家纠纷。事发后，李光昭被直隶总督李鸿章处斩，而同治帝则脸面威信丢尽。

尽管如此，同治帝仍然孜孜于修园，并且屡屡以视察工程为名跑到圆明园，然后带着一两个小太监外出游荡。私游中，同治还认识了翰林院检讨王庆祺，从该人手中得到了一大堆的淫书春画。不谙风情的宫女们很快就令同治帝失了兴趣，他随即在王庆祺等人的引导下逛起了花街柳巷，“大开眼界”之后更加流连忘返。野史中便记载着这位同治帝不但与京城名妓来往，甚至还沾染男色之事。

同治帝的私游逐渐在京城里出了名，重臣们也终于忍耐不住了。同治十三年夏，恭亲王、惇亲王、醇亲王、科尔沁亲王、军机大臣文祥、李鸿藻等十大重臣联名上奏，请同治帝“停园工、戒微行、远宦寺、绝小人、警宴朝、开言路、征夷患、去玩好”。

七月十九日，又羞又怒的同治帝召见十重臣。恭亲王和醇亲王的话还没说完，同治帝便咆哮起来，把大学士文祥当场吓晕，召见草草收场。

事儿闹大了，重臣们将整件事都报到了两宫太后面前。一看这样的场面，老辣的慈禧立即意识到修园之事众怒难犯，虽然心里仍然痒痒，还是表示定要终止修园，将所有的“炮火”都转到了儿子身上，将儿子训了一顿。

于是，同治帝的怒火更盛。几天后他又写了道诏书，打算一股脑儿将十重臣统统撤职查办。八月初一这天，正当同治召集所有大臣上朝，打算当庭爆发皇帝的“雷霆之怒”树立威权之时，两宫太后突然出现在了朝堂上。由慈禧太后开口，将同治帝当众数落了个一钱不值。于是，同治帝的皇权君威彻底垮掉，两宫皇太后尤其是慈禧太后则重新恢复了她们才是王朝真正懂行统治者的权威。

同治帝的任性妄为，造成了君臣离心的后果，大臣们更加拥护两宫太后。备感挫败却又不知错在何处的同治帝干脆破罐子破摔，何况慈禧太后仍然管着他的房闱私事。于是，同治仍然不沾正规妻妾后妃的边，而是在宫内折腾宫女太监，同时出宫冶游。据说，从此后他“学了乖”，怕遇上有脸面的朝臣宗室，也不相信有门道的王庆祺等人，再不往名妓们聚集的高级红灯区跑，而是出没于下三烂地段甚至京郊地方，与那些连寻常妓女都看不起的暗娼之流厮混。

这样的地方去多了，消息当然又传出来了。朝臣宗室们纷纷上书劝谏，然而同治帝却乐在其中，根本不听。重臣们将消息报给太后，慈禧太后却权当没听见：首先，儿子荒嬉，她正好重新掌权；其次，她也确实是不愿相信。

终于，祸事来了。

同治十三年十月二十一（公元1784年11月30日），同治帝在去西苑时受凉感冒。这本是小病，没想到竟越来越厉害，到十月三十（12月8日），他竟然发起疹子来了。两天后，宫里传出同治帝“有天花之喜”的消息。虽经百般调治，同治帝仍然在一个多月后病死，成了清王朝最短命的皇帝，年仅19岁。

关于这位浪荡皇帝的病情，野史一直众说纷纭。多数时候，老百姓都认为同治帝不是死于天花，而是死于性病梅毒，理由正是他热衷冶游。不过即使是天花，其病之来也与同治帝好冶游不自重脱不了干系。

据说，同治帝的病情在治疗过程中曾经有过起色，但很快就急转直下。在传说中，此事与慈禧太后和阿鲁特氏婆媳间的一场争吵有关。

据说，当时阿鲁特氏前往探望同治帝，夫妻俩屏退众人说私房话，阿鲁特氏便向丈夫哭诉自己如何受婆婆欺负，却没料到慈禧太后躲在外头偷听。当慈禧听到同治帝偏向老婆的言谈之后，立即冲进来大发脾气举手要打阿鲁特氏。阿鲁特氏一急之下冲口而出："我是大清门进来的，你不能打我。"——这话的意思是：我是明媒正娶的皇后，你虽是婆婆，却是个小妾出身，没有资格打嫡妻身份的女人。这话一出，慈禧顿时大哭大闹。躺在病床上的同治帝眼见这样的场面，顿时晕厥过去，病情于是再不可收拾。

此事是否当真很难确认，不过也还符合慈禧与阿鲁特氏之间恶劣的婆媳关系状况。但此说法虽然表现了慈禧太后的横蛮，阿鲁特氏却也脱不了干系：老公病得将死，还要去对他诉苦刺激他，皇后怎么做的？与此野语相比，另一种说法就可靠得多：十一月初八初九两天，同治帝病情稍有好转，痘花也颗颗饱满，只待鼓胀浆出便可望痊愈。然而就在这天，慈禧太后哄得同治帝回心转意，发下了在自己病中将政务全数交予太后的上谕："请太后代阅奏折，待过百日之喜，病情稍缓，朕再出来办事。"冲动之下将此谕发出后，同治帝越想越不是味儿，发现上了老娘的大当，权力一旦正式交出，就算自己病好了，恐怕也很难再收回；万一病好不了，那自己恐怕就连选继承人的权力都没了。在这样的情绪刺激下，从初十开始，同治帝病情日渐消沉，终至不治。

无论如何，同治帝死了，他没有儿子，连女儿都没有，清王朝必须从宗室中选出一位继承者。

同治帝崩逝的当天深夜，关于继位人问题的御前会议立即在养心殿西暖阁召开。与会者包括宗室王公、朝廷重臣，还有同治帝的师傅。一番争执之后，早有盘算的慈禧太后一锤定音："文宗无次子，今遭此变，若承嗣年长者实不愿，须幼者乃可教育，现一语即定，永无更移，我二人（两宫太后）同一心，汝等敬听。"随后宣布："醇亲王奕譞之子载湉承继文宗显皇帝为子，入承大统为嗣皇帝。"

这道旨意一出，诸人大感意外，醇亲王本人更是当场昏迷过去。然而谁也不敢表示反对，因为载湉也有非常明显的优势：他是咸丰帝的亲侄儿、慈禧太后的亲外甥，是正宗的皇家近支。那么，为什么不给同治帝过继儿子呢？原来，当时的皇族近支中“溥”字辈的人选只有一个溥伦，乃道光帝长子奕纬的嗣孙。溥伦虽是道光帝长子长孙，但他身上并没有有流着道光帝的血液，甚至连嘉庆帝的血液都没有：溥伦的父亲载治是过继给奕伟的，他的亲祖父乃是皇族的旁系。不过既是过继，似乎也没有必要讲究这些。何况就算是让堂弟入嗣大统，也大可选个年纪大些的，为什么会找上载湉这个还没断奶的孩子？

这当然就是慈禧太后的算盘了。假如从旁支溥字辈中选一个做同治帝的过继儿子，那么两宫太后就成了太皇太后，再垂帘听政就说不过去了：同治帝的皇后还在呢！假如选年纪大些的载字辈堂兄弟，那么首当其冲要被考虑的就是恃才傲物的恭亲王的儿子们。这当然绝对不是两宫太后，尤其是慈禧太后愿意看到的。更何况，选中的小皇帝越是年幼无知，慈禧太后掌权的时间就会越久。除此之外，慈禧太后还另有私心：载湉是她亲上加亲的外甥，父母一向温驯听话，肯定比恭亲王父子好摆弄得多。当然，据说还有一条比较“人性化”的理由：慈禧太后想要重新看到自己儿子当年做小皇帝的模样，寻求她儿子的印象，使她聊以自慰。总之，事情就这么定了下来。十二月初七，载湉生父醇亲王主动请辞一切职务，慈禧太后正中下怀地批准，让他去监修皇陵。醇亲王辞职的同一天，两宫太后重新垂帘听政。同治纪年终结，光绪朝揭开帷幕。

对于同治帝死后竟没过继儿子，皇位也交给最年幼的堂弟继承，朝野上下都心怀不满。恭亲王当然是最不满的，但他的儿孙们离皇位很近，他利益攸关不敢出声。不过敢出声的大有人在。光绪元年正月十五，内阁侍读学士广安上奏，要求两宫太后立下铁券，保证日后一定要为同治帝过继儿子并将皇位交由其嗣子继承。这要求立即触怒了慈禧太后，对广安大加斥责，铁券也就化为泡影。

同治帝崩逝的次日——实际上就是当天深夜，年仅四岁的醇亲王嫡子载湉被浩浩荡荡的队伍迎进了皇宫，从此成为清王朝的又一位小皇帝。清王朝的年号也由“同治”进入了“光绪”。光绪帝生于同治十年六月二十八（公元1871年8月14日），是慈禧太后亲妹妹与醇亲王所生的第三个儿子，也是那位亲王之妻所生的四子一女五个孩子中唯一长大成人的一个。

由于这个小皇帝实在太小，就在他登基的同一天，礼亲王世铎便递上了一道奏章，要求两宫皇太后重新垂帘听政。慈禧太后立即将这项建议采纳下来。于是，朝堂上的那道帘子又重新垂下，清王朝的军国政务又一次交到了两宫皇太后的手里。

有了同治帝的教训，两宫太后对光绪帝的教育格外上心，在他5岁那年就选择了师傅教学，不但学儒书，还学骑射及满蒙汉各种语言。为防止光绪学习不用心，慈禧太后还派其生父醇亲王陪读，终于使光绪帝学有所成。当然，光绪帝学业有成之时，两宫皇太后已经只剩了慈禧太后一个。虽然性情较宽厚的慈安太后不在了，对于光绪帝的学业，慈禧太后给出的评语仍然远非同治帝所能企及。对亲生儿子的学业极为不满的慈禧太后如今却毫不吝惜地表扬少年光绪帝“孜孜念典，德业日新”“披阅奏章，论古断今。剖决是非，权衡允当”。然而，光绪帝学习成绩再好，慈禧太后也不情愿把手中的权力交到养子的手中。

和对待同治帝一样，为了不想太快让出权力，慈禧太后直拖到光绪十三年正月，光绪帝16岁时才为小皇帝举行了亲政典礼。典礼虽然举行了，慈禧太后仍然与礼亲王一唱一和，弄了个《训政细则》，以法令的形式打算在皇帝亲政后继续“训政”，也就是在幕后操控皇帝。

除了操控光绪帝的政事，慈禧太后还要操控光绪帝的婚姻。

光绪十四年（公元1888年），慈禧太后终于拖无可拖，要为年已17岁的光绪帝挑选后妃了。这年十月初五，经过激烈的竞争，五名秀女进入最后的淘汰赛，由太后与皇帝当面确定谁是皇后。

光绪帝

进入决赛的五名秀女中，最引人关注的就是慈禧太后之弟桂祥的女儿沁凤（或曰静芬）。当然，沁凤令人关注的只是她的家庭背景，她本人的外貌风姿实在有些平平。另四位秀女则正好是两对姐妹，分别是江西巡抚德馨的两个女儿和侍郎长叙的两个女儿。这两对姐妹中，德馨的两个女儿貌美如花，站的位置也仅次于太后侄女；长叙的两个女儿站在最后面，相貌虽然不如德馨之女，却也比沁凤略强。

按照清宫规矩，皇帝将给自己最为中意的秀女一柄玉如意，确定她的皇后身份，再将两对荷包交给另两位秀女确定她们的妃子身份。

选后开始时，慈禧太后表现得非常大方，表示要让光绪帝自己做主。然而，当光绪帝拿着玉如意走向第二排，作势要将玉如意递给德馨长女的时候，慈禧太后却终于不顾场合地叫了起来："皇帝！"这一声叫听在光绪帝耳中，抬头看去，慈禧太后不但喊了他，还在用眼神向他示意。光绪当然立即就明白了这位"亲爸爸"的用意，不得不极不情愿地勉强转过身子，将手中的那柄玉如意递在表姐沁凤的手里，使慈禧太后的侄女儿成为皇后，完成了慈禧太后"亲上加亲拉拔娘家"的打算。

按一般清帝初选后妃的惯例，一般要选一后三妃嫔成双数。从五名秀女在殿中站列的位置来看，慈禧太后的本意就是想让自己的侄女正位中宫，由她完成自己这个姑妈一生都未能达成的心愿，做大清朝的叶赫那拉氏原配皇后。因此，这位侄女儿站在了最前面。其次，慈禧太后也注意到了德馨之女的美貌，有心要让她们都做妃嫔，也考虑到侄女的外表确实一般，因此让德馨的一双女儿站在第二列；最后，是长叙的一双美貌稍逊一筹的女儿位列第三行作为备选。然而，如今少年光绪毫不遮掩地表达出了自己对德馨之女的一见钟情，却使慈禧太后改变了原本的打算。慈禧不愿让德馨的女儿入宫了，怕她们会威胁到自己侄女的地位。因此慈禧立即下令终止选秀，自作主张地将一双代表嫔妃地位的荷包塞给了原本是充数的长叙之女，也不再考虑从德馨女儿中再选一位就让她们落选了。因此，光绪帝的第一次婚姻，只有一后二妃成单数，而且三个女子中没有一个是他最初心仪的对象。然而，无论是慈禧太后还是光绪皇帝，恐怕此时的他们都没有想到，终光绪帝一生，他名下的妻妾也只有此三位，比寻常土财主还少，使得这位皇帝成为中国王朝史上后妃最少的皇帝之一。

大婚迎娶皇后的日子定在光绪十五年正月二十六至二十八（公元1889年2月25日至27日）。按规矩，皇后入宫之时要有嫔妃跪接。因此，长叙的一双女儿提前在正月二十五日夜晚便进了宫，姐姐被封为瑾嫔入住永和宫，妹妹被封为珍嫔入住景仁宫。二十六日，太后侄女这位新皇后终于在隆重的仪式中进了宫，成为光绪帝的皇后了。

对于婚事的不由自主和婚礼的奢华，光绪帝本人非常愤懑。这对表姐弟虽然结了夫妻，彼此的关系却从一开始就陷于困境。

光绪帝大婚后的二月初三，慈禧太后在太和殿举行了归政仪式，正式撤帘。这一次，慈禧做得似乎很有诚意，不但举行了仪式，而且还驳回了御史屠仁守请她继续批阅奏折的折子，表态说要真正交权给皇帝。当然，这是因为慈禧已经对光绪帝的孝顺深表满意。此时的光绪帝虽然已经亲政，军国大事仍然主动向“亲爸爸”请示批准，慈禧太后根本不必公开理政犯众怒，当然也就乐得图个“不恋权位”的名声。既然光绪帝如此孝顺，珍嫔又年幼讨喜，虽有些小小过犯也还没有触及太后的底线，慈禧太后也就顺水推舟由他们恣意了。光绪二十年的时候，慈禧太后还在自己过六十大寿时循例将珍嫔晋封为妃。

然而这一切很快就结束了。光绪帝年少气盛，渴望能中兴王朝的统治。然而在慈禧太后看来，什么国家大事都没有她自己的尊荣重要。光绪九年至十一年的中法战争中，慈禧就曾经在中国军队大胜的情况下仍然坚持求和。

中法战争爆发时，光绪帝还是个孩子，对于这些军国大事不知所以。但是到了光绪二十年（公元1894年），慈禧太后与光绪帝两派在政见方面的不和，却因为中日甲午战争的爆发明显化。帝党主战，后党主和。在整个战争过程中，由于早已问题多多的清王朝各级官员为了保持自己的实力以及在整个对外作战过程中孜孜不忘派系斗争，更因为慈禧太后仍然惦记着自己要过六十大寿，不但不肯将自己庆寿的经费改做军用，还要从军费中克扣大笔钱粮用于庆寿，中国军队终于大败亏输。光绪二十一年三月二十三（公元1895年4月17日），全权大臣李鸿章在日本签下了《马关条约》，不但承认朝鲜成为日本殖民地，还将台湾、澎湖列岛、辽东半岛都割给日本，更向日本赔款两亿两白银。

甲午之战的大败，无论对光绪帝还是对慈禧太后，都是个很大的刺激。由于用玺盖印的是光绪帝本人，他的情绪就更为激烈。而国家的惨败给慈禧太后的刺激，却远远没有她自认为的尊荣受损来得重要——无处发泄的光绪帝在战争中途曾经处分过李鸿章，给予其拔三眼花翎、褫黄马褂、革职留任等处分，又曾经提出要将慈禧太后的寿诞用款改作军用。慈禧太后却根本将自己的个人利益置于王朝国家利益之上，反而据此认为养子无视自己的权威，对自己不够孝顺，因此对光绪帝极度不满。决定给光绪帝一点颜色看看。

决定教训光绪帝的慈禧太后在珍妃的身上找到了突破口。此时的珍妃，已经失去了慈禧太后的欢心。

与皇后及瑾妃对太后的依顺相比，珍嫔则是旗帜鲜明地站在皇帝一边，也毫不掩饰地尽情展现皇帝对自己的宠爱，不给皇后留什么面子。这自然也就入不了慈禧太后的眼。慈禧太后越来越觉得珍妃任性反叛，对她的好感也荡然无存。

随着年龄的增长，光绪帝越来越觉得有必要培养真正只忠于自己的臣下。光绪先后提拔了许多这样的人，他的老师翁同龢也进入了军机处。对于光绪帝的心思，珍妃不但全力支持，还主动推荐了不少人选给光绪帝，其中也包括她儿时的老师文廷式和她的哥哥志锐。在珍妃的大力举荐下，光绪十九年的时候，文廷式不但官升得快，还当上了江南乡试副主考。志锐则于甲午之战的当年正月直升礼部侍郎。

珍妃

文廷式与志锐都是进士出身，提拔虽有私意，却也没什么明显的失当。但是珍妃在其他事情上的做法却明显失当：卖官。

早在光绪十八年尚未失去慈禧欢心时，珍妃就曾经将一个知县的缺卖给了文廷式的亲戚。此后由于得宠，珍妃卖官的规模也越来越大，成功率甚至比慈禧太后还高。光绪二十年初，有个叫耿九的人贿赂慈禧太后身边的太监王长泰、聂德平，想买得粤海关道之缺。两个太监居然不求慈禧太后，反去求珍妃，很快将此事办成。慈禧太后得知，既怒且羞，将两个太监发配黑龙江并在途中杀掉，借此警告珍妃。

然而两个太监的死并没有警醒正沉溺于帝宠中的珍妃。不久，珍妃居然将上海道兼管海关的肥缺卖给了一个从未踏足仕途的富商鲁伯阳，令朝臣侧目。光绪帝在此事上颇觉亏心，便打算在朝臣面前挽回些脸面。然而，光绪的挽回方式却是在四月时坚决否定了养母慈禧许诺给木商玉铭的四川盐茶道官职。从大义上来讲，光绪帝否决玉铭是正确的，然而有鲁伯阳之事在前，相比之下，慈禧太后遂再次羞怒交集。

同年十月，就在中日之战开始后不久，珍妃因卖官之事又得罪了皇后。

皇后的舅舅想要谋个福建将军的职位，皇后自知帝宠不如珍妃，就拉下脸面去求珍妃帮忙。然而，珍妃却回绝了这个百年难遇的后妃和解机会。原因是河南巡抚裕宽想升任四川总督，重金求到了珍妃这里。珍妃一心要办裕宽之事，不愿将机会分给皇后。于是，珍妃不但拒绝了皇后的请求，据说态度也颇不恭敬。

皇后本来就不是什么好性子的女人，受了皇帝的冷遇和珍妃的气哪里还忍得住，立即跑去向慈禧太后哭诉，并把珍妃卖官卖到总督一级之事也向慈禧太后兜了出来。慈禧太后立即抓住了这个机会，决定深入追查。

十月二十八，慈禧太后将珍妃召来，当众杖责，将她打得死去活来。第二天，慈禧太后召见军机大臣，颁布降珍妃姐妹为贵人的懿旨。十一月初二，慈禧太后再次召见军机大臣，严责光绪帝包庇宠妃，并将光绪帝及珍妃身边“涉案”的太监或杀或充军，死者达六十余人。帝党当然不甘示弱。十二月，帝党成员纷纷上书，要求恢复珍妃的妃位。为了激起光绪帝的反抗之心，帝党成员甚至对光绪帝说：“太后虽穆宗（同治帝）之母，实文宗（咸丰帝）之妾。皇上入继大统为文宗之后，无以妾为母之礼。本非母子，宜收揽大权。”

这番“离间母子”的话很快传开。本已收手的慈禧太后怒不可遏，立即对帝党官员进行围剿，文廷式革职、翁同龢革职、汪鸣銮革职……前方甲午战争，后方党派纷争，国事一败涂地，真是不亦乐乎。

光绪二十一年，慈禧太后总算消了气，重新恢复了珍妃姐妹的妃子名位。然而这个仇，却是从此结得大了。

由于甲午大败，原本对儒家书典信服无比的光绪帝转而恨透了典籍，认为国事皆败于此。恰在此时，以康有为居首的举人们反对《马关条约》，“公车上书”事件发生，康有为成为政治新星。光绪二十四年四月二十三（公元1898年6月11日），光绪帝采纳了康有为的建议，发布《明定国是诏》，宣布变法维新。

平心而论，光绪帝与变法书生们的本意是好的，但是整个变法过程却过急，激进到了极端的程度。光绪和康有为似乎当真认定只要是皇帝，谁就都得听他的。在短短一百零三天的时间里，光绪帝在康有为等书生的鼓动下，一连发了二百多道谕旨，似乎想要在如此之短的时间内就将两千年的封建王国马上变成君主立宪的资本主义国家，也不管这些计划可行不可行。且不说看起来似乎必要的裁撤机关之类得罪官员，另一些实在毫无必要的变革更将举国上下都得罪了个七七八八。其中最离奇的莫过于下令将所有的寺庙道观祠堂改为学校，连出家人和略有宗族意识的民众都得罪完了。再如废八股科举，得罪了天下所有一辈子寒窗苦读的读书人，数不清的读书人因此自杀寻死，数不清的出身科场的读书人切齿痛恨。科举制度是清人关之后为笼络汉族读书人的选择，甚至还规定进士前三甲一定出自汉族书生，因此巩固了王朝的统治，很多读书人为了求得功名，也就此放下了民族之争。如今既然没了仕途出身之路，满汉之分的老账又开始算了起来，清王朝的统治愈发摇摇欲坠。

除此之外，光绪帝还急于起草宪法，建立“制度局”，实际上就是想要重新成立一个新政府，将后党的所有势力一扫而光。然而欲速则不达，更遑论此时的军权还掌握在后党人马手中。

八月初六，慈禧太后突然带领大队人马从颐和园赶往紫禁城中和殿，发动“戊戌政变”，将光绪帝囚禁在瀛台之中。慈禧太后再次“训政”。从此，光绪便离开了政治舞台。离开了政治舞台的光绪的结局是怎样的呢？光绪帝死的时间，仅比慈禧太后早一天。

对于这个蹊跷的去世日期，世人一直诸多猜测。更惹人猜测的是，光绪帝辞世的前一天深夜，患病的慈禧太后先已选定了光绪帝的继承人：光绪帝异母弟醇亲王载沣与荣禄之女瓜尔佳氏所生的儿子溥仪。溥仪入宫的次日，他的伯父、年方38岁的光绪帝就死了。所以，很多人认为光绪帝是被慈禧太后害死的。

当然还有一种说法，说光绪帝是自然死亡，时间纯属巧合。

慈禧皇太后终于死了，时年74岁。与光绪帝冷冷清清的身后事相比，这位执掌政权近五十载的皇太后的丧事办得异常奢华隆重，给她上的谥号也美轮美奂：“慈禧端佑康颐昭豫庄诚寿恭钦献崇熙皇太后”。

第三章　兄弟阋墙

第一节　鱼腹藏剑刺吴王——公子光设下的“鸿门宴”

春秋时有一位刺客成就了一场政变，而这场政变也成就了这位刺客，让他成为刺客的千古代表和效仿的楷模。这场政变就是吴国公子光发动的推翻吴王僚的政变，这位刺客就是专诸。

公子光的父亲是吴王诸樊。作为长子的公子光并没有在父亲身后成为吴王，这一直是他心中的隐痛。

公子光

季札

公子光的爷爷吴王寿梦死的时候，并不想立公子光的父亲诸樊为继承人。他属意的人选是小儿子季札。但季札却不想做君王，百般推让。最后，诸樊作为长子，成为新的吴王。《史记》上说诸樊只是“摄行事当国”，也就是暂时行使国君的权力，季札依然是全国上下认为理所应当的新君主。

季札在政治上其实是一个不贪恋权力、闲云野鹤般的人物。这样的人在政界很少见，却是实实在在存在的。当诸樊的生命也走向终结的时候，权力问题就出现了。诸樊始终将自己定位为“守夜者”和“看门人”，虚位以待弟弟季札。一旦季札想即位的时候，诸樊就会将王位“物归原主”。没料到自己的生命走到了季札的前面，他依然想传位给季札。这一次，季札又拒绝了。诸樊兄弟四人，长幼排序是诸樊、余祭、余眛、季札。诸樊见季札无意继位，也不立太子，规定了王位依照兄弟的次序传递下去，希望最后把国君的位子传给季札。

诸樊死后，余祭继位。余祭死后，传给余眛。余眛死后，季札还在壮年，朝野拥戴季札登位。季札还是逃避不肯就位。因为兄终弟及的次序没办法继续了，于是吴国人拥立余眛的儿子僚为国君。

诸樊的儿子公子光非常不满，曾经对亲信说："如果以兄弟为次，那么四叔季子应当立为王；如果以儿子为序，那么我才是继承人，当立为王。"公子光早已有心夺权，但不敢贸然行事，因为他清楚对方的实力。王僚不仅有季札的辅佐，更有胞弟掩余、烛庸执掌兵权，他的儿子庆忌也是吴国著名的勇士。然而，公子光也并不消极等待。一方面，公子光极力表现出忠诚于吴王僚，时时处处都在为吴国效命，以巩固自己作为王兄的地位。公元前525年、公元前519年、公元前518年，吴楚三次交战，公子光表现出色，夺得楚国两座城池，赢得朝野一片赞誉，更博得了吴王僚的信任；另一方面，公子光在暗中积极创造条件，为将来夺取王位而一砖一瓦地铺平道路。公子光任命心腹被离为市吏，密令被离借在市场任职的方便搜罗奇能异士，以为己用。

这一天，被离闲游街市，见有个赤足破衣、披发垢面的狂人，手持斑竹管箫，吹奏乞食。辨听箫音，凄苦哀婉，细观人相，惊其面貌，恭请茶肆，彼此交谈，十分倾心。被离这一留意，竟为吴国日后称霸中原发现了一个大人才。这个佯狂吹箫的人并非等闲之辈，他便是楚国名臣伍子胥，因其父兄为楚王所杀，逃奔吴国。

伍子胥

被离与伍子胥的交谈，早有人报知吴王僚，吴王僚召其入见。被离一边使人私报公子光，一边让伍子胥沐浴估衣，同去晋谒。交谈之中，吴王僚为伍子胥的才辨所折服，当即拜为大夫。伍子胥说及父兄冤仇，头发上竖，目眦尽裂，乞请吴王举兵伐楚。吴王僚怜其孝顺，犹豫片刻，答应了他的要求。

公子光素闻伍子胥的智勇，有心把他网罗在自己的门下，就去见吴王僚，劝他说：“吴楚结怨已久，臣身临作战，难获大胜。如果单纯为子胥兴师，胜则泄匹夫私恨，败则让邦国受辱。伍子胥劝大王攻楚，不是为了我国，而是为了替父兄报仇。大王要打仗，退一步说，也要做好准备，挑选时机，才能马到成功。现在只凭伍子胥的一句话，就要兴兵出师，大王岂不是为了别人泄愤而不顾社稷荣辱吗？”吴王僚觉得有理，便疏远了伍子胥。

伍子胥料到公子光入谏必然别有用心，在吴楚交战问题上花费口舌，使吴王改变初衷。伍子胥随班入朝，向吴王僚辞职。公子光对吴王僚说：“伍子胥因为大王不肯发兵，所以辞职不干。这种人用之无益，送他几亩地，让他躬耕自养算了。”

伍子胥辞职后，公子光带着粟米美酒，私下前来拜访。两人各言心志，一个愿意相助夺权，一个允诺兴师复仇。伍子胥借机荐举了壮士专诸。

专诸是吴国堂邑（今江苏六合北）人。伍子胥从楚国逃奔吴国时，在路上遇见专诸与人格斗，怒气冲天，勇不可当，非常钦佩。不料过了一会儿，专诸听见妻子叫他，竟然俯首帖耳，从命而归。伍子胥心中疑惑不解，便向前询问：“你刚才盛怒之下，令人胆战心惊，为什么却对一个弱女子如此顺从？”专诸答道：“你这个人说话怎么这么难听？你看我的相貌，是那种愚蠢不堪的人吗？告诉你，屈服于一人之下，必能凌驾于万人之上！”伍子胥对专诸的回答十分赞赏，又观察他的相貌，见其口阔目深，熊腰虎背，气度雄伟，知道这是一个不可多得的侠义之人，临难可以托命，于是与他结为莫逆之交，以备将来之用。

听了伍子胥的介绍，公子光邀请他一同去探望专诸。专诸见伍子胥同一位衣着华丽的贵公子来访，连忙出来迎接。伍子胥为双方引见后，公子光捧出许多金帛作为见面的礼物。专诸坚辞，经伍子胥反复劝说，方才接受。就这样，三人成了朋友。公子光见专诸家境贫寒，便经常派人送去粟肉布帛，自己也不时前去问候。专诸对此非常感激，表示愿为差遣，以报答公子光折节相交的知遇之恩。一天，公子光向专诸详细地复述了祖父传弟不传子的遗嘱后说：“兄终弟及，季札王叔让位，王权宜重归嫡长，嫡长之后，舍我其谁？王僚贪位恃力，不肯退让，我力弱不足以图大事，欲请壮士相助。”专诸慨然应许，问道：“不知王僚有何嗜好？凡事轻举无功，要杀王僚，得投其所好，顺着他的习性靠近他。否则，王僚防守严密，难于下手，即便下手，也不能做到万无一失。”公子光想了想说：“王僚喜滋味，极爱吃鱼。”于是，专诸动身前往太湖，寻找名厨，学习制作鱼炙的手艺。专诸专心致志地学了三个月，鱼炙的手艺已经十分精湛，便返回都城，待公子光之命。

一天，公子光对伍子胥说：“专诸已精鱼味，有什么法子才能接近王僚呢？”伍子胥回答说：“事情不那么简单，公子庆忌时时随侍王侧，掩余、烛庸并握兵权。欲除王僚，先得把这三个人打发出去，方能行事，万万不可轻举妄动，引起对方的警惕。”公子光沉吟半晌，恍然醒悟，使伍子胥暂回田野，耐心等待时机。

公元前516年，楚平王死了，太子珍继位，是为楚昭王。伍子胥听到杀父仇人寿终正寝，顿足大哭，为自己不能手刃仇人而泪流不止。一连三夜，伍子胥辗转难眠，终于想出一个主意来，急忙找到公子光，对他说：“现在楚平王死了，新王年幼，朝廷里没有忠良之臣，如果此时奏过王僚，乘楚国丧乱之际发兵南伐，他必然同意，我们便可乘机图谋大事。”

公子光道：“如果吴王派我为征伐统帅，怎么办呢？”

伍子胥早已想好了对策，侃侃对答道：“公子可以说上次征楚时从战车上掉下来扭伤了脚，吴王就再不好派您了。您不出征，吴王肯定要派掩余和烛庸为统帅。”

公子光掩饰不住自己的兴奋，打断了伍子胥的话：“还有庆忌呢？”

庆忌是吴王僚的长子，筋强骨健，有万夫不当之勇。据说有一次，庆忌命令属下向自己的心窝射箭，没料到一支支飞箭竟然全被他接了下来，令旁观者惊叹不已。公子光对庆忌甚为忌惮。

伍子胥笑了笑，接着说道：“可以建议王僚派庆忌出使郑国和卫国，联络他们一起攻伐楚国。这不是一计而除去三翼吗？王僚之死指日可待了！”

公子光沉吟了一会儿，又问道：“三翼虽去，王叔季札依然在朝，他岂能容我行篡王位？”

伍子胥胸有成竹地说：“这一点我也想过了。吴国和晋国刚刚修好，派季札出使晋国联络感情，同时观察中原各国情况，不是名正言顺吗？王僚好大喜功，并且疏于计谋，必然听从您的建议。待到季札出使回国，公子的大事已定，难道还能再谈什么废立之事吗？”

公子光突然下拜，眼含感激的泪水。哽咽着说：“我得先生相助，真乃天赐啊！”

公子光依计而行，王僚不明底细，欣然听从他的意见，使胞弟掩余、烛庸率师伐楚，季扎聘晋，庆忌纠合郑、卫，四个心腹同日离开都城。王僚身边，只留公子光居国。公子光篡夺王位的计划可以实施了。

于是公子光对专诸说：“时不可失，失不再来！我才是吴国王位的所有人，早就应当被立为吴王。等我杀了王僚登上王位，即使四叔季子回来，也不能废黜我了。”专诸也表示同意。公子光郑重地对专诸行礼说：“我的身家性命就拜托你了。”专诸慷慨承诺了下来。

行事之前，专诸回家探望母亲，不言而泣。母亲知道专诸割舍不下自己，对他说道：“诸儿哭什么呢？难道是公子光想要用你了吗？我们全家受公子恩养，大德当报，忠孝自古就难以两全，你就去吧，不必惦念我。你能成此大事，名垂后世，我就是死了，也没有什么遗憾的。”专诸听罢，更加悲从中来，依依不舍。母亲说：“我想喝点水，你到河边舀一点吧。”专诸不敢稍违母命，取回河水后却不见母亲，惊问妻子，妻子说母亲说身体困倦，闭门思卧。专诸有点疑心，推开窗子进入室内，发现母亲已经自缢身亡。专诸含泪葬母，毅然离家直往公子光府邸。

第二天，公子光告诉吴王僚说自己新招了一个太湖厨师，做得一手好烤鱼，请国君晚上到自己家中赴宴。吴王僚欣然答应。公子光回家“准备”，除了张灯结彩恭候国君到来外，还把私养的武士武装起来，暗藏在家中的地下室里；伍子胥带领另外一队武士，埋伏在公子光府邸周围，准备由外向内进行配合。

其实，吴王僚对公子光的感情颇为复杂。首先，吴王僚和公子光是堂兄弟，曾经有过亲密的感情。小时候，两个人经常在一起玩耍学习。成为吴王后，吴王僚多次派遣公子光，或者和公子光一起领兵作战，多有斩获。在长期共事中，公子光是自己的左膀右臂，功劳不小。按说，吴王僚对公子光的感情会更深。可惜不是。吴王僚在心灵深处对公子光有着深深的戒意。因为公子光的能力太强了，权力传承的纠葛让吴王僚即位十多年后仍然对在手的权力不放心。父亲死后并没有明确的制度来明确自己的权力，吴王僚只是凭借当时多数人的意见被推举为国君。当时有可能继位的公子人选很多，除了僚，还有光。在一定意义上，光比僚更有继位的优势。公子光毕竟是长子长孙。吴王僚觉得自己的即位是侥幸的结果，并没有厚实的基础。公子光的能力越强，功绩越大，对吴王僚的威胁就越大。

吴王僚也深知兄弟争权对国家不利，他常常以为自己对公子光的猜忌是以小人之心度君子之腹。吴王僚对公子光表现得非常信任，非常优待，非常尊重。逢年过节，吴王僚对公子光都赏赐有加；对公子光征战失败和其他错误，吴王僚也相当宽容。这一切都是为了国家的利益。但涉及威胁到自身权力和安全的时候，吴王僚从不假手公子光。

接到公子光诚挚的宴会邀请后，吴王僚犹豫了一下，随即答应了。不就是去吃顿饭吗？公子光走后，吴王僚又犹豫了起来，怕公子光有阴谋。于是傍晚出门前，吴王僚先穿上三重盔甲，再套上外衣。

公子光家的这场晚宴充满了刀光剑影。

吴王僚为了保证安全，下令将公子光府邸严密戒备。公子光府周围三步一岗，五步一哨，从门口到厅堂内外布满甲士。这些王宫武士操长戟，带利刃，全副武装。吴王僚还携带了不离左右的亲信，为了保证食物的安全，亲信们仔细检查了食材和调料；为了保证现场的安全，宴会四周也遍布甲士。每一位上菜的厨师先被搜身，再跪着用双膝前进送菜，整个过程中都有甲士将刀架在厨师的脖子上。

公子光心中忐忑起来，不能确信专诸还能否刺杀成功。箭已射出，不能收回了。晚宴按计划举行，公子光频频劝酒，吴王僚和亲信们吃喝得也很愉快。觥筹交错中，公子光频繁皱眉，露出痛苦的表情。吴王僚好奇地询问是怎么回事。公子光谦恭地说，前几天乘车时受的伤还没有痊愈，每天都疼，并请求允许自己先行下去给脚部上药止痛。吴王僚没有起疑，很客气地同意了，还说了注意伤病之类的话。厅堂中只剩下吴王僚和他带来的亲信和武士了。

公子光离开厅堂后，特意绕到厨房门口，看了一眼专诸。专诸埋头做烤鱼，就像什么情况都没有发生一样。公子光深吸了一口气，闪到了地下室。在地下室里，公子光穿戴好盔甲，佩上利剑，静静地等待厅堂里的变化。

专诸做好烤鱼后，捧着菜盘，进献给吴王僚。在厅堂门口，有人接过菜盘，有人将专诸的衣服剥下，对专诸全身进行了搜查。确信没有武器后，两列武士夹着专诸，将刀架到他的颈部，让专诸赤膊跪地用膝盖前行。专诸的烤鱼做得很好，香气四溢，一进入厅堂就吸引了吴王僚的眼睛和鼻子。吴王僚示意专诸将烤鱼端到案几最靠近自己的一边。两边的武士特别允许专诸前倾到案几上，将烤鱼放到吴王僚的身前。专诸跪在地上，挺直腰板，将鱼盘放到吴王僚的前面。就在鱼盘即将放下的那一刻，专诸的右手迅速滑进盘中的鱼肚子里，摸出暗藏其中的鱼肠剑，猛刺向吴王僚。专诸用力之大，行刺之快，极大增加了锋利的鱼肠剑的力量，竟然透过吴王僚的三重盔甲刺穿了他的胸膛。一瞬间血光飞溅，吴王僚大吼一声，仰面倒地而亡。

两旁的武士一拥而上，刀戟齐下，将专诸砍为肉酱。厅堂中出现了片刻的沉默。吴王僚的鲜血沾满了案几，也扰乱了亲信和武士们的正常思维。在这一短暂而关键的时间里，这些人是有机会突围而出，和府外军队会合，扭转局势的。但良机在他们的面面相觑中流逝了。公子光听到厅堂的响动后，率领伏兵扑向厅堂，吴王僚带来的人很快就被尽数剿灭。府外的伍子胥也消灭了周围的王宫卫士，赶进府中和公子光会合。

公子光、伍子胥两人戎装在身，率军进宫。匆促召集的大夫们纷纷见风转舵，表示拥戴公子光为新吴王。公子光改名阖闾，终于坐上了梦寐以求的宝座。

第二节　兵变玄武惊天下——为争储位杀兄弑弟的李世民

“惜秦皇汉武，略输文采；唐宗宋祖，稍逊风骚。一代天骄，成吉思汗，只识弯弓射大雕。”毛主席这首《沁园春·雪》提到的唐宗指的就是开创历史上有名的“贞观之治”的唐朝第二个皇帝太宗李世民。可就是这样一个开创了大唐盛世的著名皇帝，却发动了杀兄弑弟、逼父禅位的玄武门之变。后世对这场政变众说纷纭，争议纷纷。

李渊

大唐王朝的开国皇帝李渊共有22个儿子，其中正妻窦氏所生嫡子四人，即长子李建成、次子李世民、三子李元霸、四子李元吉。李元霸早夭，其余三人在李渊建唐过程中都立有功劳。李渊称帝的当年便册立李建成为太子，又封李世民为秦王、李元吉为齐王。这里面本来就有早定名分，以免兄弟相争的意思。但是李渊称帝的时候，天下还远远谈不上稳定。不仅群雄逐鹿，连年厮杀，而且皇帝就有好几个，李渊只是其中之一。尽管李渊占据长安，有居高临下的优势，但实力也不见得最强。李唐王朝得以逐一消灭群雄，统一天下，李世民当推首功。

李世民在开国后的几年里，不仅建立了功勋，树立了威望，更重要的是，他大大发展了自己的势力。李世民网罗了尉迟敬德、秦叔宝、程知节等著名将领，又广泛结交名士，房玄龄、杜如晦等著名的十八学士都成了他的谋士。李建成在太原起兵之后，也打过一些胜仗，虽然没有李世民那样雄厚的实力，但是他有太子这个合法的身份，使得一大批皇亲国戚聚集在他的周围。李建成长期留守关中，在京城长安一带有坚固的基础，甚至宫廷的守军都在他的控制之下。李建成还把齐王李元吉拉拢过去。总的说来，李建成和李世民是势均力敌，旗鼓相当。

武德七年（公元624年），双方的斗争达到了白热化和公开化的程度。李建成预感到危机日益严重，兄弟仇杀不可避免，于是决定先下手为强，积极扩充东宫实力，以防不测。李建成私自招募四方骁勇之士二千人，充为东宫卫士，号称长林兵；又派心腹可达志赴幽州（今北京市附近）招募突厥骑兵三百余人，纳入东宫诸坊。李渊得知后，为控制事态，将可达志贬往外地，痛斥李建成一顿了事。李建成仍不死心，又暗令心腹杨文干在庆州（今甘肃庆阳）募兵，秘送东宫。

李建成还试图收买秦王阵营的成员，希望为己所用。李建成首先看中的是勇将尉迟敬德，命太子属官载着一车金银，悄悄地去拜访尉迟敬德。来人说太子是如何看重尉迟将军，相信将军以后肯定更有作为。尉迟敬德断然拒绝说："我是秦王的部下，如果背离秦王投入东宫，不就成了贪利忘义的小人吗？太子要个卑鄙的小人又有什么用呢？"于是将满车金银原封不动地退还给了来人。

李元吉的涵养不够，听到哥哥手下的回话后暴跳如雷。当天夜里，李元吉就派了个刺客去刺杀尉迟敬德。刺客溜进院子，隔着窗户偷看，寻找下手的机会。尉迟敬德行伍出身，早就发现了刺客，故意洞开大门，斜靠在床上休憩，床边放着长矛。刺客知道尉迟敬德是身经百战的勇将，现在又见他这样坦然相对，愣是没敢动手，偷偷逃走了。

李世民

李世民也开始收买李建成的亲信。李世民的"挖墙脚"工作比李建成阵营要稍微成功一点。虽然没有大将领转投入李世民阵营，但有几个小角色投靠了李世民。这些人中有一个职位很低的军官——玄武门的值勤军官常何。常何是个名不见经传的小角色，但是武德九年六月四日刚好轮到他值宿玄武门。正是常何在之后决定历史走向的那场大事变中提供了一把打开宫门的钥匙。如果知道事后的结果，不知道李建成会不会对常何这个小军官充分重视起来？

历史就是这么奇怪，重大事件的结果往往就是由一些不经意的小铺垫决定的。第一阶段的人才争夺中，李世民取得了胜利。不甘心的李建成和李元吉就将战场转移到了李渊的后宫。

李渊很清楚宫门之外党同伐异、兄弟相争的现实，但是他不知道怎么办。李渊是政坛高手，却处理不好家事。当骨肉亲情与政治纷争纠集在一起的时候，李渊更是不知从何下手了。随着年龄的增长，李渊采取了一种近乎不负责任的态度，对儿子们的矛盾不闻不问，将越来越多的时间花费在后宫生活之中。李渊晚年宠爱很多嫔妃，生下了许多幼子，希望从她们那里得到亲情的回报。

儿子们可没放过躲避起来的父亲。李建成首先曲线救国，东宫的人经常在后宫出没，给后妃们拍马送礼，讨她们的欢喜。在第二回合的斗争中，李建成取得了胜利。这倒不是李建成他们采取了多么灵活正确的方针政策，而是李世民的后宫人缘基础太差了。李世民平定洛阳的时候，宫中派遣一些妃子来接收王世充等人的后宫。这些后妃私下向李世民索取珍宝和其他战利品，李世民断然拒绝了。之前，李世民在关东广大地区说一不二。宫中自然有人来走后门，为自己的亲戚谋官谋利，李世民一概拒绝。一来二去，宫中人对李世民的态度就很差了。现在有李建成一帮人的挑唆，收到好处的后妃和宫人们很乐意在李渊面前尽说李世民的坏话，顺带说说太子的好话。

这些小皇子的生母为了自己的前途，往往结交年长的皇子，为李渊死后自己的前途早做准备。李建成与李元吉二人和嫔妃们各取所需，交往密切。李建成也源源不断地得到了后宫的情报。

李渊久经官场，对这些抹黑手段心知肚明，但架不住宫中充斥着的关于李世民坏话的侵扰，对李世民的印象自然比不上以前了。

李世民亡羊补牢，紧急展开“后宫外交”。秦王王妃长孙氏开始频繁出入宫中，贿赂嫔妃，求得后宫势力的支持。史载长孙氏“孝事高祖，恭顺妃嫔，尽力弥缝，以求内助”。李建成的财力不如李世民，而“后宫外交”很大程度上就是“金钱外交”。李建成的资金匮乏使他第二回合开始的优势逐渐丧失，只能酸溜溜地说：“秦王遍见诸妃。彼金宝多，有以赂遗之也。”

这年六月，李渊率领文武官员前往仁智宫（今陕西宜君县境内）避暑，令太子李建成留守长安，秦王李世民和齐王李元吉随同前往。李建成认为有机可乘，遂与李元吉定计谋害李世民。李建成派东宫郎将尔朱焕、校尉桥公山送信给杨文干，令其于庆州发动兵变，里应外合。

尔朱焕、桥公山深感此事非同小可，弄不好会自毁三族，于是中途反悔，直奔仁智宫告密。

李渊闻讯大怒，下令将李建成扣留起来，又令司农卿宇文颖去庆州召杨文干来见。不料宇文颖与杨文干素有深交，到庆州后即以实情相告。杨文干顿知死罪已成，遂起兵造反。李渊只得派李世民率钱九龙、杨师道等将前往庆州平叛。盛怒之下，李渊第一次向李世民说出有关废立的气话：杨文干造反的事与建成有关，恐怕响应他的人不会少，所以才派你出征。回来后，便立你为太子。我不会像隋文帝那样，令骨肉相残。我想封建成为蜀王，让他入川。蜀兵脆弱，他日后倘若能够听从你的话，你就要保全他。如若不然，你收取他也比较容易。听完这番话，李世民心中不胜欢喜，多少年来的政治夙愿终于从父亲嘴里说出来了。李民民急切地等待着这一时刻的到来，怀着激动的心情率兵前去平叛。大军一到庆州，叛军顷刻瓦解。杨文干为部下所杀，传首京师。

李世民走后，李建成的心腹们感到如果李建成垮台，势必牵扯到自己。于是，李元吉通过同情李建成的嫔妃向李渊求情，又重贿中书令封德彝劝说李渊。在嫔妃和重臣的周旋下，李渊改变了主意，又派遣李建成返回长安居守，废立之事遂告作罢。

仁智宫事件以后，李渊不能不对李建成和李世民的斗争加以审慎地处理。李渊看得出，如果在他有生之年，不能稳操政柄，妥善解决兄弟之间的权力之争，朝廷必将大乱，手足之间也会生成诛杀之祸。李渊决定必须支持一方，稳住另一方，使双方都有所收敛，缓和斗争的尖锐程度。李渊权衡再三，觉得还是站在李建成一边，更有利于政局的稳定。这是由于：第一，李建成是长子，且已立为太子，天下臣民家喻户晓，站在李建成一边，既符合传统，也有利于现实；第二，站在李建成一边，可以使其由弱变强，增加其与李世民抗衡的政治力量，遏制李世民居功自傲的气焰；第三，站在李建成一边，不用改立皇储，拥嫡派的文武大臣不会受到政治上的冲击，可以保持大局的稳定。

李渊的决心下定以后，对几个儿子的态度更加明朗化了。李渊一方面对诸子宣传孝悌之道，以史为鉴，希望兄弟间化干戈为玉帛；另一方面仍然重用李世民，重大的政令和军事行动都听取他的意见；他对太子李建成也十分关注，注意其政治动向。同时，李渊还想利用齐王李元吉这张牌来平衡李建成与李世民之间的关系，希望李元吉和李世民缓和关系。但是，李元吉认定李世民不会甘居人下，他与李建成的仇恨由来已久，不可能重归于好；况且，李元吉也有夺宗之心。因此，李元吉采取消极的不合作的态度，这使李渊更加为难。

七月里的一天，李渊为了缓和三兄弟之间的矛盾，带着他们到长安城南打猎，并让他们驰射角胜。李建成故意让李世民骑他的一匹难以驯服的烈马。李世民刚骑上马，马就狂蹦乱跳起来。李世民急忙跳下，再骑上去。谁知刚一上去，马又蹦跳起来。这样反复了三次，李世民才制服了这匹烈马。李世民骑在马上，对旁边的人说："有人想用这匹马害死我，岂不知死生有命，怎么害得了呢？"李建成听了，便抓住李世民所说的"死生有命"大做文章，通过嫔妃们向李渊告状："秦王太狂妄了，他说天命在他身上，一定要坐天下的人不会轻易死掉！"李渊大怒，立即召见李世民，责备他说："天子自有天命，不是你耍点手段就能当得上的！我还没死，你为什么这样心急呢！"李世民再三解释，李渊就是不听，拍着桌子大发脾气。正在闹着，外面送来情报，说突厥又入寇北边。李渊要靠李世民打仗，只得草草了结此事。

一计不成，又生一计。一天夜里，李建成请李世民赴东宫饮宴，暗中放了慢性毒药。李世民宴罢回到秦王府，呕吐腹泻不止，最后竟吐出血来。多亏李世民平日能礼贤下士，门内聚有名医，经多方抢救，终于脱险。这一次大难不死，李世民提高了警惕，与李建成对着干了。

李世民为了在夺权斗争中万无一失，派心腹温大雅去镇守洛阳，并用大量金帛作为贿赂费用，令心腹张亮去交结山东豪杰，以俟长安事变一旦失手好有后路可退。李元吉得知此事，便告发张亮图谋不轨。于是，李渊下令将张亮下狱，但张亮死不认账，李渊只好又将其无罪释放。

在兄弟之间矛盾日深的情况下，李渊为了缓和他们之间的关系，想出了一个折中的办法。他对李世民说："首建大谋，削平海内，都是你的功劳，因此我打算立你为嗣。但你执意推辞，况且建成年龄居长，又为嗣已久，没有什么大的过错，我实在不忍废弃他。据我观察，你们兄弟之间已很难相容，如果都在京城，必然争斗不已。我想让你出镇洛阳，主持东部政务，并准许你建天子旌旗，像汉朝梁孝王那样。”

李世民深知此举是父皇对自己的宽容，同时也是对自己政治企图的侦测。而且，李世民也知道，一旦离开长安这个政治中心，自己就很难达到夺取太子地位的目的。于是，李世民就以不愿离开父亲、愿在膝下尽孝为由推辞。但李渊还是执意要他离开长安去洛阳，他安慰李世民说：“天下一家，东、西两都相距不远。我想念你的时候，就去洛阳看望你。你用不着为此悲伤。”

李建成和李元吉得知这个消息以后，认为如果李世民去洛阳，拥有土地和甲兵，就很难控制他了。而把李世民留在长安，只不过是一介匹夫，取之甚易。于是，就在李世民将去洛阳赴任的前夕，他们指使数人秘密上书言事，诬告说：“秦王左右听说要去洛阳，个个手舞足蹈，高兴异常，看样子秦王再也不会回到长安了。”又令心腹密劝李渊，详其利害。在这种情况下，李渊又改变了主意，不再让李世民出镇洛阳。

李元吉早有夺宗之心，对庸懦的太子李建成，他倒不十分担心，唯一顾忌的便是秦王李世民。此时，李元吉见有机可乘，便大胆地秘密劝说李渊，请求除掉李世民。李渊回答说：“秦王有平定天下之功，如今罪状并不显著，有什么理由除掉他呢？”李元吉说：“平定洛阳时，秦王就已萌动夺宗之心。当时他散发钱帛，交结豪杰，私树己恩，收买人心，又违抗君命，顾望迟留，这不是造反是什么？怎能说没有理由杀掉他！秦王为臣不忠，为子不孝，留着他早晚是个祸害。望陛下三思！”一席话说得李渊怦然心动，但他无法轻易勾销父子之情，仍然不忍下手，不过也没有责罚李元吉的诛兄之心。

兄、弟的举动，李世民知道得一清二楚。当李世民得知上述情况以后，便决定先下手为强，杀掉李建成，逼父皇退位。

秦王府骁将谋士甚多，李建成、李元吉颇为顾忌。李元吉向李渊进谗言，欲将尉迟敬德下狱治罪，多亏李世民多方相救，尉迟敬德才得以脱险。此后不久，李建成又鼓动李渊将李世民的心腹谋士房玄龄、杜如晦逐出秦王府。李世民深感如此下去秦王府将要被击垮，再不动手只能束手就擒。为了试探元勋宿将的态度，李世民冒着危险问计于灵州大都督李靖和行军总管徐世勣，二人均不置可否。既然不出主意，也不去告发，李世民心里便有了底数。于是，李世民决定抢先动手。

武德九年（公元626年）六月，一个决斗的机会终于来了。边防传来消息，突厥又向唐朝发动进攻。李建成推荐李元吉为帅，得到李渊同意。李元吉又请求将秦王府的战将尉迟敬德、程知节、段志玄和秦叔宝等人归他指挥，并调李世民部下精锐士兵充实自己的部队，李渊也都一一同意了。李渊做出这一决策，是为了改变双方的政治失衡，巩固李建成的太子地位。而李建成和李元吉却想借这个机会架空李世民，然后寻机将其除掉。他们商量好当李元吉出征时，李建成和李世民同去送行，乘其不备之时将李世民杀死。

在这千钧一发之际，李世民安插在东宫的密探、率更丞王晊派人将这一消息告诉了李世民。李世民闻讯大惊，急忙召集心腹们商议。为了探得心腹们的真实态度，以防他们临阵脱逃或反悔，李世民装出一副可怜无奈的样子，故行激将之法。当其妻兄长孙无忌劝李世民立即动手时，他假惺惺地叹息道："骨肉相残，古今大恶。我固然知道祸在旦夕，但还是想等待他们现行发难，然后以正义之师讨伐他们，这样不更好吗？"

尉迟敬德

性格爽直的尉迟敬德一听这话便火了，冲着李世民嚷道："人谁不爱惜自己的生命！现在众人都誓死追随大王，正是天授良机。祸患垂发之际，大王仍然晏然处之，不以为忧，实在令人难以理解。您这样不爱惜生命，甘受屠戮，对宗庙社稷又有什么益处？大王若不听我的话，我宁愿亡命江湖，也不能这样坐以待毙！"

长孙无忌也说："如今不听敬德之言，大王必败无疑。到那时不仅敬德不能再侍奉大王，无忌亦当相随而去，不能跟着大王白白送死！"

李世民见状，又装出一副可怜相："我刚才说的话，也不是全无道理，你们再想想有没有别的办法。"

尉迟敬德斥责说："大王如今处事迟疑，非智；临难不决，非勇。况且，大王平常所蓄养的八百名勇士现在都已经入宫听命。箭在弦上，不得不发。骑虎之势已成，怎能安然了结？"

其他人也纷纷表态，一致同意立即起事。但李世民仍然假惺惺地让人占卜，以测吉凶。这一举动激怒了幕僚张公瑾。他气冲冲地上前一把抢过占卜用的龟甲，扔在地上，大叫道："占卜是为了决疑，如今事情明明白白，无疑可言，还用占什么卜？再说，箭已上弦，卜之不吉怎么办？难道还能就此罢休吗？"

李世民终于明白了秦王府上下全都拥护自己，于是再不迟疑，命令长孙无忌密召房玄龄、杜如晦入府议定兵变部署。

政治风云，变化莫测。头脑机敏、极富政治经验的房玄龄，在这生死存亡关头也施计探究实底，他对奉命前来的长孙无忌说："皇上已经下令，不让我再去侍奉秦王。如今倘若我私自进见秦王，必会因此丧命。请阁下转告秦王，玄龄不敢奉召。"

长孙无忌

李世民听了长孙无忌的汇报，不禁大怒。李世民对尉迟敬德说："房玄龄和杜如晦难道要背叛我吗？你赶快去一趟，把咱们的打算和他们讲清楚，如果他们仍无来意，就提着他们的首级来见我！"

又等了好一会儿，既不见房、杜二人，又不见尉迟敬德。众人正在焦虑不安之时，忽见长孙无忌和两位头戴平顶冠、身穿青布袍的道士联翩而至。李世民定睛一看，正是房玄龄和杜如晦。原来，二人见到尉迟敬德后，知道李世民大计已定，于是便不再犹豫。为防止暴露目标，二人乔装成道士，和长孙无忌先行入府，尉迟敬德则从别道自行入府。

经过一番精心谋划，杀兄夺位的阴谋终于决定下来了，诸人分头准备不提。

为了能把李建成和李元吉按计划引入自己的阴谋圈内，李世民恶人先告状，告发李建成、李元吉淫乱后宫，以激化父皇与二人的矛盾。

李渊果然中计，大惊道："竟然有这样的事？"

李世民又道："儿臣于兄弟毫无亏负，但自从平定王世充、窦建德以来，太子多次加害于臣，此皆父皇所亲见。儿臣实在不解，太子对臣为何如此深仇大恨，莫非要为王、窦二贼报仇不成？二人若死而有知，一定会称心快意于地下！如果太子阴谋得逞，儿臣枉死以后，实在无颜面对王、窦二贼。"

说罢，伏地痛哭不已。

李渊道："你所奏之事，关系重大，明日我要亲自审问！"

有史料记载，政变之前一天，唐帝国的"天文台台长"傅奕向皇帝李渊秘密报告："太白金星出现在秦地（陕西省），秦王李世民将登上宝座，治理天下。"不过这件事的可信度值得怀疑：第一，通过星象来预示政局变化没有任何科学依据，史书中经常有这种记载，不过主要还是借天象来达成某一目的，如劝谏帝王或鼓动造反那么到底要劝谏皇帝李渊什么呢？第二，傅奕递交这份秘密报告的真实目的是什么呢？是劝李渊把皇位交给李世民，还是鼓动李渊杀掉李世民？如果是前者，我们只能说这个"天文台台长"太蠢了；如果是后者，那么傅奕可以归为太子一党或者是心向太子，但是一方面史书上从来没有找到这样的证据，另一方面"天文台台长"是十分专业的官职，再想升迁的难度很大，投靠太子来升官可能性不大。何况太子在这场皇位争夺中并没有稳操胜券，这时对他暗送秋波又有什么好处呢？所以，这件事很有可能是杜撰出来的，主要是突现秦王李世民当上皇帝的合法性，表明他是受上天眷顾的，从而掩盖这场政变的非法性和残忍血腥——毕竟骨肉相残不是什么值得称道的美事。

当天夜里，李世民调兵遣将，准备妥当。第二天一早，李世民亲自率领长孙无忌等人，埋伏在玄武门附近。

与李建成有勾结的张婕妤听到了风声，马上派人报告李建成。李建成急忙找李元吉商量对策。

李元吉道："今日之事，来势不善。你我且称病不朝，将两府兵众集聚一起，静观事变。"

李建成想了想道："不好，你我不去，父皇必然以为我等畏罪躲避，倒让老二得逞了。此时你我一定得在父皇身边，可以查看动静，相机行事。况且，内有张、尹二妃照应，外有自家军队守卫玄武门，能把我们怎么样？"

李元吉一听有理，也就不再坚持。于是二人翻身上马，一前一后，穿过通训门，直朝玄武门方向而去。守卫玄武门的守将名叫常何，原是李建成的心腹，但早已被李世民收买过去了。李建成对此却懵然无知。

兄弟二人并辔而行，不久就来到了距玄武门不远的临湖殿。李元吉突然发现今日这一带的情况大异往日，没有玩耍嬉戏的宫女，没有巡视游弋的宦官，这里是那么静，静得有点瘆人。蓦地，从前边不远处茂密的树林中，传出一两声悠长的马嘶；再仔细一看，隐隐约约似有一些人影在走动，不时还闪烁出一星半点刺眼的光斑。打过仗的人都知道，那是刀剑等利器被太阳照射后所折出的光芒。

李元吉大喊一声："不好，林中有伏兵！"说完调转马头就跑，这才发现身后的禁门早已关闭，一个面如重枣、手执双锏的将军威风凛凛地立在那里，正是秦王府骁将秦叔宝。李元吉见势不妙，便要拨马另寻逃路。这时，一个银盔银甲、身骑一匹雪白战马的青年将军从林中如闪电一般狂奔而来。李元吉定睛一看，正是对头李世民。李元吉一阵心慌，取弓搭箭便射，哪知那箭还没到李世民面前，便无力坠地。连发三箭，箭箭如此。原来李元吉一见李世民，便张皇失措，连弓都拉不开了。

李世民并不理他，只向李建成追去，李建成拍马就逃。但常年养尊处优的李建成的骑术哪能比得上久经战阵的弟弟，片刻工夫，李世民已追至身后。此时，对权力的渴望早已将骨肉亲情荡尽。李世民弯弓便射，李建成应弦而倒，殷红的鲜血顺着他的颈项汩汩流出，染红了朝服。李元吉见前后俱无路可逃，便策马向武德殿方向驰去。忽然一阵乱箭射来，李元吉趁势滚下马鞍，钻入附近的树林，正巧遇见李世民。李元吉一惊，掉头就逃。李世民紧追不舍。大凡在林中追逐，骑马的人总不如步行的人灵活便捷。李元吉左转右绕，忽东忽西，李世民硬是追他不上。忽然，一枝横斜而出的粗壮树枝挂住了李世民的战袍。那白马不知，依旧向前疾驰，将他重重地甩倒在地。李元吉见状大喜，立即转过身来，直奔李世民。李世民抽出弓来正要射，被他劈手夺去，扔出老远。李元吉纵身骑到李世民身上，目露凶光，双手紧紧扼住李世民的咽喉。李元吉体大身沉，孔武有力，扼得李世民面目青紫，眼看活不成了。

在这千钧一发之际，忽然身后晴天霹雳似的一声大吼："住手！"李元吉回头一看，只见尉迟敬德正拍马赶来。李元吉素来忌惮这员猛将，只好放开李世民，骑马就跑。尉迟敬德一箭射去，只听嗖的一声，李元吉重重地从马上摔了下来，顿时气绝而死。

此时，玄武门外早已人喊马嘶，原来是东宫的大将冯翊、冯立，齐府的将军薛万彻、谢叔方率精兵两千多人正在攻打大门。李世民的心腹力士张公瑾见敌军冲来，急中生智，奋力将玄武门关闭。太子的军队无法冲入门内。守卫玄武门的敬君弘、吕世衡两位将军挺身出战，先后战死。薛万彻等见一时无法攻入，便号令所部向秦王府进军。正当万分紧急的时候，尉迟敬德提着李建成和李元吉的人头赶来，大喊道："奉圣旨讨伐二贼，这就是他们的首级，你们还为谁卖命？"众人见主人已死，立时一哄而散。

三兄弟火并的时候，李渊正带着大臣、妃子在海池中乘船游玩，忽见一个全副披挂的将军匆匆赶来，李渊大惊，忙问："来者何人？"

只见那位将军跪在地上说道："臣尉迟敬德前来见驾。"

李渊又问："你来此何事？"

尉迟敬德道："太子、齐王作乱，秦王已将其诛灭，恐怕惊动陛下，特命臣前来护驾！"在场的人一听这个消息全都惊呆了，好半天都没反应过来。

过了好一会儿，李渊才喃喃问道："建成、元吉都死了吗？"

尉迟敬德答道："是。"

两行热泪顺着李渊的眼角流了下来，他凄然说道："不料手足相残之事终见于本朝。"

侍从在侧的大臣萧瑀、陈叔达对视一眼，相继劝道："建成、元吉本不是晋阳举兵的首谋，又无功于天下，却嫉恨秦王的功劳，共同策动奸谋叛乱，罪当如此。秦王不只功盖宇宙，威扬四海，且向以仁孝著闻，既可辅佐陛下之大业，也可承欢于膝前，陛下您可以放心了。"

生米已经做成熟饭，人死不能复生，再说还有一个赳赳武夫虎视眈眈地守在面前，李渊也便不再说什么，只得宣李世民上殿。李世民上殿后扑在父亲怀里痛哭，弄得李渊反而倒过来安慰他一番。

斩草务须除根，李世民自然也不会手软。李世民将李建成的五个儿子、李元吉的五个儿子全部杀死，并取消了他们的宗籍。

三天以后，李渊被迫宣布立秦王李世民为太子，国家大事一律由太子处理。这年八月，李渊被迫让位，自称太上皇。李世民当上了皇帝，他就是唐太宗。第二年，改年号为贞观。历史上把这次政变叫作"玄武门之变"。

对这场发生在一千多年前的血腥政变，后世争议颇多，认为顺应历史时代潮流的褒者有之，认为杀兄杀弟、逼迫父亲违反中国传统道德的贬者有之。到底我们该如何看待这场政变？谁该对这场政变发生负责？从政变中我们能得出什么经验教训呢?

作为李建成和李世民来说，其实都不愿意发生兄弟残杀的事情。如果李建成的地位稳如泰山，那么他还会想法子对付李世民吗?如果李世民能被立为太子，那么他还会愿意背上残杀骨肉的恶名吗?作为父亲，李渊更不希望看到这样的结局。但要论起责任，这场政变的发生，李渊难辞其咎，正是他的一系列错误的行为导致他最不希望结果的发生。

李渊犯的第一个错误是允许两个儿子都开府设衙，从而树立了两大集团。李建成作为太子当然有权建立太子府，但是天无二日，世无二主，太子府官员和侍卫都应由皇帝派去并且只能效忠皇帝。可是李建成的太子府里聚集的一批文臣武将和侍卫却只忠于李建成，这样太子府就变成了一个小集团。李世民无论是作为秦王还是作为天策上将军更是没有权利开府设衙，从而聚集起自己的小集团。只有曹操当魏王、刘裕当宋王、李渊当唐王时才有开府设衙的权利，可是秦王李世民即使功劳再大，也毕竟是李渊的儿子，不是改朝换代的诸侯，怎么能允许开府设衙呢?如果不允许开府设衙，两大集团又从哪形成呢?不形成两大集团，又怎么会发生兄弟相残的惨剧呢?

李渊犯的第二个错误是政出多门。作为一个统一集权的国家要政令统一，可是当时除了皇帝的政令外，太子令、秦王和齐王的敕都和皇帝的命令一样有效。这样的政出多门不仅使朝政混乱，更方便几个儿子拉帮结派、结党营私。政出多门使李渊控制儿子之间内斗的能力大大削弱。

李渊犯的第三个错误是耳目不聪。一个英明的君主，或者说一个好的领导者，所做出的判断和决策都应该建立在真实及时的信息上。可是李渊对儿子之间的内斗情况到底了解多少呢?李渊有一次驾临李元吉府，李世民陪同，李元吉命令齐王府护军宇文宝埋伏在卧室内，准备刺杀李世民，李渊竟然一点也不知道。最后，还是李建成仁厚，临时制止。李建成命令杨文干谋划起事，杨文干准备了那么久，李渊也是一点也不知道，后来还是太子集团内内府郎将尔朱焕和校尉桥公山因担心起事不成功向李渊告发，李渊才知道。李建成、李世民、李元吉各自违反规定蓄养敢死卫士，李渊不知道；李建成和李元吉密谋在昆明池诛杀李世民，李渊不知道；李世民在王府开会谋划发动政变，李渊不知道；皇宫禁军部队已被李世民秘密掌握，李渊不知道；更搞笑的是，李世民发动政变诛杀自己的兄弟，太子府、齐王府部队与秦王府部队和皇宫禁军部队在玄武们鏖战那么久，李渊竟然一点也不知道，还在皇宫人工湖的船上等待几个儿子来对质呢，好糊涂的皇帝啊！相反，李渊的儿子可比老爹耳聪目明多了，皇帝老子的一举一动，都被小老婆们迅速告诉给李建成，李世民的密奏没有过夜就被李建成所知。李世民更是厉害，太子集团对于他来说，几乎没有秘密可言。

李渊犯的第四个错误是在废立太子上反复无常。杨文干造反后，李渊曾经对李世民说："杨文干事牵建成，恐怕响应的人很多，你应该亲自去平定他们。回来后，就封你当太子。"可是当李世民平定杨文干，得胜回朝后，李渊在小老婆们、李元吉以及宰相封伦的劝说下又改变了主意，不立李世民当太子了。废立太子是国家大事，怎么能没考虑好就轻易承诺，而承诺了又不兑现呢！在公元626年，在政变发动之前，李渊又对李世民说："太原起事、削平群雄，你的功劳最大，我本打算立你为太子，是你坚决推辞。同时也因为建成是老大，先当世子，后当太子，时日悠久，时日久了，我也不忍心剥夺他的权力。"李渊这可谓掏心窝的话，至诚之极，只是对李世民说这样的话很不适宜。如果打算立李世民为太子，这样的话就没有必要说了；如果不打算立李世民为太子，这样的话只会让李世民心中更怨愤。

李渊犯的第五个错误，也是最大的错误，就是在立太子之事上墨守成规。封建礼教的传统认为皇位继承人要选嫡长子，这样既能保证皇位血统的纯正和高贵（一般皇后都出身名门大家），又能防止皇子之间为皇位相争，维持兄弟之间的和睦关系。显然，李渊也是这样认为的。但是，通过这种方式选出的继承人，虽然有所谓血统的纯正和高贵，但很难保证是诸皇子中最贤能的，而且由于没有竞争且长于深宫之中，产生昏君的比例远远高于明君。至于选择嫡长子就能防止皇子相争这一说法更不可信，立嫡长子为太子而发生皇子相争的，历朝历代比比皆是。显然，李渊没有立天下归心的李世民当太子是他犯的最大错误。李世民不仅才能远超李建成，而且功劳更是无以奖赏，大唐江山几乎就是他打下来的。在这样的情况下，让李世民居于李建成之下，不仅李建成感到不安，他自己也会因功高震主而感到不安，就连李渊也会感到不安的。这样人人不安的情形怎么能持久呢？

李世民既没有得到皇帝老子的支持，所蓄养的私人卫队又比李建成和李元吉少，为什么还能取得成功呢？总结李世民成功的经验主要有以下几条：

第一，先下手为强。这是这场政变成功的重要的原因。在历代政变中，先下手发动的一方，成功的几率要远远高于被动反击的一方。这一规律，长孙无忌、房玄龄、杜如晦这些熟读经史的人物非常了解；尉迟敬德、程知节等武将对此也非常明白。当房玄龄第一个提出要抢先下手发动政变的建议时，几乎得到秦王集团成员的一致赞同。李世民虽然一开始还因担心背负恶名而犹豫，但政变的各项准备工作早就有条不紊地布置着，后来最终因王晊的秘密报告而下定决心率先发动政变。

第二，安插卧底，及时通风报信。在政治斗争中，如果一方能通过卧底及时了解对方的行动计划，无疑胜利的把握将是十分大的。在这场斗争中，李世民在太子集团布置的卧底发挥了极其重要的作用。当李元吉派刺客刺杀李世民手下大将尉迟敬德时，卧底及时将消息通知秦王集团，使尉迟敬德做好了准备，结果刺客连尉迟敬德卧室的门都不敢进；当李建成和李元吉谋划发动昆明池政变时，卧底王晊又及时报告秦王集团，最终秦王集团抢先发动政变成功。可以说，秦王集团成功在太子集团大量安插卧底，对太子集团的行动了如指掌，难怪李世民在商议时，信心满满地说："我打算等李建成他们先发动，再仗义讨伐他们，这不也可以吗？而且不必背负杀兄弟的恶名。"当然了，李世民手下的文臣武将自然不会同意冒后发的危险。至于李世民集团怎么样在对方手下安插卧底，一种可能是收买，更大的可能是实行反间。当尉迟敬德将太子集团收买自己的情况告诉李世民时，李世民曾对他说："如果他们有什么馈赠，你尽管收下，不必避嫌，而且还可以探听到他们的阴谋诡计。"相反，太子集团在这方面非常失败。太子集团收买李世民手下尉迟敬德、段志玄都没有成功；秦王集团在秦王府谋划发动政变那么久，李建成和李元吉竟一点消息都不知道。

第三，掌握禁军，控制皇宫。皇宫是皇帝居住办公的地方，是整个国家最高决策和最权威的命令发布的地方，也是大臣参加朝会的地方，可以说是国家权威和权力的最高象征，也是历朝历代政变者首先要夺取和控制的地方。要控制皇宫，最重要的是控制守卫皇宫的禁军；要控制禁军，关键是取得禁军将领的忠心。虽然史书中对李世民如何掌握禁军描述的不够详细，但有几点证据可以证明在政变中，皇宫的禁军已经完全被李世民所控制了：第一，在政变发动前，李世民所蓄养的八百私人卫队已经进入皇宫。如果得不到禁军支持，卫队士兵是不可能进入皇宫的。第二，李世民能够率领长孙无忌、尉迟敬德等大将和勇士顺利埋伏在玄武门，也说明禁军是支持李世民的。第三，太子府和齐王府士兵攻打李世民部队时，守卫玄武门的禁军部队和秦王部队是并肩作战的。第四，上述三件事，竟然没有任何禁军将领向皇帝李渊报告，李渊一直被蒙在鼓里。第五，在政变中，尉迟敬德能够全副武装来到李渊面前，更说明守卫皇宫的禁军部队已经完全被李世民所控制。至于李世民为何能掌握禁军，一方面是这些禁军将领原来跟随李世民打过仗，对李世民的才能深为佩服；另一方面，李世民对手下将领和士兵也颇为慷慨，不吝奖赏，深得军心。在这种情况下，经过劝说和收买，赢得禁军部队的效忠就并不是什么难事了。在这里，还要指出的一点就是，如果掌握禁军部队的最高将领不是自己这一方的话，有两种方法可以控制禁军部队：一是推荐这个将领去当更高但没有实职军权的官，另一种就是拉拢其手下，架空他；如果这两个法子都不行的话，那只有想方设法除去他了。

第四，英才聚集，忠心耿耿。李世民很注意收集人才，到政变发生时，手下可谓人才济济，文有以房、杜为首的十八学士，武有尉迟敬德、程知节（程咬金）、秦叔宝、段志玄、张公谨、侯君集等猛将，还有以文武双全的长孙无忌为首的夫人亲戚集团，这些人才在政变中发挥了重要作用。李世民网罗人才主要有以下几个办法：一是推荐，对一些很有才能但名气不大的英才，主要是通过推荐发现并收为己用，张公谨、张亮就是推荐得到的人才；二是招降纳叛，尉迟敬德、程知节（程咬金）、秦叔宝等都是招降纳叛得到的人才；三是搜罗，李世民每打下一个地方，房玄龄都为其四处搜罗人才；四是招贤，李世民开设的“文学馆”招引了大批贤能人才；五是亲近，段志玄都是李世民从小亲近的好朋友，高士廉、长孙顺德都是长孙夫人的亲戚，长孙无忌不仅是李世民的小舅子，而且还是从小玩到大的好朋友。这些都是杰出的人才，李世民举贤不避亲，都将他们收为自己的手下。李世民网罗了这么多杰出人物，怎么驾驭他们，使其对自己忠心耿耿呢？首先，李世民自身才能卓著，使人佩服，网罗的人才许多都是跟随其南征北战，对其谋略、英勇无不佩服。其次是礼贤下士。李世民对其下的人才都十分尊重，在言谈相处中绝不轻慢侮辱，所以这些人也都能竭尽全力为其出谋划策、知无不言。再次，不吝钱财奖赏。太原起事时，李世民就将其所积私财散财结客，以后在历次战争中所得奖赏也都大多用来奖赏手下和军队士兵。再次，以诚待人，用人不疑，尉迟敬德就是一个很好的例子。当和尉迟敬德一同投降的寻相等人又叛逃时，李世民力排众议，坚信尉迟敬德不会叛逃，不但如此，还对其好言安慰，赐予其金银。最后，知人善任，用其所长。

第五，准备充分、计划周密。政变准备充分不充分，政变计划周密不周密，是关系政变成功与否的重要因素。虽然李世民开始并不希望通过发动政变来解决同李建成争夺皇位继承的矛盾，至少秦王集团的手下还谋划了把洛阳作为根据地来争夺天下的计策，但为预防万一，李世民从一开始还是为发动政变做着准备。到玄武门政变发动前，这种准备已经很充分了。安插卧底、蓄养八百私人卫士、笼络文臣武将人才、控制禁军等准备工作都在扎实进行着，历史上像这样周密的计划还是很少的。这场政变成功的标准或者说政变的主要任务有两个，一是诛杀太子集团首领李建成、李元吉，另一个就是控制皇帝李渊和皇宫，逼李渊交出政权。两个任务中第一个任务是核心任务，也是首要任务。为保证第一个任务万无一失，李世民的政变计划中做了三手准备：第一，掌握玄武门禁军，能够顺利在玄武门这一进宫的必经之地设伏；第二，亲自率领手下大将在玄武门设伏射杀李建成和李元吉；第三，派高士廉率手下士兵和牢中所释放的犯人驰援玄武门。为完成第二个任务，首先李世民派平时蓄养的勇士进入宫中，为掌握宫中禁军做好准备；其次掌握宫中禁军，让宫中禁军听自己的；最后在完成第一个任务后，派尉迟敬德全副武装去逼宫。整个政变计划详细周密，滴水不漏。

玄武门之变作为统治阶级的内部斗争，只是赤裸裸的权力争夺和毫无人性的血腥屠杀，本身并没有什么积极意义。然而，这场暴力争夺在客观上的积极意义却是不容抹杀的。李世民踏着兄弟的尸体登上至尊的宝座之后，进行政治改革，知人善任，严格执法，轻徭薄赋，锐意经史，发展学校，完善科举，开创了中国封建社会少有的开明政治——贞观之治，从而名耀青史。而玄武门这座唐代宫城的普通城门，也因此而名垂千古。

第三节　杀兄夺位不容情——完颜亮夜袭金熙宗

金熙宗完颜亶，乃金太祖完颜阿骨打嫡子宗峻的儿子，母为蒲察氏。宗峻三十岁左右即病死，蒲察氏拖着金熙宗这个“油瓶”又被宗峻的异母哥哥宗干纳为侧室。由此，金熙宗小时候又以宗干为继父。宗干自己有几个儿子，其中最有名的当属完颜亮，比金熙宗小3岁。哥俩小时候感情很好，兄弟情深。

金太宗在位时，宗臣宗翰（粘罕）等人力荐太祖嫡孙完颜亶为皇储，金太宗也不得已从之。所以，看见哥哥金熙宗成为皇帝，完颜亮高兴之余，不可能不产生想法：自己也是太祖之孙，应该有与哥哥一样的“福份”，况且完颜亮生父完颜宗干还是太祖的“长子”，可惜乃“庶长子”也。

完颜亮

金熙宗少年时代受教于汉人大儒韩昉，“宛然一汉家少年子”，无论是思维方式还是谈吐皆儒雅彬彬，是金国最先汉化的一位皇帝。金熙宗16岁登基，朝政基本受制于完颜宗翰以及金太宗的嫡长子完颜宗磐，而这两个握有实权的宗室争权不休，宗磐最终干掉宗翰一系的政治势力。但是，完颜宗磐是金太宗之子，对皇位威胁最大，在养父完颜宗干支持下，金熙宗两年后即因事杀掉了宗磐，消除了其派系在朝内的影响。完颜宗干做掉宗磐，自然以“准太上皇”自居，他本人又成为权臣。金熙宗心中不爽，但对养父无可奈何。好在宗干没多久就病死。金熙宗悲痛之余刚刚有喘口气的感觉，朝中大权又为“皇统和议”的功臣金兀术（完颜宗弼）所揽。宗室内部斗争虽激烈，金熙宗总体上讲仍是“厚于宗室，礼遇不衰”，即使是杀掉完颜宗磐，他对金太宗别的儿子也并无诛除的行为。

金熙宗后期皇权独揽，彼时的他已经变成一个酗酒狂，长期受抑的政治气氛使得他从青年时代起就以酒精为药缓解压力，“日与近臣酣饮，或继以夜，莫能谏之”。喝喝酒，撒撒疯，打碎些东西，如果仅止于此，于皇帝而言也不算大过。可怕的是，这位皇帝醉酒杀人，杀近侍、杀大臣、杀妃，甚至连自己的皇后也杀，弄得他身边人人自危。

说回完颜亮。金皇统九年（公元1149年，南宋绍兴十九年），值完颜亮生日，金熙宗命侍卫大兴国给弟弟送去赏赐之物。裴满皇后得知倜傥英俊的皇弟生日，也让大兴国顺便捎带去自己的礼物。金熙宗闻之，老大不悦，估计也是人之常情的“醋意”，知道自己老婆惦念英俊的兄弟，顿起怏怏之意。金熙宗唤大兴国近前，让卫士狠揍了这位近侍一百大棍，并追还对完颜亮的“赐物”。这件小事引发了完颜亮内心的疑惧。历史上许多惊人的大事往往是一两件芝麻蒜皮的小事引起的。

史书讲起完颜亮，总会说到他为人臣时所讲的几句话：“吾志有三：国家大事，皆自我出，一也；率师伐国，执其君长，问罪于前，二也；得天下绝色而妻之，三也。”其实，完颜亮对好友高怀贞讲的这些话，并非多么悖逆狂妄之言。如果完颜亮日后成为唐太宗一类人，这些话可能就变成“豪言壮语”了，恰可与这位俊小伙手中扇面上的两句诗交相辉映：大柄若在手，清风满天下！

完颜亮之所以觊觎帝座，一是由畏生恨，二是金朝大臣萧裕的撺掇：“先太师（指完颜亮之父完颜宗干）为太祖长子，德望如此，人心无意，宜有所属。公诚有志举大事，愿竭力以从！”完颜亮大喜，数加荐引，使萧裕一直握有两京的军政实权。

虽有完颜亮生日引起的好大不愉快，金熙宗对兄弟其实还是不错的，不久仍任命完颜亮为左丞相。但四个月后，又有一件事使兄弟二人关系紧张。金统九年四五月间，金国自然灾害多，狂风大雨，雷电震宫。古代人迷信，认为这些“天变”是上天示警，金熙宗就命汉人学士张钧替自己草《罪己诏》，以“奉答天戒”。

《罪己诏》历代皇朝均有，其中不少是固定格式，文中一般皆有“惟德弗类，上干天戒”“顾兹寡昧，渺予小子”等等套话。参知政事萧肄为人阴损，持章对金熙宗讲：“‘惟德弗类’是指大无道；‘渺予小子’，渺者，目无所见，小子，无知婴孩之称，这明明是汉人托以文字指斥皇帝陛下！”金熙宗闻言勃然大怒，立命卫士拖张钧下殿，大棍交击数百，残杀了张钧。金熙宗怒气冲冲回座，又问群臣：“张钧谤讪，谁使为之？”与完颜亮不和的宗室完颜宗贤回答：“是太保（完颜亮）所为！”金熙宗默然，心中恼怒，下诏贬完颜亮于京外，任其为“领行台尚书省事”。

综观各种史书及今人诠释，史臣、学者对上述事情均照猫画虎，没有一个人注意这样一个事实：金熙宗是汉人大儒韩昉的弟子，朝臣中汉人、契丹等族通汉文的人很多，他本人也肯定精通汉文，怎么忽然连“公文格式”类似“此致敬礼”这样的套话都看不懂，还需要奚族出身的萧肄给他翻译？究其实也，金熙宗朝内的政治斗争从来就未停止过，即使后期金熙宗一个人手持皇权，朝中宗室、大臣勾心斗角、相互倾轧仍旧愈演愈烈。再加上天天酒精中毒，才有了残杀学士张钧的一幕。否则，一边大讲金熙宗汉化，一面又讲述他不懂汉文以文杀人，完全讲不通。

又过了四个月，出外为官正巡视各地的完颜亮接到诏书，皇帝哥哥又让他回京任平章政事。本来这是升官返京的好事，完颜亮却疑惧非常，硬着头皮回到京城。其实金熙宗实无他意，信任兄弟忆念旧情而已，“而（完颜）亮逆谋愈切。”

金廷方面，左丞唐古辩、右函完颜秉德皆因数次被金熙宗在朝上杖打心怀怨愤，暗中与大理卿完颜乌达谋以废立之事。完颜乌达与完颜亮关系好，就泄露给他。完颜亮马上找来唐古辩，试探性地问：“若举大事，当推谁为帝？”唐古辩开始没想到完颜亮本人，回答：“当拥胙王（金熙宗亲弟）。”完颜亮摇头。“邓王的儿子阿林怎么样？”完颜亮又摇头。唐古辩忽然明悟：“难道您有意吗？”完颜亮大笑：“果不得已，舍我其谁！”于是，几个人“旦夕相与密谋”。

时任左卫将军的特斯是裴满皇后亲信，其手下密报完颜亮等人数相往来聚议之事。特斯警惕，就通告给裴满氏。小叔子人虽英俊，但威胁到老公皇帝的地位，事情非小，裴满皇后立即告知金熙宗。倒霉的是，金熙宗本来就讨厌皇后在朝中树党营私，对上告半信半疑，只把唐古辩叫来揍了一顿棍子，怒骂道：“你天天和完颜亮议谋什么？将要拿朕怎样？”此事不了了之。其实，只要金熙宗有心，派人抓起这几人鞫审，案情马上就会水落石出。

金熙宗杖责唐古辩，对完颜亮更是打草惊蛇。谋逆之事，如箭在弦上，不得不发。不久，金朝河南地方有军士孙胜自称“皇弟阿禅大王”造反，金熙宗对自己的弟弟胙王完颜元顿起疑心。于是，金熙宗诏命左卫将军特斯按审此事。审了数日，胙王并无任何牵涉。完颜亮得知此事，深喜此事可以一石二鸟。完颜亮跑进内宫，一脸忠心地对金熙宗说：“陛下亲弟只有完颜元与完颜扎拉，特斯冀望日后此二人继位，故而不严加审讯，故意宽纵。”金熙宗天天半醉半醒之间，深忌二弟，觉得完颜亮所说有理，就命唐古辩和萧肄二人重新鞫审。唐古辩和萧肄虽不属一个派系，在审案上却拧成一股绳，往死里整特斯。大刑伺候之下，左卫将军特斯“自诬服”，屈打成招，指称完颜元与完颜扎拉与自己联合，长期以来都在准备谋反。

金熙宗狂怒，立刻下诏杀掉特斯及两个亲弟，先为完颜亮清除了“障碍”。通过此事，金熙宗觉得完颜亮有忠心，“益信任之”。

不久，金熙宗酒癫日甚，以积愤手刃裴满皇后等数人，“于是宫中近侍皆惧矣。”

眼见时机成熟，完颜亮便加快了行事的节奏。行刺皇帝，结交宫内近侍和禁卫军头目是最关键的一步。于是，完颜亮首先想到的就是为了自己生日送礼物被金熙宗狂揍过一顿的皇帝贴身侍卫大兴国。于是，完颜亮把他邀请到自己家里，盛情款待。大兴国感动不已，说道：“如果有用着我的地方，惟大王您差遣！”完颜亮于是叙述金熙宗屡杀宗室、朝臣、嫔后等事，并讲：“主上尝讲得空就要杀了你，我和你不久都要死。宁坐待死至，何不举大事！我已经与数位大臣定议此事。”大兴国深知金熙宗没准哪天撒酒疯就会一刀把自己捅死，于是应承道：“大王所言极是，事不可缓。”于是，二人相约十二月初九那天举事。

除大兴国以外，金熙宗宫内卫将额埒楚克、思恭也为完颜亮内应。正是由于思恭、额埒楚克大兴国这三个皇宫内侍卫的应允相助，完颜亮的胜算已达百分之九十以上。

十二月初九夜，恰逢楚克与思恭在皇宫内值夜班，完颜亮便带着他的妹夫坦贞（也是禁卫军将），会集完颜秉德、完颜乌达二人齐聚唐古辩家。唐古辩为他们准备酒饭，“众皆恇惧不能食”，唯独唐古辩饱食自若。这个金熙宗的女婿，只因老丈人揍过自己一顿棍子，就深恨于心要杀人。

天交二鼓，一行人夜趋禁宫。本来皇宫大门半夜根本无人能进，但大兴国有符信，守门军将哪敢拦他这位皇帝亲侍。仔细看，又见其身后是帝婿驸马唐古辩，侍卫们不疑有诈，忙大开宫门。完颜亮诸人继之“怀刃而入”。行至大殿，守殿门的几个卫士察觉来人有异，刚要喊叫，唐古辩等人皆抽刃加之咽喉，“莫敢动”。几个人突入寝殿。睡眼迷离的金熙宗听到了慌乱仓促的脚步声，大声喝骂，“众皆却立”。权力，特别是皇权的威严，在那一瞬间似乎一下子显现出来，谋杀者们一时之间都止步不敢前。忽恭粗人，叱道：“事已至此，不干又能怎样！”一句话惊醒诸人，“相与排闼而入”。

金熙宗本人喜文又尚武，平日床边常置宝刀一口。听见殿门被踹开，数人闯进，金熙宗心知不妙，忙摸索宝刀想抵抗，但大兴国在他临睡前已经把刀“先取投榻下。”金熙宗慌忙摸索之际，额埒楚克一刀就捅入他的身体，忽恭随之又进一刀，金熙宗不支倒地。完颜亮猫下腰，狠剁数刀，“血溅其面及衣”。看着血肉横飞倒亡在地的金熙宗，谋弑者们一时愣住，半晌无言。

人生就是一个又一个要解决的问题。老问题刚刚解决（金熙宗），新问题又来了，谁来顶皇帝这个位置呢。特别是完颜秉德，论官职他比完颜亮还高，皇帝刚死，果真要拥立面前这位手提血刃一脸狰狞的年方27岁的皇庶弟吗？

幸亏忽恭打破僵局，高声道：“开始谋事时就答应事成拥立平章（指完颜亮），今复何疑！”于是，忽恭第一个奉完颜亮坐于仍旧鲜血淋漓的御榻，跪倒高呼万岁。众人随从，包括完颜秉德在内，不知不觉随众跪倒，皆向完颜亮称臣。完颜亮拭了拭脸上的鲜血，终于笑了。

弑了金熙宗以后，待天色见明，几个人又诈称金熙宗之命，召诸王、大臣入宫，说是要商量立皇后的事情。金宗室曹国王完颜宗敏正与葛王完颜褒一起欢宴，听闻金帝凌晨召入宫，怕皇帝酒醉杀人，不敢前去。还是葛王完颜褒劝：“叔父现在不去，明天又不知要发生什么事。是福不是祸，是祸躲不过！”

完颜亮御正殿。此时，皇宫内外将校皆换成他们自己的人。看见诸王、大臣跪伏于殿堂，完颜亮起先还真不忍心杀掉完颜宗敏等人。完颜乌达走近御座，低声对完颜亮说：“宗敏是太祖儿子，对陛下威胁最大，不杀恐留后患！”完颜亮点头，让忽恭下殿杀宗敏，这位老王爷“左右走避，肤发血肉，狼藉满地”，跑了半天也跑不过思恭，被惨杀于殿堂之内。诸王、大臣皆惶惧伏地，浑身哆嗦，大气也不敢喘。唯独葛王完颜褒（后来的金世宗）强撑，大着胆子问：“曹王何罪见杀？”完颜乌达嚣张地回答：“天许大事，尚已行之（指弑帝），曹王之辈，乃虮虱尔，何足道哉！”接着，完颜亮又下令卫士把刚刚入殿的宗室完颜宗贤也推出去砍了。可悲的是，宗贤以为杀自己的是金熙宗，因为事前他反对过熙宗立弟媳为皇后。

至此，完颜亮正式称帝，废金熙宗为东昏王。接着，完颜亮大赏同谋，以完颜秉德为左丞相兼侍中，以唐古辩为右丞相兼中书令，以完颜乌达为平章政事，以思恭为左副点检，以额埒楚克为右副点检，以大兴国为广宁尹，并赐诸人誓书铁券。然后，完颜亮召参知政事萧肄入殿，责问：“学士张钧何罪被诛？你何功受赏？”萧肄惶恐不能对，心想这下子九族要玩完。殊不料，完颜亮心情好，说：“朕杀汝不难，但天下人会以为我报私怨”，只下诏对萧肄除名禁锢。完颜亮此举，看似大度，实则是政治手腕，一来表示自己帝德宽广，二来这萧肄文痞一个，又曾力赞诛杀政敌特斯与金熙宗二弟“有功”，不杀也罢。

篡位之后，时过不久，完颜亮先把拥自己坐帝位的完颜秉德弄死，顺便把金太宗一系皇族全部弄死。

完颜亮为宰相时，“即患（金）太宗诸子强盛，尝与（唐古）辩、（秉）德言之。既即位，并恶（唐古）辩、秉德。”于是，完颜亮与时任秘书监的萧裕密谋，想托事尽杀太宗诸子。杀别人好办，诛除如此显赫的宗室，完颜亮一时间不知用什么罪名相加才好。

萧裕出主意：“尚书省令史萧玉和完颜宗本关系一直特别密切，人所共知。现托词萧玉告发诸人谋反，朝内外肯定相信，可按籍诛杀这群人。”谋定后，完颜亮遣内侍召完颜宗本及完颜宗美等人入宫，以击鞠（踢球）为名。完颜宗本等人入宫后，遥见完颜亮在楼上，刚刚下跪行拜，军士们一冲而上，快刀斩落宗本、宗美等王爷的脑袋。见宗本已经解决掉，萧裕马上派人把萧玉弄起来。当天，萧玉送客出城，欢饮大醉，不省人事。昏沉之间，萧玉被军士送到萧裕家一间小黑屋子看管起来。傍晚，萧玉酒醒，望见自己身处可疑之地，屋外又有军士看守，认定自己是受别人陷害被关入囚牢要杀头，就以头碰壁，大哭大嚎：“臣未尝犯罪，家有七十老母，可怜可怜我吧。”萧裕听闻，忙过来查看，附耳对萧玉说："皇上认为完颜宗本诸人不可留，今已诛之，欲加以谋反之罪，令你上告其事。款状我让人替你写好，如果你答应，富贵荣华，立时便来！"萧玉连想也不想，立刻答应。

萧裕拉着萧玉入宫，忙向完颜亮复命。完颜亮大喜，马上下诏，派人驰赴各地，杀东京留守完颜宗懿等金太宗诸子诸孙共七十多人。金太宗由此血脉全绝，一个不剩，完颜亮终于坐稳了皇帝的宝座。

第四节　须臾祸患起萧墙——元文宗、元明宗兄弟的“礼让”

当年铁马游沙漠，万里归来会二龙。周氏君臣空守信，汉家兄弟不相容。
只知奉玺传三让，岂料游魂隔九重。天上武皇亦洒泪，世间骨肉可相逢?

这首《纪事》诗，乃元代蒙古族大诗人萨都剌所作，记述元武宗两个儿子元文宗、元明宗手足相残的宫禁秘事。最终两句沉痛之叹，是讲元武宗如果死后有知，看见两个儿子如此不能相容，肯定会为之流泪悲痛。

致和元年（公元1328年）8月，泰定帝因酒色过度暴崩于上都，时年36岁。身为群臣之首的倒剌沙没有什么远见，只顾在新帝登基前这段真空期陶醉于“代理天子”的快感中，也没有及时拥立泰定帝之子尽快接班。结果，远在大都的佥枢密院事燕帖木儿先发制人，趁百官聚集兴圣宫议事之机，他率阿剌铁木儿、孛伦赤等17人，手执利刃乱晃，一脸泪水地号叫：“武宗皇帝有两个儿子，天下正统当归他俩，有敢不从者，杀无赦！”事起仓促，满朝文武均没明白过味儿来。

燕帖木儿几个人冲进人群就把为首的大臣诸如乌伯都剌平章以及中书省的主要官员朵朵等人全绑了起来，关进大牢。然后，燕帖木儿与支持自己的蒙古宗王西安王阿剌忒纳失里率兵守住大内，推出前湖广行省左丞相别不花为中书左丞相，分别任命“自己人”塔失海牙等人掌握中书大权，四处调兵遣将，守御关隘，“征诸卫兵屯京师，下郡县造兵器，出府库犒军士”。

元武宗孛儿只斤·海山

燕帖木儿是钦察人，其先祖班都察等人皆是蒙古功臣。燕帖木儿父子一直深受元武宗信任，特别是燕帖木儿本人，元武宗当宗王当皇帝时，皆以其为侍卫长，受恩遇尤多。元仁宗继位后，仍委任燕帖木儿为“左卫亲军都指挥使”。泰定帝上台后对燕帖木儿也不错，升他做太仆卿、同佥枢密院事。前一个官衔很虚，但是后一个官职却掌握有调兵遣将的实权。燕帖木儿正是趁手中有印信又有人支持，才敢押下大注搞政变。燕帖木儿多谋而且多疑，在禁宫内的一段日子里，一夜之中睡觉也要换好几个地方，心腹人都不知他到底会睡在何处。

当时，元武宗的两个儿子，周王远在漠北，仓促之间赶不过来。燕帖木儿只好打元武宗次子怀王图贴睦尔的主意，因为他人在江陵，离大都很近。

燕帖木儿派人去江陵秘密迎接怀王。同时，燕帖木儿又密令河南行省平章伯颜挑选精兵，护卫怀王一行前来大都。伯颜虽然只是行省地方官员，但是却颇有胆识。伯颜孤注一掷，杀掉动摇不定的曲烈等人，在汴梁迎接自江陵而来的怀王，并护送他前往大都。怀王到了大都后也知道这次机会来之不易，所以虽然还未坐上帝位，但是却马上下令任命燕帖木儿知枢密院事，统管军政大务，先把军权牢牢掌握在自己的手里。

燕帖木儿确实有军事天才，在鼓动伯颜迎怀王北来的同时，又派出其弟撒敦率军守住居庸关，其子唐其势屯军古北口。很快，上都诸王协商后统一了意见，一致拥护泰定帝的儿子天顺帝，分道出兵进攻大都。

一场争夺帝位的战争正式打响。

这一年，九月十三，身在大都的图贴睦尔即位，改元天历，史称元文宗。本来，元文宗还假装推辞，假惺惺地对群臣说：“我的兄长（周王）远在西北大漠，我哪敢打乱帝位的继承顺序呢！”燕帖木儿就劝他说：“现在是争取臣民归顺的大好时机，是不能错过的，一旦失去了这个机会，后悔也来不及了。”

元文宗孛儿只斤·图帖睦尔

确实，上都诸王及倒剌沙已经拥立泰定帝之子天顺帝继位，如果怀王不及时称帝，大都一方连“旗号”都没得打。如果这样，正统一方打“反贼”一方，优劣立判。

这里面还有一个特别有意思的故事：双方乱哄哄大打出手之余，元文宗下诏加封关羽为“显灵义勇武安英济王”，临时抱关老爷大脚，可能也是病急乱投医，希望关爷冥冥之中保佑自己。事情还真凑巧了，这一仗最终还真的是以元文宗一方取胜而告终。

燕帖木儿一方在战争开始之初连连失利，居庸关、紫荆关相继为上都诸王军队攻破，最终逼得燕帖木儿本人亲自出战。这位爷一个顶一万，他先后打败泰定帝的侄子梁王王禅，在通州打败了从辽东赶来的营王也先贴木儿（蒙元叫这名字的很多），又在枣林一役击溃从河南过来的阳翟王太平。即便如此，上都诸王仍旧很齐心协力，晋宁（今山西临汾）、河中（今山西永济）、武关等地相继为上都一系诸王攻取，而且云南、四川、陕西等行省仍旧效忠上都的天顺帝。

这期间，已被封为太平王、中书右丞相的燕帖木儿越战越勇，身先士卒，极大鼓舞了大都一方的士气。一开始元文宗不放心，想亲自出城督战。燕帖木儿单骑见帝，劝说道：“陛下您亲自出来的话，老百姓会担心的。凡是扫灭贼寇这样的事情请陛下就都交给微臣，希望您马上回宫，也好让百姓安心！”

之后，燕帖木儿奋起神勇，在战斗中跃马持枪，连杀数十人，其手下将士也是奋勇杀敌，这一战大都方面的军队杀敌千余人，俘获敌军上万人。

元文宗非常看重燕帖木儿，同时也非常担心这位大臣有个好歹，就派人送御酒赏赐，并劝告：“丞相你每次都身先士卒，万一有闪失，国家怎么办！此后只要在城楼上督战就可以了，不必亲自冲锋陷阵。”

燕帖木儿此时一腔忠勇，表示：“臣之所以这样身先士卒，就是为诸将做榜样。如果有敢退缩者一定会军法从事。否则，如果派任务给诸将执行的时候万一不能实施，后悔就来不及了！”

在这位丞相的血战下，上都诸王忽剌台等人相继败于燕帖木儿手下，被俘后均在大都闹市问斩。

胶着期间，燕帖木儿的叔父、时任东路蒙古元帅的不花贴木儿说动了本来一直观望犹疑的蒙古宗王齐王月鲁贴木儿，率生力军突袭上都。上都诸王大多在外面与大都一系军队交战，防守空虚，城池很快被攻破。倒剌沙肉袒持皇帝宝玺出降，仍不免被戮的命运。

上都城陷后，泰定帝的儿子、时年9岁的天顺帝被元文宗密诏杀掉，泰定帝皇后八不罕被迁于东安州（今河北涿州）后也被绞死。至此，元文宗坐稳龙椅，上都诸王失去了拥护“目标”，只得承认失败现实。虽然诸王余波仍存，却无法再做大的折腾。

大功告成后，元文宗对燕帖木儿感激不尽，给这位功臣以下一大堆官职爵号：复拜中书右丞相、监修国史、知枢密院事、领都督府龙翊侍卫亲军都指挥使司事，就佩元降虎符，依前开府仪同三司、上柱国、录军国重事、答剌罕、太平王。

当初，元文宗登基大典上，就明白表示：“谨俟大兄之至，以遂朕固让之心。”那时候，元文宗说这种话，倒有几分是真——上都诸王势力庞大，蒙古各个区域有不少人根本就认为大都政权是反叛者，还有不少人处于观望中。元文宗心中没底，他自己又非元武宗嫡长子，只能先继帝位，再打“大兄”牌，稳住己方的阵营和人心。

端掉上都后，杀掉倒剌沙和天顺帝小孩子，元文宗仍旧忙不迭派臣下数次往返，迎接大哥回大都“登基”。史书上虽未明说，但多种迹象表明周王和世心中存疑，迟迟不肯动身。“北方大漠各大王爷都劝周王和世南还京师。”这些宗王，无非是想在和世登帝位后给他们大份赏赐。多年追随他的从人们也劝周王回去继帝位，这样一来，辛苦多年也有回报。

在这种情况下，和世被兄弟元文宗过分的“热情”和朔漠诸王过分的期望怂恿着，只得往大都方向走。

元明宗孛儿只斤·和世㻋

行至金山，见一路宗王、大臣们相继来迎，和世心中渐定，派旧臣孛罗为使臣去大都。两京人民闻听和世真的要来，欢呼鼓舞，高呼“我们的皇帝真要从北方回来啊”。不仅如此，“各位王爷、老臣子争相前来迎接，全部都聚集在了一起”。此情此景，元文宗、燕帖木儿看在眼里，忧在心中。

天历二年（公元1329年），阴历正月乙丑，出于稳妥起见，和世在和林即帝位，由此，这位爷就“变”成元明宗。从这个小动作可以见出，元明宗不回大都即位而是在半路的和林即位，说明他心中还是对兄弟不是十分放心。毕竟兄弟元文宗已在大都当了皇帝，同先前的元仁宗爱育黎拔力八达不同，那位爷在大都是以“监国”身份一直等着哥哥元武宗的到来。而且，与元仁宗、元武宗哥俩另一个不同点在于，那哥俩是一母所生，而元明宗与元文宗两人并非一奶同胞，元明宗之母是亦乞烈氏，元文宗母是唐兀氏。

称帝之后，元明宗摆出大哥架势，派使臣对在大都的弟弟元文宗说：“老弟你听政之暇，应该亲近士大夫，多多学习古今治理混乱局面的经验，不要荒废时间。”言者可能无心，听者绝对有意，元文宗对这种教训的口吻非常不舒服。当然，心中虽然不舒服，面子上的事情一定要做。元文宗遣燕帖木儿等人率大队人马，北来向元明宗奉上皇帝的几套玉玺，以示真正让位之心。这一招麻痹计很管用，元明宗完全松懈下来。当然，元明宗也不傻，对燕帖木儿等人表示：“你们回去告诉大家，凡是京师朕弟所任百官，朕仍用之，不必自疑。”燕帖木儿更不傻，他反试探元明宗：“陛下君临万方，国家大事所系者，中书省、枢密院、御史台而已，宜择人居之。”元明宗得意忘形，一下子忘了自己刚才所说的袭用元文宗所任百官的话，马上下诏委派父亲武宗的旧臣与随从自己多年的旧臣孛罗等人分别进入中书省、枢密院和御史台。为此，燕帖木儿已经心中有数，仍旧是不动声色而已。特别让他心中大动杀机的，是元明宗手下一帮旧臣在宴饮间时常言语冲撞，根本不拿他当回事。

这年，八月初四，元文宗与元明宗兄弟俩在上都附近的王忽察都见面。相较双方力量对比，元明宗身边只有不到两千人的随从，而元文宗为“迎接”大哥率三万多人的劲卒。兄弟二人，相见之时，肯定是“甚欢”，但仅仅过了4天，三十岁左右正当年且身强力壮的元明宗就一夕“暴崩”。

一般史书上讲是燕帖木儿派人毒死元明宗，其实，肯定是元文宗、燕帖木儿二人合谋，精心算计后，才定下杀元明宗大计。而且，有的史书记载燕帖木儿让太医院史也里牙下毒毒死元明宗，也里牙是权奸铁木迭儿女婿，他见元明宗为了报复当初流放自己去云南的铁木迭儿，下诏把这个权臣的儿子外流。作为权臣的女婿，肯定心中生惧，有可能受人支使下毒。但此说不可尽信，元明宗左右有人侍候，当然处处有防备之心，下毒之说值得探讨。许多人认为，最直接、最干脆的弑帝方法，应该是人员安排好以后，燕帖木儿等人趁夜黑忽然冲入行殿内，一刀结果了元明宗。

此次内变，说不上谁好谁坏，可称是皇帝家族内屡见不鲜的事情。元明宗“崩”后，燕帖木儿立即把行殿内的皇帝玺绶抢出，拥奉元文宗疾驰回上都，“昼则率宿卫士以扈从，夜则躬擐甲胄绕幄殿巡护”，真是“耿耿精忠”。

可叹的是，“龙头”一死，元明宗的旧臣、亲随似乎都吓傻了，没有做出任何为主人复仇的举动，甚至像样的气话都没说出来。在跪伏灵前痛哭以外，他们最担心的还是自己脖子上的脑袋和家人性命。7天后，元文宗在上都宣布“复位”。为了“安慰”死人，追谥大哥和世为“翼献景孝皇帝，庙号明宗”。但是，到了转年六月份，元文宗就废掉大哥元明宗儿子妥欢帖睦尔的“太子”封号，立自己儿子阿剌忒纳答剌为皇太子。为了名正言顺，元文宗支使妥欢帖睦尔乳母的丈夫上告，说元明宗在世时，一直对左右讲妥欢帖睦尔不是自己亲生儿子。为此，元文宗还把此事“播告中外”，并把这位侄子贬于高丽的大青岛安置。

估计坏事做多有报应，八个月后，元文宗自己的儿子皇太子阿剌忒纳答剌就病死。为了冲丧，元文宗把另一个儿子古纳答纳送到燕帖木儿家做养子，改名燕帖古思。同时，元文宗本人又下诏养燕帖木儿的儿子塔剌海为养子。这对君臣真好玩，没事互换儿子玩，也是中国历史上罕见的一大奇事。

元朝有一种现象，与金朝一样，非常奇怪，即只要是皇太子，下场皆不吉利。金朝时，金熙宗立儿子完颜济安为皇太子，不久即病死；完颜亮立儿子完颜光英为太子，身败后这个少年被大臣害死；金世宗立完颜允恭为太子，此人竟成为亡国之君的金哀宗。到了元朝，元世祖忽必烈立真金为太子，病死；元仁宗立硕德八硕为皇太子（英宗），被弑身亡；泰定帝立儿子阿速吉八为太子（天顺帝），即位两个月即被杀；元文宗立儿子阿剌忒讷答剌为太子，不久病死；元顺帝立儿子爱猷识里达腊为储君，此人未即位大元朝就灭亡。所以说，元朝的“太子爷”个个不吉。倒是以皇太弟为“皇太子”的两位爷能享国几年，那就是元仁宗和元文宗这两人。“以弟称子，转得享国，尤属异闻”。

元文宗害兄贬侄，似乎不够厚道，但想一想天子家骨肉相残是中国及外国历史的“黄金定律”，就也不觉得他有多么坏。而且，日后他崩逝能得谥为“文”，说明此人在蒙古诸帝中肯定是向“先进文化”靠拢的一位。

在元文宗统治期间，元廷组织大量人才编修了长达八百八十卷的《经世大典》，其中保存了丰厚翔实的元代典章制度。明初《元史》之所以那么快修成，其主要依据就是这部著作。此外，元文宗崇儒敬孔，大修孔庙，追封孔子各大弟子为公爵，并像汉人帝王那样在京郊祭祀昊天上帝，以成吉思汗配享。这一做法，学者们从未注意。其实，若以意识形态角度来讲，元文宗是第一个承认自己是“中华民族一分子”的蒙古帝王。

第五节　兄弟相煎何太急——明英宗、明景宗的“夺门之变”

明初，开国君主朱元璋对宦官之害感触极深。为防止宦官预政，朱元璋规定宦官不许读书、带兵，又在宫门内铸造了三尺长的铁牌，写“内臣不得干预政事，预者斩”。其后，朱棣发动“靖难之役”，宦官给他提供了不少军事情报，宦官因此逐渐受到重视，可以读书识字，开始参与军政大事。其后，朝廷又派宦官出使、监军，更设立了特务机构“东厂”，授权宦官搜捕违逆官吏，为他们预政乱权埋下了伏笔。因地位上升，宦官从此时开始被称为“太监”。明英宗朱祁镇即位后，王振被任命为司礼监。宫廷宦官分为二十四衙门，职掌皇宫各项事务，其中以司礼监最为重要。司礼监掌管皇宫里的一切礼仪、衣食以及管理当差、听事等杂役，最重要的是替皇帝管理大臣奏章，代皇帝批答公文，又称“批红”。批答奏章一般由皇帝口述，司礼监秉笔记录，然后交给内阁诏发。王振入主司礼监后，肆意歪曲篡改旨意，使皇权旁落，皇帝被架空。宦官们羽翼渐丰，宦官专权的局面逐渐形成。

明英宗朱祁镇

与明朝的政治黑暗、国力日衰相反，北方蒙古族的瓦剌部在此时强大起来。永乐二十二年（公元1424年），瓦剌部在首领脱懽的带领下统一蒙古部落，势力大增。正统四年（公元1439年），脱懽死，其子也先继位，操控瓦剌和鞑靼两部落大权，势力东起松花江流域，西达巴尔喀什湖，北连西伯利亚，南逼明边境线长城。明朝北方形成了“两虏合一，势益强盛”的局面。

永乐年间，瓦剌又开始了朝贡，向明朝进贡驼马兽皮之物。明朝为体现天恩浩荡，往往按贡使人头和所供货物予以赏赐。瓦刺见有利可图，就逐渐增多使团人数，甚至虚报人数以多领赏赐。按原制，瓦刺每年到北京的贡使不得超过50人，而到正统时已动辄上千人，不仅沿途州府要供应食物，且多有不法分子抢夺滋事。正统十四年（公元1449年），也先遣贡使2000人到京贡马，却诈称3000人。王振非常生气，叫礼部按照实际贡使人数给赏，同时又以瓦刺所贡为驽马为由，削减马价的五分之四，将瓦刺使团驱逐出境。

也先闻讯大怒，借口明朝失信，于是年七月兵分四路，大举入寇。明军常年边防松弛，仓促应战，自然连遭败绩，不几日就失掉了几座城池，边报紧急。王振为请功弄权，耀武扬威，力劝英宗亲征。英宗年轻好奇，即召集群臣动议。兵部尚书邝野、吏部尚书王直、侍郎于谦等百官力谏六师不宜轻出。但英宗受王振怂恿，一心效仿曾祖朱棣五次亲征鞑靼的壮举，对群臣疏奏一概不听。最后，英宗命御弟郕王朱祁钰留守北京代理国事，侍郎于谦代理兵部事权，两天内调动精兵50万，备好衣物粮草，御驾亲征。

因出兵仓促，筹备不足，队伍绵延数十里，未到大同粮草已见匮乏，前锋屡战屡败。又加连日阴雨，将士饥寒交迫，疲惫不堪，死尸盈路。诸随军大臣屡言驻扎或者退兵，俱遭驳斥。王振耀武扬威、趾高气扬，独断专行，听不进边将的谏言。此时，瓦刺军已经攻入长城，左参将都督石亨、总兵官朱冕等率军抵抗，全军溃败，朱冕阵亡，仅石亨一人逃回北京。王振孤注一掷，仍一味往北进发。八月初一，英宗大军抵达大同，前线败报纷至沓来，人心惶惶。王振此时方露怯意，与另一位太监郭敬秘商退兵。初三日，下令班师。王振祖籍蔚州，想让皇帝退兵时御驾临幸其第，以向乡族炫耀，就命令大军取道紫荆关撤军，向蔚州开拔。走了40余里后，王振忽然担心众多士兵经过家乡时会踏坏其庄稼，就紧急命令大军调转方向，改道宣府。

也先得知英宗退兵，率军火速追击。明军先西后东，迂回反复，耽搁了不少时间，很快被也先军追上。明军前锋迎战，军心动荡，数将战死，只能且战且退。八月十三，英宗退到土木堡，距明军重镇怀来城仅20里，因等候王振的千余辆辎重车，暂停行进，大军遂驻扎土木堡，瓦刺军迅即包围整个土木堡。

八月十四清晨，瓦刺军四面合围，准备困死明军。土木堡地势较高，明军掘地二丈仍不见水，军士饥渴难耐，人心惶惶。土木堡南15里外有河，已被瓦刺军占据。朱祁镇心知不能坐以待毙，派使讲和，也先假意答应，佯装后退，王振不知是计，下令军士将营帐移到河边。士兵争先恐后，乱作一团，也先乘机挥师猛攻，明军弃甲曳兵，四处逃窜，霎时间血流成河，尸横遍野。英宗见突围无望，护驾诸臣死逃殆尽，索性盘膝面向东南而坐，静待敌兵。瓦剌军冲到跟前，见此人神态服饰不同于他人，送交瓦剌军指挥赛利王。赛利王也疑惑不能断，经也先辨认，方知是明朝皇帝。此一战，明军50万大军几乎全军覆没。这就是历史上著名的“土木之变”。

英宗被俘的消息是被逃回的伤兵残卒逐渐带到北京的。开始时，很多人根本不信，后来见伤兵越来越多，才确信英宗已经被俘。京师大震，朝廷众官一片恐慌，聚集在殿廷上号啕大哭。皇太后和留守的郕王朱祁钰急召大臣朝议。人们忧心的不仅仅是英宗的安全问题，有识之士更担忧北京乃至大明王朝的存亡。历史上，皇帝亲征被围的也不是没有，如汉高祖刘邦被匈奴围困在白登山七天七夜，隋炀帝杨广被突厥围困雁门山整整一月，但这两次都不至于对国家存亡造成太大威胁，一是其军队的精锐尚在，二是其首都长安距前线上千里，敌人难以瞬息攻到。然而，此次英宗被俘却非同以往：其一，英宗所率50万大军是明朝军队的全部精锐，京师只留有老兵残将，没有什么战斗力；其二，明朝的首都北京距长城仅一步之遥，敌军奔袭一夜即可兵临城下。明成祖朱棣将都城由南京迁往北京，就是想抵制蒙古兵的进攻，北京存亡关系国家存亡。北京一旦不保，明朝将轰然倒塌，即便不亡国，也至少失去一半江山。

英宗的长子朱见深年仅3岁，根本不可能预政。于是朱祁钰、皇太后诏告天下，由郕王朱祁钰监国，立朱祁镇长子朱见深为太子，令于谦负责京师战守兵事。

于谦随即着手备战，奏请将南北两京及河南备操军、山东及南直隶沿海备倭军、江北及北京府运粮军全部调入京师。因当时官仓在通州，一旦为敌军侵夺，后果不堪设想，群臣多提议焚毁。于谦命文武京官预支9个月的俸粮，军士预支半年饷粮，均从通州领取，又征民夫带车从通州运粮进京，运粮超过20石纳入京仓者赏官给银。这些布置使北京民心逐渐安定。

于谦又奏请清除王振余党，明正其罪，以雪民愤，表明朝廷的立场和态度。八月二十一，于谦升任兵部尚书。八月二十三，朱祁钰登临午门代理朝政，群臣纷纷弹劾王振恃权作威，倾危宗社，罪应灭族。王振私党、锦衣卫指挥马顺叱责群臣："王振已死，说他什么？"一语激怒群臣，给事中王竑上前抓住马顺，怒道："汝私媚王振，倚势作威，今尚敢来多嘴？"群臣怒不可遏，一拥而上，登时将马顺打死在廷堂之上。群臣又向郕王索要宦官王贵、王长随，朱祁钰命人将二人从宫中轰出，众人你一拳我一脚，二人当场毙命。不一会儿，有人又把王振的侄子王山捆来，众人争相唾骂，朝班大乱。朱祁钰见状要起身离开，于谦上前拦住郕王，要郕王宣谕："马顺等罪当死，其他众人不论。"诸臣方才逐渐安定。于谦这才发现自己的朝服袍袖在混乱中被撕成了碎条。吏部尚书王直拉着于谦的手叹道："朝廷幸赖有公，若如我辈，虽多何益？"随后，郕王下令将王山凌迟处死，抄王振的家，将王振家族无论老幼，尽行斩首。从其家中抄得金银六十余库，玉盘百座，珊瑚树六七十株，其他珍玩不计其数。王振阉党被扫除殆尽。

于谦

随后，于谦又任命将领：封杨洪为昌平伯，与罗亨信、朱谦等镇守宣府；荐举陈镒安抚京畿内外军民，罗通守居庸关，曹泰守紫荆关。因石亨先前战败逃回，被贬官下狱，于谦知其晓畅军略，很有军事才能，令其总领京营兵。与此同时，于谦又加紧锻造兵器，押运粮草，充实军储。

土木之变后，也先挟持英宗在边疆各城池勒索要挟。八月二十一，瓦剌军到大同城下，让人拿英宗驾牌请守城士兵迎驾。大同总兵官刘安和参将郭登信以为真，出城朝拜英宗。瓦剌军趁机掠城，明军大败。也先又矫英宗诏，命大同守军送库银2万两方才退军。刘安搜罗仓库，取出银两，送到也先营中。也先纠缠三天方挟英宗退出塞外。于谦闻报，严叱刘安，下令各边镇"自今瓦剌奉驾至，不得轻出"，同时提出"社稷为重君为轻"。这一策略粉碎了也先利用英宗讹诈的阴谋，坚定了边将抗战的信心，使明由被动转为主动。

为断绝也先的念头，八月二十九，以于谦为首的抗战派请皇太后立郕王为皇帝，以定民心。郕王再三推辞，于谦大声道："臣等诚忧国家，非为私计。"郕王于九月初六日登极，是为明代宗，遥尊英宗为太上皇，以明年为景泰元年。

十月初一，也先挟持英宗，绕过大同重镇，大举入寇，旋即攻破紫荆关，直逼京师。十月十三，两军在德胜门展开激战，明军大胜。这是明军保卫北京的第一次会战胜利。十月十四，瓦剌又进逼彰仪门。于谦亲自指挥作战，身先士卒，冲锋陷阵。京师百姓纷纷加入战斗，从房顶投掷砖石。瓦剌军逡巡不敢进，明军乘机追击，瓦剌又败退数里。也先原想借英宗身价逼迫明军投降，却屡战屡败，士气大跌，成功无望，不得不于十五夜间拥着英宗西退。十一月初八，瓦剌退出塞外，北京宣布解严。

明代宗朱祁钰

北京保卫战的胜利，粉碎了也先夺取北京的企图，稳定了北京的形势，挽救了明王朝。于谦运筹帷幄，镇定自若，在京师守备空虚的情况下迅速集结军队，激励士气，身先士卒，起了决定全局的作用。

随着明军取得的胜利，也先速战速决、轻取北京的想法破灭。更重要的是，明朝已另立皇帝，英宗成为空壳。也先一时进退两难，杀之怕激怒明朝报仇，放回去又心有不甘，一时无计可施。思虑再三，认为与其杀之不如送还明朝，既得到金银财宝，又可与明朝结好，恢复马市贸易，更可以落下好名声。于是再三遣使致意，请北京派使迎驾。

一些主战派大臣认为此是也先故伎，不可相信，极力反对议和。于谦力排众议，认为也先屡败，其议和态度可信，劝景帝遣使迎驾。

然而，景帝朱祁钰此时的心态已经起了极大的变化。朱祁钰当初不情愿当皇帝，是因为当时面临的是一个乱摊子：六师倾覆，强敌压境，直扑根本之地，明朝已到了危机存亡之秋，皇帝的责任极重。景帝受命于危难之间，大明朝廷风雨飘摇，岌岌可危，他怕万一担负不了重任，成为明朝的千古罪人。但现在，局势已经大大不同，瓦剌势力被遏制，大明重现大朝势头。最重要的是，朱祁钰亲身体会到了皇帝九五之尊的荣耀。自古以来，罕有皇帝主动提出退位的，景帝比任何人都更能理解当年宋高宗赵构的心情：倘若宋高宗赵构真的迎回了宋徽宗和宋钦宗，一个是他的父亲，一个是他的兄长，到底谁做皇帝？即便宋徽宗和宋钦宗仍然保持太上皇的名位，但赵构为子为弟，行事岂能不受掣制？

于是，朝廷这边一再拖延，瓦剌也先倒是沉不住气了，派了使者到北京请和。礼部尚书胡濙上奏说："应该趁此机会，奉迎皇上。"景帝便御文华殿，召群臣会议，先说道："朝廷因通和坏事，欲与瓦剌断绝来往，卿等屡言和议，是何理由？"态度已经很明确了，表示不想与瓦剌讲和。但群臣中不尽是只知奉迎上意的人，吏部尚书王直说："上皇蒙尘，理当奉迎归国。今瓦剌既有意送归，请陛下务必遣使迎驾，免致后悔。"景帝一听脸色就变了，说："我不是贪恋皇位，当初是你们非要让我坐在这里，现在又出尔反尔，我真搞不懂你们是什么心思。"

景帝显然是太急切了，还没有人暗示他应该让出皇位，只不过请他派人迎接回兄长，他便发了怒。群臣见皇帝如此，一时瞠目结舌，不知道该如何对答。还是于谦对景帝的心意比较了解：景帝此时正患得患失，总以为群臣要迎太上皇回来，意在复位，于是便站出来说："皇位是完全确定了，任何人都不敢有其他的意见。不过就情理而言，应该速派人迎回太上皇。即使是也先使诈，曲在对方，理在我们，也就有话可说了。"景帝听到自己的皇位有了保障，这话又是从他最信任的于谦口中说出，这才转怒为喜，对于谦说："从你，从你。"商议后，决定升礼科给事中李实为礼部右侍郎，大理寺丞罗绮为少卿，率领指挥马显等随员，于七月初一出发，持敕书出使瓦剌。

英宗要回来了！有人喜，有人愁，喜的人多，愁的人也不少。景帝自然就是这为数不少的人之一。在迎接太上皇回朝的礼仪上，景帝与大臣产生了矛盾。礼部尚书胡濙拟定的流程是：胡濙主持仪礼，首先由锦衣卫具全副銮驾，迎候于居庸关外；入关至龙虎台，礼部陈奏仪节；文武百官迎于土城外；至德胜门外的团营教场，诸将迎接；至东安门内、面南设座，景帝谒见，百官朝见；最后迎入宫内。

景帝却认为仪礼过重，应该从简。之所以如此，自然是担心英宗大张旗鼓地回京，倘若百姓夹道欢呼，百官倡议复位，诸将拥护，直接奉英宗御午门之上的五凤楼，宣布复统大政，那就麻烦大了。不少大臣上书，据理力争，景帝却回答说，前日收到英宗的手书，说奉迎之礼务必从简。群臣面面相觑，再无话可答。

有没有英宗的手书，无人得知。

景泰元年（公元1450年）八月十五，英宗到达北京，一轿二马悄然进入安定门。路人漠然注视，不知轿内坐的竟是北狩一年的太上皇。英宗在安定门换上“法驾”，由安定门到东安门。百官于东安门外迎接，景泰帝于东安门下辇迎接，英宗下轿答礼。根据《明史纪事本末》记载，兄弟二人嘘寒问暖，彼此谦让了一番。经过了这一形式上的礼节，英宗“驾入南宫”，开始了七年的幽禁生活。七年间，英宗未能踏出南宫半步。名为太上皇，实为囚徒。

景泰二年（公元1451年）七月，明景帝朱祁钰宠爱的杭妃生下一个儿子，取名朱见济。此时英宗虽然被囚禁在南宫，但名义上的太子依旧是英宗的儿子朱见深，景帝对此自然不甘心。从儿子朱见济落地的时候开始，景帝便处心积虑地开始了易立太子的计划。

如果说当时景帝即位还是形势和国家的需要，但景帝改立自己的儿子为太子，那将是公然对祖制的破坏。因而，景帝一开始也不敢公开表露，先是将自己的意思告诉发妻皇后汪氏。出乎意料地，汪皇后却对丈夫的提议持反对意见，认为景帝这样做会让天下人笑话。景帝不以为然地说：“父死子继，天经地义，谁会笑话？”汪皇后反问道：“兄未终而弟及，又是什么天经地义？”景帝大怒，当即拿起桌子上的茶杯向汪皇后砸去。汪皇后闪开了，但帝后不和的矛盾由此悄悄在宫中流传。这其中，最高兴的人当然要数生下儿子的杭妃了。

景帝立自己儿子的决心已下，但生怕众大臣反对，便先试探大宦官金英的态度，问金英道：“太子的生日是七月初二吧？”七月初二其实是景帝儿子朱见济的生日。金英也不是不明白景帝的意思，但他心向太子朱见深，答道：“太子生日是十一月初二。”景帝下面的话就不便说了，只好默然不答。

既然金英不开窍，景帝便去问宦官王诚、舒良的意见。王诚建议景帝先贿赂大臣，景帝欣然采纳。景泰三年（公元1452年）正月初十，景帝派宦官兴安到内阁传旨，赐给内阁大学士陈循、高穀、江渊、王一宁、萧镃、商辂等人银百两，金五十两。这是前所未有的事，明眼人已经看出这是景帝在为易储做准备。然而，景帝登基之时，曾许诺将来传帝位于英宗长子朱见深，并立其为太子，当时诏告天下，人所共知。如今景帝为了私心要改立太子，事关国本，即便是收了景帝贿赂、明白景帝心意的大臣，也不愿意主动迎合上意。

不久，景帝正式提出易储之事。户科都给事中李侃、吏科都给事中林聪及御史朱英三人率先反对。但于谦、王直、胡濙等重臣都不表态。宦官兴安厉声喝道："此事今天一定要决定下来。同意的请署上名字，不同意的不必署名，但不可以首鼠两端。"于是掏出一张纸，让群臣署名。

群臣见兴安早有准备，事已至此，大都表示赞同，称"父有天下必传于子，此三代所以享国长久也"。签名首先从内阁开始，内阁大学士陈循、高穀等人事先收过景帝的贿赂，内心有愧，签得都比较干脆。下面轮到吏部尚书王直，他面有难色，不肯署名。内阁大学士陈循将笔塞到他手里，王直最终还是签了。下一个便轮到于谦。于谦提起笔的时候，犹豫很久，迟迟不肯下笔，显见他内心的迟疑和波澜，但他最终还是缓缓写上了自己的名字。后面的大臣见素有刚直之名的于谦都签了，自然也都跟着签了。

满朝文武，无论是愿意的，还是不愿意的，都署上了名字。这次早有预谋的投票表决几乎是全票通过，只有吏科都给事中林聪拒绝署名。但林聪也因此付出了代价，他随后被调为春坊司直郎。虽然春坊司直郎是从六品，比他原来的吏科都给事中还高了一品，但却是个闲职，典型的明升暗降。

离开大殿时，群臣表情不一，心情更是各有滋味。林聪深深叹息，不看别人，唯独望着于谦的背影，无限惋惜。

事后，老臣王直顿足长叹："此何等事，吾辈愧死矣。"显然为在同意改立太子的书上署名懊悔不已。

于谦却没有更多的表示，这与他辅佐景帝即位时的坚决果敢形成了鲜明的对比。一些史料为了美化于谦，将于谦说成是当时唯一一个没有签名的人。诚然，于谦的赫赫功劳足以掩盖他曾经彷徨困惑的心态，但作为重要的历史人物，朝廷重臣，他当时是有能力左右局面的。面对混乱的政局时，他所表现出来的态度和做出的选择，不但对其人生产生重大的影响，还将影响到历史的走向。十分可惜的是，于谦在皇室问题上一再彷徨，直接给他带来了杀身之祸。

不久后，景帝正式下诏，立皇子朱见济为皇太子，改封故太子朱见深为沂王，有诏特赦，宫廷宴贺。群臣也因景帝改立太子成功被加官晋级，拿双份俸禄。对此，群臣按惯例推辞，唯于谦再三辞让，这多少引起了景帝的不满，景帝因此逐渐疏远了于谦，始终未让于谦进入内阁。

被软禁在南宫的英宗听到消息后，心中百般滋味。英宗在漠北一年，尚能得到瓦剌上下的礼遇，这其中虽然有也先的政治企图，但还算是仁至义尽。而自己的亲弟弟不但夺了自己的皇位，将自己像囚犯一样囚禁在南宫内，还废了自己的太子，绝了他的后望。此时英宗的处境，不见得比身为瓦剌俘虏时强多少。到底谁才是自己真正的敌人，是瓦剌，还是自己的亲兄弟？

景帝朱祁钰出于私心，废除了英宗子朱见深的太子位，将破坏朱元璋所制定的皇位继承制度推向了极致，直接导致了后来的夺门之变。

景帝朱祁钰下诏立自己的儿子为太子时，只有皇后汪氏一人谏阻，义正词严地说："陛下由监国登基，已算幸遇，千秋万岁后，应把帝统交还皇侄。何况储位已定，诏告天下，如何可以轻易更改呢？"景帝大怒。没几天，汪皇后被废，幽于宫中。景帝另立杭妃为皇后。

历史往往是富有戏剧性的，景帝朱祁钰费尽心机，废掉了英宗的儿子朱见深，改立自己的儿子朱见济为太子，甚至不惜讨好群臣，废除原配皇后汪氏。这一赤裸裸的出于私利的做法对提高景帝的名望和威信毫无帮助。朱祁钰在改立太子的斗争中取得了最后的胜利，但胜利太短暂，朱见济当太子仅仅一年，便夭折在襁褓之中。因为景帝只有朱见济一个儿子，历史的天平再次向朱见深倾斜。民间甚至有不少议论，认为景帝朱祁钰夺兄位废兄子，是犯了天忌，所以老天爷都不帮他。

英宗朱祁镇回来以后，以太上皇的身份住进南宫。刚开始，英宗尚能为终于平安归来而庆幸。当他看到才二十岁出头的钱皇后为他哭瞎了一只眼睛、瘸了一条腿时，感动万分。但一家人团聚的喜悦很快就被政治上的失意冲淡了。英宗被禁锢在南宫，不得出入。景帝视英宗为最危险的政敌，特意加派靖远伯王骥守备南宫，不允许英宗和外面交往，生怕英宗借机联络群臣复辟。

王骥是几朝老臣，沙场老将。当时英宗朱祁镇率京军亲征时，王骥正率领明军主力在南方作战。王骥虽然威名赫赫，政治上却是个投机者，有点官迷的味道，因此于谦很讨厌他。王骥见景帝虽然当权，但却没有儿子，当今太子依然是英宗之子朱见深，这皇位搞不好将来还是要回到英宗手中。因此，对英宗极为照顾，这倒是大大出于景帝的意料。

英宗因为当过十几年皇帝，皇宫中的老太监大都跟他很熟，看守南宫的老太监阮浪便是其中一个。阮浪是个念旧的人，服侍英宗极为周到，英宗因而很是感激。有一回阮浪过生日，英宗将自己用过的金刀送给阮浪作礼物。这金刀是天子之物，制作十分精致，阮浪门下宦官王瑶见到后爱不释手，阮浪便大大方方地送给了王瑶。这一送，便送出了一场大狱。

王瑶与锦衣卫指挥卢忠交好，经常在一起吃吃喝喝。卢忠听说金刀是太上皇之物后，立即起了歹念，将王瑶灌醉，偷了金刀去告发，说太上皇与阮浪、王瑶勾结，图谋复辟，金刀便是证据。景帝听说后非常重视，立即下令逮捕阮浪、王瑶，酷刑逼供，希望能就此牵连出太上皇。但阮浪和王瑶都甚有骨气，始终只说金刀只是太上皇的生日礼物。景帝却不肯善罢甘休，穷究不已。大概在朱祁钰内心深处一直想找机会置兄长英宗于死地，现在机会自动送上门来，自然不会轻易放过。

因为反复审讯，这场大狱的始作俑者卢忠也得不断上堂作证。卢忠不过是想借诬告升官发财，却没有想到惹了这么一场大祸。卢忠害怕之极，便开始装疯卖傻，竟因此得以逃脱。原告既然是个疯子，话自然不能相信，按理说阮浪和王瑶之狱应该得解。景帝却还是不放心，将王瑶凌迟处死，阮浪年纪已大，不久后死在狱中。

卢忠事件后，景帝大为警惕，不仅加强了南宫的防守，还派人将南宫外成片的树木全部砍掉，防止有人攀越树木越过高墙与英宗联系。南宫的大门也被上了锁，锁里还灌上了铅，这样，即便有钥匙也无法开门。英宗日常的饮食衣物都是从一个小窗户递送进去的。为防止南宫与外面联络，纸笔极少供应。

尽管如此，景帝还是不放心，生怕朝中大臣与英宗暗中结纳，于是开始倚重锦衣卫官校。正统末年，宦官王振乱政，王振党羽马顺既诛，廷臣极言官校缉事之弊。景帝曾采纳，并且责官校首领，命其将所缉人犯悉送交法司查办，锦衣卫官校势焰稍稍收敛。但现在情况又有所不同，景帝欲暗察外事，乃命锦衣卫指挥同知毕旺专司侦访。从此，锦衣卫官校又渐用事。这一切，都是朱祁钰针对亲兄长所采取的防范。

英宗一开始还不知道这些事。有一天出宫晒太阳，突然发现宫外的树木都没有了，一问之下才知道是景帝派人伐掉了。英宗大为惊惧，当即坐倒在地。此时，南宫满园的花草都含着悲意，射在高墙上的斜阳惨红如血。这个名义上的太上皇，终于明白他已经完全丧失了自由和尊严，甚至连生命也时刻处在危险当中。

供应英宗的伙食也不是很好，一家人生活颇为艰难，英宗皇后钱氏不得不做一些针线活儿，托人带到宫外卖掉以弥补开支用度的不足，有时还要靠娘家贴补一些。可以说，英宗的软禁生活就在惊恐与饥饿中度过。英宗还不到三十岁，却已经经历了明朝所有皇帝中最复杂的人世沧桑。

在中国有“心、态、习、性”的说法。意思是说，心变了，态度就变了；态度变了，习惯就变了；习惯变了，行为就变了；行为变了，人生就变了。英宗的转变就是从心开始的，他强烈地渴望重新恢复天子的荣耀。在困难和挫折面前，英宗又渐渐丧失了同情心和道德感，对人极其怀疑和冷漠。这样看来，英宗后来重新登上皇位后采取一系列残酷手段来清算，也就不足为奇了。

唯一的儿子朱见济死后，景帝颇受打击，为了尽早生出儿子，便开始纵情声色。可惜的是，尽管景帝求子心切，老天爷始终不肯再赏给他一个儿子。景泰七年（公元1456年）二月，皇后杭氏也得病而死。景帝连受打击，加上纵欲过度，自己的身子也垮了下来。

这时候，景帝不得不开始考虑到底立谁为储，以作后备。沂王朱见深肯定是不在考虑之列的，沂王如果重新当了太子，英宗的势力势必重燃。而景帝是如何对待兄长的，他心里再清楚不过，他还能指望兄长的儿子善待他的身后事吗？这样，便只有一个人选，那便是襄王朱瞻墡。

对于襄王朱瞻墡而言，这已经是他第三次被考虑立为皇嗣。景帝考虑襄王朱瞻墡，自然是因为朱瞻墡为外藩，如果继位，势必感激他，起码身后事是有保障了。然而，这其中却有一个难处：召集亲王入京的金牌一直在孙太后手中，孙太后怎么可能放着孙子沂王朱见深不立，而去立襄王朱瞻墡呢？种种顾虑中，事情便拖下来了。景帝总觉得自己还年轻，子嗣不是什么大问题，没想到一场惊天阴谋就要来临。

南宫复辟实际上是因为景帝病重，某些投机分子临时起意，事先并未有周密谋划。参加这一政变的人，主要有石亨、宦官曹吉祥、王骥、张軏、杨善，以及徐有贞。其中，徐有贞为主谋。

石亨，渭南（今属陕西）人。袭父职为宽河卫指挥佥事，善骑射。正统中，累官至都督同知，充参将，辅佐朱冕守大同。也先进犯大同时，明军兵败，石亨单骑奔还，被关进监狱等待处分。后来北京保卫战时，兵书尚书于谦推荐石亨掌管五军大营。石亨不负于谦所望，立下大功，被封为武清侯。石亨由一个待罪的败军之将瞬间加官晋爵，难免受宠若惊，内心深处相当感激于谦。为了表达对于谦知遇之恩的感谢，石亨特意上书，请求景帝加封于谦的儿子于冕。

石亨也知道于谦当初用他，仅仅是因为他熟悉军情，在公不在私。但石亨显然还不够了解于谦的为人。于谦说："国家多事的时候，臣子在道义上不应该顾及个人的恩德。而且石亨身为大将，没有听说他举荐一位隐士，提拔一个兵卒，以补益军队国家，而只是推荐了我的儿子，这能得到公众的认可吗？我对于军功，极力杜绝侥幸，绝对不敢用儿子来滥领功劳。"不但义正词严地拒绝了石亨的好意，还当众指责他徇私。当着那么多大臣的面，石亨十分难堪，又愧又恨。石亨原来的一腔感恩之心，立即化作了怨恨，发誓有朝一日要报复。

景帝倒是十分信任石亨，恩宠有加，恩遇甚至超过了于谦。可笑的是，景帝病重时，精心挑选大臣代行祭祀大礼时没有选择于谦，而是选择了石亨。而刚好是这个石亨，看见景帝病重，起了异心，密谋拥立英宗复辟，立不世功勋。夺门政变后，景帝得知有人兵变的消息，第一句话竟然是："是于谦谋反了吗？"历史人物的微妙之处在这场可悲的政变中展露无遗。

曹吉祥是参与夺门之变的另一个重要人物，英宗在位时就颇得宠信。景帝即位后，王振的同党马顺、毛贵等人都被杀掉，曹吉祥却逃过一劫，并很快掌管禁军与内廷侍卫，成为新皇帝的新宠。

王骥即前面提过的负责看守南宫的靖远伯，他靠战功起家，在英宗一朝和景帝一朝都备受信任。

张軏，英国公张辅的幼弟。因为征苗时不守律令，曾被于谦弹劾，心中深恨于谦。此时为前府右都督，总京营兵，是京师中握有兵权的实力派人物。

杨善是迎回了太上皇的礼部左侍郎，他自认为立不世之功，却为景帝所压抑，自然要将赌注全部下在英宗身上。

徐有贞在瓦剌军队进逼京师之时，率先提出"南迁"主张，因而遭到于谦等人严正驳斥。之后，徐有贞名声大坏，屡为内外朝所讥笑，多年未得晋升，因而对于谦恨之入骨。

转眼到了景泰八年（公元1457年）正月十二，景帝仍然在病中，好几日不能临朝。群臣到左顺门问安。宦官兴安出来道："公等皆朝廷股肱，不能为社稷计，徒日日问安，有何益处？"群臣哑口无言，只得退了出去。

在朝房中，群臣聚在一起悄悄商议，认为兴安的话大有意味，可能是在暗示大臣们商议立储。正月十四，景帝有谕令下来："朕偶有寒疾，十七日当早朝，所请不允。"表示皇帝将于正月十七临朝。按照明朝惯例，正月十五皇帝要在南郊主持典礼，大祀天地。群臣都认为这是景帝身体好转的标志，于是各自退去，等待正月十七再议。

然而，景帝却已经是心有余而力不足，他本想正月十五亲自祭祀天地，正月十六回宫，正月十七临朝，哪知道刚刚站起来，就头昏眼花。叹息了半天，景帝决定选一位可靠的大臣，秘密代替他去南郊祭祀。按理来说，代为祭祀的大臣须是德高望重的老臣，本应从内阁或者六部中选取。但景帝怕自己的病情动摇人心，便决定选一位武将，于是，这重任就意外落在了武清侯石亨身上。

历史就因为这一意外而改写。

景帝将石亨召到病榻前殷殷嘱咐，石亨痛快地答应下来。但他亲眼看见景帝的病态，内心已经打起了主意。石亨退出后，立即派人找到了前府右都督张軏和宦官曹吉祥，告诉二人景帝已经不行了，商议要为自己谋后路。

此时，京师正有一种流言，说大学士王文正力劝景帝立襄王朱瞻墡的长子为皇储。如果是这样，王文将是定鼎之臣，立有首功。即便是重新立沂王朱见深为太子，谋议是文臣之事，功劳也轮不到石亨、张軏等武将身上。石亨说："景帝病已沉重，如有不测，又无太子，不若乘势请上皇复位，倒是不世之功。"于是，这三个野心勃勃的投机分子决定将赌注压在太上皇英宗身上，拥立英宗复位，这样三人就是大功臣，能够飞黄腾达。

当场，三人做了分工，宦官曹吉祥进宫去见孙太后，密告她复辟一事，借机取得了孙太后的支持。石亨和张軏则一起去找太常寺正卿许彬商议。许彬听说二人的来意后，当即以手加额，说："这是不世之功！不过，我老了，不中用了。徐有贞多计谋，你们可以去找他商议。"

石亨和张軏又连夜去找徐有贞。徐有贞大为兴奋，当即夜观天象，见紫微有变，忙道："帝星已见移位，咱们要干这事，须得赶快下手。"几个人经过详细谋划，决定在正月十六晚上动手。

正月十六白天，吏部尚书王直、礼部尚书胡濙、兵部尚书于谦会同群臣商议，决定一起上奏请复立沂王为太子。众人推举商辂主草奏书，书成后已经是日暮西山，来不及奏上朝廷。于是群臣决定在次日清晨景帝临朝时，再将奏疏递上去。但所有人都没有料到，政变就在这天晚上爆发了，随之而来的便是许多人的杀身之祸。倘若这复立沂王的奏疏早一天递上，或许于谦等人不会遭到杀身之祸。短短几个时辰，不但改变了大明的历史，也改变了许多人的一生。

正月十六晚，徐有贞换上朝服，怀着紧张而忐忑的心情离开了家。出门后，徐有贞又顺路邀请了杨善和王骥作为同党。杨善和王骥二人都表示要以死报答太上皇。王骥当时已经七十多岁，不但自己亲自披甲上马，还将儿子和孙子都带在了身边。三方人马会齐石亨叔侄、曹吉祥叔侄后，又等到了张軏率领的大队京营兵，一齐向皇城进发。张軏调兵进城是借口瓦剌骚扰边境，要保护京城安全。而石亨掌管皇城钥匙，所以能够通行无阻。四鼓时分，大队人马从长安门直接进入皇城。进入紫禁城后，徐有贞重新将大门锁上，防止外面有援兵进来，并将钥匙投入水窦中。皇城内的守军见这伙人十分奇怪，不明所以，但也不敢过问。

这时候，天气忽变，乌云密布，伸手不见五指。众人害怕有逆天意，会遭到天谴，都非常惶恐。精通天象的徐有贞站出来，劝大家不要退缩，说大事必济。于是众人继续前进，顺利地到达了南宫。然而，南宫宫门坚固异常，怎么也打不开。石亨派人用巨木悬于绳上，数十人一齐举木撞门。门没有撞开，门右边的墙反倒先被震坍了一大洞。众人便从墙的破洞中一拥而入。

英宗朱祁镇这时候正秉烛读书，突然看见一大堆人闯了进来，还以为是弟弟派人来杀自己，不禁惊慌失措。谁料众人一齐俯伏称万岁，英宗朱祁镇这才问：“莫非你们请我复位吗？这事须要审慎。”

这时乌云突然散尽，月明星稀。众人的士气空前高涨，簇拥着英宗朱祁镇直奔大内。路上，英宗朱祁镇挨个儿问清诸人姓名，表示不忘功臣之意。

一行人来到东华门，守门的士兵上前阻拦。英宗朱祁镇站了出来，表明自己太上皇的身份。守门的士兵顿时傻了眼，不敢阻拦。于是，众人兵不血刃地进入了皇宫，朝皇帝举行朝会的奉天门而去，并迅速将英宗朱祁镇扶上了奉天殿宝座。殿上的武士们挥金瓜要打徐有贞等人，被英宗朱祁镇呵止。徐有贞等人一起叩拜，高呼“万岁”。石亨敲响钟鼓，召集群臣到来。

这时天色已经微亮，众臣因为景帝事先说明今天要临朝，都已经早早等在午门外，准备朝见。听到钟鼓齐鸣后，众人按顺序走入奉天门。但眼前的一切使他们目瞪口呆：宝座上的皇帝已经不是景帝朱祁钰，而是八年前的英宗皇帝朱祁镇。群臣面面相觑，一时不明白是怎么回事。正在众人犹豫之际，徐有贞站出来大喊：“上皇复辟了！”朱祁镇对百官宣布道：“景泰皇帝（指朱祁钰）病重，群臣迎朕复位，你们各人仍担任原来的官职。”众朝臣见此，只好跪倒参拜。英宗朱祁镇就这样又重新取得了皇位。这就是历史上著名的“夺门之变”。

朱祁镇重新坐上皇位时，景帝朱祁钰正在乾清宫西暖阁梳洗，准备临朝。突然听到前面撞钟擂鼓，立即问左右：“莫非是于谦不成？”意思是问是不是于谦谋反篡位了。左右惊愕万分，不知道该如何回答。

于谦于国于社稷立有不世之功，尤其在辅佐景帝登位、迅速地安定局面上，于谦所起到的作用无人能及。可以说，没有于谦，景帝的皇位不可能坐得安稳。而后，景帝也对于谦表现出异乎寻常的恩宠和信任。谁也想不到，原来在景帝的内心深处，竟然如此提防他所信任的人，帝王的薄情寡恩由此可见一斑。

片刻后，宦官兴安回奏说是太上皇复位，景帝连说：“好，好，好。”然后喘了几口气，重新回到床上，面朝墙壁睡下。朱祁钰表面镇定无事，心中却是唏嘘感叹，有着常人难以想象的失望之情。朱祁钰已经清醒地意识到，一切都已经完了，他所加在兄长身上的一切毒辣手段，都要被加倍回返到自己身上。

英宗虽然幽禁了朱祁钰，可心里总是不踏实。想想自己被幽禁6年，最后还是夺了皇位，朱祁钰会不会也这样干呢？自己百年之后，皇太子的皇位保不保得住呢？想到这里，英宗下决心彻底消除这个隐患。

这时，景帝朱祁钰还在生病，卧床不起，虽不见好，可也不见坏。于是，英宗就想起了个主意，在重登帝位的第三天，他召来司礼太监，下了一道圣旨，废黜朱祁钰景帝帝号，恢复其郕王封号。太监到朱祁钰幽禁的西宫传达了圣旨，一下把朱祁钰气得口吐鲜血，病情加重，命在旦夕。但是，经过御医诊治和贴身太监的精心调养、服侍，过了一段时间，景帝不但没有死，反而慢慢地好了起来。

英宗见自己“废帝复王”的手段没能把朱祁钰置于死地，便变本加厉地施展出更加狠毒的另一招。

一天早朝散了之后，英宗召来心腹太监蒋安，附耳轻声交代了一番。蒋安奉了英宗的旨意，经过一番周密安排，便伙同御医来到西宫，假装给朱祁钰看病。经过一番装模作样的望闻问切之后，蒋安示意身边侍奉的太监去倒杯水来。那太监转身刚走出房门，蒋安立即从衣襟里抽出一条准备好了的麻绳，从景帝身后往脖子上一套，用力拉紧，景帝还没寻思过味来，就一命呜呼了。

英宗得知景帝已死，心腹之患根除了，便喜出望外地给蒋安和御医分别升了官，赐了宝物。

景帝被害以后，英宗下诏只以王礼治丧，不许埋进早已修好的景帝陵寝，而是埋在京西的金山。

就在埋葬景帝时，有个叫王应顺的太监建议给已死的景帝穿上笨重的靴子，以防他来世步履轻盈作乱朝廷。英宗是个非常迷信怕鬼的人，于是点头赞成，给景帝换上了一双笨重的靴子，并将两只脚紧紧绑住。一切搞好之后，英宗才批准下葬。

除去景帝之后，还必须除去景帝的大臣，于是新皇帝便指控于谦和都御使王文阴谋迎立外藩——远在襄阳（今湖北襄樊）的朱厚颖亲王的儿子继承大统，把于谦、王文二人逮下诏狱。二人同时被处斩，家产被抄没。

景帝下葬后的第二年春天，一个漆黑的夜晚，英宗批阅完了奏折，倒在床上就睡着了。刚睡下不久，朦胧中觉得自己和妃子一起在御花园游玩，正玩得高兴，猛然发现有个穿着大皮靴的人从一个大匣子中走了出来，也在御花园中漫游，大皮靴发出"咚咚"的响声。忽然，穿着大皮靴的人发现了英宗，一个箭步冲上来，用手解下自己的腰带，冷不防套在英宗脖子上，越勒越紧，起初英宗还大声喊叫救命，喊着喊着就出不了声了。

皇后听见英宗叫喊，急忙唤醒他询问，英宗便把梦中的情形讲了一遍。皇后说："皇上忙了一天，太疲劳了，还是好好休息一下吧！待明天我去烧个香，许个愿，祭奠一下菩萨和列祖列宗，让神和祖宗保佑皇上安宁吧！"

说来也真巧，天顺三年（公元1459年）的某一天，英宗真的发现有个穿大皮靴的人在宫中出没，正待差人过问，这个人却不见了踪影，让太监到处寻找也没有找到。于是英宗发下敕令，严禁民间穿皮靴，发现者严惩不贷。一时间，锦衣卫在城中四处搜查，把穿皮靴的人全部逮捕，关进了监狱。

英宗一直在这种恐慌的状态中度过了自己的余生。

第四章　为子夺嫡

第一节　千古毒妇第一人——制造“人彘”惨剧的汉高祖皇后吕雉

公元前208年，在陈胜吴广起义之后，刘邦也领着沛县子弟揭竿而起，兴兵反秦。在乱军之中，他的妻子吕雉和一双儿女被冲散，与公公刘太公一起成了项羽的俘虏。

汉太祖刘邦

但是自古就没有永恒的朋友与敌人，所以当楚汉两家划界之后，项羽又将刘太公和吕雉送还给了刘邦。

回家，原本是件值得开心的事情，但是吕雉的这次回归却让她极度郁闷。因为，吕雉万万没有想到，当自己陷于敌境九死一生的时候，丈夫刘邦不但想要遗弃儿女，更已经怀抱新人了。

刘邦的这个新欢名叫戚懿。今天我们已无法考证戚懿是不是从一开始就有想当正室的野心，但是可以想象，如果她知道自己的最终下场是那样悲惨的话，她一定不会选择一条与吕雉为敌的道路。

戚懿是山东定陶人，刘邦是在楚汉相争的混战时遇到她的。戚懿风情万种、能歌善舞，既年轻又漂亮，刘邦一见之下就把40岁的半老妇人吕雉丢到脑后去了。虽然，刘邦后来立吕雉为后，立自己与吕雉的儿子刘盈为太子，但是外出征战的时候却总是带戚懿随行，而将吕雉丢在长安城里留守。戚懿也非常清楚刘邦的心思，如果说刚开始时她只是出于妒忌而争风吃醋的话，那么当她生下儿子如意，而刘邦又于公元前202后称帝天下之后，这个女人的野心已经越来越大，她已经不再满足于只当一个小小的妃子，而是开始想要让刘邦改立刘如意为太子，自己日后好当皇太后号令天下。

有了这样的心思，戚懿的不归路也就由此开始。

吕雉大半辈子都是在血雨腥风中过来的，性情已经被锤炼得很刚毅了，加上年老色衰，在刘邦眼里怎么也比不上戚懿娇柔可爱。戚懿也深知皇帝好的就是这口，于是她总是摆出一副委屈的样子，日夜向刘邦涕泣。于是，刘邦终于被美人的眼泪打动了，决定帮戚懿母子这个忙，改立刘如意为太子。

其实在这个时候，刘邦和吕雉的夫妻情分早已是名存实亡。但是，吕雉很清楚，自己和一双儿女的前途都牢牢地系在那个恩断情绝的刘邦身上。因此，吕雉绝对不能够让自己成为真正意义上的下堂妻。

虽然吕雉想尽办法保住自己的地位，但是在刘邦心目中，吕雉和她的儿子的地位日渐下降。这一点从刘邦逼吕雉的女儿鲁元公主退婚就可以看出。

称帝后，刘邦将自己与吕雉的女儿封为鲁元公主，许嫁给新继位的赵王张敖。然而就在这年冬天，刘邦在与匈奴冒顿单于的大战中受到了重创。鉴于王朝初立，国力疲惫，刘邦决定采纳大臣娄敬的主张，用“和亲”方式与匈奴化敌为友，换取休养生息的时间。于是，刘邦打上了鲁元公主的主意，逼着公主退婚转嫁到匈奴去。

吕雉得到这个消息，简直如同五雷轰顶，立即奔到刘邦面前哭求，又赶着为鲁元和张敖操办了婚事。刘邦这才罢休，将一个宗室之女作为公主嫁去和亲了事。

然而事情还没有完。当初刚从匈奴围困中脱身出来的刘邦，在返回长安的时候曾路过张敖的赵国。张敖对未来岳父毕恭毕敬，而满脑子想着悔婚的刘邦却把张敖当成奴仆使用，不但让他亲自端茶送饭，而且鸡蛋里头挑骨头地肆意辱骂。之后，刘邦在鲁元公主和亲事一上不得已让了吕雉一步，对女婿张敖的态度也就更差劲了。一年后，刘邦再次路过赵国，态度压根没有丝毫好转。张敖感激刘邦为赵国复国，又自认晚辈，倒也罢了，国相贯高却咽不下这口气，想要刺杀刘邦。

然而这个未能进行的计划不知怎么走漏了消息。刘邦大怒之下，一面骂着“早就不该让他当女婿”，一面下令把赵国君臣上下全部下狱问罪。

吕雉再一次五雷轰顶，她又一次奔到刘邦面前。然而，这次无论吕雉怎样苦苦哀求，刘邦都不买账，坚决把张敖丢进了死牢。幸亏赵国国相贯高对张敖忠心耿耿、誓死不屈，没有因为酷刑而把不知情的张敖拖下水，而是将“一人做事一人当”贯彻始终，这才保住了张敖的性命。

两次都没能处理张敖，这让刘邦非常懊恼。最终，心有不甘的刘邦将女婿由赵王贬为“宣平侯”，将赵王这个肥缺给了自己最心爱的儿子——戚懿之子刘如意。

这项任命是如此巧合，巧合得让人难以相信戚懿会是什么无辜的羔羊。虽然，我们相信，戚懿的政治智商还不足以让她策划这样一场大狱，但是她幸灾乐祸地看着吕雉母女遭殃却不施任何援手，并最后摘果子却是毫无疑问的事实。

原本就有积怨，而这次又是一家升天一家落地，吕雉与戚懿两派的矛盾已经势成水火。这时候，在皇帝刘邦的心目中，戚懿的分量可比吕雉要重得多了。而随着吕雉的屡遭非难，戚懿则愈发得意。现在的戚懿开始有些飘飘然，她已经开始觉得自己为亲生儿子谋太子位是易如反掌的事情。

但是，戚懿忘了一点，在勾心斗角中久经考验的吕雉又岂是那么容易就被打垮和取代的呢？论容貌，戚懿是出类拔萃的美女。但是若要论政治头脑，戚懿恐怕连小学水平都还不够。轻敌，最终让戚懿付出了惨重的代价。

不过更让戚懿没想到的是，首先遇到的阻碍却并非来自吕雉，而是朝堂上的文武百官。

当刘邦在上朝时提出要改立刘如意为太子时，遭到了群臣的严重抗议。刘盈已立为太子8年，宅心仁厚，与行事出人意表的刘邦截然不同。即使没有嫡庶先后的大规矩，大臣们也乐意让刘盈当未来的皇帝。

然而无论大臣们怎样反对，刘邦却仍然坚持自己的意见。就在君臣之间陷入僵局的时候，御史周昌站起来大声为刘盈辩护。

周昌这个人虽然仗义敢言，但是因为他有口吃，盛怒之下面对刘邦的质问无法说出更多的话，只好说：“皇上想、想、想立如意为太子，臣认为很不合适。如果大王一、一、一定要废长力幼，臣、臣、臣一定不会遵守皇上的旨意。”憨厚的情态溢于言表，使人忍俊不禁。刘邦看到周昌急得面红耳赤脖子粗的却又力图表白的憨态，不禁扑哧笑出声来。一场原本极其严肃的辩论，也在君臣的一片哄笑声里作罢了。

其实在辩论废立一开始，吕雉就得知了消息并且立即赶到朝堂边的东厢房里偷听。当刘邦退朝，众臣也渐次散去的时候，吕雉立即出来，当众向周昌下跪叩谢说："要不是你，皇太子方才就要被废了。"

很多历史书上也都在说是因为周昌的耿直和憨厚打动了刘邦。但实际上，刘邦真正担心的是激起政变。透过这件事情，刘邦意识到了刘盈的支持者占据了绝对优势。这些支持者都是大汉王朝的开国功臣，而吕雉是刘邦的结发妻子，又陪着他吃尽了苦头，在元老和同乡中的影响力，怎么说也比只会跳舞唱歌的戚懿要高得多。刘邦虽然粗于礼法，却是一个有计谋也懂得衡量得失的人。

不过刘邦的退让只是暂时的，何况开弓没有回头箭，夺嫡既然开始，戚懿既已公然摆出了吕雉为敌的架势，就只能拼到底了。戚懿的眼泪流得更多，而且这回是流真的了。于是，刘邦还在打废太子的主意。

吕雉当然也很清楚戚懿在干什么、刘邦又在想什么。万般无奈下，吕雉让自己的兄弟建成侯吕释之去找智囊留侯张良，向他讨要计策。吕释之软硬兼施，胡萝卜与大棒齐飞，张良终于勉为其难地出了一个主意：如果能让不买皇帝账的"商山四皓"来辅佐太子，皇帝便能知难而退了。

吕雉立即采纳了这个建议，态度谦恭地礼请"商山四皓"出山。我们不知道吕雉到底用了什么方法，让这四个淡泊名利、一向不愿为官的人欣然应聘，做了太子刘盈的宾客。但是可以确定的是，吕雉的这个手段非常成功，刘盈的太子之位已经无人能够撼动。

公元前196年，淮南王英布造反，刘邦让太子领兵平叛。"商山四皓"闻讯立即向吕释之警告："太子从未经历战阵，而英布却是久经沙场的老将，太子是难以取胜的。何况他身为太子，胜了是应该的；万一输了，可就废定了。"

吕释之吓出一身冷汗，立即转告吕雉。吕雉惊得眼泪都出来了，连忙去劝刘邦改变主意：太子年幼却统帅叔伯辈的老将，怎么能得到众人心服？万一因此耽误战机，岂不危及社稷？皇上虽然有病不能骑马，但还请勉为其难，在卧车里指挥也是一样的。

刘邦怒道："什么太子，一点用也没有，还得我亲自上阵！"但是兹事体大，刘邦还是亲自领兵出征了。

第二年，英布叛乱平复，返回长安的刘邦又重提废太子之事。

不用说，自首辅张良以下的大臣们仍然群起反对，刘邦这次却似乎下定了决心。正在情况不妙的时候，"商山四皓"在一次宴会上跟着太子刘盈隆重出场了。

刘邦一看，不但朝中众臣认可太子，就连不服从自己的“商山四皓”都对太子恭恭敬敬，看来太子真是羽翼丰满了，假如硬行更换，只怕立即就要捅出大娄子来。

宴席结束之后，刘邦目送四皓簇拥着太子远去，终于放弃了废太子的打算。

心情沉重的刘邦自然知道，这个决定对戚懿母子的将来会有怎样致命的后果，然而他已经无力变更。

一生随心所欲的刘邦，终于在暮年不得不面对自己无力保全嫩妇娇儿的悲凉。刘邦非常了解吕雉，知道她在多年生死关头的考验中，已经变成了一个怎样心狠手辣的人。韩信和彭越这样的英雄都死在她的计策中，只会撒娇弄痴的戚懿根本不是她的对手。怪只怪戚懿不自量力，更怪自己没有及时制止她的幻想。

愁肠百结的刘邦不知道怎样才能在自己死后保全戚懿母子的性命。这时大臣赵尧向他提出了一个建议：让吕雉和刘盈的恩人，那个口吃的周昌去做赵王刘如意的国相，吕雉一定会给周昌这个面子。

刘邦迫不及待地抓住了这根稻草，不容分说地对倒霉的周昌“委以重任”——由“皇帝宰相”降级到赵王国去当“国相”。

公元前195年，在自己营造出的平安假象中，刘邦心有不甘地离开了人世。

汉惠帝刘盈

刘盈登基为帝时只有17岁，王朝实际上控制在太后吕雉的手中。

吕雉多年含垢忍辱，对以戚懿为首的宠妃们早已恨之入骨。现在，吕雉果然熬过了丈夫，并成功地当上了皇太后，她要发泄积蓄已久的怨毒了。吕雉自刘邦微贱时便嫁与刘邦为妻，以富家小姐的身份，跟着浪荡穷鬼刘邦历尽了辛苦艰难，并协助他扫清了诸多异姓王。刘邦能够得天下并坐稳天下，吕雉实有大功，绝非一般坐享其成的妇人所能比拟。然而，宫中这些只会梳妆打扮、争艳斗丽的宠妃们却忘记了她们的对手吕雉是在血雨腥风中生存下来的，而大汉王朝的开国将相，都曾与她有过共同并肩浴血的深厚渊源；这群女人唯一的依靠就是刘邦一人，可叹的是她们似乎以为刘邦真是万岁之躯，却没有料到他也有倒下的一天。

刘邦在未娶吕雉之前，就曾在外眠花宿柳，跟外头的野女人生下了儿子，所以吕雉虽是嫡妻，刘盈却还另有长兄刘肥。齐王刘肥的母亲虽然早在刘邦起兵之时就已死去，更不曾在汉宫中与吕雉争宠，但是吕雉依然衔恨多年。在独揽大权之后，吕雉对刘肥百般折辱，最后逼得刘肥不得不认自己的妹妹、吕雉的女儿鲁元公主为义母，认嫡母吕雉为外祖母，由她的儿子自愿降为她的孙子，这才保住性命和王爵。

由刘肥的遭遇就可想而知，等待着后宫宠妃们的命运将会是什么。

果然，吕太后虽然按制度将刘邦的所有庶出儿子封赏一番，送他们各归封国，但是对他们的母亲——刘邦的宠妃们，却统统幽禁起来，打入冷宫，让她们过着粗衣旧衫，勉强维持温饱的日子。

尤其是曾经想要取吕雉皇后之位而代之的戚懿，命运更是悲惨。戚懿连枯坐冷宫的“运气”都没有，而是被剃成光头，以铁链系颈，穿上土褐色的囚衣，白天在宫院中捣米，晚上被牵着铁链锁进“永巷”（宫中监狱）严加看守。

戚懿多年来都是汉宫中的一枝鲜花，被刘邦百般宠爱惯了，所以也就不懂得忍耐，更看不清形势，不知道吕雉的实力之强，还以为她也和自己一样，不过是依靠儿子起家的普通妇人——你吕雉以为只有你有儿子吗？我戚懿也有，而且比你的儿子还得先皇的宠爱！

于是戚懿作歌，每日不停地唱：“子为王，母为虏，终日舂薄暮，常与死为伍。相离三千里，当谁使告汝！”

戚懿还在抱有希望，能有人把自己受虐的消息告诉做王的儿子，让他来为自己报仇雪恨。

既然是安了这个心，戚懿唱这首歌时当然从来不背人。越是人多，戚懿越是唱得起劲。

很快，这支歌就出了名，不过可惜，首先知道的人不是她的儿子赵王刘如意，而是她的死敌太后吕雉。

吕雉一听这首歌，立即怒火中烧。同时，吕雉也意识到了自己与戚懿之间的过节已经影响到了彼此的子女。赵王刘如意如今虽然年幼无知，但是一旦长成，很可能对自己和儿子刘盈切齿怨恨。更重要的是，刘如意非常得刘邦的疼爱，配给他的封国和臣子都是非常忠心而能干的。万一赵王刘如意长大成人，利用王权为母亲报仇作乱，那还了得？

于是，吕雉下定决心，一定要铲除这个隐患。

赵王刘如意这年才不过十四五岁，虽然名为封国之王，实际上年幼识浅，凡事都靠国相周昌主张，当年刘邦曾经郑重其事地向周昌托孤。吕雉征召了赵王三次，都被周昌硬邦邦地拒绝了。吕雉拿周昌没有办法，只得调虎离山，转而征召周昌。

周昌一离开赵国，吕雉便跟着下令再召赵王。没有了腰杆子硬的周昌，刘如意不敢拒绝嫡母的命令，只能奉命来到长安。

本来照吕雉的心意是要马上向刘如意下手的。但是刘盈却手足情深，无论如何都要想法子保全弟弟的性命。所以，在刘如意踏进长安地域时，刘盈就亲自出城迎接，并从此与弟弟同食同寝，使得吕雉好几个月都找不着下手的机会。

吕雉是一个不达目的誓不罢休的女人，几个月的时间过去了，她满腹的杀机非但不曾减退，反倒愈烧愈烈。

终于，机会让吕雉给等着了。

刘盈有个习惯，每日都早起习射。刘如意年纪小，不像哥哥那么有恒心，何况他根本没有意识到自己面对的是怎样的危险。终于有一天，刘如意就赖床不起，不愿再跟着哥哥去射箭。刘盈心软，想想一时半刻也没什么要紧，就依了弟弟。

就这么片刻工夫，吕雉的杀手就来了，就在刘盈的寝宫之中，将毒药灌进了刘如意的口里。

等到刘盈兴冲冲地回来，只看到弟弟七窍流血的尸体。

刘如意被除掉了，吕雉没有了后顾之忧，立即开始了对戚懿的报复。吕雉下令将戚夫人的手脚全部砍掉，挖去眼睛、熏聋耳朵、灌下哑药，然后丢进粪池里。

在汉朝的历史上，吕雉是一个很难一笔而尽述的人，说她是一个杰出的政治家并不为过。在吕雉主政的时期，她做了很多实事，对国家的发展起到了很积极的作用。但是，历史上对她的评价却从来都是恶大于善。其原因之一，就是吕雉如此残暴的迫害赵王刘如意和戚懿戚夫人。

吕雉对自己的战果十分满意，特地召儿子刘盈前来观赏。

刘盈初看之下，惊恐之余觉得莫名其妙，便问母亲：“这到底是什么东西？”

吕雉答道：“这就是戚夫人。”

刘盈当场放声大哭。刘盈万万没有想到，母亲杀死了弟弟还不罢休，就连弟弟已无还手之力的生母都不放过。刘盈更不能相信，当年明眸善睐艳盖宫掖的戚夫人会变成这样一个在恶臭中蠕动的怪物。

刘盈天性温和，这一次惊吓之后，他病倒在床一年多都不能痊愈，眼前梦里尽是弟弟和戚夫人惨死的模样。

然而，刘盈虽然身为帝王，却对自己的母亲无计可施，最后只能对吕雉说：“你做的这些事都不是人能够做得出来的，我作为你的儿子，实在无法再治理天下。”从此，刘盈沉醉于饮宴女色，拒绝上朝理政，每日晨起习射更是不再提起。如是浑浑噩噩的7年之后，年仅25岁的刘盈便离开了人世。

吕雉与戚夫人为子夺嫡的斗争，可以说是历朝历代最惨烈的一场。而戚夫人的结局之可怖，在中国历史上也是绝无仅有的。中国人喜欢用人性来评价一个人，而吕后最大的失误就是人性的缺失。戚懿即便是有必死的罪过，吕雉所采用的手段之残忍也是足以让世人为之震惊和侧目。

第二节　处心积虑终封后——汉景帝皇后王娡的上位之路

在大汉王朝的太子刘启到了婚娶年纪的时候，长安郊外正有一名美女，在做着飞上枝头变凤凰的美梦，她的名字叫王娡。

汉景帝刘启

刘启的祖母薄太后为了能够一直保持薄氏家族的兴旺，做主为孙子选聘了自己的侄孙女小薄氏为太子妃。而刘启从一开始就对皇祖母为自己选择的妻子不甚满意，于是完婚不久，刘启便征得了祖母及父母的同意，正式开始了太子宫的选美活动。

从四面八方征选来的美女进入太子宫时，刘启看着面前千娇百媚的一群，真是心花怒放。而太子妃小薄氏虽然心中百般不是滋味，但还是表面很平静地接受了新来的姬妾们叩见嫡妻的礼仪。

此时端坐在太子妃宝座上面无表情的小薄氏，万万不会想到，这些看上去温驯妩媚、正向自己行礼的美女中，有一位杀手，还有一位将会取代自己宝座的未来皇后。

那位未来的皇后自然就是王娡，而杀手则是远自山东而来的栗姬。

小薄氏是中国皇后群中不幸的一个。薄皇后的性情就像她的祖姑母老薄太后一样逆来顺受、随波逐流。可是，薄皇后的命运却与老薄氏天差地别——最主要的问题，就是在生儿育女方面，她没有老薄氏那么好的运气：老薄氏能够一举得男，可是小薄氏却怎么都生不出一男半女。小薄氏最大的不幸，不在于她受丈夫冷落受姬妾谗毁，而在于她有着极高的身份和来历，她却从来不曾加以利用。薄皇后是一个非常老实而忠厚的女人，可惜老实人最后总是没有好果子吃。

最早为刘启生出儿子的女人，就是栗姬。自从生了儿子，栗姬在太子宫其他女人的面前，几乎就成了一只螃蟹，神气非凡。

栗姬的目中无人，刘启当然是看不到的，栗姬在他面前还是将娇媚的形象保持得很好。

但是刘启看不见，不等于别人看不见。小薄氏生来懦弱，又一心想当贤妻，那倒也罢了。可是栗姬的行径，看在满怀雄心壮志的王娡眼里，却是怎么也忍不下来的，她在暗地里几乎将栗姬恨得牙齿发痒。

可是王娡等来等去，也没等到儿子从自己肚皮里出来，反倒是一连生了三个女儿：平阳郡主、南宫郡主、隆虑郡主。

这一下，王娡可急了，没有儿子，拿什么去跟栗姬斗呢？天子之母、皇后之尊就更是想都甭想。

于是，王娡向太子刘启推荐自己的妹妹王息姁，将她形容得好像一朵花儿般诱人。刘启听到宠姬如此大力举荐，自然心痒难熬，立即便派人去接小姨子。接到宫里，刘启一见之下，顿时大加宠爱，也对王娡竟有“贤德不妒”的品行深为褒奖，非但没有贪新忘旧，反而对王娡越发地看重起来。

王息姁入太子宫后，果然不负姐姐的重托，一连为刘启生下了四个儿子。一时间，王氏姐妹在太子宫里风头大劲。

但是好景不长，不久，王息姁便去世了。失去了妹妹为后援的王娡，又不得不独自面对后宫中诸多争风夺宠的美丽对手了。

王娡此时毕竟没有自己的亲生儿子，妹妹死了，自己作为姨母去为外甥们争宠，怎么说，腰杆子也硬不过有亲生儿子的栗姬。于是，王娡忍下了这口气，暂时退到了一边，让栗姬去出风头了。

栗姬最大的愿望，就是取代太子妃小薄氏，日后成为皇后，儿子成为太子，自己母仪天下。所以栗姬不停地在太子宫中兴风作浪，挑拨刘启和小薄氏的关系。渐渐的，本来就对包办婚姻不满的刘启，对小薄氏也越来越冷淡了。发展到最后，就连一点表兄妹的情分都不再有，无论小薄氏怎样隐忍退让都于事无补。

小薄氏也真是命苦，十年太子妃、六年皇后，她都没能生养出儿女来。公元前155年3月，景帝刘启终于理直气壮地把栗姬所生的庶长子刘荣册立为皇太子。

刘荣成为皇太子，对于栗姬来说是一个天大的好消息。此时的栗姬已经认定，小薄氏的皇后之位坐不长了，该是自己成为天下第一贵妇人的时候到了。

栗姬不能容忍自己亲生的儿子管别的女人叫“母后”，她开始了一波又一波的攻势。而躲在一边帮着拆薄皇后台的，就有王娡。

如今的王娡，已是今时不同往日：她已经有了自己的亲生儿子——刘彻，他就是未来的汉武大帝。

景帝虽然儿子众多，但是刘彻毕竟是他称帝之后的第一个儿子，何况他的母亲又一向以“贤良淑德”闻名。于是，兴高采烈的景帝刘启立即对生子有功的王娡论功行赏，册封她为“美人”。在西汉初期的后宫编制里，这个封号仅次于皇后，相当于男子中的诸侯公卿。

王娡终于登上了关键的一级台阶，站在了与太子生母栗姬相等的地位上，她真切地感觉到那皇后的宝座正在向自己闪烁着金光。但是，王娡不想自己出面去搞倒正在位上的小薄氏，她只是冷眼旁观，等待摩拳擦掌多年的栗姬去动手。

而风光一时无两的栗姬，对身边这个满面温驯的王美人丝毫没有在意，她的所有注意力和精神，都专注在找小薄皇后岔子上头。终于，在老薄太后去世4年之后，即景帝六年秋九月，刘荣立为太子后两年， 徒有虚名的皇后小薄氏被寡情的皇帝丈夫刘启废掉了。

皇后宝座终于空下来了！栗姬当然心花怒放，她已经可以想见自己端坐在皇后位上，仪态万方地接受天下的礼拜恭敬了。可是栗姬不会想到，后宫中多了一位王美人，她不属于甘心认输的那一类妃妾，她将终结自己的皇后美梦。

窦太后早在做文帝姬妾的时候，生过一个女孩，这个名叫刘嫖的女儿后来被封为馆陶公主，下嫁堂邑侯陈午。

西汉王朝的后宫美女如云，但是这些美女都不是皇帝亲自去挑选的。俗话说各花入各眼，所以入宫的女子未见得个个都合皇帝的眼缘。而为景帝刘启担这干系的，正是对他的喜好了如指掌的馆陶公主刘嫖。刘嫖身为皇帝胞姐、窦太后爱女，在景帝的后宫中来去自由，非常乐意为后宫美女们牵线搭桥，甚至往往面授机宜，将皇帝在这方面喜欢什么调调儿，都指点给她们知道。不用说，景帝见了这些知情识趣的妙人儿，简直魂不附体。

刘嫖如此善解人意，景帝自然对她感激涕零，简直把老姐当成了天降的福星。而那些因为刘嫖举荐，得以出人头地、功成名就的美人以及她们的家族，更是视她如同重生父母、恩同再造。然而刘嫖的所作所为，到了栗姬这里，就变成了十恶不赦的大罪。栗姬恨透了和自己分丈夫的“狐狸精”，当然更痛恨帮狐狸精们的馆陶公主。

在小薄氏还没被挤下后位之前，栗姬还是非常难能可贵地忍让了刘嫖一阵子的，等到自己的亲生儿子刘荣被景帝立为太子，尤其是小薄皇后也被废之后，栗姬顿时觉得自己已经完全地趾高气扬了！现在，自己马上就要成为大汉王朝的皇后了，区区一个长公主又何足惧哉！

刘嫖是个聪明人，她很清楚栗姬对自己举荐美女的行为相当不满。不过，栗姬认为这都是为了讨好皇帝，皇帝既有三宫六院的特权，就算栗姬做了皇后恐怕也不得不如此体现风度——看来刘嫖真是高估了栗姬的政治头脑。

与此同时，刘嫖也希望能把自己的宝贝女儿陈娇许配给栗姬所生的刘荣太子。这样就可以让自己与皇帝兄弟亲上加亲，日后做了侄皇帝的丈母娘，甚至小皇帝的亲姥姥，就愈发地荣华富贵、子孙万代啦。

于是，就在栗姬打打点点、朝廷上下也认为她就要继任皇后的这段日子里，馆陶公主刘嫖选了一个黄道吉日，亲自出马，去向栗姬提亲了。

不用说，馆陶公主认为自己这桩倒提亲完全是十拿九稳的事：世上哪有不愿与皇帝亲姐姐、太后亲女儿结成紧密联盟的蠢人呢？

让馆陶公主万万没有想到的是，栗姬就偏偏是这样一个蠢人。

栗姬一听说馆陶公主的“美意”，立刻报以冷嘲热讽，对这个未来亲家嗤之以鼻：怎么，如今知道要来奉承我了吗？哼哼，真是风水轮流转啊。你也不想想，我儿子日后要当皇帝的。你把那么多美女介绍给皇上，你就该知道，我儿子日后也是有资格佳丽无数的，就凭你女儿那个模样，比得上哪一个呢？想靠那个毛丫头公侯万代？门儿都没有！

栗姬也许并不是不懂得政治联姻的重要性，只是她太高估了自己母子俩在皇帝心目中的地位，把儿子的“太子”名分看得太牢固了。或者，栗姬心里已经开始盘算把自己栗家的女孩儿嫁作太子妃的美好前景，怎么肯“便宜”害自己守空房的馆陶长公主呢？

总之，栗姬那出人意表的性格，就在这一刻为自己树下了一个死敌，决定了自己和刘荣最终的结局。

馆陶长公主在栗姬这里碰了一鼻子灰，自然很是不爽。尤其让刘嫖胆寒的是，原来栗姬对自己的恨意竟有如此之深。现在她都敢于当面给自己下不来台，假如日后她的儿子成为皇帝、她成为太后，自己这个过气姑妈，岂不是死到临头了？

刘嫖在后宫中转来转去，越想越是大汗淋漓，最后来到了王娡所居的猗兰殿里。

王娡一向在后宫中与人为善，广结善缘，对皇帝的姐姐长公主更是倾心接纳，因此满腹怨气的馆陶公主立即毫不忌讳地将怨恨和牢骚都一五一十地对着王娡发泄了出来。

王娡听着馆陶公主的牢骚，一面善解人意地连声附和，一边叹道："栗夫人真是辜负了公主您的美意呀，阿娇多可爱的人儿，我要有这样好的儿媳妇，真是做梦都要笑醒。不过也难怪，她如今已是太子之母，又快当皇后了，有些个想头，确实是我这样的小姬妾猜想不出的。长公主啊长公主，你也不要太生气了，这些话对我说说不要紧，出了我这儿，可千万不要再说了，那可保不齐要惹麻烦呢！"

这番贴心贴意的"劝说"终于促使馆陶公主下了狠心：为了自己的身家性命，绝不能让栗姬当上皇后，更不能让她的儿子成为皇帝！

那么，一旦弄走了刘荣，谁来继任太子呢？馆陶公主眼睛一亮：当然得是我自己的女婿来继任太子！而这位未来女婿，远在天边、近在眼前，就是面前这位"知己"的王夫人之子喽！

此时的王娡身边共有五位未婚的小亲王，四位是她早死的妹妹的儿子，最小的才是她的亲生儿子。按照年龄来算，王息姁的长子广川王刘越才该是陈娇最般配的丈夫。但是如果这样联姻，王娡与长公主共同进退的动力自然不会太高。如果将陈娇嫁给小表弟胶东王刘彻的话，不光是王夫人要与自己里应外合搞定栗姬，小女婿自然也要比大女婿要好摆弄得多。

一番算计之后，馆陶公主一天之内第二次主动为自己的女儿倒提亲，表示自己愿意把女儿嫁与王娡做儿媳妇。王娡多聪明的人啊，说话听音，立刻就明白了馆陶公主的算盘珠子是怎么拨拉的。而馆陶公主的算盘，也正是她自己暗暗憋了多少年的指望，当然不会放过这个好机会。王娡立刻受宠若惊状地应承了下来，为6岁的儿子刘彻订下了这桩婚事。

王娡一面欢欢喜喜地代儿子向未来丈母娘道谢，一面又煽风点火，故意长叹起来："唉，只可惜我这个小子不过是个亲王，真是委屈阿娇姑娘了。长公主你虽然不嫌弃，我们母子却惭愧得紧哪！"

这番话恰到好处地戳中了馆陶公主的心思，横竖如今王娡母子也是自己人了，馆陶公主干脆打开天窗说亮话，把自己的主意明说了：我的女婿，怎么着也要当上未来皇帝，非要夺嫡成功不可！

王娡心中狂喜不已，不过她好歹也是多年的"贤淑人儿"，还没忘了谦虚一把："俗话说，立嗣非嫡即长。栗夫人眼看就要做皇后了，到时刘荣不但是长子，更是嫡子。我们母子是生来薄命的人，还有什么话可说。公主你可千万噤声，此事还是罢了，万一弄不成，日后我们母子，岂不是要做戚夫人、刘如意第二了吗？"

王娡这一番悲悲切切的表演，更是激起了馆陶公主刚刚被栗姬羞辱的愤恨。刘嫖立即跑去向弟弟说："御弟，听说你要册封栗姬做我朝皇后？这可万万使不得！"

刘启宠爱栗姬，立她为后的愿早已不知在枕边许了多少回，一时间瞠目结舌："这是为何呢？"

馆陶公主道："栗姬是个两面三刀的女人，满怀恶毒，而且奇妒，她对皇帝你如今宠幸的美人们都恨之入骨，不但没有友爱之心，而且还不停口地诅咒。你想，她现在不过是个姬妾，就敢仗着太子这样嚣张跋扈，一旦正位中宫，日后成太后，我看将来'人彘'的惨象只怕又要重现在刘家，皇上你如今心爱的儿女们恐怕都难逃一劫！如果你真是一个圣明天子的话，就不要再被这个狐媚子蒙骗下去了！"

刘启被姐姐这番话说得全身冷汗直流。刘启不敢相信与自己恩爱备至的女人如此心如蛇蝎，但是他与栗姬多年夫妻，对她的性情倒也有些了解，晓得她是个脾气不好的主儿，只怕姐姐所说并非空穴来风。

这一天，景帝特意来到栗姬的宫中，试探地向她开了口："朕已立刘荣为太子，爱姬不日也要成为皇后。如今我身体日见不济，万一有个什么好歹，大汉朝和朕这整个大家，就都要托付给你了。后宫中的嫔妃们都还年轻，朕的诸王（就是已封王的皇子们）又都年幼，朝廷后宫诸事纷扰，处处有危险，到那时候你可千万要帮我好生维护他们才是啊。”

这一席话，虽说是试探之语，却也是皇帝掏心的话，说起来不是不伤感的。栗姬如果够聪明，就应该赶紧应承下来，最好再安慰安慰丈夫，说他必定吉人天相福寿绵绵什么的。可是老天真没给栗姬一点脑子，再好的话到她的耳朵里一过，都变了味道：怎么，这该死的花心萝卜，到死都还没忘了他的那帮小妖精和那些个小杂种吗？

于是，栗姬立刻变了脸色，怒气冲冲起来。不但不肯答应照顾诸姬和儿女，更连句好话都不肯说给皇帝听，当面就顶撞起来。

景帝一看栗姬这副嘴脸，简直气不打一处来，觉得自己这么多年来真是认错了人，白宠她一场了，立即起身，拂袖而去。

栗姬一看丈夫居然一反常态地不来低声下气，更是怒火中烧，冲着景帝的背影就大哭大闹起来，并且迫不及待地甩出了一串粗言秽语。辱骂后宫姬妾倒还是等闲，更重要的是栗姬捎带着骂景帝是条“老狗”，所以才跟后宫中那些没廉耻的女人厮混，真乃“狗男女”也！

正当栗姬大发雌威的时候，她却忘了，景帝虽然自觉身体不佳来交代后事，但是他毕竟还不到40岁，还没有老到耳背的时候，完全可以一个字不落地把她说的那些狠话儿记得清清楚楚。于是祸从口出，事情就此定局。

不过，栗姬虽然因为此事大大得罪了皇帝，刘启一时倒也还隐忍未发。原因当然是因为栗姬的儿子乃是太子。刘荣作为景帝的长子，从小都是父亲的心头肉——别说皇帝，就是普通人家，第一个儿子的降生都该能带来多大的欢欣狂喜。

刘启居然没有立刻做出废太子与栗姬的动作，可让王娡郁闷坏了。思来想去，王娡决定来一招火上浇油。王娡相信，以自己对刘启的了解，一定能促使他抛下父子亲情，做出符合自己愿望的决定来。

王娡有个长处，就是一向与人为善，在朝廷内外素有仁德贤淑的美名。由于，王娡平日里就处处留心，与内外大臣也颇有交情。现在，到了她一显身手的时候了。

这一天，王娡巧妙地安排自己的亲信去见大行官（礼仪部部长），向他转达王夫人的心意：“如今太子立了好几个月，可是太子的母亲却还只是姬妾，这怎么妥当呢。皇上心里自然也是愿意册立太子母为皇后的，只是苦于无人提及。王夫人一向和您关系好，所以希望您千万不要在这个时候大意了，不但影响皇上对您的印象，也影响国家和皇族的和气呀。”

大行官对王夫人的人品一向很是敬重，如今听了这番义正词严忧国忧民的话，简直是高山仰止。于是自然言听计从，于公元前150年向景帝上了一道奏章：“……子以母贵，母以子贵。今太子母无号，宜立为皇后。……”

令大行官万万没有想到的是，景帝一看这道奏章，顿时怒火中烧，咆哮道：“这是朕的家务事，轮得着你来管吗？”不由分说把大行官打入了天牢。

刘启砍了大行官之后，余怒未息，再一想：不对呀，这礼仪部长一向不敢乱说乱动，怎的多起事来了？肯定是被人挑唆的！那么，这道奏章对谁有益？当然是栗姬！不用说肯定是这个婆娘私交大臣，为自己谋取利益！好啊，她可真是无法无天了，要仗着儿子把手从后宫伸到朕的朝堂上来呀！偏偏她的儿子刘荣又是个无知少年，日后岂不是要葬送我老刘家的天下吗？

这倒不是刘启智力有问题，而是这种推理正合逻辑。任谁又会想到，一个表面看来不可能得到任何好处的“贤淑”宫妃，会为人作嫁、催促官员为别的女人奏请为皇后呢？

为了断绝栗姬干涉政事、大汉朝重现吕雉第二的可能，刘启狠下心来，立即下了一道圣旨：废太子刘荣为临江王。栗姬又惊又怒又悔，她万万没有想到，这个多少年来对自己母子恩爱万般的男人，变起心来竟会这么心狠手辣。栗姬恚恨之下卧床不起。这时，栗姬已今非昔比，病床前连个看守煎药的人都找不着了，儿子也被黜出宫不得见面，皇帝老公更是连个影子都瞧不见。偏偏还有人来给栗姬报信，说皇帝今天去了谁宫里，明天又陪谁去游苑。栗姬很快就支持不住，病入膏肓了。

正当栗姬在病榻上辗转呻吟，痴想丈夫回心转意的时候，王娡和馆陶长公主却在兴高采烈地击掌相庆。与此同时，馆陶长公主还在景帝面前对王娡的儿子刘彻没口子地赞扬：这孩子真是聪明伶俐与众不同，而且小小年纪就好学不倦，真不愧是皇上您的儿子！

一来二去，景帝也对刘彻打心眼里喜欢起来。这一喜欢了，就没有看不顺眼的地方，真是摔个跤都摔得特别有型有款。再一想到当初王娡怀这儿子的时候曾经做过天日入怀的异梦，景帝就更是对这个6岁的儿子刮目相看起来。

很快，在景帝刘启自己的坚持以及馆陶公主和王夫人的私下活动下，景帝第九子、时年7岁的刘彻被确定为继任太子的人选。由于刘彻在景帝十三子中排行靠后，年纪又幼小，没有什么顺利接任太子的理由，因此让他的母亲王夫人王娡提前继任皇后就成了必然：只有这样，刘彻才能以“嫡子”的身份理所应当地当上皇太子。

王娡将要成为大汉皇后！这个消息对于躺在病床上孤凄呻吟的栗姬来说，不啻是晴天霹雳。在拼尽全力发出一连串的诅咒和怒骂之后，栗姬吐血而亡。

性格决定命运，栗姬那暴躁鲁莽的性格，在片刻间就葬送了自己和儿子的锦绣前程甚至性命，而王娡的隐忍却成就了自己母子终生的顶级富贵。

景帝七年四月，王娡终于美梦成真，受封为大汉皇后。空缺大半年的皇后宝座有了新主人。12天后，刘彻成为景帝的第二任太子，并在9年后成为父亲的继任人：汉武帝。

第三节　夙愿未成难瞑目——帮爱子和孙儿争夺皇位的辽太祖皇后述律平

在契丹建国的过程中，辽太祖之妻述律平起到了举足轻重的作用，而在决定皇位继承人方面，她的作用更是决定性的，辽国最初几任皇帝的登基也都和她关系甚巨。

述律平在皇位更迭中第一次发挥作用，是帮助自己喜欢的二儿子耶律德光（契丹名尧骨，当时被封天下兵马大元帅）取代皇太子耶律图欲（契丹名倍）成为辽国皇帝。

身为皇太子的图欲才华横溢，十分聪明，对汉学十分精熟——阴阳、音律、医药、针灸、文章、书画无所不通，他的丹青绘画甚至成了宫廷珍藏。

但是，述律平却并不喜欢这个长子。而主要原因，正是图欲对儒家学术、对汉地制度的推崇。述律平认为儒家文化过于温和内敛，并不适合契丹民族，很可能会把勇悍且藐视规矩的契丹人改造成唯唯诺诺的胆小之辈。

与图欲不同，次子德光虽然文采有限，但是武略出众，这一点很合述律平的胃口。而且，耶律德光的婚姻也让他得到了母亲更多的关注，因为他迎娶的恰恰是述律平的同胞姐妹质古与舅舅萧室鲁的女儿萧温。

尽管前两个儿子一文一武，各有所长，但是令人意外的是，述律平最喜欢的却是什么都不会的小儿子李胡。

李胡既没有继承父母一丝一毫的文韬武略，也没有为契丹国建立过任何功勋。李胡为人十分暴虐，有一身蛮劲，心狠手辣。平常生活中，李胡有时候无缘无故就会发脾气，拿下人来出气，有时候还会在下人脸上刺字来发泄。如果有什么让李胡生气的事情发生时，他经常把惹他的人活活剥皮抽筋或者活活抛入水火之中淹死烧死。契丹人上至高官贵族，下至平民奴隶，没有不怕李胡的。在别人看来一无是处，但是在述律平眼中，李胡却成了最能干的儿子。

但是在这方面，阿保机和妻子的看法完全相反。

阿保机曾经看过儿子们同睡时的姿势，他发现李胡睡觉时总是缩着头躲在两个哥哥后面。阿保机非常不满地说："李胡是几个儿子中最差劲的。"

后来，有一次，阿保机又让三个儿子一起在冰天雪地中外出拾柴火。次子德光不论干湿，首先弄了一大抱回来。长子图欲则只挑选了干燥的柴火捆扎好才返回。而李胡既怕冷又怕辛苦，所以就胡乱捡了一些，一路上嫌累还丢掉了大半，才最后返回。阿保机再次对幼子大失所望，对述律平说："大儿巧，二儿诚，小儿子则连谈都不必谈了。"

尽管阿保机很不喜欢李胡，但是依然无法改变述律平的看法，她最溺爱的依然是这个一无是处的小儿子。

在阿保机率部西征的岁月里，次子德光战功卓然，逐渐掌握了契丹国的军事实权。而太子图欲非但没有立下丝毫功劳，反而和怎么看他都不顺眼的母亲一起整天待在皇宫里，被述律平尽情地横挑鼻子竖挑眼，结果可想而知。

天赞四年夏四月，阿保机和德光西征凯旋，短暂休养后于十二月开始东征渤海国，述律平带着太子图欲一齐随行。

渤海国很快就被契丹军队手到擒来，而令人惊讶的事情也就在这时候发生了。

阿保机将渤海国改称为"东丹国"，把东丹国的国都改名为天福，将随军的皇太子图欲册封为东丹国主"人皇王"，并赐给图欲天子冠服，同时在东丹国施行汉法，建立百官制度。虽说图欲一向主张将全面以汉法治理契丹，但是他此时毕竟还是辽国的皇太子，阿保机将他单独留在遥远的东丹，是很不合适的。这就不能不让人怀疑皇后述律平在其中起了不好的作用——这个东丹"人皇王"，只不过是她劝说阿保机更换太子的第一步而已。

聪明过人的图欲显然也猜测出了这一安排背后的阴谋，但是这毕竟是阿保机做出的决定，图欲即便很不情愿，但也只能无奈赴任，传说他是哭着去做这个"人皇王"的。

将图欲成功留在渤海国，述律平的换储计划初见成效。但是计划赶不上变化，述律平刚刚把看不顺眼的大儿子留在渤海国不到三个月，阿保机就在天赞五年（公元926年）七月甲戌日死在了返回皇都的路上，地点在扶余城（即黄龙府，今吉林农安）。而这个时候，契丹皇太子的名分还属于东丹"人皇王"耶律图欲。

阿保机死后第二年的十一月，这位大辽国的开国皇帝正式入葬。之后不久，皇太子图欲率领群臣向述律平请命："皇子大元帅（德光）勋望，中外攸属，宜承大统。"主动要求将契丹皇位让给母亲喜爱的弟弟。

事情比预想的更加顺利，这让一直处心积虑更换储君的述律平有些意外。兴奋过度的述律平，想出了一个稀奇古怪的方法，来为自己钟爱的次子德光继位做正名。

有一天，述律平让名义上的太子图欲和德光骑马并立，然后对贵族和官员们说："他们都是我的儿子，我对他们都一样重视。现在请大家为我们大辽国选一个皇帝出来，请大家牵起你们心目中最合适的新君主的马缰。"

作为辽国历史上的第一个皇后，述律平的手段严酷是出了名的。文武百官都知道述律平这句话背后的真实意图，所以纷纷争抢着去拉德光的马缰，唯恐迟一步就会血溅当场。而太子图欲只能孤零零地待在一边。

眼见达成目的，述律平假装"顺从"民意，正式决定由耶律德光继任皇帝。

天显二年十一月壬申，25岁的耶律德光在传统的燔柴礼之后，于宣政殿正式即契丹帝位，即辽太宗，述律平被尊为"应天皇太后"。

虽然图欲很有自知之明，把本属于自己的江山让给了自己的弟弟。但是，述律平并没有因此就放过图欲。毕竟图欲还是渤海国的国君，割据一方，随时有可能对德光的皇位带来威胁。在述律平和德光的不断威胁下，图欲于天显六年（公元930年）南逃后唐。

述律平参与的第一次皇位更迭就这样顺利地按照自己的意愿完成，原本述律平可以在太后的荣耀中颐养天年。但是没成想，人有旦夕祸福。辽太宗在征伐后晋途中病逝，这让述律平始料未及。

会同四年（公元944年），后晋出帝石重贵即位，拒不称臣。耶律德光于是率军南下。会同七年（公元947年）一月初十，攻克后晋首都东京，灭后晋。

在攻打后晋的过程中，辽军沿用旧习，粮草靠沿路"打谷草"（打谷草，是辽军游骑向周边国家或部族剽掠的代名词。因其将剽掠而来的金帛财物用于补充军需，便将此等寇边剽掠美其名为"打谷草"）而来，进入大梁城后辽军依然沿用旧习，大规模地洗劫百姓，以至于大梁周围数百里几无人烟。

这时，有些投降的后晋官员就前来劝谏辽太宗。但是，耶律德光却仍然认为自己纵兵"打草谷"没有任何错处，得意地对前来劝阻的后晋旧官说："我对中原的事情了解得一清二楚，倒是我契丹的事情你们中原人一点都弄不明白！”

改朝换代对于官民百姓本来就是感情上极大的冲击，又加上契丹贵族官吏这样的胡作非为，更是激起各地百姓的愤怒，很快就各处就爆发了起义。

这时，辽太宗开始有些坐立不安了。会同七年四月，他以“归国省母”为由，仓皇北返。在北返途中，心有不甘的辽军杀戮越发暴虐频繁，同时也遭到了人民更加顽强激烈的反抗。而就在北返路上，辽太宗耶律德光身染急病，高烧不退，严重到周身堆满冰块并吞冰入腹也无法降温的程度。辽太宗终于在栾城（河北栾城县）死去，终年46岁。

和历朝历代皇帝突然死亡后所带来的混乱一样，辽太宗死后，辽国无可避免地陷入皇位之争的混乱中。

正当盛年的耶律德光死了，辽国高官贵族们都心怀恐惧。他们既害怕远在都城的皇太后述律平向他们发泄丧子之痛，也更害怕她把一直特别溺爱的幼子、杀人狂耶律李胡推上辽国皇帝之位。这样的恐惧尤以随耶律德光南征的显贵们为重，因为他们之中的很多人就是述律平曾经残杀的勋戚之后。不甘坐以待毙的他们决定另奉新主，求个生路。

奉谁为新辽帝呢？所有的人都不约而同地选中了一个人：前太子图欲之子永康王耶律阮。

耶律阮是图欲与契丹妻子所生，因此当图欲投奔后唐时，耶律阮母子没有跟从。

图欲命运实在不济，投奔后唐才6年，后唐就灭亡了，他被准备自尽的后唐末帝李从珂拉去垫了背，才38岁就被杀身亡。只因为母亲的偏心，这位本该是契丹国主的男人落得这样的下场，契丹国人都十分愤愤不平，拥戴他的儿子也就成了理所当然之事。何况耶律阮也因父亲的遭遇而与祖母心存芥蒂，当然就更是众人的最佳选择。

耶律德光病死的第二天，耶律阮便在众人的拥戴下，在镇阳（河北正定）地方于叔父灵柩前正式即位，随即又册立从后晋宫中得到的汉族宫女甄氏为皇后（她是辽朝唯一打破了萧氏为后族传统的女人，也是唯一的汉族皇后，比耶律阮大整整十岁，生子只没，被封为宁王）。

耶律阮即皇帝位的消息很快就传到述律平耳中，一心想要宝贝儿子李胡当皇帝的她勃然大怒，立即派“天下兵马大元帅”李胡率兵“讨逆”。

然而，述律平却忘了自己这个宝贝儿子——李胡并非她想象中的那样勇武。从小残暴却一无是处的李胡不仅缺乏能力，同时还非常不得人心，很快就被打得大败而归。

述律平异常愤怒，亲自带领兵马和李胡一起来到上京城外的潢河（今西拉木伦河）岸边，准备和孙子耶律阮决战。

然而，这一次述律平再也没有了以往的好运气，不但耶律阮营中的将领没有一个肯临阵倒戈，就连上京城里的官员们也并非都和她一样同仇敌忾，述律平所掌握的军队也只有她的直属军队还肯听从她的调遣。心有不甘的述律平质问与自己对峙的耶律阮部属萧翰为什么背叛自己？萧翰理直气壮地反驳："当初你为了立威易储，无辜杀掉我的母亲，我怨恨你已经很久了！"而当时与萧翰持相似理由的文武官员数目更不在少数。

述律平没料到自己纵横一世，临到老来居然会落得如此被臣下和孙辈秋后算账的地步。极度沮丧的述律平丧心病狂，将跟随耶律阮的贵族及将士的家眷全部抓了起来，想要决一死战。

在这个紧要关头，出身贵族的耶律屋质挺身而出，劝述律平与耶律阮讲和。耶律屋质是契丹贵族中的重要人物，辽国两度王位更替他都立下了汗马功劳，挽回了国家气运，后来被封为"北院大王"，称"于越"（有辽一朝，仅有三个人被封为"于越"）。

耶律屋质对述律平说："李胡和耶律阮都是太祖与太后您的子孙，国家并没有落入外人之手，您何必如此固执？我愿意代表太后前往议和。"

耶律屋质来到耶律阮营中，又对满心想要报复的耶律阮劝说道："一旦兴兵，即使大王您打赢了，却也难免骨肉相残。被太后和李胡扣押的人质岂不是先要送命！何况如今胜负还未定？所以，还是请您和太后讲和吧。"

耶律阮左右这才知道家眷尽数成了述律平的人质，不禁大惊失色，纷纷附议。于是，耶律阮和述律平终于在几天后见面了。

一见面，祖孙俩就大吵起来，彼此都没有一句好话。眼看情形僵持不下，述律平对耶律屋质说："你来为我主持公道。"屋质说："太后与大王彼此释怨，臣才敢开口。"

述律平应允道："你尽管说。"

于是耶律屋质向述律平发问道："当初人皇王图欲封为太子，为什么太后却要改立太宗呢？"

虽然已经处在下风，但是生来执拗的述律平依然态度强硬，回答道："改立皇储，太祖是曾经说过的。"

耶律屋质转而又向耶律阮发问："大王你为何擅自即位，不先征得尊长的同意？"

耶律阮怒气冲冲地说："我父亲当初本应立为国主，却因为这个尊长而不得立，所以我如今不愿禀报。"

屋质听了祖孙双方的言辞之后，正色道："人皇王舍父母之邦投奔他国，世上有这样做儿子的？大王对此却没有一些愧意反倒满怀怨气！至于太后，你为了自己的私心偏爱，就篡改先帝遗命，妄授神器，还至今不肯承认。你们这样还想讲和？赶紧开战是正经！"屋质说完拂袖而起。

这恐怕是述律平第一次听见别人明明白白地指责自己的重大过失，眼看着四面楚歌，她虽然凶残，却也不禁又急又羞，流着眼泪说："当初太祖遭诸弟之乱，天下荼毒，疮痍未复，我怎敢因为自家争夺帝位而使国家再遭兵乱！"

眼看祖母态度软了下来，耶律阮也表态道："我父亲以太子身份而失去国主地位，尚且不曾兴兵征战，如今我怎么能做他不肯做的事情！"

迫在眉睫的一场内战总算是在剑拔弩张的关头平息了。

不过，虽然放弃了兵戎相见，述律平仍然不甘心将帝位传给长孙。回到自己的营帐后，述律平又对耶律屋质说："如今讲和已毕，我们再来考虑一下帝位究竟应该传给谁。"

耶律屋质此时的态度非常明确："只有把帝位传给永康王才能顺天意得人心，太后你何必如此固执？"

述律平身边的李胡一听立即变了脸色，恼羞成怒地厉声喝道："有我在，他休想称帝！"

耶律屋质平静地回答："按照礼法，传嫡不传弟。当年太宗取代图欲称帝，尽管他文武兼备，人们仍然纷纷非议，惹出若大事端。何况你暴戾残忍不得人心，强求帝位的话，人们何止是怨言呢！如今众望所归都愿意拥立永康王，已是定局不可扭转了。"

述律平权衡利弊，不得不面对现实，她对李胡叹息道："虽说我爱你甚于其他孩子，可是常言道'偏怜之子不保业，难得之妇不主家'，如今不是我不想立你，实在是你自己缺乏才能民望，太不争气。"

随后，述律平又和耶律阮达成了正式的会议约定"横渡之约"，承认耶律阮为辽国皇帝，罢兵同返上京。

31岁的耶律阮终于成为名正言顺的辽国皇帝，是为辽世宗，他追封一生不得意的父亲为"让国皇帝"。

虽然当初议和之时耶律阮言之凿凿地表示要守人臣孝道，但是成为辽帝之后，他自然不会再把这些话当一回事。在这方面，述律平和这个孙子倒是心有灵犀：她也不甘心让耶律阮把皇帝一直当下去，同时也没有放弃让心爱的儿子当皇帝的想头，想要利用自己所余的影响力策动一起政变。

然而述律平和李胡的政变尚未来得及发动，就被人告发了。耶律阮先下手为强，将祖母述律平和叔父李胡同时捉住，强行迁居到祖州圜土（即阿保机的祖陵所在地，今内蒙古巴林左旗石房子村）"定居"，把他们幽禁起来了。

不过，述律平算是老而弥坚，她虽然被幽禁，却一直活得挺精神。

天禄五年（公元951年），辽世宗耶律阮死于近侍的谋逆叛乱。述律平总算看到了自己无比痛恨的孙子死在自己前头。

继承帝位的是辽太宗耶律德光之子耶律璟。耶律璟对述律平和李胡的态度自然要比耶律阮要好得多，李胡也被释放了。但是述律平没有返回上京，还是居住在祖州城。

两年后，辽应历三年（公元953年）六月丁卯，"应天皇太后"述律平终于走完了她75年的人生。一生要强的述律平终于没能看到自己最喜爱的小儿子登上帝位的那一天。同年十一月，述律平与已经逝世27年的丈夫阿保机合葬祖陵，谥"贞烈"，后来又改谥"淳钦"。

应历十年（公元960年）冬十月，李胡的长子宋王喜隐谋反事败，50岁的李胡被牵连入狱，不久死在狱中。辽圣宗耶律隆绪统和年间（公元983—1012年），李胡被追尊为"钦顺皇帝"。生前没能得逞的述律平在九泉之下，不知道是否会为这样的结果而感到欣慰。最终，这段离奇曲折的权力争斗只不过成为一段历史，也成为中国历史上的一段人间悲喜剧。

第四节　机关算尽太聪明——害人终害己的武惠妃

武惠妃是武则天的侄孙女，不但与李隆基是中表之亲，且天生美貌，又自幼入宫，对后宫争逐谙熟于心。玄宗的结发妻子是出身士族的王氏。王氏是甘泉府果毅都尉王仁皎的女儿，早在李隆基十几岁的时候就嫁给了他。王氏的家庭并不高贵，与武妃不可同日而语。但是王氏在李隆基与太平公主生死博弈之时起了相当大的作用，她的孪生兄弟王守一就直接参与了铲除武氏势力的事变。

唐玄宗李隆基

然而在如愿以偿地当上皇后以后，王氏却面临着后宫众多美女的挑战，武妃是最突出的一个。除此之外，王氏虽然收养了杨贵嫔的儿子李亨，她自己却始终没有生育儿女。更奇怪的是李隆基册立太子的顺序：刘华妃生庶长子李琮，赵丽妃生次子李瑛，王皇后收养的李亨是第三子——奇怪的是玄宗立太子的时候，既不立长子又不立皇后养子，偏偏立了个次子。再往后，武妃所生的皇九子居然起了个“嗣一”的名字。虽然这个孩子夭折了，但这样明显偏心的表现也不能不成为王皇后的深忧。王皇后不仅是希望挽留丈夫，更希望长保自己和家族的富贵荣华。

随着地位越来越高，武妃也渐渐不把王皇后放在眼里，后宫中势利眼的宫人宦官们也常常表现出藐视王皇后的态度。王皇后气愤不已，难免向玄宗发牢骚，指责武妃和她身边的下人。然而这时的玄宗已经不是当年的临淄郡王了，王氏的失意不但没有得到丈夫的同情，反而惹得玄宗越来越厌倦她，甚至动了“废后”的念头。王氏也猜到了丈夫的心思，于是想生儿子的愿望也就越发迫切。王皇后一厢情愿地认为：丈夫先后对赵丽妃武惠妃偏心，就是因为她们所生的儿子聪明俊俏，她希望自己也能生个讨丈夫喜欢的儿子以巩固皇后之位。

可是，不论王皇后怎样想方设法地将李隆基留在自己的寝宫，她都始终没法怀上身孕。眼看着武惠妃一个接一个地生孩子，王皇后实在是又急又怒。渐渐地，王皇后不但恨透了武惠妃，连李隆基也成了她痛恨的对象。

王皇后的哥哥王守一这时已是玄宗的妹夫、薛国公主的驸马了，他当然也对妹妹的处境十分担忧。

常言道“病急乱投医”，王守一四处打听之后，找到了一个叫明悟的左道僧人。这个明悟在一通做法之后，鼓捣出了一块“霹雳木”，上面刻着天地字样以及李隆基的名字，交给王守一说：“佩此有子，当与则天皇后为比。”

王皇后听了这话，万分高兴。王皇后当初能够直接参与丈夫杀韦后、太平公主的密谋，不用说也是对权力有欲望的。如今变心的丈夫对自己已经无复往昔恩爱，王皇后当然更渴望权力，希望将丈夫控制在自己手心里。

然而，事情并不像王皇后所想的那么完美，这件事很快就走漏了风声。

大吃一惊的李隆基立即亲自过问此事，很快真相大白。面对人证物证，李隆基怒不可遏，于开元十二年（公元724年）秋七月颁布诏书：“皇后王氏，天命不祐，华而不实。造起狱讼，朋扇朝廷，见无将之心，有可讳之恶。焉得敬承宗庙，母仪天下？可废为庶人，别院安置。刑于家室，有愧昔王，为国大计，盖非获已。”

王皇后被废为庶人，太子少保王守一先是被贬为泽州别驾，随后又被赐死。三个月后，王庶人死在冷宫之中，死因成谜。

王皇后死了，李隆基一心想要册立心爱的武氏为皇后。因此，李隆基立即将武氏册立为“惠妃”。这个名分是玄宗的创造，位居后宫诸妃之上，与当年高宗独创的“武宸妃”有异曲同工之妙。随后，玄宗又封武惠妃的生母杨氏为郑国夫人，弟弟武忠、武信也分别越级提拔。

这一系列的动作看在朝臣眼里，自然明白这是要为武氏晋后做准备了。想到大唐王朝又要出现一位“武皇后”，众人无不哗然。

于是，以宰相张九龄为首的群臣同心协力阻挡武惠妃的封后之路。众怒难犯，李隆基不得不打消立武惠妃为皇后的念头。不过，李隆基还是心有不甘，下令在皇宫之内，武惠妃享有与皇后同等的服秩品级待遇，而且从此再也不提立后之事。朝臣们也都识相，皇帝退了一步，他们也退一步。这样一来，武惠妃成了不是皇后的皇后。

朝臣们倒也没有说错，武惠妃的最终目的并不仅止于皇后，她是想要易储的。

武惠妃的心思很快就被人猜了出来，这个人就是李林甫。

李林甫是唐高祖李渊六弟李祎的第四代孙，算起来比玄宗还高一辈，此时任职吏部侍郎。李林甫想方设法地托人带消息给深宫中的武惠妃："愿为寿王（武惠妃的儿子）立储效力"。

开元二十二年（公元734年）五月，经过反复的努力，李林甫终于在武惠妃的帮助下登上了礼部尚书之位，与反对武惠妃的侍中裴耀卿、中书令张九龄并列为大唐宰相。

李林甫知恩图报，何况一荣俱荣，他既然走了武惠妃的门路，就得走到底。李林甫开始不遗余力地挑拨玄宗与裴耀卿、张九龄的关系，为武惠妃易储扫清障碍。而武惠妃的女儿咸宜公主的婚姻，又为武惠妃找到了一个易储路上的得力助手——驸马杨洄。

杨洄工于心计，利用"姑舅之亲"的身份，主动接近太子和诸王，一面有意打听他们的小过错，一面又对外将这些小事大加宣扬，更将这些事情转告丈母娘和妻子咸宜公主，由她们去向玄宗吹风，离间父子之情。渐渐地，玄宗耳边满是关于太子行为不端的流言，对太子李瑛本就不多的父子之情越来越淡薄。

中国的封建王朝有一个最大的怪圈，就是"立储"这件事。

帝王们是被呼为"万岁"的，但是实际上，他们绝对活不了10000岁，能活过60就已经算是中国帝王群中的高寿人物了。而且，皇帝这个工作不但危险性高，而且美色享乐也往往令他们乐极生悲。所以，为了防备万一，帝王们的首要任务之一就是生儿子并且及早确定继承人。册立之后，朝野上下便松了一大口气，觉得王朝后继有人了。

然而当朝野为未来皇帝的确定而放松心情并津津乐道的时候，却正是现任皇帝对儿子开始满腹猜疑的时候。这种情形是绝对不能用寻常人家的父子亲情来理解的，因为他们这时已经不是父子而是竞争对手了。

其实说白了也很简单——公司里的头儿能对群众呼声很高并已经铁定要继承

他地位的副职有好想法吗？他能不怕这副职把自己架空或使自己被迫提前离职吗？

在这方面，越是对自己的事业有野心、有抱负的头儿，就越是对自己最有可能的继承人（有时候这可能的继承人还不止一个）倍加警惕——就算这继承人再老实巴交，头儿心里也爽不了：一看见那个年轻人，就想到自己总有伸腿翘辫子的那一天，不由得满肚皮的气。因此，中国的皇储们绝对不可能过得舒服。而且“人无千日好”，做储君的时间越长，储君们有意无意的过失也就越多。此时若再有点外因诱导一下，那脓包挤破就是肯定的事情。中国历史上因此而落得凄惨下场的储君多如过江之鲫。

而现在，就要轮到李瑛了。

李瑛的母亲赵丽妃是玄宗青年时的宠妃，美艳之极，玄宗曾经对她爱得神魂颠倒，甚至连她卑贱的歌舞伎出身都视若无睹。与赵丽妃同期得宠的还有老五鄂王李瑶的生母皇甫德仪、老八光王李琚的生母刘才人。三个女人虽然共侍一夫，但是相处得似乎还不错，因此这三位皇子的兄弟情谊最为深厚。在玄宗的30个儿子中，这三个儿子的相貌是最出众的，被世人赞以“朗秀”之词。除了貌美，三兄弟也颇有才华，李隆基曾经也对他们十分喜爱。只是随着武惠妃的出现，事情便开始发生变化了。

张九龄

武惠妃的专宠，使从前的宠妃们纷纷成了独守空房的苦人儿。母亲被父亲所遗弃，这样的事情对任何有少许孝心的儿子来说，都是难免有些不满的。然而不幸的是，李瑛、李瑶和李琚在私宅中背着人发的这些牢骚，居然也被杨洄给打听到了。杨洄立即加油添醋地向丈母娘汇报了一通。武惠妃听了之后当然更不会放过，转头就对着玄宗哭了个梨花带雨：天啊，太子因为恨您偏心向着我，所以竟然结党想要害了我们母子，甚至还对您也有怨言。这可怎么办啊……玄宗对儿子的情义本就在武惠妃阴柔武功的长期作用下磨灭了十之八九，听了这话更是血冲顶门，震怒之下立即付诸实施，找来宰相商议废黜太子的事宜。

这时候的首辅宰相还是张九龄。鉴于他坚决反对，玄宗又确实找不到儿子们的罪证，只得暂且忍了这口气。同年，张九龄又在几桩人事任免案上反对玄宗的意见，玄宗觉得这个宰相于公于私竟都敢跟自己唱对台戏，简直不可忍受，终于在开元二十四年（公元736年）的十一月发下诏书：侍中裴耀卿为尚书左丞相，中书令张九龄为尚书右丞相，罢知政事。而一向逢迎武惠妃的李林甫则取代了张九龄的地位和权力。

最大的绊脚石就这样被搬掉了，等待已久的武惠妃开始为废太子做最后的努力。

开元二十五年的春天，咸宜公主驸马杨洄四处散布太子、鄂王、光王联同太子妃兄驸马薛鏽合谋叛乱——薛鏽被莫名其妙扯进来的最大理由，恐怕就是因为他的驸马身份。对杨洄来说，这不但能让谋逆之事显得更有分量更实在，还能把与太子有关的人又弄掉一个，真是一石二鸟。一时间流言四起，玄宗也有所耳闻。

经过这番铺垫之后，武惠妃一手导演的重头戏终于开场了。

武惠妃向太子及二王假传旨意，说是内宫有盗匪，皇帝让太子立即披甲领兵护驾。

玄宗的皇子们是不开府分居的，他们的住处与皇宫相连，假若真有什么事，召儿子护驾也是情理之中。事情紧急，少不更事的太子和二王对这道旨意没有任何疑心，立即照办，就这样撞进了武惠妃精心布置的大网里。

当三兄弟带着大群卫士进入皇宫之后，武惠妃立即向玄宗报信，说太子果然谋逆，竟带兵闯进内宫了！玄宗果然如武惠妃所想的那样“大惊”——他自己就是个搞政变的高手，深谙个中滋味，当然不敢怠慢，马上就如临大敌地调动正规军去“围捕”儿子们了。

直到这时，李瑛才知道上了后妈的大当。

玄宗对自己如此迅速地平息“政变”很是满意，大有威风不减当年之感。兴头之下，立即召见重臣，决定雷厉风行地废太子。

李林甫乖巧地发言：“此乃陛下家事，臣等不宜介入。”其他人一看皇帝和宰相的德行，就知道事情就算有冤枉也没什么可说的了，也纷纷明哲保身地附和。

于是事情就这么定了。玄宗即日下诏，将太子李瑛、鄂王李瑶、光王李琚废为“庶人”，李瑛的大舅子薛鏽则被流放——实际上刚出长安城，就在城东驿被杀掉了。

不经过任何审讯勘查，就在一天之内废掉太子和两位亲王，这使得朝野上下大为震动。很多人虽然口不敢言，但心里都深为三人叹惜。而由于事出仓促，与三人有关的亲族、官员都还在任上，他们都在为之暗暗奔走。李林甫这个宰相也才当了不到半年，根基未稳。武惠妃很快就觉得自己有些势单力薄，她也知道太子谋反之事经不得推敲，唯恐“三庶人”府中接待自己所派内侍的人还有开口说话、翻案的机会，决定尽快斩草除根。于是，武惠妃联同李林甫和女儿女婿，拼命地将众人为“三庶人”鸣不平的事情改头换面之后灌进玄宗的耳朵里，制造“废太子仍有可能再次策变”的紧张气氛。

正在气头上的玄宗此时满脑子都是大唐开国以来历次宫闱政变的场面，尤其想到自己亲自策划的其中几场，更是不寒而栗。再给武惠妃、李林甫这么一忽悠，当年那股狠劲又被撩了起来，立即下令将三个儿子一齐处死，以绝后患。

“三庶人”冤死的日子是开元二十五年四月二十三，距张九龄罢相仅有5个月，距“政变”仅有15天。

这个消息使得举国上下都沉浸在哀痛之中。人们不但诅咒武惠妃的阴险，更怨恨玄宗这个狠心的父亲。

玄宗也多少听到了世人的议论。他是一个乾纲独断的皇帝，对儿子谈不上多有感情，但是对于贸然决定处死“三庶人”从而使自己背上“杀子”罪名，他却是多少有些后悔了。但不管怎么说，太子位缺，是必须要重新册立的。

武惠妃当然更希望趁热打铁，让自己的儿子李瑁登上太子之位。一切都在武惠妃的预料中顺利地进行着，而正当她就快要达成心愿的时候，奇怪的事情发生了：她所居住的宫殿闹起鬼来，而且越闹越凶，宫人多亲眼看见。更玄的是所有的巫师都异口同声地说“三庶人为厉鬼”。

武惠妃虽然姓武，但是杀气终究还是没有她的祖姑母武则天那么烈。闹鬼的事情令武惠妃大受刺激，心虚胆怯之下很快就病倒了。这病也奇怪，竟然是药石无灵。无奈之下，武惠妃只得乞灵于祭祀，希望能够消除冤魂的怒气。当然武惠妃自己的性命还是最重要的，倒霉的是她所找的替死鬼：奉命对“三庶人”行刑的刽子手。

“敬业”的刽子手很快就被斩杀献祭，“三庶人”的灵柩也重新按照太子和诸王的礼仪予以厚葬。满以为能够就此换来活命的武惠妃没有想到，宫中的鬼却越闹越凶了，不但鬼影幢幢，而且鬼哭凄厉，所有人都无法安睡，整夜都处在惊恐之中。只怕非但是“三庶人”冤魂不散，额外又加上了刽子手的鬼魂。

就在这样的闹腾之下，武惠妃自顾不暇，还谈什么儿子立储？一个月的工夫，武惠妃就病入膏肓了。

开元二十五年（公元737年）十二月初七，40岁的武惠妃在惊恐中离开了人世，距“三庶人”冤死仅过了七个月又十四天。

武惠妃死后，皇宫中再不见鬼影，一切又安静得好像什么都没有发生过一样。

第五章　同室操戈

第一节　十年显赫成烟云——东汉安帝思皇后阎姬的垮台

东汉安帝元初二年（公元115年），入春以来，京师洛阳城内一连几个月都滴雨未降。到了初夏时节，城内已显得异常干燥。但是，这一切丝毫没有妨碍四月二十一丙午的册拜皇后大典。这一天，满朝文武齐集殿内，安帝身边正襟危坐着皇太后邓绥。太尉持节捧玺绶，由宗正卿（汉为二千石官）出班高声宣读册封皇后的策文，读罢，一位仪态万方的少女出班款款下拜，向皇帝和皇太后谢恩，太尉授给她白玉雕成的“皇后之玺”。接着，一位宫官又给她披戴彩绣制成的绶带。这位少女再一次跪倒丹墀，称臣谢恩。这时，钟鼓齐鸣，乐声奏起，大礼已成。这位盛装的少女掩饰不住内心的喜悦和得意，来到早已为她备好的座位上，接受公卿大臣的拜贺。这一位少女，正是皇太后邓绥为安帝选定的皇后阎姬。

汉安帝刘祜

阎姬入宫以后，骄悍多妒，倾动太子，策立嗣君，而且也曾和皇太后邓绥一样把持朝政，但最终被囚而死。在东汉安帝和顺帝时期，上演了一出惊险的政治搏杀。这也正应了一句老话：机关算尽太聪明，反误了卿卿性命。

阎姬，河南荥阳（今河南荥阳）人。祖父阎章，精晓国家典章制度，在汉明帝永平年间任尚书。当时阎章的两位妹妹被明帝选入宫中，封为贵人。从这时起，阎章便成了皇亲国戚。但是，由于明帝对外戚多加限制，“权无私溺之授”，阎章本来应升任要职，却被明帝另任为步兵校尉，仅是职比二千石的中上级军官。

阎姬的生父就是阎章的儿子阎畅，她的母亲与邓绥之弟西平侯邓弘的夫人是同胞姐妹。由于这样的关系，在邓绥临朝的日子里，阎姬得到了很多照应。

阎畅有四个儿子，即阎显、阎景、阎耀、阎晏，阎姬是他的独生女。所以，阎姬一出生，就被父母视为掌上明珠。阎姬长大后，生得如花似玉，娇娆可爱，加之她又聪明伶俐，颇有才气，在元初元年（公元114年），以“才色”被选入掖庭。

这时候，安帝已经二十出头，是一位成年天子。由于朝政一直由皇太后把持，他便更多地沉溺于女色之中。阎姬入宫后，安帝为其出众的容貌倾倒，大有相见恨晚之感。很快，他们便如胶似漆，难舍难分了。不久，阎姬即被立为贵人。

元初二年（公元115年），也就是入宫的第二年，阎姬被立为皇后。大典已毕，阎姬以皇后身份入居中宫，内心的喜悦自然是不难想象的。

安帝的宠爱使阎姬备感骄傲。但是，童年时代父母的娇惯溺爱，使她养成了强烈的自我意识，这促使她在宫中撒泼使性，大要威风。尤其是女人的妒忌之心，使阎姬无法忍受安帝宠幸其他妃子。她仇视嫉恨任何一位得到安帝临幸的宫人，有时她甚至不惜置人于死地。宫人李氏曾得到安帝的临幸，生下一子，取名刘保。阎姬因此妒性大发，竟将李氏鸩杀。她肆无忌惮地行凶，安帝并没有任何反应，更没有设法阻止过她。一个地位卑贱的宫人被杀，在充满血腥的宫廷之中也许微不足道。但阎姬毒死李氏，竟埋下了一系列宫廷斗争的隐患。

元初七年（公元120年），李氏所生的皇子刘保在皇太后邓绥的主持下被立为皇太子，改元永宁。阎姬虽然甚得宠幸，却一直未能生养。阎姬对太子刘保心怀不满，此时此刻也无可奈何。

永宁二年（公元121年），邓太后病死，安帝亲政。阎姬顿时来了精神，连忙要求安帝在对付邓氏外戚的同时，将她的四个兄弟加官晋爵。这样，阎显、阎景、阎耀、阎晏并列为卿校，典掌禁兵。事隔不到一年，到延光元年（公元122年），又将阎显加封为长社侯，食邑一万三千五百户，追封早死的母亲为荥阳君。阎显兄弟家的孩子都年在童龀（七八岁）之间，也全被拜为黄门侍郎。

在邓氏家族遭到灭顶之灾的同时，阎氏家族的势力迅速崛起。随之而来的一场宫廷阴谋，把刘保拉下了皇太子的座位。

为了扳倒皇太子刘保，阎姬勾结大长秋江京、中常侍樊丰和安帝乳母王圣等人，设下秘计，联手向刘保发动攻势。他们首先罗织罪名，向安帝告发太子乳母王男、厨监邴吉图谋不轨。安帝对阎姬的话深信不疑，下令将王男、邴吉斩首。紧接着，阎姬便把矛头指向了刘保。阎姬指使江京、樊丰与王圣捏造罪名，诬陷太子与东宫官属有异谋，阎姬自己也日夜在安帝耳边添油加醋。这番谗谮来势汹汹，可谓内外夹攻。安帝联想到王男、邴吉之谋，怒不可遏，认为此子不足以承大统，便召来公卿大臣，讨论废黜太子刘保。大将军耿宝顺承阎姬的旨意，认为太子当废。太仆卿来历与太常卿桓焉等人则向皇帝指出："古人云：年不满十五，过恶不在其身。更何况王男、邴吉的阴谋，太子未必知晓。当下要紧的是应为太子选忠良之臣为之保傅，训导以礼义。至于废置之事，宏关国运，望皇上三思而后行。"安帝深信阎姬等人的话，对此劝阻根本听不进去。这样，到延光三年（公元124年）九月，10岁的皇太子刘保被废为济阴王，居于德阳殿西钟下。

第二年春天，安帝率领公卿从洛阳出发南巡，当三月初三巡幸队伍到达宛（今河南南阳）时，安帝突然得了急病，数日没有好转，便急忙北返洛阳。途经河南叶县时，32岁的安帝在乘舆之中呜呼哀哉。

安帝暴死于路途之中，随行的阎姬及其党羽心胆俱裂。阎姬召来兄弟阎显和江京、樊丰等人，筹划谋议。阎姬说："现在皇上驾崩于野外荒郊，济阴王刘保仍在洛阳，万一公卿大臣闻讯后拥立他登基，我们就死到临头了。为防患于未然，我们先秘不发丧，连夜回洛阳，再从长计议。"大家也没有什么良策，都依计而行。于是，阎姬对外宣称："皇帝病重，不能亲见众卿!"并且又将安帝的遗体转移到卧车之中。一路上，只有阎姬一人亲侍车旁，每日上食，端送汤药，并不时地向车内的尸首问候起居，以掩盖真情，迷惑众人视听。阎姬的这番表演，果然有效，一路上，除了亲信，无人知道底细。从叶县到洛阳六百里归程，一连走了四天，队伍才回到洛阳。

次日，阎姬派司徒刘熹到郊庙社稷，告天请命，假惺惺地为安帝做了一番祈祷。到晚上，才公开宣告皇帝驾崩，正式发丧。

按照预谋策划，阎姬被尊为皇太后，临朝称制。阎显为车骑将军、仪同三司，掌握了军权。安帝死后，由于没有择立嗣君继位，帝位再次出现空悬。

阎姬为了久专国政，牢牢把握朝廷大权，也仿效前世先例，贪立幼主。阎姬召来阎显，在宫禁之内经过再次密谋，选定了年幼的北乡侯刘懿为嗣君。刘懿是汉章帝之子北惠王刘寿的儿子。

刘懿即位，史称少帝，阎姬以皇太后身份代行摄知国政。在金銮殿上，阎姬东面，少帝西面，群臣上书奏事，皆一式两份，一份呈送身为皇太后的阎姬，一份呈送少帝。其实少帝只是个傀儡，大政全由阎姬决断。这确定了阎姬以皇太后身份临朝的政治运作模式。

阎姬临朝后，阎显想要进一步掌握军政大权，但对位尊权重、威行前朝的大将军耿宝心存忌惮，便想密谋搞掉他。为此，阎显奏请阎姬，提升太尉冯石为太傅，司徒刘熹为太尉，同时参录尚书事，前司空李郃被任命为司徒，目的是在朝廷中培植死党。接着，阎显又指使人按他的暗示向阎姬奏报："大将军耿宝与中常侍樊丰、虎贲中郎将谢恽、恽弟侍中谢笃、大将军长史谢宓、侍中周广、安帝乳母野王君王圣、王圣的女儿永及永婿黄门侍郎樊严等人，内外勾结，上下串通，相结为死党，互作威福，刺探禁省机要，更为唱和，引为奥援，皆为大不道。"阎姬见到奏章，根本不顾原来樊丰、王圣同谋密事的情义，立即下令审讯。在阎显的布置下，一场冤狱定了案。樊丰、谢恽、周广被下狱而死，家人远徙比景（今越南境内），谢宓、樊严虽然免于死罪，却被处以髡钳之刑。王圣及其女儿被流放到北地雁门（今山西代县）。大将军耿宝被贬为则亭侯，勒令归国，在途中被迫自杀。显然，这是阎姬临朝以来的政治大洗牌。

经过这次大清洗，阎姬的兄弟阎显等人均身居要津。如阎景为卫尉，阎耀为城门校尉，阎晏任执金吾。一时间，阎氏"兄弟并处机要，威福自由"，朝廷大权全由阎氏子弟垄断。

这样，阎姬自从入宫后，数度施展阴谋，巧布机关，倾动太子，策立少帝，清洗对手，最终牢牢地控制了东汉朝廷大权。一时威震朝野，权倾天下。

不幸的是，被阎姬玩弄于股掌之上的幼主少帝刘懿，被立后才二百多天就得了重病，眼看一病不起，阎姬及其兄弟们又开始了新的谋划。然而，这次却棋错一着，全盘皆输。

延光四年（公元125年），病重的少帝刘懿身边只有大长秋江京及阎显兄弟等人。江京见少帝病情不妙，便把阎显拉到屏风后面耳语："北乡侯（即少帝）现在病情不见好转，万一有个闪失，继嗣人选应该早做打算。前不用济阴王，而今也不能再立他，免得日后因怨恨而报复。为何不早从诸王子中选择合适的人选？免得到时措手不及。"阎显听罢，点头称是，急忙去向太后阎姬奏报。阎姬也认为有理，便决定再定幼子。

此时，少帝病重的消息早已在宫中传开。有位担任中常侍的宦官孙程感到，这是一次政治投机的好机会。于是，孙程也积极地密谋策划。孙程先找到济阴王的谒者长兴渠，对他说："大王（济阴王）乃是先帝嫡嗣，理应承嗣国统，因为坏人谗陷，蒙蔽先帝，才遭废黜。然大王本无失德，众人尽知。若是北乡侯一病不起，到时咱们一起对付江京、阎显，大事没有不成功的。"长兴渠闻言，当然知道他说的"大事"是何指，认为是个好主意，表示赞同。于是，他们又秘密联络了中黄门王康。王康曾为刘保做太子时的府史，自从太子被废，他常怀叹愤，有所不平，自然同意与孙程举大事。然后，孙程又找到长乐宫的太官丞王国。王国本来一直与孙程关系不错，现在也欣然同意追随他一起行事。

就在孙程等人紧锣密鼓地策划时，这年十月二十七，少帝（北乡侯）死了。阎姬与阎显、江京等再施故伎，依然秘不发丧，火速派人带着诏书去征召济北王与河间王等诸王的儿子入京，准备从中选立新君继承帝位。同时，阎姬下令关闭宫门，屯兵防守，加强了宫内外的戒备。

阎姬派去征召诸王子入京的人尚未复命，孙程已决定先发制人了。

十一月初二，孙程、王康、王国与中黄门黄龙、彭恺、孟叔、李建、王成、张贤、史汎、马国、王道、李元、杨佗、陈予、赵封、李刚、魏猛、苗光等共十九位宦官聚谋于济阴王居住的德阳殿西钟下，他们互相割断单衣盟誓，准备发动政变。十一月初四，京师及周围地区发生地震。当天夜里，孙程等人聚集于洛阳南宫的崇德殿，然后向章台门扑去。此时，江京、刘安、李闰、陈达等人正在禁中门口守卫，孙程等人冲过来，不由分说，就砍下了江京、刘安、陈达等人的首级，然后举刀架在李闰的脖子上，威胁道："今天大家共举大事，拥立济阴王，你难道不赞成吗？"李闰向来以其权势令禁中人众畏服，孙程持刀胁迫他，正是为了利用他的权势来助长自己的声威。李闰明白孙程的意图，连忙答应："好，一切都照你的办。"孙程见他点头称是，便拉他起来，一起奔向西钟下，迎立11岁的济阴王刘保即位。刘保就是历史上的汉顺帝。

孙程得手以后，就由他亲自率人把守禁省大门，断绝了宫中的阎姬与外界的联系。同时，通过已经即位的顺帝下令，命公卿大臣和虎贲、羽林将士屯守南、北两宫门户。正在禁中的阎显听到孙程政变的消息，忧迫不知所为，阎姬与他面面相觑，不知如何是好。小黄门樊登在一旁献计，要阎显立即发兵，并用太后的诏书召越骑校尉冯诗和虎贲中郎将阎崇，让他们迅速赶往北宫北门朔平门，以抵御孙程。

阎姬依计而行。冯诗奉诏入宫，阎显拿着皇帝的印信对他说："孙程拥立济阴王，并非皇太后的意思，你看天子玺绶尚在太后这里。你若能尽心报效太后，可得封侯。"阎姬索性对冯诗说："若能活捉济阴王，封你为万户侯，捉住李闰，封你做五千户侯。"说着取来了侯爵的印信展示给冯诗。

阎姬以为，重赏之下，必有勇夫。冯诗听她说完，立即施礼拜道："臣等谨听太后调遣。只是臣等奉诏入宫，来得仓促，没有率领人马，请太后许臣回营搬兵前来护驾。"其实，阎姬哪里知道，这是冯诗的金蝉脱壳之计，冯诗自己并不想在这种变幻不定的时候冒政治风险。阎姬似乎有所觉察，便派樊登与他同往左掖门外调发兵马。谁知，刚离开北宫，冯诗便一刀结果了樊登，回到大营闭门拒守，坐观形势变化。正是冯诗的中立，给孙程等人的政变赢得了喘息的绝好时机。

这时，阎显的弟弟卫尉阎景也从禁中去卫尉府征率兵马。阎显奔赴盛德门，试图救援阎姬。孙程急忙派人用顺帝的诏书去召尚书郭镇，命他立即收捕阎景。郭镇此时正卧病在床，闻听召他，当即率领值宿的羽林军出发，在途中拦截住正向宫中进发的阎景。阎景大喊："休拦我的去路，识相的快快闪开。"郭镇闻言，却跳下战车，对着阎景大呼道："现奉诏行事，请你受死。"阎景知道来者不善，大骂："你奉的是何等诏书？还不快快让道。"说着，举刀朝郭镇砍去。郭镇闪向一旁，这一刀落了空。说时迟，那时快，郭镇回手一剑，便将阎景从车上击落，左右赶上用戟抵着他的前胸，将阎景生擒，押往廷尉大牢。当天夜里，阎景死在狱中。

阎景被捕死去，阎姬在禁中已如瓮中之鳖，无援可待。经过一夜的较量，孙程等人已完全控制了局势。次日清晨，孙程派人到禁中向阎姬索得了天子玺绶。随即护送顺帝驾幸嘉德殿。紧接着，派侍御史带着皇帝的节钺收捕阎显及其弟阎耀、阎晏，将他们押往大狱，全部诛杀，家人统统流放到比景（今越南境内）。这正是当年阎姬策划的大将军耿宝冤案中樊丰、谢恽家人的流放地。

阎姬交出了政权，被迁出长秋宫，幽禁在离宫。第二年（公元126年）正月初一，顺帝曾前去朝见阎姬。阎姬猜测，也许顺帝还不知道，他的生母李氏当年就死在她的手中。阎姬不敢想象，一旦顺帝得知此事，自己会落得怎样的下场。正月十九这天，阎姬在绝望恐惧中死去。

顺帝得以摆脱阎姬的压制，登上帝位，是凭借宦官的力量。因此，他一称帝，便封孙程、王康等十九位宦官为列侯。从此，宦官崛起，成为东汉时期政治格局中的重要势力，宦官专权的政治局面也逐渐形成。后来，每当幼帝即位，总有母后临朝、外戚辅政；当皇帝年长，又常常借助亲信宦官的支持来对付外戚，以便重掌朝政；宦官往往自恃有功，便进一步垄断政权，操纵皇帝。政治日益衰败的东汉王朝正是在宦官、外戚的交替蹂躏下被断送了。而这一切，不能不说是阎姬临朝以来手植的祸根。

第二节　你方唱罢我登场——西晋末年的“八王之乱”

晋惠帝时，赵王司马伦及其谋士孙秀骄横跋扈，潜怀废立之心。惠帝的兄弟淮南王司马允在平定贾后之乱后被封为骠骑将军，并兼任中护军，执有一部分禁卫军军权。司马允“性沉毅，宿卫将士皆敬服之”。司马允逐渐知悉赵王司马伦有篡逆之志，便称疾不朝，密养死士，暗中准备趁机诛除赵王和孙秀。司马伦很忌惮这位年轻英果的亲王，便加封司马允为太尉，外示尊崇，实际上是剥夺他的兵权。司马允言称自己有疾，不受太尉官号。司马伦忍耐不住，派御史持诏收司马允中护军印信，并弹劾其大逆不道。

淮南王司马允接诏，细看之下，上面是孙秀的笔迹。大怒之下，司马允厉声对左右宣言：“赵王欲破我家！”于是壮士感奋，左右七百多人随同司马允起兵，从王府杀奔而出，沿路大叫：“赵王造反，我将攻之！”一路归附的人非常多。

司马允率兵本想先入皇宫，把老哥惠帝掌握起来。但赵王司马伦的死党尚书左丞王舆派人关紧左掖门，门墙牢固，一时攻不进去。不得已，司马允就率左右精兵围攻司马伦的相府。司马允的兵将武艺高强，能打善战，一举杀掉司马伦护兵一千多人。司马允又于承华门前结阵，弩箭齐往相府中放射。飞矢雨下，幸亏司马伦护卫挺身遮蔽，否则这老王爷肯定变成刺猬。司马伦相府中办事的官员无法走避，都躲于树后，“每树辄中数百箭”。

太子左率陈徽心向淮南王，集结东宫兵鼓噪呐喊，为司马允助威。但陈徽没有诏令，不能发兵实助。陈徽的哥哥陈准当时在宫中值勤，也想帮司马允，便对傻愣愣又惊又吓的惠帝说：“应遣人举白虎幡出宫解斗。”惠帝痴愚，连连点头。陈准原意很好，白虎幡是麾军进战之旗，驺虞幡才是解斗之旗。陈准本想派人持白虎幡授其弟陈徽，助战司马允，那样一来，司马伦兵将看见宫中白虎幡归对方，肯定会不战自溃。谁料，人算不如天算。陈准派出执举白虎幡的司马都护伏胤在出门前被当时正在门下省办事的司马伦的儿子汝阴王司马虔叫住，哀求说："富贵当与卿共之！"伏胤墙头草，贪得富贵，便携带没有写字的空白诏书出宫，诈称"有诏助淮南王"，没有把白虎幡递送到陈徽手中。

淮南王司马允见皇帝哥哥的诏使前来，心中不疑，认为来人手中必是派自己讨伐司马伦的圣旨。司马允开阵让伏胤进来，从兵车跳下，跪地接诏。伏胤禁军军校出身，身手敏捷，抽刀一下，就把司马允的脑袋砍下。淮南王司马允左右虽有千人之众，都束手无策，眼睁睁看着主公被杀。伏胤口宣诏令，表明他是受帝命斩杀司马允。同时，伏胤又命跟进的军士立杀司马允三个儿子。司马允死年29岁，京城百姓"闻允死，莫不叹息"。

回头再说晋朝中央政事。贾后之废，晋汉武帝的亲侄齐王司马冏（其父司马攸是司马炎的弟弟，差点被司马昭立为世子）居功不小，但事后叙功，只得了个游击将军。"（司马）冏以为不满意，有恨色"。孙秀觉察到这位王爷怏怏不快，又怕司马冏在京城内会生出什么事端，就一纸诏书把他外调，坐镇许昌。

为了继续抬高赵王司马伦的威望，加紧篡逆步伐，孙秀又在朝议上提出为司马伦加九锡（只要人臣加九锡，一般距篡位只有半步之遥）。这个提议几乎就是自己给自己封官，"朝廷"当然同意。司马伦得了"九锡"，诸子又皆握各路禁军大权，孙秀自然也水涨船高，加侍中、辅国将军、相国司马等官。

晋惠帝永宁元年（公元301年）春正月，孙秀与司马伦再也等待不了，派晋惠帝的堂叔义阳王司马威去惠帝那里逼傻皇帝"禅位"。惠帝愚憨，但也知道身上的玺绶是很重要的东西，抱持不放。司马威伸手就夺，几乎把惠帝手指掰断，傻皇帝嗷嗷大哭。司马伦以兵士"护送"惠帝至金墉城，表面上尊惠帝为"太上皇"（辈分简直乱了套，司马伦是惠帝的叔祖，侄孙竟成为自己的太上皇），同时又把已经立为皇太孙的惠帝之孙送入密室一刀结果。可怜这数岁小儿，虽生于天家，却没几天好日子可过。

司马伦即位，改元建始。坐上帝位，自然是大封"功臣"，孙秀、张林、司马威等加官晋爵，"其余党羽，皆为卿、将，超阶超次，不可胜记。下至奴卒，亦加爵位"。每次朝会之时，貂蝉满座，"时人为之谚曰：'貂不足，狗尾续。'"（这就是"狗尾续貂"典故的由来。）

司马伦虽当了皇帝，但真正的皇帝显然是孙秀。为了安抚宗室，拉拢人心，孙秀也以司马伦名义加封齐王司马冏（坐镇许昌）、成都王司马颖（坐镇邺城）

以及河间王司马颙（坐镇关中）大将军名号，并把司马伦亲信多人派出给三王充当僚佐，以为监视和内应。

司马伦称帝才两个多月，在许昌坐拥强兵的齐王司马冏就遣使告成都、河间、常山、新野四个司马王爷，移檄天下，发兵讨伐赵王司马伦，称“逆臣孙秀，迷误赵王，当共诛讨。有不从命，诛及三族”。一时间各地响应，军队赶至朝歌县时已汇集了二十多万人。

孙秀、司马伦听说三王起兵，大惧不已。不得已，二人只得硬着头皮派亲信将领张泓、士猗、许超以及孙会等人率京中禁军四出拒战。司马伦、孙秀两个人又信邪教巫术，“日夜祈祷，厌胜以求福”，天天弄几大帮人在宫里跳大神。

也是恰巧，这大神跳得还真有效果。齐王司马冏在颍阴被张泓打败；孙会、士猗等人又在黄桥大败成都王司马颖，杀死数万成都王兵马。消息传回宫内，孙秀、司马伦大喜，大赏黄桥之功，“士猗、许超与孙会皆持节”。这样一来，三将地位相当，“各不相从，军政不一”，谁也不听谁的指挥和调动，对于仍未退军的败军之将成都王司马颖更是不放在眼里，以为朝夕可灭。司马颖在黄桥大败后本来想逃跑，被手下卢志等人劝住，乘孙会等人松懈之机突然进攻，大败对方，乘胜长驱渡过黄河。

三个败将带数名残卒跑回城内，孙秀大惧，“忧懑不知所为”。几个人连夜商量对策，有的说西，有的说东，有的建议收败兵出战，有的想要焚烧宫殿趁乱逃跑，有的要挟持司马伦南逃荆州，还有的干脆劝说孙秀大搜宝物乘船东逃入海……正你一言我一语争吵，手中掌有精装禁兵的左卫将军王舆先窝里反，率七百多兵士从南掖门入宫，攻杀孙秀、许超、士猗等人，并召八座大臣入殿，强迫司马伦发诏：“吾为孙秀所误，以怒三王；今已诛秀，其迎太上皇复位，吾归老于农亩。”于是，宫内高举驺虞幡解兵，数千甲士又迎惠帝复辟。

事定之后，三王入城，发诏杀掉赵王司马伦四子，捕斩孙秀等人亲党，并派人送金屑酒给司马伦赐死。“（司马）伦惭，以巾覆面，曰：‘孙秀误我！孙秀误我！’”司马伦饮药自杀。这次混战虽然只打了两个多月，却战死士兵十来万，成为皇族大血战的第一个高潮。

惠帝复辟，篡位的赵王伦被赐死，自然也要大赏“功臣”。齐王司马冏获封大司马，加九锡；成都王司马颖为将军，加九锡；河间王司马颙为太尉，加三锡；常山王司马乂改封长沙王，为抚军大将军。其中，齐王司马冏是惠弟堂兄，成都王司马颖和长沙王司马乂与惠帝都是同父异母的同房兄弟，这几个都是二三十岁的青壮年王爷。河间王司马颙是惠帝堂叔，年纪在四十岁左右。可以想象，这些人在一起，宫中横坐的又是个傻皇帝，谁又能向谁低头呢？

手夺惠帝玺绶的义阳王司马威退兵至九曲（今河南巩义市）时，闻听赵王司马伦倒台，慌忙丢下所统军队，逃归洛阳大宅待罪。诸王商议想饶他不死，一直呆呆坐在上座的惠帝忽然发话："阿皮（司马威小名）掰我手指，夺我玺绶，不可不杀。"这句话是惠帝当皇帝一辈子唯一自己做出的"决定"，诸王当然无话，派人杀掉司马威。

刚刚安定没几天，数位王爷各自结伙拜祖陵。新野王司马歆劝说齐王司马冏："您与成都王一起建立不世之功，应该留下他在京城辅政，削去他的兵权。"长沙王司马乂在拜陵时也对异母兄成都王司马颖建议："天下者，先帝之业，王宜维正之。"意思是应该由汉武帝一系的人来维持，提防齐王。

成都王幕下高参卢志提出以退为进的谋略，说："齐王当时号称有百万之众，为张泓所败，正是王爷您强攻，孙会才成大功。两雄不俱立，大王您应该以太妃（成都王生母）有病为由，上表还归邺城，朝廷委重齐王，此举可收四海之心。"成都王司马颖很听话，马上入宫辞别惠帝，与从人快马加鞭从洛阳返回邺城，"由是士民之誉皆归（司马）颖"。回到邺城后，司马颖又推卸九锡殊礼，表论功臣，赈济灾民，埋葬阵亡将士，"皆卢志之谋也"。史载，"（司马）颖貌美而神昏，不知书，然气性敦厚，委事于（卢）志，故得成其美焉"。

由于惠帝太子司马遹被贾后杀掉，司马遹的两个儿子又被赵王司马伦杀掉，惠帝就没有了继承人。按继承人顺序，"大将军（司马）颖有次立之势（可为皇太弟）"。齐王司马冏当然不会任情势这样发展下去，于是他奏请立惠帝的侄子、年方8岁的司马覃为皇太子，自任太子太傅，又加封亲信东海王司马越为司空，领中书监。

齐王司马冏大权在手后，骄奢擅权，大起府第，耽于宴乐。侍中嵇绍、殿中御史桓豹、孙惠等人皆上书相劝，司马冏都"逊辞谢之，然不能从"。

一年多以后，惠帝永宁二年（公元302年），河间王司马颙在长史李含的怂恿下起兵。李含出主意说："成都王司马颖是皇帝至亲，齐王司马冏越亲而专权，朝野怨恨，现在发檄长沙王司马乂讨攻齐王，齐王必会先干掉长沙王，我们再以此罪除掉齐王，拥戴成都王入京，以安社稷。”

河间王司马颙本来就是赵王司马伦的亲信，当时也是因形势所逼才不得已加入讨赵王的军队，齐王对他一直怀恨在心。至此，河间王觉得时机成熟，派部将李含、张方为先锋，率军直奔洛阳。同时，河间王遣使邀成都王司马颖一起发兵。卢志谏劝，司马颖不听，准备兵马待发。

河间王部将李含、张方临近洛阳屯军，便发檄让长沙王司马乂攻讨齐王司马冏。两位王爷本来同时在京，关系还不错，但齐王认为长沙王与成都王是兄弟（同父异母），便先下手为强，派人攻袭长沙王。“（司马）乂身长七尺五寸，开朗果断，才力绝人，虚心下士，甚有名誉”，他率百余人飞驰入宫，关闭诸门，“奉天子攻大司马府”。有皇帝在手，一下子就转被动为主动。当夜，城内大战，齐王称“长沙王矫诏”，长沙王称“大司马（齐王）谋反”，飞矢雨集，火光冲天。连战三日，齐王部队大败，司马冏被自己的长史赵渊执送入宫。“（司马）冏至殿前，帝恻然，欲活之”。傻皇帝也知道好坏，记得这位堂兄拥立自己复位，很想饶他一命。“（司马）乂趣左右牵出”，斩于阊阖门下，循首六军示众。河间王司马颙的部将李含、张言等人闻知齐王已死，就引兵还据长安。

才过半年多，惠帝太安二年（公元303年）八月，因长史李含等人为长沙王司马乂所杀，河间王司马颙又起兵讨伐。成都王虽一直在邺城，但恃功骄奢，起先还能“遥制朝廷”，但随着长沙王司马乂翅膀渐硬，兄弟生出嫌隙，于是成都王附和河间王，共同前往洛阳讨伐长沙王。卢志谏劝，司马颖不听。

河间王司马颙以张方为都督，将兵七万自函谷东趋洛阳。成都王司马颖引军屯朝歌，以陆机为前将军、前锋都督，率二十多万人南向洛阳。众人大战，死伤数万。长沙王手中有惠帝这张王牌，关键战斗皆在军中显耀皇帝旗鼓。建春门一战，陆机大败，“赴七里涧，死者如积，水为之不流”。

打败成都王派来的陆机，长沙王司马乂深觉惠帝这个幌子确实好用，又“奉帝攻张方，（张）方兵望见乘舆（皇帝御车）皆退车，（张）方军大败”。

双方僵持不下。长沙王主簿祖逖（“闻鸡起舞”“击楫中流”两个典故的主人公）建议，派人持诏到西北，命雍州刺史刘沈起兵袭击河间王司马颙的后方，这样，张方军不得不回，可解京城之围。长沙王司马乂虽然总是把皇帝弄在军中打仗，“而未尝亏奉上之礼”，服侍周全，礼数不亏，故而“城中粮食日窘，而士卒无离心”，前后斩获六七万人。围城二王兵马略尽，张方也准备逃回长安。

关键时刻，本来与长沙王一伙的惠帝族叔东海王司马越“虑事不济”，害怕城外二王兵马越聚越多，就与殿中亲将密谋，半夜冲入司马乂房中，把这位俊伟英勇的长沙王捆绑起来，关在金墉城里，并以皇帝名义下诏免其官职，召成都王司马颖等入城辅政。“城既开，殿中将士见外兵不盛，悔之，更谋劫出（司马）乂以拒（司马）颖”。司马越见情势不妙，大惧，想杀掉长沙王司马乂以绝众望。黄门侍郎潘滔出了个绝好的坏主意，遣人密告张方，借张方之手除掉司马乂。张方本性残暴，派兵从金墉城中押出司马乂，绑缚于城外兵营中，放在火堆上慢慢烤炙而死，司马乂时年28。“（司马）乂冤痛之声达于左右，三军莫不为之垂涕”。

交战中数次大败的成都王司马颖此刻得意，耀武扬威入京师后，又还镇于邺城。“诏以（司马）颖为丞相，加东海王（司马）越守尚书令”。司马颖又派亲信将领石超守洛阳十二城门，并废齐王所立的皇太子为清河王，河间王司马颙也乘机买好，表请立司马颖为皇太弟，“诏从之”。

西北方面，河间王司马颙屡为刘沈所败，急召张方还长安。张方临行，掠劫洛阳宫中男女万余人而去，途中乏食，便杀掉掠来的男女夹杂牛羊肉充当军粮。到关中后，张方与司马颙双方合军，大败刘沈，腰斩了这位雍州刺史。

“太弟（司马）颖僭侈日甚，嬖幸用事，大失众望”。居于京中的东海王司马越也久有自固之心，于惠帝永兴元年（公元304年）秋天勒兵入云龙门，声讨成都王，并恢复司马覃的皇太子身份。司马越还效仿司马乂，“奉帝北征”，挟十余万军队直扑邺城。洛阳城内为司马颖守城门的石超早已闻讯跑出，逃回邺城。司马颖给他五万兵，命他迎击司马越。双方兵马在荡阴（今河南汤阴）相遇，石超大败司马越军。混乱之中，晋惠帝车倒草中，脸上中刀，身中三箭，狼狈不堪。“百官侍御皆散”，唯有侍中嵇绍“下马登辇，以身卫帝”。兵士把嵇绍从车上拉下，用刀乱砍，惠帝高叫：“忠臣也，勿杀！”兵士们回答：“奉太弟令，惟不犯陛下一人。”嵇绍死于乱刀之下，“血溅帝衣”。不久，司马颖派卢志找到坐在草中号啕大哭的惠帝，移至邺城。“左右欲浣帝衣，帝曰：“嵇侍中血，勿浣也！”书至此，史臣也慨叹：孰言惠帝憨愚哉！

嵇绍之父嵇康当初在魏末不与司马氏合作，受诬被杀。嵇绍纯臣，尽忠司马氏而死，可谓君子伟丈夫，难怪日后文天祥在《正气歌》中也以他为忠臣样板。

东海王司马越从洛阳出兵时，河间王司马颙已派张方袭取了洛阳。兵败的司马越只得逃回自己的封地东海（今山东郯城）。按常理，司马越这个宗室疏宗已经败成定局，怎么也不能再缓过神来扳动成都王司马颖和河间王司马颙。

但历史总是存在偶然性，时任都督幽州诸军事的王浚坐山观虎斗之余，在边疆地区联合鲜卑、乌桓部落骑兵，与东海王司马越的弟弟东瀛公司马腾合兵，南下进攻邺城。司马颖听说少数民族骑兵来攻，忙派王超等人拒战，连连败绩，王浚属下的鲜卑等部落骑兵所向披靡，秋风扫落叶一般。“邺中大震，百僚奔走，士卒分散”。

卢志劝司马颖奉惠帝还洛阳，当时还有甲士一万五千多人，逃跑时做护卫还绰绰有余。黎明时分，司马颖生母程太妃眷恋邺城，迟迟不愿起身，“（司马）颖狐疑未决”。万余大军见主帅无谋，一哄而散，司马颖和卢志只带数十骑拥着惠帝乘犊车南奔洛阳，狼狈不堪。逃至邙山，张方率万骑精兵迎谒，“（张）方将拜谒，帝下车自止之”。堂堂皇帝，虽傻乎乎也觉察到自己如今连一个将军的跪拜也承受不起了。惠帝入返洛阳后，张方拥兵专治朝政，成都王司马颖丧失前权，形同软禁。

张方所部士兵大多从长安来，一直把京城当作大肥肉，在洛阳剽掠搜刮，都吵嚷着要“奉帝迁都长安”。他们以请惠帝出郊拜谒陵庙为由，想把惠帝和群臣骗出城。惠帝不愿再颠簸，不答应出城。张方于是率大批军士披甲执兵入殿，搜出躲在后园竹林里的惠帝，逼使上车，“帝垂泣从之”。于是，张方军士在后宫大肆奸污宫女，抢劫珍宝。张方还想一把火把宫室和宗庙烧毁以绝人望，卢志劝他：“董卓无道，焚烧洛阳，怨毒之声，百年犹存，何为袭之！”张方这才作罢。

张方挟持惠帝、成都王司马颖以及惠帝另一个弟弟豫章王司马炽到长安，河间王司马颙就暂时成为西晋王朝真正的主人。河间王让惠帝下诏废掉司马颖的皇太弟身份，改立豫章王司马炽为皇太弟。惠帝永兴二年（公元305年）七月，东海王司马越喘定之后，又以张方和河间王司马颙“劫颙车驾”为罪名，发檄天下讨伐河间王。成都王司马颖的旧部也纷纷在河北起兵。见山东、河北等地兵起，河间王“甚惧”，就又封原来和自己一个战壕现在又被自己软禁的司马颖为镇军大将军，派卢志和千余兵拥他一起返归河北招抚。

成都王司马颖此时兵马衰弱疲极，早已丧尽昔日手下数十万熊虎大军的威风。东海王司马越东山再起之势勃然，一路进兵顺利，军近洛阳。眼见一天不如一天，河间王司马颙想与司马越言和。由于张方自己有“劫驾之罪”，怕二王和解后对自己不利，坚决表示反对。河间王便遣张方的老友郅辅以送信为名，趁张方读信时一刀砍下了这位骄横将领的脑袋。

本以为杀了张方后，东海王司马越会许和退兵，但政治斗争向来是“得寸进尺”，东海王司马越继续西进。当时携残兵驻洛阳的成都王司马颖在洛阳也站不住脚，狼狈败向华阴，中途听说河间王和东海王有言和之势，如五雷轰顶，不知何去何从。两王如果讲和，成都王自己肯定会被当作牺牲品干掉。

公元306年5月，东海王的将军祁弘攻入关中，连败河间王司马颙的军队，司马颙本人也跑进太白山中。当时百官散走，在山谷中拾采橡食充饥。祁弘军攻入长安后，部下的鲜卑军人纵情大掠，杀掉两万多人。祁弘抢到惠帝后，又拥着皇帝还洛阳。河间王又趁机夺回长安城，但关中地区都臣服于司马越，因为惠帝在司马越手中，河间王仅保有长安一城。

公元306年7月，惠帝又回到旧都洛阳，改元光熙。每经一次劫难，惠帝就被迫改一次年号，这也是西晋“八王之乱”的一大特色。

东海王司马越拥大军入驻洛阳后，被委任为太傅、录尚书事（实际上是自己委任自己），并以自己的亲宗堂兄范阳王司马虓为司空，镇军邺城。封进攻成都王甚有“功劳”的王浚为骠骑大将军，都督东夷、河北诸军事，领幽州刺史。

惶惶在外的成都王司马颖听说东海王兄弟已经控制了京城，便想从华阴往武关方向逃跑。行至新野县，东海王已经以惠帝名义下诏搜捕。惶急之间，司马颖也顾不上老母妻子，只和一个御车的兵士单车载着两个小儿子渡过黄河跑到朝歌，又召集了从前的属下数百人，想投奔老部下公师藩。没走多远，范阳王司马虓属下把司马颖等人一网打尽，关在邺城监狱里。“范阳王（司马）虓幽之，而无他意。”估计司马虓对这位惠帝亲弟弟没什么毒怨，不打算害他性命。不巧的是，范阳王忽然暴疾而死，他手下长史刘舆知道司马颖从前一直在邺城坐镇，声名不错，怕有人再趁机劫持他又生后患，便派人假称台使，“称诏夜赐（司马）颖死”。

在最后的时刻，这位年轻貌美的王爷倒很镇静。读毕“诏书”，他问监守田徽：“范阳王死了吗？”田徽答说：“不知道。”这一问一答很有意思。见有赐死自己的诏书，司马颖就猜到范阳王已死，田徽作为办公人员，也不好透露消息。司马颖又问：“您今年多大？”田徽答：“五十岁。”司马颖问：“知天命了吗？”（孔子说自己“五十而知天命”），田徽说：“不知道。”面对这位冷忍无情的监察人员，王爷也无可奈何，与这样的人不可能深谈下去。司马颖自叹道：“我死之后，天下安乎不安乎？我自放逐，于今一年，身体手足不见洗沐，取数斗汤来！”魏晋风度，在这么一个临死的王爷身上也可窥见一斑。

司马颖的两个儿子在一旁惊恐大哭，王爷知道怜子无益，挥手让人把两个小孩子带走，以免让他们看见自己的死状。洗沐已毕，“乃散发东首卧”，自己躺倒，命田徽把自己缢死，时年28。“二子亦死，邺中哀之”。

公元306年12月，东海王司马越觉得惠帝没什么利用价值了，便派人于饼中置药，毒死了傻皇帝，时年48岁。惠帝自登基以来，16年来风风雨雨，多少个夜晚被人从梦中叫醒，强掖升殿，被迫书写诛杀自己姥爷、母后、皇后、皇子、皇兄、皇弟、皇叔以及多位连名字也搞不清的大臣的诏令。今天被这个劫持当挡箭牌，明天被那个拉着放在军阵里炫耀，几乎没一天安生过。终于有这么一天可以长睡过去，再不会有兵士冷冷的大手于凄冷的夜晚把他从热被窝里拽出来了。

可悲的是，晋惠帝处于半傻半愚之间，知冷知热，知苦知痛，既能因司马威掰他手指而怒，也能因嵇绍血溅己衣而悲，但就是不能像常人那样有条理地行事，白白身居九重帝位。尤其他那流传千古的“何不食肉糜” 的“笑话”（及天下荒乱，百姓饿死，帝曰：“何不食肉糜？”），我们读之细品，只有伤悲，只有哀怜。真正的祸乱根源在于“武皇不知其子”，在其生母杨后的妇人之仁。惠帝安生了，天下士民也喘了口气，大家如释重负，热切盼望能出个好皇帝镇住天下。

惠帝崩后，司马越立惠帝的弟弟司马炽为帝，改元永嘉，是为晋怀帝。

想起还有困守长安孤城的河间王司马颙，太傅东海王司马越就以晋怀帝名义下诏司马颙为司徒。按理说这位“少有清名、轻财好士”的王爷也活了四十来岁的年纪，搞了这么多年“政治”，多疑反复，应该知道回到京城也没有好果子吃。估计一是死催，二是眼见诸王个个被杀，三是孤城难保，四是新帝登基，司马颙也存有侥幸心理，想想自己这么高的辈分，当个清闲司徒回京安享晚年算了。于是河间王接受诏命，与三个儿子心情复杂地坐车赶往洛阳。刚刚走到新安雍谷，东海王亲弟南阳王司马模派来的将领梁臣已率一队精兵“等候”他。问明车上确是河间王，梁臣下马，突入车中，活活掐死了这位一向老谋深算的王爷。而后又抽出刀来，三刀砍落河间王三个少年儿子的人头。八王之中七王相继被杀，东海王司马越挨到最后，似乎是最后一个胜利者，其实他的下场也好不到哪里去。

司马越拥立怀帝后，大权独揽，首先他害掉了怀帝的侄子，14岁的清河王司马覃。司马覃曾被惠帝立为皇太子，司马越怕日后这个孩子又会继怀帝后登基，所以先下手为强。不久，司马越又杀掉怀帝亲舅王延及大臣高韬等人，窜逐大臣荀晞。怀帝永嘉五年（公元310年），眼见洛阳城外狼烟四起，内不自安的司马越戎服入朝，请讨石勒，想趁此拥大兵立功以自固。司马越率四万精军出讨后，飞檄各州郡征兵，但“所征皆不至”。忧惧劳顿，又得悉怀帝密诏荀晞等人要杀自己，东海王司马越兵至项城（今河南沈丘）时忽发暴疾，死于当地，同军而行的襄阳王司马范和太尉王衍秘不发丧，准备率军送司马越尸身还葬其封地东海（山东郯城）。

羯族首领石勒得知消息后，率劲骑追赶这支群龙无首、兵官家眷交杂的队伍，在苦县宁平城（今河南郸城）大开杀戒，大队骑兵像打猎一样围着数十万西晋军民发箭狂射，一天下来，“王公士庶死者十余万”。石勒派兵士一把火烧掉司马越棺柩，说：“此人乱天下，吾为天下报之，故烧其骨以告天地。”

石勒军队逮捕了太尉王衍、吏部尚书刘望等多位晋朝高官，还有襄阳王司马范、任城王司马济等六个皇族王爷。“众人畏死，多自陈述”，王衍还劝石勒称帝。只有襄阳王司马范还是条汉子，“神色俨然，顾呵之曰：‘今日之事，何复纷纭？’”半夜，石勒派兵士推倒屋墙，把王衍和司马范活活压死，但他们总算保了全尸。

司马越留派洛阳的部将何伦等人闻败，慌忙拥司马越世子和他的王妃裴氏从洛阳往东海方向逃跑，城中百姓士民也紧随军人一起外逃。跑到洧仓，又被石勒大军迎截，东海王世子以及皇族48个王爷都死于乱兵之手，东海王王妃裴妃也被乱兵抢去。

公元311年6月，晋怀帝被匈奴刘渊的汉军抓获，公元313年被杀，时年30岁。于公元316年，惠帝另一个侄子晋愍帝司马邺也肉袒出降，不久被杀，时年18。至此，西晋灭亡。怀帝、愍帝都是很不错的青年干才，但“八王之乱”已经使晋朝大厦产生了难以修补的巨大裂隙，孤木难支，任谁也无力回天。

“八王之乱”的一个独特之处在于，大乱开始时各种势力都是打着拥护皇权的旗号，或者“矫诏”行事，绝非赤裸裸地像东汉末年那样胡乱开打。这主要是因为晋武帝在位26年，皇权威力影响巨深。赵王司马伦势力如此之大，但一旦篡逆，很快就被打着迎归惠帝旗号的诸王所击败。而司马衷这个“木偶人”恰恰可以成为各位皇族野心家手中最大的王牌。一直到公元306年，东海王司马越眼见傻子皇帝再无可用之处，晋武帝时代威赫皇权的余晖全然逝去，才弄死了这个幌子皇帝。

追思造成西晋最终灭亡的八个司马皇族，司马氏原来的立意完全是“封建亲贤，拱辅帝室”。但晋武帝没有远图，惠帝失于暗劣，执政大臣安于奢放，致使贾后擅权，八王又暗怀私心，相迭而起，煽风速祸，致使“崇国俱亡，身名并灭”。然而，这八王的人格禀性也不尽相同。汝南王司马亮“少清警有才用”，乱非其起，不失厚道。楚王司马玮“开济好施，能得众心”，是位年轻气盛，没什么政治经验的王爷，虽有挟怨私心，终为贾后杀人工具，自己也不免挨刀。赵王司马伦以叔祖之尊，昏暗愚懦，诸子又不成器，成为孙秀的傀儡，又肆行篡逆，可以说是八王中最令人不齿的老匹夫。齐王司马冏“少称仁惠，好振施”，如果公正持平，完全可中兴晋廷，但最终为自己的野心所累，暴尸于市。长沙王司马乂“开朗果断，才力绝人，虚心下士，甚有名誉”，应该说是文武全才，果断聪明，但乱世人心叵测，最终被东海王出卖，功败垂成。成都王司马颖本来在谋士卢志等人的辅佐下扫平大逆，颇得众心，但最终他宠信宵小，不仅与堂兄齐王翻脸，又与同父异母兄司马乂同室操戈，遥制朝廷后，成都王又不能当机立断，自恣其欲，最终也一条绳索搭上性命。河间王司马颙本是司马皇室疏宗，“少有清名，轻财爱士”，晋武帝赞叹其“可以为诸国仪表”。但正是这样一个看似老成君子的王爷，先附赵王司马伦，又与齐王司马冏共攻赵王，再与成都王司马颖攻打长沙王司马乂，其部将张方更是残酷无比，劫持惠帝车驾，祸害京都洛阳，乘东海、成都二王交恶，又浑水摸鱼把惠帝劫至长安，软禁成都王，完全成为当时诸王混战的祸头，虽有如此城府，最终仍不免被人活活掐死。东海王司马越也是晋室疏宗，“少有令名，谦虚持布衣之操，为中外所宗”。在严酷的政治斗争中，司马越临危出卖同盟者长沙王，再与成都王翻脸，又攻击河间王，并毒死晋惠帝，虽最终能成为“八王”中不被砍头的王爷，但尸骨未寒，石勒的一把大火也把他烧成灰烬，世子死于刀剑之下，下场也可嗟叹。倘使晋武帝的后继者为一平庸守业常主，所有这些王爷大可以善始善终，拱列晋室。即使哪个怀有狼子野心，在大一统的皇权下面也只能做太平顺王。

晋武帝另一措置失当之处，就是裁撤大批州郡士兵。当然，裁兵的初衷不错，根据西晋的《占田法》，这些退伍士兵可以分得一份土地从事劳作，不仅保障了自己的衣食，还可以给国家上缴租调。但是，州郡兵力减弱，真正有重大事件发生，比如宗室拥兵叛起，或者边陲少数民族构乱，邻近州郡当然会束手无策，只能听天由命，任人宰割侵占。当时也不是没有明白人，尚书仆射山涛就劝谏晋武帝不要解除州郡武备，但正陶醉于“大一统”胜利中的晋武帝根本听不进去，认为州郡养兵费钱费力又无产出，下诏严命裁兵。

恰恰是“忘战必亡”，汉武帝死后不久即成祸乱满天下的现实。试想，大郡才有武吏百人，小郡才有武吏五十人，如此的“偃武修文”，晋武帝的谋浅和短视何其甚也！

此外，西晋初期大封同姓诸王，也并非“八王之乱”的真正导火索。细心考究西晋制度，可以发现宗室诸王在封地上没有什么治民的实权，诸王能有力量相继起兵为乱的原因，其实是晋武帝后期赋予他们专镇一方的威权，诸如楚王司马玮镇荆州，淮南王司马允镇扬州，汝南王司马亮镇许昌等等。惠帝继位后，赵王、河间王等人又相继坐拥关中重镇，成都王坐镇邺城，齐王司马冏坐镇许昌。诸王带兵日久，幕府人杂，问鼎之心于不知不觉中悄然滋长，最终导致这些地头王们纷纷而起。

西晋是中国历史上没有亡于农民起义的少数几个政权之一。虽然经学的衰落，玄学、佛教的兴起和少数民族内迁成为西晋政权削弱的重要干扰源，但其真正的灭亡原因则是八王互攻而造成的内部混乱和崩塌。

虽然西晋的灭亡造成了一百余年间中国南北方极大的社会动荡，各个政权你方唱罢我登场，但也在中国历史上达成了破天荒的头等大事：中华民族在中国各民族的“兄弟之战”中最大限度地加速了民族大融合，在中华民族的精神血脉中添加了新鲜的活力因子，并为日后隋唐的大一统奠定了丰厚的思想基础和心理积淀。

第三节 “靖难之变”疑千古——建文帝朱允炆的“逊国”之谜

明太祖朱元璋65岁那年，仁弱的太子朱标因病而死，坏事做绝的老皇帝无限悲伤，亲御东角门，对群臣垂泣，第一次显现出其悲惶、苍凉的独裁者的惊恐。无奈之余，依据父子家天下的古礼，在群臣推拥下，懿文太子朱标的儿子朱允炆被立为皇太孙，备位东宫。

明太祖洪武三十一年（公元1398年），朱元璋“驾崩”，朱允炆即皇帝位，是为建文帝，诏改明年为建文帝元年。

朱元璋

朱允炆为皇太孙时，朱元璋儿子辈的诸王以叔父之尊，多有不逊，视其为黄口小儿，骄横之情溢于言表。身肩明帝国未来重任的朱允炆当时心中就很忧虑。有一天，朱允炆问侍读的太常卿黄子澄：“我几个叔叔各拥重兵，何以制之？”黄子澄儒士出身，深谙历史故事，马上一五一十详细地把汉景帝实行削藩政策、平定“七国之乱”的史实讲给当时的皇太孙听。朱允炆听后心喜，觉得事情并不难办，自言自语道：“有这种谋略，我以后就不会担忧了！”

当初，朱元璋建立明朝后在南京建都，地距边塞六七千里远。故元的蒙古残兵败将常常于塞下出没，捕杀吏民，抢夺财物，骚扰边境。因此，对于各边境重要地区，明初皆以至亲皇子坐镇。朱元璋对属下将领非常猜忌，对他自己的骨肉诸子却一千万个放心，下命诸子可以专制国中，各拥精兵数万，并有征调各路军兵的威权。毕竟是穷和尚要饭花子出身，朱元璋为人做事雷厉风行，杀人从未手软，但对中国历史的流脉，他根本不如那些读过书的帝王们那样理解得深透，想不到他自己死后亲儿子会带兵干掉亲孙子，直接威胁着他绞尽脑汁在千百万人头堆上建立的大明帝国。

虽然朱元璋喜怒无常，总以杀人为乐事，但其臣子中也不乏深思远虑、耿耿忠心之辈。早在洪武九年，训导叶居升就“应诏陈言”，极论朱元璋“分封太侈”的隐患。举出了西汉“七国之乱”和西晋“八王之乱”的鲜明例证后，叶居升还在奏表中言之凿凿地为老皇帝出了主意。如此直陈利害的忠臣言奏，朱元璋阅毕竟勃然大怒，认为叶居升居心叵测，离间皇室，立即命锦衣卫兵把叶居升投入大狱，活活拷掠至死。在其后的二十多年间再也没人敢提起藩王诸镇之事。

建文帝即位后，宣布太祖“遗诏”，其中关键内容在最后：“诸王临国中，毋得至京（城）。王国所在，文武吏士听朝廷节制，惟护卫官军听王”。此诏用意，一是怕诸王以哭临大行皇帝为名忽然带大兵进京夺位，二是明令各藩王属下官吏直接听命朝廷。

明惠宗朱允炆

诏下，诸王不悦。这些人互相之间秘密通风报信，都私下讲是新上任的兵部尚书齐泰从中阻挠他们这些“孝子”进京哭临。

不久，户部侍郎卓敬又上密疏，奏请裁抑宗藩。疏入，不报。建文帝留中不发，实际上是正在认真考虑削藩的步骤。虽然卓敬上的是“密疏”，但诸王耳目众多，消息早已传开，于是燕、周、齐、湘、代、岷诸王频相煽动，流言四起，多闻于朝。

事已至此，建文帝就把从前的老师黄子澄和兵部尚书齐泰秘密招至内殿，商议削藩大事。齐泰认为燕王拥有重兵，且“素有大志”，应该先拿燕王开刀，削夺他的藩地。黄子澄持相反意见，认为燕王久有异志，一直秣马厉兵，很难一下子搞定。黄子澄主张先取周王，剪去燕王手足，然后再图燕王不迟。于是，建文帝即位后的当年七月，下命曹国公李景隆突然调集大兵奔赴河南，把周王王府围个水泄不通，逮捕了周王及其世子嫔妃一干人等，俘送南京。接着，下制削去周王王爵，废为庶人，迁至云南蛮荒之地看管。同年冬天十二月，建文帝又把代王徙至蜀地，把这位被人告发“贪虐残暴”罪名的王叔交予蜀王看管，实行“双规”。

由于事出突然，周王、代王措手不及，果真没废什么力气就被一窝端掉。但是，这被逮的两个王爷“罪状不明”，确实也令不少人心中疑惑。

当时朝中各位朝臣附和新帝之意，纷纷上书削藩，倒是一位退休的都督府断事（高参）高巍上书劝谏，建议把诸王的藩地交叉分封给已婚的王子们，犬牙交错，互相牵制，互相维护，互相监视，不仅推恩及广，又不会因强行削藩而伤感情。如此，诸侯势弱，自然天子势强。建文帝嘉之，然不能采用施行。估计是当时齐泰、黄子澄正受宠任之际，建文帝对这两个人言听计从，想一举削夺诸位藩王的实权。

建文元年五月，朝廷又因岷王有“不法事”，废其为庶人。不久，湘王朱柏因私印钞票和擅自杀人受到朝廷“切责”。朝廷还派使臣至其封地，勒令其入京接受鞠审。

这位湘王朱柏挺倔强，对左右说：“我听说前代大臣下狱前，多自己引决自杀。孤家是高皇帝子，南面为王，岂能受辱于狱吏而求活呢！”他聚集诸子、嫔妃，紧闭宫门，阖宫自焚死。

一不做，二不休。建文帝及朝臣下诏齐王朱榑进京，废为庶人，关进大狱。

数月之间，针对诸藩王的大狱一起紧接一起，天下震动，恰恰也给了实力最强的燕王朱棣以起兵口实。

“诸藩者，削亦反，不削亦反”。开头不拿最强的燕王开刀，这才是建文帝及其诸臣最大的失策。

清初史家谷应泰对于建文削藩之事倒有“事后诸葛”之见。谷应泰认为，明太祖在世时，就应该下令诸藩遣子入侍于京师，并在禁宫内院建“百孙院”，择以淳儒良师对这些小龙崽子们予以教化，既留了“人质”，又传习了藩臣之礼；同时，再派勇臣猛将镇守四方关键之地，坚壁高垒，严防诸藩异动。一俟诸王子弟成年，马上下恩诏裂土分封，使各个小国林立，没有能力萌发造反之心。

有学者认为，谷应泰也是妄自忖度。朱元璋何其残暴之君，他一辈子的心思都用在防臣、防民、钳制人口、诛戮功臣，怎么又会有人当他在世时敢指出诸如建“百孙院”的建议呢？即使有人敢于疏奏，老家伙定会追根溯源，追问臣下“所安何心”，稍有不慎，三宗九族，顿成齑粉！

朱棣于洪武三年得封燕王。洪武十三年，朱棣于北平（今北京）开藩王府。

由于长年在朔方征战，朱棣年轻时就智勇有大略，能推诚任人。洪武二十三年，朱棣和皇兄秦王朱樉、晋王朱㭎一同勒兵进讨蒙古残部乃儿不花。朱樉和朱㭎怯懦，皆逗留不进。朱棣倍道兼行，指挥所部士兵直趋迤都山，大败乃儿不花，缴获人口牛马无数。听闻儿子朱棣大胜的消息，朱元璋大喜，此后屡派朱棣率诸将出征，并令他节制沿边士马。可见，朱棣是个久习边事且弓马娴熟的善武王爷，并有近二十年独霸一方的经验。

早在洪武二十五年（公元1392年），皇太子朱标薨，朱棣已动窥位之心。建文帝即位，周王朱（橚）首先被逮，使得本来就心怀异图的朱棣抓紧时间招兵买马，挑选壮士为卫军，又四处召集异人术士（朱棣也知道篡逆是十恶不赦的大罪，勾引术士相人在身边无非是给自己以心理安慰，并对左右从人施以心理暗示）。

同年年底，建文君臣已知悉燕王举动不寻常，并采取了一些措施提防朱棣。首先，建文帝以防备北边蒙古为名，派武将戍守开平，并下令调征燕王所属卫兵出塞。其次，派工部侍郎张芮为北平左右政使，任谢贵为都指挥使，随时随地侦伺这位王爷的动静。同时，朱棣的大舅子徐辉祖（功臣徐达之子）常常把从妹妹那里打听来的燕王信息密禀于建文帝，由此大见信用，被加封为太子太傅，与李景隆一起统管军队，随时准备发动图燕之举。

建文元年（公元1399年）春天，燕王派长史葛诚入京奏事，其实也是到朝廷探听口风，打探虚实。建文帝推诚相待，向葛诚询问燕王的情况。葛长史老实人，又值皇帝垂问，便把燕藩平素的不轨之事一一禀报。建文帝既喜且忧，遣葛诚回北平，密使其为内应。朱棣多疑，恰似其父朱元璋。葛诚回来后，朱棣觉察这个人神色有异，顿时起疑。

三月份，燕王依礼入觐新君侄子建文帝，“行皇道人，登陛不拜”，显然不仅老奸巨猾，确实还气势凌人。当时就有监察御史奏劾其“不敬”之罪。建文帝仁厚，表示说“至亲勿问”。转天，朱允炆召见卓敬，问：“燕王骨肉至亲，何得及此？”卓敬出言不凡，说：“隋文帝、杨广两人难道不是亲父子吗？”建文帝默然良久，仍旧下不了决心，只是摆手说了声“爱卿不要再讲了”，示意卓敬退下。

四月，燕王朱棣归国。真所谓“天予不取，必受其咎”！在南京如果想处置燕王朱棣，可以随便给他安个什么罪名，先抓起来再说，可惜建文帝太过柔仁。让后人纳闷的是，也不知一直出主意削藩的齐泰和黄子澄等人干什么去了，关键时刻不力劝建文帝下手，放虎归山，悔之无及。

当然，建文帝采取了一些“补救”措施——派都督耿瓛掌北平都司事，都御史景清为北平布政司参议，又诏派宋忠率三万兵屯守开平，以备边为名，敕令燕府精兵护卫皆隶属宋忠。同时，他还密诏张芮、谢贵严备燕王的一举一动。

朱棣归国后，马上托疾不出。不久，对外又称病危，以此迷惑朝廷。

五月，太祖朱元璋小祥忌日，依照礼制诸侯王皆应亲临陵墓致祭。朱棣自称病笃，派其世子朱高炽及另外两个儿子朱高煦、朱高燧入京。当时有参谋劝他不要把几个儿子都派入京师参加祭礼。朱棣一语道破心机：“此举，只为令朝廷对我不再怀疑。”

燕世子朱高炽等三兄弟入京，兵部尚书齐泰就劝建文帝把三个人一并软禁起来。又是黄子澄表示异议：“不可。疑而备之，不是好事。不如遣还。”秀才议事，思前想后，终无成者。倒是燕王儿子三兄弟的亲舅魏国公徐辉祖入殿密奏，表示说：“我这三个外甥中，唯独朱高煦勇悍无赖，非但不忠，又会叛父，他日必为大患。”建文帝犹豫，向徐辉祖弟弟徐增寿和驸马王宁问计。这两人平时和燕王及其三子关系密切，饮酒纵马欢歌，自然都是说好话，建文帝就在仪式后把三人好好打发归国。朱高煦临走，还偷偷潜入舅舅徐辉祖的马厩，盗走最好的一匹马，其无赖之性暴露无遗。

本来，朱棣派三个儿子入京后不久便忽然生悔，生怕三个小子被他们当皇帝的堂兄弟一网打尽。现在看见三个人根毛未动、无恙返回，朱棣喜出望外，大叫“吾父子复得相聚，天赞我也”！

建文帝放朱棣回北平，一错；又纵燕王世子朱高炽等人归国，使朱棣起兵更无顾忌，二错；特别是放走了强悍敢战的朱高煦，三错。日后，朱棣之兵锋最锐、关键时刻加最后一把力者，当属这位朱高煦。彼时，建文帝大叹“吾悔不用辉祖之言”！为时已晚。

既然已放虎归山，建文君臣已应该观变待时，不要激起朱棣急反之心。可是，建文元年七月，这位年轻的皇帝遣人逮捕燕王官校于谅、周铎至京杀头，并下诏谴责朱棣。

为了争取时间，朱棣装疯，于北平市中狂呼乱走，夺人酒食胡吃海塞，胡言乱语，躺在地上打滚叫骂，整日整日地假装不省人事。建文帝眼线张芮、谢贵入王府“探病”。盛夏暑天，看见朱棣披着大棉被在一个大火炉子前“烤火”，连连摇头大呼“冻死我了”！

张谢两人密奏，建文帝等人还真有些信以为真。幸亏燕王长史葛诚为内应，密报朱棣即将举兵。兵部尚书齐泰确也当机立断，马上发符遣使，命有司迅速前往北平，逮捕燕王府邸内相关人等，密令张芮、谢贵等人相机行事。同时，明廷密敕北平都指挥使（军区司令）张信，因其一直为燕王亲任，命他亲自逮捕朱棣。假使张信受命，朱棣再大的本事，也不过一王府独龙，皇诏一下，众人放杖，逮送京师，故事也就至此告一段落。

历史偏偏就在关键时刻出现转折。

张信手拿密敕，忧虑不敢声张，只是愁眉苦脸地唉声叹气。张信母亲疑而问之，张信以实相对。其母大惊，说：“不可。吾故闻燕王当有天下。王者不死，非汝所能擒也。”至此，朱棣一直在自己身边聚集和尚、道士、相士的“包袱”才在这关键处抖落。这老妪肯定平时喜斋乐佛，常常走庙入观，听见不少流言，相信这位燕王是九五真龙。

亲妈的话不能不听，张信主意已定，决计向燕王摊牌。

张信策马至燕王府邸，为门人所拦，推脱说大王病重，不能见人。其实是朱棣害怕被人当面擒拿，外面来人一律免见。这张信也有办法，改乘一妇人小轿，乔装打扮，径入府门，再自报真实身份求见。

朱棣不得已，哼哼唧唧，歪在床上勉强“带病”接见。张信入室，纳头便拜。朱棣假装半身不遂，吱吱呀呀就会比画，假装不能言语。

张信说：“殿下您别这样装了。有什么要事请与在下商议。”

朱棣大着舌头，哆哆嗦嗦，说：“我病得厉害，不是假装。”

张信又说：“殿下如果不对为臣讲实话，我身上有敕令，您应该马上束手就擒，入京鞠讯；如您心中有意，请别瞒我！”

见张信如此推心置腹，朱棣不敢再装，连忙从床上滚落向张信下拜，说：“您救了我一家人的命啊！”随即，两人密语多时，又把和尚道衍召入一起计议起事。与此同时，张芮、谢贵等人手执建文帝所下逮捕燕王府官以及削夺燕王爵号的诏书，率领北平七衙属吏及屯田军士把燕王府城包围起来。

朱棣沉吟半晌，想出一计：“既然诏令是逮捕我府内官属，可以诳骗张、谢二人入王府，告诉他们诏令中要逮捕的众人已经在押，需要他们两人进府验看。”

临入王府大门，张、谢两人身边的众卫士被门卫呵止。由于朱元璋时代皇族高于天的余威，王府确实不能随意进入，本着惯性思维，张、谢两人也没有坚持带护卫入府。

两人进入燕王府后，顿时伏兵大起，众卫士拥上前把张、谢两人绑缚起来，葛诚等建文帝“内应”也被当即拿下。朱棣扔掉手中拐杖，大叫道：“我根本没病，是迫于奸臣陷害不得不为此计。”朱棣把手一挥，叱出张、谢等人，皆斩于王府堂前。

张芮、谢贵两人的卫士从属听说张、谢两人被燕王杀掉，包围王府的明军群龙无首，应时溃散。只有北平都指挥彭二比较沉着，单人匹马于市中大呼“燕王造反”，集兵士千余人，猛攻端礼门。正指挥间，燕王手下两个健卒乘乱进前，把彭二砍落于马下，乱刀杀死，众兵迸散。

朱棣又急忙下令，命张玉等人率兵乘夜突击，攻夺北平九门。由于事起仓促，八个门楼被一举攻下，只有西直门兵士顽强，一直死守。燕王派指挥唐云单骑谕降：“你们别自找多事，朝廷现在已经答应燕王自制北方。现在投兵，一概不问，稍有延迟，定斩不饶！”守门官兵一时惶急，不知真假，也都一哄而散。仅仅两三日内，燕王朱棣已经控制了整个北平城。

至此，燕王朱棣援引明太祖《祖训》：“朝无正臣，内有奸逆，必举兵诛讨，以清君侧之恶”，并以诛齐泰、黄子澄为名，称其军为“靖难之师”，正式举兵反叛。

建文君臣闻变，下诏削夺燕王属籍。双方开打。

朱棣起兵后，进军非常顺利，开平、龙门、上谷、云中皆不攻自破。不久，又攻陷永平。至此，朱棣的北平大后方根据地已成稳固之基，再无太大的后顾之忧，可以锐意南下。

北方军情如此紧急，建文君臣并没有十分在意，认为燕王朱棣只是侥幸得胜。当时，建文帝正锐意文治，天天与方孝孺等大学者、诸文臣们讨论《周官》法度。

黄子澄虽是书生出身，却也能看出燕兵来者不善，劝谏道：“燕兵素强，不早御之，恐河北尽失。”

至此，建文帝才派长兴侯耿炳文、驸马都尉李坚等人率师北伐，抵挡燕兵的进攻。黄子澄不放心，接着下令安陆侯吴杰、江阴侯吴高以及十多位都指挥使数道并进，号称百万，直趋北平方向进军，并飞檄山东、河南、山西三省助给军饷及后勤支持。

众将出发前，建文帝御大殿送行。如果是讲些“旗开得胜，马到成功”的官话废话都不打紧，偏偏建文帝饱读诗书，又是柔仁之主，他劝诫众将：“从前南朝梁国萧绎为了登上帝座，命令他的属下趁乱杀掉他的三哥、侯景所立的简文帝萧纲，这样的事情不祥至极。现在，你们这些将士将要和燕王对垒交战，千万注意不要杀伤燕王，不要使朕有杀叔父的坏名声留于后世。”——这种“谆谆”嘱托是建文帝一生之中说过的最不智的话。

燕王朱棣造反，威胁大明家国社稷，双方主力未接，皇帝竟讲明不能让这位“反贼”叔父有损伤，诸将投鼠忌器，兵士又不敢存“擒贼先擒王”之心，由此就可以预见日后明军面对燕兵时的困窘之境。后来，几经周折，他的都城南系终于被朱棣攻破了。

朱棣攻占南京时，城内起火，内宫被焚毁，建文帝惶急，“逊国而去”。建文帝逊国是中国历史一大谜团。官方所修正史也讲“宫中火起，帝不知所终。”但朱棣“遣中使出帝后尸于火中，越八日葬之”，自己单方面宣布建文帝已被烧死。但朱棣称帝后，仍然不放心建文帝，怕这位侄子日后东山再起，派人四处寻找。大太监郑和自永乐三年起（公元1405年）数次下西洋，表面上是宣示大明国威，一路挥霍金银无数，实际上最重要的目的只有一个，就是为了探访建文帝下落。当然，七下西洋，诚为我中华征服海洋的壮举，据说美洲也是三宝太监首先发现，比哥伦布还要早。估计朱棣和臣下谁也没想到为了寻访一个小皇帝下落的“壮举”会带出日后那么多大动静来。

建文帝嫡孙袭统，居正朔之位，竟败于起兵反叛的藩王之手，实是中国历史上一个非常出人意料的结局。总结起来，建文帝失败原因不外如下：

第一，建文柔仁。燕兵将皆善战骁勇之辈，建文帝竟于大战前下明诏“莫伤朕之叔父”，不明之至，致使朱棣多次绝处逢生。假使明军在战场上能“擒贼先擒王”，燕军早就冰消败亡。

第二，黄子澄、齐泰、方孝孺皆书生，仓促行削藩之计，不知兵事，没有什么战略眼光，以至于误国，最后招致灭族惨祸。

第三，单用一将统率军队。明军“合天下之兵，握一人之手”。如果当初下令山东、河北诸将各拥众数万，凭城坚守，年深日久，以叛臣贼子起兵的朱棣胜一仗败两仗，又一直巡行在河北、山西狭窄地带，熬过一阵熬不过两阵，军队人心最终会轰然瓦解。

另外，纵观整个龙虎斗过程，建文帝一方似乎没有什么特别突出的大将之才。这也要“归功”于朱元璋，因为所有有智有勇有力的名将早已连子孙都被株除干净，留下的全是三四流将领，自然不是燕王朱棣的对手。

第四节　觊觎皇位竟得诛——明宣宗亲征平定“朱高煦之叛”

洪熙元年（公元1425年）五月，洪熙帝朱高炽突然死去，在位不足一年。朱高炽病重时，派人捎信，召还太子朱瞻基；临终前，遗命传位于皇太子。明廷立即派朱高炽的机要人员、宦官海寿赶赴南京召回太子瞻基。按照规定，还必须派遣一位礼官赴南京迎驾。礼部的许多官员不敢担此使命，因为他们知道，汉王朱高煦早已广布密探、磨刀霍霍准备谋反，此时由北京出使南京，必定凶多吉少。但总得有人出使才行，礼部尚书吕震指名令仪制司主事况钟担此重任。况钟从人群中挺身而出，豪迈地说：“这件事本来就是非我去不可！”他乘驿站之马，向南京飞驰几昼夜，中途迎接皇太子朱瞻基北行赴京。

朱高煦在京师中有很多密探，因而很快便得知太子朱瞻基正从南京赶来继位的消息。朱高煦立即派人在中途劫杀太子，打算之后起兵夺位。朱高煦所在的乐安州正好位于南、北二京通路的东侧，劫杀起来颇为方便。朱高煦派出一支部队，以为势在必成，因而稳坐乐安，只等部下送来朱瞻基的人头。这是朱高煦第一次和朱瞻基斗法较量，不料出师不利，势在必成之事竟然失败了。

原来太子朱瞻基正在拜谒明太祖的陵墓，接到父亲召他还京的信件之后，当日即率领一些轻骑，从传驿车道飞驰回京。朱高煦派出的劫杀部队竟晚了一步，没能及时赶上他。临走之前，有人劝朱瞻基应率重兵护卫而行，还有人担心朱高煦伏兵劫杀，劝朱瞻基从小道走。朱瞻基却毫不畏惧，胸有成竹地说：“君父在上，天下归心，不必多虑。再说别人也不会料到我是刚到南京又很快返回北京的，况且父皇有令，岂可稍违！”毅然率队出发。朱瞻基是个极为精敏之人，平时即常备不懈，加上跟随皇祖朱棣历练多年，行动起来机敏迅速，因而甩开了朱高煦的劫杀，直奔北京。

户部尚书夏原吉等人也估计到朱高煦可能会采取行动，便率人赶到北京附近的良乡迎候太子朱瞻基。这样使朱高煦更找不到下手的机会了，为此朱高煦恨透了夏原吉。

朱瞻基一行人马来到了卢沟桥，明廷已派人在那里摆好了香案，搭上了帐幕。朱瞻基在那里接到了洪熙帝高炽的遗诏，十分悲痛，他怎么也想不到自己一去南京，竟与父亲永别了。到了北京后，左右侍从搀扶着痛哭的朱瞻基来到宫中，拜见了母后和兄弟亲王。朱瞻基在众臣的帮助下，开始处理皇父的丧事和日常政务。

当时京城内外的气氛仍然十分紧张，人们普遍认为汉王朱高煦很可能乘此机会举兵夺位。大街小巷，飞短流长，弄得人心惶惶。守卫部队严阵以待，京师戒严。朱瞻基回到北京以后，人心才开始安定下来，但戒严仍未解除。第二天，朱瞻基即对军界负责人英国公张辅等人说："安葬父皇的日期还有一段时间，眼下天气炎热，长期戒严，将士劳苦，把戒严部队全部撤掉吧。"张辅却对局势放心不下，仍然担心京师会受到威胁，他委婉地对朱瞻基说："殿下您还未继承皇位，军卫不能撤掉。"朱瞻基不以为然地说："天下神器（指皇位）非智力所能得，况祖宗有成命，孰敢萌邪心！"终于下令解除了戒严。这一举动不仅感动和激励了京师将士，也给朱瞻基自己树立了一个英勇无畏的良好形象。本来将士们于京师戒严，就是担心27岁的朱瞻基是否能应付朝中的危局，现在他们看到这位青年太子成竹在胸，不禁肃然起敬。

洪熙元年（公元1425年）六月，朱瞻基即皇帝位，决定从明年起，改年号为宣德。因此，朱瞻基又称宣德皇帝。这一年，朱瞻基27岁。

朱高煦派人劫杀朱瞻基未成，心中不免有些慌乱。朱高煦深知这个侄子不那么好对付，于是一面加紧军事上和经济上的谋反准备，一面设法试探朱瞻基，以便寻找下手的机会。

宣德帝朱瞻基十分从容，他和父亲几乎与朱高煦明争暗斗了二十多年，对朱高煦了如指掌。朱瞻基已经打定了后发制人的主意，二叔朱高煦不先动手，他也决不采取措施。同时，朱瞻基从各方面对朱高煦给予优待，让朱高煦找不到任何借口谋反夺位。即位之后，朱瞻基赐予汉、赵二王远高于其他王府的优厚封赏。本来洪熙帝在位时，就将两弟的禄米加至二万石，并给予大量赏赐，这已经是相当优厚的封赏了；而朱瞻基对二位叔叔的封赏居然比他父亲还要丰厚，实在让他们发不出什么怨言来。但朱高煦为了探查动静，仍然不时提出一些请求，想试试这位新天子的分量。朱高煦还上了一份奏疏，陈述了四件有关国计民生之事，借以试探朱瞻基的见识和态度。朱瞻基一见奏疏，便知朱高煦的用意，他批令有关部门，朱高煦陈述之事付诸实施，还特意回了一封信，向叔父朱高煦致谢。

朱瞻基与群臣谈起此事，颇为恳切地说："皇祖从前曾对父亲说过，二叔怀有夺位之心，应该注意防备。现在从汉王所上的奏疏来看，如果真是出于诚意，便是已经改过从善，不能不顺从他。"朱瞻基对群臣说的这番话实在是有很深的用意，而且滴水不漏，无懈可击。朱瞻基已借祖父之口宣布了朱高煦有夺位之心，将来无事便罢，一旦朱高煦有个风吹草动，朱瞻基采取行动便是师出有据、名正言顺了。同时也暗示朱高煦，只要他能改过从善，朝廷便始终会优待他。看来朱瞻基不愧是朱棣调教出来的得意门生。

宣德元年（公元1426年）正月，汉王朱高煦派人向朱瞻基进献元宵灯，以表示对新天子的祝贺。朱瞻基照例复书致谢，并请求二叔逢年过节只要赐言教诲即可，不必烦劳献灯了。朝中有人看透了朱高煦以献灯为由窥探朝廷动静的企图，劝朱瞻基防备。朱瞻基只是不以为然地说："我对二叔只有推诚相待。"对于臣下的劝告和来自汉府贼眉鼠眼的密探使者，朱瞻基只当不闻不见。

朱瞻基的这一手，倒把朱高煦迷惑住了。朱高煦见朱瞻基对他的所奏所请无不批准，自己居然成为青年皇帝颇为敬重之人，不禁有些忘乎所以了。朱高煦得寸进尺地向朱瞻基奏求马匹、骆驼，朱瞻基立即派人送来40匹骆驼和120匹马，还派太监杨瑛带了袍服赐给朱高煦。这下更使朱高煦胆壮起来，他甚至以为，这位新皇帝毕竟是年轻手嫩，并不像他从前想象的那样机敏可怕。朱高煦将朱瞻基的欲擒故纵当成了软弱可欺，更加肆无忌惮地准备谋反夺位。

宣德元年（公元1426年）八月，朱高煦的护卫部队四出劫掠，乐安及周围百姓惊惧动乱，四下逃避。有出使乐安的使者向朱瞻基报告说汉王谋反了，乐安附近已经乱作一团。朱瞻基听罢，故作惊讶地说："朝廷待他可算无微不至，照理说他不应该这么快就谋反啊！"不久，许多军民百姓陆续从乐安附近逃来，纷纷讲述了乐安的情况，前往乐安送驼送马的使者及杨瑛等人也从半路逃回北京。朱瞻基也真沉得住气，他对此仍然表现出半信半疑："朱高煦果真谋反了吗？"

原来，朱高煦在到达乐安的几年之中，与护卫军指挥韦达、韦弘、韦兴、千户王玉、盛坚、李智、乐安知州朱恒等人长期谋划起兵之事，有时竟夜以继日，通宵达旦。他们组织人力在乐安城中制造兵器、火器；将州民丁壮登记注册，编为行伍；砸开州县监狱，放出里面关押的死囚罪犯，给这些人以优厚的生活待遇，训练他们习武打仗；召集了附近其余州县的无赖强壮子弟和逃亡流窜人员，发给每人一笔钱，将这些人编入军队，颁发旗帜，习武练兵；派人将兵器发给附近的卫所，作为起兵的信物；将乐安周围诸县的官民畜马全部抢来，并且积攒了许多军用物资，以便起兵时动用。朱高煦还联络了握有山东一省兵权的都指挥靳荣，在济南府起兵接应，附近也有许多势力表示愿意归附汉王朱高煦。至此，组建军队和筹备军资的工作已大体完成，尽管整个过程有些杂乱无章，但朱高煦毕竟拼凑了一支为数可观、可以调动的部队。

接着，朱高煦将部队分为五队，立五军都督府，指挥王斌领前军，知州朱恒领后军，指挥韦达领左军，千户盛坚领右军，朱高煦自领中军，让他的五个儿子各监一军，其中世子朱瞻坦据守乐安。部署完毕，朱高煦又授予王斌、朱煊等人太师、都督之职，表明自己一方是与朝廷分庭抗礼的独立政权。他们的战略计划是首先攻取济南，然后进军北京。与此同时，朱高煦还派人至北京，与那些当年“靖难之役”中同他共过事的勋臣故旧进行联络，以争取他们作为内应。朱高煦自负勇武，为人狂傲，“靖难”老将中，他绝大部分都不放在眼里，但是对于几次率军平定交阯的名将张辅倒是不敢小看。况且张辅掌管北京的中军都督府，是手握军权的重要人物。于是，朱高煦派亲信枚青潜至张辅家中，企图说服张辅帮他夺位。不料张辅根本不听枚青的行动，当场将他拿下，派人连夜押送朝廷。但是朱高煦的说客与其他武臣联络的情况却无人知晓。看来朱瞻基对朱高煦的迁就态度和朱高煦咄咄逼人的气势，很可能使一些朝臣暂时采取了观望态度。不错，这场叔侄之间争夺皇位的斗争不仅未见分晓，而且一开始似乎是朱高煦占了上风。

朱瞻基亲自审问了张辅押来的枚青，得知了乐安朱高煦的部署情况。这时山东三司和所属州县都陆续上奏了汉王朱高煦的谋反情况，希望朝廷能早做安排。此时朱高煦的谋反活动已大白于天下了，朱瞻基这才下令军队做好准备。但他仍然不想立即出兵征讨朱高煦，而是坚持要把欲擒故纵、后发制人这出戏唱到底。

朱高煦夺位心切，激情外露，热血沸腾；相比之下，朱瞻基则显得冷静从容，不动声色。朱瞻基心中明白，尽管朱高煦已举兵谋反，但目前只是在乐安原地踏步，并未进攻周边城池，也未发表反叛朝廷的公开宣言。因此，目前还没到出兵平叛的最佳时机。待朱高煦有了进一步明显的谋反行动后，再出兵平叛也不为迟。可能是出于这种考虑，朱瞻基修书一封，派人送给朱高煦。信中说："昨天护卫余丁枚青来说，叔叔您有督过朝廷的举动，我的确不相信。但是考虑到这是小人离间我们叔侄的关系，因而不得不向您通报。现在父皇的至亲只有二位叔叔了，我所依赖的也只有二位叔叔。即位以来，天地神明鉴临在上，我的言行哪有一丝一毫违拗叔叔的心愿呢？但是无耻小人居然无中生有造谣惑众，挑拨离间，弄得我现在不得不向叔叔您表明心迹，以揭露造谣者的虚妄。况且我考虑到军民之中流言四起、惊疑不定，可能会另有小人乘机作乱，这也是不得不加以提防的，请叔叔您明鉴。昔日皇祖去世之时，也有小人造谣生事，企图离间我们。只是全仗父皇和叔叔您兄弟至亲，同心同德，彼此不疑，小人的奸计才未能得逞。现在这些家伙又想离间我们叔侄二人，如果叔叔您能够明察此事，那真是国家的福分，也是宗室的福分。"话说得十分客气，十分委婉，但却句句占理，软中带硬。朱瞻基明知道朱高煦不可能接受他的这番诚意，却偏要将自己宽容、忍让的情意发挥尽致，以便从道义上激起人们对他的支持和对朱高煦的公愤。相比之下，朱高煦实在不是朱瞻基的对手。

朱瞻基的信使刚走，朱高煦的信使便到了北京。朱高煦致朱瞻基的信中，指责洪熙帝不该违反洪武和永乐时期的旧制，颁给文臣诰敕和封赠，指责朱瞻基不该修理南巡帝殿，并将此事归罪于朝廷。朱高煦还指斥朝中几位大臣为奸臣，为首人物便是户部尚书夏原吉，要求朝廷交出这些人杀掉。同时又将内容相同的信件分发朝中公侯大臣，痛诋当时的朝政，并扬言已分兵把守交通要道，防止奸臣逃跑。

明眼人一看便知，朱高煦来信的内容和做法不过是对朱棣"靖难"起兵的拙劣模仿，理由牵强可笑。朱高煦采用父亲朱棣的老办法，与朱棣当年的表面情况相同：二人都在侄儿即位之初便起兵夺位。但二人的对手却大不一样：朱棣的对手是文弱无能的朱允炆，朱高煦的对手却是文武双全的朱瞻基。

朱瞻基看罢朱高煦的来信，一边交给群臣传阅，一边叹着气说："朱高煦的叛逆行为，天地祖宗都看见了。这实在是我大明帝国的不幸啊！"朱瞻基下令兵部将朱高煦的反状张榜传示中外。

而朱高煦对待朱瞻基的信使则是另一番景象。送信的宦官侯泰到达乐安后，朱高煦整兵列队“欢迎”他。看完朱瞻基的来信，朱高煦问侯泰：“朝廷知道我举兵吗？”侯泰回答：“朝中尽管有许多人提到此事，但皇上以为殿下您是至亲，根本不信。”朱高煦又说：“你是旧人，应该知道我举兵的原因。”侯泰不敢说实话，只好说不知道。朱高煦咬牙切齿地说：“我有什么地方对不起朝廷！靖难之役，要不是我拼死作战，燕军的下场还真不知道会是什么样子。太宗皇帝（朱棣）听信谗言，削夺了我的护卫，把我迁到乐安；仁宗皇帝（朱高炽）不恢复我的护卫，不给我换个大城池，还让我屈居乐安，就会拿点金钱来堵我的嘴；现在皇上又张口闭口谈什么祖宗旧制，我怎么能在这小小的乐安窝囊一辈子呢？”朱高煦指着眼前一大片排列严整的军马兵器，厉声对侯泰说：“你看我汉王的军队，难道就不能横行天下吗？你赶快回去告诉皇上，把奸臣给我绑来，然后再考虑我的条件。”吓得侯泰连说“是，是”。这时旁边有人讨好地对朱高煦说：“听说朝廷派来送驼马送袍服的人，半路上就给吓跑了。”朱高煦不禁哈哈大笑，得意地说：“我就知道他们都是胆小鬼，现在朝中的那些人肯定都吓破胆了。”说完，又狂笑起来。

侯泰连滚带爬地逃回北京，朱瞻基问他朱高煦说了些什么、乐安的军备如何，侯泰竟一问三不知。朱瞻基从侯泰的表现中敏锐地觉察到，有人对朱高煦谋反持观望态度，他们是在等待事情的进一步发展、分出高下，然后再决定自己的行动。这是个危险的苗头，弄不好便会削弱自己的力量，而使朱高煦得势。必须迅速采取行动，平定朱高煦的反叛。

宣德帝朱瞻基随即与人商议，准备派遣阳武侯薛禄率兵平叛。不料这位名将接到朱瞻基的命令后居然脸色大变，甚至流泪。薛禄曾在“靖难”之役中与朱高煦并肩作战，二人有同生共死的患难交情。加上朱高煦勇猛凶悍、战功显赫，在军界素有威名，因而薛禄受命与他交战，内心流露出极其为难和胆怯的情绪，并不奇怪。

派薛禄平叛一事引起了朝臣的争议。朱瞻基连夜召集军政要员，商议平叛之事。大家坐定之后，为人恭谨的夏原吉首先起身脱帽，向朱瞻基请罪：“小臣不才，激变宗藩亲王，有罪该死。”朱瞻基当然明白，朱高煦指斥夏原吉为奸臣，不过是谋反夺位的借口，于是他安慰夏原吉：“你有什么错，朱高煦不过是拿你当个借口，是福是祸朕与你一起分担。”原吉这才重新落座。紧接着杨荣发话了："不能派薛禄率兵平叛，皇上您难道忘记了当年李景隆的教训吗？眼下对付朱高煦这帮人，非得皇上您御驾亲征不可！"杨荣的话引起了朱瞻基的震动。原来将近三十年前，朱瞻基的祖父燕王朱棣起兵夺位，当时的建文帝派功臣之后李景隆率领大军出击燕军，结果被燕军杀得惨败，建文帝也最终失掉了皇位。这段往事朱瞻基当然记得，但是杨荣劝他亲征朱高煦，朱瞻基有些犹豫，他转而征求夏原吉的意见，原吉说道："要接受以往的教训，不能重蹈覆辙。我昨天看见薛禄受命之后变了脸色，还流了眼泪，就知道这个人是惧怕朱高煦，不足以任事。现在是兵贵神速，加上师出有名，皇上您应该亲率精锐出征，一鼓作气平定叛乱。这就是所谓先声夺人，如果选派其他将领出征，恐怕不一定成功。"听罢夏原吉的分析和劝告，朱瞻基顿时消除了心中的疑虑，一种高贵的使命感油然而生，他决定亲征朱高煦。朱瞻基随即召来了英国公张辅，向他传达了自己的决定，要张辅帮助他完成此事。可是张辅觉得皇帝亲征，未免有点小题大做了。张辅的军事才能和战功远高于薛禄，根本不把朱高煦放在眼里，因而他对朱瞻基说："朱高煦这个人只是空有夺位之心，外表上看凶猛强悍，但实际上内心恐惧，也没什么谋略，他那里没有几个多谋善战之人，军队也没什么战斗力。请皇上给我两万人马，我保证为您活捉朱高煦，用不着皇上您亲自出马。"朱瞻基尽管赞许张辅的胆气和忠诚，但心里另有打算。他对张辅说："我知道派你出征足可以制伏朱高煦，但是我这个皇帝即位不久，脚跟还没站稳，有人可能会对我怀有二心，我必须以实际行动慑服这些人才行。因此我决定亲征。"

事实证明杨荣、夏原吉等人的担心并非多余。朱瞻基出征前，军中的一些将领对朱瞻基是否有把握取胜已经产生了怀疑，不免首鼠两端，有人甚至传言朱高煦机变不测，用兵如神。可见"靖难之役"中，朱高煦英勇善战的威名在二十多年后的军中仍有较大的影响。

为了迅速平叛，朱瞻基做了必要的部署：告诫诸将加强守备，并下令全城缉拿朱高煦的奸细；召还镇守大同的武安侯郑亨和镇守永平的遂安伯陈英，以备调遣；派人协助陈王宣镇守淮安，严防叛军南逃；赦免了一大批轻罪军徒，让他们从征朱高煦；分遣公、侯、伯等将领据守皇城和京师；选派自己的两个兄弟郑王朱瞻竣、襄王朱瞻墡留守北京，命广平侯袁容、武安侯郑亨、尚书黄淮等人协助居守；命文臣蹇义、杨士奇、夏原吉、杨荣，吴中、胡濙、张本扈从亲征；仍然任命阳武侯薛禄为先锋，率兵二万为先头部队直抵乐安，朱瞻基自己亲率大军随后出发。

宣德元年（公元1426年）八月辛未这一天，宣德帝朱瞻基将朱高煦的谋反罪行奉告天地、宗庙、社稷诸神，然后亲率大军，浩浩荡荡向乐安进发。这是朱瞻基自即位以来采取的最大规模的军事行动，十几万将士随从东征，阵容极为庞大。一路之上，朱瞻基时而传令督饷人员提防敌人的埋伏，时而告诫将领们应该爱护士卒，并派五百哨骑前去加强了先锋薛禄的力量。这一切都显示出朱瞻基早年跟随祖父北征时所练就的军事才干。

行军途中，朱瞻基在马背上不断与侍臣谈论朱高煦的情况。朱瞻基说："汉高帝刘邦当初封吴王刘濞时，说他面有反相，后来到了汉景帝时，刘濞果然谋反了。永乐中期，皇祖说过朱高煦有夺位的野心，不宜安置在大的封国中，因此才将他迁至乐安，现在朱高煦果然谋反了，皇祖和刘邦为什么都预料得如此准确呢？不过当年汉景帝杀了吴王的太子，又推行了晁错削夺藩国的政策，所以刘濞才起兵谋反。如今朕待诸位亲王都不薄，至于汉王朱高煦，因为他是父皇的至亲兄弟，所以待他尤其宽厚，可他为什么还要谋反呢？"难道朱瞻基真的不知道其中的原因吗？聪明的侍臣猜透了朱瞻基的用意，赶紧回答："朱高煦谋反之心蓄谋已久，并非皇上的大恩大德所能感化。"朱瞻基要听的大概正是这句话。

接着，朱瞻基问侍臣，如今朱高煦将如何行事。侍臣们七嘴八舌地发表意见，有人说，乐安城小，朱高煦肯定会先取济南作为巢穴；有人说，朱高煦早年不肯离开南京，如今一定会引兵南下，攻取南京。朱瞻基从容地说道："依我看都不一定。济南虽然离乐安很近，但城池坚固，不易攻克，更何况朝廷大军就要开到了，朱高煦哪还有空顾得上攻城呢！他所聚集的当地土民和护卫军的家属都在乐安，这些人怎么会弃家南下，攻取南京呢？况且朱高煦这个人事到临头，狐疑不决，外表看起来浮夸吹牛，不可一世，却没什么胆量。如今他之所以敢于如此猖狂地举兵谋反，一则看我年轻，即位不久，人心未必归附；二则料定我不可能率师亲征，一定会遣将前来征讨，那样他就可以威胁利诱来将，凭侥幸取胜。如今我御驾亲征，他那些征集不久的乌合之众早已吓破胆了，还敢出来同我们交战吗？况且普天之下无故兴兵涂炭生灵的人，天地难容！大军一到，朱高煦只能束手就擒。"群臣听罢，觉得朱瞻基的话虽有道理，但还是将信将疑，等待事态的进一步发展。

不久，逃离乐安的护卫军官来到军中，讲述了乐安的情况。原来朱高煦约定山东的都指挥使靳荣发兵接应他，但他们的勾结为人察觉，掌管行政和司法大权的布政使和按察使控制了靳荣，使他不能发兵。朱高煦任命的兵部尚书朱恒力劝朱高煦率领精兵直趋南京，攻下了南京就大功告成了，起码也可以划江而守。但是这一正确的战略意图却遭到了众多乐安籍将领的反对，他们乱哄哄地冲着朱恒嚷道："你家在南京，你想让汉王发兵护送你回家吗？我们这些人怎么办呢？"朱高煦望着争吵不休的将领，一时没了主意。当初听说朝廷将派薛禄率兵前来，朱高煦不禁喜形于色，挽着袖子对众人说："这个人好对付。"后来又听说朱瞻基率军亲征，朱高煦这才有些害怕了。他回想起从前与这位皇侄打过的交道，从保护父亲到甩开他的劫杀，朱瞻基的锋锐机敏他是着实领教过的。如今刚一听说亲征，朱瞻基竟说到就到，朱高煦不由得更为害怕起来。主帅脸上的惧色，自然瞒不过军中将士，他们便也产生了动摇。有些人已经开了小差，偷偷逃往朱瞻基军中。军心不稳和举棋不定，使朱高煦一开始就陷入了被动的境地。

群臣听了来人的讲述，不禁对朱瞻基刚才的分析和推测极为佩服，大家向朱瞻基下跪叩头说："皇上精于料敌，反贼不足平矣！"朱瞻基看到敌情果然不出自己所料，又进一步赢得了臣下的佩服与支持，心中当然十分得意。但朱瞻基不愧是朱棣调教出来的高才生，十分清醒地对群臣说："困兽犹斗，朱高煦肯定会做垂死挣扎，不可轻视，你们都要谨慎从事。"然后重赏了前来归降的军官，仍将他放回乐安劝降。

随后，朱瞻基再次致书朱高煦，表示自己出征乐安是迫不得已之举，请朱高煦将主谋擒住献出，即可平息此事。同时威胁朱高煦说，与朝廷对抗等于以卵击石。况且乐安也有人想擒献朱高煦，到那时你堂堂的汉王就太丢面子了，我朱瞻基就是想保全你，也保全不了了。

这时阳武侯薛禄派人驰奏，前锋已达乐安城下，朱高煦约定明日出战。朱瞻基闻讯，立即下令全军加速前进，边吃边行，务必于第二天拂晓赶到乐安。随军的蹇义、夏原吉、杨士奇、杨荣等人担心急速冒进会遇到不测，朱瞻基的安全将受到威胁。名将张辅、柳升等人也赶来向朱瞻基劝道："朱高煦知道您率大军前来，说不定会在林间设下埋伏，乘我不备出兵伏击。况且百里趋利，正是兵家的大忌，请皇上停止前进，派哨兵侦察一下再做决定。”朱瞻基却认为这些人的担心简直多余，他说：“兵贵神速，我军直抵乐安城下，朱高煦就成了陷阱中的老虎，虽有爪牙，却无法施展。再说，朱高煦反叛朝廷，他手下的乌合之众大都怀有二心，听说大军将至，肯定会乱作一团，自顾不暇，根本顾不上设伏袭击我们，你们不必过虑。”众人只好服从。

经过一夜的急行军，第二天拂晓时分，朱瞻基率大军抵达乐安，驻扎在城北。诸将按照朱瞻基的指示，分别让开了乐安的四面城门，准备交战。这时朱高煦在其太师王斌等人簇拥下登上乐安城墙，命人于城上架起火炮，摆开了发射的架势。不料没等架完，城下明军的神机铳炮便一排排地朝空鸣射，声如炸雷。城上的军卒都被吓破了胆，三三两两地聚集在城堞边，瞻前顾后，双脚打颤儿。但是迫于朱高煦的威虐，不敢退下城堞。

城下的明军将士看到乐安军卒的这番情形，不觉好笑，益发感到朱高煦实在是黔驴技穷，没什么可怕的。于是，将士们纷纷向朱瞻基请求出战，一举攻克乐安。朱瞻基考虑到攻城难免伤及无辜百姓，加上他仍然想迫使朱高煦先动手，于是严令将士不许攻城，再次致信朱高煦，毫不客气地说：你的谋反罪行已十分明显，我为国家生民亲率问罪之师前来乐安，你不出来朝见，也不派护卫和王府官员前来朝见，不仅是无礼之举，而且是负隅顽抗。你能战则战，不能战就到我的军门来当面请罪。否则城破之日，你后悔也来不及了。

到了中午，乐安城里仍未见什么动静，朱瞻基终于不耐烦了，他派人转告朱高煦：“前一封信中，该讲的都讲了，我不想再跟你废话！请你快做决断。”双方都清楚，这番话无异于朱瞻基给朱高煦的最后通牒。与此同时，朱瞻基命人将一些开导叛军的敕书系在箭上，从周围射入城中。城中接到敕书后，很多人都想活捉朱高煦献给明军，以便立功赎罪。朱高煦收到朱瞻基的“最后通牒”，又听到了士兵的议论，吓得魂飞魄散，极为狼狈。朱高煦赶紧派人到朱瞻基的营帐，请求朱瞻基宽限他一个晚上，与妻妾诸子告别后，明天一早就亲赴军门谢罪。朱瞻基答应了。

当天夜里，朱高煦将几年来所造的兵器和谋反往来的信件全部烧毁，以便销赃灭迹，减轻自己的罪责。只是打造的兵器和谋反往来的信件实在太多了，一时烧不完，城外的明军只见乐安城中整个夜晚都是火光冲天。

第二天，朱高煦准备出城投降，迎面遇上了新封的太师王斌等人，王斌拦住朱高煦劝道："宁可一战而死，不可为人活捉，你为什么要去投降呢？"朱高煦不说他不愿意战死，而是厚着脸皮欺骗王斌等人说："我没想去投降啊，只想出去巡视一下军情。"说完转身回到自己的寝室中，然后从另一条小道溜出乐安城。

朱高煦一露面，就被城外的明军一拥而上连架带推地送到了朱瞻基面前。朱高煦站定一看，他的侄子、宣德皇帝朱瞻基端坐在营帐之中，表情极为安泰、高傲。两旁站立着文武群臣，其中就有他指为奸臣的夏原吉和他所惧怕的英国公张辅。周围全是一身铠甲、按剑持刃、怒目圆睁的皇帝卫队。文武群臣一个个上前列奏朱高煦的罪行，请朱瞻基按刑法下令将他斩首。朱瞻基以胜利者的姿态说道："朱高煦固然有罪，但是祖训对于这样的宗藩亲王自有成法。"群臣都知道朱瞻基恨透了朱高煦，但表面上又不得不做出宽容守法的表示，于是大家一齐站出来奏道："春秋之法，大义灭亲。"朱瞻基摆手挥退了群臣，只命侍从将群臣弹劾朱高煦的奏章扔给朱高煦看。朱瞻基已不想杀死朱高煦，一来显示他的宽容大度，二来也想从精神上折磨这位桀骜不驯的亲王。

朱高煦拣起地上的奏章翻了翻，上面都是请求朱瞻基"彻底消灭"他的内容，不禁两腿一软，下跪向朱瞻基连连叩头："小臣罪该万死，罪该万死，生死全听皇上的吩咐。"

朱瞻基毫不理睬连磕响头的朱高煦，扭头传令于谦出来宣布朱高煦的罪行。人们只见一个年轻的御史走出行列，开口历数朱高煦的罪行。此人口齿纯正、声音洪亮，抑扬顿挫、口才不凡。朱瞻基听了于谦声色俱厉的宣讲之后，脸上露出了欣赏的笑容，朱高煦则为于谦的义正词严吓得全身哆嗦，几乎瘫在了地上，嘴里的"罪该万死"都说不成句了。

乐安城中很快便知道了主帅投降的消息，人心涣散，完全停止了抵抗行为。朱瞻基让朱高煦写信招降他的几个儿子，又派朱高煦的亲信内侍到乐安城中安慰和劝谕朱高煦的妻妾眷属，下令城中只罪主谋不罪胁从，从而使人心浮动、混乱不堪的乐安城暂时安定下来。

接着，朱瞻基命阳武侯薛禄和兵部尚书张本留在乐安处理善后事宜，自己则率大军押着朱高煦和同谋王斌、韦达、朱恒等人班师回朝。山东和北直隶的父老军民听到朱瞻基顺利平叛的消息，都从远近地方赶来，夹道欢迎回师的队伍。朱瞻基所过之处，“万岁”之声响彻云霄。

朱瞻基很快将平定朱高煦之事通知朝野上下。他命人在西华门内修筑了一座囚室，将朱高煦父子关押在里面，还特意为这座囚室起了个具有讽刺意义的名字：逍遥城。从此，被废为庶人的原汉王朱高煦，带着木制的镣铐，在这座“逍遥城”中度过了将近四年的囚徒生活。

朱瞻基在不到一个月的时间内，几乎是兵不血刃地平定了朱高煦的叛乱，一下子削除了大明帝国内部多年的隐患，前后事情处理得干净利落，他自己也感到较为得意，便写了一篇记述这番经过的《东征记》，刻印出来，遍示群臣。但是得意之余，朱瞻基总有些消沉。

回京之后，文武群臣上表，对朱瞻基的胜利出征表示祝贺，朱瞻基却说：“这是国家的不幸，没什么值得祝贺的。”不久，鲁王朱肇辉等许多亲王纷纷请求进京，以便当面向朱瞻基庆贺平叛之事，朱瞻基又叹着气说：“这真是家里的不幸啊！我心中惭愧，有什么值得庆贺的！”传令亲王不许前来致贺。朱瞻基尽管平定了朱高煦的谋反活动，但朱高煦毕竟是他的亲叔叔，他与朱高煦为争夺皇位而同室操戈，最后竟是侄儿囚禁了叔叔，这在长幼尊卑等级森严的封建社会里，的确不是什么荣耀之事。如果这件事发生在前两朝，那么道德意义就大不相同：朱棣对朱高煦，是父亲对儿子；朱高炽对朱高煦，是兄长对兄弟，这样的结局是传统道德所能允许的。而朱瞻基对朱高煦，是晚辈战胜了长辈，这样的结局是传统道德所不提倡、甚至是反对的。尽管朱瞻基平定朱高煦之叛，客观上有利于大明帝国的和平与稳定，更有利于人民和社会生活的安宁，但是传统道德的理想说教，与政治斗争的残酷现实毕竟是两码事，这使朱瞻基在无形中背上了一个道德的包袱。平定朱高煦的胜利也因此而蒙上了一层阴影。终宣德一朝，朱瞻基也很少向人炫耀此事。也许是在这种心理的作用下，当有关部门追查和惩治朱高煦余党时，朱瞻基特意指示他们不要穷追不舍，更不要株连过多的无辜之人。

但是，朱高煦当年毕竟是地位仅次于皇太子的显赫亲王，无论是“靖难”的战功，还是后来在乐安的经营，都在当地有一定的影响。有些响应朱高煦举兵的人们，事后或被押解戍边，或被发给官家为奴。这些人中，有人杀死押解人员逃走，有人从官家逃回乡里，朱瞻基不得不下令有关部门严查逃犯，重赏检举和自首之人。

朱高煦之叛被彻底平定，困扰明帝国二十多年的难题，至此为朱瞻基成功地解决了。朱高煦最终败于朱瞻基之手，原因复杂：未能获得朝臣的支持；永乐时期夺位活动过于急躁，过于露骨，反而受到打击；未能抓住朱棣去世和朱高炽去世的两次机会发兵夺位；最后起兵时困守乐安这块弹丸之地；军事实力的相对薄弱；等等。这些因素综合起来导致了朱高煦的失败。另一方面则有朱棣、朱高炽、朱瞻基祖孙三人的联合行动，使朱高煦越来越走向失败，尤其是朱瞻基后来欲擒故纵、后发制人的策略，几乎是迫使朱高煦谋反，然后迅速率军亲征，一举平定之。朱高煦实在是遇到了强劲的对手，虽然他是当年“靖难”之战的猛将，又主持过一段北方的防务，具有一定的军事才能，但是他缺乏朱棣和朱瞻基身上的战略才能，更缺乏一个军事统帅的才能，性格急躁，容易冲动，缺乏耐心。由于战功和朱棣的纵容，朱高煦的顺境大大多于逆境，经受不住逆境和挫折的考验，情绪的起伏波动很大，关键时刻举棋不定，被动挨打，终于被擒。

但是，朱高煦的失败，还有着更为深刻和复杂的社会政治原因。朱高煦发动的叛乱，同朱棣发动的“靖难之役”以及后来的“宸濠之变”性质一样，目的都是为了争夺皇位。这在封建时代的明朝已不是孤立的现象，它反映了皇族皇子这一社会集团中许多人的意识。尽管传统的礼法规定只有嫡长子才能继承皇位，但反抗礼法、谋取皇位的勇士历代都不乏其人。朱棣可算其中的代表之一，他是在洪武年间实行分封制的条件下得以起兵夺位的。洪武初年的政治体制中，很大一部分兵权是掌握在徐达、傅友德这些军事贵族手中。朱元璋杀戮功臣的同时，逐渐将这部分兵权转移到了藩王手中，连冯胜、傅友德这样的公、侯也受晋、燕等藩王的节制。此后边塞诸王多次奉命出塞，并有权节制部分卫所和布政司都司，形成了一个拥有强大的军事力量和相应的政治势力的藩王集团。因此，洪武末年，一面是功臣军事贵族集团不断被翦灭，另一面则是相对强大的藩王贵族集团被扶植起来，其势力甚至足以同中央皇权相抗衡。朱元璋生前，已经有个别藩王做起了当太子的美梦。而朱元璋临终时，又将皇位传给了孙子而未传给儿子。因此，朱元璋死后，他的儿子们一定会起来凭借手中的实力，争夺他的孙子的皇位。以朱棣“靖难”为标志，当时在皇族亲王之中形成了一种谋反夺位的社会意识和风气。朱棣的兄弟们中，太祖第七子齐王朱榑、第十三子代王朱桂、第十九子谷王朱橞都想争夺皇位，并且有所行动。

朱棣称帝后，采取了强有力的措施削夺藩王的权势，使之无力举兵反抗中央。但朱棣并没有从制度上废除亲王典兵之制，他对兄弟们典兵担心，但对儿子们典兵倒是放心的。因此，朱棣仍按朱元璋的“祖训”，为次子朱高煦和三子朱高燧设置了军事护卫，其结果又导致了朱高煦之兄、仁宗朱高炽死后，朱高煦学习父亲朱棣的榜样，起兵争夺侄儿皇位，企图重温当年燕王“靖难”的旧梦。

很显然，“朱高煦之叛”是明太祖朱元璋搞分封制的“后遗症”。但是，朱高煦举兵夺位时，藩王的地位与洪武末期几乎无法相比。那时的藩王拥有强大的军事和政治势力，而此时的藩王只有王府城内的“封地”，花销用度全由国家拨给，数量有限；军队只有少量护卫，并受到许多规定的严格限制。在这种条件下诸王要举兵夺位谈何容易，成功的可能性极小。朱高煦正是在这样的条件下起兵的，加上他本人的一些不利因素，因此，他的失败带有一定的必然性。

朱元璋施行的诸王分封制，给他的继承者留下了一个棘手的局面，这是他自己始料所不及的。传说皇太子朱标嫌朱元璋杀人太滥，朱元璋就让他拣起一根带刺扎手的棘条，以此来启示太子：去掉了刺的棘条就不扎手了，杀那些人是为了留给太子一个容易治理的国家。事实上，当时中央皇权的主要威胁不是文武权臣，而是那些手握重兵、觊觎皇位的各地藩王。朱元璋杀戮功臣，封立藩王，一面除“刺”，一面留“刺”，使得子孙几代都“扎手”。而朱元璋的继承者朱棣未能从根本上彻底废除藩王典兵之制，尤其是未能在生前妥善处理朱高煦之事，又导致了后来的朱高煦之叛，不能不说是朱棣的一大失误。朱高煦之叛再次证明了藩王典兵之制不利于中央皇权的专制统治，因此平定朱高煦之后，明宣宗朱瞻基即着手继续削夺宗室藩王的权势。

宣德四年（公元1429年）四月的一天，朱瞻基忽然想起去西华门内看望他的囚徒叔父朱高煦。左右侍从劝阻不住，只好跟他同往。长期的囚禁生活已使桀骜不驯的朱高煦难以忍受，朱瞻基一到，朱高煦眼里又射出了凶光。两位老对手相互对视了一会儿，朱高煦猛然抬起脚上的木铐向朱瞻基扫去，朱瞻基没提防，被扫倒在地。朱瞻基勃然大怒，立即命人抬来一口铜缸扣住了朱高煦。朱高煦力大，几百斤重的铜缸，他居然挺着脖子顶了起来，以示不屈。盛怒之下，明宣宗派人抬来数百斤木炭，堆积于缸上，然后点火燃之。不久，炭烧铜熔，把朱高煦烧成一堆灰烬。宣宗皇帝余怒未消，下令把朱高煦诸子全部处死。

纵观朱高煦所为，比其亲爹朱棣相差远矣，可以说是判若云泥。朱高煦既无深谋远虑，又无能将谋臣，更无坚城广地。老王爷为老不尊，仓促起兵，困守孤城，一俟宣宗皇帝亲征，根本未做有效反抗，即刻束身就缚。败则败矣，认命拉倒，还能保全残年。岂料，这王爷又伸出损招，绊龙一跤。由此下三烂行径，可知朱高煦毕竟只是一介赳赳武夫，实无大计。

历史往往会惊人地相似，有时是喜剧，有时是悲剧，有时是闹剧。不幸的是，朱高煦拔个末筹。虎父犬子，十分不肖。

第六章　外戚擅权

第一节　假仁义包藏祸心——移汉祚王莽登基

公元前3年，一个惊人的消息在长安官场上传播：新都侯王莽的儿子王获自杀了！

王获是王莽的第二个儿子，平素里也没有什么突出的表现，因此并不受朝野的瞩目，王莽对这个儿子也不怎么重视。直到有一天王莽外出，得知自己的次子在几天前杀死了一个家奴。

王获

西汉末年，贵族官僚家中豢养着许多奴婢仆人。这些家奴地位低下，待遇恶劣，还经常受到虐待甚至杀戮。奴婢问题成为困扰朝廷的一大难题，但是官府对越来越多的家奴被杀事件却熟视无睹，并不追究。王莽完全可以和其他贵族官僚一样，将儿子杀家奴这件事大事化小，小事化了。凭借王家的势力，也不会有人抓住这样的小事大做文章的。

但是王莽没有这么做，反而是召集了所有的家人和奴婢下人，公开责骂王获。王莽怒斥儿子说："我们王家一向宽厚友善，家风严谨。我在朝廷的时候就力主解决奴婢问题，强烈反对虐杀家奴。朝廷体恤王家，如今让我归隐封地，安度余生，我更应该身体力行，在封地内宽待家奴，做天下表率。现在你竟然干这样残忍不法的行为，我们王家还怎么容得下你！"

王获刚要申辩，王莽便用更加严厉的话语截住他："今天有天地在此，众人为证。获儿，你自尽吧！用你的生命偿还冤魂的委屈，洗刷王家蒙受的羞辱。"

王获吓得说不出话来。贵族杀害家奴，即使严格按照朝廷律法来办，通常也只是罚钱出役，最多也就是削官去爵，万万不会危及性命的。王获简直不敢相信父亲的决定。直到看到家人递过来的利剑，他才知道这是真的。在父亲严酷的眼神逼视下，王获不得不在当天自杀谢罪。

王家发生的这一幕震惊了朝野。它仿佛是射向弊端的一道闪电，照亮了黑暗已久的朝政。百姓们口耳相传，赞扬王莽是如何的体恤下人、严于律己，与其他作威作福的贵族官僚是如何的不同。官员们在自省的同时，也对王家的家风和王莽的品行表示佩服。对王莽的好感重新都开始扩散，一直传播到全国各地。

两年前，王莽被排挤出京都长安的时候，就有人替他抱不平。在封国的三年时间里，王莽结交儒生，克己节俭，以身作则，处处闪现着耀眼的道德光芒。而在长安得势的傅氏和丁氏外戚家族，一人得道，鸡犬升天。两家的人充斥朝廷上下，将朝政弄得乌烟瘴气。人们有充分的理由相信王莽是被小人排挤出政治舞台的，而要改变黑暗现状的办法就是重新由王莽主政。大义灭亲后，要求替王莽平反，把王莽召回朝堂的呼声和上书此起彼伏，一些人不仅为王莽鸣冤叫屈，甚至辞官不做以示抗议。

为了堵住众人之口，在位的小皇帝刘欣谋划着以王莽的姑姑太皇太后王政君的名义把王莽重新召回京师，让他在京师赋闲了事。元寿元年（公元前2年），长安发生日食。皇帝按例召贤良询问日食原因和对策。周护、宋崇等人在廷议的时候大力称颂王莽的功德，认为日食是上天对朝廷外贬王莽的警示。朝廷于是正式征王莽返回京师。不久，王莽重新回到了西汉的政治中心，重登权力舞台。

回顾大义灭亲的整个过程，后人常常为王获感到可惜，他就必须要以死来为杀奴事件负责任吗？答案是肯定的。因为王莽之前给自己树立的道德标准太高了，围绕在他身上的道德光芒和人们对他的政治期待使他不得不杀死儿子来延续自己的道德和政治生命。要理解这一难题，还得倒退到王莽的身世说起。

王莽出身于汉朝末期赫赫有名、权势熏天的外戚王家。王家所属的外戚群体是帝国政界中特殊的一群人。他们的政治根基就是家族与皇室联姻的那个女人——皇后王政君。当皇帝年幼，需要母系亲属辅政的时候，外戚就能升入朝堂。短时间的地位差距剧变产生的心理落差和权力诱惑，常常让外戚们无所适从。一般而言，外戚们在主政前往往缺乏政治历练，缺乏执政能力，主政后便会显露出政治暴发户的消极面孔来。王家七兄弟及其子弟顷刻间获得崇高地位，便立即飞扬跋扈起来。

王莽却是王家的另类。因为父亲早死，王莽没能受封官爵。不久哥哥王永也去世了，王莽一人担起了全家生活的责任。王莽孝顺母亲，尊敬嫂子，抚养侄儿，各方面都照顾得井井有条，受人称赞。王莽是著名学者陈参的学生，跟从陈参学习《周礼》，平日博学多览，手不释卷，学业还不错。虽然背景特殊，家境富裕，但王莽始终保持朴素的儒生打扮，生活俭朴，为人谦恭有礼，喜欢结交社会贤达俊士。与王家的叔叔伯伯和堂兄弟们相比，王莽可以称得上是出类拔萃、德才兼备的人才了。

尽管没有得到家族的帮助，王莽对待长辈和亲戚还是非常恭敬礼貌。官居大司马的大伯王凤生病时，王莽亲自煎药尝汤，守在病榻前数月。王凤的那些公子远远做不到王莽这种地步。王凤深受感动，认定这个侄子的确品行高卓。临死前，王凤嘱托妹妹王政君，要求多照顾王莽。王政君也觉得王莽既可怜又出色，就在阳朔三年（公元前22年）拜王莽为黄门郎，稍后提拔为射声校尉。黄门郎是皇宫中的中层办事人员，而射声校尉则是掌管首都弩兵的高级军官。王莽开始进入西汉王朝的政治中枢。

担任高官后，王莽依然生活朴素，勤政守法，谦恭下士。与亲戚们的穷奢极欲不同，王莽经常把自己的俸禄和皇帝的赏赐分给宾客，甚至卖掉车马，救济穷人。哥哥王永早死，给王莽留下一个侄子王光。王莽督促王光求学于朝廷博士门下。王莽经常沐浴更衣后，驾着车骑，带上羊酒，去看望侄子的老师，对侄子的所有同学都非常有礼，频繁有所馈赠。王莽每次去学馆看望侄子，总是引来所有学生的围观，博士老师们感慨叹息不止。王光的年纪比王莽的大儿子王宇要小很多，但王莽坚持要先给侄子娶亲再操办亲生儿子的婚事，结果堂兄弟俩同日结婚。王莽亲自操办了侄子和长子的婚礼，宾客满堂。在婚礼进行时，有下人禀告说老夫人生病不舒服，王莽好几次抛下宾客，入内服侍母亲。这样一来，宾客们更加称赞王莽的品德了。没几年工夫，整个长安城都在称赞王莽。王莽的声望之高，远远超越了叔叔伯伯们。

大家都觉得朝廷对王莽不够重用。叔父王商上书汉成帝，表示愿意把自己的部分封邑转给王莽；朝中有多位大臣上表推荐王莽。6年后，王莽就被封为新都侯，担任骑都尉、光禄大夫、侍中，成为贵族近臣。后来，接替王商辅政的大司马王根重病，上书推荐侄子王莽出任大司马，接替自己主政，王莽这时38岁。

王莽如众人所愿，担任了主政大臣。王莽的母亲生病了，贵族公卿纷纷派夫人去王家探望老夫人的病情。贵夫人们到了后，王家出来一个老妇人迎接大家。这位老妇人衣不曳地，膝盖部分用布料遮盖着。贵妇人们以为这只是王家的仆人或者老妈子，进府之后才知道她竟然是王莽的妻子、西汉的侯爵夫人。消息传出来，举世皆惊。王莽成为王家代表人物后，约束家族成员过火的行为，使他的声望继续升高，人们对王家的印象也开始改观。

遗憾的是，外戚的权力根基决定了他们的权力是不牢固的。当新的皇帝登基后，新的外戚将取代旧的外戚。王莽当了一年多大司马后，年轻的汉成帝驾崩。汉成帝没有子嗣，朝廷迎定陶王刘康的儿子刘欣即皇帝位，成为新皇帝，史称汉哀帝。汉哀帝未登帝位前就对王家的权势熏天心怀不满，此时继承帝位，便拼命排挤王莽。这一年七月，王莽不得不称病去职，二年后又被迫离开长安回到他的封地新都（今河南新野东），在那里闭门闲居了三年。

当暴发的外戚傅、丁两家迫不及待地追逐权位、谋取富贵的时候，王莽却努力争取政治声望。在王莽执政的最后时期通过了著名的“限田令”，次年正月又以王太后的名义宣布王氏的田地除坟茔外全部分给贫民，表示带头限田，这同丁、傅两家的抵制限田形成了鲜明的对照。王莽到新都后闭门不出，并严格管束自己的子弟，本文开头出现的王获自杀的情节就发生在新都。王获犯事的时候正是父亲处于政治低谷的时候，一向律己严格、道德高尚的王莽能不严惩儿子吗？王莽迫令王获自杀，不仅维持了王家家风，维护了高标准的个人品德，而且取得了实质性的政治收益——他回到了长安。

次年六月，26岁的汉哀帝忽然死去。这时，傅太后、丁太后已相继死去。王太后听说汉哀帝驾崩，当天便赶到未央宫接管了皇帝的玉玺，并立即传召王莽入宫。接着，王太后发出诏命，任命王莽统领禁军并主持政事，罢免了汉哀帝宠臣大司马董贤，董贤随即自杀。

董贤一死，大司马一职空缺，王太后下诏令公卿大臣公举。大司徒孔光、大司空彭宣等主要大臣都认为王莽本来就是大司马，又是王太后近亲，而且声誉卓著，所以都推荐他。于是，王莽又一次当上了大司马。

汉哀帝死后无子，由王太后做主，把汉哀帝的堂兄弟中山王刘衎立为皇帝，是为汉平帝。汉平帝当时年仅9岁，由王太后临朝称制主持政事。但此时王太后年已70，实际上朝政大权归于王莽掌握。从这时起，王莽就开始一步步地篡夺汉朝的天下了。

为了进一步专断朝政，王莽又令人假造祥瑞。王莽暗地派心腹到益州（今四川），嘱令地方官吏买通外夷人，让他们冒充越裳氏（一个少数民族小国），向朝廷贡献白雉（一种野鸡）。

元始元年（公元元年）正月，“越裳氏”派使者到长安贡献白雉。白雉是当地独有的特产，格外珍贵。据说，一千多年前周公辅佐周成王的时候，越裳氏也曾经向周朝贡献过一只白雉。这会儿越裳氏又送来白雉，岂不是说王莽就是汉朝的周公吗？于是，群臣一下子轰动起来，纷纷称颂王莽，说王莽有定国安邦之大功，其功德可比周公，应赐号为“安汉公”，赠封他的食邑。王莽却上书说，孔光、王舜、甄丰、甄邯都有很大的功劳，应当封赏他们，不应当封赏我。甄邯又向王太后上书请封王莽，王莽又再三推辞，并且因此装病不上朝。王太后封赏了孔光等四人后，王莽还继续推辞。群臣又继续联名上书，请求王太后一定要加封王莽。王太后又一次下了封赏的诏书，王莽推辞再三后才接受了“太傅”“安汉公”的爵位，但坚决辞去二万八千户的赏赐，又乘机奏请封赏刘姓皇室子弟数十人。王莽掀起了一股封赏风潮，连那些在家的退休、赋闲官吏也一一得到赏赐。于是，朝野上下到处是对王莽的感恩戴德之声。

此时，年迈的王政君依然握有相当大的权力。王莽需要完全独揽大权，越来越觉得姑姑的最高权力是障碍。于是，王莽指使爪牙上书说：“之前因功升迁到二千石的官员、州部举荐的茂才、考核优秀的管理等人，其中有许多不称职的人。今后可以由安汉公负责考核这些人事，太皇太后贵体重要，这样的琐碎小事就没有必要事事亲为了。”王政君因为年事已高，觉得这个意见非常有道理，决定以后除了封爵大事由自己定夺外，其他的人事都交给王莽处理。从此，州郡一把手、二千石官员、举荐的人才、考核优等的官吏除了向皇帝直接奏事的外，都先晋见王莽。王莽询问履历，决定使用情况。掌握了人事实权后，王莽几乎就是有实无名的皇帝了。

王莽显然是个不知道满足的人，他决定向更高的地位搏击。

公元2年，中原发生了旱灾，蝗灾随即而来。西汉后期以来，由于严重的土地兼并和贵族官僚的剥削，百姓们已经处于贫困艰难的境地。现在遭遇严重的灾荒，老百姓更是无法继续生活，出现骚动的迹象。为了缓和矛盾，主政的王莽建议官府和贵族官员节约开支，捐献粮食和布帛。王莽率先捐献了一百万钱，三十顷地，当作救济灾民的费用。虽然财物不算多，但下属和家人们解释说王莽家境并不宽裕，王莽日夜担忧灾荒，寝食不安，节衣缩食，已经有半年不吃肉食了。太皇太后王政君再一次被感动了，降旨要求外甥王莽要注意身体，为了百姓而多吃肉。

王莽的举动起到了不错的效果，朝野的贵族官员都拿出土地和财物来赈灾救民。为了彻底解决中原的骚动，王莽还派出八位大臣分头到各地去观察风土人情。他们收集地方意见的同时，大力宣扬王莽的高风亮节和爱民风范。饱受土地兼并之苦、怨恨贵族官僚的老百姓和中下层地主们无不将王莽看作千古难寻的忠臣、能臣和父母官。

说来也怪，西汉的天下适时出现了许多的祥瑞。先是江河湖海中出现了黄龙，接着是远在天涯海角的海中小国进贡犀牛，还有禾苗不种自生、蚕茧不养自成。种种祥瑞让越来越多的人相信国家将有令人震惊的变动。王莽则表现得更加谦谨礼让。逢年过节，他都安排太皇太后出巡。王政君之前见惯了亭台楼阁、贵族大臣，现在看到市井人家、青山绿水，既好奇又高兴。加上许多百姓为朝廷和王莽歌功颂德，老太后更加高兴。会办事的王莽准备了大量钱财布帛，供姑姑出巡赏赐百姓之用。老太后联想到平日里身边的人对王莽的交口称赞，于是乎对王莽更加满意放心，对自己的放权决定更加坚定，索性把全部朝政放手交与王莽。王莽感恩戴德，对王政君一如既往地恭敬，请示不断。

王莽威权日盛，声望日高，但他仍嫌不足，又欲以其女为皇后，以巩固自己的权势。于是，王莽建议给汉平帝选立皇后。主管部门呈上预选名单，王氏女多在其中。王莽怕她们和自己的女儿竞争，又宣称自己的女儿不宜参与候选。王太后信以为真，也下诏说，王氏女是我娘家的人，不必采选。人们见王莽这么谦虚，反而更认准了他的女儿。儒生吏民守候在宫门上书的每天有一千余人，公卿大夫也纷纷在朝堂上表态，一致要求立王莽的女儿为皇后。王莽派官员分头劝解，上书的人却越来越多。王太后不得已，只好将王莽的女儿选为皇后。有人建议加封皇帝岳父王莽的土地，王莽坚辞不受；皇后的聘礼应当是黄金二万斤，王莽只接受四千斤，并以其中的三千三百斤分给同时选中的十一家嫔妃。群臣都说皇后的聘礼应与妃嫔有所区别，于是王太后又下诏增加黄金二千三百斤，王莽又把其中的一千斤分给亲族中的贫困者。

公元3年，王莽的女儿正式进宫，成为母仪天下的皇后。天下臣民都觉得这是天经地义的事情，因为新皇后有一个亘古未有的圣贤父亲。如果有什么不满意的地方，那就是王莽的品德太高了，常常退地拒赏，因为过于无私谦让引起全国臣民的“公愤”。

朝廷因为新立皇后而大赦天下。就在普天同庆的喜庆中，长安城里发生了一件极其恶性的事件。

在一个伸手不见五指的夜晚，王莽的家门口出现了几个鬼鬼祟祟的身影，每个人都提着一桶猪血或狗血。一声令下，一桶桶的猪血、狗血被泼在王家门上和墙壁上。一伙人匆忙泼完就噼里啪啦地丢下木桶，慌忙消失在夜幕之中。

王家的仆人听到响声出来一看，这还了得，赶紧报告王莽去了。

长安官府知道案件后，不敢有丝毫马虎，四处派人侦缉。犯罪嫌疑人很快陆续落网。逐渐被描述出来的案情指向一个令人难以相信的事实：整件事情的幕后主使是王莽的长子王宇。也就是说，这是王宇自己在自己家门口泼猪血狗血。

王莽大怒，在家中训斥王宇。王宇也不隐瞒，一五一十地招认了自己的“罪状”。原来王莽为了防止出现新的外戚势力，阻止皇帝刘衎的母亲卫氏进京干政，一直将皇帝和生母隔离在两地。对于卫氏的两个兄弟卫宝、卫玄，王莽也是处处防范，提防他们掌握实权，威胁到自己的地位。在4年时间里，无论卫氏一家和汉平帝刘衎如何要求，王莽都强硬拒绝，密切防止刘衎母子团聚，防止卫氏兄弟取代自己的地位。

王宇在外表上与王莽一样，是个温文尔雅的读书人；不同的是，王宇在心底里也是一个温文尔雅的读书人。历史与现实一再证明这样的人是不适合参与政治的。王宇多次劝父亲不要阻断皇帝母子的团聚，不要大权独揽，要为王家留条退路。王宇不明白的是，政治斗争是残酷的，丝毫的仁慈可能埋下巨大的隐患。他更不明白的是，父亲王莽不满足于做个简单的辅政大臣，而有更雄伟的计划。王莽断然拒绝了儿子的劝说，他对这个极可能继承自己地位的儿子感到失望，一时也解释不清楚自己为什么要这么做。而在王宇看来，父亲王莽极冷漠地对待了自己的好意。

父亲的拒绝加深了王宇的忧虑：他怕王家与卫家结仇，有朝一日对家族不利；更害怕皇帝怨恨王莽，一旦亲政就惩罚王家。于是，王宇经常以个人名义与外地的卫宝、卫玄兄弟通信，联络感情，尽量消除两家的隔阂。王宇还劝外地的皇帝生母主动写奏章给太皇太后王政君，要求进京见儿子。但是王宇的这些努力效果甚微。王宇看到父亲获取了越来越大的权力和越来越高的声望，总觉得这些都是海市蜃楼，埋伏着危机。王家被举得越高，摔下来后就越危险。王宇作为王家的长子，觉得自己有义务去制止父亲的危险举动，让父亲冷静下来。

王宇接下来的举动完全说明了一个读书人的政治幼稚。王宇找自己的老师吴章和小舅子吕宽商量怎么办。吴章以为王莽正处在飞速上升时期，不可劝谏，但是王莽信好鬼神，可以做一些鬼怪之事吓唬他。之后，吴章再向王莽进言，劝说他归政卫氏家族。王宇很认同这个主意，于是三人决定在家门口泼猪血、狗血来警示王莽。事情的具体执行者是吕宽，他夜里带几个人捧着污血洒门，官府就是从他那里打开的缺口。

王莽听完王宇的招认后，没有丝毫的悔恨，相反是大义凛然地将王宇送到官府，关入监狱，随即给长子送去了一瓶毒酒。王宇想到弟弟王获的结局，知道难以挽回父亲的心意，便在狱中饮酒自杀了。王莽向朝廷上奏说："王宇被吕宽等人所误导，流言惑众，犯下了滔天大罪。臣不敢隐瞒，王宇已经在监狱中伏诛。"王宇的妻子当时怀孕多时，临产期就要到了，也被关入监狱中。王宇死后，王莽也杀了她。就这样，王莽亲手杀死了长子、儿媳及儿媳腹中即将出生的胎儿。

这本来是一件坏事，是巨大的家丑，它表明王莽的所作所为遭到了长子的反对，反对派可以利用它来沉重打击王莽。王莽的强悍和精明之处就在于他能够把坏事变成政治斗争的利器，扭转形势，变废为宝。甄邯等人鼓动王政君下诏，先是大大表扬了王莽，说王莽"居周公之位，辅成王之主"，大义灭亲，值得褒奖；同时，又授权王莽"专意翼国，期于致平"。王莽于是大张旗鼓地追究吕宽等人的罪过，大开杀戮。先是卫宝、卫玄等人因为"连接朝臣、谋求不轨"的罪名遭拘捕杀害，之后连外地郡国中对王莽有非议、不顺从的贵族官员都被网罗入内；敬武公主、梁王刘立、红阳侯刘立、平阿侯刘仁等人都被迫自杀。《汉书》载："死者以百数，海内震焉。"

王莽写了八篇文章，就此事告诫家人子孙。王莽的党羽上书说，安汉公大公无私，为帝室着想杀了长子，这样的行为应该诏告天下，作为天下人的表率。于是，朝廷明令将此八篇诫书与《孝经》作为国家选拔人才的书目。诫书颁布各郡国，由专门的学官教授百姓。

王莽再一次从儿子的死中获得了巨大的利益。公元4年，王莽被加号宰衡，位在诸侯王公之上。王莽继续在道德上大做文章，大力宣扬礼乐教化，增加各经博士的名额，由一人增加到五人；长安城广建学校，招揽有才学之士前来教学，顿时文教昌盛。王莽因此受到了文人儒生的拥戴，天下的读书人成了拥戴王莽的主要群体。

公元5年正月，朝廷礼祭明堂，诸侯王28人，列侯120人，宗室成员900余人，征助祭。礼毕，王莽主持封孝宣曾孙36人为列侯，其他的都赐爵加封邑。大家都得到了金帛的赏赐，皆大欢喜。贵族官员对王莽的好感也大大加深。

王莽主政后，全国各地上书替王莽请功请赏的人络绎不绝。到公元5年，全国上书为他请赏的人高达407572之多，这个数字估计相当于当时会读书写字的人口的一半以上。还有人专门收集各种各样歌颂王莽的文字，一共有三万多字。王莽的威望越来越高，于是公卿大夫、博士、议郎、列侯等902人联名上书朝廷，为王莽请九锡。朝廷批准，赐王莽九锡。

至此，王莽完成了从外戚到辅政大臣，再到宰衡，最后被加九锡的身份变化，他的地位和权力已经到达了人臣的极点。

王莽的道德光芒和权力完全遮盖了汉平帝，汉平帝觉得自己的权威受到了损害。王莽继续分隔他和母亲，还利用王宇事件诛杀了汉平帝舅舅全家，加深了汉平帝对王莽的仇恨。汉平帝渐渐长大了，开始将心底的仇恨流露出来。汉平帝毕竟是个无知的少年，经常在宫中抱怨王莽，还时常公开要求接母亲卫氏入宫。这些自然都被报告到王莽的耳朵里。

公元5年，汉平帝生日的那一天，群臣入宫为皇帝庆寿。王莽向汉平帝献酒庆祝。汉平帝在生日这天更加思念生母，又一次要求王莽接卫氏入宫。王莽想继续搪塞，汉平帝以不容否定的强硬态度，要求过几天就看到生母。宴会出现了僵局。王莽不得不同意，承诺马上就派人去接帝母入宫。汉平帝这才喜笑颜开，宴会继续进行。入睡前，汉平帝还喝了一碗粥。

第二天，王莽没有去接卫氏，而是离开长安去巡视办公。路上，宫里急使追上王莽一行，说汉平帝得了重病，卧床不起了。王莽连忙赶回长安，觐见皇帝，并以自身祈祷上天，愿意代汉平帝接受疾病和死亡的灾难。

几天后，14岁的汉平帝死了。有人在那碗粥里下了毒。

汉平帝当然也没有儿子。王莽主持在宗室中找了一个两岁的孩子刘婴作为汉平帝的继承人。奇怪的是，刘婴不登基称帝，而是称皇太子。王莽将刘婴改名为孺子婴，自称“假皇帝”（“假”是代理的意思）摄理朝政，定年号为“居摄”。王家16岁的女儿一跃而为太后。

王莽将刘婴改名为“孺子婴”，其中大有味道可以琢磨。周公当年辅政时，管、蔡二人就曾散布流言，诬陷周公企图篡夺周王的江山：“其将不利于孺子乎！”王莽此举是向天下表白，说明自己会像周公那样尽心辅佐孺子，最后功成身退，还政于天子。

于是自秦始皇以来，中国出现了没有皇帝的奇怪政局。王莽成为绝无仅有的代理皇帝。

并不是所有的人都继续称赞、拥戴王莽。一部分人觉得被王莽欺骗了，认定王莽之前的言行都是为了篡位而伪装的。王政君就是其中一个。

王政君保管着传国玉玺。玉玺是天子的象征，汉高祖刘邦入咸阳的时候，秦王子婴投降，献上秦始皇的玉玺。刘邦即位后将这块玉玺作为汉朝的传国玉玺，世代传受。玉玺平日藏在长乐宫，由王政君牢牢看守着。王莽如果没有得到汉朝的传国玉玺，就始终不算名正言顺的皇帝。

王莽曾经派人索取传国玉玺。王政君这一回断然拒绝了王莽的要求，她愤怒地哀叹：“我是汉家的老寡妇，就是死了也要玉玺陪葬，亲手交给汉家的列祖列宗。”王莽一时间对姑姑、太皇太后也没什么办法。

另外一些对王莽希望破灭、深恶痛绝的人直接发动了反王莽的兵变。当年九月，东郡太守翟义发动叛乱，立严乡侯刘信为天子，公然反抗长安朝廷。翟义向天下郡国发布檄文，宣称“王莽毒杀平帝，摄居天子位，意图灭绝汉室。现在天下大怒，大家要齐心协力诛杀王莽”。黄河两岸一片疑惑，有十余万人参与了叛乱。史载王莽惶恐不安，废掉了正常的饮食。如果王莽的确是品行高洁的圣贤，他这是在为天下对他的不理解导致兵戎相见而惶恐不安；如果王莽是伪君子，他这是在为真实面目被人识破而恐惧。王莽抱着孺子婴，日日夜夜在宗庙里祷告。

王莽还效法周公当年作《大诰》讨伐管、蔡，专门写了一篇《大诰》文章表明自己的正大无私，派遣谏大夫桓谭等人颁布于天下。在文章中，王莽宣告自己是暂时摄位，日后定会返政孺子。王莽委屈地说："历史上周成王年幼，周公摄政，而管、蔡挟持禄父发动叛乱。现在翟义也挟持刘信作乱。像周公那样的大圣人还担忧惧怕叛乱，更何况我王莽呢！"在做了一系列舆论宣传方面的准备后，王莽派遣将军分兵进攻翟义。朝廷军队很快平定了东郡的兵变，翟义和刘信等人被杀。

翟义的叛乱给了王莽很大的刺激。如果说之前王莽的高尚言行都符合社会道德，令人信服的话，那么平定叛乱后，王莽的言行出现了越来越大的瑕疵。这些小问题暴露出作为人臣，地位无法提升的王莽内心的焦虑和萌动。

翟义发动叛乱的九月，王莽的母亲病逝。按朝廷制度和社会通行的规矩，王莽要放弃政治事务，为母亲服丧。但是，王莽无心为母亲发哀服丧，只是吊丧了一下母亲就重返朝堂。之前王莽把新都侯的爵位转给了孙子王宗，王宗就代替爷爷王莽为曾祖母服丧三年。

王莽的侄子王光之前被封为衍功侯。王光与执金吾窦况勾结，违法杀人，被告发到官府。王莽大怒，狠狠地责骂王光。王光的母亲，也就是王莽的嫂子怪王莽作威作福，说："你自己觉得，我们两家谁是长孙，谁是中孙？"之后，王光母子自杀，窦况也受牵连致死。

当初王莽以孝敬母亲、赡养寡嫂、抚养王光闻名天下。现在母死不服丧，又逼死嫂子和侄子，王莽身上的道德光芒大为减弱。

不久，宫中的期门郎张充等六个人阴谋一起劫持王莽，立楚王为新皇帝。结果事机不密，被王莽侦知，参与者全部被诛死。

应该说王莽是凭借着似乎无可挑剔的言行和水涨船高的声望一步步成为大司马、摄政的。但是有实无名的皇帝身份毕竟不是历史的常态，全天下和王莽本人都难以适应。对于王莽来说，假皇帝的名号不足以满足他的勃勃野心。王莽想再上一层楼，但是他一时找不到上升的台阶。

始初元年（公元8年）春，翟义等全都失败。王莽大喜过望，在白虎殿设宴犒师，大封功臣。这时，王莽大权在握，权倾天下，宣告他应该做真皇帝的符命也接踵而来。广饶侯刘京报告说，齐郡临淄县昌兴亭长辛当一夜之间连做了好几个梦，梦见天使告诉他：“摄皇帝应当做真皇帝”；车骑将军扈云报告说，巴郡地方出现一只石牛，上面也刻有王莽应当做皇帝的字样。这年冬天，有个叫哀章的儒生，身穿黄衣，来到汉高祖刘邦的神庙，将一个铜匣交给管理神庙的官员。铜匣中装有两卷图书，一卷标题为：“天帝行玺金匮图”，一卷标题为“赤帝行玺某传予黄帝金策书”。其中称刘邦为赤帝，王莽为黄帝之后；又说刘邦传位王莽为真天子，这是天命，王太后应当照天命行事。书中写明辅佐王莽的大臣有十一位，并一一列其姓名。其中八人是王莽的亲信大臣，还有王兴、王盛两个杜撰的名字，另一个当然就是哀章本人了。管理神庙的官员不敢怠慢，急忙报告上来。一向“谦让”的王莽，这次却不客气，兴高采烈地率群臣到神庙去拜领这称为“金匮”的铜匣。然后，王莽前去拜谒王太后，说明自己当服从天意，受禅为帝。王太后一听，瞠目结舌，正想驳诘，王莽已趋之而去。王莽改穿上天子的冠服，来到未央宫前殿，神圣庄严地登上了皇帝的宝座，宣布接受赤帝刘邦的禅让，即真天子位。一班趋炎附势的官僚立即拜伏在地向王莽朝贺。王莽立命左右写好诏纸，颁布天下，改国号为“新”，以次年为始建国元年（公元9年）。

王莽登基，封孺子婴为“定安公”，封曾为汉平帝皇后的女儿为“定安太后”。封赏完毕，王莽亲自拉着孺子婴的手，流着眼泪说：“古时周公摄位，最后把王权又还给周成王。我本打算也这样做，无奈天命难违，不能按自己的心愿再把皇位交给你了。”说罢，叹息良久。孺子婴年方5岁，能懂得什么呢？只是愣愣地瞅着他。文武百官看着这个场面，也纷纷落泪。是为王莽的行动所感动？还是哀叹汉家天下的衰亡？个中原委，谁能说得清？

从个人品格上来看，王莽不算太昏庸荒淫的皇帝，但可称得上是最有表演天赋的政治家之一。王莽以外戚的身份登上政治舞台，靠着精彩的权术表演篡夺了西汉皇位，坐上龙椅。但他本质上的书生气，用复古和专制的方式进行所谓的改革，过分集权与随心所欲地创造，使新朝得罪了所有的社会阶层，造成了哀鸿遍野的局面，可以说王莽的悲剧性命运，早在他沿着偏离历史的航向而去的时候就已然注定了。

第二节 一人得道，鸡犬升天——“跋扈将军”梁冀的下场

从东汉中期的汉和帝开始，连续几个皇帝都是幼年即位，照例由太后临朝执政。这些太后又把权力交给了娘家的父亲或兄弟，形成了外戚专权的局面。两汉时期的外戚欺凌皇权在中国历史上最为严重，其代表人物就是汉冲帝时的国舅梁冀。

梁冀

梁家的势力与东汉王朝同时兴起，可谓根深蒂固。梁家的女儿嫁给了汉章帝，生下了后来的汉和帝，到和帝即位之后，梁家开始真正发迹。

梁冀的父亲梁商为大将军，官居首辅，人品之高尚在外戚中十分少见，他柔和谦恭、虚己进贤、廉洁奉公，因此不但得到顺帝的倚重，也受到朝野的一致拥戴。梁冀也因为这层关系连连升迁，从黄门侍郎很快升为侍中、虎贲中郎将、执金吾将军和河南府尹。梁冀很善于在父亲面前隐藏自己的缺点，梁商也没能发现自己这个儿子奸诈残忍的个性。梁商临终前推荐梁冀接替大将军之职。出于对梁商的敬重，顺帝随即封梁冀为大将军，接替他父亲的职务。

梁冀的父亲一表人才，他的姑姑和姐妹也都贵为汉顺帝的贵人和皇后，但梁冀的相貌却完全是一副奸臣相：肩膀长得如同鸢一般向上斜翘，两眼如豺狼，看人直直瞪着，说话口吃，令人望而生厌。梁冀不学无术，其文化程度仅仅为写字数数而已，但在玩乐上面却极为精通，是一个不折不扣的纨绔子弟。

梁冀就任大将军不久，顺帝刘保驾崩，其子刘炳继位，是为冲帝。但汉冲帝还是一个襁褓中的婴儿，只好由梁冀的妹妹梁妠以皇太后的身份临朝，朝廷大权实际上落在了梁冀的手里。不到一年，冲帝夭折，梁冀在皇位的问题上开始暴露其险恶的面目。当时的皇位候选者有清河王刘蒜和渤海孝王之子刘缵，梁冀为

了控制朝政，不顾太尉李固等人的反对，迎立年仅8岁的刘缵为皇帝，是为汉质帝。

汉质帝虽然年纪小，但十分聪慧，见梁冀蛮横专断，曾半开玩笑半认真地称他为“跋扈将军”，梁冀听到这句话后又恨又怕，为了避免日后质帝会对自己不利，梁冀居然派人在质帝食用的汤饼中下毒，小皇帝吃了以后腹痛难忍，想要水喝，梁冀在旁边说：“腹痛喝水会呕吐，不能喝。”经过一番痛楚，质帝终于毒发身亡。李固抚尸痛哭，让太医追查死因，却被梁冀强行压制下来。为此，梁冀深恨李固。

质帝驾崩，群臣只好再次推选皇帝。清河王刘蒜因为英明严毅而被以李固为首的三公所认可，但梁冀是绝对不会同意的。梁冀与对刘蒜不满的太监曹腾（曹操的祖父，其父曹嵩是曹腾的养子）等人勾结起来，图谋迎立蠡吾侯刘志为帝。因为刘志本身并无太多的资格成为皇帝，加上昏庸，立他可以使梁冀长握权柄。

在迎立继承人的关键朝会上，梁冀先发制人提出要立刘志为皇帝，满朝文武大臣为他的嚣张气焰所摄，异口同声地说：“请大将军做主”，但李固与大司农杜乔坚持不同意，梁冀大为恼火，一挥手宣布散会。事后李固写信劝梁冀三思，这位“跋扈将军”干脆进宫向妹妹梁太后进谗言，先是罢免了李固的官职，然后亲自用青盖车接刘志进宫即位。梁冀一手毒死皇帝，另一手又强行迎立新皇帝，权势之大在历史上也属少有。

刘志当了皇帝，也就是后世闻名的乱国之君桓帝。因为刘志本来并没有多少资格当皇帝，因此对一力迎立自己的梁冀感恩戴德。刘志先给梁冀加封地一万三千户，然后又迎娶了梁冀的另一个妹妹为皇后。梁冀的势力进一步扩张，开始肆无忌惮地铲除一切阻碍自己的人，首先拿清河王刘蒜、三公中的李固与杜乔开刀。

刘蒜因为曾经是呼声很高的帝位继承人，因此深为梁冀所嫉恨，必欲除之而后快。很快，刘蒜被诬与清河刘文沟通妄图称帝，贬为侯爵后迁到桂阴，不久自杀（很可能是被杀）。不久，梁冀又诬称李固、杜乔暗地里勾结刘文，图谋不轨，将李固下狱。其门生王调、赵承等数十人为李固鸣冤，太后了解李固实属冤枉，于是赦免出狱。梁冀闻讯大惊，不顾一切地将李固处死。其后，梁冀逼令杜乔自杀，杜乔不从，梁冀便派人将其逮捕下狱，不经审讯就将其轻易处死。此时，梁冀已经成为东汉王朝的实际掌权者。

梁冀权势之大到了炙手可热的地步。官吏求职行贿走梁冀后门的多到了在街上“道路相望”，新升迁的朝廷官员要先到梁冀家里拜谢，临走的时候梁冀会告诉官员到任后要照顾什么人，那些违背规矩的官员下场十分凄惨。辽东太守侯猛上任前因为没有去梁冀家里道谢送礼，刚上任不久就被这位大将军诬陷，最终被处以腰斩。郎中袁著因梁冀凶残，上书皇帝要求梁冀致仕退休，交出手中大权。梁冀知道后，马上派人对袁著进行追杀。袁著不得已装病诈死，让家里人抬棺行葬，但最终仍被梁冀的手下抓到，活活鞭打至死。袁著的好友胡武一家六十多口被杀，另一个好友郝絜为了家人的性命，自己抬着棺材亲自到梁冀家门前服毒自杀，梁冀才放过了他的家人。甚至同为外戚的东汉安帝的生母耿贵人一家，因为不给梁冀面子，结果被梁冀诛灭全族。梁冀的胆大妄为和滔天气焰一时间不可一世。

到了永兴二年（公元154年），梁家的权势达到了巅峰：梁冀的一个姐姐、两个妹妹都是皇后，还有六个姐妹为贵人；梁家有七人封侯，两位任大将军，有三人娶公主为妻，其他卿、将、尹、校等高官达57人。真是“一人得道，鸡犬升天”的最好诠释。朝廷百官为之侧目，无人敢触碰梁家的霉头，连汉桓帝都不敢干预梁家之事。但就在此时，梁冀家族灭门的种子已经悄悄种下。

正所谓物极必反，巅峰之后就要走下坡路，但是谁都没想到梁冀的灭亡来得这么快。虽然梁冀已经是名副其实的一人之下、万人之上，但他的上面毕竟还有一个最强大的权力拥有者：汉桓帝。汉桓帝本来是真心感激梁冀的，如果没有这位口吃的大将军，他根本没有机会成为皇帝。但梁冀的专横跋扈越来越引起汉桓帝的不满，即便梁家到了贵盛之极的地步，梁冀依然认为恩遇太薄，还想继续索取。梁冀的妹妹梁皇后在后宫中更是奇妒无比，不许别的嫔妃接近皇帝。因为自己没有孩子，只要知道有宫人怀孕，她就派人将其母子一同弄死。汉桓帝没有子息，心里气得要命。但是，由于畏惧梁冀的权势，汉桓帝也不敢谴责或者废掉皇后，而是躲着梁皇后，这位皇后激怒之下居然一病不起，不久便死去了。

在此之前，皇后的姐姐梁太后死去，汉桓帝彻底掌握了宫廷中的权力。恰在此时，天上出现日食，这在汉代一般被认为是不修德政而引起上天不满的责罚警告。负责天文的太史令陈授上书说发生日食的原因在于大将军为过太多，梁冀得知后大发雷霆，暗中指使人诬告陈授犯法，将其下狱处死，汉桓帝因而大怒。后来，桓帝又得知梁冀还想杀死自己宠爱的邓贵人之母，他终于被激怒了，长久以来埋藏在心中的不满和怨恨全都发作出来。汉桓帝终于准备对梁冀开刀了。

桓帝深知公众有许多梁冀的耳目，鉴于此前质帝被毒死的教训，桓帝一直小心翼翼。在一次上厕所的时候，他问身旁服侍的心腹太监唐衡，宫里和大将军不和的人有谁。唐衡回答说有中常侍单超、徐璜以及黄门令具瑗等人。于是，桓帝秘密召见单超、徐璜、具瑗等人，商讨怎样除掉梁冀。几个宦官都称梁冀是奸臣，一定要诛杀才行，并劝皇帝下定决心。桓帝说："奸臣当国，必诛不赦！"遂于五个宦官歃血为盟。

一向跋扈惯了的梁冀也听闻了皇帝与单超等人密议的风声，心中有所疑惧，于是派了自己的心腹中黄门张恽入宫住宿，打探动静。五宦官之一的唐衡见到张恽突然入宫，断定梁冀起了疑心，于是命人以桓帝的名义逮捕了张恽。桓帝见事情紧急，于是亲自到前殿，召集诸尚书，宣布与梁冀摊牌，然后派人守护皇宫与尚书省，同时由具瑗率内廷禁卫一千多人与司隶校尉张彪一起包围了梁冀府第，收缴其大将军印绶。

梁冀正与妻妾一起饮酒作乐，忽然听到如此巨变，深知大势已去，于是和老婆孙寿一起服毒自杀。

后面的故事就是传统宫廷政变的模式了：除梁不疑病死外，梁家、孙家三族无论男女老幼全被抓到闹市砍头，无一幸免。紧接着，与梁冀有牵连的公卿、校尉、刺史以及食禄在两千石以上的官员有数十人被处死，被罢黜的梁冀的故吏、门人高达数百人之多，朝堂之上一时空荡起来。同时，梁冀所建的宫苑园林被捣毁，朝野上下鼎沸一时，百姓都举国相庆。梁冀的家产被没收，合计有30多亿。

梁冀垮台之后，单超、唐衡、徐璜、具瑗等五人因诛杀梁冀有功，在一日之内同被汉桓帝封侯，食邑自二万户到一万三千户不等，时人并称其为"五侯"。朝政刚刚从外戚手中解放出来，转眼间又落入宦官的手中。虽然后来因为四侯（单超次年病死）骄横跋扈，威胁到皇权，被汉桓帝所裁抑，势力衰落，但宦官的势力从此却膨胀起来。最黑暗的统治势力带来最黑暗的统治，很快，另一场对官僚集团的清洗开始了，东汉王朝也在不断的政治倾轧中无可避免地走向了穷途末路。

第三节 “牝鸡司晨”乾纲紊——弱智皇帝司马衷的悲剧

晋武帝司马炎在位后期，继承人问题成为关键大事中的关键。晋武帝“长发委地，姿容甚伟”，皇后杨艳“少聪慧、善书，资质美丽”。这一对强强联合的夫妻共生下三子三女，其他都不错，唯独太子司马衷生下来就傻乎乎的，智商比白痴稍稍高些（晋武帝长子司马轨早殇）。汉武帝觉得皇太子不堪继奉大统，想换个儿子继统。杨后闻言大惊，劝说：“立嫡以长不以贤，岂可动乎！”皇后此话大有道理，但任由自己的傻儿子坐储君这个位子，实在是妇人之见，没有任何远虑。晋武帝耳朵软，经皇后一劝便不想再弄出些麻烦。此外，皇太子司马衷的儿子司马遹特别乖巧聪慧，深得晋武帝欢喜，所谓“看孙不看子”，司马炎易换太子的想法就愈加淡薄。而太子妃贾南风入宫后，擅于心计，更在关键时刻帮了傻太子的大忙。

司马炎

皇太子司马衷大婚前，晋武帝很想为儿子迎娶“贤而多子、美而长白”的卫瓘之女。但杨皇后与权臣贾充的老婆郭氏关系很好，又私受了郭氏不少奇珍异宝，就在皇帝老公面前盛赞贾南风大方贤淑，可为太子妃。一向耳软的晋武帝又一次为皇后所误，把短肥黑丑的贾南风迎进宫内，与太子司马衷配对。这个“貌陋而心险”的女人，成为日后断送西晋王朝的最大一颗定时炸弹。

贾南风“妒忌多权诈，太子畏而惑之，嫔御罕有进御者”。同时，贾南风生性酷虐，曾亲手杀掉左右侍女数人。有一次，贾南风发现有个宫女偷偷怀上了太子司马衷的孩子，妒怒之下，以锐戟刺入，已经成形的胎儿应声堕地而死。晋武帝闻讯大怒，决定把贾南风废掉。当时的杨皇后（此杨皇后是杨艳的堂妹杨芷。杨艳死前，在晋武帝怀中嘱托后事，让晋武帝迎娶她的堂妹，“帝流涕许之”。由于贾南风是堂姐所荐，贾家与杨家关系不错，杨皇后就好言劝晋武帝：“贾公（贾南风之父贾充）有大功于社稷（帮司马氏篡魏），其家即使有罪也应再三宽赦，更别说他的亲生女儿了。现在贾妃年轻，正是好生嫉妒的年龄，不该以其小过掩其父大德。”闻及此言，晋武帝才打消怒气。但作为当朝皇后，虽然年纪只大贾南风十多岁，杨皇后还是多次训诫这位“儿媳”，让她收敛行迹，好好做人。贾妃并不知道杨皇后背后救过自己，反而认为她在晋武帝面前说自己坏话，于是对这位“婆婆”心中充满怨毒之情。

晋武帝后期酒色过度，身体很不好，群臣深以为忧。尚书和峤委婉进谏，对晋武帝说：“皇太子有淳古之风，而末世多伪，恐不了陛下家事。”司马炎默言不答。老臣卫瓘也有一次趁着宴饮酒劲，抚着御座对晋武帝说：“此座可惜。”

晋武帝心中也不踏实，一次，他把太子东宫大小官属都招至皇宫内宴饮赐酒，然后用大信封密封文件数件，派人送给太子断决，想在没有东宫官吏作弊帮忙的情况下考考太子处理政务的能力，并让使臣就在外面坐等太子的文件批复。贾南风吓坏了，如果老公被废，自己就从太子妃变成普通的王子妃，新皇登基后肯定任人宰割。本来嫁这个傻小子就是图他日后龙椅旁边的皇后位子，这份“答卷”交不好，万事皆空！于是临时抓忙，找了个冬烘腐儒当枪手，在文件上旁征博引掉书袋，满纸的典故和成语。偏偏宫内有个名叫张泓的闲差太监聪明，进言说：“太子不好学习是人所共知的事情，现在在御批文件上广引古文典故，必定会被皇帝看穿，最终会怪罪下来，肯定还会追究背后主使的人。不如就直接就事论事，写上判断意见就行了。”

贾南风大喜，对张泓说：“就麻烦你为我好好写吧，日后保你富贵荣华。”于是小太监起好草稿后，低智商的太子照猫画虎抄一遍，派一直等候的使臣送交正在皇宫与东宫僚属及当朝大臣宴饮的酒席之上。

晋武帝本来对太子司马衷的期望值很低，忽然看见傻儿子亲笔写的判词立意清楚，处事得当，大喜之余先把文件递给卫瓘，无形中泄露了这样一个信息：你常表示太子不具备接班条件，看看，还不错嘛！由此，贾南风一家上下也暗中记下卫瓘一笔，留待秋后算账。

各种史书把贾南风写得无比有心机，好像完全是靠她欺上瞒下才最终使痴傻汉子司马衷成为晋惠帝。也有人揣测，真正最后拿主意定大计的仍旧是晋武帝司马炎本人，他所看重的，恰恰是惠帝的儿子司马遹。晋武帝只把这位处于嫡长地位的傻儿子做个过渡，内心深处盼望小孙子司马遹日后继承帝位。但让晋武帝始料不及的是，太子妃贾南风太阴毒，朝中大臣太没用，自己的司马氏子弟又太不争气。因此，司马炎撒手一死，不仅晋朝很快分崩离析，自己最喜爱的皇太孙也最终死于贾南风屠刀之下。

晋武帝病危弥留之际，未及提名顾命大臣，加上勋旧重臣病死的病死，退休的退休，在禁宫内侍疾的只有杨皇后的父亲侍中杨骏。趁此机会，杨骏大过一把皇帝瘾，反正玉玺在自己手中，委任状随便填上自己亲信的名字，加印后即为法令行之。同时，内宫侍卫也都换成他所信用亲近之人，亲王大臣皆不能进宫问候探视皇帝病情。其间，晋武帝回光返照，乍一清醒，见左右侍卫个个都很陌生，忙唤中书作诏书，召还已被任命为镇南大将军但还未外出就职的叔祖汝南王司马亮回来，与杨骏共辅朝政。杨骏闻言，深恐这位经验老到的皇族与自己争权，借口要查看诏书内容有无纰漏，让人从中书省拿回诏令，随即销毁。不久，晋武帝大渐，杨皇后召来中书监华廙和中书令何邵，口头宣布晋武帝诏令，任命自己的父亲杨骏为太傅，都督中外诸军事、侍中、录尚书事，可以说是集党政军大权于一身。同时，又下诏急催汝南王司马亮马上外出许昌就任。

汉武帝临崩前，又有片刻的清醒，挣扎着问："汝南王来了吗？"左右侍从说"无"，晋汉武帝闻言又惊又急，一下昏过去，就再也没有醒来。

太子司马衷即皇帝位，改元永熙，尊杨皇后为皇太后，立贾妃为皇后。

杨骏好谋无断，外刚内怯，他在宫内太极殿居住、办事，周遭遍布百余名全副武装的卫士，天天如临大敌一般。汝南王司马亮还未出京城，听闻晋武帝驾崩消息，也不敢入宫临丧，只能在大司马门外大哭以尽臣礼。哭毕，司马亮上表，要求留侍晋武帝入葬后再外出就镇。有人趁机进言，说这位王爷想举兵讨伐杨骏。杨骏大惧，忙和皇后女儿商议此事，把傻乎乎的新帝司马衷叫来，让他亲手写诏书给大臣石鉴和张邵，命二人马上带兵擒拿司马亮。张邵是杨骏外甥，闻诏马上披甲上马，急赴石鉴处要他一起受诏出兵。石鉴认为司马亮是帝室尊亲，持兵不发。司马亮这边，手下人劝他起兵讨伐杨骏。思虑再三，老王爷还是下不了决心，最终连夜驰赴许昌，避逃而去。大丧期间，宫殿暂时粗安，避过一次萧墙之乱。

杨骏也知道自己因女儿为皇后而骤贵，没有民望，更无高门士族的真心拥戴，便大行封赏，滥加爵级，以博求美誉令名。这种荒唐作法，连他的亲弟弟杨济、外甥李斌以及同党石崇等人也多相劝谏，杨骏仍旧我行我素，听不进去。同时，杨骏在政事处理方面“严碎专愎”，对内深怀猜忌，对外私昵亲党，对司马皇室宗亲更是一概排除于中央决断枢要之外，故而树敌广众，招致无数怨愤。太原人王彰因清名被杨骏辟为司马，王彰竟“逃避不受”。有人问究竟，王彰回答说：“自古一姓出两个皇后的家族，一时贵盛，日后未有不败者。杨太傅本人昵近小人，疏远君子，专权自恣，能支撑多久呢？武帝不计身后社稷大事，嗣帝没有继业才能，顾命大臣又所任非人，天下之乱，可立待也！”

皇后贾南风阴险猜妒，又多权略，杨骏对此倒早就留意。为了防止贾南风坐大，杨骏以自己的外甥段广为散骑常侍，主管军国机密；亲信张邵为中护军，主持禁卫军。一般的重大诏命都是由傻子皇帝司马衷走个形式画个押，入呈杨太后和杨骏后才下诏施行。贾南风虽然贵为皇后，仍觉内外都很不爽，因为朝中大权皆为太后杨氏及其父亲杨骏把持，自己只是仰人鼻息。

皇宫内的殿中中郎孟观和李肇两人一直为杨骏所轻，常有怨言。贾后察知此事后，就派身边亲信太监联络孟、李两人，密谋除掉杨骏。有了里应，还缺外合。李肇和孟观两人分别暗中联系汝南王司马亮和坐镇荆州的楚王司马玮。汝南王司马亮拒绝。楚王司马玮二十来岁，少年果锐，一口应承，并且上书请求入朝面君。杨骏一直忌惮楚王司马玮的英武勇锐，此前就“欲招之而未敢”，现在看见他“自投罗网”，高兴得马上以惠帝名义召他和坐镇扬州的淮南王司马允一起入朝。

元康元年（公元291年）四月，晋惠帝正呼呼大睡，忽然被殿内将李肇、孟观叫醒，让他签署诏书，称杨骏谋反，并命楚王司马玮屯兵司马门，东安公司马繇率禁兵四百人去逮捕杨骏。惠帝本无辨别是非能力，仓促之下就在诏令上签了字。太傅杨骏听闻宫内有变，忙召集朝中大臣集中在自己家里商议对策。

杨骏草包一个，本性又怯懦，坐在当中惊惶无限，向众人问策。太傅主簿（杨骏的幕僚长）朱振说道：“现在宫廷内变，定是贾后设谋要害您，应该马上派人点火烧掉云龙门来大造声势，然后入宫逮捕造反者，再派兵攻开万春门，引东宫兵及外营兵来保护皇太子入宫。如此，宫内人因为恐惧肯定会斩送首谋之人大开宫门迎降，否则的话，杨公您无法免难！”

如此万分紧急关头，这位势倾中外，掌握西晋一切文武大权的当朝皇太后亲爹杨骏，思虑半天，只冒出一句话：“云龙门是魏明帝时候建造的，费工费钱无数，奈何烧之！”本人及族党性命攸关之际，杨太傅突然变成个文物保护者，众大臣大失所望之余，各个托称自己要进宫观看皇帝安危，一哄而散。杨骏的党羽左军将军刘豫一直没有接到太傅的信儿，率大队军马刚到杨骏门口，迎面遇见右军将军裴頠（贾南风皇后表兄），忙问太傅何在。裴頠骗他说：“太傅已经乘辆小车，带着两个从人逃去西城。”刘豫武人粗疏，不问究竟，忙问自己怎么办，裴頠说：“您应该去廷尉自首。”刘豫闻言，果然听话，委弃自己统领的重甲劲卒，真的去廷尉自首去了。

皇太后杨氏知道消息最晚，禁宫各门又都被贾后及同党关闭，无奈之下，她在丝帛上写字“救太傅者有赏”，派太监射出宫城外。恰巧贾后党羽拾得帛书，贾后趁机诬称杨太后与父亲一同谋反，封门囚禁了这位当朝太后。

本来，乱起之初，相关诸人皆在观望，假使朱振烧云龙门计成，或者刘豫率大军拥杨骏围皇宫，殿中诸人百分之二百的可能会马上翻脸，杀掉贾后等人以求功。杨骏惶怯无计，宫外局势渐渐明朗，皇宫又无兵马来围逼，禁卫军很快冲入杨骏家的大门，搜出躲在马厩里的这位草包太傅，就地一刀结果了性命。孟观等人一鼓作气，连夜逮捕了杨骏的弟弟杨珧和杨济以及段广、刘豫等多名同党，都诛夷三族，一口气杀掉数千人，老幼不免。

皇太后杨氏也因“图危社稷”的罪名被废为庶人，其母裴氏依罪该斩。杨皇后“截发稽颡”，上表儿媳贾后，自称臣妾，哀求饶母亲性命。贾后当然不许，当着这位“婆婆”的面杀掉裴氏后，又把杨太后幽禁，派人断绝饮食，将其活活饿死。

政变成功后，皇后贾南风大权在握，开始委任亲党。贾谧是贾南风皇后的亲外甥，自然大受宠幸。加之他承袭其外祖贾充之爵，又有皇后椒房之亲，权过人主，威福无比。贾南风这边更是荒淫放恣。贾南风先是借看病为名，与太医令程据私通，肆无忌惮，“乱彰内外”。而后还觉不过瘾，天天派人从宫外哄取美少年入宫，过后常常是杀人灭口。洛阳城南有个管治安的小吏，“端丽美容止”，平时工资微薄，忽然身上穿戴奇异，所佩珠玉皆罕见内廷之物。他周围的同事察觉其事可疑，禀报上司，派人马上把他拘押审问。这个漂亮小伙辩称："先前遇见一个老婆子，说她家里有人得病，巫师卜卦说要一位居于城南的年青男人至家禳解，并有重酬。我贪财心切，就随她前往。中途换车，我被藏在盛放衣物的箱笼里，走了十几里，过六、七道大门，箱笼一开，忽然见到壮丽精致的楼台殿阁。我问老妇人这是哪里，她回答是天上。马上有人过来伺候我沐浴熏香，好吃好喝过后，又给我换上华美的衣服，带入室内。屋里有一个妇人，大概三十五六岁年纪，身材矮小，皮肤青黑，眉间有痣。我和她共寝欢宴，临别时，这矮胖黑妇人赠我这些衣物饰品。"大概这个小吏美貌温存，深得贾南风喜爱，故而留其一命。堂上堂下人听小吏辩说，皆明白了事情原委，纷纷窃笑不已。

晋惠帝元康六年（公元296年），征西大将军赵王司马伦宠任属下孙秀，在西北地区与雍州刺史解系交恶，互相攻讦，更相上表朝廷。晋廷朝议后，以梁王司马肜替赵王司马伦职务，征司马伦入朝为车骑将军。赵王司马伦入朝后，依照孙秀的谋划，大散珍宝，与贾氏亲族深相结纳，"贾后大爱信之"。与贾后搞好关系后，司马伦上表请求录尚书事，参与中央朝政。赵王司马伦与孙秀入朝，为日后的祸乱埋下了一大伏笔。

贾后淫虐日甚，秽声播于宇内，官为散骑常侍的贾后外甥贾谧也自我感觉良好，他在太子东宫侍讲时，态度倨傲，与太子下围棋时也咋咋呼呼，和这位当朝储君争抢棋子丝毫不让，没有一点人臣谦卑的态度。当时，皇太子司马遹的十六叔成都王司马颖在座，看见贾谧如此没有尊卑之分，便当面斥责他。贾谧心怀怨恨，很快就入宫向姨母贾南风告了司马颖一状。贾后自然偏向外甥，立即下诏派司马颖出镇邺城，赶出京都。

为了亲上加亲，保证太子继位后贾家无祸，贾后的母亲想把贾谧的妹妹许配给太子当太子妃，太子司马遹自己也想娶贾谧的妹妹巩固自己的地位。可贾后、贾谧都不听，反而为太子迎娶大臣王衍的小女儿为妃。同时，贾后又为贾谧聘王衍大女儿为妻。皇太子早就听说王衍大女儿相貌更美，现在反被贾谧抢去，心中愤愤不平，溢于言表。贾谧至东宫参见，太子常不以为意，甚至往往把贾谧一人甩在室内，自己去到后庭与左右玩耍游戏。贾谧也心中怨愤，于是入宫见皇后姨妈，说太子曾对人表示要仿效先前废杨后的故事废掉贾后，并杀掉贾氏一族。贾南风眼里不揉沙子，又一直心忌太子，闻言当然大怒，马上派人四处揭宣太子之短，“于是朝野咸知贾后有废太子意”。

晋惠帝元康九年（公元300年），经过长久谋划，贾后终于下定废杀太子的决心。贾南风以惠帝生病为由，遣人唤太子入朝。此前，晋朝著名的美男子潘岳连夜被贾谧唤入宫中，面见贾后。贾后直爽，把想废太子的意思直说出来，让潘岳以太子口气手写个草稿，准备把太子灌醉后让他依样画葫芦，借此定罪。潘岳虽然心中惊惧，可迫于贾后淫威，不得不挥笔而就。

大清早还未吃早饭，太子司马遹就被急召入宫。进得内殿，太子下跪，遥见贾后堂上端坐，并命侍婢持三升酒与一大盘枣子令太子当面吃喝。太子忙称自己平常不饮酒，加上早晨腹空，怕喝酒后颠倒失措，在皇帝父亲面前有失礼仪。贾后堂上呵斥：“你怎么这么不孝顺，父母让你饮酒你都不肯，难道酒中有什么恶物吗？”侍婢也立于太子面前逼促。逼迫不得已，太子只得把三升老酒饮尽，“体中荒迷，不复自觉”。很快，又有个宫女持笔砚纸墨，催促太子抄写一张白纸上的字样（潘岳打的草稿）。醉迷之间，太子抖手抄录，“其字半不成，（皇）后补成之”，马上派人送惠帝验看。

惠帝其实也根本不知道轻重，只是木偶而已。在贾皇后主持下，惠帝升殿，召众大臣议事。贾后派太监手持太子平日手书以及他醉迷之中抄写的青纸诏令，遍示众人，表示“（司马）遹书如此，今赐死”。

众臣皆不敢有异议，唯独大臣张华和裴頠力保太子无辜，两人旁征博引，反复议争，一直争到天色渐晚，廷议也无结果。惧怕事久生变，贾后急忙上表请废太子为庶人，又自作皇帝诏书“许之”。张华、裴頠见事已如此，毕竟还保全了太子一命，只得退朝。

贾后派人持诏书于东宫，废太子司马遹为庶人，把他及其三个幼小的儿子皆软禁于金墉城，并下诏杀掉太子生母谢妃以及太子侧妃蒋俊。才过春节，贾后又威逼东宫太监自首，说太子联络人想造反，趁此机会把太子又送往洛阳之外的许昌宫囚禁。颠沛道中，太子本来就生病的才几岁的长子困厄而死。

“太子既废，众情愤怒”。曾经在太子东宫做过侍卫官的右卫督司马雅、常从督许超以及殿中中郎士猗等人聚集在一处商议，准备废掉贾后，复太子之位。大家商量来商量去，都觉大臣张华和裴頠一直安常保位，不能与之谋事，而当时手握重兵的右军将军赵王司马伦本性贪冒，可以怂恿他加入起事。

诸人知道孙秀是司马伦的“主心骨”，暗中约他相会，劝说道：“贾后凶妒无道，与贾谧等人诬废太子。现在国无嫡嗣，社稷将危，多位大臣都准备起事。孙公您与赵王和贾氏一族关系很好，废太子一事，都传说您二位也有参与。一朝事起，祸必相及，为什么不争取主动，化祸为福呢。”

孙秀听毕大觉有理，去王府把情况告知赵王司马伦，劝主子暗中准备起事。司马伦对孙秀言听计从，又约结宫中值勤的张林和张衡等人，准备伺机行事。

一切准备就绪后，孙秀思来想去，又多出一个心眼。他对司马伦说：“太子聪明刚猛，若还复东宫，肯定不会受制于人。明公您一向是贾后之党，路人皆知，虽能废掉贾后拥太子复位，肯定也买不到什么好，太子会认为您是逼于民望不得已行之，以举事来免于罪祸。因此，日后太子得势，肯定会对您吹毛求疵，说不定您也免不了被诛杀的命运。依我看，不如拖延起事日期，其间贾后必害太子。只要太子一死，我们废掉贾后之举就会大得人心，不仅能彻底免祸，还能掌握大权。”司马伦连连称是。

于是，孙秀派出不少人出外散布谣言，说皇宫内有不少人想废掉贾后，拥返太子复位。贾后虽然天天欢宴淫乐，但提防之心也从未松懈，常派宫女太监乔装打扮，混于市场坊间探听消息。获悉有人要拥复太子的事情后，贾后大惧。同时，赵王司马伦和孙秀又竭力劝说贾谧等人，要他们早早除掉太子以绝众望。贾后身边皆是贾谧这样没有政治经验的年轻人，很怕太子返宫，联同朝内大臣们一起把贾氏家族端掉，便力劝贾后动手。贾后于是命太医程据在殿内调配毒药，派太监孙虑携毒药专程去许昌宫毒杀太子。

司马遹被废黜后，一直怕被毒杀，天天自己在屋内煮食。太监孙虑到许昌后，见无从下手，就与监守太子的刘振商议对策。刘振派人把太子迁移到一处小黑房子里，断绝他的食物来源。宫中侍女及太子随来的从人对太子很忠心，不时隔墙抛扔食物，司马遹因此又苟延了几日。孙虑等得不耐烦，便破门而入，拿出毒药逼太子喝下去。太子不肯，大太监也急了，凶相毕露，顺手操起一根药杵，一下子把太子敲得脑浆迸出，气绝身亡。贾后闻知太子已死，假惺惺地上表，请以王礼安葬太子。

看见贾后一党步步依照预设的局往下走，孙秀和司马伦就准备动手了。

惠帝永康元年（公元300年）五月的一天，赵王司马伦全身披挂，假称皇帝诏敕，召集禁卫军三部司马长官，以惠帝名义宣诏：“中宫（皇后）与贾谧等杀吾太子，今使赵王入宫废贾后，汝等皆当从命，事毕，赠爵官中侯，不从者诛三族。”于是众人皆表示遵从。司马伦、孙秀等率大队禁军夜入皇宫，陈兵满道，控制宫内各个进出要害后，就派惠帝的堂兄弟齐王司马冏冲入内宫，“迎帝幸东堂”，把这个傻皇帝架出来，又拿他充当必不可少的“道具”。

众人坐定，就以惠帝名义下诏召贾谧，称有急事商议。贾谧进宫后，看见殿上皇帝傻乎乎坐着左右顾看，赵王司马伦等人杀气腾腾，各执利剑在手，顿感大事不妙，拔腿就往外跑。小伙子腿脚再快也跑不过兵士，枪捅剑砍，贾谧瞬间被斩得七零八落。贾后被立废为庶人，被幽禁于建始殿。

同时，起事诸人立刻在京城逮捕了贾氏亲党，皆全家诛死。为收买人心，赵王又下诏追复司马遹太子位号，封其二子司马臧和司马尚为王。诸事已定，司马伦又派人至贾后被幽禁的金墉城，以金屑酒赐死。

综观晋汉武帝死后的三次宫廷政变，废杨后、废太子、废贾后，有两点值得注意：一是禁卫军权的重要，二是出身寒门的士人在其中所起的关键作用。

《晋书·杨骏传》中写杨骏父女矫诏独掌西晋军政大权后，杨骏“又多树亲党，皆领禁兵”，显然一开始他就知道掌握禁卫军的重要性。但由于杨骏政事繁忙，主要精力又大都倾于严防司马氏皇族子弟，认为惠帝痴愚，贾后妇人，他对皇宫内廷的禁卫军权没有太重视，只有自己的外甥张劭做中护军，亲党刘豫作左军将军，两个人皆是宫外禁军的高级将领，而最终导致杨骏覆灭的恰恰是平时不受杨骏重视的宫中禁军中级官员殿中郎李肇和孟观。

当时，贾后居禁庭皇宫，可以直接书诏下“最高指示”，外间又有一直怨气冲天、不受重用的司马氏诸王，事变一起，唯一可用的左军将军刘豫又被裴頠骗去自首，身边没有了“枪杆子”，本来就无大智勇略的杨骏只能死路一条。贾后利用楚王司马玮除掉杨骏，而后很快又凭其族兄贾模和从舅郭彰两人所掌的内廷禁卫军攻杀司马玮，完全控制了内外禁军三十六军，并使外甥贾谧任后军将军从军，亲舅郭彰任右卫将军，表兄裴頠任左军将军。如此，诬废太子司马遹就是非常容易之事。大兵在手，诏纸任填，想杀谁就杀谁。赵王司马伦入京后，深与贾氏宗族结纳，并最终得到“右军将军”这样关键的禁卫军权位。由此，贾后也为自己及其宗族找好了掘墓人。在废除贾后的行动中，多名中下层禁卫军军官参与了事变，贾后计谋再深，势力再强，也难逃这些职业军人之手。

赵王司马伦大权在握后，也命孙秀和他本人的几个儿子担当禁卫高官，完全控制了禁卫军。掌握了禁卫军，也就掌握了皇帝。皇帝在手，挟天子以令诸侯，借天子之名干事就可以事半功倍，左右天下局势。

在导致西晋政局剧烈动荡的重大事件中，数位寒门出身的文吏也成为极其关键的人物。

杨骏之诛，楚王司马玮大显身手。但司马玮才二十出头，在政治斗争场上完全是个“乳臭未干”之辈，真正左右局势的当属他的长史公孙宏与舍人歧盛。此二人给司马玮出主意让他靠拢贾南风，得以留侍京都。赵王司马伦年长庸愚，凡事皆由孙秀出谋划策。“（孙）秀起自琅琊小史”，纯粹的寒人出身，但他一手包办策划了赵王司马伦从入京师接纳贾后、联络禁卫军官、激使贾后杀掉太子、最终又废杀贾后的全部过程，并在政变成功后位居高官，实际掌握了晋朝的朝政。

在以阀门为重的西晋，士族高门不论贤愚，一直垄断各级要职，寒人阶级一直在倍感压抑的气氛中努力争取往上爬。这些人往往天资聪颖，又无路显达，只能想尽一切办法投身于诸王或高官门下，乐乱好祸，迂回反抗。当然，寒人阶层的谋士们贵显只是一时，昙花一现，很快就三族被诛，连根杀净。

晋惠帝虽昏而不虐，但这么一个幅员辽阔的皇皇大晋，由一个愚君来统理，简直是古今所无的事情。晋武帝没有远见，所托非人，儿子不争气也罢，托孤大臣也是杨骏这样的擅权鼠辈，以至于贾后奸邪妇人秉国，赵王司马伦阴险篡逆，诸王争起，亡乱终至。

第四节　清除异己独擅权——唐中宗时的韦后之乱

唐中宗李显是唐高宗与武则天所生的第三子。高宗崩后，武则天借口李显要超封其岳父韦玄贞官爵，把才登上宝位两个月的儿子废掉，押送房州安置。直到武后晚年病重，经狄仁杰等众大臣力保，李显才从房州贬所被召回京城。

武后病危，凤阁侍郎张柬之等人纠结禁卫军发动政变，逼武则天退位，唐中宗得以复辟。当李显第二次坐上象征皇权的宝座时，其间已经相隔23年。这不是普通的23年，是天天提心吊胆的日子，是日日忧恐欲死的光阴。困贬房州之时，数次听说有京城敕使来临的消息，李显都想到自尽。李显心里清楚，母亲会随时派人弄死自己，因为两个亲哥哥的下场已经昭示出母后是多么冷酷无情。关键时刻，总是结发妻韦氏一旁力劝："祸福无常，反正也是一死，何必这么担心！"

由此，艰难苦恨繁霜鬓，50岁的唐中宗终于盼来了母亲回心转意、征召他回洛阳京城的那一天。临行，李显满眼喜泪，握住韦氏的手，信誓旦旦："以后如能复见天日，当唯卿所欲，你干什么事我都不会管！"

唐中宗李显

出于报恩心态，唐中宗复位之后，马上封韦氏为皇后，追赠早被武后贬死的岳父韦玄贞为上洛王。

唐中宗之所以不诛杀外戚武三思等人，是有个人因素的。武三思不仅是中宗李显的表兄，安乐公主与武三思的儿子武崇训还是夫妇，如果行诛，女婿也会被牵连。杀掉爱女的夫君，这一关韦后那里就过不去。因此，拥护中宗复位的张柬之等诸臣迟迟下不了决心动手行动。这种婆婆妈妈的妇人之仁，最终使得拥推中宗复辟的诸臣个个死无葬身之地。

高宗时代，谏劝废掉武后的上官仪被加以谋反罪杀掉后，其小女儿上官婉儿没入宫府为奴婢，“辩慧善属文，明习吏事”，后被武则天看中，让她专掌宫内之秘，“百官奏表多令参决”。中宗复辟后，对上官婉儿也无恶感，便“拜为婕妤，专掌制命诏书”。

在武后时，上官婉儿与武三思就一直暗通款曲。至此，在上官婉儿牵针引线下，儿女亲家韦后与武三思又在宫中会面，竟至私通。把韦后搞定，武三思一颗心终于放进了肚子。韦后整日言表武三思多么有才多么忠心，中宗李显自然把这位表哥亲家翁召入宫中，图议政事。又有女儿、女婿成天甜言蜜语，往来弥切，中宗、韦后、武三思等人最终热成一片，“张柬之等皆受制于（武）三思矣”。

待到皇宫大内的中宗、韦后、武三思已经“天地一家春”，张柬之等人才慌神，多次上奏，唐中宗不仅不听，还升封武三思为司空、梁王，武攸暨为司徒、定王。为了安抚张柬之等人，唐中宗下诏，以张柬之、武三思等十六人皆为助已复辟的大功之人，“赐以铁券，自非反逆，各恕十死”。其实，中宗复辟，革的就是他武氏表亲的“命”，武三思等人没有事前任何的帮助。

张柬之等人虽被唐中宗表面“荣宠”，实际已无权柄，见皇帝已非平常易事。张柬之怕武三思等人在唐中宗面前说自己坏话，就派先前曾提携过的考功员外郎崔湜为耳目，让他刺探宫内动静。崔湜是个投机小人，眼见中宗宠信武三思，于是临阵倒戈，把张柬之等人的密谋一股脑端给武三思。武三思又怒又喜，马上提拔崔湜为中书舍人。武三思又与韦后定谋，日夜讲张柬之等五人的坏话，说他们“恃功专权，将不利于社稷”。唐中宗无主见之人，当然“信之”。于是，武三思等人进言：“不如封张柬之等人为王，罢其政事，外不失尊宠功臣，内实夺其权。”

于是，唐中宗下诏，以敬晖为平阳王，桓彦范为扶阳王，张柬之为汉阳王，袁恕已为南阳王，崔率玮为博陵王，并皆“罢知政事，赐金帛鞍马，令朝朔望”。至此，五王失权，武三思把昔日窜逐的武后旧党悉召入朝，“不附武后者斥之，大权尽归（武）三思矣”。

当初政变时抱持唐中宗上马、扈卫他冲进玄武门的驸马都尉王同皎，闻知五王失势，韦后、武三思秽乱宫闱，“每与所亲言之，辄切齿”。武三思闻讯，愤恨不已，派崔湜把这位驸马爷告上朝廷，诬王同皎与洛阳人张仲之等人准备杀武三思，废韦皇后。

唐中宗接表，赫然大怒，命杨再思、韦巨源等高官旁听，监察御史姚绍之等人主审。按理，王同皎不仅在中宗复辟时立过大功，他还是中宗女儿定安公主的夫婿。即使如此，庸君仍然不肯饶过。

府堂开审。张仲之富贵之子，宫内宫外认识不少人，自然知悉武三思、韦后等人的淫乱事情。虽被仗打、夹指，张仲之仍不屈服，朗声大骂武三思与韦后通奸之事。杨再思、韦巨源却是官场老滑头，假装打瞌睡没听见。主审姚绍之窘急，马上命手下送张仲之入大狱死囚牢，以谋逆罪斩杀王同皎、张仲之等人，并施以族诛。王同皎临刑，“神色不变，天下莫不冤之”。想当初没有他的一番激励，唐中宗连马也不敢骑上去，更甭提入宫废武后了。

过了数日，武三思又诬告已被外任当各州刺史的敬晖、桓彦范、张柬之、袁恕已、崔光玮五人与王同皎通谋。这“五王”此时连自辩的机会也没有，马上就有诏书下来，把五人长流于偏远小州做司马。

两个多月后，武三思派手下书写载有韦后“秽行”的大字报，张贴于天津桥上。唐中宗震怒，马上派御史大夫李承嘉彻底追查。李承嘉禀武三思意旨，很快结案，上奏说是被外贬的“五王”派人张贴大字报，“虽云废后，实谋大逆，请族诛之”。于是，“五王”被杀。

杀掉“五王”，武三思气焰覆天，权倾人主，他常讲：“我不知人世间什么人是好人什么人是坏人，和我好的就是好人，和我不好的就是坏人！”

解决了“五王”，武三思诸人下一个目标，又瞄上了中宗太子李重俊。

李重俊是中宗的第三子，非韦后亲生。这个青年本性明果，但由于没有高德师傅教化辅佐，“举事多不法”，存有青年人最常见的豪侈毛病。此外，太子宾客杨璬、武崇训等人皆是皇室驸马，数位公子王孙，天天踢球喝酒，不可能有正经事干。

同时，中宗爱女安乐公主也很忌恨李重俊。由于李重俊不是韦皇后所生，安乐公主常常当众称这位皇太子弟弟为“奴才”，侮狎至甚。同时，安乐公主自己想当“皇太女”，更把这位弟弟视为眼中钉。

韦后不是自己亲妈，安乐公主不是自己亲姐，李重俊“不胜愤恨”。景龙元年（公元707年）八月，李重俊率左羽林及“千骑”（御林军精兵）三百多人，突然冲入武三思府中，立斩武三思、武崇训父子以及相聚饮酒的党徒十多人。

此后，李重俊派宗室成王李多祚守住宫城诸门，自己率兵直奔肃章门，斩关而入，索求韦后与安乐公主，并喝令宫人速把与武三思通奸的上官婉儿也交出来。惶急忧恐的唐中宗李显急忙跟随几个妇人，一溜烟登上玄武门城楼以避兵锋。此时，楼下只有右羽林大将军刘景仁带着二百多御林军抵拒太子的军兵。

李多祚纵马飞驰，先至玄武门下，想直闯登楼，为宿卫兵士所阻。但是，此时双方并未交锋，没有开杀。“李多祚与太子狐疑，按兵不动，冀上（中宗）问之”。本来太子李重俊等人就不是想谋弑中宗，只是想杀掉武三思、韦后等人“讨个说法”。

这种犹豫是致命的错误。中宗身边，有个名叫杨思勗的宦官，时为宫闱令，是内侍省的芝麻官。此人主动请命，要下楼厮杀。韦后、安乐公主连忙挥手让他下去。

李多祚的女婿野呼利为太子军前锋，骑马站在前列。看见楼门大开，冲出一个没胡子的阉人，这位鞑鞨大将根本没在意。殊不料，杨思勗纵马疾驰，冲到野呼利马首前，“挺矛斩之”，太子一军，立时夺气。

楼上的中宗李显看见手下宦官得胜，也缓过神来，凭楼向下喊道：“你们都是朕宿卫将士，为什么跟随李多祚等人造反！如果能斩杀造反首犯，勿患不富贵！”

如果当初不犹豫，众人登楼控制了中宗一行，杀了韦后、安定公主，肯定想让中宗干啥就干啥，就会重演废武则天一幕。现在，当朝皇帝在上面亲开金口，一帮将士大眼瞪小眼，皆望向居中指挥的李多祚。寒光闪处，未等李多祚等人反应过来，冲上来一帮原本是自己带领的士兵，刀砍枪刺，把几个领头人杀死在当地。太子李重俊见状，知道事不成功，率百骑逃奔终南山。龙落浅滩，不久，困急小憩之时，李重俊为左右所杀。首级送往都城，气急败坏的唐中宗命人把儿子首级悬放于武三思父子灵前，以祭奠“忠臣”。

此后，仍不断有人上告韦后等人“谋逆”，下场一样，皆为韦后等人杀掉，然后再奏知中宗。案子一多，中宗也烦躁，听闻许州司兵参军燕钦融又上表奏除韦后等人，气恼之下，中宗亲自审问。

燕钦融官职虽低，不畏强势，跪于殿中朗言：“皇后淫乱，干预朝政，其宗族日益强盛；安乐公主、武延秀（安乐公主后嫁夫婿）、宗楚客（韦后党徒）等人，居心叵测，图危宗社。”

中宗诘问再三，燕钦融丝毫不屈，表示天下汹汹，街闻巷议，都知晓韦后等人的秽事丑闻。“上默然”，绿帽皇帝至此，似乎颇有所悟。

殿中侍立的宗楚客着急，马上下令卫士把燕钦融抓住，数人高高抛起，把这位直言小吏投摔在殿庭石地上，折颈而死。

眼见宗楚客未得谕意竟敢当着自己的面如此行事，中宗虽未发作，仍感怏怏不快，脸色阴沉，“由是韦后及其党始忧惧”，遂决定对中宗下手。

公元710年农历六月壬午夜，唐中宗李显身穿赤黄龙袍，神情郁郁，在神龙殿呆坐无聊。恍惚之间，数日不相问讯的韦皇后盈盈而来。韦皇后身着袆衣，博鬓溢彩，饰以十二花树，打扮得风情万种，异于平时。在韦皇后身后，紧随而入的是中宗与韦后所生的小女儿安乐公主。这位貌美聪明的公主也是梳着博鬓，只是头上花树比母亲少了三款。红绵衫，绿罗裙，素纱中单衣，衬得她妖妖娆娆。中宗李显本来对韦后心烦气恼，看见爱女安乐公主随母亲一起，心中柔情顿起，脸上的表情也光亮了许多。

安乐公主居左，韦皇后居右，中宗李显居中，畅言欢笑，一副夫妇情深、爱女绕膝的天伦之乐图景。很快，光禄少卿杨均和散骑常侍马秦客二人亲自托持两个秘瓷中碗，献于中宗面前。晚膳进过不久，中宗并无食欲。安乐公主一旁娇言：“父皇，这两碗汤饼是我与母后一起下厨为你而做，还是趁热吃了吧。”

爱女发话，中宗心头一暖，想起被贬房州（湖北房县）的二十多年，正是韦后在无数个夜晚为自己亲手做汤饼吃，才使得他因整日惊悸而抽搐的寒胃得到及时的温润。一思及此，李显顿感释然，似乎许多天来与皇后之间的不愉快顿时全消。李显端起碗，稀里呼噜，三下五除二，把一碗汤饼悉数吞入腹中。

未得把碗放下，一阵莫名其妙的剧痛在肚内涌动，中宗李显手中的碗登时滑落在地。恰如万箭攒心，李显霎时间感到全身火灼一样。李显左右顾盼了一下，在他临死的眼中，是韦皇后冰冷无情而又没有任何表情的脸以及小女儿安乐公主略呈惊惶的眼神。

中宗李显也真是倒霉，惊悸惶恐中度过23年，刚刚登皇位5年，就被自己的皇后和亲女毒死。

毒死中宗后，韦后秘不发丧，召诸相入禁中，并征府兵五万人屯京城；同时，她又派诸韦亲戚分领诸军以及宫中禁卫军。由此，“万骑”以及其他禁军的统帅皆是韦氏一族。

本来上官婉儿与太平公主密谋，草拟中宗“遗诏”，立中宗小儿子李重茂为皇太子，相王李旦参谋政事。宗楚客老奸巨猾之人，马上召韦后之兄韦温商量，改篡诏书，以相王李旦为太子太师，虚其职权。

宗楚客等人又不停劝韦后效仿武则天，革唐命，自称帝。由于相王李旦和太平公主宗属王亲，地位尊显，诸人也暗中加以准备，想除掉二人。

相王李旦唯唯诺诺之人，正因其懦弱的性格，才熬过武则天、中宗两朝。李旦自己没想过怎么办，听天由命，但其子李隆基一直愤愤不平。

李隆基时为临淄郡王，任卫尉少卿，兼潞州别驾。听闻中宗崩逝，李隆基急忙潜回京师，以观时变。在此之前，李隆基非常“有心”，与“万骑”以及禁军其他部府的头领和豪杰交游、玩乐，一直深相结纳。由于禁军统领韦播等人近日常杖打鞭击“万骑”将领立威，“万骑皆怒”，小队长葛福顺、陈玄礼等人纷纷找李隆基诉苦，大骂韦氏兄弟。

见众人意气可用，李隆基也打开天窗说亮话，表示要诛杀韦氏一党，以安社稷。众人闻言“皆踊跃请以死自效”。

兵部侍郎崔日用一直谄附韦氏，当他得知宗楚客等人想杀相王和太平公主，恐怕事不成而引祸上身，便先行派个和尚密告李隆基，劝临淄王先下手为强。同时，李隆基又与太平公主以及其子卫尉卿薛崇暕密谋，加紧准备起兵诛除韦氏。很快，众人相集，等待号令。

“向二鼓，天星散落如雪”。初秋时分，夜空朗彻，观此星象，众人皆讲：“天意如此，时不可失!”

于是，众人一鼓作气，分别纵马突入羽林营。御林军内各中、低级官员早有通气，大家又是战友，立刻联手，很快就斩杀了韦氏兄弟，并高举他们的首级在营中呼叫：“韦后毒杀先帝，谋倾社稷，今夜当共诛诸韦宗族，马鞭以上皆斩之，立相王以安天下。敢有怀两端助逆党者，罪及三族！”以正攻逆，大家自然听从。

起事的禁卫军很快攻克玄德门和白兽门，合兵于凌烟阁前，大呼大叫，共杀守门将，斩关而入。李隆基本人勒兵玄武门外，听见凌烟阁处兵士的欢呼声，也立刻率领羽林兵冲入。宫中诸处禁卫兵，听闻弟兄们起兵，都披甲响应。

韦后梦中惊醒，慌不择路，跑入飞骑营，立刻有眼明手快的军士迎上前，当头一刀，砍了这位母后的脑袋。“立功”之人飞身上马，驰至李隆基马前邀功。安乐公主当晚也在宫中，正照镜画眉，忽然门被踢开，还未及回过身，她在镜子里就看见自己的漂亮脑瓜被一把明晃晃的大刀从粉颈上一刀切下。

上官婉儿听说外间兵起，知道韦后一党不保，赶紧找出早已准备好的中宗“遗诏”，高执蜡烛，大开宫殿各门，率宫人跪迎起事军人。刘幽求第一个闯入，上官婉儿呈上诏书草稿，表示当初她自己本意是以相王李旦为辅政，后为宗楚客所篡改。刘幽求请示李隆基，临淄王不知为什么，深恨这位美貌才女，命人斩之于殿下。

韦后并非浅见荒唐妇人，试观她二十多年忍辱负重，与不争气的老公共度艰难，并能维护中宗幽厄时的性命，可称为女中豪杰。弑中宗后，她里外安排得当，各个重要部门及皇宫禁卫军权都控制于自己人之手。而后又扶立少帝，稳扎稳打，想做第二个武则天。可见，唐王朝初期这些悍妻艳妇，皆非等闲之辈。但是，韦皇后没有想到的是，势易时移。武则天在高宗时已并称二圣，又有李氏帝系亲骨肉在自己手里，过渡时间长，亲信嫡系已经遍布中外，所以，对于李唐王室，包括她自己的亲生儿子，想杀想废，易如反掌。韦氏则不然，中宗懦孱，享国日浅，她自己与武三思的秽行早已行闻天下，首先就败坏了“母仪天下”的声名。其次，她亲生长子李重润在武则天时因议论老奶奶纳“男妾”被杀，非己亲子的太子李重俊又因她而死，推立的少帝李重茂，也不是她的亲生儿子，从法统上她就不是很占“主动”。中宗驾崩，即使不是韦氏毒死这位绿帽老公，天下人也会把罪责推于她的头上。因此，冒天下之大不韪，作恶至极，如此下场，也应在意料之中。

第七章　君臣较力

第一节　“狡兔死，走狗烹”——天才统帅韩信的悲剧结局

韩信作为一代名将，彪炳史册：公元前204年，他用背水一战的策略，以数千兵力击败二十万赵军。公元前202年，他用十面埋伏的计策，逼得项羽在乌江自刎而死……可以说，韩信为刘邦夺取天下立下了汗马功劳，但韩信在功成名就之后却未能寿终正寝——在公元前196年，韩信被刘邦的妻子吕后诱杀于长乐宫钟室。难道韩信之死真的是应了那个“鸟尽弓藏，兔死狗烹”的典故？韩信为什么会落得如此下场？

韩信

在楚汉相争的最后关头，韩信的地位是十分特殊的。用项羽的说客武涉的话说，是“当今二王之事，权在足下。足下右投则汉王胜，左投则项王胜”。用齐国辩士蒯通的话说，是“当今二主之命悬于足下。足下为汉则汉胜，为楚则楚胜”。总之，韩信已成为刘、项之外的第三种力量。因此，武涉和蒯通的意见是一致的，即韩信应该取中立态度，谁也不帮，与刘邦、项羽三分天下，鼎足而立。这个建议如果当时被采纳，则《三国演义》的故事，只怕就等不到曹操、刘备、孙权他们来演了。

可是，韩信犹豫过来犹豫过去，最后还是下不了背叛刘邦的决心。因为，韩信觉得刘邦于己有恩，终不忍背叛。韩信对项羽的说客说，当初我事奉项王，官不过郎中，位不过执戟，言不听，计不从，这才背楚归汉。汉王授我大将军印，给我数十万兵，脱下自己的衣服给我穿，省下自己的饭菜给我吃，言听计从，这才有了我韩信的今天。一个人，这样亲爱信任我，我背叛他，不吉祥啊！

当然，韩信也还有几分侥幸，总以为自己有功于汉，终不至于真的兔死狗烹。总而言之，说到底，还是“不忍”。不忍，就是妇人之仁。于是，有着妇人

之仁的韩信，最后还是被那个不仁的妇人吕后给收拾了。

其实刘邦早就想收拾韩信了。尽管刘邦出于政治的需要重用了韩信，尽管听了他一席高论后也“自以为得信晚”，但他刚一进军营就伸手要权要官，而且狮子大开口，非大将军不当，也仍然会让刘邦心中不快，并留下阴影。没有哪个当领导的会真心喜欢这种狂傲的下属，无论他们是如何的有真才实学。也不会有哪个领导会高兴被自己的下属趁机要挟敲一竹杠，也不管他们立下了多大的功劳。可以肯定，当韩信要求当假齐王时，刘邦心里便已经动了杀机，只不过并没有流露出来罢了。因为刘邦能忍。为了自己的所谓“大业”，刘邦是什么都忍得下的。

当然，当刘邦认为可以不必再忍时，事情就大不一样了。

刘邦收拾韩信，是一步一步来的。也可以说，是有计划有预谋的。

就在韩信发兵帮刘邦打败项羽没多久，刘邦就突然袭击夺走了韩信的兵权，然后借口“义帝无后，齐王韩信习楚风俗”，把他打发到下邳（今江苏省邳州市）当楚王。这种事刘邦以前就干过一回。刘邦曾在某个清晨佯称汉使，飞骑驰入军营，趁韩信和赵王张耳还没起床，就在他们的卧室内夺走印符，调兵遣将，弄得韩信和张耳大惊失色。这一次又故技重演，趁着平定鲁国的机会，突然“还至定陶，驰入齐王（韩信）壁（军营），夺其军”。有过经验教训的韩信，应该想到刘邦会来这一手。在两次被突然袭击后，韩信也应该有所警觉，可惜他没有。

在刘邦心里，韩信其实已对他构成威胁。蒯通早就对韩信说过：“勇略震主者身危，而功盖天下者不赏。”也就是说，一个为人之臣的，如果才智、能力和功劳都大到无以复加的地步，他也就性命难保了。因为所谓君臣关系，诚如韩非子所言，是“主卖官爵，臣卖智力”。双方的关系之所以能够维持，全在于人君手上有足够用于封赏的官爵，而人臣的智力又总是不够用，或总是有用武之地。如果某个人臣的智力和功勋已大得赏无可赏，这个买卖就做不下去了。因为再下一步，便只有请人君让出自己的交椅，这是任何一个稍有头脑和能力的君主都断然不能接受的。刘邦和韩信的关系便正是这样。所以，刘邦非干掉韩信不可。

不过，刘邦还是打算一步一步来，并不打算一下子就置韩信于死地。就在徙韩信为楚王的第二年，刘邦伪称天子巡狩，出游云梦，从洛阳来到陈丘（今河南省淮阳县），在诸侯郊迎的道旁，突然袭击秘密逮捕了韩信，理由是有人告他谋反。这当然不是事实。要反，当齐王时反不好，等到今天？刘邦也清楚那举报是诬告，但却不愿放过这个收拾韩信的机会，于是便把他绑在车上带回了洛阳。一到洛阳，便宣布大赦天下，也趁机“赦免”了韩信，只不过把他降为淮阴侯，也不让他到封地就职，而是留在朝中，颇有些“宽大处理，以观后效”的意味。

刘邦这样做，自有他的道理。刘邦深知，政治斗争讲究的是“有理、有利、有节”。此刻杀了韩信，理由并不充足，诸臣心中不服，自己也于心不忍。后来，韩信果真与陈豨合谋反汉，被吕后用萧何之计秘密逮捕后处死。刘邦从战场归来听到消息后，其反应是“且喜且怜之”。好一个“且喜且怜”，实在是刘邦真情的写照。刘邦对韩信的感情确实是复杂的。刘邦虽然嫉恨讨厌韩信，却也欣赏怜爱韩信。韩信毕竟是有功之臣，也是有才之人，能不杀，当然最好是不杀。何况韩信将兵多年，在军队中有一定威望，也多少有些心腹。骤然杀了韩信，弄不好会引起兵变。因此，刘邦决定再等一等，再看一看。

的确，刘邦对韩信，不能不有所忌惮。

就在有人举报韩信谋反，诸将也异口同声扬言要立即发兵“活埋了那小子”时，刘邦并没有立即表态，而是去和陈平商量。陈平问：陛下的兵比韩信更精吗？刘邦说：不能比。陈平又问：陛下的将比韩信更强吗？刘邦说：比不上。陈平说：兵不如人家精，将不如人家强，却发兵去讨伐，不是赶着人家造反吗？这才定下了秘密逮捕的计策。可见，刘邦对韩信的实力还是有所顾忌的，对韩信的心理也不完全摸底。

然而就在这时，韩信却干了一件蠢事。

当刘邦自称“天子巡狩”，带着不多的人马南巡，即将来到楚国边境时，韩信有些慌乱起来。韩信总觉得这件事有些不对劲，却又想不出哪里不对。因此，韩信不知自己应该如何对付才好：举兵造反吧，想想自己并没有什么得罪皇上的地方，皇上未必是来讨伐自己的。亲自去拜见吧，又总觉得“来者不善，善者不来”，弄不好一去就会被抓起来。这时，有人给他出了个馊主意，说：皇上最恨的是钟离将军。如果提着钟离将军的脑袋去见皇上，皇上一定高兴，咱们也就没事了。钟离将军即钟离眛，是楚国的名将，也是韩信的铁哥们。项羽死后，钟离眛无处遁逃，便躲在韩信这里。刘邦仇恨钟离眛，曾下诏通缉，却被韩信保护起来。但这回，韩信为了自保，却决定拿好朋友的脑袋去邀功行赏、讨好卖乖。

可惜韩信打错了算盘。刘邦固然仇恨钟离眜，同样也嫉恨韩信。刘邦要的是一统天下，是他刘氏家族子孙帝王万世之业，哪里仅仅只是一颗钟离眜的人头？所以，韩信出卖了朋友，刘邦却并不领情，只不过冷笑一声，然后一声断喝：左右，给我拿下！于是堂堂楚王便成了阶下之囚。韩信不服，高叫：我有何罪？刘邦说人家告你谋反。说完便让人把韩信捆起扔在车上。韩信仰天长叹："狡兔死，走狗烹；飞鸟尽，良弓藏；敌国破，谋臣亡。"现在天下已定，我是该死了！刘邦却回过头来说，少废话！你以为你反迹还不彰明吗？

实在地说，这时的韩信是冤枉的。但认真想想，却也不冤枉。韩信早就应该想到刘邦会来这一手。兔死狗烹，鸟尽弓藏，功高震主，死到临头，这些道理，韩信不是不懂。武涉、蒯通他们也讲得很清楚：刘邦这个人，是靠不住的。在政治斗争中，交情友谊，亲密战友什么的，也是靠不住的。武涉说：刘邦这个人，野心极大而品性极差。他多次被项王捏在手里，项王可怜他，不肯杀他，他却一脱离危险便反咬项王一口，其不可亲近信任如此，你怎么就那么信得过他呢？告诉你吧，阁下之所以能活到今天，全因为项王在。项王今日亡，明天就轮到阁下！蒯通也说：永远都不要相信什么君臣之谊。文种、范蠡辅佐越王勾践卧薪尝胆，报仇雪恨，打败吴国，成就霸业，立功成名之日也就是他们身首异处之时。这些话说得都很透彻，可惜韩信听不进去，这才有了今天。

如果说，妇人之仁使韩信坐失良机，那么，小人之心则使他铸成大错。韩信杀钟离眜以讨好刘邦，至少犯了三个错误。

第一，韩信卖友求荣，便首先在道德上输了一着，使自己成为道德法庭上的罪人。我们知道，韩信原本是无罪的。加上他战功显赫，天下皆知，刘邦要杀他，就要受到道义上的谴责，承担道义上的责任。现在好了，刘邦可以放手干了。因为他要诛杀的，已不是劳苦功高的英雄，而是背信弃义的小人。杀功臣是有忌讳的，杀小人则理所应当。所谓"小人"，在中国也差不多就是人人得而诛之的意思。所以韩信此举，无异为刘邦洗刷了道德罪责，而把自己送上了刑场。

第二，韩信讨好献媚，说明心中有愧，在心理上也输了一着。本来，刘邦是多少有些心虚的。刘邦知道韩信谋反的事是诬告，也知道刚一胜利就杀功臣有些那个。现在，刘邦理直气壮了。你韩信不曾想过谋反吗？窝藏敌将钟离眜就是铁证！如果说不是为了谋反，只是出于哥们义气，那你怕什么？现在主动把他的脑袋献上来，只能说明你做贼心虚，弄不好还是杀人灭口！结果，没罪的成了有罪，有愧的反倒无愧。韩信此着，岂非授人以柄，自己给自己栽赃？

第三，韩信主动屈膝，说明自己心虚，在战术上又输了一着。“两军相敌勇者胜”，韩信的心虚，就壮了刘邦的胆。本来刘邦还有些怕韩信的，现在不怕了。原来那个将百万之众，战必胜攻必克的大将军韩信，也不过尔尔！别看他神气十足威风八面，原来内心深处虚弱得不堪一击。我刘某不过只是说了一声“南巡”，他就吓得屁滚尿流，忙不迭地把铁哥们卖了。这种人还不好收拾吗？

显然，韩信出卖朋友，并没能保住自己，反倒加速了自己的灭亡。

在变相软禁韩信的那些日子里，刘邦经常找韩信聊天，十分从容地和韩信议论诸将的才能。有一次，刘邦问韩信：像我这样的，能带多少兵？韩信说：超不过十万。刘邦又问：你呢？韩信说：多多益善。刘邦就笑了：好好好，多多益善，怎么被我抓起来了？韩信说：陛下不善将兵，而善将将（善于驾驭将领），这就是我韩信斗不过陛下的原因。再说，陛下是天才，哪里是人才比得上的（陛下所谓天授，非人力也）！

其实，话说到这个份上，韩信就该反思一下了。

所谓“天授”，是指“天子”（君权神授）还是“天才”（天纵聪明），可以先不管，“将将”一说，则值得琢磨。刘邦确实善于将将，也确有领袖的天分。但将将之法，其实不难，无非知人善用再加恩威并重而已，也就是大棒加胡萝卜。所以，既要懂得“重赏之下必有勇夫”，也要懂得“杀一儆百”。反正，赏也好，罚也好，该出手时就出手，不能小气，也不能手软。因此，在将将过程中，杀鸡给猴看，总是免不了的。

可惜韩信并没有想到这些。韩信似乎丝毫也没有想到，刘邦对他，正处于杀与不杀的两可两难之间。不杀，留着终是个危险；杀，一时半会还下不了手。如果这时韩信收敛一下自己，夹着尾巴做人，甚至干脆告老还乡，也许还能全身而退。刘邦的诛杀功臣，毕竟没有后来朱元璋那么狠毒（此所谓时代不同也）。然而，韩信一点都不知检点。韩信常常称病不朝，住在家里也没精打采，日夜怨望，“羞与绛（绛侯周勃）、灌（颍阴侯灌婴）等列（排在同一位次）”。有一次，韩信去看望樊哙，樊哙跪拜送迎，自言称臣，说大王您竟肯光顾小臣之府。

出门之后，韩信便仰天大笑说：我韩某如今是和樊哙之流为伍了！所有这些言行，都表现出韩信对刘邦的处置是不服、不满、有怨、有恨的。这在韩信自己，是因为受了委屈；但在刘邦眼里，则是“不臣之心”。

何况韩信这只笼中之鼠，还当真起了打猫的心思。公元前196年，陈豨在边地反汉，刘邦御驾亲征，韩信称病不从，却派人送信给陈豨，准备在京城做内应，结果事不缜密，被手下人举报。吕后接到密告，与萧何商量，谎称边地大捷，陈豨已死，列侯群臣都要入宫庆贺。韩信心中有鬼，不敢不去。结果，韩信一进宫，就被埋藏在两旁的武士擒拿，而后又被吕氏处死在长乐宫。在这方面，吕后显然比刘邦要狠毒得多。皇后并不事先请示刘邦，事后也不通气，没有片刻犹豫和怜惜，干净利索地就把韩信干掉了。死到临头，韩信这才痛悔当初不听蒯通之计，以至于竟被妇人所戮。是啊，韩信只知道讥讽嘲笑项羽的“妇人之仁”，却不知道自己也有妇人之仁，更没想到妇人也未必都仁的。

韩信的死作为历代功臣被诛杀的典型案例而被后人无数次地谈论。可悲的是，这一“兔死狗烹”的历史悲剧在后世又被无数次地重演着。

第二节　两朝开济老臣心——被枉杀的开唐第一功臣长孙无忌

唐高宗永徽六年，高宗李治宠幸武昭仪，想要废王皇后，让武昭仪正位中宫，却遭到以高宗的舅舅、太尉长孙无忌为首的一众老臣的坚决反对。无论高宗如何恳求，长孙无忌仍然不肯松口，既不同意外甥皇帝废后，更不允许选武昭仪为后。

事实上，长孙无忌反对册立武昭仪为后，理由是很充分的，谁也不能说他有错。只是在整个过程中，长孙无忌透过反对废后一事所表现出来的蔑视皇帝的态度，却是大错特错——多年独掌朝政的顺遂，使长孙无忌也犯了历代顾命大臣不得善终的同一个毛病。长孙无忌对年轻皇帝的感觉，一厢情愿地停留在了先帝托孤无条件依从的那一刻。最终，一件宫闱之私的废后之事，转变成了皇帝对权臣疑忌惮讳、欲除之而后快的祸源。

首先，对于高宗几次三番表达“欲立武昭仪为后”的愿望，长孙无忌都“固言不可”。高宗冥思苦想之后，决定向舅舅给足诚意。遂从自己的私房内库里精选了宝器锦帛，足足装了十几车，悄没声儿地密送到了太尉府，并且随即亲自登门拜访。收下了重金之后，这一次拜访似乎君臣、舅甥、宾主尽欢。高宗觉得曙光在望，于是在宴席上又高高兴兴地送给舅父第二件大礼：平白无故地擢升长孙无忌的三个儿子做朝散大夫。两样大礼送出，高宗真正的意图也就浮出水面。当然，高宗身为皇帝，虽能当场提出交换要求，却不一定会将事情讲到透。担此重任的是武昭仪的母亲杨氏。高宗回宫之后，杨氏满怀希望地登场了。杨氏来到太尉府求见，希望长孙无忌能够应允高宗与武昭仪的“申请”。

然而，杨氏失望了，高宗和武昭仪也失望了。长孙无忌安享皇帝的贿赂不说，还居然敢收了钱不办事，毫无回转余地地将废王立武的申请打回了。

这事虽然是私下进行的，但消息很快就被广泛传扬开去。士大夫阶层自然认为此事更进一步牢固了长孙无忌在他们中间的地位，却也有识时务的人当即看出了其中的危与机。许敬宗就是这些识时务者中的一员。

八月，长安令裴行俭与长孙无忌、褚遂良私议武昭仪立后之事，感慨国家之祸必由此始。结果不知是谁大嘴巴使内幕外泄，竟被中丞袁公瑜打听了个清楚。袁公瑜立即向武昭仪之母应国夫人杨氏报信。结果可想而知：裴行俭贬放西州都督府长史。长孙无忌的盟友开始了被拆散的第一步。

老臣帮开始被打散洗牌，完全听命于皇帝的人马却纷纷进入枢机。九月，许敬宗荣升礼部尚书。高宗打算正式出手了。

这天上朝已毕，高宗传召太尉长孙无忌、司空李勣、于志宁、褚遂良四相入内殿。进殿之后，李治果然开门见山："皇后无子，武昭仪有子，今欲立昭仪为后，何如？"褚遂良立即上前陈词："皇后名家，先帝为陛下所娶。先帝临崩，执陛下手谓臣曰：'朕佳儿佳妇，今以付卿。'这可是陛下你亲耳听见过的。再说皇后未闻有过，岂可轻废！臣不敢曲从陛下，上违先帝之命！"

这番话听在李治的耳中，非常不是滋味。既然如此，还有什么可说，于是这场会谈草草收场。

第二天，李治做好了准备，再一次提出议案。岂料所有的准备都白搭，谁也不曾想到，褚遂良竟会将最见不得人的事情当众说出来："陛下必欲易皇后，伏请妙择天下令族，何必武氏！武氏经事先帝，众所共知，天下耳目，安可蔽也。万代之后，谓陛下为如何！愿留三思！臣今忤陛下，罪当死！"说完，褚遂良将朝笏置于殿阶，解巾叩头流血道，"还陛下笏，乞放归田里。"

褚遂良此举，无疑事前曾经过一番深思熟虑的安排。褚遂良或者是认为如此一闹，武昭仪从此下不来台，皇帝也只能偃旗息鼓。当然还有一种可能：话儿是气赶出来的，气头上这位顾命大臣的嘴没了把关的。无论如何，这番激烈的表演起了反效果。更何况如此一来，高宗若对褚遂良有丝毫让步，都表示默认了他的指责内容。恼羞成怒的高宗不给这位顾命大臣任何面子，立即下令将褚遂良拖出去。

褚遂良

同样愤怒、甚至更愤怒的还有武昭仪，她这时就藏在高宗身后的帘中。听到褚遂良如此嚣张大胆的言论，她的怒火再也控制不住，竟忘了自己身在何处，大声地尖叫了起来："何不扑杀此獠！"

事件的整个过程如此迅速激烈，令观者不及掩耳。于志宁吓得连话都不敢说，长孙无忌也只能勉强出头："遂良受先朝顾命，有罪不可加刑！"总算阻止了高宗颁下"扑杀"的旨意，但褚遂良不久即遭贬斥。武则天也如愿以偿地当上了皇后。

李治当年能正位储君，长孙无忌之力最大。以至于太宗宣布立储之后竟对李治说："汝舅许汝矣，宜拜谢。"后来太宗去世，李治也首先抱着舅舅的脖子号啕大哭。此后整个永徽年间的政事，也基本都在长孙无忌的安排下进行。只是这原本非常和谐的画面随着时间的推移变了味。

长大的李治不能忍受舅父的耳提面命，急不可耐地渴望当"真皇帝"。长孙无忌却始终惦记着自己的扶立之功，他的盟友们也不例外，只要逮着机会就要提醒李治"先帝顾命"之类的言辞。他们都忘记了一件事："先帝"已经死了，眼前的这个青年才是他们的现实主宰。作为皇帝，李治只愿意承认自己是太宗嫡子，理所应当继位；而不是每天听人提醒"你的皇位是别人帮你弄来的"。

也是天佑武则天，恰从显庆元年（公元656年）起，高宗一贯患有的头痛病加重，"多苦风疾，头重，目不能视"。据今人考证，可能是高血压加耳前庭功能失调。这就给武则天提供了参与政务的更大空间。据史书载，高宗"凡百司奏事，皆委武后详决"，百分之百地信任武则天的政治判断力。

武则天初登后位，雄心勃勃，也乐于完成这个非凡的使命。按照高宗安排，她与亲信许敬宗每天在武德殿西门待诏，掌控朝政，了解动向，不知疲倦。

上朝时，夫君在前应答，武后在后决断，形成流水作业程序，纹丝不乱。以致到后来宰相们认为"天下无虞"，竟提出可以改变以前那种每日视事的制度，改为隔日视事了。

在这种高屋建瓴的态势下，武则天要实施的下一步、也是最重要的"定点清除"行动，当然是以长孙集团为目标。

对长孙无忌的打击，有一系列的前哨战。

按照武则天的计划，先实施的是外围行动。把长孙无忌的亲戚，一个个调离京城外放。太常寺卿、驸马都尉高履行被派到益州（今四川成都一带）大都督府任长史；工部尚书长孙祥被派到荆州大都督府为长史。从表面看，这两位部长级人物虽然外放，但所任的职务也非常重要。这两个州是天下显要州郡，都督是由亲王在京城遥领，不实际到任，那么副职长史就是实际上的州官，权力很大。

然而，这两个人不是别人，一个是长孙无忌的表兄弟，一个是他的堂兄弟。这一步棋，天下人都看明白了：是未演“定军山”先演“断臂山”，砍了你的左右手再说！

长孙此时倒还沉得住气，他自武则天封后以来，一肚子的怨恨，索性不去上朝了，在家编纂《武德贞观二朝史》，以静制动——反正我是皇帝的舅舅，还能吃了我不成？

功难成而易败，机难得而易失，高宗和武后没有给长孙无忌太多思考的机会。永徽六年易后，显庆元年易太子，八月即以程知节出京征西突厥，短短几个月间要长孙无忌做好应变立即发难，也实在比较困难。彷徨顾望间，良机已逝，自己又处在武后情报网的严密监视之下，从他和裴行俭私下讨论立后之事便导致裴行俭被贬外放，即可看出武后情报网的高效。身处重重束缚下的长孙无忌，再没有任何资本可以依靠，注定只能于政治的旋涡中万劫不复。

历经风雨的他，必定已经预料到了这样黯淡的前程，也预料到了舅甥之间的权力之争不是以重申忠诚或者忆及亲情就可以让对方的心柔软下来的。于是，长孙无忌选择了沉默和平静地接受，维持着关陇贵族一如既往的骄傲，不曾向对方求和乞怜。正如若干年后的被武后下狱的裴炎，面对亲友的安慰只是镇静地说一句：“你几时见过宰相下狱还能活着出去的呢？”长孙无忌开始淡出政坛的是是非非，把全部精力投入到了著书立说之上，意欲为自己身后留下些什么。梁、陈、北齐、北周、隋《五代史志》三十卷，武德、贞观二朝史八十卷相继完成。这一部部凝聚着长孙无忌心血的皇皇巨著，也成为他生命中最后的闪光。

看着这样的形势，大约是出于背水一战的决心，长孙无忌的姻亲韩瑗向高宗上书，为褚遂良喊冤了。然而令人哭笑不得的是，老臣派吃了一场又一场的大亏，却仍然没有弄明白高宗心头的大忌，还在絮絮叨叨他们“先朝老臣”“扶立陛下”的功绩：“社稷之旧臣，陛下之贤佐”“陛下无故弃逐旧臣，恐非国家之福！”

不用想了，原本是哪里跌倒的，还要继续在同一个地方摔下去。这样的对白听在高宗的耳朵里，后果可想而知，“上不纳”。韩瑗试探不果，知道结局将不妙，再次要求“归田里”，又是“上不许”。

高宗是绝对要让韩瑗闭嘴的，但是岂能让他走得如此干净，还反过来给自己这个皇帝戴上一个“无故贬退旧臣”的名声？

果然，没过多久，许敬宗和李义府就出手了。两人一齐上奏，诬陷韩瑗、来济与外放的褚遂良勾结，想要图谋不轨。奏章一上，高宗全本照准。韩瑗背着罪名，从锦绣长安被贬出京城，做了振州（海南三亚）刺史，来济则贬为台州（浙江临海）刺史，褚遂良加贬为爱州（越南清化）刺史，可怜的王皇后舅父柳奭加贬为象州（广西象州）刺史。

显庆四年初夏季节，最后收网的时候到了。事情的起因并不严重，但却是个很微妙的突破口。有洛阳人李奉节，出头告发太子洗马（东宫掌图书的官员）韦季方、监察御史李巢，说他二人勾结朝中权贵，朋党而营私。这是个“说你有，你就有”的罪名。人有朋友乃是常情，何况官场关系从来盘根错节，谁都有人际关系上的渊源。所以这类告发，一般都是别有图谋所在。朝中权贵，所指为谁，在当下不言自明。两《唐书》的编者均认定，这是许敬宗事先策划好的打击方案。

高宗接到这个白丁的举报后，居然下诏让许敬宗、辛茂将负责审理此案。民居然能告官员结党，皇帝居然马上就立案，这都很蹊跷。

许敬宗接了这个活儿，立刻就开始他准备扳倒长孙无忌的步骤。当初在皇后废立之际，许敬宗曾不知深浅地跑到长孙家里去游说，被长孙好一顿臭骂。如今这笔老账可以来算一算了！

此外，武则天在谋取后位时，也曾与皇帝老公低三下四去长孙那里求情，遭过老头子的白眼。现在，也要一总有个交代了。

上有新皇后，下有新宰相，两股力量开始联手发力。大理寺的官员哪敢不买账？他们秉承许敬宗的意思，审问甚急，想让韦季方自诬与长孙无忌有勾结。问官许诺，只要承认了，便可从轻发落。

韦季方究竟是如何得罪了许敬宗的，不详。但看得出，他起码是个有良心的人，不忍诬陷长孙无忌。在狱中，韦季方不但抵死不认，还寻机自杀。自杀虽然未成，也是命在旦夕了。

许敬宗见犯人活不长了，又一时榨不出口供，索性就造假了。长孙无忌和韦季方是如何勾结的？为什么会谋反？要为这事找一个原因，对于流氓才子许敬宗来说简直比吃白菜还容易。惯于修改史实的许敬宗向来都有编故事的天赋，当下道："韦季方之所以结交朋党，就是为了方便陷害忠良，这样大权就可以重归长孙无忌手中，再伺机谋反。"

高宗表现出震惊的样子，说话却很有意思："是吗？舅父现在被小人包围离间，可能会对朕生有嫌疑，但还不至于谋反吧？"

这话说得很妙，许敬宗还没有费神去想，皇帝倒已经帮忙把长孙无忌谋反的因由给找好了——小人离间嘛。这么一来事情就好办多了，许敬宗只需要给一个肯定的答复就行了："的确如此，反迹已露！"

隔了一会儿，高宗嘴里哼了一声，泪水簌簌而下，如同若干年前太宗去世时那样满面的惶惧不安，"家门不幸，亲戚之中屡有作乱之人，"高宗哽咽着说，"往年高阳公主与房遗爱谋反，现在舅舅又这样，朕有何面目去见天下人！"他擦了擦泪水，直盯着许敬宗："若此事属实，朕该怎么做？"

高阳公主一案是怎么处理的，天下人人皆知。许敬宗心头雪也似的亮，顺着话头说下去："其实房遗爱乳臭未干，与一介女流之辈谋反，有何可怕！无忌曾助先帝谋取天下，天下服其智；为宰相三十年，天下畏其威，他若作乱，陛下能派谁去对付？幸好祖宗有灵，奸谋得以败露，陛下如不速作决断，臣担心长孙无忌得知韦季方畏罪自杀的消息后会狗急跳墙立即发动，到时悔之晚矣！"

高宗不语，沉吟良久，只叫许敬宗再详加询问。然而这样的大案，既不曾加派人手，更不曾亲自提审韦季方，完全交给许敬宗一个人全权处理，其用意大堪玩味。

许敬宗没让高宗等待太久，第二天便报告高宗："昨天夜里韦季方已经坦白招供，承认与长孙无忌一同图谋造反。臣又问季方：'无忌贵为国戚，宠惯两朝，他还有什么不满足的，竟然造反？'季方回答说：'长孙无忌曾和柳奭、褚遂良一起劝皇上立梁王为太子，现在梁王被废，皇上又对他起了疑窦，所以贬黜高履行，放逐长孙祥，韩瑗来济等人纷纷被逐，因此无忌惶恐不安得很，于是和他一起日夜计划造反。'"

这过程说得大致不差，皇帝因起了疑忌之心而贬黜众多朝臣，更将前后因果关系讲得明明白白，除了结果是假的，其他都是真的。这个推理过程，大致可以为人所接受。皇帝又忍不住哭了起来，“啊啊，舅父真的这样做了！可是他对朕恩重如山，就算这样，朕也不忍心杀他呀，否则天下人将怎么看朕？后世又怎么看朕？”

丝毫不质疑长孙无忌是否谋反的事实，只要求一个动手的理由而已。许敬宗学富五车，要找一两个典故还不简单！“皇上如果担心后人的批评，可以想想薄昭的故事。薄昭也是汉文帝的舅舅呀，也是从代王时代便追随文帝的功臣，可是他恃宠而骄，横行不法，汉文帝大义灭亲杀了他，天下人从来没有非议文帝做得不对。帝王有承担天下的责任，不可只顾及个人的私惠。薄昭不过只是杀了人而已，长孙无忌身受两朝重恩，不思报效，竟然谋反，输理的是他呀！常言道：当断不断，反受其乱。长孙无忌当世枭雄，才能不下于王莽、司马懿，陛下这样心慈手软，难道想将锦绣江山易姓他人吗？”

万事都已齐全，皇帝于是正式下诏，剥夺长孙无忌太尉的官职和赵国公的爵位，贬为扬州都督，并且限制他只能住在黔州（今四川省彭水县）。这是前太子承乾流放的地方，也是终结他生命的地方。诏令一下，遣使发兵“护卫”长孙无忌前往黔州，名为护送，实为监视，各州县沿途增派人手，严密警戒，如临大敌。长孙无忌的所有亲友家人无不连坐除名，流放岭外，包括贵为驸马的两个儿子，尽管他们娶的都是高宗的嫡亲妹妹。已经被贬黜的高履行则再被贬为洪州都督，长孙祥再贬为常州刺史，另一位堂弟长孙恩则流放岭南高州。由始至终，高宗不曾亲自召见审讯一下长孙无忌，甚至不曾加派人手和许敬宗共同审理，完全没有给过长孙无忌丝毫的辩驳机会，是怕节外生枝，还是根本不敢面对？

大狱之初，高宗给长孙无忌的待遇还算不错，虽然形同囚禁，但食物还是可享有一品官的待遇，每月有猪羊鱼肉若干。皇帝对于这位舅父，似乎仍然关爱有加。究其实不过是暂时稳住他，让长孙无忌及其党羽以为事情还有回旋余地，不至于拼死一搏的缓兵之计。囚禁中的长孙无忌被严厉禁绝与外界交通，长孙祥曾经给流放黔州的他写过一封信，立即被就地处决，此后他再也无法了解外面的情况。

无忌身为两朝重臣，佐命元勋，长孙家族根深叶茂，势力庞大，朝廷不得不小心从事。切断长孙无忌与外界的联系之后，可以腾出手来，一一剪除长孙集团的枝枝叶叶了。事实上，长孙无忌的两个儿子长孙冲和长孙诠，一尚长乐公主，一尚新城公主，都是唐太宗与长孙皇后的嫡亲女儿，高宗同父同母的姐妹，此时也被牵连除名，一位贬放岭南，一位贬放巂州（今四川）。两位驸马刚到当地，便被怀有密旨的县令下令杖杀。

许敬宗在一纸参倒长孙无忌之后，再度上表："长孙无忌谋逆，是由褚遂良、柳奭、韩瑗构扇而成；之后，柳奭暗中给废后王氏鸩酒，唆使她谋害皇上。此外，于志宁也党附无忌。"高宗照样是采取了问也不问的态度，并未做任何调查，即下诏削褚遂良官爵，柳奭、韩瑗除名，于志宁免官。褚遂良的两个孩子彦甫、彦冲跟父亲一样流放爱州（今越南清化），但走到半路上即被杀，和长孙的族人一样下场悲惨。褚遂良当庆幸自己的早死，不至于亲眼看见子孙的凄惨结局。

七月，皇帝再度下令，命御史往高州追长孙恩，象州追柳奭，振州追韩瑗，将三人批枷带锁当犯人押送至京师。刚刚上路，新的命令又下来，改为原地处死。于是将柳奭就地处死，另一位使者来到振州，才知道韩瑗早已亡故，掘墓验尸证实无误方才罢休。这三人之中，唯有长孙恩逃得性命，改判流放檀州（今北京密云区）。这三家都被抄家，所有近亲不论男女老幼皆流岭南，男子为奴，女子为婢。连坐被贬的官员长孙氏和柳氏共有13人。此外，长孙祥已因与长孙无忌通信被杀，高履行再被贬为永州刺史。

事情既已尘埃落定，高宗再度下诏，命李勣、许敬宗等五人重新审理长孙无忌谋反案，实际上是想对这次事件有个最终的结案陈词。李勣对此事始终不肯积极参与，其他人都是许敬宗的属下和才提拔上来的新贵，一切为许敬宗马首是瞻。许敬宗只好一人唱独角戏，要审案当然是要先提审犯人，于是派袁公瑜快马至黔州提审长孙无忌。袁公瑜便是主张立武氏为后的六位翊赞功臣之一，告密致使裴行俭被贬出京的那一位。袁公瑜一到黔州，便逼令长孙无忌自缢。既然人都死了，案子自然没有重审的必要——除了畏罪自杀，难道还有别的解释吗？一场惊天动地逼杀五位宰相的大案，就这样干净利落地了结了。

长孙无忌一生，两度干预帝王立储，由此带来长孙家族的泼天富贵，三十年宰相生涯，权倾当世。然而绝顶的富贵必然伴随着绝大的危机，昔年长孙皇后便是有鉴于历朝外戚兴衰多祸及自身，力劝太宗不要重用自己的家人。然而贞观后期重臣凋零，太宗的信任越来越集中到外戚的身上，长孙无忌自己又何尝没有尽展长才、青史留名的凌云之志？终于步步深陷，忘却回头。托孤重臣有几个是能善终的？帝王羽翼丰满之后，总是期望着破茧而出大权独揽，而长孙无忌，不幸便是李治要冲破的那层茧。于是在令人目眩神迷的金粉繁华、漪欤盛哉之后，顷刻间便是彩云散尽琉璃碎，落了一片白茫茫大地真干净。此情此景，真不知该钦佩皇后的睿智，还是感叹权力之争下亲情的脆弱与苍白。

分析整个事件，不能不令人惊叹。其诡秘之处甚多，精彩之处也甚多。

首先是武则天这只“无形的手”，在剿灭长孙集团过程中到底起了什么作用？我们能够看得见后果，却不大能看得清它的动作。

在永徽年间，长孙集团垄断了全部相位和绝大部分中层职位，以“朋党”而论，其势力之大堪称惊人。相权绝对压倒皇权的现象也很惊人，以至于在房遗爱谋反一案中，高宗向大臣泣求免叔叔和兄长一死都不可能。

然而，从永徽六年（公元655年）起，长孙集团开始迭遭打击，两年多就宣告全盘覆灭。任何人看到这样一个进程、这样一个战果，都不能不佩服在帷幕最深处的那位的最高决策者。

今天有人评论说，对长孙集团实施的是“剥笋式”打击战略。也就是先外围，后核心；先枝叶，后主干；先断两臂，后斩首。不错，整个打击过程，有重点，分步骤，讲效果，看得出有一个完整、成熟的部署。

这样一只果断、高明的“无形的手”，不可能是许敬宗、李义府这类躁进之徒能胜任的，也不可能是高宗这个庸懦的皇帝能完成的。那个在幕后不露声色的棋手，只能是武则天。这盘棋，别人下不了。

后人在读这段历史的时候，很多人不能脱开一个套路，眼光总是放在武则天如何使诈术上面。其实，武则天为何能在贞观后的政坛上迅速蹿起，高宗为何独独需要一个武则天来做政治帮手？这问题不可不弄个明白。

这事要从贞观那时候谈起。

唐太宗固然搞出了一个后代有所不及的“贞观之治”来，但这个政治模式，在他的末期与他死后，渐渐有了质的蜕变。早先“贞观”之所以能“治”，是因为皇帝愿意纳谏，诚心诚意实行开明政治。而在太宗晚期，这种优良作风已大为减弱。正如魏徵所说，“渐不克终”，晚节不保了。

比如，在贞观初，太宗乐于听取批评意见，“恐人不谏，常导之使言”，晚期则不大愿意听逆耳之言了，“虽勉从之，犹有难色”。再怎么英明的君主，只要一独断，就什么毛病都来了：早年简朴，晚岁奢靡；以前爱惜民力，后来却热衷于“不急之务”。征高丽，就是他不顾劳民伤财、好大喜功的一个顶点。

皇帝如此，权臣也如此。长孙无忌等一派人，固然对贞观末年的政局稳定功不可没，但是在贞观之后，已经把太宗的开明政治变成了专制政治。五年里无人上书言事，他们并不以为这有什么不正常。

永徽初年，朝中贿赂、谋官、枉法求财（权钱交易）的风气已经很盛，连褚遂良这样的大僚也不能免。大唐的吏治呈现出了僵化、专制、腐败流行的病态，就连高宗也有所耳闻。吏治曾经询问长孙无忌：“朕闻京都的衙门，行事互观颜面，多不尽公。为何？”

长孙无忌根本就没当回事，随便答道：“颜面阿私，自古不免。至于徇情枉法，那是言过其实了。稍许收些人情，恐陛下亦不免，何况臣下为亲戚谋私，怎么能完全杜绝？”

对贿赂之风表现得如此麻木，可见当时的政治已有相当大的黑暗面。主宰大臣不以为非，反而认为这是官场常态，这就离贞观精神已有十万八千里了。

高宗上台，肯定是想整顿纲纪、刷新风气的。只可惜，李治不像乃父，缺了点儿刚烈之气。所以，为实现自己的政治抱负，就需要有一个强悍的政治同盟。这个同盟，非武则天莫属。

武则天得宠的另一个原因，是高宗与长孙一派的君权与相权之争，已经达到了必须解决的临界点。武则天的出现，给高宗“收复失地”带来了巨大的决心，也带来了现实的可能性。

正因为有这些政治因素在，武则天的蹿升以及争宠斗争中的残酷性，才有一个合理的解释，才不至于仅仅是一场低俗的争风吃醋。

第三节 “宰相下狱，安有全理”——含冤而死的唐朝宰相裴炎

唐高宗李治病逝当晚，急召宰相裴炎入贞观殿，授遗诏辅政。就这样，侍中裴炎成了宰相中唯一的顾命大臣，也由此卷入了高层政治旋涡的中心。

高宗末年，皇后武则天的家族势力急剧增长，朝中的格局也有了很大变化。这使得裴炎集团感到极度不安。就在新帝登基改元10天之后，武则天之侄武承嗣上表，请太后追尊武氏祖先，立武氏七庙。这“七庙”是个什么东西呢？在古代礼制中，这是天子才享有的权利，即建立四亲（父、祖、曾祖、高祖）庙、二祧（高祖的父和祖父）庙和始祖庙。也就是《礼记·王制》里说的“天子七庙，三昭三穆，与太祖之庙而七。”到后来，也泛指帝王的宗庙。

武承嗣的意思很明显，他是想顺势而动，鼓动太后建立新的“领导核心”。武则天也恰有此念，她认为，自己贵为太后，按礼却只能立“三庙”，显然是男女不平等；但是如果建七庙，那就成了天子之礼，属于僭越，又容易授人以柄。在犹豫之中，武则天将此议交给大臣们去讨论。

裴炎对这个提议坚决反对，他现在已经完全看明白了：武则天绝非等闲老妇，而是一个千载罕有的政治女强人，大唐天下危矣！他对武则天说：“太后母仪天下，当示以至公，不可私于所亲。独不见吕氏之败乎？”

这话说得很不客气了。但武则天似乎也有思想准备，振振有词地答道：“吕后以权委生者，故及于败。今吾追尊亡者，何伤乎？”死了的人就是抬得再高，于今天还能有什么大碍吗?

裴炎则坚持：“事当防微杜渐，不可长耳。”

武则天不听，下诏追尊自己的五代祖以下至父亲，各为国公和郡王，配偶为夫人或王妃，并决定在故乡文水立“五庙”。按古制，“五庙”是诸侯之礼，逊于天子，这也算是武则天稍稍做了一点儿让步。

武氏的侄儿一辈，武三思、武攸暨、武攸宁、武攸归、武攸望等，随后也

都统统加官晋爵。在此之前早已得势的武承嗣此时已被提拔为礼部尚书。当年二月，太后册立“嗣皇帝”睿宗时就是由武承嗣主持的典礼，其地位已明显在裴炎之上。

立五庙这件事成了裴炎与武则天决裂的导火索。武则天对老裴倒还好一些，虽然有所疏远，但还是比较倚重。而裴炎则不再抱任何幻想了，他认定：一个当代的吕后已经出现了！

这件事也直接催化了武则天与宗室及部分大臣之间的矛盾。面对武氏咄咄逼人的进取态势，心向李唐的一派人不胜愤惋，同时也不甘束手待毙。政治气压之低，已是山雨欲来。

人心里的牢骚怨恨，如果压之过甚，就会喷发而出，由无形的情绪变为有形的行动。只是主宰者往往不大在乎绝望的人的心理。令武则天万想不到的是，就在她兴致勃勃地导演托古改制大戏的时候，徐敬业“据扬州起兵，自称上将，以匡复为辞”。

“匡复”也就是要恢复大唐旧制。不意在繁华之地，陡然竖起了反武大势！这些人不是揭竿而起的农民，也不是民间地下宗教团体，都是被降职使用的官员，徐敬业还是位居公卿之首的国公，所以策划水平还是一流的。

首先他们选择的起事地点还不错，扬州远离京都，又是富庶之地，朝廷的政治触角在这里不很灵敏，便于前期活动；而在举事之后，招兵筹粮又很容易。其次是他们考虑到了要在朝中找到内应的问题，他们盯住了当朝大佬裴炎。

起兵举事，等于造反。徐敬业这次造反的成功系数不是很大，因为造反也要有条件。最易成功的有两种：一种是在皇朝末世，皇帝昏聩，民不聊生，老百姓为奔个活路愿意跟着闹，这是有民众利益做基础；另一种是军阀坐大，拥兵夺天下，这是有实力做基础，当然也要在末世才容易成功。

而大唐此时正处于上升期，政治大厦并没有朽烂，应对地方叛乱的能力绰绰有余。百姓也没有吃不上饭的问题，不可能出现一哄而起、传檄而定的局面。徐敬业手中也没有现成的兵马，临时招募来的“义兵”，战斗力和忠诚度都要大打折扣。唯一可利用的条件，就是朝野都有一批对武氏专权不满的人。但这仅仅关涉到信念或者意识形态，有多少人愿意为意识形态而死战，这很成问题。

况且，武则天在历次清除异己的行动中，打击面都很有限，定点清除往往只限于一两个家族，并没有出现士族阶层利益大面积受损害的情况。至于百姓，只要有粮食吃，生活安定，那么谁来做皇帝他们一般不在乎。因此，徐敬业起兵，缺少强大的民意基础。

尽管如此，他选择的时机还是相当不错的。武则天刚刚建立权威，遇到的阻力正大，她忙于安抚内外，想不到脚下会有政治地震。天时、地利都有了，徐敬业急需的是“人和”。

这个争取“人和”的机会也给他抓到了：武则天与朝中最重要的一股政治力量——裴炎集团有了裂隙。

据唐人张鷟《朝野佥载》和《新唐书·裴炎转》所说，裴炎确实被徐敬业拉下了水。

徐敬业

徐敬业不知用了什么手段，先把裴炎的外甥、监察御史薛仲璋发展成了党羽。有的后世史家认为，没有裴炎的默许，薛仲璋绝无胆量参与密谋。此外，造反集团中的唐之奇、杜求仁都与左武卫大将军程务挺关系不错。程务挺是手握军权的实力派，连武则天也要高看他一眼。这一文一武两位大员，就成了徐敬业的主要拉拢对象。

据《朝野佥载》记载，为了拉裴炎下水，徐敬业让骆宾王想办法鼓动裴炎反叛。这骆宾王不愧是当世才子，他一足踏于墙上，沉思一顿饭的工夫，精心炮制出一首童谣来：“一片火，两片火，绯衣小儿当殿坐。”

“一片火，两片火”，这就是“炎”字；“绯衣小儿”，就是“裴”字。当殿坐，也就是当皇帝。

古代谶语，大多以童谣形式流传。骆大才子编的这首童谣，直指裴炎的内心，不怕他不上钩。歌谣编好后，徐敬业就派人去裴炎家乡，教小孩们唱。这歌谣朗朗上口，很快连神都洛阳的小孩也都满街唱开了。

裴炎有所耳闻，就想找学者来问问歌谣的玄奥。因为骆宾王名气大，裴炎就把他召来，给了他不少礼物，请他解释歌谣之意。骆大才子却不吭气。裴炎知道这一问的分量，便又送了妓女和骏马，骆宾王仍不说话。裴炎便拿出古时的大臣图像来，与骆宾王共赏。等看到司马懿的画像后，骆宾王忽地站起来，欣然道："此英雄丈夫也！自古大臣执政，多能谋夺社稷。"裴炎闻言大喜。骆宾王看看已经做足了戏，这才开口，请裴炎把歌谣内容说一说。裴炎说了，骆宾王便故意急忙离座，伏地下拜，说道："此真人主也！"就这么，把裴大人给套了进来。

另外还有一个说法是，徐敬业把入朝拉拢内应当作了头等大事，派了骆宾王前去联络。可巧，骆宾王与程务挺也是老相识，于是就先去拜访了将军大人。然后通过程务挺的介绍，面见裴炎，谈了匡复大事。

裴炎不是热血青年，他考虑的就比较多一些。眼见得新立的睿宗只是个傀儡，他当然愿意促使太后归政。可是作为朝中大佬，与小儿辈谋这些事，不免要为天下笑。且徐敬业这个人桀骜不驯，一旦辅佐睿宗成功，这小子还不是要一人独大？裴炎想到这儿，就不打算介入。再者，千里传信，这犯上作乱的勾当，万一泄露了怎么办？于是，裴炎表态说，匡复是人心所向，现在高宗入丧事紧，待山陵事毕，太后若再不归政，尔等不妨放手去做，老臣自会料理。

这是什么滑头态度？骆宾王大失所望，临离开洛阳时，给程务挺留了一封信，劝他还是以忠心辅佐皇上为念。回到扬州后，骆宾王把在都中活动的结果一讲，徐敬业居然还很满意。接下来，这个造反统帅就考虑起如何建立基本队伍的事了。

几个光杆儿文官，要想拉杆子起义，人在哪里？刀枪、马匹、经费在哪里？这是需要好好筹划的。军师魏思温这时候开始显示作用，他拿出了一条妙计。那个裴炎的外甥薛仲璋，过去曾经跟他共过事，两人意气相投。薛仲璋久已对太后专权不满，也愿意共举大业，不妨就让他请求出使江都（今江苏镇江一带），等他到了江都，再派雍州人韦超到他那里去告变，就说扬州都督府长史陈敬之谋反。然后让奉命出巡的薛御史大人把陈敬之给逮起来。扬州的军政大权，就握在匡复党手中了。那时候，有权、有兵、有粮草、有行政机构，还愁何事不成？

此计可称是历史上"空手套白狼"的最佳案例之一。

再说到了八月中秋，高宗入葬的事情弄完了，武则天连连打出一套改旗易帜、追王其祖、更易官名的组合拳来，哪里还有归政的意思？据《新唐书》载，裴炎面争无效，知道局面万难挽回了，就与程务挺策划实行兵谏，想趁太后出游龙门时，以武力胁迫她交出政权。

这是真正高明的逼宫计，可是天不灭曹，那一段时间阴雨连绵，武则天顿时没了兴致，取消了游龙门的计划，因此兵谏计划泡汤。

这一条记载，可不可信我们可以存疑，但是薛仲璋却的确是在裴炎的帮助下，才如愿以偿赴江都巡视的。因此，后世史家普遍认为，裴炎即使没有“暗通”徐敬业，内心也是有所期待的，希望扬州举事能给武则天带来巨大压力，他也好趁机有所动作。

这之后的九月，武则天突然派程务挺去当单于道安抚大使，以防御突厥侵扰。据说，程务挺一走，裴炎感到孤掌难鸣，才开始与徐敬业秘密联络。

这边徐敬业在八月迟迟没等来裴炎的消息，以为宰相大人还在犹豫，于是也就不再等什么内应了，先扯起大旗再说。

十月初，事变警报传至神都洛阳，朝野气氛骤然紧张：但武则天却镇静自若，无事一般。原来，徐敬业的叔叔李叔文素来敬仰太后，当得知敬业即将反叛的消息，马上就密报太后。武则天知道这场风暴迟早要来，已有充分的心理准备。

事情到了这个地步，武则天觉得，必须对内外都施展一点儿铁腕，才能一劳永逸地把反对势力压下去。对外要镇压叛乱，对内要清洗高层。而对高层的清洗，首先就拿了当朝第一宰相裴炎开刀。

武则天起了这个念头，是由于两件事激成。第一件事是，扬州兵变警报传来后，武承嗣和武三思几次劝太后，找个借口把威望很高的韩王李元嘉、鲁王李灵夔等人给杀掉，以绝宗室之念。武则天就此事征询宰相意见，刘祎之、韦思谦都不敢表态，独有裴炎力争不可。武则天对此相当恼火。

第二件事则是整肃的真正导火索。

徐敬业起事已闹得如火如荼了，裴炎作为朝中地位最高的辅弼之臣却不着急。裴炎此时的真实想法，是想给叛军一点儿时间，待事态闹大后，他再相机行事，逼武则天交权。

首辅大臣不急，别人当然也不好发话。武则天等得心焦，也感到有些疑惑，但对裴炎还是表示信任，特地召开军机会议，问计于他。裴炎这时候脑袋一热，想孤注一掷，以当前危局来要挟太后。裴炎不谈如何平叛的事，反而对太后说："李敬业作乱之所以短短十日就有十万之众响应，无非是皇帝年长，太后却迟迟不肯归政，遗人以口实。只要太后还政皇帝，叛军必然不战自溃。"

这话说的，简直太不是时候！若义军已占了半壁江山，说此话也许有出奇制胜的效果。现在形势尚未分明，大军已经集合，说这话不是自找倒霉吗？

裴炎太不了解武则天这样的女强人了，不要说扬州的区区十万叛军，就是吐蕃倾国来攻，她也不会眨一下眼的。

这样的要挟，当然没有效果，反而暴露了裴炎的真正立场。

这个裴炎，真是白读了一肚子典籍，自他在最高舞台上亮相以来，几乎没做对一件事。裴炎忠于李唐，抵制武氏，其精神固然可嘉，但考察其前后作为，总是想以阴谋取胜，尤其在叛乱爆发后还想首鼠两端、坐收其利，这就几乎是政治上的小儿科了。

在叛军和太后这两个势力之间，裴炎本应该迅速决定靠向一头，促其速胜。这样在今后裴炎就会有相当大的施展空间，因为胜利者肯定会把他视为第一功臣。可惜，裴炎把这个机会丧失了。

监察御史崔察，不知怎么知道了这次军机会议的内幕，向武则天上奏说："裴炎伏事先朝二十余载，受遗顾托，大权在己，若无异图，何故请太后归政？"

武则天对裴炎的磨磨蹭蹭早已有疑，这话一下把她点醒，于是不顾平叛战争在即，"攘外必先安内"，下令把当朝第一执宰收捕入狱，命御史大夫骞味道、御史鱼承晔严加审问。

裴炎初被逮时，他的下属们都劝他对审官说点儿软话，以求保命，裴炎却叹道："宰相下狱，焉有全理！"（《旧唐书·裴炎传》）他知道，这一关是过不去了，竟不低头屈服。

宰相裴炎于朝廷大军开拔之前下狱，然而无论是大臣进谏还是劝太后归政都不可能作为罪状，只得借用御史崔察的那句"疑有异图"，就是怀疑有谋反的企图而定罪。这本身是个模棱两可的说法，处置可轻可重，显示出武后当时并没有拿定主意。大战在即却诛杀重臣，势必会引起人心浮动，何况双方以前也合作甚为良好。这重心思被人看了出来，纷纷劝裴炎给武后认个错，改变一下态度，也许可以脱祸。然而，裴炎深知双方的分歧是根本性的，武后的终极目标就是改朝换代自立为帝，这是他绝不能接受的。武后的性格他很清楚，就算这次低头服软能够免祸，他也无法阻止武后越走越远。意见既得不到尊重，抱负也无从实现，纵然是堂堂宰相，也只能做个俯首听命的奴才罢了。要想活命，便只能"以顺为正"，小心翼翼地看着武后的脸色做人，沦为孟子所耻笑的"臣妾"一流。人生至此，不如一死。看清楚了这一点，裴炎只觉心灰意冷，淡淡地说了一句："宰相下狱，哪里还能活着出去！"拒绝再与武后合作。裴炎曾经帮助武后扳倒过章怀太子、压制过军方实权人物裴行俭、废黜过中宗，但在武后决定称帝的前夕，他和她终于分道扬镳。

裴炎并不是什么正人君子，他首先是政客，关心的是他自己的利益。裴炎可以帮武后把中宗搞下来，但目的主要是为了巩固自己顾命大臣和首席宰相的权位。裴炎本身并没有太大的野心，所期望的最高目标就是现在的地位。中宗被废后，辅佐睿宗，继续保持其权柄，这就是他的全部期望。裴炎自小入读弘文馆，精擅儒学，不能像许敬宗、李义府那样可以将儒家义理全然置之不顾，完全行厚黑之术。居官多年，家无余产，没有因私废公引荐过自己的亲戚子侄。裴炎可以不忠于某个皇帝，但他忠于李唐皇室；他不能说是个忠臣，但他也不想做个留下千古骂名的贰臣。裴炎可以大胆到合谋废黜皇帝，但却无法接受江山从此易姓，整个改朝换代，何况服侍的还是个女人。这不是一个可以简单肯定或是否定的人物，但武后已经没了进一步研究他内心世界的兴趣，很清楚他已表明不会在为其所用，这就够了。昨日之友是今日之敌，在外敌未除的时候诛杀首席大臣并不妥当，可是裴炎不除她更加不能安枕，裴炎必须死。

不管内战已经开始，武后仍命左肃政大夫骞味道（原御史台）、侍御史鱼承晔收集裴炎的罪证，罪名也从"疑有异图"变成了勾结徐敬业叛军谋反。这个罪证显然不好收集，裴炎之罪与其说是对镇压反叛态度消极，不如说他想强化其受遗顾托的大权，不积极筹划诛讨，旨在逼太后还政，而不在支持叛乱。在同徐敬业叛乱集团的关系上，裴炎是无辜的，但这又正是武后收审裴炎的公开理由。

大臣们已经沉默了很久。武后铁血无情的执政风格深深地烙印在他们心底，士大夫的骄傲和坚持已经被消磨得七七八八。废中宗，囚睿宗，没有一个朝臣敢吭一声质疑半句。接下来建武氏七庙，议杀李唐宗室，裴炎终于忍不住出声，在大庭广众之下说出了很多大臣憋在心里已久却不敢开口说出的话："请太后还政皇帝！"

而裴炎因此罹祸。

这样下去是何了局？朝臣们还有多少空间可以后退，还有多少可怜的尊严可以维护，还能剩下几分独立的自我？即使是和裴炎相交泛泛的人也不免生出兔死狐悲之心，何况裴炎身为首席宰相，文武重臣多得其引荐，与他相交莫逆的不在少数。凤阁侍郎胡元范率先打破沉默，他身为中书省的副长官，在自己的顶头上司是否通贼谋叛的问题上是清楚的，上表奏说："裴炎是社稷忠臣，悉心奉上，天下所知，臣明其不反。"

一石激起千层浪。侍中刘景先、吏部侍郎同平章事郭侍举紧接其后，为裴炎辩解。在两位宰相的带领下，满朝文武不少人具名上书，为裴炎说话的奏章雪片似的递上来，语气越来越激烈，群臣积蓄已久的怨气借此来了个总爆发。

自武后执政以来，还从未遇到过这样大规模群臣上书反对她的决断。在扬州之乱尚未平定，战火燃遍东南诸州；在朝大臣群起攻之，群情汹涌不可遏制，武后倍感压力，不得不召见群臣，以示安抚："裴炎确实有谋反的企图，朕有证据，只是卿等不知道而已。"

武后言之凿凿，却丝毫没有出示谋反证据的意思，群臣哪肯罢休，仗着人多胆壮当即顶回去："裴炎如果谋反，那么臣等也是反贼了。"

武后并不直接回答，但称："朕知裴炎谋反，也知卿等不反。"

双方显然都是自由心证，武后说话云山雾罩，答非所问，一方面她和裴炎台底下的密谋太多，未可公之于众，另一方面也实在很难拿出令人信服的罪状。"裴炎是否谋反"变成了"你是否相信裴炎会谋反"，依照法律程序收集证据论证裴炎是否有谋反的事实，变成了众陪审团官员表态预测裴炎是否有谋反的意图，而裁决完全主宰于武后一人之手。生死大事不再取决于他是否有犯罪，而取决于统治者是否要他死。习惯了样样通过正规法制渠道做事的唐人无法接受武后这样的做法，这次是裴炎，下次又会轮到谁？深深体会到唇亡齿寒的悲凉，为裴炎说话的朝臣们态度都十分坚决。而武后当时之权威不稳，也可以通过群臣咄咄逼人的语气体味出来，故此武后特地在言语中把裴炎和群臣区分开来，以示自己追究的只是裴炎，他人不必多事。

武则天也并不是糊涂，而是她在关键时刻看出了裴炎的用意，不能容忍自己一直倚重的大臣竟存有逼宫之念。武则天明白，当日废中宗时的盟友，现已成为抵制她临朝称制的大敌，不除掉裴炎，则国无宁日。

本来，拿掉裴炎，也可以简单地摘了他的官帽子就是，之所以要诬以谋反、通敌，是为了杀一儆百，震慑朝臣。否则，外有叛乱，内有贰臣，临朝恐怕就真要临不成了。

武则天做事，快刀斩乱麻，她不能容许朝堂上这样纷争不休。时隔不久，武则天就将刘景先、胡元范一并下狱（你们不是也要反么），又命骞味道以本官代理内史，取代裴炎的位置。那个狂咬旧上司的李景谌，则升为同凤阁平章事。两人都一下子就晋升为宰相，尤其是李景谌，居然以五品官拜相，成为大唐开国以来的首例。

武则天惯于使用这种官场升降术来操纵政局、引导人心。果然，这一褒一贬之后，汹汹朝议有所平息。但是此刻，一封从灵武飞递而来的密信，却让武则天大为紧张。

这是在边防对付突厥的左武卫大将军程务挺上的密表，内容是为裴炎申冤。

程务挺自幼随父东征西讨，以勇力闻名军中。早年，程务挺作为裴行俭的副将，在平定漠北突厥叛乱中立下大功。废中宗的时候，又曾领兵入宫助裴炎一臂之力，是拥护太后临朝的功臣之一。废中宗的前后，武则天是把程务挺作为心腹来倚靠的，专门调来洛阳保驾。后来武则天觉得形势平稳了，就派他去灵武镇守，还给他升了一级官职。

程务挺是军界实力派人物，又素与裴炎友善，他的表态，给了武则天不小的压力，也引起她一定程度的警觉。

光宅元年（公元684年）十月十八，就在骞味道、李景谌拜相的第九天，武则天终于出手了，下令斩裴炎于都亭驿之前街，并籍没其家财。令人无比慨叹的是，等到法司派人前去裴炎家登记财物时，才发现首席宰相家中竟无一担米的存粮，穷得基本是家徒四壁！查抄之人莫不怜之敬之，暗自叹息。

担保裴炎不反的那两位，结局也不好。刘景先被贬到吉州（今江西吉安）做长史，胡元范被判流放琼州（今海南海口），后死于流所，凄惨之极。其余宰相郭待举、韦弘敏也都贬到外地做刺史。

裴炎空怀辅佐睿宗的大志，走到了生命的尽头。裴炎在初唐政坛上是个很难评价功过是非的人物。不过，定裴炎谋反罪显然是冤枉。《新唐书》说他有意趁武则天出游龙门时发动兵变，此说已有司马光的《通鉴考异》确定为不实。

另外，关于裴炎与徐敬业是否有过暗通，也很成问题。唐开元时期的文人张鷟所撰的《朝野佥载》载：徐敬业约裴炎为内应，裴炎书“青鹅”二字作答复。事泄，信函落入朝廷，但无人解得“青鹅”二字含意，唯有武则天一下就猜出谜底，说此乃“十二月（青），我自与（鹅）”之意。也就是裴炎将于十二月在朝中发动政变，以响应扬州叛军。

《朝野佥载》是一部稗史笔记，虽然总体上可信度很高，但这个段子却不免太像个文学故事。

裴炎其实是死在他的原则立场上了。裴炎作为朝廷最高位置的命官，显然不可能去参与一个局部的地方叛乱；但他又很希望这场叛乱能起到迫太后还政的作用，所以不肯为太后去当平叛的前驱。裴炎试图两面取利，可是自身的回旋余地实在太小，因而竟然被逼死！

裴炎死时，还是相当有骨气的。大丈夫，事不成，慨然一死而已，哪有什么软话要说！

当今也有学者分析，武则天杀裴炎，内心实际上还是甚惜之的。按理谋反是要族诛的，而裴炎“谋反”，却只死了他一人。也许，武则天此举，就像曹操伐袁术时做的那样——借你的人头以安军心。

如果说裴炎被斩，以及几个和他同气相求的宰相被贬还算是事出有因。那么大将程务挺被卷进此案则完全是冤枉的了。程务挺在那样一个时刻写密信给武则天，为裴炎说情，正显出他的坦荡和顾全大局。如果程务挺真是裴炎的同党，那时候就应该避嫌，稳住阵脚看看风向再说，但他却是直言不讳地表了态。此外，用密信的方式，也说明他不想给武则天添麻烦，并没有公开自己的态度，免得推波助澜。当然，这事程务挺也可以完全撒手不管。但是程大将军性格刚直，兔死狐悲，为国为己他都是非说不可的。

程务挺的悲剧，正是天所注定！扬州叛军中的两位头领唐之奇、杜求仁，又恰好与他友善。本来他的密信就使武则天内心感到不悦，此时便有人进谗言，说：“程务挺与裴炎、徐敬业通谋！”

这一下，武则天不能不感到极度震惊。程务挺位高权重，手握重兵，于西北独当一面，在文武大臣中威望甚高，万一真的是也有“异图”，其能量将远超过一介文士。对这一说法，武则天并未去求证，因为她认为，如果是真，求证无疑于逼程务挺速反。反正程将军与裴、徐两股势力都有扯不清的关系，干脆宁信其有，一起收拾掉算了。

为避免引起更大的震荡，对程务挺的处置错后了一个多月。到十二月二十六，徐敬业叛乱已完全平息后，武则天方才秘密派遣左鹰扬将军裴绍业，在军中斩了程务挺，同时诛连全家。

可怜将军为国戎马一生，死得不明不白。程务挺在前线一向威震敌胆，东突厥闻程务挺死，都喜出望外，欢宴相庆，然而他们对将军又非常敬佩，为他建了祠堂，每次出师征战，必先来此祷拜。

程将军的忠勇是没什么可说的，错就错在不该贸然参与废立。程务挺之横死，进谗言的人也许并非阿附太后之徒，而很可能是憎恨太后临朝的人——他们要替中宗被废出一口恶气！所以，凡是恶事，千万不要干；干了，就总有一天要还！

裴炎全案，到此落幕，令后人唏嘘不止！

第四节　“甘露之变”风波起——唐文宗与宦党的较量

唐文宗李昂

唐文宗李昂即位之初，“励精求治，去奢从俭”，颇有振作之风。李昂诏令放出多余宫女，纵出五坊蓄养的鹰犬玩物，裁减冗官，一反唐敬宗贪玩不视朝的恶习，天天临朝听政，很有英主之风。

但是，文宗治下的唐朝，实际是一团乱摊子。从唐玄宗始，宦官阶位骤显，人数膨胀。尤其是从高力士开始，皇帝赖之而安寝，宰相因之而得位。而且，勇力强悍的巨宦杨思勗竟也多次率兵出征，广立功勋，封为虢国公，进位骠骑大将军。由此，唐朝的太监掌军已显端倪，但当时他们并未真正在中央政府有把握兵权的迹象。安史之乱以后，玄宗逃窜蜀地，肃宗得以在灵武继位，宦官李辅国有“襄赞”大功，地位贵显，手中掌管唐廷一切兵符与军号，统驭禁卫军。代宗继位后，竟称这位公公为“尚父”。日后，于代宗有拥立之功的程元振逐渐取代了李辅国的位置，御林军全是他的部属。而后，大太监鱼朝恩更是权倾一时，竟有“处置”京城以外重大军事活动的全权，虽然名号是“观军容宣慰处置使”，实际上是奉天钦差、兵马大元师，对于郭子仪、来瑱这样的方面重将，想废就废，想杀就杀。特别是唐德宗遭遇泾原军兵变后，曾为节度使的朱泚称帝，皇帝再也不敢信任大臣重将，把中央直系军队神策军和禁卫军完全交由宦官指挥，并且不断予以“制度化”，一直延续到唐亡。

唐朝皇帝的思维模式其实很简单：宦官毕竟是家奴，没有生殖能力，没有子孙，再怎么样也要狗仗人势，依赖皇帝才能生存，不会夺国篡位。

事情总是发展的。宦官之害，简直罄竹难书。他们不仅掌握京城皇宫的禁卫军军权，还被派至各处节度使那里以充“监军使”，各地节度使在名义上都处于这些“太监”的控制下。当然，在那些真正拥众割地一方的藩镇，太监监军只是充样子，他们本人也很老实，收收礼，纳纳贿，吃吃喝喝，和当地节度使一般挺热乎。他们深知，这些土皇帝连皇帝都不买账，自己太骄横说不定就要吃刀子。但在直接受唐廷管辖的方镇或诸道军中，宦官的权势可就大了。如果主将打胜仗，监军使们往往驰送捷报，揽军功为已有；如果出战失利，监军们又会立即打小报告，历数主将的“罪恶过失”。所以，宦官在军中是有百害无一利。唐宪宗时两次大捷，高崇文擒刘辟以及李愬擒吴元济，恰恰是没让太监监军，才最终能取得重大胜利。

唐朝时，还特别“创造性”地委任宦官为枢密使和宣徽使。这样，太监不仅内外有兵权，又在中央政府中掌有草诏宣制的权力，北司（宦官衙署）成为与宰相（又称南司、南衙）争权的重大政治力量。至此，兵政大权宦官皆牢牢掌握，他们不仅能“口含王宪”吓唬人，而且完全能诏由已出，甚至对于皇帝也是随心所欲，想立就立，想废就废，想杀就杀，宪宗、敬宗、文宗最终皆死于太监之手。而且，肃宗之后，唐朝几乎所有皇帝的继位均由太监拥立（只有哀帝是唯一的例外，不过没多久唐朝也亡了）。出乎先前唐帝“设计”意料，宦官虽自己不能当皇帝，但可以废杀皇帝，做王朝真正的主人。而且，这些被阉割的不男不女的中性人往往变态、残暴、贪财，不仅在京城强买强卖，恣意取索，在外面也广占良田、巧取豪夺。

禁卫军中尉大公公王守澄是弑宪宗的主谋之一，由于推立穆宗有功，又知枢密事，权兼文武。文宗入统，王守澄依旧大权在握，文宗对他怨恨已久。于是，文宗找到翰林学士宋申锡密淡，宋学士力劝文宗除掉王守澄等人。终于找到“知音”，文宗大喜，很快就提升宋申锡为同平章事，擢用为宰相。

为了集聚诛除宦官的后备力量，宋申锡任用吏部侍郎王璠为京兆尹，向他讲述了皇帝的意旨。王璠首鼠之人，不知有意还是无意，很快就把宋申锡的想法泄漏了出去。听说宋申锡四下活动要对宦官不利，王守澄忙招心腹谋士郑注密议。于是郑注献上一计：派位神策军将上告皇帝，说宋申锡暗中欲拥立文宗之弟漳王李凑。这一招真是毒而有奇效。神策军将豆卢著受王守澄、郑注指使，跪在文宗面前，指称：“十六宅（诸王之居所）宫市内监朱训等人与宋申锡亲吏王师文等人共谋不轨，他们说圣上您多病，太子年少，如果圣上不豫（死了），依次则应立漳王，所以他们密谋预先巴结漳王，并从漳王处领取一套衣物赐给宋申锡。”

文宗心内一直很疑忌自己这位英敏贤德的六弟，大怒之下，派人鞠审。朱训、王师文等人被屈打成招。京城内外大骇，纷纷传言宰相与亲王密谋想搞政变。王守澄把朱训、王师文等人的承服状子交给文宗，并要派二百禁军铁骑直接去宋申锡家里屠害他整族人。幸亏另外有一个太监马存亮在场，谏劝说："谋反者惟宋申锡一人，何不召南司（宰相）会审。忽然大肆杀人，恐怕在京城引起骇乱。""（王）守澄不能难，乃止"。

廷审之中，在左常侍崔玄亮的固谏下，文宗"意稍解"，贬漳王李凑为巢县公，贬宋申锡为开州司马。没过几年，二人均郁郁死于贬所。其实，文宗只要认真派人推审，就肯定会知道上告宋申锡等人谋反的豆卢著是郑注表兄弟，整个事件完全是王守澄、郑注二人一手策划的。

由此，唐文宗自毁臂膀，第一次谋诛宦官的努力不仅失败，还贬放了自己的弟弟和大臣宋申锡。

没过多久，郑注把李训介绍给了王守澄。李训，原名李仲言，进士出身，其堂叔是先前的宰相李逢吉。由于深知此位侄子"阴险善计事"，老宰相很是喜爱李训。当时，李逢吉想重新做宰相，李训知道堂叔意思后，自称和郑注关系好，要替李逢吉去京城"活动"。李逢吉大喜，给李训"金帛珍宝数百万"，让他以此送给郑注当"好处费"。郑注得财，当然大喜，马上把李训推荐给王守澄。李训"形貌魁梧，神情洒落，辞敏智捷"，又是《周易》专家，王守澄对他也很有好感，立刻向本来就十分沉迷《周易》的唐文宗面推李训。

太和八年，李训被文宗召入内殿，面赐绯鱼袋，并任翰林侍讲学士。细究唐文宗本心，也属深思熟虑：当年与宋申锡密谋除去宦官，不仅未成功，反而差点引火上身。现在，文宗想通过与郑注交往，稳住王守澄等人，进而提拔李训，再做进一步打算。如此，宦官们觉得文宗这两个"红人"皆是"自己人"，不会生疑他们和文宗一起搞事。

李训一向"善揣人意"，知道文宗痛恨宦官，便趁讲解《周易》的余暇，在文宗面前指斥太监擅政，言论纵横，让皇帝觉得此人真可托下大事。郑注也忙向皇帝靠拢，全然忘记了昔日王守澄对他的"荐拔"之恩。"自是二人宠幸，言无不从"。太和九年，李训迁礼部侍郎，同平章事，登廷入相。

大权在手，李训雷厉风行。为了向天下彰显宰相气度和"磊磊清操"，他首先派人速捕时为襄阳监军的大太监陈弘志，此人一直被认作是亲手弑唐宪宗的首犯。李训派人大张旗鼓押陈公公至青泥驿，又当众杖杀之。此举果真大快人心。

内廷方面，王守澄还没缓过神，一直以为李训和郑注是自己人，对二人没有丝毫防备。

趁王守澄不留神，李训、郑注合谋，擢右领军将军仇士良为左神策中尉。王守澄一直挤压仇士良，现在忽然发现此人几乎与自己比肩，心中不悦。未等王守澄施出报复手段，李训、郑注又为唐文宗出主意，以王守澄为左、右神策军观军容使，表面官升一阶，实则夺其手中军权，把他架空。没过几天，文宗遣中使李好古拿瓶毒药来“赐”，手中无兵无人的王守澄长叹一声，大骂李训、郑注忘恩负义，然后泪如雨下，吞下了这杯实际是他自己亲自“配制”的毒酒，一命归西。由于对自己也有“拥戴”之功，文宗并未“显诛”，对外称其病死，并赠“扬州大都督”。

杀掉王守澄后，李训以接应为辞，把郑注外任为凤翔节度使，并相约当年十一月内举外发，尽诛宦官。其实，李训本意是杀太监之后，顺带就把郑注一勺烩掉。郑注本来就是太监走狗，那时候杀起他来就太容易了。郑注毫不知情，欣然赴任。

李训这个人，也真是个矛盾混合体。李训本来就是缘太监而致位，最终又想帮文宗除太监。李训紧锣密鼓，以太府卿韩约为金吾街使，又以平日亲信大理卿郭行余为邠宁节度使，以王璠为太原节度使（此人先前已坏过宋申锡的事情，不知李训为何选中他），为十一月诛杀太监行动做足了军事准备。

其实，在李训动手之前，还真有一次诛除宦官的绝妙机会——郑注干事很用心，他到凤翔任上，马上精选强悍武士数百人，手持坚棒，怀揣利斧，作为自己的亲兵卫队。王守澄的葬礼要在白鹿原一带的浐水附近举行，郑注密奏文宗皇帝，准备自己率卫队假装送葬，待众太监齐至王守澄墓前举哀时，给公公们来个一锅端。最后时刻，李训私心一闪念，对手下人讲：“如果事成，大功全是郑注一个人的，不如派郭行余和王璠各赴其镇，招募壮士为部曲，与金吾兵士及台府兵士一起动手，诛杀宦官，然后再把郑注也做掉！”由此，失去了除掉宦官的最佳机会。

唐文宗太和九年阴历十一月壬戌（二十一），百官同往常一样，在紫宸殿朝服列班，等待文宗皇帝李昂上朝。未几，文宗的玉辂缓缓而来。文宗坐殿，朝臣们等待金吾将军像往常那样趋前上报“左右厢内外平安”，按朝仪，走了这个过场后，大家就应该如约议事。不料，金吾将军韩约没有如常行事，反而高声奏称：“左金吾听事房后石榴树上，昨夜降下甘露，特向陛下禀报。”

文宗皇帝故作欣喜状，宰相也忙率百官齐齐拜舞，向皇帝称贺。天降甘露，是国家大治、天下清平的瑞兆。文宗忙乘软舆（肩扛便辇）往紫宸殿前面的含元殿升座，先命宰相李训等人验看。

过了好久，李训才率朝臣回殿，奏称：“臣与众人验之，是否真是甘露，还不敢下结论，望陛下遣使再验。”

文宗皇帝表演还算逼真，自言自语道：“真有这种事！”于是，他命掌管禁军的左右中尉仇士良、鱼弘志率众宦官前往。

仇士良等人踱进听事房后庭，仰着脑袋观瞧半天，见石榴树上根根皆是干枝，一滴甘露也无。再扭头观瞧作为陪同的韩约，数九寒天，这位金吾大将竟是一头热汗，神色惶恐。

仇士良还奇怪，问：“将军您这是怎么了？”一阵北风起，听事厅的门帘幕布随风乱张，仇士良忽然发现厅里面挤满了手执利刃、全副武装的兵士。同时，仇士良又听见四下刀剑铿锵，甲声叮当，军靴杂乱踏地声纷纷扰扰。

仇士良等宦官顿感大事不妙，纷纷往庭院大门处奔跑。守门兵士不是很多，见太监们往外跑，便赶忙上前要关闭大门。仇士良公鸭嗓拼命一吼，还真管用，平素太监积日已久的威风终于在关键时刻又显神通，趁门卫愣怔，太监们纷纷夺路而逃。

宰相李训在含元殿看见一大群宦官飞奔上阶，连忙高声呼唤值班的金吾卫士：“有上殿护驾者，每人赏钱百缗！”

众太监脚快，兔子一样已经奔至文宗御座前，有数人架起皇帝往软舆上一放，抬起狂跑：“事情危急，请陛下还宫！”

含元殿大门外台阶处已涌上数百金吾卫兵，登殿纵击，追上落后未及跑入殿的宦官，剑捅刀砍，一下子杀掉十来人。

殿内宦官毕竟对宫城道路了如指掌，他们用刀砍断含元殿后面的木格栏，扛着文宗就往宣政门方向跑。眼看宦官们抱走了皇帝这块“大招牌”，宰相李训也急了，抱住软舆的木杆大呼小叫，力图阻止。文宗李昂知事不谐，也大声叱喝李训。宦官郗志力大，当胸就给李训一大拳，把这位宰相打得一个嘴啃泥。说时迟，那时快，宦官们簇拥着文宗皇帝逃入宣政殿，立刻把大门严严关死，外面兵将一时冲不进来，“宦官皆呼万岁”。

听到宫殿内外杀声、欢呼声此起彼伏，含元殿内的朝官们都“骇愕散出”。

李训见大势已去，忙换身衣服，乘乱跑出京城。宰相王涯、舒元舆等人回到中书省，互相说：“我们先别走，皇帝肯定会在延英殿召我们议事。”两省官吏也纷纷来见，询问发生了什么变故。王涯等人确实也不知情，就先让诸人回家，等待消息。

不一会儿，只听宣政殿方向宫门大开，太监细嗓“奉旨讨贼”的高音很是瘆人，而后便是禁卫军“杀贼杀贼”的叫杀声，由远而近，竟直朝中书省议事厅方向逼来。

仇士良等太监控制文宗后，口称敕旨，率禁卫军从宣政门冲出，逢人就杀，并很快关闭诸宫门，把没有跑掉的两省官员和金吾兵将杀死六百多人，血流遍地，人头乱滚。接着，仇士良一边安排监军骑马出城追赶，一命在城内大索，把宰相王涯逮捕。万般拷掠之下，这位七十多岁老头子只得自诬与李训密谋造反。

王璠带了几百私兵逃回私宅，不久神策军将带兵尾随而至，发现院墙厚坚，又有全副兵士把守。神策军捕快还挺机灵，在大门外高呼：“王涯等人谋反，鱼朝恩公公让我们请您入朝，代王涯来做宰相！”王璠大喜，忙四开大门，趋出见之。神策军立时把他团团围住。最后，王涯、王璠、罗立言、贾竦、舒元舆等人皆被逮捕，于长安城内开阔地一起问斩，百官临观。

李训一路急逃，想奔凤翔依附郑注，半路就被人抓住，械送京城。快到长安时，李训怕自己入京后被太监凌辱、拷打，就对押送军吏说：“我听说城内禁兵到处抓我，你们押我进城，肯定会被禁兵把我抢去邀功。不如现在杀了我，送我首级报功，最为稳妥！”几个军吏一听觉得有理，就一刀把李训砍了，提着他的脑袋入京。郑注听闻李训事败，忙赶回凤翔住地，被监军使张仲清诱杀，不仅一家人全被屠灭，亲吏卫士也被杀一千多人。

“甘露之变”后，唐文宗完全失去权柄，受制于阉宦。一次，文宗在集思殿与当值学士周墀聊天，问：“朕与前代皇帝相比，可以和哪位相提并论呢？”

周墀自然说客气话："陛下圣明，可比尧舜。"

文宗苦笑："朕怎敢与尧舜明主相比，我向爱卿询问，只是想知道我与周赧帝、汉献帝相比，强弱如何？"

周墀闻言大惊，手中酒杯都掉在地下："那两个亡国之君，怎能与陛下相比！"

文宗摇头，叹息道："周赧帝、汉献帝受制于诸侯、权臣，现在朕受制于家奴阉宦，以此言之，朕实不如二帝！"言毕，这位皇帝泣下沾襟，委屈得不行。

公元839年，"甘露事变"四年之后，病中的唐文宗也被宦官毒死，时年33岁。

当时得知文宗皇帝驾崩的消息，诗人李商隐有《咏史》一诗，伤悼文宗：

历览前贤国与家，成由勤俭败由奢。
何须琥珀方为枕？岂得珍珠始是车！
远去不逢青海马，力穷难拔蜀山蛇。
几人曾预南薰曲，终古苍梧哭翠华。

此诗并非讽刺文宗奢侈，相反，诗人字里行间充满惋惜之情。唐文宗一生节俭，又竭力用贤，只是"运去时穷"，误用小人，事与愿违，最终被"家奴"药死，含冤而逝。

第八章　权臣篡位

第一节 挟天子以令诸侯——三国曹氏篡汉始末

东汉末年十常侍之乱的时候，小皇子刘协和少帝刘辩逃出宫外，正仓皇间，迎面遇上董卓率领的三千陇西铁骑。小皇帝刘辩见到这样的情形，吓得浑身哆哆嗦嗦，双腿战栗，口不能言。刘辩手下的内侍太监和一众文官也都没人敢出口大气，只怕稍有闪失便惹来杀身之祸。此时刘协挺身而出，问董卓："你是来劫驾，还是来救驾？"董卓见是一个小孩，不由一愣道："当然是来救驾！"刘协高声道："既然是来救驾，为何见了圣上不跪！"遂朝少帝刘辩指了指说："这就是当今天子，你还不下跪！"当时的刘协才9岁，能以稚龄之年面对这么大的阵仗而毫不慌乱，实属胆识过人。据说，董卓正是因为这次经历，对刘协印象深刻，日后才扶持他为新皇帝的。

时间穿梭而过，到了公元196年，正是汉献帝的刘协逃离战乱连绵的关中地区，来到已是一片废墟的旧都洛阳。在洛阳的几个月里，汉王朝的宫廷只能在城西残留的、原大太监赵忠那座勉强有四壁的破落院子里临时办公，尚书郎以下的大臣必须自己去城外采摘野菜充饥。但是，刘协非常喜欢这样的生活。因为只有在残破的洛阳，他才是真正的皇帝，可以独立自主地发号施令。这样的感觉是刘协梦寐以求的，尽管他的命令只在小小的洛阳城内部有效。为此，刘协正式改年号为"建安"。

遗憾的是，曹操随即率军来到了洛阳。刘协正式见到曹操时，后者已经是饱经征战，占据中原腹地的大军阀了。只有几十个人的刘协不敢再将曹操看作是那个宦官的孙子，而是"朝中重臣"了。

当时曹操的幕僚们对曹操说，主公应该迎接困居在洛阳的皇帝，拯救形势危如累卵的朝廷。当然也有人反对，说为什么要搭理那个只能算作是洛阳县令的倒霉小皇帝呢？曹操明智地决定，迎接皇帝，挟天子以令诸侯。一个"挟"字，决定了刘协后半生的命运。

刘协的朝廷跟随曹操大军迁到了许昌。曹操集团以许昌为中心，不断扩大势力范围。作为杰出的政治家、军事家，曹操几乎再造了一个汉朝。曹操击垮了北方占据冀、青、并、幽四州的袁绍，取了盘踞东南方向淮南的袁术和割据东边拥有徐州的吕布的头颅，安抚了西方割据关中的韩遂、马腾集团，招降了割据西南的张绣集团。辽东的公孙度、幽北的乌桓、河套长城沿线的匈奴都纷纷向曹操低头，向刘协称臣。毫不夸张地说，曹操几乎是亲手梳理了一遍中原大地，手把手塑造了一个新的王朝的雏形。在晚年，曹操曾下诏明志："天下若无孤，不知几人称王，几人称帝？"的确，如果没有曹操，不知道会有多少人在刘协生前南向称帝，又有多少人会称王一方。

在许昌的日子是刘协过得最安逸、最稳定的时期，他享受到了作为帝王的一切表面权威。随着曹操大军不断取得胜利，刘协手中的大汉王朝似乎实现了"中兴"，一个新的统一国家眼看就要从乱世的废墟中崛起了。可这不是刘协想要的生活。

汉献帝刘协

刘协也尝试着挣脱"傀儡"的命运，但没有成功。与曹操的其中一次交锋就是名扬后世的"衣带诏"事件。建安四年（公元199年），18岁的刘协任命岳父董承为车骑将军，秘密写下衣带诏赐给董承，授意董承联络汉室大臣诸侯，联合铲除曹操。官渡之战前夕，董承联络西凉马腾、左将军刘备，动员自己掌握的军队在许昌宣称受汉献帝"衣带诏"，发动兵变。曹操回兵镇压董承，平定刘备在徐州的叛乱，再次派遣卫觊入关，稳定韩遂、马腾集团。"除曹"行动尚未展开，与谋者董承、吴子兰、种辑等人就被夷灭三族。刘协还曾授意自己的另一位岳父伏完筹划地下组织，再次遭到了失败。为此，刘协付出了许多血的代价：他的岳父董承被灭了三族，董承之女董贵妃和腹中胎儿被一并诛杀；贵为皇后的伏氏及两个皇子连同伏氏的家族也成了曹操刀下之鬼。

刘协处理与曹操的关系时面临着一个两难困境。一方面，刘协的小朝廷全赖曹操的支持，全靠曹操大军拓展疆土；但另一方面，曹操打下的江山却不再姓刘了。作为能力出众、又一心希望中兴汉室的君主，刘协为什么扮演了一个令人同情的末代皇帝的角色呢？宋元之际的史学家胡三省是这样评价汉献帝的：汉献帝并不是一个昏庸无能之辈，之所以在他手里终结东汉一朝，是因为他只不过是一空头皇帝而已，“威权去已”。

隐隐约约间，一个曹姓王朝的身影开始出现。

曹操的轰然倒下，给汉末政局带来的会是巨大的转折还是之前政治趋势的加速呢？忠心汉室的人们自然希望是前者。事实上也有部分人希望许昌的汉朝宫廷借曹操的逝世，打压曹操势力，收回部分权力，直至最终的刘协亲政。曹操阵营内部也许有些人在观望，在动摇，但是多数人还是希望继续之前的政治格局的。那就是明刘暗曹。

身逢乱世的政治家们往往更加现实。曹操在北方30年的经营造就了无数的既得利益者。这种既得利益与曹操的权力一样，或多或少是名不正言不顺的。对于既得利益群体而言，只有将曹操家族名正言顺地扶上皇帝宝座，大家的利益才能“漂白”，同时成为开国功臣，有望扩大自己的利益。但是曹操是个坚持不做皇帝、一心做“周文王”的人。现在曹操死了，魏王世子曹丕却是个一心登基、窃取神器的年轻人。很自然的，大家采取了强化之前的政治格局的措施。

曹丕

曹操一党控制的朝廷中枢马上以刘协的名义给还在哭悼先王的魏王世子曹丕下了一封诏书。曹丕依诏继承了王位，接收了父亲所有的权力，又反过来授意朝廷改建安二十五年为延康元年。

曹丕这个人，雄才大略远逊于他的父亲曹操，但却是个非常适合做第二代君主的角色。为什么这么说呢？开国君主需要气吞寰宇的气魄、虎贲狼突的才干和坚硬如铁的意志，而曹操正拥有这样的条件。曹丕出生后也跟随曹操征战过多次，同时接受了曹操安排的良好教育，但这些被动的吸收并没有培养出他指挥官的气势，也没有培养出他文学家的气质，而是塑造了一个符合主流政治要求的、各方面都称职的“中上之君”。曹丕这个人拥有统治阶级所需要的绝大多数优点，也带有那个阶级特有的大部分缺点。更重要的是，曹丕从小就是贵公子，交游权贵，已经被同化为贵族阶层和既得利益集团的一员了，彼此的利益是一致的。于是有能力、有野心、有人缘的曹丕自然成了权力转移关头的首要人选。

曹丕这个人工于权术，政治斗争是他的擅长之处，为了权力他可以无情无义。曹操多子，其中对曹丕的地位构成威胁的主要是与他同父同母的弟弟鄢陵侯曹彰、临淄侯曹植、萧怀侯曹熊。尤其是曹植，文才出众，曹操甚至一度属意他为自己的继承人。而鄢陵侯曹彰则直接领兵在外。为了巩固自己的地位，曹丕先是指责曹彰在父亲死后带兵前来洛阳，有争位之嫌。在华歆等人的帮助下，曹丕严令曹彰交割军马，押往封地软禁。

随即，曹丕以曹植、曹熊不来洛阳奔丧（估计两人是害怕自投罗网）为由，派遣使者分头问罪。前往萧怀的使者回报：“萧怀侯曹熊惧罪，自缢身死。”前往临淄的使者回报说：“临淄侯每日都与丁仪两兄弟酣饮，悖慢无礼。听说我来了，临淄侯端坐不动；丁仪还骂我说：‘先王本来是想立曹植为世子的，却被奸臣阻挠；现在离父亲的死还不远，哥哥就来向弟弟问罪了，亲情何在？’临淄侯最后发怒了，叫武士将我乱棒打出。”

莽撞的曹植自授曹丕口舌。表面大怒、心中大喜的曹丕马上令大将许褚领虎卫军三千，火速赶到临淄擒拿曹植一干人等。曹植、丁仪两兄弟、侯府大小属官都被拿解邺郡，听候曹丕发落。曹丕下令，先将丁仪等人尽行诛戮。

对曹植的处理过程则成就了历史上有名的“七步成诗”的典故。华歆等人劝曹丕杀掉曹植，曹丕在这时显露出文人优柔寡断的特质，难下决心。华歆建议曹丕以试才吟诗的方式杀掉曹植，堵塞众人之口。于是，曹丕召见曹植说：“父亲在世的时候，你常常用文章向众人夸耀，我怀疑那些作品都是你让他人代笔的。现在我限你在七步之内吟诗一首。如果能，就免你一死；如若不能，则从重治罪，决不宽恕！”曹丕接着说：“我们是兄弟，就以它为题，但不许出现‘兄弟’字样。”曹植不假思索，应声而对：

煮豆持作羹，漉菽以为汁。
其在釜下燃，豆在釜中泣。
本是同根生，相煎何太急。

曹丕听完，默然无语。华歆等人也都鸦雀无声。

危急时刻，曹丕和曹植的生母卞氏闻讯赶到，呵斥曹丕："哪有哥哥逼弟弟到这个地步的？"卞氏接着向曹丕哭诉："我的曹熊已经被你害死了。你这个弟弟平生嗜酒疏狂，因此放纵不羁。你如果念同胞之情，保存曹植性命，我死了也能瞑目啊。"曹丕慌忙答应："我也是深爱弟弟的才华才这么做的。我肯定不会为难弟弟的。"曹植这才被贬为安乡侯，保全了性命，后来死在了曹丕后面。

曹丕的个人品质虽然不佳，但他在成功创建魏帝国的过程中所表现的才能却还是有可称道之处的。要知道，并不是所有的人都能够跑完皇位争夺战的最后一程的。

曹丕的优势是他继承了父亲的丰富遗产。作为第一代君主，曹操一生厉行峻法，征战武功非凡，被人视为多威少恩。这是残酷的割据背景和政治残杀环境所决定的。站在巨人肩膀上的第二代君主曹丕往往只要调整父亲的政策，触及父亲戎马倥偬的时候没有顾及的领域，就能取得意想不到的拥护。

延康元年二月庚戌，曹丕下令关津减税，恢复什一税制。辛亥，曹丕赏赐诸侯将相以下粟万斛、帛千匹，金银不等，同时煞有其事地派遣使者巡查郡国，收揽民心。曹丕还调整了官职，以贾诩为太尉，御史大夫华歆为相国，大理王朗为御史大夫，增置散骑常侍、侍郎各四人，约束宦官。对刘协的监视威逼，曹丕自然也不放松。

在皇权转移的时候，意识形态的准备是必不可少的。简单地说，后来者需要往自己脸上贴金。神化自己是最常见的做法，即让淳朴的老百姓相信自己是天人下凡，相信自己的登基是天命所归。巧的是，在历史的关键时刻，总会有大批恰逢其时的"祥瑞"出现。

先是民间开始传言曹丕出生的时候，有青色的云气像车盖一样漂浮在他身上，终日不散。风水师傅们一致认为这是曹丕至贵的证明。这时，黎民们才开始明白：原来曹丕一出生就不是凡人啊。

此间又出了一个叫殷登的人，说自己记得熹平五年时候的一件事：当年谯地（曹操老家）出现了黄龙祥瑞。大名士、光禄大夫桥玄就悄悄问太史令单飏："这个祥瑞什么意思啊？"单飏回答说："这说明谯这个地方会有王者兴起。在五十年时间里，黄龙会再次出现。"殷登说自己当时在场，就默默记下了这件事。45年后，也就是延康元年三月，黄龙再次出现在谯。当时殷登还在世，大肆宣扬这件事，引起中原轰动。最后曹丕出面召见殷登，做了一次谈话，赏赐殷登谷三百斛，送回家去。

之后，魏国名义上的东汉的形势一片大好。同月，濊貊、扶余、焉耆、于阗等部落都派遣使者向中原奉献。四月丁巳，饶安县出现典型的祥瑞白雉。曹丕很高兴，免了饶安县的田租，赏赐渤海郡百户牛酒。

但是事情突然起了波折。当月，大将军夏侯惇病逝。曹丕亲自素服在邺城东门发哀。有人指责曹丕的行为失礼。按礼，天子哭同姓于宗庙门之外。曹丕与夏侯氏并非同姓，却哭于城门，是不当的行为。这其实是暗指曹丕家族与夏侯家族的"不正常关系"。曹丕的爷爷，也就是曹操的父亲曹嵩原本是乞丐，被大宦官曹腾收养后才有了姓氏。东汉官场上一直相传曹嵩原来是复姓夏侯的小乞丐，因此在曹操一世，夏侯家族步步显贵。现在是曹丕登基的前夜，有人重提曹家这件不光彩的往事，杀伤力极大。这表明，一部分世族大家还并不认同曹氏家族登基称帝。

曹操在世时，不少名士就很瞧不起他，与曹操政权对抗。曹操也不时做出压制豪族名门浮华风气的举动。客观上，曹操必须压抑以清议名士为代表的地方豪族势力，破坏朋党交游便是其一举措。虽然没有打击到世族大家的根本，但曹操对世族大家的厌恶和压制是明显的。

在曹姓代刘几成定局的时候，世族大家需要曹丕给他们保证，维护和扩大他们的利益。曹丕本人已经完全是一个世家子的出身和行为举止，但缺乏明确的承诺和制度上的保护，世族大家们还是不放心效忠于曹氏家族。

这时候，昌武亭侯、尚书陈群提出了"九品中正法"，建议改革官员人事制度。九品中正法的内容是在郡国设置中正，评议本地人才高下分九等，按照等级分别授予官职。评议的标准主要看家世（被评者的族望和父祖官爵），其次看道德，最后才看一个人的才能。而担任评议的都是当地的贵族显要。这样的制度到底对谁有利，可想而知。此法一出，获得了世族大家的一片赞赏之声。

这实际上是世族大家对曹丕出的考题，是世族大家与曹氏家族进行权力交换。世族大家要求确保自己的地位和权益，并希望能够世代相传。九品中正法就是一个制度上的保证。曹丕毫不犹豫地批准了这个制度，开始在全国进行人事改革，它成了魏晋南北朝时期世族势力恶性膨胀的制度源头。

时间到了五月，刘协“命令”曹丕追尊祖父、已故太尉、乞丐出身的曹嵩为太王，祖母丁氏为太王后，封王子曹叡为武德侯。曹丕非常配合地照办了。

六月辛亥日，曹丕在东郊阅兵，集中兵力开始南征。这次南征，公卿相仪，华盖相望，金鼓阵阵，完全是曹丕对个人势力的一次检阅，是对天下百姓的一次试探，因此整次军事行动更像是一次盛装游行。曹丕先到了屡次出现祥瑞的老家谯，他在家乡大宴三军，并在邑东召集谯地的父老百姓，设伎乐百戏，与民同乐。在欢娱间，曹丕说：“先王非常喜欢家乡，不忘根本。谯真是霸王之邦。我要减免谯地的租税两年。”当地的三老吏民闻言纷纷向曹丕祝寿，通宵达旦。几天后，曹丕还去祭扫了先人的墓地。

到了冬天，曹丕大军终于到达长江以北。孙权整军以待。曹丕看到东吴军队军容整齐，说，东吴还是有人才的，我们暂时先回去吧。

临行，曹丕下令：“大军征伐，死亡的士卒有的还没有得到收殓，我感到非常悲痛。各郡国要为这些人收殓，送到烈士家中。官府还要出资为他们设祭。”曹丕临别还不忘讨好军队，向天下展示自己的仁慈。

自即位以来，麒麟降生，凤凰来仪，黄龙出现，嘉禾蔚生，甘露下降。做足了功夫的曹丕就等着刘协禅让了。

关于这次禅让，正史和野史的记载截然不同。

在《三国志》中，曹丕的传记有几乎一半的篇幅刊登了相国华歆、太尉贾诩、御史大夫王朗、九卿、将军、守令等人的劝进书。刘协一再下诏禅让，曹丕一再推辞；大臣们动不动就聚集一百二三十人集体劝进，而且周而复始，不厌其烦，也不担心曹丕生气。曹丕就是不答应。连刘协都说，魏王不接受禅让，那怎么办啊？

最后仿佛劝进的大臣们都着急了。尚书令桓阶对曹丕说：“现在汉朝的气数已经尽了，臣等都认为天命降临大魏，天下百姓都唱着歌谣，呼唤明主出现。大王应该响应上天，接受禅让，马上登坛祷告上帝。不然就是久停神器，抗拒上天和亿万百姓的意愿啊！”曹丕在“万般无奈”的情况下，说了一个字：“可。”于是大臣们和百姓都欢天喜地地开始庆祝了。

这段完美的记载总让人怀疑真实的情况是否如此融洽，如此顺利。

《三国演义》《华阳国志》和其他野史则完全为我们描述了一副逼宫的闹剧：

华歆等一班文武去见刘协，要求刘协禅让。华歆说：“魏王德布四方，仁及万物，是古今第一人。我们大臣都认为汉祚已经尽了，请你效法尧舜，以山川社稷为重，禅位魏王。”他还撂下一句狠话：“只有这样，你才能安享清闲之福！我们都商议定了，特来奏请。”

平时文质彬彬、以才学震天下的华歆竟然说出这样的话来，真是让人吃惊。后世有人据此否定了华歆的为人和才学。这里就有一个奇怪的现象：在禅让过程中，总有一批平时颇有名望的文人出来充当权力转移过程中的急先锋。这对于研究中国古代文人和权力运作都是非常有趣的课题。

终于，刘协压抑着的情绪爆发出来，他注视着百官哭道：“高祖皇帝提三尺剑，斩蛇起义，平秦灭楚，创造基业，世代相传，到我这里已经有四百多年了。朕虽不才，但也没什么过错，我怎么忍心将祖宗基业舍弃不顾。”刘协顿了顿，真诚地说：“祥瑞图谶，都是虚妄之事。请各位大臣深思！”

与华歆同来的、学问更高的王朗说道：“自古以来，有兴必有废，有盛必有衰。天底下哪有什么不亡之国、不败之家啊？汉室相传四百余年，到现在气数已尽。陛下还是早早退避为好，迟疑了就要生变了。”一旁的九卿、尚书和禁军将领等都频频点头。话已至此，刘协只有大哭着逃入后殿去了。

第二天，百官再次云集金銮殿，命令宦官请出刘协。刘协恐惧，不敢出来。刘协的新皇后是曹操的女儿，曹丕的妹妹。见到丈夫这样的窘态，曹皇后大怒，说：“我哥哥怎么做出这样乱逆的事情来！”外面的百官推举曹洪、曹休两人带剑进入后殿，逼刘协出殿。曹后大骂自己的这两位叔叔，说：“都是你们这些乱贼，贪图富贵，造反谋逆！我爸爸功勋卓著，威震天下，都不敢篡窃神器。现在我哥哥登位还没几天，就想着篡夺皇位。老天爷是不会保佑你们的！”曹洪、曹休两个人才不去理会自己的侄女，裹胁着刘协出殿。刘协万般无奈，只好更衣出来接受最后的审判。

面对华歆等人的再次逼宫。刘协痛哭流涕："你们都领取汉家的俸禄多年了，中间还有很多人是汉朝开国功臣的子孙，现在怎么就忍心做出这样的事情啊？"

华歆冷笑着说："陛下若不听从我们的话，恐怕马上要萧墙祸起了。这并非我们不忠于陛下。"

刘协大喝："谁敢杀我吗？"

华歆厉声说："全天下的人都知道陛下没有人君之福，导致四方大乱！如果没有魏王父子在朝，杀陛下的人何止一两个？你这么不知恩报德，难道不怕天下人群起而攻之吗？"

刘协受到极大惊吓，拂袖而起。旁边的王朗向华歆使了个眼色。华歆竟然快步走上皇帝宝座，扯住刘协的龙袍，变色厉声说道："同意还是不同意，就一句话！"刘协哪里经受过这样的场面，浑身战栗不能回答。刘协环顾四周，宫殿内外披甲持戈的几百人全部都是魏王亲兵。刘协哭着对群臣说："我愿意将天下让给魏王，请各位保存我的性命。"

当权力斗争的失败者在寻找撤退的底线的时候，往往发现：其实生命才是每个政治人物最基本的需求。遗憾的是，在残酷的政治斗争中，它不幸成了奢求。

逼宫的贾诩当场许诺："魏王必不负陛下。陛下快快下诏书，以安定人心。"

刘协只好让陈群起草禅让诏书，让华歆捧着诏书和玉玺，引导百官到魏王宫前请曹丕即位。曹丕大喜，但坚决推辞，要求刘协禅让给"真正的大贤人"。在华歆的导演下，刘协又下了一道诏书，再次恭敬地请曹丕登基。曹丕更加高兴了，但还是对贾诩说，还是怕"不免篡窃之名"。贾诩马上献计说，让刘协筑一坛，名受禅坛；择吉日良辰，集结大小公卿；让当今天子亲自在坛上献上玺绶，禅让天下。

于是，刘协启动了汉王朝的最后一项国家工程，派遣太常院官卜地，筑起三层高坛，选择十月庚午日寅时举行禅让大典。

《献帝传》描写道：曹丕登坛受禅，公卿、列侯、诸将、匈奴单于、四夷朝者数万人出席。当场燎祭天地、五岳、四渎，曹丕宣读即位诏书，刘协和众大臣跪听。曹丕改延康元年为黄初元年，将刘协封在河内郡山阳，为山阳公，邑万户。刘协可以用天子之礼郊祭，上书不称臣；刘协的四子降为列侯；更换周边各族印玺，为魏国百官更名。总之是皆大欢喜。

禅让仪式上有两件小事值得一书。一是《魏氏春秋》上说，曹丕在坛上行礼完毕的时候，曾经对周围的功臣说："舜、禹之事，吾知之矣。"后人对这句话多有评论，大抵都是认为曹丕自我感觉过于良好。魏国事实上的创建者应该是曹操。但是曹操满足于"治世之能臣，乱世之奸雄"的自我定位，不愿意登基。曹操如果说这句话，方才是名正言顺的。

第二件事是《三国演义》描写的怪事。传说在仪式上的时候，百官请曹丕答谢天地。曹丕刚下拜，忽然坛前卷起一阵怪风，飞沙走石，急如骤雨，对面不见身影，坛上的火烛都被吹灭。曹丕惊倒在坛上，被百官急救下坛，半晌才醒过来。这阵奇怪的风和随即而来的疾病让曹丕在宫中休养了多时，病情一直不见痊愈，曹丕就怀疑许昌宫殿内外有妖怪，决定从许昌迁都洛阳，大建宫室。

晋朝人非常喜欢谈论这两件小事。因为他们需要以此来证明曹丕得位的不正当性，为司马家族从曹氏家族手中夺权来制造舆论基础。

第二节 “以彼之道，还施彼身”——晋代魏的天道轮回

公元260年的一天傍晚，洛阳城内的皇宫中一片鼓噪，人呼马嘶，兵器相交。原来是魏帝曹髦“见威权日去，不胜其忿”，决定出宫亲手杀掉权臣司马昭。有官员拦住曹髦，上奏说天降大雨，出师不利，请皇帝收回成命，曹髦一把将他推开。

侍中王沈、尚书王经、散骑常侍王业闻讯赶到。曹髦见三人到来，不等他们开口，大声诉起苦来：“司马昭之心，路人所知也。我忍受不了他的羞辱了，不能坐等被他废黜。就让我们君臣在今天解决此事。今日当与卿自出讨之。”

王经诚恳地劝谏道：“昔日鲁昭公忍受不了专权的季氏，结果败走他方，失去国君之位，为天下取笑。现在国家大权操纵在司马家族已经很久了，朝廷四方都有司马家的亲信爪牙，人们不顾逆顺之理已非一日。皇上的宫廷宿卫兵甲寡弱，怎么能够作为成大事的依靠呢？兵势一旦发起，就好像病情可能非但没有祛除，反而会加深，甚至可能出现难以预料的灾祸。请皇上详加考虑啊。”

听到如此冷酷的现实分析，曹髦胸中的怒火熊熊燃烧，他掏出怀中的板令狠狠地掷在地上，厉声说：“我意已决。即使事败身死，又有什么可怕的呢！”

曹髦抛下三人，匆匆告别太后，率领宫中宿卫、官僮数百人，敲起战鼓，出云龙门而去。皇帝身披新甲，坐在车驾之上，手持宝剑，大呼杀贼，激励士气。这一幕在中国历史上还是第一次出现。

司马昭的弟弟屯骑校尉司马伷正好有事入宫，遇到震怒的曹髦和宫中的乌合之众，大吃一惊。曹髦左右大声呵斥他，司马伷一行慌忙躲避而走。曹髦可谓旗开得胜，对这次肉搏的前途更有信心了，于是喊得更响了。随从们受到感染，旗帜和兵器也挥舞得更欢了。

在皇宫南阙下，得到消息的司马昭党羽已经在中护军贾充的率领下集合军队，列阵迎战了。司马父子常年掌握军队，集合的军队战斗力自然不是曹髦的乌合之众可以比拟的。贾充见到宫中缓缓出来一支不伦不类的军队，嗤之以鼻。贾

充挥手示意主动反击，自己带兵自外而入，扑向曹髦的军队。曹髦的军队见状溃散后退。

曹髦急了，高喊："我是天子，谁敢拦我！"挥舞着宝剑，左右乱砍。司马昭一边的将士见小皇帝赤膊上阵，不知所措，只好小心躲避，不敢进逼。宫中士兵和仆人们见状，又聚集起来，向宫外继续前进。两边军队保持若即若离的距离，开始胶着。曹髦认为这是上天保佑曹家，自己身为天子，天下无敌，更加起劲地舞剑向前冲。

司马家一边的军队慌乱躲避，形势开始不利于司马昭了。在司马昭一边的太子舍人成济跑过去问贾充："事情紧急了！中护军，怎么办？"

贾充恶狠狠地说："皮之不存，毛将焉附。司马家如果失败了，我们这些人还会有好下场吗？还不出击！"他对周围的士兵高喊："司马家养你们这些人，就是用在今天的。今日之事，没有什么可以迟疑的。"

成济略一思考，说："没错！"接着抽出铁戈，向曹髦刺杀过去。曹髦毫无防守之力，被成济的长矛从胸中进去，于背部出来，血溅宫墙，当即身亡。一场宫闱惊变就此结束。

曹髦是中国历史上第一个赤膊上阵、亲手去刺杀权臣的皇帝，但是他失败了。古代历史上的另一位个人英雄主义皇帝是北魏的元子攸。元子攸虽然杀了权臣，但并没有解决权臣当国的问题。相对于当国权臣来说，生长深宫的皇帝最大的武器就是自己的血统。"皇帝"的金字招牌还是可以吓住绝大多数人的。遗憾的是，这是他们唯一的武器，而且是不断钝化的武器。随着权臣权势的巩固和人们对皇室的失望，皇帝的光芒就逐渐暗淡了。更要命的是，对于那些权臣的党羽来说，他们的利益是与皇帝的利益截然相反的。成济之所以敢在众目睽睽之下刺杀皇帝，就是因为被贾充点拨出了这一点。

曹髦失败的最大原因就是他太看重皇帝的身份本身了。这位被称为"才同陈思，武类太祖"的小皇帝以这种罕见却可以理解的，高贵而又屈辱的方式结束了自己年仅20岁的生命。

曹髦本来是无缘于皇位的。六年前的公元254年，魏帝曹芳被司马师废黜，降封为齐王。曹髦因为是曹丕嫡孙，被选中成为新皇帝。当时曹髦才14岁，虽然年少，但是由于过早目睹了家庭变故、宫廷争斗和皇室日衰的政治现实，他显露出了与年龄极不符合的成熟和世故，正史称他“才慧夙成”“有大成之量”。

曹髦从外地风尘仆仆赶到洛阳的时候，群臣迎拜于西掖门南。曹髦在门口下轿，要向各位官员回拜还礼。礼宾官员阻拦说：“礼，君不拜臣。”曹髦回答说：“我并未登基，现在也是人臣。”最后，曹髦在城门口向群臣恭敬还礼。进城来到皇宫止车门前，曹髦又下车步行。礼宾官员又说：“天子有资格车驾入宫。”他又说：“我受皇太后征召而来，还不知所为何事。”曹髦步行到太极东堂，拜见太后。曹髦谨慎得体、大方稳重的言行赢得了朝野的称赞，史称“百僚陪位者欣欣焉”。

曹髦不仅会说话办事，而且个人能力非常出众。古代考察一个人的能力的重要方法是看他对儒家作品的理解程度和在书画方面的造诣。曹髦虽然年纪轻轻，却能在太学里与年长的儒者们谈论《易经》、《尚书》及《礼记》，而且还能谈出新意来。同时，曹髦还是古代皇帝是上数得着的画家，画迹有《祖二疏图》《盗跖图》《黄河流势图》《新丰放鸡犬图》《于陵仲子像》《黔娄夫妻像》等，评论家说他的作品“其人物故实，独高魏代。”

也许是个人素质高的缘故，曹髦觉得自己应该承担起兴复皇室的重任。为了收复已经涣散的人心，革清政治，曹髦在即位初就派遣侍中持节分巡四方，观察风俗，慰劳百姓，纠察失职官员。曹髦以身作则，一改祖父辈大兴土木奢侈享乐的风气，“减乘舆服御、后宫用度，及罢尚方御府百工技巧靡丽无益之物”。为了赢得军队的好感，曹髦多次下诏哀悼军队伤亡的将士，安抚那些饱经战火创伤的地方。但是，曹髦能做的也仅仅是这些象征性的举措而已。司马昭牢固掌握着朝廷实权，曹髦还是逃脱不了金丝笼中鹦鹉的命运。中兴的欲望和现实的压抑之间的巨大差距造成了曹髦的心理失衡，加上血气方刚，于是上演了赤膊上阵身亡殉位的一幕。

在曹髦刚登基的时候，当时掌权的司马师曾经私下问亲信：“新皇上是什么样的一个人呢？”一旁的钟会回答说：“才同陈思，武类太祖。”钟会是大世族大官僚家族出身，他将曹髦与曹植和曹操的文才武略相比，可见对曹髦的能力评价之高。司马师听完，轻声说道：“如果真像你说的这样，社稷有福了啊。”实际上，司马师用凝重后悔的眼神注视着弟弟司马昭，心想：“这回，我们哥俩可能选错了人。”

现在曹髦在进攻的路上被自己的党羽当众刺死了，司马昭听到消息后大惊失色，喃喃自语道：“天下将怎么看我啊？”

司马昭所谓的天下其实是指天下的世族大家们，没有权臣会对普通小百姓的感受投入过多的关注。东汉开始兴起的世族势力在三国曹魏时期得到了膨胀，他们拥有强大的政治经济力量，一些家族世代垄断某些官职。司马家族本身就是大世族，又是依靠北方世族的支持上升起来的政治势力。现在小皇帝暴亡，而且是被自己间接杀死了，世族大家们怎么对待这件事，司马昭心中没底。司马昭先跑到宫里去，对着曹髦的尸体放声大哭了一场，然后下令召集贵族百官商量对策。

司马昭毕竟对突然的变故心虚，极需要将这件事情尽快摆平。司马昭下令收殓皇帝尸首，开始操办丧事。多数贵族百官都应召来到皇宫，像什么事情都没有发生一样，对皇帝的“驾崩”悲伤欲绝。少数贵族官员没有来到，其中就包括大世族出身的陈泰。

司马昭极需要所有世族的支持，他一而再再而三地派人去召陈泰入宫，理由是皇帝突然驾崩需要会集大臣商议。最后，陈泰还是去了皇宫，这是天下政治力量对比的客观结果。司马昭紧张地握着陈泰的手，问道：“天下将怎么看我啊？”

陈泰冷静地回答说：“斩贾充，才能稍微平息天下人的议论。”

这段对话发生在两个政治高手之间。司马昭开门见山地刺探陈泰对自己支持的要价。陈泰不追究皇帝的真正死因，只是要求杀贾充以谢天下。陈泰要求杀贾充既是对曹魏王朝做个交代，也是寻求个人心理安慰。整个对话简洁而直入主题。但是，贾充是司马昭的心腹，为司马昭解决了曹髦进攻的难题，是有功之臣。更重要的是，贾充也是一大世族，而且还是司马氏的亲家，西晋“八王之乱”时的贾后就是贾充的女儿。杀贾充来掩饰自己的罪行，对司马昭来说，代价太大了。因此，司马昭不同意陈泰的要价，他还需要贾充这个得力助手协助完成伐魏的过程呢。

因此，司马昭又问陈泰：“杀其他人，行吗？”

陈泰坚定地说：“但见其上，不见其下。”意思是皇帝的死事关重大，只能杀官居高位的人，而不能找一两个喽啰顶罪。

司马昭决定抛开陈泰，强硬摆平这件事情，他高声宣布：“成济弑君，罪大恶极，应诛灭九族！”

成济当时正站在司马昭一旁，可能还在想着自己会接受什么样的奖赏，万万没想到等来的会是这个结果。成济当即急了，大声嚷起来：“成济只是奉命行事而已，罪不在我！”

司马昭不等成济说出更难听的话来，示意将他立即拖出去。兵士涌上来，堵住成济的嘴，架了出去。成济全家因刺穿曹髦的那一矛当即被族诛了。司马昭再以为臣不忠、祸乱朝政的名义将没有向自己报信的王经族诛。接着，司马派势力迅速地筹办起皇帝的丧事来。

必须承认，司马昭对此事的处理并不完美。司马昭以杀戮来掩盖弑君的真相，反而给人掩耳盗铃、自欺欺人的感觉。从王经死的时候开始，曹髦死亡的真相一直就不是什么秘密。

司马懿的弟弟、司马昭的叔父司马孚当时就反对侄子的处理方法。曹髦遇害初期，百官因为司马昭的态度不明，没人敢奔赴现场悼念皇帝。司马孚却第一时间赶到现场，抚着小皇帝的尸体大哭，边哭边说：“杀陛下者，臣之罪。”

司马孚与其他人云亦云参加丧礼的人不同，他上奏要求追究弑君主谋之人。司马昭不理会自己的叔叔。当时太后和司马昭商量，以平民之礼埋葬曹髦。司马孚坚决反对，拉着一批大臣上表要求以王礼安葬曹髦。

最后，太傅司马孚、大将军司马昭领衔，众大臣将此事定性，曹髦死后被称为他之前的封号：高贵乡公。曹髦的死被归为他的道德缺陷，是咎由自取。因此，朝廷将他废黜，以平民之礼安葬。但因为太后可怜他，所以升格为亲王的葬礼。

几天后，高贵乡公曹髦在洛阳西北三十里的瀍涧之滨安葬。没有贵族和大臣送行，没有旗帜礼乐，整个行列只有几乘破败的车辆。有许多百姓围观，指指点点。有人说：“这就是前几天被杀掉的天子。”说完，有人掩面而泣。

南朝的裴松之在注释这段历史的时候，感叹地说：“司马昭做得太过分了，这哪是王礼安葬啊？”

司马家族的势力发展到今天，我们不得不提司马懿。

司马懿是河内郡温县著名的士族。曹操起用了司马懿，但不太喜欢这个小后生，没有重用。曹丕和司马懿却很合得来。司马懿在曹丕时代地位逐渐显要。魏明帝时，司马懿成为负责对蜀汉作战的主将。公元238年，司马懿又率兵平定割据辽东的公孙渊，成为魏国声望甚高的三朝元老。

司马懿

三国时期，曹魏执行了正确的发展战略，在南北方的对抗中取得了最终的胜利。遗憾的是，最终坐享胜利果实的却是司马家族。第一代皇帝曹丕时期是曹魏政治平稳发展的时期。曹丕本人文采出众，落笔成章，也执行了一些利国利民政策。比如，在曹丕刚继承曹操爵位的时候，下令说："关卡渡口是用来通商旅的，池塘林苑是用来抵御灾荒的。在这些地方设立禁令，课以重税不符合便民的原则。因此要解除池苑的禁令，减轻关卡渡口的税率，全部恢复为十一税率（10%）。"另外，针对汉末的历史教训，曹丕还警惕防范后宫和外戚专权。

但是，曹丕为人轻浮，按照现代干部评议的标准就是做事不够稳重。曹丕想建立自己的武功，不顾劝谏进行巡游般的南征，沿途犒赏军民。司马懿和曹丕关系密切，因此在曹丕统治时期，他才真正开始掌握实权。

总的来说，曹丕还是位不错的君主。文人气质让曹丕做了些轻浮躁动的事情，好声色享受，但尚能自抑，没有带来大的坏处。曹魏在曹丕时期获得了稳定发展。

曹丕死后，曹叡即位。曹叡脾气禀性与曹丕差不多，也做了一些好事。比如曹叡常说："刑狱攸关天下性命。"每次朝廷断大狱，曹叡经常亲临旁听。曹叡在对蜀汉作战中委政于司马懿，时刻关注，并多有杰作。诸葛亮第一次出祁山的时候，有人以为蜀军缺乏辎重，粮草必然接济不上，蜀汉必然不击自破，朝廷不需要犒劳军队。还有人想收割上邽一带的生麦，以免被诸葛亮收割了。曹叡都不听从，前后多次派兵增加司马懿的军力，又派人保护上邽一带的生麦。司马懿后来与诸葛亮在上邽周边相持，最后还是仰仗那些小麦作为军粮。可见曹叡在军事筹划方面还是非常有眼光的。诸葛亮最后一次驻屯渭南与司马懿相持，司马懿以持久战取得了最后的胜利，诸葛亮死在军中。司马懿因为对蜀战争的胜利逐渐掌握了军队实权，同时获得了巨大的声望。

但是曹叡滥用民力，大兴土木，追求享受。曹叡在洛阳大修宫殿，建造了昭阳、太极等巍峨壮观的宫室。太极殿高十多丈，上面又建造了翔凤殿。曹叡还在芳林园中造陂池，楫棹越歌。又在后宫建立八坊，在其中储备美女才人，品秩待遇和百官一样。曹叡挑选知书识字的女子担任女性尚书，处理朝廷的奏折，后宫美女歌伎多达数千人。曹叡就在这个安乐乡中游戏饮宴，让博士官马均制作司南车，制造水转百戏供后宫娱乐。

百姓为了满足曹叡的兴致，误农时，重徭役。杨阜、高堂隆等大臣多次向曹叡进谏。曹叡对付劝谏者有自己的办法，就是耐心听完，优待进谏的人，但依然不改正自己的缺点。太子舍人张茂在吴蜀边界战事不断、将领们不断征战的情况下，对曹叡大兴宫室，热衷于玩饰，赏赐无度导致府库空虚，又抢夺民女充斥后宫的行为上书劝谏。曹叡读完张茂的奏章，夸奖了几句，提升张茂担任散骑常侍的虚职了事。

就在曹叡造土山、种香草的时候，已经是三朝老臣的司马懿长年领兵在外，成了帝国的军事支柱。整个曹魏时期虽然没有出现宦官和外戚干政的情况，却出现了大臣专权的危险。

曹叡没有儿子，收养了曹芳做儿子，并由他继位。曹叡遗命司马懿为太尉，与宗室大臣曹爽共同辅政。曹爽是曹真的儿子，他为了夺权，表面上推举司马懿为太傅，私下却行架空之实。司马懿于是称病，不预朝政，消除了曹爽集团的戒心。公元249年，曹爽陪同曹芳出洛阳城，拜谒魏明帝陵墓。司马懿一举收集旧部，封闭城门发动政变，诛杀曹爽集团各人，夺取了朝廷大权，史称“高平陵之变”。

晋朝建立后，这场事变被描述为曹爽等人趁曹芳生病，开始出现了无君不臣之心，密谋推翻曹氏政权，危及社稷，并将篡位计划提上了议事日程。司马懿为了拯救国家和曹氏家族，发动了政变。为此他杀了曹爽及其亲信的整个家族，还株连至反对自己的力量。

事变后，司马懿独掌朝政。曹芳封司马懿为丞相，将他的封地增加到12个县，邑二万户，并且授予他奏事不名的特权。该年十二月，朝廷给司马懿加九锡之礼，授予他朝会不拜的特权。司马懿觉得时机尚不成熟，坚持推让了九锡。

司马懿在临死前受封为相国、安平郡公。但是，司马懿依然认为时机不到，没有接受，而是致力于整个家族的权势建设。司马懿的孙子和侄子都受封为列侯，家族封侯者19人。

司马家真正露出篡位谋天下的野心是在司马师废曹芳的事件上。司马懿病死后，长子司马师继续掌权。司马师比父亲要外露凶狠，一心要建立司马王朝。司马家族的专权和司马师对曹芳的紧逼不仅使曹芳极为不满，也遭到了部分大臣的反抗。中书令李丰与皇后的父亲、光禄大夫张缉等图谋以太常夏侯玄为大将军，替代司马师，再逐步清除司马家族的势力。但他们没有躲开司马师耳目的眼睛，结果事情败露，凡是牵涉其中的人都被诛杀。也许是杀人实在太多了，司马师同时还大赦天下。在清理了朝臣后，司马师正式向皇帝进攻，逼皇帝废黜了皇后张氏。曹芳的不满是可以想见的，他将自己的这种不满流露了出来，结果遭受了更大的打击。

半年后，司马师决定检验自身的力量，他要废去曹芳，另立新帝。司马师先是去见皇太后，逼太后下令："皇帝曹芳年纪大了，却不处理朝政机，整日耽淫后宫内宠，荒唐丑谑；迎六宫家人留止内房，毁人伦之叙，乱男女之节。曹芳不忠不孝，日益悖逆，已经失去了做天子的资格，不能再做皇帝了。现在朝廷要告于宗庙，曹芳重新归藩为齐王，以避皇位。"

司马师

司马师马上拿着皇太后令，召集公卿大臣会议。群臣大惊失色，又不敢作声。司马师流着泪说："这是皇太后的命令，诸君对王室有什么看法？"

群臣只好回答："昔日伊尹为了商朝放逐了商王太甲，霍光废黜昌邑王以安定汉朝。为了安定社稷抚慰四海，之前两代都有先例。今日之事，全听司马明公您的。"

司马师要的就是这句话："诸君既然这么推重我司马师，我怎么能推脱躲避呢？"于是，司马师就带着群臣，以朝野代表的身份操持起整个废立大事来。司马师先是按照西汉霍光的先例，派人去收曹芳的玺绶，通知曹芳以齐王身份归藩；又派司徒高柔为使节，告祀宗庙，通知曹家列祖列宗有关废立的事情。

当天，年仅23岁的曹芳迁居西宫。司马师派人持节护送他前往河内重门。曹芳立齐王府在重门，以藩王的身份度过自己的后半生。

《魏略》记载司马师操作废黜曹芳的时候，派遣郭芝入宫禀告皇太后。当时曹芳正在皇太后身边。郭芝对曹芳说："大将军要废黜陛下，立彭城王曹据为新皇帝。"事已至此，曹芳默默离开，皇太后很不高兴。

郭芝说："太后有子不能教。现在大将军决心已定，同时率兵在宫门之外，以防不备。太后现在应当顺应大将军的意思，没有其他可以说的了！"

太后对郭芝的逼宫非常恼火，说："我要见大将军，我还有话说。"

郭芝坚决地说："为什么要见呢？太后只需要速速取来玺绶就可以了。"

太后没有办法，只好交出玺绶。不久，废帝曹芳来向太后辞行。曹芳涕泪交下，悲伤地从太极殿南行，永远离开了皇宫。群臣只有几十个人流泪相送，其中就包括悲不自胜的司马孚。

曹芳走了不久，司马师又派人来。太后说："彭城王曹据是明皇帝曹叡的弟弟，我的小叔子。现在立他为皇帝，我的地位怎么处理？这么做，难道是想让明皇帝绝嗣吗？高贵乡公曹髦是文皇帝曹丕的长孙，明皇帝曹叡的侄子。按礼，小宗有继承大宗的规定。我小时候见过高贵乡公，立他为新皇帝更合适。"

司马师于是重新召集群臣商议，最后大家决定按照皇太后的意思迎高贵乡公为新皇帝。司马师表示同意，可能他觉得年幼的曹髦不会对自己构成大的威胁。当时出去迎接曹据即位的太常已经出发，两天后到达温县时被紧急召回。朝廷最终改迎了曹髦。

司马师废曹芳的盛大演习获得了巨大的成功，也向天下暴露了司马家族的篡逆之心。忠于曹魏王朝的力量发动了多次反对司马懿父子的反叛。先是都督扬州诸军事王凌发动反对司马懿的叛乱，兵败自杀身亡。接着镇东将军毌丘俭、扬州刺史文钦再次起兵，连接东吴反叛。司马师正病重，忍痛亲征，斩杀毌丘俭，传首洛阳，文钦逃奔东吴。继任的扬州主将诸葛诞几年后又起兵反司马家族，杀扬州刺史，再次占据淮南一带反叛。司马昭亲征，攻陷寿春城，斩杀诸葛诞。客观说，三国后期内政都不清净，内斗不息。但司马家族通过三次扬州战役，血洗反对派，止住了内争。曹魏的内乱起得急，也消得快，并没有对司马家族造成沉重打击。

司马父子执政，改变了前两代大兴土木、滥用民力和府库积蓄的弊政，继续大力推行富国强兵的战略。可以说，曹魏的国力持续增长，旗帜却逐渐更换颜色。

事实证明，司马师没有认真进行资格审查的曹髦给弟弟司马昭带来了棘手的麻烦。

曹髦被杀后，司马昭决定迎立常道乡公曹奂为新皇帝。曹奂的辈分很高，是曹操的孙子，燕王曹宇的儿子，与曹叡是同辈，是曹芳和曹髦的叔叔。公元258年，曹奂受封安次县常道乡公。

司马昭派去迎接曹奂的使节是自己的儿子司马炎。司马炎因迎立之功升任中抚军，进封新昌乡侯。这是曹奂与司马炎的第一次见面。

公元260年6月，曹奂进封大将军司马昭为相国，封晋公，封地为十个郡；朝廷还给司马昭加九锡之礼。司马家族旁支的子弟中还没有封侯的人全部封为亭侯，赐钱千万，帛万匹。司马昭表示退让，这样大规模的封赏行为才没有付诸实现。

6月份发生了一件事，也许在司马家族受禅的最后路途中值得一提。汉献帝的夫人到那时才逝世，曹奂亲自过问了这位逊帝夫人的丧事。曹奂派人追谥夫人为献穆皇后，以汉朝皇后之礼安葬献穆皇后。

公元263年4月，肃慎向曹魏贡献楛矢、石砮、弓甲、貂皮等物品。天子让人把这些都送到大将军府去。按礼，周边国家和民族朝贡的贡品，只有天子才有资格接受。司马家族接受贡品此举，将替代之心明示天下了。

肃慎朝贡的小事被当年发生的大决策给掩盖了。当年，司马昭派钟会、邓艾、诸葛绪率大军分三路攻蜀。姜维当时正避祸陇上沓中，率军退回剑阁抵抗钟会军。在东部两路没有进展的情况下，西路的邓艾从陇上轻装出阴平道，冒险越过七百里无人之地，突发奇兵攻下江油、涪城、绵竹等城池，进逼成都。蜀汉后主刘禅出降，蜀亡。

最初钟会出伐蜀汉的时候，西曹属邵悌对司马昭说："钟会这个人不可信任，不能让他出征。"司马昭笑着说："取蜀易如反掌。但是讨论的时候众人都反对讨伐，只有钟会与我的意思相同。灭蜀之后，北方的将士人心思归，蜀汉的遗民心怀震恐，即使钟会有异志，也无能为力了。"事态的发展完全在司马昭的预料之内，由此可见司马昭的政治眼光和能力。中国古代历史上的多数权臣都是能力出众的个人，相反末代皇帝中很少有可与之匹敌的人选。

公元264年3月，司马昭因为灭蜀的大功劳被封为晋王，增封十个郡。晋国辖地达到二十个郡之多。两个月后，曹奂追加司马懿为晋宣王，司马师为晋景王。司马家族完成了王室谱系的建设。同时，司马昭通过朝廷制度改革来加强自身权威。司马昭奏请司空荀顗定礼仪，中护军贾充正法律，尚书仆射裴秀议官制，太保郑冲总负责，曹魏开始建五等爵位。

司马昭本来想死后将权力传回哥哥司马师一系去，经过亲信劝谏后，他犹豫再三，最终立中抚军、新昌乡侯司马炎为晋王世子。

公元265年2月，有藩属贡献贡品，再次归之于相国府。4月，南深郡泽县出现甘露祥瑞。这一切似乎都预示着本年是一个不平凡的年份。

5月，司马昭走到了距离皇帝宝座的最近一级台阶。曹奂命司马昭配十二旒的王冕，建天子旌旗，出警入跸，乘金根车、六马，备五时副车。晋王王妃晋封为王后，司马炎由世子改称太子。遗憾的是，司马昭的生命也开始走向了末路。朝廷为此大赦，希望挽回相国的生命。然而到了8月，相国、晋王司马昭还是死去了。司马昭生前，曾经有人劝说他称帝。司马昭指指司马炎，然后对劝说他的人说："魏汉武帝曹操也没有称帝。"他给自己的人生定位就是做曹操这样的幕后英雄，也的确给太子司马炎留下了扎实的政治基础。

在司马昭逝世的当月，襄武县传言出现了一个巨人，有三丈余高，足迹长三尺二寸，白发，黄单衣，黄巾。这个巨人拄着拐杖说："今当太平。"

司马炎就是在这样的传言中继承父亲爵位，总摄朝政的。一切都非常平稳，就像父亲当国时一样。9月朝廷大赦。接着，司马炎建立了晋国的官员系统，以司徒何曾为丞相，以骠骑将军司马望为司徒，征东大将军石苞为骠骑将军，征南大将军陈骞为车骑将军。之后，司马炎再为司马昭举办了隆重的葬礼。期间，康居、大宛进献的名马依然是送到相国府中。朝廷的说法是为了嘉奖相国司马家族的怀柔万国安定天下的功勋。

一切都很明朗，最后的受禅只是程序问题了。《晋书》和《三国志》中都对最后的禅让仪式一笔带过。我们综合各本史书和《三国演义》的描写，能够大致还原当日的情景：

司马炎与何曾、贾充等亲信商议前途举措。贾充等人劝道：“魏国天数已尽。臣等去劝说曹奂不可逆天而动，按照汉献帝的先例重修受禅台，具大礼禅位与晋王。晋王您应该上合天心，下顺民情，早登大位。”司马炎在亲信的劝说中下定了最终的决心。

曹奂不是傻子，非常清楚自己就是魏国的末代皇帝了。随着司马家族日益飞扬跋扈，曹奂心惊胆战地等待着最后审判的来临。这一天，司马炎率领何曾、贾充等人，没有得到召见便进宫来。曹奂慌忙起身迎接。司马炎问他：“魏国的天下是谁在出力维持？”

曹奂回答说：“皆赖晋王父祖三代之力。”

司马炎点点头。贾充冷冷地说：“陛下文不能论道，武不能经邦，天下深知魏室已经失职很久了，而归心于晋王一家。陛下何不禅位于才德出众的司马家族？”

曹奂虽然将这最后的判决设想了许多次，但真正面对这样的结果还是不能立即接受。曹奂一下子蒙在那里，不能言语，许久才点头默认。贾充等人立即修筑受禅台。大家挑选了十二月甲子日作为受禅典礼的举行日。

当日，文武大臣和藩属使节云集受禅台周围。曹奂孤孤单单地捧着传国玉玺站在台上，默然地看着周边的一切。群臣恭请晋王司马炎登台。司马炎在众人的瞩目中缓缓地登上台来。曹奂将玉玺传给他，走下台去，穿上官服站在群臣的列首。司马炎则端坐台上。曹奂带头跪拜司马炎，行君臣大礼。群臣在曹奂行礼后，三呼万岁，也行起君臣大礼。这一刻，魏国换了统治者。

受禅礼完毕后，司马炎回到洛阳皇宫，在太极前殿正式宣布登基，国号为晋，改元泰始，定都洛阳，史称西晋。司马家族最后成了天下的主人。曹魏在三国竞争中胜出，但是江山换了颜色，给西晋做了嫁衣裳。罗贯中写诗感叹道：

晋国规模如魏王，陈留踪迹似山阳。
重行受禅台前事，回首当年止自伤。

司马家族的登基之路充满了血雨腥风。司马懿就是靠军功积累政治力量的，父子三人在镇压扬州反抗力量的时候大行杀戮，血流淮南。高平陵政变后司马家族诛曹爽，凡是曹爽的党羽都夷及三族，各家的男女不论老少一并诛杀，姑姨姊妹等已经嫁到别家去的女子也追究杀害。最后，司马家族终于获得了曹魏的天下。

晋明帝时，王导在宫中陪坐。晋明帝问王导："本朝前世是如何得到天下的？"

王导向皇帝陈述了从司马懿父子创业到司马炎逼宫的过程，讲了高贵乡公的事，也讲了一系列的流血政治事件。

晋明帝听完，以面覆床，说："如果真像你说的那样，晋朝的国祚还能长远吗？"

第三节　顾命臣行谋逆事——一句戏言引发的宫廷政变

偶然事件会对政治局势造成什么样的影响呢？就像一粒石子落在平静的水面上会激起千层涟漪一样，偶然事件可能会对现行政治制度和权力结构提出严峻的考验。南北朝时期，南方的宋朝就发生过一次偶然的宫廷政变。这场政变没有预谋，没有主角，却开启了一个新王朝的大门。

这年盛夏的一天中午，刘宋首都建康城酷热难耐，中领军萧道成解衣袒腹地在家里堂中睡午觉。突然，萧家门前出现了一群蹑手蹑脚的年轻人。他们衣着华丽，容貌形态不像一般人家的子弟，但却行为猥琐，对着萧家大门张头探脑，分明又是一群市井无赖的模样。尤其是领头的年轻人，十三四岁光景，特别显眼，招人怀疑。这群人的确不是一般人，而是当朝皇帝刘昱和他们的一帮侍卫。这天，好动荒唐的刘昱出宫游玩时经过萧道成的领军府，突然想进去戏弄一下这位老将军。

萧道成

领军府有警卫认识皇帝，要行礼迎接，刘昱示意警卫不要惊动他人。刘昱带着一行侍卫直入萧家正堂，一眼看到酣睡的胖子将军，好奇地揭开帐子欣赏起袒胸露肚的萧道成来。只见萧道成的肚子硕大滚圆，肚脐像鸡蛋一般大，刘昱不禁哈哈大笑起来。

笑声惊醒了萧道成。萧道成睁眼见是小皇帝亲临府邸，以为出了什么大事，急忙起身要穿衣行礼。刘昱摇摇手说："你的肚子是个很好的箭靶子，正好让我试试箭法。"

萧道成还没回过神来，刘昱就命令左右架起萧道成站到几步开外，要用他的腹部当箭靶，肚脐眼当靶心练习箭法。刘昱还有模有样地拿起弓箭，摆出姿势就要射。萧道成吓得魂飞魄散，慌忙用手捂住肚脐，大声申辩说："老臣无罪，为何要射杀我？”

刘昱也不搭理，拉满弓就要放箭。千钧一发之际，随从皇家卫队长王天恩进言道：“萧领军的肚子真是一个好靶子，可以供皇上练习射技。但是如果一箭下去将萧领军射死了，以后皇上就没有这么好的靶子了。皇上不如将箭头拔去，用秃箭射。”

刘昱想想觉得有道理，于是拔掉箭头，张弓就射，正中萧道成的肚脐，痛得他嗷嗷大叫，小皇帝刘昱却哈哈大笑。王天恩等人连忙拍马屁说：“陛下神射无双，一箭中的。”刘昱更加高兴了，玩尽兴后扔下萧道成扬长而去。

回去的路上，刘昱想起刚才萧道成的态度又发起怒来。回到宫中，刘昱咬牙切齿地叫唤：“明天就去杀掉萧道成。”刘昱还磨起剑来，一副明天要亲力亲为的架势。宫中早有人告诉了刘昱的生母陈太妃，陈太妃匆忙赶过来制止儿子，她骂道：“萧道成统领禁军，是国家的功臣。你杀了他，谁还为国家出力啊！”刘昱挺怕母亲的，一琢磨她教训得有道理，也就把杀萧道成的事情搁到一边去了。

说起来，刘昱作为宋朝的皇帝，完全是顽童君主和没落王朝的结合物。

刘昱是宋朝开国君主刘裕的曾孙子，宋朝的第七任皇帝。元嘉之世是宋朝国力最强盛的时期，但在元嘉末期，黄河以北的北魏日益崛起，不断南侵，大大削弱了宋朝国力。公元453年，太子刘劭杀文帝自立，他弟弟刘骏起兵杀刘劭即位。之后刘宋便陷入王室纷争和将领疑忌之中，内乱愈演愈烈，从南到北叛国投敌的文臣武将络绎不绝。刘宋淮河以北的土地都落入北方之手，而刘宋王朝一再加深对百姓剥削，更积累了尖锐的矛盾，农民起义不断发生。

公元472年，12岁的刘昱继位。刘昱是个不知轻重、任性胡闹而且残忍无道的年轻人，他喜怒无常，左右有不顺他意思的，动手就打，习以为常。历史总会给予每个朝代一个荒诞无理的末代皇帝，不知是巧合还是时势使然。刚登基的时候，因为有太后、太妃在宫中管教，朝堂上有功勋大臣主持国事，刘昱还算有个皇帝的样子。14岁，刘昱行成人礼后，就开始肆无忌惮，不听任何人管教了。

刘昱的主要爱好有两个：一是出宫游玩，一是无故杀人。刘昱喜欢穿件小衣衫，带着几个随从出宫，不管郊野还是市井，哪儿有趣就往哪儿凑。刘昱如果仅仅是喜欢民间，倒还有与民同乐、不拘小节的味道，遗憾的是，刘昱总是携带钳凿斧锯，又发明了击脑、椎阴、剖心等刑罚。通常情况下，刘昱每日都杀数十人，有些人则是刘昱亲自用长矛刺穿的。一次，刘昱闻到一个叫孙超的大臣口中有蒜味。为了证明孙超吃过大蒜，刘昱让左右抓牢孙超，亲手剖腹查探他肚子里有没有大蒜头。建康城传闻大臣孙勃收敛了许多金银财宝，刘昱发动了一次夺宝行动，带着人马劫掠孙勃。抢劫开始，刘昱挥刀冲锋在前，头一个冲入孙家。一伙人杀掉孙勃后，刘昱记得小的时候被孙勃管教过，竟然脔割尸体解恨。

从即位第四年起，刘昱就无日不出去胡闹，最后发展到手执长矛大棒，凡是遇到男女行人及犬马牛驴就立即扑杀，致使人民惊扰，道无行人，俨然一副强盗模样。刘昱杀人成瘾，如果一日不杀人就闷闷不乐。父亲的正妻老太后多次训斥于他，刘昱烦了竟然下令太医煮毒酒准备鸩杀老太后，左右侍从慌忙劝他说："如果太后死了，陛下您就得以儿子的身份参加各种各样烦琐的丧礼仪式，我们就没时间陪陛下出宫游玩了。"刘昱一想也是，于是打消了毒死太后的念头。

刘昱这个昏君之所以能够长期胡闹，是因为有一群大臣勉强维持着朝廷的稳定。公元474年，桂阳王刘休范趁朝政混乱起兵造反，被萧道成等人平定。刘昱丝毫不将地方的反叛放在心上，依然我行我素。萧道成就是在荒唐的朝政和不断加剧的内乱中登上政治舞台中心，逐步掌握实权的。

萧道成于元嘉四年（公元427年）出生于职业军人家庭。父亲萧承之历经战争，因战功一步步升迁为刘宋王朝的右军将军。萧道成年幼的时候曾经学习儒学，但在他14岁那年发生了大将军、彭城王刘义康被废黜事件，父亲的部队要移防豫章，萧道成只好放弃学业，正式参军跟随父亲去江西。萧道成先后历经大小数十战，为刘宋王朝出生入死，官职和权力逐步得到提升。宋明帝泰始四年（公元468年），他正式成为南兖州刺史，先是镇守广陵，后来移镇淮阴，成为南方对北魏作战的前线指挥官。

不知道是恶作剧还是有心陷害，建康城一度出现了"萧道成当为天子"的流言。宋明帝原本就觉得萧道成这个人相貌出众，不是久居人下的人，听到民间流言后更加怀疑前线的萧道成有野心，会对自己构成威胁。宋明帝决定试探一下他的前线指挥官，于是千里迢迢派遣使者送给萧道成一壶酒。萧道成戎装出迎使者，谢过天恩后，毫不怀疑地仰面喝下御酒。听完使者的回报，宋明帝判断萧道成还是忠心的，不会造反。

当时的萧道成还是一位忠心的前线将领，无奈多疑的皇帝老是怀疑他，弄得他非常郁闷。萧道成曾经写过一首《群鹤咏》。全诗只有四句：

八风儛遥翮，九野弄清音。

一摧云间志，为君苑中禽。

他用鹤的迎风高飞、当空鸣叫来表达自己的雄心壮志和宏才大略。遗憾的是，因为受到朝堂的约束，难以真正展翅高飞，无奈成为君王的观赏动物。可见，虽然地位和权力得到升迁，但萧道成的心情并不愉悦。

泰始七年（公元471年），宋明帝病重，派人召萧道成入京。

这到底是机遇还是危机呢？前线部将都觉得此行凶多吉少，为萧道成担心。萧道成清醒地分析道："诸位都没有看到事情的本质。当今皇上诛杀兄弟，而太子稚弱。皇帝病重，正在考虑自己的身后事，既想寻找辅政大臣，又不想威胁到太子的地位。皇上召我，我正应该迅速应召，如果迟迟不去，反而是自取其祸啊。"接下去，萧道成又讲了一段大逆不道的话，充分暴露了他心中已经萌发的不臣之心。萧道成说："皇室骨肉相害，非灵长之运。国家祸难将起，各位要和我一起出力啊。"

事实发展证明萧道成的分析是完全正确的。一到建康，他就被拜为散骑常侍、太子左卫率，加邑二百户。不久，宋明帝驾崩，立下遗诏，封萧道成为右卫将军，领卫尉，加兵五百人。萧道成与尚书令袁粲、护军褚渊、领军刘秉四人共掌机事，成为辅政大臣，被称为"四贵"。其中，萧道成又兼领东北选事，加侍中，负责首都周边军事。萧道成很快掌握了刘宋朝堂禁卫军的兵权，为日后的政治发展打下了坚实的基础。

禁卫军权是中国古代宫廷政治的重要影响因素，是古代君权最重要的组成部分，却也常常在乱世中离开君王控制，甚至成为颠覆君权的工具。禁卫将军控制禁卫军权，从而专断朝政，多有废立篡弑之举。登基之初，新皇帝就会以亲信部将担任禁卫将军，控制禁卫军权，巩固统治。南朝时候政治不稳，昏主迭出，禁卫军权对朝政影响更大。刘裕打败桓玄初期就曾亲自担任指挥禁卫军的领军将军，牢固掌握建康的禁卫军权。萧道成是以禁卫军将领身份颠覆自己所要护卫的皇室的第一人。萧道成开了这个头后，以后的宫廷政变和朝政变迁或多或少都有禁卫军的影响，为中国古代历史提出了一个不大不小的新命题。

荒唐的刘昱虽然放弃了杀萧道成的想法，但萧道成内心极度不安起来。谁能保证自己哪天不会被这个莽撞无理的小皇帝杀掉呢？于是，萧道成开始找人密谋废掉刘昱，他首先寻找的就是禁卫军内部的人，如禁卫军越骑校尉王敬则、刘昱的贴身侍卫等，伺机行事。

公元477年的七夕节。

刘昱在这一天白天的行程非常混乱。《宋书》和《南齐书》中有不同的版本。

《宋书》说刘昱当天乘露车，带着二百人左右，与往常一样没有带仪仗装饰，到民间去冶游。先是去了往青园的尼姑庵，傍晚的时候又到新安寺找昙度道人饮酒。

《南齐书》也说刘昱当天在外微服游玩。刘昱出北湖，像往常一样骑着马飞奔在前，羽仪禁卫等人随后追赶。一行人在堤塘之间相互蹈藉，狼狈得很。突然刘昱的随从张互儿的马在拥挤之中坠下湖去。刘昱很生气，把马拉上来，赶到光明亭前，自己玩起杀马游戏。马被杀后，他和随从一起屠割马肉。大家一起学北方的羌胡人，边割肉边唱歌跳舞。傍晚的时候，刘昱又去了蛮冈赌博。

夜深了，刘昱终于回到宫中。

当晚，刘昱在仁寿殿东的阿毡屋中就寝。临睡前，刘昱突然记起今天是七夕，于是就对随从杨玉夫说："今天晚上织女渡河与牛郎相会，我要看看织女的模样。等织女出来了，你叫醒我。如果看不到织女，我明天就杀了你。"

杨玉夫大惊失色，他如何能够让刘昱看到织女？杨玉夫马上想到了"伴君如伴虎"。现在为了自卫，他不得不去打虎了。杨玉夫知道同伴陈奉伯等人平日里与禁卫军校尉王敬则等人互通消息，有过密谋，于是他就去找陈奉伯，将事情起因和自己要杀小皇帝自卫的计划和盘托出，寻找配合。陈奉伯一面联络王敬则，一面和杨玉夫联络了更多的刘昱侍卫、随从，准备共同起事。结果，25个刘昱平日的亲信聚集起来，决定弑君。

事不宜迟，杨玉夫带了几个人来到刘昱休息的毡房外，只听鼾声阵阵。杨玉夫等人突入毡房之中，取出刘昱的防身刀，当场将熟睡中的小皇帝杀死。杨玉夫将刘昱的头颅割下，又假传圣旨，宣禁卫军校尉王敬则入内商议后事。

大家商议的结果是决定利用小皇帝平日的生活习惯，偷偷出宫，将萧道成引进宫来主持大事。于是，王敬则领头，杨玉夫假扮刘昱，陈奉伯提着刘昱的脑袋，一起向宫外走去。刘昱之前经常在深更半夜出宫，陈奉伯等人就声称皇帝要出宫，王敬则陪护。宫廷一干人等见是小皇帝的贴身随从和禁军校尉陪同“皇帝”出宫，没有丝毫的怀疑。刘昱每次出门，门卫和士兵们惧怕他的喜怒无常，都不敢正视他。这天夜黑，宫人只知道慌忙打开承明门，看都没看清到底是不是刘昱本人出宫，就放走了一行人。

来到领军府外，工敬则称带了皇帝的首级来请萧道成入宫主持大事。因为整件事情发生得突然，萧道成之前毫不知情。现在突然深夜有人说杀了皇帝，请你入宫，无论是谁都不会相信这是真的。萧道成最初觉得这极可能是刘昱对自己的考验或者是另一场恶作剧，因此下令家人紧闭大门，不要放人进来。

王敬则无奈，急中生智，将小皇帝刘昱的人头从门上抛了进去。萧道成忙命人将脑袋上的污血洗去，亲自查看，果然是刘昱的首级。萧道成大吁了一口气，这才下令大开府门。

听完王敬则的报告后，萧道成决定迅速入宫。萧道成全身戎装，率左右数十人，由王敬则、杨玉夫等人引路向宫中奔去。这一次，他们声称是皇帝回宫，让宫中开门。宫廷内照样没有丝毫的怀疑，打开了宫门。

承明门刚一打开，萧道成就驾着赤马当先冲入。宫中见放进来的是全副武装的萧道成及其侍卫，大惊失色。萧道成的赤马高大威猛，也许是头次进入深宫的缘故，扬蹄嘶叫起来，竟然镇住了不知所措的宫人们。萧道成日后登基，封这匹赤马为“龙骧将军”，民间称这匹马为“赤龙骧”，可见这马确非寻常马匹。王敬则等人趁机高举着刘昱的脑袋大喊：“昏君已死，萧领军入宫主持大事！”殿内一片惊怖，片刻后都高呼起万岁来。萧道成随即下令自己控制的禁卫军陆续开到皇宫内外，连夜控制了整个局势。

萧道成又派人去召集护军褚渊、司徒袁粲、尚书令刘秉三位辅政大臣入宫，商议废立事宜。褚渊原本与萧道成的关系极好，入宫知道真相后，坚定地站在萧道成的一边。司徒袁粲、尚书令刘秉两人原本权力地位与萧道成相当，现在见萧道成一夜间主持了朝政，加上自己对皇帝猝死等事毫无所知，自然心怀不满。在新的权力分配方面，袁刘二人也不愿意萧道成独霸朝政。

天明后，四贵在殿庭前的槐树下集议。萧道成依然戎装在身，先对刘秉说："刘大人您是国家重戚（皇室成员），今日之事应该由您主持。"刘秉没有想到萧道成会来这一手，慌乱地推辞了。萧道成又让袁粲主持废立之事，袁粲也不敢接受。萧道成于是当仁不让地宣布，备法驾去东城迎立宋明帝第三子、刘昱的弟弟、年仅11岁的刘准为新皇帝。袁、刘二人这时候又后悔了，想发表意见，但是萧道成布置的士兵用长刀组成了刀墙，阻遮在袁粲、刘秉等人面前。两人只好失色而去。

天明后，皇太后也知道了消息，但是生米已做成了熟饭，只好接受既成事实。太后下令说："刘昱穷凶极恶，自取灭亡，但是将他废为庶人，我又有所不忍。可特追封为苍梧郡王。"刘昱被葬于丹阳秣陵县郊坛西。

刘准登基后，史称宋顺帝。萧道成因为有扶立之功，进位为侍中、司空、录尚书事、骠骑大将军，持节、都督、刺史如故，封竟陵郡公，邑五千户，给油幢络车，班剑三十人。萧道成坚决推辞，只接受了骠骑大将军、开府仪同三司的官职，不久又兼管了南徐州、豫州、司州三个州。对杨玉夫等25人不仅没有追究弑君的罪责，而且还封赏爵邑。此后，萧道成独掌了朝政。

萧道成的迅速崛起，引起了其他大臣的反对。先是袁粲、刘秉两人起兵反抗。虽然他俩与萧道成同为辅政大臣，但与在前线战火中成长起来的萧道成不同，他们并无经世之略。萧道成凭借强大的禁卫军和控制首都的优势很快打败了两人，袁、刘二人身死。荆州刺史沈攸之是刘宋的实力将领，也起兵讨伐萧道成，结果在郢城一战中失败，军溃身死，首级被带到建康示众。同时萧道成还诛灭了反抗的镇北将军黄回。

在镇压了内部的反对势力后，朝廷封萧道成为太尉，增三千户人口，都督南徐、南兖、徐、兖、青、冀、司、豫、荆、雍、湘、郢、梁、益、广、越十六州诸军事。萧道成不仅辞掉了都督，连骠骑大将军的职位也自我解除。朝廷只好增加了他的仪仗和待遇。

萧道成之所以这样推辞，是觉得自己的声望和功绩还远远不够。在这一时期，萧道成主要通过加强内政建设来塑造自己的权力形象。年轻的时候，萧道成曾经立下过"治天下十年，当使黄金与泥土同价"的宏愿。一次，萧道成与族弟萧顺之登上武进的金牛台，见到枯骨横道。萧道成说：“宋文帝之后才几年时间啊，怎么又出现了这样的惨况？”当时，萧道成凛然的表情让萧顺之为之动容。元嘉之世结束后，南朝上流社会奢侈成风，百姓也不事节俭。萧道成主政后，罢御府，清理宫殿和官府的饰玩，又禁止民间的华伪杂物。萧道成以节俭勤政入手，积蓄国力，减轻百姓负担，推动了刘宋王朝的改革，取得了一定的成效。

随着萧道成威望的增长，公元478年9月，宋顺帝晋封萧道成假黄钺、都督中外诸军事、太傅、领扬州牧，给予他剑履上殿、入朝不趋、赞拜不名的待遇。萧道成再次坚决推辞，朝廷屡次下诏敦劝之后他才接受了黄钺，但是辞去了过高的特殊待遇。第二年，朝廷再次重申前命，萧道成这才接受。萧道成的接受是一个特殊的信号，马上朝廷又晋封萧道为相国，总百揆，划土十郡为齐国，封他为齐公，备九锡之礼，加玺绂远游冠，位在诸侯王上。依照惯例，萧道成推让了三次，朝廷和公卿敦劝请求之后，他才接受。

这样的情景对于南北朝的群臣和百姓来说并不陌生。南北朝是一个禅让遍地开花的时代。兵荒马乱时节，有枪就是王，有头有脸的实力派都梦想着向皇帝宝座冲刺，而你让位、我接受的禅让形式是当时普遍盛行的游戏规则。禅让形式可以在台面上给被迫让位的前朝皇帝有台阶可以下，用相对和平的方式将政治的破坏力限制在相对低的水平。受禅者还可以在禅让的过程中稳步“接班”，为自己赢得名声，营造出“万民请愿，人心所向”的景象来。因此，禅让形式在南北朝时期被广泛采用，萧道成现在就是在重复权臣受禅的过程。

接下来就是让皇帝主动禅让了。整件事情的难度在于宋顺帝是一个12岁的贪玩小孩，根本不知道禅让是怎么回事。而宫中的皇太后、太妃等人又装聋作哑。萧道成是不可能杀入宫中去抢夺宝座的。于是局势似乎又停顿了。

最后还是禁卫军起到了作用。公元479年春天的一天，禁卫军官兵在王敬则的率领下涌入宫中，大喊着“齐王当继大位”的口号，横冲直撞，逼刘准逊位。刘准当时正在一个小房间捉迷藏，被外面一吓，不肯出来。禁卫军才不管这些，将刀架在皇太后的脖子上，逼皇太后亲手把小皇帝从某个房间的角落里拽出来，架着刘准去完成“禅让之礼”。

刘准坐在车上，被人急速带往宫外，在惊吓过度的情况下反而不哭了。刘准问王敬则：“你们要杀我吗？”王敬则回答说：“你不能住在宫中了，要搬到别的地方住。你家祖先取司马家的天下时也是这么做的。”刘准哭泣道：“愿后身世世勿复生在帝王家！”听到小皇帝的这句话，宫中家眷哭成一片。

公元479年4月，萧道成在建康南郊即皇帝位，设坛柴燎告天。新朝国号齐，史称南齐。

萧道成即位后封刘准为汝阴王，在汝阴郡建国，全食一郡，位在三公之上。刘准搬离建康，在丹阳县故治建宫居住，奉行宋正朔。南齐规定刘准是新朝的宾客，在封国内行宋朝正朔，上书不为表，答表不为诏。也就是说，刘准在名义上保持着皇帝的“做派”。但逊帝的待遇是当朝皇帝恩赐的。就在公元479年当年5月，丹阳县汝阴王府门外马蹄声杂乱。奉命监视刘准的军队以为有人想劫持刘准复辟，自作主张将13岁的刘准杀害。从4月逊位到5月被杀，刘准离开皇位后活了不到一个月。萧道成听到消息后，非但没有吃惊反而十分高兴。5个月后，萧道成封刘胤继承刘准为汝阴王，奉宋祀。汝阴国传国至南陈。

萧道成登基的时候，宋朝诸王都降封为公，其中晋熙王刘燮为阴安公，江夏王刘跻为沙阳公，随王刘枀为舞阴公，新兴王刘嵩为定襄公，建安王刘禧为荔浦公，郡公主为县君，县公主为乡君。这些皇室成员是在宋朝残酷的骨肉相残后幸存的。在刘准被杀后，萧道成将这些刘宋宗室全部诛灭。也许他是觉得得位过于容易，时刻担心前朝皇室的复辟。

萧道成临死时嘱咐儿子萧赜：“前朝刘氏如若不是骨肉相残，我萧家哪能乘乱夺位。子孙后代要牢记宋朝的教训。”萧赜遵遗嘱不杀本家，朝政也还清明。但萧赜之后的南齐又重走了宋朝的老路，骨肉相残的程度远胜过宋朝。齐明帝几乎杀光了同族亲属，也就是在他的手中，南齐王朝种下了被其他家族取代的祸种。

纵观拉开南齐代替南宋序幕的“七夕夜变”事件，这是一场没有预谋的政变。尽管政变前王敬则在萧道成的指使下在宫廷内外联络，但这与七夕节发生的暗杀事件没有直接联系，只是之后被弑君者作为求助投靠的对象。萧道成本应该是这次政变的绝对主角，但他没有参与政变的谋划。这次政变其实也没有真正的谋划过程，自卫色彩远远大于谋杀。萧道成同样没有参与刺杀活动。在某种意义上，这次事变是在偶然因素的作用下发生的必然事件。

为什么萧道成的政变和之后的篡位没有引起大的动荡呢？

除了七夕之变和此后的政治操作没有大规模的杀戮，比较平缓地完成了权力转移外，宋朝末期纷乱残酷的争权夺势行为已经让大家对政变熟视无睹了。皇子皇孙们为了争夺帝位骨肉相残，高贵的鲜血淋漓了华丽的殿堂。刘裕的子孙们为了争夺皇位展开了骇人的杀戮，不是兄弟相残就是叔侄屠杀。宋孝汉武帝、前废帝、宋明帝三朝皇族一百二十九人，被杀者一百二十一人，其中皇室内部相残者多达八十人。在鲜血横飞的动乱中，没有人对萧道成主演的这场政变过多地关注。只要他有能量控制住政局，维持一个相对平静的社会环境，就没有人会反对，也不会引发大规模的政治动荡。

可以说，萧道成是一个幸运的开国帝王，没有花太多的精力，也没有冒险就完成了关键的从重臣到帝王的转变，他真的是要感谢刘昱在七夕夜的那一句戏言。

第四节　时来天地皆同力——北周国丈杨坚的开国之路

开皇是隋文帝杨坚的第一个年号，用了20年，开皇元年也就是公元581年。

在这之前，杨坚的身份还是承袭父爵的隋国公、北周太子宇文赟的老丈人。随着北周武帝逝世，太子即位成为周宣帝，身为太子妃的女儿杨丽华顺理成章被立为皇后，杨坚因此由大将军之上的柱国晋位上柱国，从南兖州总管任上调回京师任大司马。紧接着，又成为宣帝新设的位在百官之上的四辅官之一的大后丞；刚过半年，再跃升为大前疑，成为四辅官之首。这时候的杨坚还不到四十岁，可谓是恩宠连连，飞黄腾达。但杨坚自己却是如履薄冰，战战兢兢。对那个当了皇帝的宝贝女婿，杨坚是既反感又蔑视，两人之间的关系也是既微妙又紧张。甚至皇后杨丽华与皇帝的关系也是这样。

早在还是太子的时候，宇文赟就是个不务正业刚愎自用的纨绔子弟，武帝生前对其颇不放心。因为将来要托付大任，所以武帝对太子管束极严，痛加捶打的事情时有发生。除了精挑细选太子身边辅臣之外，武帝还派人在东宫记录太子言行，逐月奏闻。在如此管束之下，太子不得不在人前装模作样，“矫情修饰”，内心却咬牙切齿，巴不得老皇上早日升天。

公元578年，北周武帝在征伐北齐的路上一病不起、赍志而殁。这边老皇上刚咽气，那边即位的宣帝就抚摸着被父皇教训留下的杖痕，冲进殡宫，大骂其父死得太迟，当晚就在其父后宫撒野逞泼为所欲为。

接下来就是改元建号，先叫“大成”。可宣帝真正的爱好在于声色犬马，既想独裁，又不耐烦处理日常政务，不到一年，就将皇位交给7岁幼子（是为静帝），改元“大象”，自己20岁就自称天元皇帝，当起太上皇来。

一朝天子一朝臣好像已经成了例行公事，新皇即位，首要的大事就是去掉那些自己看不惯的老家伙，安插自己的心腹。自称天元皇帝的宇文赟更是变本加厉，对武帝朝的重臣大开杀戒，腾出的位子则由自己的亲狎侍从出任。一时间搞得满朝文武惶惶不可终日，大家都开始重找靠山另谋出路。

杨坚

杨坚就是在这个过程中一升再升，成为一颗冉冉升起的政坛明星的。眼看着自己的女婿皇帝挥舞屠刀，将那些前朝重臣诛杀殆尽，早有不臣之心的杨坚刚开始还窃喜不已，以为自己可以从容进行政治布局。一次在和自己的亲信交谈时，杨坚曾这样说道："吾仰观玄象，俯察人事，周历已尽，我其代之。"

但杨坚很快就发现自己高兴得太早了。原因在于天元皇帝虽然没有政治远见，不懂得积德树恩邀买人心，但在铲除异己方面却是目光如炬、不择手段，只要一发现谁的势力坐大，就必欲除之而后快。这似乎也不能全怪天元皇帝心黑手辣，因为有了变魏为周、功勋殊伟，同时又骄横跋扈、视皇上为手中玩物的权臣宇文护的教训，北周的皇帝对权臣的出现都非常警惕，天元皇帝只不过行事更坚决，目光更敏锐罢了。即位之后，天元皇帝一方面把武帝朝掌握实权的大臣尽加清除，同时命令宗室亲王各就封国赴任，以免留下隐患；另一方面则重用身边那些无资历威望也不见有什么能力的人，以便把权力集中在自己手中。即使如此，天元皇帝还不放心，经常派人秘密查访，将朝臣的言行举止一一记录奏报，略不顺眼，辄加其罪，甚至对大臣鞭笞捶挞，号称"天杖"，每次行杖起码是百二十下，朝臣几乎无人幸免，直打得"内外恐怖，人不自安，皆求苟免，莫有固志"。

对颇具实力的老丈人杨坚，天元皇帝自然是不能掉以轻心。"必族灭尔家！"他就是这样在自己的皇后杨丽华面前发誓的。那是大象二年（公元580年）5月的一天，天元皇帝和杨皇后生气，气冲冲地说完这句话后，就派人召杨坚入宫，并吩咐左右，只要杨坚神色有异，立刻就将他砍了。那一次杨坚举止合礼，神情自若，所以脑袋也就还长在自己脖子上。

但"人为刀俎，我为鱼肉"，杨坚躲得了初一，躲得过十五吗？

其实，杨坚的日子从来就不好过——如果不说是越来越难过的话。

生逢乱世，父亲杨忠是真刀真枪一步一个脚印打出来的大将军。杨坚出世的时候，父亲是西魏云州刺史、大都督。由于当时战事频频，同时也是为了祈求神明保佑，杨忠夫妇像当时许多笃信佛教的王公贵族一样，辟出自家宅院的一部分改作佛寺，将小杨坚交给一个法名叫智仙的尼姑抚养。杨坚就这样又有了个小名——那罗延，在佛典里是“护法金刚”“大力金刚”的意思。一直到13岁，被认为是金刚转世的杨坚进入当时专为培养贵族子弟而设的太学学习。同年，杨坚又被辟为功曹，由此踏上仕途。

古代的社会从来都是官本位，也从来都是朝中有人好做官。由于出身的原因，加之又是赫赫有名的上柱国、大司马独孤信的乘龙快婿，在太学未满一年，杨坚就因父亲平定江陵的军功，被授予散骑常侍、车骑大将军、仪同三司的勋官，封成纪县公。第二年，又升骠骑大将军，加开府衔。在当时的勋级表中，这已经是最高的九命一级——也就是后来人们常说的一品。

少年得志，仕途顺畅如此，杨坚该是一路春风得意吧？否。由于当时的政治形势实在是波诡云谲，稍不留神就会站错队，导致身败名裂或身首异处，所以夹在皇上与权臣之间的杨家父子小心翼翼不偏不倚，这才得以度过了一次次危机。

对杨忠来说是亲家、对杨坚来说是岳丈的独孤信，被罢官后又被迫自尽，与他们无涉。

朝臣李植等人密谋诛杀宇文护归政孝闵帝，结果事泄，连孝闵帝本人也难逃一死，这样的惊天大案也与他们无关。

有过这样一件事：独孤信自尽之后，把持朝政的权臣宇文护任命杨坚为掌管皇宫宿卫的小宫伯。按官制，小宫伯是宫伯的副职，都隶属于天官大冢宰，而当时担任大冢宰的正是宇文护本人。对宇文护来说，此番任命颇有一石二鸟之效：既可安插亲信监视宫中，又可拉拢杨氏家族。送上门的官自然是要当的，但如何当则另有学问。杨坚特意就此事和父亲商量，老谋深算的杨忠沉吟半晌，建议儿子最好还是与宇文护若即若离，理由也是现成的：“两姑之间难为妇，汝其勿往。”

家常话说出了大道理，杨坚心领神会遵行不误。宇文护气急败坏但又无可奈何，只能暗中窥测，甚至屡次派术士去给杨坚看相，一旦抓住破绽，就要来个猛虎扑食。把柄没有抓着，但杨坚却被冷冻在起家的官职上，整整八年没有变化。

后来武帝计除宇文护夺回权柄，但杨坚依然没有摆脱被猜忌的命运。深受权臣之害的武帝哪怕就是从自身的经历出发，也不能不对可能出现的新的权臣百倍警惕。更何况关于杨坚“相貌非常”“恐非人下”的议论不断地吹进耳边，以至于他也像当初的宇文护一样，屡次派术士察看杨坚究竟有无反相。

现在又是暴虐昏聩、治国才情远不及乃父的天元皇帝当家，杨坚的日子就更不好过了。

果然，曾经有过的血光之灾又一次逼近在杨坚面前，起因还是与皇后杨丽华有关。

按规制，皇帝可以三宫六院七十二嫔妃，但正宫皇后只能有一位，以为国母，以御后宫。但整个南北朝时期荒淫暴君数不胜数，不仅政治一片黑暗混乱，对人类伦理底线的践踏也到了无以复加的地步。天元时代，皇宫大内居然同时有五位皇后，整个后宫制度给搅得一塌糊涂。

杨丽华是天元皇帝为太子时的太子妃，太子即位后成为名副其实的皇后。早在还是太子的时候，天元皇帝就与一个大他十来岁的宫女生下了后来的静帝，登上皇位后，那宫女母以子贵，被封为天元帝后。天元皇帝后来又四下搜括美女，先后立了两位皇后。最后一位皇后尉迟氏其实是天元皇帝自己的侄媳妇，她是随宗室命妇按惯例入宫朝拜、参加宫中宴会时被天元皇帝看上的，当晚就被留在宫中，逼得其夫家起兵造反，结果尽被抄斩，尉迟氏被迎入宫中，立为皇后。

杨坚之女杨皇后位居正宫，却也奈何不了夫君，只得听之任之，一体容纳。只是有时见天元皇帝日夜宣淫，精力不济，且喜怒无常疯疯癫癫，不免关心几句，发发牢骚。天元皇帝乘机发作，咆哮如雷，皇后却面不改色，镇静如常。看惯了人人像狗一样在自己面前摇尾乞怜的天元皇帝愈发恼怒，竟至气急败坏要令皇后自裁。天元皇帝要处死皇后的消息由宫中飞报到杨家，杨坚不好出面，便由夫人独孤氏赶赴宫中，对着自己的女婿磕头不止，血流满面，这才让天元皇帝怒气稍解，皇后逃过一劫。

眼见天元皇帝浑身戾气磨刀霍霍，杨坚悄悄找到天元皇帝面前的头号红人郑译，让他帮自己活动活动，找个外放之职，好歹先保住性命再说。郑译此人原是天元皇帝为太子时的属官，当时迎合太子做了许多坏事，结果被老皇帝除名。老皇帝死后，新即位的皇帝立刻将他请了回来，拜为开府仪同大将军、内史上大夫，大有委以朝政的意思。

有郑译帮忙，事情当然好办。就在那年的五月初四，杨坚被任命为扬州总管，任务是领兵南征，平定江东。

按说呢，既然是自己讨来的任命，就该急速收拾行装，尽快离开京都虎狼之地。但出人意料的是，杨坚却突然又改变了主意，谎称足疾，闭门养病深藏不出。

事情也实在是蹊跷得很，就在五天之后，不理朝政、几乎整日吃喝玩乐的天元皇帝突然心血来潮，说走就走，备法驾连夜巡幸天兴宫。由于天元皇帝平时就常有类似荒诞不经的举动，所以这次夜出避暑也并没有人当回事儿。但仅仅隔了一天，只有22岁的天元皇帝就突发急症且病势沉重，被左右迅速护送回宫。

由于天元皇帝的暴虐无道，巴不得他赶快咽气的实在是大有人在。曾经有一个叫杨文佑的侍卫在天元皇帝的酒席前当面且舞且唱："朝亦醉，暮亦醉，日日恒常醉，政事日无次。"若不是抱着慷慨赴死的决心，若不是一忍再忍直至忍无可忍，谁会忤逆龙鳞以至于此？更何况还是皇帝的贴身亲随侍卫！重杖之下，杨文佑当场被活活打死。

自作孽，不可活，上天终于要来收人了。尽管宫中御医想尽办法，但天元皇帝的病还是未见起色，几日之后，待他想起该对身边亲信交代后事时，却已经连话都说不出来了。其实，就算天元皇帝还能说出话，又有谁愿意听呢？树倒猢狲散，他的那些亲信眼见大厦将倾，此时正忙着另择新主，以便投靠效忠。他们既要保身家性命，也要保已经到手的荣华富贵。于是一出改朝换代时常见的宫廷好戏就这样紧锣密鼓拉开了帷幕。

参加这场阴谋的有前面已经说过的内史上大夫郑译，以及御史大夫柳裘、内史大夫韦谟及御正下士皇甫绩等人，发起人则是小御正刘昉。御正也好，御史、内史也好，都是直接听命于皇帝的近侍，其职责是掌管机要、参与决策、沟通内外、承上启下。一句话，都属最接近皇帝的要害机构的要害人物。依靠他们，皇帝既可以加强对朝臣的监视控制，又可确保大权全部集中在自己手中。而这些人的职权在天元时期也不断得到充实和提升。自视甚高的天元皇帝到死都没想到，关键时刻出卖了他的，正是他平时最倚重的亲信们。由于杨坚早有不臣之心，与郑译等人串通一气也非止一日，再加上杨坚是国丈，在位列朝臣之首的四辅官中领衔靠前，在朝中的威望如日中天，郑译等人扳着指头算来算去，也只有杨坚最适合做他们的新主子。

杨坚就这样被召进宫中，以奉先皇遗诏的名义坐镇宫中辅政并都督内外诸军事。据说，由于事出突然，心怀忐忑的杨坚进宫后还可怜巴巴地问迎面碰上的术士来和："我无灾障不？"

自宫中而出的来和大约了解了什么情况，立刻喜滋滋地拱手相贺："公骨法气色相应，天命已有附属。"

来到宫里，郑译和刘昉等人就将他们的计划和盘托出。杨坚当然还要谦让一番，但由于时间实在是太过紧迫，没工夫装模作样，刘昉出语惊人："公若为，当速为之；如不为，昉自为也。"

柳裘也在一旁劝道："时不可再，机不可失，今事已然，宜早定大计。天与不取，反受其咎，如更迁延，恐贻后悔。"

话都说到这份儿上了，除了点头答应，杨坚还有什么好说？

接下来就该向天下发布大行皇帝的遗诏了。刘昉拿着拟好的所谓遗诏找到御正中大夫颜之仪会签，深知有诈的颜之仪拒不签署。尽管杨坚等人打着辅佐幼主的招牌，但对方一眼就看出了他们的真实目的，认定只有宗室亲王入主朝政才是正理，并且摆出一副以死抗争的架势。颜之仪同时还飞召大将军宇文仲入内辅政，胜负一时难料。

死的是自己的皇帝老公，牵扯的又是自己的生身父亲，位居正宫的皇后杨丽华不可能无动于衷。尽管史书对此语焉不详，但日后回忆当初，杨坚自己不无侥幸地感叹道："公主有大功于我。"

杨坚所说"大功"云云，在《隋书》中就成了这样一句："宣帝崩，杨后令其父隋公为大丞相，总军国事。"

皇后一语定乾坤，结果是兴冲冲赶进宫来的宇文仲于御座前被捕，宫内局势得以控制。大喜过望的国丈明白，接下来就该控制朝廷与京师，进而掌控全国了。

当时的形势是：武帝时期的老臣重臣被天元皇帝杀的杀、贬的贬，一片零落；静帝宇文衍时年不满8岁，不足为虑；其他宗室亲王都被打发到各自的封国，对京师之变鞭长莫及；虽说还有个天元皇帝的御弟汉王宇文赞近在咫尺，但也是个只知吃喝玩乐的纨绔子弟，简直就是个现成的傀儡。

一番掂量，一番布置，诸事妥帖之后，杨坚先以将送千金公主往突厥和亲为由，矫诏征宗室五王也就是武帝宇文邕的五个兄弟回京。估计他们已经上路之后，这才于大象二年五月丁未为天元皇帝发丧，扶静帝宇文衍入居天台，大会百官，大赦天下，尊杨后为皇太后，朱后为帝太后，其余陈后、元后、尉迟后一并削发为尼，并宣布以汉王宇文赞为右大丞相，杨坚为假黄钺、左大丞相，都督中外诸军事，节制百官。

当时的规矩是以右为尊，汉王看起来在杨坚之前，尊崇是够尊崇了，但与杨坚相比却并无实权。所谓"黄钺"乃黄金大斧，"专戮节将，非人臣常器矣"。而"假黄钺""都督中外诸军事"云云更是汉末以来历代权相专用衔名，也就是曹操曹孟德的做派了。所以明眼人一看就知道杨坚玩的什么把戏，当场便是一片议论。

对此杨坚早有准备，也早有安排，会后径自往正阳宫——也就是以前的东宫、其时的丞相府——而去。

杨坚此举，其实就是让文武百官选择何去何从。有的人跟上来了，有的人还在犹豫，有的人干脆掉头往外。这时，按杨坚密令领兵在外伺候多时的司武上士卢贲站了出来，大喊一声："欲求富贵者，当相随来！"

眼见到处都是虎视眈眈全副武装的士兵，不管愿意不愿意，公卿大臣们都只能跟随卢贲，来东宫向杨坚俯首效忠了。

接着，就是对有关人员论功行赏加官晋爵：郑译为丞相府长史，刘昉为丞相府司马，协助处理军政事务。

两项任命太过明显，以至当时就有人说杨坚上台靠的是郑、刘两人的鼎力相助，并形象地调侃为："刘昉牵前，郑译推后。"其实，对刘、郑二人的新任命，远不像表面上看起来那么简单。刘、郑等人当初之所以选上杨坚，并不是真要将权力拱手相让，而是想将杨坚推至前台遮风挡雨，实际上由他们自己暗操权柄。他们的如意算盘是，推杨坚为名重权轻的冢宰，以郑译为掌握军权的大司马，刘昉则任小冢宰，为杨坚副手。这种人事安排，仿效的还是武帝故智以架空杨坚。杨坚当然知道这种安排的弊病所在，没有军权，自己的地位早晚不保，但碍于刚刚接受了人家的大恩，不好当下就撕破脸皮。好在他身边还有个久在中枢任职且忠心耿耿的李德林，力主杨坚应该当大丞相，还要假黄钺，都督中外诸军事，不然无以压服众心。正是接受了李德林的建议，在最后发布的任命里，杨坚才能将郑、刘两人都置于自己控制之下，同时让李德林当了丞相府属，负责日常军机要务，再加上精明强干智勇双全的老相识高颎为丞相府司录，有文有武有内有外，丞相府显然已是固若金汤。

杨坚的蓄谋已久成熟老到还表现在他以一种近乎神奇的速度将自己的亲信党羽安插进各个要害部门，尤其是军事和枢要部门。这些人中有堂弟杨弘、姐夫窦荣定、妹夫李礼成、家将李圆通、老部下卢贲，甚至还有岳丈独孤信当年的旧部和已是有家无国的前朝北魏的宗室皇亲。如此布置，京师重地还不成了杨家禁脔！

再接下来就该清除异己了。这一回杨坚用的是双管齐下软硬兼施的办法。

首先要革除天元皇帝的苛酷之政，广施恩惠以收揽人心。除了删略旧律，使法令清简可用外，杨坚还下令立即停止洛阳宫的营造，一反天元皇帝的奢侈淫逸之风；同时还恢复了武帝时被禁毁的佛、道二教，准许以前被迫还俗的出家人重新出家。桩桩件件，都引起赞声一片。

内里安顿好了，时间也到了六月，就藩在外的宗室五王先后回来了。在备受天元皇帝摧残的北周宗室里，这几位王爷辈分高，能力也有，可算是硕果仅存的鹤立鸡群的人物了。五王进京之后，杨坚并没有动他们，而是先瞄准了掌控京师治安、时任雍州牧的明帝长子毕王，加以谋害执政罪，杀其全家，给五位王爷来了个下马威。就在五位王爷惴惴不安不知该如何自保的时候，杨坚让静帝下诏，令五王入朝不趋，剑履上殿，以示尊崇。先惊后喜，几位王爷还没玩过味来，赵王招和越王盛又被杨坚以刺杀执政未遂罪诛杀，五位王爷至此只剩下三位。

三位王爷之所以还能苟延残喘，不是杨坚良心发现不忍下手，而是相州、郧州、益州三大州的总管一齐打着匡复皇室的旗帜领兵反杨，杨坚要忙着救火，暂时顾不上他们了。

不过构难的三方尽管气势汹汹，但却同床异梦各有打算，很快就被杨坚各个击破。其中势力最大的相州总管尉迟迥，从起兵到失败不过68天而已，而整个平定叛乱的过程也不到5个月。随着外间叛乱的渐次平定，杨坚更无顾忌，先后在十月和十二月，分两次以同样的罪名诛杀了陈王、代王和滕王三家。至此，入京的五位藩王及毕王皆为杨坚所杀，这就是北周末期的所谓“六王事件”。

其后杨坚又大开杀戒，将宇文宗室斩尽杀绝，总数不下五六十人。一切都是按部就班，接下来的问题只有一个：如何在攫取最高权力之路上迈出最后的至关重要的一步？

公平地说，杨坚之所以能在短短不到一年的时间里火中取栗，将乱麻沸汤的局面收拾平稳，实在是既容易又颇不容易。

先说容易。杨坚所处的南北朝的确是一个政变频繁、王朝和皇帝像走马灯般换来换去直让人眼花缭乱的时代。那个时代的一般规律是，不管凭借什么方式，只要你能在旧王朝中站住脚，只要你能渐渐累积起声望和实力，你就有了问鼎国家权力的可能。

而马上就要成为大隋天子的杨坚，只不过是凭借先人的军功发迹，自己没有什么值得一提的文治武功，手里也没有自己的军队，却也成了一代开国之君，这就难免让很多人都不能服气。清人赵翼说道："古来得天下之易，未有如隋文帝者。以妇翁之亲，值周宣帝早殂，结郑译等矫诏入辅政，遂安坐而攘帝位。"

这番话中的轻视简直就是溢于言表。相比之下，《剑桥中国隋唐史》的说法就要客观公允得多：

隋作为北周的后继者而崛起。与北周的统治王室一样，开国者杨坚（未来的文帝）的家族也是西北的关陇贵族。这个家族的成员曾先后为北魏和西魏效劳，而它本身就是一小批创建北周的强有力的家族之一。这批家族还包括独孤氏（杨坚之妻的家族）和未来唐王朝的李氏，他们通过复杂的婚姻纽带而互相发生关系和与北周王室发生关系。根据以后发生的大事，隋朝虽然标志着中国历史延续性的一个大断裂，但帝国的继承和创建在当时不过是一次宫廷政变，是西北的一个贵族家庭接替另一个家族即位。后来唐朝的继承也不过是把皇位移向这一紧密结合的家族集团中的另一个家族而已。

说杨坚容易，也只有在这个意义上才是成立的。

当然还有并不容易的许许多多。

前边说过，杨坚差不多是赤手空拳被天上掉下的馅饼砸中的。而当时的形势是，要是不牢牢地抱住这个从天而降的馅饼，并马上加水和面将其做大，不但馅饼会被别人抢走，就连自己的脑袋也得搬家。换一种说法就是：你要不当个架空皇帝的权臣，你的身家性命就被皇上攥在手里；而你要当了权臣，将皇上的命运攥在自己手里，看起来是稳当了，但潜在的危险却也同时呈几何级数增加，不但别人视你为异类，就是你自己也觉得自己是异类。身为异类，自然人人可得而诛之，且还要遗臭万年。

形势显然是异常严峻。接着又是尉迟迥、司马消难、王谦三大总管举兵公然挑战。好在此前杨坚已经通过三个系统的亲信，分别控制了京师部队、中枢部门以及相府要务，以中央对地方，挟天子以令诸侯，自有得天独厚的强势与优势。何况长期动乱，早已是人心思定；胡汉杂处，早已是人心思汉。更何况昏君暴君连连迭出，人们也想看看新君是否能有副新嘴脸。

由尉迟迥等人首先发难的武装叛乱，在很大程度上其实是件好事。好就好在几个武夫的贸然摊牌，反倒让杨坚省却了许多拉拢收买、甄别忠奸的工夫。随着平叛的胜利，从来都是见风使舵的大大小小的官僚们开始纷纷劝进，此事甚至成了文武百官表明自己政治态度和争取晋身之阶的大好机会。

公元580年9月，司马消难之叛甫平，杨坚就以叛臣之女为由，废静帝司马皇后为庶人，视皇上如无物；接着，他让静帝废除左右丞相之号，只设大丞相一职，由自己担任；再一月，杨坚加大冢宰职，总摄其他五官府，独揽大权；那一年快结束的时候，40岁的杨坚晋封隋王。

第二年一开年，朝廷下诏改元“大定”，以示“四海宁一，八表无尘，元辅执钧，垂风扬化”。就在举国一片歌功颂德之声里，杨坚改称相国，总百揆，剑履上殿，入朝不趋，赞拜不名，被九锡之礼，建天子旌旗，出警入跸。如同骚动于母腹中急于坠地的胎儿，只要吉日一到，大隋就要呼之而出。

术士选定的上上大吉的日子是那一年二月十四甲子之日，杨坚就在那一天正式称帝成了开国皇帝。

和后来当了大隋第二代帝王的儿子杨广一样自奉，杨坚也给自己起了一个既新奇又不乏深意的年号——开皇。杨坚一直是以“护法金刚”自诩的，据说这年号的意思是“圣皇启运，像法载兴”，表明新皇乃“祇奉上玄，君临万国”“生为人王”的真命天子。

第九章　宦官乱政

第一节　权宦窃国亡秦祀——指鹿为马的第一宦官丞相赵高

秦始皇

公元前221年，秦始皇攻灭六国，统一天下，建立了大秦王朝。秦始皇苦心经营自己的帝国，梦想子孙永远君临天下，“二世三世至于万世，传之无穷。”然而，“祖龙空作万年图”，秦始皇刚刚闭上眼睛，他的爱子宠臣就公然篡改他的遗诏，任意败坏他的法度，从内部动摇了帝国的根基。大秦王朝的帝业刚刚传到二世，就被风起云涌的农民大起义推翻了。历史是多么喜欢作弄人啊！

公元前210年，秦始皇第五次巡游东方,丞相李斯和中车府令兼行符玺令事（掌管皇帝车马和机要文书）赵高以及秦始皇的小儿子胡亥陪同前往。当一行人走到平原津（今山东平原西南）的时候，秦始皇因劳累过度病倒了。虽经随驾医官多方诊治，却全不见效。

秦始皇虽然大张旗鼓地修建自己的陵墓，却又最忌讳谈到死的问题。所以，虽然秦始皇病得很厉害，大臣们却都不敢同他议论后事。好不容易捱到沙丘（今河北广宗），秦始皇感到自己实在病得不行了，才慌忙命赵高写遗诏给长子扶苏，让他把军队交给蒙恬率领，然后赶回咸阳，主办丧事。遗诏写好了还没有发出，秦始皇就死在沙丘行宫。

丞相李斯顾虑秦始皇的死会引起政局动荡，便找赵高商议道：“沙丘离咸阳一千多里，不是几天就能赶回去的。万一皇上病逝的消息传出去，准会引起天下大乱，最好是暂时秘不发丧，赶回咸阳再说。”赵高也同意他的意见。

他们把秦始皇的尸体安放在一辆特制的“辒凉车”中，关上车门，放下窗帷，外面的人什么也看不见。他们指定几个亲幸的宦者驾车、陪乘，每天照常往

李斯

车上送膳供物，如同平常。百官奏事则由陪乘宦者收受，悄悄交由李斯裁决可否，再假托秦始皇的名义发出。因此，除了极少数几个人以外，其他随行人众，竟没有一个人知道秦始皇已死。秦始皇一生行动诡秘，深藏不露，一般臣下罕见其面，这时却为赵高施展阴谋提供了时间和方便。

李斯叫赵高赶快派人把遗诏送出去，好让扶苏尽快赶回咸阳。不料赵高却心怀鬼胎，迟迟不将遗诏送出。

赵高的父亲原为赵国的贵族，秦灭赵，夫妻双双被俘。赵父被处宫刑，其母没为官奴婢。按照秦朝的法律，奴隶的后代只能世世为奴。而且，他们兄弟几个也都要处以宫刑，在宫中服役。这种悲惨的遭遇，不能不使赵高产生一种仇恨的心理。赵高是一个很有心计的人，他不甘心永远处于奴隶的地位，他要千方百计地爬上去，以改变这种命运。但是，怎样才能达到自己的目的呢？赵高清醒地认识到，可以利用自己在宫中这个有利条件，接近并取得秦始皇的信任，自己就会有出头的日子了。赵高生性狡黠刁滑，善伺人主之意。赵高看到，秦自商鞅变法以来，就是一个“以法为教”的国家。尤其是秦始皇，非常推崇法家。赵高看准了秦始皇这个特点，于是就“以法为教”“以吏为师”，很快就精通了当时的显学——“狱律令法”。赵高能够强记秦朝烦琐的律令，又写得一手好字，而且仪表堂堂，因此，秦始皇对赵高颇为赏识，提拔他为中书符令。这是一个负责宫廷车马和机要文书的官职，官虽不大，但必须是皇上的亲信才能担任。这就使赵高有了一个既能接触国家机密、又可以接近皇帝以表现自己获取宠幸的机会。

赵高的第一步打算虽然实现了，但他并没有以此为满足，他想，自己虽然得到了皇帝的信用，但秦始皇百年以后，自己又将依托何人呢？于是，赵高开始考虑秦始皇身后谁能继承皇位的问题。赵高对秦始皇的二十几个儿子的德行、才能、性格、爱好等各方面的情况都有细致深刻的了解。按常理来说，长子扶苏宽仁忠厚、德才兼备，在朝臣中最有威信，继承人非他莫属。但是，因为扶苏屡次劝谏父亲要宽仁待民，反对以严刑酷法来治理国家，所以常常激怒秦始皇。特别是扶苏坚持反对焚书坑儒，更加惹恼了刚愎自用的父亲。秦始皇一怒之下，便把扶苏打发到上郡（今陕西榆林东南）去当大将蒙恬的监军。

赵高

在其他诸子中，赵高发现秦始皇最宠爱的是年仅十几岁的小儿子胡亥。于是，赵高想方设法笼络并讨好这位娇纵无知、缺乏主见的纨绔子弟。赵高事事迎合胡亥的心理，满足胡亥的需要。凭着赵高那见风使舵、八面玲珑、能说会道的本领，很快就得到了胡亥的信任。秦始皇见了也很高兴，干脆让赵高作胡亥的老师，教他书法、文字及狱律令法的知识。

得到秦始皇父子的欢心后，赵高的行为更为大胆，有时竟招权纳贿，舞文弄法。有一次被发觉，秦始皇把赵高交付蒙恬的弟弟蒙毅审理。蒙毅不敢徇私，按律判赵高死罪。行刑之前，秦始皇却突然改变了主意。秦始皇念赵高明断有识，办事练达，格外加怜，特下赦书，不仅免其一死，还恢复了他的官职。

这件事造成了极为严重的后果。它既使赵高和蒙恬兄弟从此结下了仇怨，又使赵高更加清楚地认识到，一旦秦始皇驾崩，扶苏继承了皇位，蒙氏兄弟势必受到重用，到那时自己的结局将是非常可怕的。这就迫使赵高更加明确地倒向胡亥。

秦二世胡亥

秦始皇身死出巡途中，赵高感到机会来了，决定乘机夺权。于是，赵高偷偷地找到胡亥商量："皇上去世了，生前没有封诸子为王，只给长子扶苏留有遗诏。扶苏一到咸阳，便立为皇帝，而你却没有一点立足之地，这如何是好？"

胡亥不知赵高心怀诡计，况且他本来不是太子，此刻也根本没有想到要当什么皇帝。所以，胡亥不以为然地随口答道："这是理所当然的啊！我听说，最了解臣下的莫过于君，最了解儿子的莫过于父，父皇去世了，没有遗命分封诸子，是有他的想法和道理的。做儿子的应该自觉遵守，这又有什么好说的呢？”

赵高见胡亥还没有意识到皇位的重大利害，于是直截了当、一针见血地提醒他说：“话不能这么说。目前的情况不是不可以改变的。诸位公子和蒙氏兄弟都不在这里，如今天下生杀大权都在公子、我和丞相手中，愿公子早拿主意。做人君和做人臣，人为我制和我为人制，岂可同日而语？”

此时的胡亥，良心还没有泯灭，实在难以做出那种不义之举，所以不情愿地说：“废兄而立弟，便是不义；不奉父诏，便是不孝；自己不才，靠别人的力量取得成功，是无能的表现。这三条都是违背道德的，天下的人是不会服气的，到时只能是身败名裂、社稷不安啊！”

赵高听了胡亥这一番话，明白了他的顾虑所在，于是进一步诱惑说：“你这些顾虑完全是多余的。我听说商汤、周武杀其主，天下称义，不为不忠。卫君杀其父，卫国人还称颂他的功德，连孔子也认为这并非不孝。办大事用不着顾小节。顾小而忘大，后必有害；优柔寡断，日后必然后悔。一个人只要敢作敢为，连鬼神都得让路，事情也一定能成功。希望公子立即采取行动。”

赵高的这一席话说得胡亥怦然心动，他紧紧抓住胡亥的心理，把他们的邪恶之行巧辩为正义之举，确实打动了胡亥的心，使他从罪恶感中解脱出来。胡亥沉吟半晌，方才说道：“看来，事情也只好这样办了。但是，如今丧礼还未举行，怎么以此事去求丞相？”

赵高见胡亥心动，便接口说：“机不可失，时不再来！我自去与丞相商量，不劳公子费心。”

赵高深知，这次政变的成功与否，就在于是否能够拉隆李斯结成同盟。但怎样才能说服李斯呢？赵高颇费了一番心计，他把李斯这个人重新认识和判断了一番。赵高认为，李斯固然是一个有权谋的人，并且也很忠于秦王朝的事业；但李斯也具有一个致命的弱点，这就是逐于权势，惜禄保位。李斯本是楚国上蔡（今河南上蔡西南）人，年轻时曾为乡里小吏。有一次，李斯偶然看到厕所里的老鼠在吃一些很脏的东西，一见到人和狗走近便非常惊恐；而粮仓里的那些老鼠，吃的是上好的粮食，居住在大厦之下，却没有被人犬惊恐之忧。于是，李斯大发感慨，觉得人也就像老鼠一样，富贵和贫贱与否关键在于他自己所处的环境。于是，李斯发誓要改变自己的处境，就跑到荀子那里去学习辅佐帝王之术。学成之后他来到秦国，因为李斯看到，当时七国之中只有秦才能统一六国。临行前，李斯对老师讲了一句最能反映其人生观的话：“为人最耻辱的莫过于地位的悲惨，最可悲的莫过于处境贫困。”所以，当李斯奋斗了几十年，终于获得贵为丞相、位极人臣的权势禄位时，他是不愿意失掉这一切，重新回到过去的卑微贫贱的身份的。赵高看透了李斯这个人的本质，他感觉有把握说服李斯。

于是，赵高找到李斯说：“皇上驾崩前，曾留给扶苏一份遗诏，让他回咸阳办理丧事，然后继位。可遗诏还没有发出，皇上就去世了，还没有人知道此事。现在遗诏和符玺都在胡亥手里，究竟继位的太子为何人，全凭你我一句话，你看怎么办？”

李斯闻言大惊：“你怎么说出这种亡国之言？这不是我们作臣子的应该议论的！”

赵高说：“君侯不必惊慌。你仔细想一下，你的才能比得上蒙恬吗？你的功劳比得上蒙恬吗？你的谋略比得上蒙恬吗？你的威望比得上蒙恬吗？你与扶苏的关系比得上蒙恬吗？”

连珠炮似的问话把李斯说愣了：“这五个方面我都比不上蒙恬，但你为什么指责我这些呢？”

赵高说：“我虽然是刑余之人，但有幸以刀笔之吏进入秦宫，管事二十余年，未尝见过秦封赏的功臣能够传到二世，很多人都不得善终。皇帝的二十几个儿子都是你所了解的。长子扶苏刚毅而勇武，若得嗣位，必用蒙恬为丞相，君侯之位岂能保全？我受诏教胡亥学习法律，数年来还没有见他有什么过失。他仁厚老实，轻财重士，诸公子中还没有人比得上他。为什么不立胡亥为帝，共襄盛举呢？”

李斯道：“我奉先帝遗诏，立扶苏嗣位，天意如此，得失利害，无暇多顾了。”

赵高有些不耐烦了：“安可变危，危可变安。此刻正是转危为安的良机，连这点都看不明白，还算什么明智之士？！”

李斯心里乱糟糟的，一时理不出个头绪来，他心情沉重地说：“我李斯本是上蔡的一个普通老百姓，蒙先帝宠信，提拔为丞相，封为通侯，子孙也都为官。先帝信任我，将事关社稷安危的大事托付给我，我怎能忍心相负呢？况且忠臣不避死，孝子不惮劳，我但求自尽职守罢了！你不要再说了。”

赵高见李斯色厉内荏，已不能坚持，便进一步威胁说：“如今权柄已掌握在胡亥手里，没有你参加，我也能办成此事。你如果听从我的劝告，就可长为通侯，世世称孤，必有乔松之寿，孔墨之智。如若执意不从，必然祸及子孙，我实在为你寒心。何去何从，你自己选择吧！”

李斯此时心乱如麻，他知道胡亥、赵高早已串通一气，自己如若不从，必然大祸临头；若是从了，又觉得对不起死去的皇上。思忖再三，最后还是私欲占了上风。李斯禁不住仰天长叹，垂泪自语：“我生不逢时，偏遭乱世，既不能身随先帝于地下，又不能完成先帝托付的大事。皇上不负臣，臣却要负皇上了。”

赵高见李斯应允了，便拉着他一块儿来见胡亥。三人经过一番密谋，决定由李斯出面，装着受秦始皇遗诏，立胡亥为太子。同时又伪造了秦始皇给扶苏的诏书，宣布赐死扶苏和蒙恬。伪诏写好后，盖上玉玺，由胡亥找了个心腹作使者，给扶苏和蒙恬送去。

赵高等做贼心虚，不敢直接回咸阳，就向北绕了一个大圈，以便拖延时间，等待扶苏那儿的消息。

不久，胡亥派出的使者到了上郡，把伪诏交给了扶苏和蒙恬。扶苏是个孝子，向来不敢违抗秦始皇的命令。如今看了“诏书”，他不由得痛哭一阵，便要自杀。蒙恬劝道：“皇上在外巡游，未立太子。他交给我三十万人马守边，又委派公子来监督，这是天下重任，如今只凭一个使节到此，便要自杀，怎知他没有诈谋？依我看，不如再派人向皇上申诉一番，如果属实，再死也不晚！”

扶苏为人老实，听了蒙恬的话，摇了摇头，流着眼泪说：“父要子死，子不得不死。用不着再申诉了。”说完便拔剑自杀了。蒙恬毕竟老练，不愿意这样糊里糊涂自杀。蒙恬把兵符交给副将王离，让使者押着自己，去往阳周（今陕西张县西北）狱中，等待处理。

使者还报。胡亥等听说扶苏已死，不觉大喜。一行人昼夜兼程，终于回到咸阳。他们公布了秦始皇死亡的消息，发丧出殡。赵高拥立有功，秦二世以他为郎中令，总管宫廷大小门户。李斯仍旧作丞相。

赵高玩弄阴谋诡计，把胡亥捧上了皇帝宝座，自己也升官晋爵，当上了郎中令，成为炙手可热的权臣。但赵高还不满足，赵高还有更大的野心。赵高要独揽大权，甚至要南面为君，称王称帝。为了达到自己的目的，赵高有步骤地进行了一系列罪恶的活动。

秦二世登基伊始，赵高便进谗言，害死了蒙恬、蒙毅兄弟。赵高害死这两个元老重臣，既扫除了自己夺权道路上的一大障碍，又报了私仇，真可谓一举两得。

秦二世靠玩弄阴谋诡计登上了皇位，精神空虚，心情紧张。除了赵高以外，他对满朝文武大臣都不敢相信，对自己的兄弟姐妹更是满怀猜忌。赵高看透了秦二世的心思，乘机怂恿他严刑峻法罗织罪名杀尽秦始皇时的元老重臣，疏远前辈皇亲国戚，另外提拔自己的亲信取代他们，通过这样的大换班来巩固统治。秦二世对此十分欣赏，并委派赵高去办理。

赵高秘受君命，大兴冤狱，先后残杀了秦二世的兄弟姐妹22人。有个叫将闾的公子，被捕后害怕受刑，和两个弟弟抱头痛哭一场，一起拔剑自杀。还有一个公子高，自知难免一死，竟上书自愿为秦始皇殉葬。秦二世见公子高主动求死，不禁大喜。赵高也满意地说："人们既然只愁不得好死，大概是不敢捣乱了。"于是，秦二世宣布赏给公子高丧葬费十万钱，批准他自杀。

在诛戮宗室的同时，赵高还罗织罪名，大肆诛杀朝臣。朝廷内外，人人自危，一片恐怖气氛。

赵高诛杀大臣，结怨甚多。赵高怕有人入朝奏事时说不利自己的话，就对秦二世说："天子之所以尊贵，是因为群臣只能闻其声，不能见其面的缘故。陛下年纪轻轻，未必什么事都知道得非常透彻，如果在朝廷上公开处理政事，难免有什么不恰当的地方，岂不是在群臣面前暴露了您的缺点，有损于您的威望吗？依臣之见，您不如身居宫中，遇事先同我们商量好处理办法，有所准备。这样，大臣们就不敢出难题了，天下也都会称颂皇帝圣明了。"

秦二世本就是个纨绔子弟，一听此言，正中下怀。从此，胡亥很少上朝，终日在宫中寻欢作乐，政事都交给赵高去处理。赵高大权在握，决定清除他篡位道路上的最后一个障碍——丞相李斯。

当时，反抗暴政的农民战争的烈火已燃遍全国。一天，赵高找到李斯，故意谈到起义军形势，对他说："关东群盗并起，天下大乱，可是皇上仍然恣意淫乐，不以国事为重。我想进谏，但人微言轻。君侯位居丞相，为何不去劝劝皇上？”

李斯苦笑道：“我不是不想进谏，但皇上不上朝视事，叫我如何面奏？”

赵高见李斯上了圈套，便说道：“这有何难？君侯如果真想进谏，待我探知皇上闲暇之时，即来报告你就是了。”

李斯闻言大喜，自然答应下来。李斯以为赵高是为国分忧呢，哪里知道这是赵高为除掉他而设下的圈套。

一天，赵高见秦二世正在挟妃宴饮，就派人告诉李斯：“皇上闲暇无事，丞相可以入宫奏事。”李斯信以为真，来到宫门外求见。秦二世正玩得高兴，听说李斯求见，不由得发怒道：“丞相有何要事，偏要在此时见我，败我酒兴。令他速回！”

就这样，赵高如法炮制三次，李斯连碰了三次钉子。秦二世见李斯总在他酒兴正浓时前来打扰，非常恼怒。一天，胡亥对赵高说：“我闲着时丞相不来，我忙时他偏来见我，为何故意难为我？”

赵高见计谋得逞，马上乘机进谗道：“沙丘之谋，丞相是参与的。如今陛下当了皇帝，丞相却无法再升官了。他是想‘裂土而王’啊！陛下不问我，我也不敢说。我听说陈胜等人是丞相的同乡，丞相的长子李由当三川郡守，和陈胜还有文书往来，不过还没有查实。所以我没有敢向您报告。”

秦二世听了，不由大怒，半晌说不出话来。接着就派人去调查李由是否通敌之事。

这时，李斯还蒙在鼓里。李斯见农民起义的规模越来越大，觉得一味镇压也不是办法，就邀同右丞相冯去疾和将军冯劫联名进谏秦二世，建议暂时停止阿房宫的工程，减少边区戍守和转输，以缓和阶级矛盾。不料，秦二世听了却大怒说：“这些都是先帝开创的功业，必须继续从事。如今我即位二年之间，群盗并起，你们镇压不力，却想罢先帝之所为。你们上无以报先帝，次不为朕尽忠心，凭什么占着丞相、将军的位子！”于是，下令将他们交付司法官吏审问。

冯去疾、冯劫非常痛心，为不受羞辱，不久便在狱中自杀。秦二世派赵高审讯李斯与其子李由谋反的案子。赵高天天派人严刑逼供，直打得李斯皮开肉绽，体无完肤。李斯实在受不了，便自我招供，承认谋反。

李斯之所以不自杀，是因为他自觉有功，又确未通敌，想上书申诉，指望秦二世赦免。但李斯的上书都为赵高截获，根本就没送到秦二世那里。

赵高还派十几个人扮作审讯官员，来狱中轮流审问。只要李斯翻供，便加劲毒打。李斯实在难忍，再也不敢改口。后来秦二世真的派人前来审查结案时，李斯误以为还是赵高派来的人，就仍旧承认通敌谋反。秦二世看了李斯的招供，十分高兴，对赵高说："如果没有你，我几乎被丞相骗了。"

不久，秦二世派去调查李由的人也返回来了，说李由已经阵亡。赵高见死无对证，便又编造出李斯父子的几条罪状报告秦二世。

公元前208年8月，李斯以谋反罪被判处死刑，并诛灭三族（父族、母族、妻族）。临刑时，李斯仰天长叹："功名利禄，误我一生。我若有幸重入人世，誓不再踏仕途一步！"

李斯已死，秦二世便提拔赵高当了丞相。因为赵高是宦官，可以出入宫禁，特称为"中丞相"。赵高既掌机要，又握实权，大小事情都由他决定。

独揽大权的赵高，为了检验群臣中还有没有人不怕他的权势而敢讲真话，便导演了一场指鹿为马的闹剧。一天，赵高送了一头鹿来，却说是献给秦二世一匹马。秦二世看了发笑道："丞相弄错了吧？这明明是鹿，你为什么说是马呢？"赵高却坚持说："是马！"秦二世感到奇怪，便问身边的大臣。左右的人都面面相觑，不知赵高打的是什么主意。有的人不敢表态，也有几个人据实说是鹿，但更多的人都奉承赵高，谎说是马。秦二世闻言，大吃一惊，以为自己神经惑乱，马鹿不分，于是就召来太卜，让他为自己占一卦。太卜已经赵高授意，便按照赵高的意思说道："陛下在春秋季节祭祀天帝鬼神时，未能严格遵恪守斋戒禁忌，所以神志昏乱，马鹿不分。现在陛下应该清心寡欲，斋戒数日，以求神灵赐福。"秦二世相信了太卜这一番鬼话，便躲进上林苑进行斋戒之礼去了。

秦二世走后没过几天，赵高便找借口把那些说实话的大臣全部杀掉了。从此以后，群臣都更加惧怕赵高，再没有人敢说他一个不字。

公元前209年8月，陈胜、吴广领导的九百名戍卒在大泽乡（今安徽宿县南）揭竿而起，点燃了中国历史上第一次大规模农民起义的烈火。陈胜起义后，天下响应，反秦的烈火顿成燎原之势。巨鹿一战，项羽消灭了秦军主力。接着，刘邦、项羽挥师西向，进军关中。

起义军所向披靡，秦王朝大厦将倾。失败的消息传到咸阳，秦廷内外莫不惊惶。偏赵高不急不忙，暗中打着自己的算盘。三年来，赵高施展种种阴谋手段，玩秦二世于股掌之中，最后独揽大权，登上了权力的顶峰。对此，赵高并不知足。赵高想要再进一步，乘乱杀死秦二世，过过南面称孤、君临天下的皇帝瘾。

公元前207年9月，刘邦攻入武关。秦二世闻讯大惊，急召赵高入宫议事，赵高却称病不朝见，日夜与其弟赵成和女婿咸阳令阎乐谋划政变。经过几番密谋，最后决定以赵成为内应，假说宫中有变，引阎乐率兵进攻秦二世的住处望夷宫。赵成与阎乐受计而去。赵高怕阎乐变心，又派人到阎家将其老母劫来作为人质。

这天，阎乐率吏卒千余人来到望夷宫门前。负责守卫望夷宫的卫令仆射（官名）见阎乐率兵前来，忙问何事。阎乐命令手下先将其两手反绑，然后开口骂道："盗贼已进入宫中，你们为什么不制止？"卫令仆射道："宫殿四周都有卫队驻扎，日夜巡逻，哪里来的盗贼？"阎乐怒道："你还敢强辩吗？"说着，顺手一刀，将他杀死。接着，阎乐率军闯入宫中。宫中的宦官、卫士见状大惊。纷纷逃窜。有几个胆大的卫士试图反抗，但因寡不敌众，都被杀死。赵成自殿内招呼阎乐，二人同入内殿。赵成命人弯弓搭箭，齐往殿内乱射，一支飞箭穿入秦二世的坐帐。秦二世惊起，急呼左右护驾，左右反向外逃去。秦二世转身跑进卧室，回顾身旁，只有一个宦官跟随。秦二世对他说："你为什么不早告诉我，以至弄到这种地步！"这个宦官回答说："臣不敢言，才能偷生至今。否则早已被杀身死了！"

这时，阎乐已冲了进来，指着秦二世破口大骂："足下荒淫无道，滥杀无辜，天下已共叛足下，请足下速作打算！"秦二世道："是谁派你来的？"阎乐答出"丞相"二字。秦二世忙道："能让我见丞相一面吗？"阎乐道："不行！"秦二世又说："按丞相之意，必是要我退位。我愿得一郡为王，不敢再称皇帝，行吗？"阎乐不许。秦二世又道："既不许我为王，就做一个万户侯吧。"阎乐仍不许。秦二世呜呜咽咽，苦苦哀求："请丞相饶我一命，我愿与妻儿同为黔首（百姓。秦代尚黑，百姓以黑巾裹头，故称）。"阎乐怒道："我奉丞相之命，为天下诛陛下。你多说也没有用，不杀你我没法交差！"说着，挥剑向前，欲杀秦二世。秦二世自知难免，拔剑自杀。

阎乐、赵成逼死秦二世，返报赵高。赵高大喜，急忙赶到宫中，抢得传国玉玺，悬挂在身上。赵高又下令召集文武百官，只等众人劝进之后，就登基称帝。无奈众人皆低头不语，赵高大为扫兴，只好临时改变主意，对大家说："二世荒淫无道，天下离叛，已畏罪自杀身亡。公子子婴仁厚得众，天下属望，应该嗣立。秦本是王国，始皇吞并六国，统一天下，才改称皇帝。如今关东六国纷纷自立为王，海内又复分裂。秦只保有关中一隅之地，子婴继位之后，不宜再称皇帝，还是像以前一样，称王为好！"众臣听了，哪里还敢异议？只好任凭赵高裁夺。于是召公子子婴，立为秦王，让他斋戒五天，再到庙堂祭祀，正式继位。

子婴知道赵高不安好心，心中十分不安。子婴找来心腹宦官韩谈和自己的两个儿子，对他们说："赵高杀害二世，本想自己称王，恐群臣不服，才假意立我为王。我听说他曾与楚人约好，要诛灭秦宗室而在关中称王。如今他让我斋戒、到庙堂祭祀，是想乘机在庙堂杀我，我不可不防。"韩谈说："此人心毒手辣，什么事都干得出来。与其等他下手，不如先把他除掉！"子婴的两个儿子也跃跃欲试，三人便要发兵擒拿赵高。子婴沉吟半晌，方才说道："赵高权倾朝野，爪牙甚多，万万不可鲁莽行事。五天以后，他要我到庙堂正式继位，到那时候我称病不去，他必定亲自来请。你们瞅准机会，将他除掉就是。"计议已定，几个人便秘密准备起来。

到了祭祀那天，赵高率群臣来到庙堂，迎立子婴继位。但几次派人去请，子婴只是称病不来。赵高果然亲自去请。赵高到了斋宫，见子婴面无病容，不由大怒："宗庙大事，大王为什么屡请不动？"子婴喝道："祸国殃民的乱臣贼子，你的死期就在今日，还敢在此胡言！"赵高尚不及答话，两厢早闪出三个人来，正是韩谈和子婴的两个儿子。三人举刀一阵乱砍，赵高顿成刀下之鬼。

子婴杀了赵高，立即召群臣进宫，历数了赵高的罪孽，并下令夷其三族。

多行不义必自毙。野心家、阴谋家赵高搬起石头砸了自己的脚，终于遭到了应得的惩罚。不过，风雨飘摇的秦王朝经过这一番折腾，更是完全丧失了抵抗能力。子婴只当了46天秦王，刘邦的军队便首先到了霸上（今陕西西安东南），群臣百官纷纷出降。子婴既不能战，也不能守，只好素车白马（丧服），以绳系颈（喻自杀），捧着传国玉玺，流泪出城，跪在道旁请降。煊赫一时的大秦王朝，终于被轰轰烈烈的农民起义所推翻。

第二节 袖里乾坤轻移放——权倾朝野的“十常侍”

东汉末年，政治极度腐朽黑暗，皇权衰弱，宦官和外戚交替专政，在朝廷和宫闱内演出了一幕幕争权夺利、你死我活的斗争。灵帝时期，以张让、赵忠为首的夏恽、郭胜、孙璋、毕岚、栗嵩、高望、张恭、韩悝、宋典等十二名宦官，皆被封为侯，贵宠无比。他们围拢在灵帝周围，左右朝政，交通贿赂，敲诈勒索，强占土地，无所不为。

昏庸的汉灵帝曾对人说：“张常侍（张让）是我父，赵常侍（赵忠）是我母。”这已成为千古不衰的笑柄。

有一年，洛阳南宫发生了火灾，大火烧了半个月才熄灭。不久洛阳城西面的广阳门又倒塌。张让等人利用这个有利时机，以修宫室为名，劝说灵帝增加赋税，每亩达到十钱。另外，又下令征用太原、河东（治今山西夏县西北）、狄道（治今甘肃临洮县）等郡的木材、怪石，责令送到京师。各地不知道花费了多少人力和财力，将应征的材料送到京师以后，负责修建宫室的张让则趁机敲诈勒索，动辄就说所进木材、石头不合乎标准，随意贬价，有的只付给原价值的十分之一。刁难、敲诈的目的在于索取巨额贿赂，有时候甚至将木材、石料据为己有。各地进京的材料稍有迟缓，或稍有违怠，就拒收所有征调之物。这样，各地所进木材在京师堆积如山，白白腐烂，而宫室建筑完工却遥遥无期。张让把这项工程变成了生财聚宝的摇钱树。

为了聚敛更多的钱财，张让又把眼光盯在了官员升迁这块肥肉上。张让怂恿着汉灵帝让各级官员在升迁的时候都要缴纳“修宫钱”，依据升迁的职位不同价格也不一样。要当官上任的，必须先交钱，经过一番讨价还价，直到双方都满意后才成交。有些官员因为没钱缴纳“修宫钱”，被迫自杀。一些正直的官员，厌恶这种龌龊卑鄙的勾当，请求不去赴任而张让等人却不准许，强迫他们缴纳钱财后赴任。

但是不久汉灵帝就腻烦了新建的苑囿，想微服到宫外的市场和街道上逛逛。

这下可吓坏了张让他们，因为张让等宦官们狐假虎威，大肆搜刮民财，在洛阳附近大兴土木，建造私人苑囿，规模样式甚至一点也不亚于皇帝，这在封建社会是犯了“僭越”之罪的。他们怕灵帝外出时发现，所以就不敢让灵帝上街。于是，张让就找了一个理由说，近来京城盗贼猖獗，恐怕外出有危险。灵帝一听很害怕，也就打消了出行的念头。以前汉灵帝经常登上永安宫的高台远眺，张让的豪华宅邸建成后，怕被灵帝看到，便指示时任中大人的宦官尚但去哄骗灵帝说：“天子不应当登高，登高则百姓逃散。”灵帝这位只知道贪财占物的昏聩之君，居然相信了这些莫名其妙的谎言。自此以后，灵帝再也不敢登高了，而张让也就不用再担心灵帝会发现他的秘密了。

张让等官宦的倒行逆施，引起了广大百姓和朝野正直人士的不满。各地的农民起义不断发生。从建宁元年（公元168年）到中平元年（公元184年）的十多年时间里，见于史籍记载的农民起义不下十几起。这些几乎遍及全国的大大小小的起义，预示着革命高潮的到来。中平元年（公元184年），一场席卷全国的东汉农民大起义——黄巾起义在全国范围内全面爆发。

在这种情况下，正直的大臣们纷纷起来抨击宦官。郎中张钧上书汉灵帝：“张角之所以能够兴兵作乱，而百姓也愿意追随他们，这完全是因为以张让为首的‘十常侍’倒行逆施、贪赃枉法、侵夺百姓，使得民不聊生，饿殍满地。老百姓完全是被逼出来的。所以，应当斩杀十常侍，把他们的头颅挂在城门上，向天下百姓谢罪。然后再派使者公布天下，这样不用费一刀一枪，老百姓自然不会再造反了。”

但是，让张钧没有想到的是，这个时候的汉灵帝对张让等人的信任和依赖已经到了无以复加的地步。汉灵帝转头就把张钧的奏折交给了张让过目。狡猾残忍的张让自然不会就这样让张钧得逞。张让开始在汉灵帝面前上演好戏，他先是顿足捶胸，表示愿意自投狱中，并愿意拿出自己的所有身家财产，资助军队镇压黄巾军。汉灵帝本来就对张让没什么意见，这样一来，汉灵帝对张让更加信任，更加器重。汉灵帝随后将张钧召入宫中严厉训斥：“你真是个狂妄之人！十常侍中难道就没有一个好人吗？”张钧自然是不服的，便再次上书，继续弹劾张让等人。这次依然没有收到任何的效果。

此次上书后不久，汉灵帝命令廷尉、侍御史调查大臣中有没有谁和起义军私下交往。御史得到了张让的授意，就诬陷说张钧和起义军私下有往来。汉灵帝本来就对张钧没有好感，这样一来更是勃然大怒，立即诏令将张钧逮捕下狱，并严刑拷打。最终，张钧这位直言敢谏的一代忠臣含冤死在狱中。

侍御史刘陶也是个清正廉洁的官员，他在任地方官的时候政绩卓著。在刘陶治理期间，治内路不拾遗。后来，刘陶被擢升为京兆尹，百姓为怀念他编了一首民谣："邑然不乐，思我刘君，何时复来，安此下民。"此事正逢张让当权，张让让他出一千万修宫钱。刘陶是个清贫的官员，无钱可拿，于是称病辞职。汉灵帝无奈，只好安排刘陶做谏议大夫。

有一天，汉灵帝在后花园与十常侍一起饮酒作乐，刘陶径直来到汉灵帝面前大哭。汉灵帝很奇怪，就问刘陶为什么要哭？刘陶说："天下危在旦夕，陛下怎么还能与宦官们饮酒作乐呢？"汉灵帝说道："现在国家太平，有什么危机呢？"刘陶痛哭说道："现在盗贼四起，攻打掳掠各个州郡。而罪魁祸首就是十常侍，他们卖官害民，欺君罔上，才引起了这样的结果。如今朝廷中正直的大臣都已经辞官归隐，祸患就在眼前啊！"

十常侍听到刘陶的话，十分惊惧。几个人马上趴在地上大哭："陛下啊，这是大臣们嫉妒陛下对我们太好，所以他们容不下我们。我们愿意立刻就回到各自的家乡，将各自的家产都拿出来资助军队。"听到十常侍这样说，汉灵帝自然是深信不疑的。于是怒斥刘陶道："你们家里也有下人，为什么就不允许朕有呢？"说完，汉灵帝又命令侍卫将刘陶关进大牢之中。刘陶大呼说："我死没有什么可惜的！可怜汉室天下，四百余年，到现在就要结束了啊！"刘陶被关入大牢之后，张让趁机进谗言道："以前，张角犯上作乱，陛下曾下诏施以恩威。从那以后，百姓都加以悔改，不再追随张角。现在天下安定了，刘陶却说张角掳掠州郡，他是怎么知道的呢？我怀疑刘陶和张角等匪徒有勾结。"在张让的示意下，狱吏对刘陶每天都进行拷打。不久，刘陶就冤死在狱中。

其实，早在黄巾起义爆发时，张让等宦官就觉察到东汉政权统治就很不稳定，民间尽是流传"岁当甲子，天下大乱"的传言，张让为防止汉政权被推翻而先期与黄巾军拉关系以求自保。张让与黄巾军秘密往来，难免露出一些马脚。当时，汉军在与黄巾军的一场战役中获得了胜利，在缴获的黄巾军物品中，当时的豫州刺史王允发现了宦官张让的宾客与黄巾军联系的信件。

王允

王允为人正直，自然要将此事呈报给汉灵帝知道。汉灵帝这一回终于发怒了，便怒责张让："现在国家有难，你们不但不帮助国家，反而还暗中与黄巾军勾结，你说该杀不该杀？"张让一面谢罪，一面又把与黄巾军往来的事情推到已经亡故的常侍王甫、侯览的身上。经过张让的巧言辩解，加上其与汉灵帝的特殊关系，张让并没有因此获罪。事后，张让对王允怀恨在心，借故中伤，将王允逮捕入狱。

不过王允的运气还不坏，不久之后刚好碰上大赦，于是官复刺史原职。可万万没想到的是，放出来没几天，王允又被抓了进去。这回的罪名和岳飞的罪名一样——"莫须有"。当时所有人都为王允捏了把汗，连司徒杨赐都派人对他说：发生这些事，都是因为你得罪了张让，如今生死难料，得要想个周全的办法才行。甚至还有些人认为他已经是在劫难逃，为了使他免受酷刑而死，居然还专门送了毒药给他，以供他自尽。由于王允的血性，使得当时的大将军何进、太尉袁隗、司徒杨赐联名上疏，为他求情，结果也还是死罪得免，活罪难逃，之后又经过多方营救，才在第二年获释。

汉灵帝有两个儿子，一个是何皇后生的儿子刘辩，一个是王美人生的儿子刘协。

汉灵帝病重后，群臣知道汉灵帝来日无多，因此请求册立太子。汉灵帝认为刘辩为人轻佻，没有威仪，不可立威天下之主，希望次子刘协即位。但何皇后的哥哥何进是大将军，手握重兵，汉灵帝怕他闹事，因此犹豫不决。临死前，汉灵帝仍决定让刘协即位，他把刘协托付给上军校尉蹇硕，对他说："我自知不久于人世了，现在何进位高权重，若立刘辩，恐他日后更加如虎添翼。我已下决心立次子刘协，你速去办成此事！"说完后就命丧黄泉。蹇硕与何皇后的矛盾很深，他也深知何皇后的哥哥何进是兵权在握的大人物。在嫡长制的世袭制度下，刘辩是长子，是皇位的当然继承人，而现在要废嫡立庶，是有悖常理的。于是，蹇硕决定先下手为强，等诛杀何进后再拥立刘协。这时，汉灵帝的灵柩停放在殿中，蹇硕在四周密布伏兵，企图等何进入殿拜奠时乘机动手将其杀死。

蹇硕手下有个司马曾受过何进的恩惠，何进入宫后，他使了个颜色给何进。何进见势不妙，转身退出宫门，骑马逃回大将军府，调集了军队护卫府院，然后称病不去上朝。蹇硕没有得逞，只得按照惯例，让刘辩即位，也就是汉少帝。

刘辩即位后，尊何氏为皇太后，将国家大权交给了何进，封刘协为渤海王，以后又改为陈留王。何进知道天下人都怨恨宦官，对上次蹇硕想要对自己不利的事情更是愤恨，于是打算铲除宦官。中军校尉袁绍也主张诛杀宦官，两人不谋而合。蹇硕发觉了何进的意图，于是想先下手为强，与宦官赵忠密谋诛杀何进。这时候，有个叫郭胜的宦官与何进是同乡，他把蹇硕的阴谋透露给了何进，何进于是派黄门令逮杀了蹇硕。

袁绍

蹇硕被杀以后，袁绍劝何进把宦官势力彻底清除掉，他说："以前窦武想消灭宦官，由于泄露了机密，反被宦官杀了。现在将军执掌兵权，应该替天下除害，可别错过了机会。"何进不敢做主，去跟太后商量，何太后说什么也不答应，并且说宦官统领禁省是汉代的制度。何进无奈，退而求其次，决定先诛杀那些恶性昭著的宦官。

袁绍不赞成妥协，说此时不铲除宦官势力，会后患无穷，他替何进出谋划策，劝何进秘密召集各地兵马进京，迫使太后同意铲除宦官。何进觉得这是个好办法，决定这样来吓唬太后。何进的主簿陈琳听了，连忙阻拦说："将军手里有的是兵马，要消灭几个宦官，还不是像炉火上烧几根毛发那样容易？如果召外兵进京城，这好比拿刀把子交给别人，不闹出乱子来才怪呢。"

但是何进不听陈琳的劝告，他派人给并州牧董卓、泰山太守王匡、东郡太守桥瑁各送了一封信，叫他们迅速带兵进洛阳。又派人火烧孟津，大火冲天，直照京师。何太后害怕了，罢免了所有的宦官，只留下几个与何进关系不错的宦官在宫中照应。

自蹇硕死后，张让等人都是惶惶不可终日，他们知道何进的心思。于是，他们花费大量的金银财宝贿赂何太后之母舞阳君以及何进的弟弟何苗。母子二人得了好处，便从中替他们在何太后面前说好话。因此，何太后更是犹豫不决，下不了诛灭宦官的决心。

中平六年（公元189年）八月二十五，何进来到何太后居住的长乐宫，准备再次劝说何太后诛灭诸宦官。但是，何进没有想到，这将是他人生的最后一段路程。就在何进整踌躇满志的时候，在幽暗的深宫中，有两双眼睛正在窥视着他，黑手也正在向他伸来。

怒火中烧的何进见到太后，迎面就是一句："不杀诸常侍，无以谢天下！"太后并没有做任何表态。而此时，躬身躲在窗外的十常侍之一段珪禁不住打了一个寒战，他立刻转身离开了太后的寝殿。

何进发完了火，悻然告辞而出。接近南宫宫门时，一个气喘吁吁的小黄门突然从背后赶了上来："大将军请留步，太后有旨，请大将军到嘉德殿议事。"何进并未多想，跟着小黄门匆匆走上嘉德殿的台阶。一踏进殿门，何进就知道上当了。御座上空空如也，既没有太后，也没有天子。何进猛然回头，几十个手执刀剑的宦官早已关上殿门，堵住了他的去路。张让等人对何进说："大将军，天下大乱，也不仅仅是我们的罪过。想当初，先帝曾经因为太后毒杀了王美人而想废掉她，我等苦苦哀求，而且每人拿出千万资财送给皇上，以此平息他的愤怒，我们这么做，还不是想托身将军的门下！但是，现在你竟要将我们斩尽杀绝，这不是欺人太甚吗！"话音刚落，尚书监渠穆第一个冲了上去。何进想要拔剑，可已经来不及了。何进立刻命丧当场。

片刻之后，正在尚书台当值的尚书卢植忽然接到天子诏书：任命前太尉樊陵为司隶校尉，少府卿许相为河南尹。如此重大的人事变动，卢植觉得太突然，就迟疑着对传诏的宦官说："还是等大将军来了再议定此事吧。""可以。"宦官说着，一甩手就把何进的人头掷给了卢植，并且说道："何进谋反，已经伏诛！"

很快，守候在宫门外的何进部下吴匡和张璋听说了何进遇害的事情，立刻疾驰回到大将军府，与袁绍堂弟、虎贲中郎将袁术一起率兵攻打南宫宫门。宫内的宦官纷纷拿起武器殊死抵抗。袁术下令火烧青琐门。宫门倒塌，军队杀人南宫。张让和段珪等人逃进长乐宫，向太后报称大将军军队造反，已经烧毁宫门，正在攻打尚书台。然后不由分说，和黄门卫士簇拥着太后、天子和陈留王，劫持了部分官吏，从复道逃往北宫。尚书卢植在阁道的窗下看见了段珪和被劫持的太后，拔出剑仰面怒骂。段珪情急之下，拉过太后从窗口推了出去。卢植等人忙上前接住。太后保住了一条命。

而此时在宫外，袁绍让叔父袁隗假传诏书，召樊陵和许相入朝，随即将二人斩杀。然后与车骑将军何苗率领军队进攻北宫。此刻，大长秋赵忠及其手下正从宫中仓皇出逃，刚好在朱雀阙下遭遇袁绍的军队。赵忠等人没做出多少有效的抵抗便死在乱刀之下。袁术与袁绍先后占领南宫和北宫之后，袁绍即刻命人关闭两宫的所有宫门，并勒令军队连夜对宦官展开一场大搜捕。这场大搜捕整整持续了两天，实际上演变成了一场大屠杀。因为袁绍下了死命令：抓到之后，就地诛杀！无论老少，一个不留！于是，从八月二十六凌晨到二十七黄昏，洛阳皇宫中的砍杀声、惨叫声和哭喊声响成一片。士兵们最后杀红了眼，看到不长胡子的就杀。两天总计杀掉了两千多人，有很多并非宦官的人也因为没有胡子而被冤枉惨死刀下。

八月二十七黄昏，在宫中东躲西藏的张让和段珪等人知道大势已去，只好劫持着小皇帝和陈留王从洛阳东北的谷门步行出逃，向黄河渡口的方向逃窜。尚书卢植和河南郡的一个官员闵贡一直在后面围追，深夜时分，他们终于在黄河边上的小平津渡口追上了张让一行人。闵贡拔剑指着张让和段珪，厉声喝道："你还不赶快自杀，否则我一定杀了你！"一边说一边挥剑猛刺，几个宦官接连仆倒在张让和段珪的身边。恐惧而绝望的张让走到小皇帝面前，双膝跪地，向天子磕了最后几个响头，说："臣等就此别过，请陛下保重！"随后，张让和段珪相继跳进了黄河。

卢植先行回宫让百官出城接驾。闵贡扶着小皇帝和陈留王，借着萤火虫的微光向南行走。走了几里路才看见一辆老百姓的板车，闵贡让小皇帝和陈留王坐了上去，一路推到了洛舍。天亮时分，闵贡才找到两匹马，他让小皇帝骑一匹，自己和陈留王共骑一匹。一路上才陆续有一些大臣前来接驾。

此后不久，东汉末年最为著名的大军阀董卓到了。东汉王朝走进了一个历史性的时刻。中国的历史也从此走向了一个新的阶段，中国历史上最为精彩的一段分裂时期——三国鼎立也即将拉开序幕。

第三节　三公不过掌中物——独揽朝政的“立地皇帝”刘瑾

明孝宗临崩前，派人把大学士刘健、李东阳、谢迁三人召至乾清宫病榻前，嘱托道：“朕遇病不起，也是天命。朕继位以来，一直遵守祖宗法度，不敢怠慢荒惰。日后之事，多烦爱卿诸人费心！”

明孝宗又拉着刘健的手，托孤道：“太子年幼，好逸乐，爱卿等当教之读书，辅导他成为有德明君。”

明武宗朱厚照

继位的明武宗朱厚照，他的“出身”方面讲，正得不能再正。其生母乃明孝宗正宫皇后张氏。而且，明孝宗只有儿子朱厚照一个“根红苗正”的接班人。知子莫若父，对这个儿子的心性，明孝宗临崩前一语道明，可见他对少年儿子心中一直怀有忧虑。稍感欣慰的是，正臣在朝，天下不乱，明孝宗觉得儿子继位后，有大臣们匡正，应该能学好。

但在皇权极其专制的明朝，在根本制度上就只有皇帝大如天的弊病。如果赶上明君或者庸君，一般都不会闹出太多乱子；但如果赶上明武宗这种青春期继位的骚动帝王，异想天开，想啥干啥，国家可就倒了大霉。

明武宗正德元年（公元1506年）初，太监刘瑾被委任掌管“五千营”的重任。刘瑾，陕西兴平人，原姓谈，他与王振一样，属于成人后自阉入宫。这种人深知世事，坏起来就比一般自幼阉割的宦官坏得多。刘瑾在明景帝时代入宫后，认一刘姓太监为义父，故而改姓刘。明武宗当太子时，刘瑾在东宫服侍，把少爷哄得团团转，斗鸡玩狗，须臾不得离开这位善解人意的刘公公。所以，明武宗当皇帝后，很快就对刘瑾加以提拔。

明武宗从太子东宫带入皇宫中的近侍宦官，除刘瑾外，还有张永、谷大用、马永成、高凤、罗祥、魏彬、丘聚等七人，合称“八虎”。这八位太监都是人精，专门会逗十来岁的小皇帝开心，尤以刘瑾最为狡黠。刘瑾为了邀宠，天天进献鹰犬、歌舞、角抵等戏法、玩意给小皇帝，又常常引诱明武宗“微服”出宫游玩，可以说是把皇帝教坏的罪魁祸首。

明武宗朱厚照当时只是个十五六岁少年，“近朱者赤，近墨者黑”，自然喜欢身边这些日夕与自己欢歌玩耍的公公，讨厌那几个终日向自己灌输仁义道德的大学士。明孝宗遗诏中，有要求罢免宦官出监各城门外任的内容，刘瑾均拒之不行。刘瑾还劝明武宗下诏，要那些在外监军的宦官每人上交“万金”的“承包费”，导引皇帝大兴敛财之念。同时，刘瑾又在京城周边广置“皇庄”三百多所，夺人土地，侵民害物。

外廷方面，大臣们开始对明武宗从东宫带至大内的几个宦官们并未多在意，只以为是几个人逗皇帝开心在宫内乐乐而已。但是，这些人撺掇皇帝广置“皇庄”，四处捞钱，扰民侵利，大臣就不能坐观。大学士刘健、谢迁、李东阳一时进谏，“不报”。

阁臣们累谏不听，尚书张升、御史王涣以及南京给事御史李光翰等人纷纷上章轮谏，亦不听。直到负责星象观察的杨源拿“星变”来说事，表示这几个太监作害已经上干天谴，明武宗才有所心动。

大学士刘健、谢迁等人与户部尚书韩文等接二连三上章劾奏刘瑾等人，希望皇帝把汉朝、唐朝的宦官乱政引以为戒，恳请明武宗下诏把几位太监下狱，严加鞫问。见大臣们如此来势汹汹，大有不杀自己的玩伴不罢手的气势，明武宗毕竟是个刚登帝位的少年人，为此惊泣不食，几个太监也“大惧”，一起抱头痛哭，觉得好日子到头了。时任太监“总司令”的司礼太监王岳也是明武宗东宫旧臣，可这位王公公是个好太监，本性刚直，对刘瑾等人诱引武宗皇帝偷鸡摸狗的事情非常反感，支持大臣们法办刘瑾等人的疏议。

明武宗无奈，派太监李荣向上朝的大臣们传话，表示说：“这些宦官奴才们服侍朕日久，不忍马上处置他们。希望诸臣宽延，朕慢慢自会处理这些人。”

大臣们喧嚷不已，非要皇帝立刻下旨裁处。此时的刘瑾、张永等人惊骇异常，自求发配南京安置，表示只要能饶自己的狗命即可。大学士刘健等人固执异常，表示“流放”不可以接受，强逼明武宗下旨杀死这几个太监。司礼监太监王岳附和阁臣意见，希望武宗皇帝下诏立逮诸人入狱，严加惩治。武宗皇帝不得已，只能应允，只待转日发旨，逮捕刘瑾等人下狱治罪，给大臣们一个交代。

其实，朝中大臣此时大可给明武宗“情面”，先流放了众太监，只要这些人离开皇帝左右，到时候想杀想剐，容易得很。但阁臣刘健等人得理不饶人，非逼明武宗表态，立即要收拾刘瑾等得宠的公公，这就让明武宗很不舒服。其实，大臣当中，当时的兵部尚书许进就是个明白人，他说：“这些宦官被流放在外就足够了，如果逼急了他们，没准会有甘露之变那样的事情发生！”众人不听。恰巧，吏部尚书焦芳是个奸诈之人，他一直与刘瑾交好，便把朝臣动向马上通知刘瑾，并暗中为刘公公等人出主意。于是，当天深夜，明武宗正在宴饮听戏之际，刘瑾、张永、谷大用等八人忽然出现，向小主子跪地叩头不已，大声哭泣喊冤，诉道：“陷害我们的主凶是王岳！”

武宗皇帝不解：“为什么说是他？”

刘瑾道：“王岳提领东厂，与外臣相勾结，里应外合，想陷害我们几个忠心耿耿的奴才！朝臣们所说奴辈等买鹰进犬供陛下玩乐，难道只有我们几个，王岳没份儿吗？”

听闻王岳与朝臣里外交通，明武宗怒从心头起：“应该马上先逮捕这个吃里扒外的王岳！”

刘瑾察言观色，深知机不可失，马上进言：“狗马鹰兔这类玩意儿，何损万岁您盛德！如今左班大臣敢于大言无忌的原因，是司礼监没有我们自己人啊。如果陛下您让自己人掌握司礼监，谁还敢嚷嚷！”

明武宗大悟，立即传旨命刘瑾入掌司礼监，并“提督团营”。这样一来，东厂、西厂这样的特务机关不仅掌握于刘瑾手中，他还有了京城禁卫军的指挥权。太监可比朝臣们果断得多，刘瑾立刻逮捕王岳等不与自己一心的原上司，流放南京。忙了一宿，外廷大臣什么都不知道，都被蒙在鼓里。

转天早朝，众官正要上奏逮治刘瑾等人，未等开口，有中官宣旨，宣布了皇帝对刘瑾等人的新任命以及对王岳等人的处治。

一夜之间，情况大变，朝臣一时愕然。刘健等阁臣知道事情不可挽回，只得上章求去。明武宗乐得清闲，交与刘瑾处理。刘瑾自然“批准”，勒令刘健、谢迁致仕，独留李东阳一人看守内阁。

李东阳能留下，是因为日前阁议时，刘健拍案痛哭，谢迁大骂宦官不止，唯独李东阳一直沉默无言。刘瑾耳目多，侦知此情后，才决定留下李东阳一人当障眼牌。

消息传出，山西道御史刘玉等人上书恳谏，要求武宗皇帝不要弃逐顾命大臣。武宗览奏大怒，把几人逮捕入狱，削职为民。看到皇帝如此表态，刘瑾等人更加肆无忌惮，“于是（他们）同揣帝意，在外日以深文（峻法）诛求诸臣，使（大臣们）自救不暇，而莫敢进言”。

眼看刘谨主事后大臣们的奏章少了很多，明武宗顿觉耳目清静，欢喜之余觉得刘公公办事得力，深可信赖，大加倚用。

刘瑾当然不会放过老上级王岳公公，派人于半路追杀之。

刘瑾非常有心机，素善矫饰，对老同事谷大用等人办事也非常“挑剔”，以显示他的“公心”。这样做，既震慑了同辈，又在明武宗面前买了好，直称赞他执法公允。同时，刘瑾又擢升首先向自己告密的吏部尚书焦芳为大学士，入阁办公，表里为奸。外廷有了焦芳这么一个同谋，刘瑾羽翼顿丰，为事更加顺手。依据明代制度，吏部首长不能兼任内阁之事，因为内阁负责看详拟票，吏部负责官员铨选，如果二者由一人兼而任之，就相当于总理兼组织部部长，把宰相的职责都拿到手里。明朝立国以来，一直禁行这种任命。刘瑾打破成法，由自己人焦芳一人兼两任，主要是为了他们办事方便。

由于先前的户部尚书韩文也是率导众臣劾奏太监的带头人，刘瑾自然不会放过他，日伺其过，找碴把韩文贬官，逐回老家为民。改任吏部尚书的许进与刘瑾意见相左，也被刘瑾逐出。只要有大臣上章疏提意见不符刘瑾心意的，轻则免官，重则入狱被杀。

时任兵部主事的王守仁上书谏明武宗惩罚言臣太过，刘瑾览之大怒，矫诏逮王守仁入狱，狠杖五十大板，几乎把王主事活活打死，然后罚他为贵州龙场驿丞。流放途中，刘瑾派人在途中伺伏，想置王守仁于死地。行到杭州，王守仁怕自己被害死，连夜把衣服抛入水中，又写遗诗“百年臣子悲何极，夜夜江涛泣子胥”，想造成投水自杀的假象骗过杀手的追杀。这一招做得很到位，连其家人都以为他真死了，服丧告殡。王守仁隐姓埋名，窜入武夷山中，终于逃脱刘瑾的毒手。但不久，王守仁又怕自己连累其父王华，只得重返“人间”，赴贵州龙场充当驿丞。王华时任南京吏部尚书，刘瑾强逼他退休。王守仁终得不死，否则，中国思想史上就少了一颗巨星。王守仁后来成为一代哲学宗师，以“阳明”学派著称后世。

刘公公爱搞创新，他开创“枷法”，有事没事就以皇帝名义把大臣们囚枷于长安门，站错队的大臣被枷死者甚众。大小官员奉命出外及还京的，朝见皇帝后，肯定会赴刘瑾私宅辞拜。公侯勋戚，谒见刘瑾均行跪拜礼。宁王朱家濠有不轨之心，派人送大批金宝给刘瑾，希望朝廷还回他的旧有护卫军，刘瑾立许。

兵部尚书刘宇原先只是宣大总督这样一个地方官，入京后为左都御史，马上向刘瑾送万两白银为“见面礼”。彼时刘瑾刚刚当权，期望值不高，不过数百白银的盼头，忽见这么多白花花银两，惊喜莫名，大叫“刘先生待我太好了”！因此，刘公公投桃报李，手中有“组织”权后，立马就任刘宇为“兵部尚书”。刘宇确实捡了个彩头，押宝得当，识人的时机非常关键，在刘公公欲显未显之时，果断送大礼。当初这一万两白银对刘瑾的影响，日后几十万白银也换不来。司空见惯后，刘瑾对银子这种见面礼的印象就不再深刻。这位刘宇是个人精，几年后，刘瑾败前两月，他见刘公公一直排斥正人，树敌无数，预感到公公要倒台，便急流勇退，告老还乡。当然，刘宇依然名列阉党，可毕竟身家性命得以保全。且老刘当政几年来，收受白银千万两，相比当初送刘瑾那区区一万两银子，绝对是个大好的买卖，值了!

刘瑾之所以能把天下大事一把抓，招数并不新奇，但此招于太监们来讲屡试不爽：趁明武宗聚精会神看杂耍、歌舞表演或戎服骑射玩打仗游戏时，刘瑾总会捧着一大堆奏章要皇帝“省决”。一来二去，明武宗兴头被扫，叱骂道：“我要你们这些人是干什么用的！拿这种小事烦朕！”刘瑾等的就是这句话，立刻自己全权负责处理这些军国大事。

刚开始时，刘瑾还象征性地把奏章批复意见送进内阁“拟旨”。内阁的办事官员不傻，纷纷打探刘瑾公公的真实意图，然后按照他的要求拟旨。其事大不能决者，内阁官员先让堂侯官到刘瑾处请明，然后方敢下笔。到了后来，刘瑾索性把这道程序也省略了，将全部奏章文件带回自己私宅，由师爷张文冕一手操办。这张师爷松江胥吏出身，因犯法被通缉，逃入刘瑾府中，大受信用。由此，这么个“副股级”胥吏变成了真正有权操掌天下万机的“真宰相”。为此，刘瑾自建“白本”，把大意写好后送内阁拟者，李东阳等人自顾不暇，皆唯唯诺诺，极口称美。诏旨中有言及刘瑾的，皆称“刘太监”而不敢写其“名讳”。在都察院的奏章中，有一次官员误写“刘瑾”名于其上，惹得刘公公拍案大怒，最后都御史（最高检察院检察长）屠滽率全体僚属向他下跪求饶。

为了进一步加强太监权力，刘谨矫诏“天下镇守太监得预刑名政事”，并革除天下巡抚的称谓，地方大权也被公公们牢牢掌握。

宦官不男不女，半阴不阳，非常记仇，果真是嫌隙之怨，易构难消。正德二年（公元1507年）四月，刘瑾命百官跪于金水桥南，宣布“奸党”人员及罪名，为首的“奸党”就是最早想要“八虎”太监性命的大学士刘健、谢迁以及户部尚书韩文，共53人之多。名在“奸党录”中的人，在官者全被开除。

至于李东阳方面，刘瑾不忘旧恨，把这位阁臣构陷下狱准备弄死。但由于老李善于乱世浮沉，依违其间，加上刘瑾一直敬佩的大名士翰林康海到刘瑾家中说情，最终老李才捡得一命。此后，老李更加小心翼翼，委蛇避祸。李东阳之所以一直未被刘瑾拔除，也是当时刘瑾阉党不想尽逐旧日阁员，怕行事太过会引起朝野更大的反弹，加之老李为人做事不是特别冲动冒失，平日又能为公公们写碑文进赞语什么的，所以才被刘太监最终“包容”。

日后，刘瑾身败，李东阳被不少人誉为能识大体，夸奖他能在虎狼公公们当道时保全“善类”。这其实也是言之过当，老李不过是“恋栈”而已，没有什么对恶势力做斗争的勇气和实际举动。但李东阳为人廉谨宽厚，小心谨慎，又为明朝一代文学宗师，从本质上讲绝对不是什么坏人。上有昏君，下有阉党，李东阳沉浮其间，殊为不易。

除焦芳外，刘瑾在正德二年冬又任命张彩为文选司郎中。这位张彩虽也是佞幸小人，但他有真本事，乃进士出身，曾为吏部主事，因与焦芳关系好，自然为刘瑾所用。

张彩是个美男子，面貌白皙，身材修伟。见刘瑾时，张彩高冠鲜衣，须眉蔚然，词辩泉涌，很是招人喜欢。刘瑾看见如此人才投奔门下，又敬又爱，执手移时，相见恨晚。刘瑾赞叹道：“张先生真神人也，我怎么能得到您这种人才呀！”

这位张彩一路高升，不久入阁，并加太子少保。张彩很会来事。每次刘瑾公公休假期间，满朝文武公卿皆在其宅前等候，有时等了大半天也不见刘公公露面。但唯独张彩故意徐徐而来，缓步摇身，直入刘瑾小阁，与公公欢饮好久，才怡然而出。由此，大家更加畏惧敬惮张彩，拜见张彩的规格和拜见刘瑾一样恭谨。

张彩为主子刘瑾尽心尽力，出过不少主意收买人心。见外官纷纷向刘瑾行巨贿，他私下对公公说："这些人在地方上搜刮小民，然后献给您的不过十分之一，但天下之怨都归于您，应重罚他们其中的一些人以昭示天下！"

刘瑾大声称善，一时间搞运动一样"反贪""反行贿"，使得行贿的地方官员因贿得罪入狱的有不少人。时人为此有段时间大受蒙蔽，以为张彩能引导刘瑾为善。

正德三年（公元1508年）七月，明武宗上朝时，发现有人趁众臣朝拜时在朝堂投匿名信。武宗皇帝眼尖，命人拾取，仔细一读，全是上告刘瑾不法说情的内容。青春期的武宗皇帝逆反心理很严重，他当着百官的面恶狠狠地拿着匿名信说："你们所说的好人，朕就是不用！你们所说的坏人，我一定要用！"

刘瑾更怒，他把当天上朝的三百多名大臣皆驱至奉天门外，让他们集体东向罚跪。众臣跪了一天，因干渴当场就死了4个人。见酷暑天众臣罚跪，太监李荣也看不过去，趁刘瑾不在时派内侍们向人群中扔冰冻西瓜以解渴，刘瑾见而恨之。太监黄伟也很义愤，话里有话地高声叫道："匿名信中所书，皆是利国利民之事，大丈夫一人做事一人当，奈何枉累他人！"事后，刘瑾把李、黄二太监逐出宫并予以免职。最后，刘瑾准备把所有当天在场的大臣们皆打入诏狱拷问，大有不审出投匿名信的人绝不罢休之势。后经李东阳苦劝，又有亲信告称匿名信乃宦官内部之人投放，刘瑾这才"饶过"众官一回。

除老同事管理的东厂、西厂、神机营之外，刘瑾又设"内行厂"，自己亲自督理。这"内行厂"权利最大，是特务"王中王"，被"惦记"上的人本人及家族基本上活不了几天。不仅仅常人能监察，连厂卫的特务和特务头子也在侦察之列。也就是说，刘谨对"老同事"们也不放心，对这些同类不断加强监视，唯恐他们不与自己同声同气。

正德四年，刘瑾得力心腹焦芳退休，刘瑾便升任心腹刘宇由吏部尚书为太子太傅、文渊阁大学士，入阁办事；迁吏部左侍郎张彩为吏部尚书，这样一来当时的吏部、户部、兵部尚书都是刘谨党羽。刘瑾除在京城抓权外，又广在地方生事。刘瑾多次矫诏遣人查盘天下军民府库，凡地方有存留的财物，皆强令解送京城。郡县积储为之一空。同时，刘瑾又对各外地入京朝觐官员下死命令，每布政司入朝，一定要献纳白银二万两。刘瑾还把京城客居之人全部逐出，又下令全国寡妇必须出嫁，家里有人死亡不及时埋葬的立刻焚烧等，招致天下怨恨。

盈满必亏。刘瑾身败，有内因，也有外因。内因是宦官集团之间的内讧，外因是安化王朱寘鐇之叛。

正德五年（公元1510年）五月，安化王朱寘鐇造反。王爷造反，当然要有名义，安化王打出的旗号就是"清君侧"，檄文中列举十七条刘瑾的"大罪"。当然，这位安化王 "清君侧"是假，要当皇上才是本意，但檄文中写明的刘瑾罪状件件属实。

刘瑾大惧，立刻命令手下绝对不许明武宗看见这份檄文，同时他调兵去镇压这位王爷的造反。

思来想去，刘瑾对于这种军国大事自己拿不定主意，最终在阁臣等人的建议下起用都御史杨一清为提督，太监张永为总督，提数万劲旅前去征讨。

刘瑾百密一疏，忘了杨一清和张永均与自己有大过节。虽然事后刘瑾忙派自己心腹陈震以兵部侍郎兼佥都御史的身份赶往前线，想"总制其事"，但安化王造反十八天即完蛋，功劳自然算不到刘瑾和陈震身上，倒被张永和杨一清得了头彩。

安化王父子被擒，是正德五年农历四月二十三，路遥水远，明廷并不知道这一消息。所以，张永、杨一清出师北京，是五月份的事情。也就是说，二人受诏提大军出发的时候，安化王造反已经失败了十几天，只是明廷没得到消息。

恰恰是张永、杨一清在宁夏灵州共事期间，二人相谈甚欢，定下了除掉刘瑾的谋略。

杨一清知道张永与刘谨有嫌怨。一日，二人饮酒，杨一清叹言道："张公您神武明达，定宁夏易如反掌，但国家大患在京城！"

张永知道杨一清话中有话，反问："杨公您说的是谁？"

杨一清移至张永身边，在他掌上用指划了一个"瑾"字。

张永深以为然，不住点头。二人一拍即合，就此决定了刘瑾的命运。

农历八月，张永回京叙功，杨一清仍留守，总制三边军务。刘瑾获悉安化王造反被平定，自以为功，矫旨给自己增加俸禄，又超拔哥哥刘景祥为都督。也可能出于某种不祥的预感，听术士说自己的侄孙刘二汉有天子命，刘瑾一时间竟起谋逆之念，在宅中广置甲杖，准备伺机起事。查其原意，本想借其兄刘景祥发丧时兴兵把众人一网打尽，然后率徒党弑明武宗，推侄孙刘二汉称帝。其实，这位刘公公也是脑子一热发疯，侄孙当了皇帝，再怎样也不会让他这个太监爷爷当“太上皇”。

张永有心机，他先报称要在八月十五入京献俘贺捷。刘瑾一边在京中加紧谋逆准备，一面让人告诉张永不必这么着急入京。张永闻此，更觉得刘瑾要干大事，就比预定日期更早一步，急急赶入北京献俘。

明武宗非常高兴，亲自在东华门参加献俘礼，大摆宴席，犒劳张永等人。君臣多日不见，倍感亲切，明武宗、张永两个边喝边谈，渐至深夜。

刘瑾在一旁陪得厌烦，起身告退，殿中只留下张永与皇帝二人。事实证明，历史上，无论是大人物还是小人物，不该睡觉的时候一定要忍住不睡觉，不该上厕所的一定要忍住不去厕所。否则，重则家族性命，轻则丢官罢职，肯定没好果子吃。

见刘瑾退席还家，张永立刻从怀中取出安化王的檄文，指控刘瑾激变边塞，结怨天下，阴谋不轨。对此，明武宗起初还敷衍，说：“算了，说这个干吗，喝酒吧。”

张永连忙跪地叩诉：“离此一步，老奴再无机会生见陛下！”

武宗闻此矍然，问：“刘瑾想干什么？”

张永答：“他想取天下。”

武宗当时喝得很高，摇头一笑：“天下任他取罢了。”

张永大声疾呼：“刘瑾取天下，置陛下于何地！”

闻听此言，明武宗稍稍酒醒，可允其奏。张永依据杨一清的谋划，马上派禁兵连夜逮捕刘瑾。

刘瑾正在熟睡，宫廷禁卫军破门而入。军将也不多说，命令刘瑾立刻受逮入狱。

转日，众臣上朝，不见了大太监刘瑾，交头接耳，似乎知道他已经“出事”，但没什么人敢声张。京城内情势也很紧张，巡逻士兵大批大批骑马上街，交驰于道，严防刘瑾党羽生变。

起初，明武宗并没想杀刘瑾，毕竟多年老伙计，没功劳也有苦劳，只打算将他发配。

听说要把自己发配凤阳，刘瑾写信向明武宗哀乞，说自己被捕时没穿什么衣服，想让家人回家捎两件衣服给自己，以此试探皇上意思。明武宗见帖，顿起怜意，命人交还刘谨故衣百件。刘瑾得意，对看望的家人说："我仍不失为一富太监矣。"

张永闻之此事，心内大惧，情知如果不马上重办刘瑾，哪天皇上"回心转意"，刘公公又会卷土重来要自己的命。于是，张永下令有司以最快速度对刘瑾家宅进行抄搜。结果，"得金二十四万锭，又五万七千八百两。元宝（白银）五百万锭，又一百五十八万三千六百两。宝石二斗，金甲二，金钩三千，玉带四千二百六十二束，金汤盒五百，蟒衣四百七十袭……"清单送上，这些骇人听闻的财物并未让明武宗感到愤怒。让明武宗勃然大怒的，是看到下列抄家搜得的东西：盔甲三千，衣甲千余，弓弩五百。

最终要刘谨性命的，是搜得平日刘瑾在宫中陪侍皇帝时的一把扇子，扇骨内藏锋利匕首二枚！

"这王八蛋果真要造反啊！"武宗皇帝拍案顿喝。于是，明武宗下令锦衣卫、法司把刘瑾押至午门，命朝臣廷讯。

刘瑾仍大大咧咧不在乎，在午门跪定，听闻给事中李宪也弹劾自己，他笑了，大声说："李宪出自我门下，他也来弹劾我！"

刑部尚书刘璟素惧刘公公，此时也噤口不敢开言。见百官呆呆沉默，泥塑木偶一般，刘瑾更来了精神，大言道："满朝公卿，皆出我门，谁敢审我？"众人闻言屏息。

此时，驸马都尉蔡震上前，扬手给了刘瑾一个嘴巴，怒喝道："我乃国戚，不出汝门，待我审汝！"

此时，内廷又有武宗旨意传出，"打四十"。于是八名大汉轮打，一顿杀威棒，终于消了刘瑾的嚣张气焰。

蔡震问："为何家中藏甲？"

刘瑾答："用来保卫皇上。"

蔡震大喝："藏甲于自己家中，如何保卫皇上！"

刘瑾语塞。这时，又有官员上前宣读抄家所得禁物，刘瑾知道事已毕露，只得承招。武宗盛怒之下，下令将刘瑾凌迟处死。刘瑾的亲信刘宇、焦芳等人被削籍为民，其他依附刘瑾的党羽也大多被罢黜或问斩。

凌迟处死刘瑾的消息传出以后，百姓无不拍手称快，许多被刘瑾迫害过的人或这些人的后人还争相买下刘瑾的肉来吃或拿去祭祀先人，以解心头之恨。刘瑾的兴衰实际上是大明王朝的历史悲剧，也是整个中国封建皇权历史中不可避免的悲剧。

第四节 一人之下九千岁——宦党第一权枭魏忠贤

在明朝的历史上，宦官干政一直是个大问题。作为开国皇帝的朱元璋，曾经敏锐地意识到宦官干预政治是非常危险的。在朱元璋当政初期，对宦官的控制非常严格，不仅不允许太监认字，而且给予他们的待遇也很低。在那个时代，太监是十足的奴才，别说政治权力，能安身立命就算不错了。可以说，作为帝国的缔造者，在最初的很长一段时间内，朱元璋都对太监没有什么好的印象，甚至曾在宫门口立了一块大铁榜，上面写着“内臣不得干预政事，预者斩”。但是时间一长，出于对宫外官员的不信任，生怕那些开国元勋造反夺江山的朱元璋又不得不把一些比较私密的任务交给身边太监们去办。这种做法可以说在一定程度上重新打开了宦官干政的大门，而这种风气在朱元璋去世之后也开始愈演愈烈。

例如永乐初年，在靖难夺权的过程中，太监们为朱棣立下了汗马功劳。而作为回报，朱棣也把更多的权利赋予了这些后宫的亲信。在这些受重用的太监中，郑和最具代表性。郑和不光获得了皇帝的赐姓，更成为帝国的代表，率军出海，远征大洋，将中华文明展示给了海外诸国。时至今日，每当我们谈到中华文明的传播，郑和都是第一个被提起的名字。作为宦官的郑和，能如此彪炳史册不能不说是一个奇迹。

随着太监获得的权力越来越大，内廷问政的制度也开始逐步确立，身居内宫的宦官们开始逐步名正言顺地获得权力。例如居内宫“二十四监”之首的司礼监，其秉笔太监与内阁首辅对柄机要，实际上是皇帝在宫中的影子内阁，地位十分重要。而几代翻云覆雨的著名大太监的官职，恰恰都是这个影子内阁的首脑——司礼监秉笔。在这些太监中，魏忠贤是最重要的人物之一。

和很多太监一样，魏忠贤入宫之后面临的最大问题，就是如何在宫廷斗争的旋涡中获得生存的空间。平心而论，由于没有任何文化修养可言，此时的魏忠贤本来很难获得太子朱常洛的尊重。但生性机敏的魏忠贤很快发现太子的儿子朱由校算不上一个好学上进的优秀王储，而更像是一个灵气四溢的小木匠。这对于魏忠贤来说实在是一个不错的事情。从那时起，魏忠贤开始刻意地给这个未来的帝国继承人制造和提供各种新奇古怪、机关巧妙的玩具，并以此博得了孩子的喜爱，一老一少的感情也在日常生活的积淀中逐渐稳定而牢不可破。在朱由校的眼中，这个忠诚好玩的老仆，给他郁闷飘摇的皇子生活注入了非凡的活力。更多的时候，朱由校都愿意与这个鬓发渐白的太监待在一起。这不光是因为魏忠贤能给朱由校制造各种心思巧妙的机关玩具，最重要的是在与魏忠贤的相处中，朱由校真正地体会到了一个人少年时代应有的轻松和乐趣。而这种直接积淀自童年的情感，也成了魏忠贤日后翻云覆雨的最大资本。

公元1620年，泰昌皇帝归天，天启皇帝朱由校即位，这对魏忠贤来说不啻于一次命运的巨大改变。就在此刻，魏忠贤也意识到单凭自己的力量很难完成对权力的控制，他知道自己需要以一种更为直接的方式获得皇帝的全盘信任。在这个过程中，一个名为客印月的女人出现了。

客氏是天启皇帝的乳母，也就是奶妈。在朱由校的心中这个乳母的地位非常重要，甚至不单单是养育之恩那么简单。一些历史典籍也曾记载说，在皇帝大婚之前，与客氏曾有苟且之事。但不管真相如何，在当时的宫廷之中，客氏的风头确实是一时无二，朱由校即位不到十天就封客氏为奉圣夫人。而这个女人也理所当然地成了魏忠贤的目标。与此同时，作为一个势力单薄的女人，客氏也同样需要魏忠贤的配合。二人一拍即合，结成了对食（宫女和太监结成假夫妻）。

成功地夺取了客氏的对食权后，魏忠贤在宫中的身份和地位都发生了不小的变化。一个皇帝宠信的太监再加上皇帝的奶妈，这样的实力任谁都得忌惮三份。而魏忠贤也在众人的阿谀奉承中，渐渐地品尝到了权力的可贵。然而毕竟此时的他实力还很有限，要想真正地走到历史的前台、控制内廷，他就必须先搬掉另一个大太监，也就是当时的太监总管王安这块绊脚石。

对魏忠贤来说，除掉王安是自己走向权利顶峰的最后一步。走好这一步，日后便一马平川，满眼锦绣再无遮拦。但令魏忠贤忧心的是，王安本人也具有相当的势力，并且名誉颇佳，在朝野之间也有一批自己的人马，且与东林党（当时朝廷中的一些士大夫结成的组织）人互为引援，所以颇不好对付。经过一段时间的周密策划，魏忠贤先是在宫内发展了一个自己的小集团，收罗了司礼监太监王体乾、李永贞、石元雅、涂文辅等。这些人在内廷之中不断中伤王安，加之客氏又不断给皇帝吹风，渐渐地朱由校也开始对王安疏远起来。

眼见皇帝对王安已经起了疑心，魏忠贤顺势指示自己在外廷的帮手霍维华上书弹劾王安。紧接着，魏忠贤又和客氏紧密配合，在皇帝面前大说王安的坏话。而作为皇帝的朱由校，或者被蒙在鼓里，或者对此事根本就不大关心。总之，在魏忠贤的密谋策划下，一道圣旨将大太监王安发配到了南海子的太监部队。随后，魏忠贤还觉得这事干得不够彻底，于是又指使自己的狗腿子将王安迫害致死，一举夺得了对内廷的绝对控制权。

王安的倒掉，对天启时代的政治板块造成了极大的影响。本来在朝野间颇具实力的东林党人，顿时丧失了自己最明亮的一双眼睛，完全失去了直接与皇帝交流的最佳渠道。王安的倒台在一定意义上代表了一种旧势力的倒掉和另一种新兴势力的崛起，而这新兴势力的大头领就是魏忠贤。对于王安的无妄之灾，东林党人也曾有心营救，但是不知道为什么，胡乱喊了两声之后却没了下文。这种虎头蛇尾的做法或许因为东林党人自身的洁癖使之不愿落下与宦官结交的口实，或许因为其他不为人知的原因，但不管怎么说，任由王安倒台而不强力声援，最终让东林党人在日后的政治斗争中吃尽了苦头。

干掉王安之后，魏忠贤毫不费力就从惜薪司升任司礼监秉笔太监，兼提督宝和三店。司礼监秉笔太监是皇帝身边最亲近的人，要代皇帝阅批大臣奏章。魏忠贤目不识丁，却在客氏的支持下得到了这个职位，实在是无厘头至极。对于这个自己完全不能胜任的职位，魏忠贤毫不犹豫就上任了。魏忠贤解决问题的办法也很独特，基本上是由亲信将艰涩难懂的奏折翻译成大白话，然后由他批示，再由亲信措辞写成文言格式。这种独一无二的问政方式实在是滑天下之大稽。而对于这种可笑至极的事情，皇帝朱由校并没有觉得有任何的不妥。童年时代和魏忠贤建立起来的感情，在这个时候成了皇帝心中最难以割舍的东西。本来就对政事颇为厌烦的朱由校，对魏忠贤和客印月的信任可以说是到了无可复加的地步。甚至可以说，在明里朱由校坐着大明帝国的龙椅，在暗里却是魏忠贤把握着实权。

从魏忠贤等大太监的发迹历史，我们还可以看到一个有趣的现象，就是他们大多数都在皇帝还是太子的时候就跟随左右，对这些大太监有着先入为主式的亲近，这也为魏忠贤们获取权力赢得了极大的便利。这些大太监们与皇帝之间虽非亲情却胜似亲情的关系，成就了大明帝国政治生活中一道独特的风景，而这也是作为帝国缔造者的朱元璋始料未及的。从这一点来说，我们也能明显地感到在明王朝皇权的传承中，父母给予子女的关心肯定是不够的。这直接造成了王储们与太监的过于亲密，也让数个皇帝从小就患上了一种无药可医的政治幼稚病。

事实上，我们回顾历史，有关魏忠贤的专权，除了他本人的钻营、客氏的配合之外，还有另外一层、同时也是最重要的原因，那就是皇帝的态度。在当时，天启皇帝朱由校年龄不过十四五岁，正是贪玩的年龄，处理政务基本是一窍不通，对于朝政他也完全不感兴趣。朱由校的梦想是成为皇宫里最伟大的木匠。作为皇帝奴才的魏忠贤投其所好，帮着这位小皇帝顺利地实现了自己的理想。作为回报，朱由校则渐渐地把处理奏折这样的人权交到了魏忠贤的手中，至此魏忠贤也基本完成了对皇权的控制。

与魏忠贤等太监们的专权大不相同的是客印月的突然走红。作为一个和皇帝没有任何血缘关系的奶妈，客氏的地位可归于低下一类。一般来说，像客氏这样身份低微的人对于皇室而言，和一头不会说话的奶牛没有太大区别。在皇子断奶之后，最多也就是赏些银子，然后就毫不留情地逐出宫门。但由于朱由校的母亲早逝，因此对于这个缺乏母爱的小皇子来说，客氏在一定程度上承担了母亲的角色，而她与皇帝的感情也在时间的推移中变得非同寻常。甚至于在之后朱由校的娶妻立妃等等皇家事宜中，客印月都扮演了非常重要的角色。

历史就这样赋予了客氏一个奇怪的身份，而客氏恰恰又算得上一个不让须眉的硬派女子。在后宫获得一定程度的权力之后，客氏非常灵活地运用着自己独特的身份，与魏忠贤的对食也可以看作是她巩固自己实力的做法。否则我们真的很难想象，像客氏这样一个生理健全的女人会对太监动什么心思。假如客氏真的是耐不住深宫寂寞，那么以她和皇帝的亲密关系，在宫外养个模样俊俏的小白脸应该不是什么难事。在这种情况下，客氏选择和颇具实力的太监结成对食，只能解释为她确实留恋宫廷生活并且想在后宫有所作为。而正是在客氏的全力配合下，魏忠贤才会轻而易举地获得了对内廷的绝对统治权。

在魏忠贤显耀宫闱的同时，对于宫内政治势力的变化，宫外的大臣们也非常清楚。于是，投靠魏忠贤成了很多人的选择。这一次，魏忠贤真正地走到了权利的前台。

摆平内廷之后，魏忠贤很是得意了一番。但是魏忠贤很清楚，如果要让自己的意志得到贯彻，那么结交官员、进而控制外廷是最重要的一步。而要想控制外廷，魏忠贤面对的最大对手就是以东林党人为代表的政治集团。作为多为知识分子的东林党人，仁义道德是他们常挂在嘴边的话，忠君爱国、刚正不阿是他们的行为准则。虽然这些他们也未必都能做到，但表面功夫他们却做得十足，平日里总是一副浩然天地、满身正气的样子。这一类型的人向来就不适合官场的斗争，更何况如今他们面对的是魏忠贤这样一个泼皮出身、出牌从不按常理的混蛋流氓。

除了广泛地培植自己的亲信力量，对于那些不听自己话的官员，魏忠贤也尽显自己狠辣果敢的一面，轻则罢官、重则杀头。但由于出身底层无赖，毫无治国头脑的魏忠贤虽然于结党营私颇有心得，却对如何治理国家狗屁不通。也就是在这一阶段，对权力已经极度贪婪的魏忠贤对帝国之中一些颇有良知的士人、官员大肆捕杀，特别是在对待朝野间势力极大、后世声誉颇佳的东林党人时，魏忠贤连施辣手、非死即废。基本上可以说，魏忠贤之所以留下千古骂名皆因此而起。其实结党未必一定招来骂声，少许的营私也不至于遗臭万年。真正让魏忠贤落得千古骂名的就是他对异己的残酷和对亲信的极度放纵，这种残酷和放纵导致帝国的政坛腐朽到了极点。

在干政的初期，朝野之间东林党的势力异常强大，因此魏忠贤并非一帆风顺。但由于东林党人恃才傲物，所以在当时的官场中也有不少积怨。而魏忠贤则大不相同，天生流氓的他，仗着江湖义气和豪爽作风很快就拉起了一支队伍。在这批人之中，有的自然是阿谀奉承、见缝插针的鼠辈，但也有一些是“拜了码头”愿意唯魏忠贤马首是瞻的死党。而日后，在朝野之间诸多对魏忠贤顶礼膜拜的人之中，却也不乏真心实意的狗腿子。一概而论地说阉党都是见风使舵的人自然也有失偏颇，魏忠贤获得如此巨大的“成功”还是有些小道理的。

在魏忠贤结交的外廷官员中，地位参差，开始时品级大都低下，多属于成事不足败事有余的搅屎棍角色，例如之前弹劾王安的霍维华。这些人更多的是让魏忠贤罩着，干点狗腿子差事，并不能给他提供太多的帮助。这种局面直到魏忠贤与内阁大学士沈潅结交才得到了根本的改变。

早在魏忠贤还是一般太监的时候，当时供职翰林院的沈潅曾给宫中的宦官们讲过课，由此细算，魏忠贤还是他的弟子。沈潅入阁之后，魏忠贤立刻和这位昔日的老师结为同盟。至此魏忠贤才算完成了自己权力联盟的骨架建设，羽翼也迅速地丰满了起来。在接下来的数年间，魏忠贤几乎是毫不费力地就组成了中国历史上空前绝后的“政治黑手党”。在魏党的组成人员中，有“五虎”“五彪”“十狗”“十孩儿”“四十孙”。正如《明史》所说：“自内阁六部至四方总督巡抚，遍置死党。”至此，魏忠贤的政治触角真正地遍布了大明江山，而在这个基础之上，他也意识到权力的巩固还需要军人的支持，于是在北京城，他又以卫戍的名义控制了数千人的精锐部队。虽然看上去数量不多，但如果真的有什么风吹草动，这支部队完全可以在别人尚未知情的情况下，迅速控制帝国的政治中枢。

魏忠贤结党营私的种种活动，东林党人可以说是看在眼里、急在心里。以他们的想法，与魏忠贤这样不学无术的流氓混蛋混在一起简直是人生最大的耻辱。因此可以说，从一开始东林党人对魏忠贤和客氏的权力集团就保持着足够的抵制力。朱由校刚刚即位不久，便有东林背景的官员侍郎陈邦瞻、御史周宗建、王心一等人上疏要求客氏出宫。少年皇帝朱由校对于这个要求也没有过分反对，于是客氏便被遣出宫。但没过多久，客氏的离去便在皇帝的心中造成了极大的影响，这个从小没有离开过奶妈的少年对客氏思念不已，甚至一度绝食。在这种情况下，朝廷只好让客氏重新回到皇宫，照料朱由校的衣食起居。客氏的这次出进，让皇帝坚定了留下客氏的决心。自此，无论是谁要求客氏出宫，朱由校都是毫不犹豫地立即拒绝，而客氏的后宫地位也就此确立。

东林党人对客氏的攻击深深地激怒了魏忠贤，于是在客氏回到皇宫之后不久，魏忠贤便对东林党人报以了强烈反击。在这一系列疯狂的攻击中，魏忠贤战术得当、进退灵活，虽然颇有曲折，但却有惊无险地将东林党的力量压制在了一定的范围之内。

在魏忠贤收拾东林党的过程中，第一个倒霉的是吏部尚书周嘉谟。作为掌管官员任命的最高长官，周嘉谟算是帝国之中的实权人物。在周嘉谟任职的几年中，不仅起用了大批后进的东林党官员，而且还成功地限制了与东林党关系龃龉的浙、楚、齐三党骨干。可以说，正是由于周嘉谟的存在，东林党才得以在朝野间保持了雄厚的政治实力和人员基础。而魏忠贤当权之后，最重要的事情也就是给他的党徒们封官晋爵，这也是这个流氓出身的大太监的传统做法。这种类似于江湖义气的坐地分赃让周嘉谟非常厌恶，不免推三阻四。在魏忠贤斗倒王安的过程中，其亲信霍维华曾立下汗马功劳，让魏大太监青眼有加，提拔推荐理所当然。但作为吏部尚书的周嘉谟却并不理会魏忠贤这套把戏，随便找了个机会就把霍维华赶出了北京。这样一来，魏忠贤立刻恼羞成怒，唆使给事中孙杰，弹劾周嘉谟，说他替前任司礼监秉笔王安翻案。于是，天启元年（公元1621年）十二月，一道圣旨发出，周嘉谟被罢去官职。

收拾了周嘉谟之后，魏忠贤又把矛头对准了内阁大学士刘一燝。与周嘉谟不同，刘一燝除了是朝中大员之外还是顾命大臣，因此力量也更为强劲，扳倒他难度自然更大。

此时由于魏忠贤的疯狂进攻，东林党人各个义愤填膺。审时度势之后，他们决定先从外部动手，打掉魏忠贤在外廷的援手、内阁大学士沈潅。而在这次斗争中，刘一燝恰恰充当了先锋元帅的角色，正是由他牵头组织了一批言官上疏攻击沈潅。然而此时沈潅是魏忠贤在外廷的最强同党，自然不能任由刘一燝将其打倒。于是，魏忠贤立刻指使党徒弹劾刘一燝，天启二年三月，魏又假借圣旨将刘一燝罢官削籍。

几个轮次的斗争下来，东林党尽落下风。很显然，在制造舆论和政治斗争上，东林党人并没有太高的天赋。他们对沈潅的攻击没有形成杀伤力，于是只好又转而攻击沈潅背后的靠山、已退休的前任首辅方从哲，希望能借力打力以达到自己的目的。

天启二年四月，有东林背景的新任吏部尚书孙慎行重翻旧案，上疏追论方从哲在“红丸案”中的罪责。这所谓红丸案，乃是明万历至天启年间接连发生的内宫三大奇案之一。万历四十三年五月初四，慈庆宫（太子居所）突然闯进来一位后来被认为是有点神经错乱的男子，手持枣木棍，凶狠地击伤几位侍卫。幸好被及时扭获，此案是为“梃击案”。万历皇帝朱翊钧死后，太子朱常洛即位，但即位不久就患上重病，郑妃又派人送药，结果不光没治好病反而转危，紧接着鸿胪寺丞李可灼又进红丸药，朱常洛吃了两丸便一命呜呼，是为“红丸案”。朱常洛死了以后，其选侍李氏虽身份低下，但是挟持年幼的皇帝朱由校（也就是天启皇帝）而自重，企图打破宫廷规矩，自此占据乾清宫。后经朝臣据理力争，才不得已移居到了哕鸾宫，这件事也就是三案之中的最后一件——“移宫案”。

“三大奇案”虽说各有离奇，但却都是皇族内部的权利之争，和身为奴才的朝臣、太监没多大关系，也不是他们能管得了的事情。但偏偏在几年之后，这一连串的案子又被翻了出来，成了东林党人攻击魏党的工具。

面对东林党人这一波来势汹汹的进攻，年少的天启皇帝也不敢怠慢，只好下了一道圣旨让朝臣们凑在一起商议此事。在这次会议中，东林党人都御史邹元标、给事中魏大中等一百余名大小官员，纷纷避实就虚要求治方从哲之罪，并希冀以此将沈潅牵连下台。不过魏忠贤绝非等闲之辈，在他的操作下，以司礼监为代表的内廷官员拼力庇护方从哲，客氏也从侧面劝解皇帝。于是闹了一阵，方从哲毫发无损。这样的结果让东林党人大为恼火，而具体操作此事的吏部尚书孙慎行也觉得自己很没面子，力气费了不少，可结果却鸡飞蛋打。一气之下，没过多久，孙慎行便上疏请辞。这种负气离职的做法自然又中了魏忠贤的下怀，魏大太监也不含糊，立刻帮皇帝拟了一道旨，赶走了孙慎行。

赢下这一阵之后，魏忠贤依然毫不手软，继续追击，大肆斥逐和杀害反对他的正直大臣。而在此种情形下，东林党人也像吃了兴奋剂一样，继续攻击沈潅。刑部尚书王纪在上疏弹劾沈潅的奏折中，更是把他比作大奸臣蔡京，又激起波澜无数。

在双方死命角逐的过程中，魏忠贤东踢西挡，虽然占据了斗争的主动，将王纪削籍罢官，但最终沈潅也于当年的七月下台。沈潅的下台是东林党人在这场斗争中唯一值得称道的胜利，只是这胜利的代价过于沉重。是年八月，东林党人、内阁大学士孙承宗任职辽东经略，坐拥边关军政大权，东林党人的反扑才算是真正地取得了一点点效果。

失去了沈潅的有力支持，魏忠贤算是受到了一点小小的挫折。但这种挫折对于极有流氓韧性的魏忠贤来说，并非是不可逾越的难关。试想一个为了前途可以自阉入宫的人，他的内心该有多么强悍！于是，沈潅倒台没多久，魏忠贤便物色了两个新的帮手——顾秉谦和魏广微。紧接着，魏忠贤又有惊无险地将两人同时送入内阁，一举弥补了沈潅下台的损失，并以此为日后控制内阁埋下了伏笔。

由于魏忠贤的疯狂攻击，朝野间的政治版图正在悄然发生着变化。盘根错节、势力庞大的东林党人虽然在表面上占据着有利位置，但在气势上却已经开始显出颓势。

在内阁中，虽然首辅叶向高、次辅韩圹都属于东林一脉，但由于有了顾秉谦和魏广微这二人的牵制，自然较往日难受了许多。在内阁之外，魏忠贤的触角并没有完全舒展，负责官员任用的左都御史赵南星（后改任吏部尚书）、李腾芳、陈于廷，负责科举选拔的高攀龙、杨涟、左光斗、魏大中、袁化中等人都属于东林一脉。除此之外还有诸如孙居相、郑三俊、邹维涟等人也都在中央的各大部委担任着各种类型的职务。因此从表面上来说，东林党还具有相当的实力。

但让人泄气的是，东林党人这种表面性的优势，并不能转化为具体的力量，进而取得斗争优势。这种遗憾体现在三个方面，但究其根源却是相同的。

首先，作为东林党骨干的那些官员们，大都有着比较严格的行为准则，有抱负、有理想，能严格要求自己、身体力行。这是他们的优点，但作为士大夫阶层的杰出代表，他们对于政治斗争的残酷性显然认识不够。即便后来因为屡受打击有了一些认识，但却缺乏有效的自我保护及进攻手段。对于魏忠贤一伙近乎泼皮无赖的战法，东林党人一面嗤之以鼻、深恶痛绝，一面又缺乏与之对应的有效手段，一根筋似的钻牛角尖是他们常犯的错误。这种看似勇猛顽强、坚忍不拔的斗争策略虽然也取得了一些效果，但同时也给自身带来了不小的损失。

其次，作为典型的文人集团，东林党人对于政治总是充满乌托邦似的幻想，甚至有些孩子气。一到斗争的紧要时刻，他们总是希望圣明的皇帝能清澈明悟，公正地判断是非，因此上疏进谏是他们传统的攻击策略。而这种办法需要有极好的外部条件才有可能奏效：一是作为元首的皇帝确实明察秋毫，二是朝野之间利于己方的舆论要足够强大。但事实上，在天启年间，这两个条件都很难具备。首先，作为皇帝的朱由校基本是一个木匠，头脑再灵活也不会用到问政上。其次，在当时的朝廷之中，魏忠贤已经具备了一定的实力，想要发起一边倒式的舆论狂潮基本是不可能的。而且最关键的一点是此时圣旨的传达要经过魏忠贤所领导的司礼监，因此这圣旨到底是谁的意思已经很难说清。由此看东林党人死抱着上疏这一招不放，确实是有些迂腐和幼稚，其经常性的失败也在所难免。除此之外，东林党人的幼稚病还体现在他们面对失败时的态度上。往往只要努力泡汤，他们就会采取辞职的手段来发泄心中的不满，如之前所述的吏部尚书孙慎行和若干年后的一代大儒刘宗周。这种孩子式的意气于事无补不说，还会引起皇帝的不满，进而造成更大的损失。特别是此时他们还要面对魏忠贤这样的超级对手，辞职抗议简直就是在帮魏忠贤清除异己。

除了以上两点之外，东林党在团结朝野力量这点上也做得很不够。作为有着很高道德标准的一群文化精英，东林党人对一切他们认为人品不端的官员统统嗤之以鼻、肆意攻击。这种做法在政治斗争中是非常愚蠢的。首先在当时的明朝官场中，大多数官员都很难用好坏、清浊来形容，甚至后来颇具声誉的东林巨子钱谦益罢官之后，在老家也是大屋良田、逍遥快活。在这种官场风气下，东林党人以一种极高的道德标准来要求别人，这无疑等同于给自己戴了一副有色眼镜。因为毕竟对于很多官员来说，虽然他们有些污点，但骨子里却未必是大奸大恶之徒，这些人影响好了就是治国能臣，影响坏了，也就成了误国的奸佞，善恶之于他们往往就在一线之间。如果东林党人能够灵活处理，那么这一批人是可以全力争取的力量。但事实却绝非如此，东林党人对这些官员的态度完全是拒之千里，而这种做法的结果就是把越来越多的中间力量推进了魏忠贤的怀抱，这也在一定程度上壮大了魏在朝野间的势力。

例如天启三年，被魏忠贤提拔入阁的魏广微，虽然所投非人，但一开始却也不是死心塌地地跟着魏忠贤，内心之中仍然希望和东林党人保持良性的关系。因此在入阁之后，魏广微曾数次主动与东林党人接洽。可惜的是东林党人对这个完全有可能争取过来的内阁成员毫不在意，不光拒绝与之接触，还大造声势，侮辱魏广微。而与之相对的魏忠贤却表现出了宽大的“胸怀”，不光没有追究魏广微结交东林党人的过错，反而温勉有加，于是此消彼长，魏广微自然成了魏党的铁杆。

而回顾东林党与魏忠贤的斗争过程，分析他们各自采取的不同做法，我们就能清楚地看到，在斗争的过程中，东林党人过于理想化的内心世界是他们逐渐落于下风的根本原因。自始至终他们都不能很好地调动自己的资源，灵活地对待政治分歧。这种做法在很大程度上起了副作用，把主动权白白让给了魏忠贤。

在对手的步步紧逼下，东林党人的声势渐弱。而魏忠贤则得寸进尺，迅速而有效地扩充了自己的实力。天启二年三月，魏忠贤开始将一部分太监武装起来，并装备了当时最为先进的火器。等到天启三年，魏忠贤在宫中的这支太监军队竟然达到了九千多人。

天启三年十二月，魏忠贤又获得了对“特务”机构东厂的统辖权，紧接着他把自己的亲信田尔耕扶上了“秘密警察”机构锦衣卫都指挥使的宝座。对厂卫特务系统建立直接的控制，标志着魏忠贤彻底掌握了以前只属于皇帝的最高司法权以及对全国官员庞大的监视网络。至此，除了木匠皇帝朱由校之外，天下一切臣民的言行，都在魏忠贤的控制之中，他可以随意地编织罪名，并通过特务组织不留痕迹地予以消除。一人之下万人之上的态势正式形成，魏忠贤的政治黑手党已然具备了监控天下的能力。

面对魏忠贤的迅速扩张，东林党人心中非常清楚，一场最为残酷的肉搏战就要开始了。因为在此刻，他们与魏忠贤除了摊牌决战外别无选择。

经过短暂的准备，东林党人吹响了大举进攻的号角。御史李应升、给事中霍守典、御史刘廷佐先后上疏弹劾魏忠贤。

天启四年（公元1624年）六月，东林猛将都察院左副都御史杨涟上疏，弹劾魏忠贤“二十四大罪”，从排除异己、结党营私一直说到施虐内廷、生活糜烂，句句如芒，将魏忠贤批了个体无完肤。

对于东林党人的进攻，魏忠贤表现得非常沉稳。魏忠贤先是跑到皇帝身边一通哭诉，接着又让客氏在皇帝面前大说自己的种种不易和赤胆忠心。两通急鼓敲过之后，魏忠贤又让王体乾、顾秉谦和魏广微等人接连上疏为自己喊冤，叙说他的功劳辛苦。

眼见宠臣们一个个力保魏忠贤，朱由校也觉得杨涟实在是有些过分，不光没有相信奏折上的那些话，反倒愈加认为魏忠贤是难得一见的大忠臣，不由分说便把奏折退了回去，将杨涟一顿训斥。

面对杨涟的上疏失败，东林党人迅即发起了更大规模的弹劾活动。御史刘业、杨玉珂、工部郎中万燝等七十多人轮番轰炸，猛攻魏忠贤。其中尤以万燝的奏折一针见血：“忠贤尽窃大权，生杀予夺，在其掌握。致内廷外朝，止知有忠贤，不知有陛下。岂可一日尚留左右。”这几句话虽然字数不多，但却打到了魏忠贤的命门。此时早已抓狂的魏大太监立刻矫旨廷杖万燝一百。4天后，万燝便一命呜呼。

万燝之死立即起到了敲山震虎的作用，自此朝野之间迅速安静了下来，除了少数几个不怕死的依然上疏弹劾之外，大多数人都选择了闭上了自己的嘴巴。但此时的魏忠贤早已经是恶生两肋，暂时的沉寂已经不能让他回心转意，他开始调动自己的一切势力，对东林党人发起了迅猛的攻击。

中书舍人吴怀贤在家中私读杨涟的奏章，读到兴奋之处，大发牢骚说皇帝应该将魏忠贤充军发配。结果万万没想到，躲在家里也不安全，身边的杂役听见后立刻把吴怀贤告发了。结果吴怀贤被魏忠贤逮捕入狱，活活打死。

这样惨烈的重手让朝野间的东林势力第一次看到了对手的凶悍，同时也让魏忠贤清楚地意识到了自己手中权力的巨大。这场由东林党人发起的大规模战争不光没把魏忠贤打垮，反而将他的流氓本质彻底激活，自此魏忠贤就如同疯狂的电脑病毒一样毫无顾虑，面对敌手再不留情。

在熬过了被弹劾的痛苦阶段和反攻初期的快感式报复之后，魏忠贤更加清楚地意识到谋略的重要，旋即开始了计划更为周密的出击，而他选择的第一个对手就是身居首辅要职的叶向高。

由于在魏忠贤反攻初期的疯狂报复中，作为首辅的叶向高曾极力拦阻，给事中章允儒、傅槐、陈良训，御使帅众、王祚昌等人都是因为叶向高的援助才保下性命。因此，魏忠贤恨死了叶向高，并且认定了叶向高就是对付自己的幕后黑手。

与东林党大多数人的激进态度不同，叶向高做事一向老成持重，外圆内方。叶向高对东林党人也不是一概庇护，并不支持无原则的党争，在朝野之间名誉颇佳。因此，魏忠贤对叶向高虽恨之入骨，但一时也没有什么办法，于是只好在叶向高的外围做些盘算，希望能借力打力。

在叶向高的亲属中，有个外甥名叫林汝翥，官居御史，一次率领部下巡城，正巧碰上宫中的两位宦官当街抢劫，于是便命令手下冲上去抓住，按在地上就是一通臭揍。这件事本来没有什么大不了的，但在魏忠贤的操作之下却成了一件藐视皇帝的大事，判了一个廷杖之罪。眼见自己就要被活活打死，林汝翥也不含糊，把官帽一撇，撒腿就跑。林汝翥逃跑之后，有人告诉魏忠贤他是叶向高的外甥。魏忠贤灵机一动，觉得搞倒首辅的机会终于到了，于是立刻派了一批大小太监，跑到叶向高家去哭天抢地、撒泼放混，要叶家交出林汝翥来。叶向高眼见黑白颠倒，“时事不可为”，这官也没法再当了，心中万念俱灰，无奈之中一咬牙，辞了官职。

叶向高的辞职使东林党人丧失了最重要的一员大将，元气大伤。魏忠贤及其阉党立刻趁机大举进攻，紧接着又把赵南星、高攀龙、杨涟、左光斗、次辅韩圹统统赶回了老家。至此魏忠贤大获全胜，东林党人则完全失去了反击的能力。紧接着，魏忠贤又把自己的党羽顾秉谦扶上首辅之位，彻底完成了对外廷的整合。

经过魏忠贤一系列暴风骤雨式的政治动作后，官场之内风向斗转，“九千岁”的称呼也应运而生，魏忠贤成了集体崇拜的偶像。而这种近乎无耻的个人崇拜最为突出的标志就是为魏忠贤建造生祠的运动。从公元1626年起，之后短短一年中，下至地方上至京城一共建造了魏忠贤生祠四十处，对魏忠贤的个人崇拜达到了高潮。甚至还有国子监监生陆万龄向皇上提出以魏忠贤配祀孔子，以魏忠贤之父配祀孔子之父，在国子监西侧建立魏忠贤生祠。

一切顺利之时，魏忠贤富贵荣华的根子出了大问题：明熹宗因多年痛饮纵欲加上滥服春药，身子骨不行了。

天启七年（公元1627年）秋八月二十二，明熹宗驾崩，时年仅23岁。魏大公公如丧考妣，哭得双目烂桃一样，呆呆坐在灵前发愣。不仅老魏悲伤欲绝，熹宗皇帝奶妈客氏也哭得死去活来。客氏在灵前跪哭，从小金盒子里面拿出黄绫包裹的熹宗儿时“胎发痘痂”以及累年积存的剃发、落齿、指甲等物，边哭边烧，几近昏厥。

这两位大恶之人此时的悲痛，全无一丝做戏成分。一是因为多年的亲情，二是因为他们内心中产生的那种黑色不祥的预感：作为“寄主”的皇帝死了，他们这些“虫子”再大再硬朗，还能支持几天？

信王朱由检即皇帝位，是为明朝最后一位皇帝，即明思宗崇祯皇帝。

为试探新帝的意思，魏忠贤上表乞辞官职。新帝老成谨慎之人，佯装不许，先稳住魏公公。但是，“奉圣夫人”客氏已经没有在宫中待下去的理由，只得灰溜溜地搬出皇宫。

崇祯皇帝继位时仅17岁，处事却非常冷静、机敏。登基后，朱由检不仅没动魏忠贤，还很快颁旨，授魏忠贤的侄子和侄孙以“铁券”，似乎是给老魏家上保险一样。外臣不知就里，江西巡抚杨邦宪等人仍旧上疏申请为魏忠贤建生祠，诏报不许。这似乎是魏忠贤要倒霉的信号。

没过多久，工部主事陆澄源上疏，指出魏忠贤所受恩爵过厚，但未敢显斥。紧跟而至的兵部主事钱元悫不客气，上劾魏忠贤不法。紧接着又有浙江贡生钱嘉征上书，详详细细列明魏忠贤十大罪状。

魏忠贤得知几个人弹劾他的消息，并不知详情，急忙跑入宫中，跪哭自诉于崇祯皇帝。崇祯帝心内暗笑，就让他的同党太监王体乾大声朗读钱嘉征奏疏。魏忠贤跪听，惶骇至极，汗下如雨。

面如死灰的魏忠贤出宫回家，绞尽脑汁，想起崇祯帝当王爷时有个宠信太监徐应元是自己昔年乡间的老赌友，便攀住这根“救命稻草”，连夜送无数珍宝与徐公公，表示自己要把东厂太监的职位让与老徐，让他在皇上面前为自己说几句好话。

崇祯帝不是天熹帝，立刻叱责徐应元受贿为魏忠贤进言，下诏把他谪戍与远地。这样一来，魏公公只有在家中等死的份儿了。

到了十一月，崇祯帝下诏免去魏忠贤东厂太监等要职。由于害怕魏忠贤的亲戚党羽生变，对那些人仅采取降职处理，剥夺手中握兵的实权，没有立刻下狠手诛除。

呆了数日，见魏党根本没有任何反弹迹象，崇祯帝胆气上来，下诏贬魏忠贤凤阳安置，将客氏交浣衣局收押，同时对他们进行抄家。行至途中，魏公公接到京中党徒的密报：朝廷新下诏旨，要逮捕他回京重新收审。

想到自己很快要回到锦衣卫诏狱中的那个活地狱，亲身感受昔日他以为笑乐的残酷刑罚，魏忠贤浑身上下颤抖不已。绝望之下，魏公公与他的同党宦官双双对缢于房梁。

明王朝是中国历史上最为专制、最为黑暗的时期，这与宦官的专政不无关系。自公元1435年王振当权到公元1661年明王朝灭亡，共计200多年，期间共有十几位皇帝当政，但是除少数一两位比较勤政外，其他十几位都是既昏又懒，疏于处理朝政，这就让宦官有了可乘之机，他们渐渐把持朝政，到魏忠贤时达到了顶峰。宦官是中国历史上封建专政的怪胎，一个王朝一旦形成宦官专政的局面，它的覆亡命运也就注定了。